Rick Bass ◌ In den Tiefen der Erde

Rick Bass ◌ In den Tiefen der Erde

Roman / Aus dem Amerikanischen von Thomas Gunkel

Luchterhand

Die Originalausgabe erschien 1998
unter dem Titel *Where the Sea Used to Be*
bei Houghton Mifflin Company, New York.

1 2 3 4 5 02 01 00

Satz: Filmsatz Schröter, München
Druck und Bindung: GGP Media GmbH, Pößneck

ISBN 3-630-87076-7

Für meine Lektoren –
Harry Foster,
Dorothy Henderson
und Camille Hykes

Der Vielfraß, Järv oder Bärenmarder

Diese Tiere sind in den Rocky Mountains sehr zahlreich; sie fallen den Jägern lästig und richten großen Schaden an. Oft geraten sie in Biberfallen oder spüren das Fleisch auf, das der müde Jäger während der mühevollen Jagd in den zerklüfteten Bergen fern vom Lager zurücklassen mußte, da er den Lohn seiner Arbeit nicht mehr heimtragen konnte. Sobald sie das Fleisch gefunden haben, bringen sie alles oder soviel als möglich beiseite und verstecken es unter den verschneiten Felsen oder Büschen, wo weder Mensch noch Tier es finden können. Ihre Gier hat den Tieren bei Naturforschern den Namen Vielfraß eingetragen, und man vermutet, daß sie solche Mengen vertilgen, daß sie davon schläfrig und träge werden, doch habe ich dergleichen noch nie mit eigenen Augen gesehen. Im Gegenteil, ich sah sie flink und behende umherlaufen, nachdem sie soeben die vier- bis fünffache Menge ihres eigenen Körpergewichts fortgeschleppt hatten. Ich habe guten Grund zu der Annahme, daß der Appetit des Vielfraßes bei frischem Fleisch rasch gestillt ist; sobald es zu verwesen beginnt, mag er gieriger sein, aber weder ich selbst noch ein mir bekannter Mensch haben ihn ob seiner Gefräßigkeit je träge und schläfrig gesehen, obschon ich es mir oft wünschte …

OSBORNE RUSSELL, Tagebuch eines Trappers, 1834–1843

Erstes Buch

In den siebzig Jahren seines Lebens hatte er die ganze Welt verschlungen; und in den letzten zwanzig Jahren hatte er versucht, auch das Tal zu verschlingen. Dorthin schickte Old Dudley seine jungen Männer und ließ sie nach Öl suchen, doch bisher hatte noch keiner etwas gefunden.

Ihm gefiel es, seine Geologen einen nach dem anderen zu zermalmen, damit jeder einzelne seine ungebremste, ungehinderte Kraft zu spüren bekam. In den fünfzig Jahren seiner Suche nach Öl und Erdgas hatte er mehr als ein Dutzend gute Geologen verschlissen, hatte sie wie herbsttrockene Grashalme, die man mit einem Streichholz anzündet, verbrennen lassen, und manchmal hatte er sie auch zu Staub zermahlen, indem er ihre eigenen Sehnsüchte gegen sie richtete: sie ihren Trieb, unter der Erde nach Rohstoffen zu suchen, voll ausleben ließ.

Sie durften bohren, wo und wie oft sie wollten; und wenn sie zu Asche oder zu Staub zerfallen waren, dann war es, als würde der Wind selbst diese Spuren noch verwehen. Er sah sie nie wieder. Und dann machte er sich auf die Suche nach einem neuen Schüler, den er unterrichten, ausbilden und beherrschen konnte.

Old Dudley suchte nicht an den Universitäten nach ihnen. Seiner Ansicht nach war ein Geologe, der zur Universität gegangen war, nicht mehr zu gebrauchen. Und er entschied sich ausschließlich für junge Männer, da er genau wußte, daß Frauen schwerer kleinzukriegen waren – sie waren ausdauernder und würden ihn vielleicht überleben. Dudley wußte auch, daß seine eigene innere Schwäche – die trotz seines hohen Alters ungebrochene Lüsternheit – am Ende statt der Geologin ihn selbst zerstören würde. Er wußte, daß er um das

Büro der Frau herumschleichen würde, daß er ständig das Verlangen hätte, unter ihren Tisch zu kriechen, während sie die Karten zeichnete, das Verlangen, unter ihrem Kleid zu schnuppern und ihre Waden zu lecken. Eine Frau würde er anblicken und würde nichts als Sex sehen: Er wäre nicht mehr imstande, die Welt im Untergrund zu erkennen.

Deshalb wählte er ausschließlich Männer oder vielmehr achtzehn-, neunzehn-, zwanzigjährige Jungs aus, die sich dem Gipfel ihrer Leistungsfähigkeit näherten und ihrer Begeisterung mehr vertrauten als ihren Fähigkeiten und ihrem Verstand. Er mußte sich ihrer bemächtigen, bevor jemand anders auf sie einwirkte und ihnen beibrachte, an Grenzen und Beschränkungen zu glauben. Wenn sie das erst einmal begriffen hatten, konnte man sie kaum noch dazu bringen, sich für etwas zu verzehren oder zu verschleißen. Und wenn ihnen jemand anders alles beigebracht hatte, würden sie vielleicht seine Vorstellung von der Unterwelt, von den Geschehnissen unter der Erdoberfläche in Frage stellen.

Er mußte als erster auf sie einwirken. Er mußte warten, bis sie zur Welt gekommen und erwachsen geworden waren – er konnte sie ja weder wie Vieh in einem Stall halten, noch zog er nachts auf der Suche nach jungen Männern, in denen er das Feuer entfachen konnte, durch die Straßen, doch er war immer wachsam, war sich stets der Möglichkeit bewußt, daß er einem von ihnen begegnen konnte.

Old Dudley konnte auf den ersten Blick sehen, ob jemand diese Glut in sich hatte. Er konnte es an den Schultern des jungen Mannes, an seiner Haltung erkennen. Er konnte es riechen, und er konnte es in seinen Augen sehen. Er konnte es an allem erkennen: Er spürte die innere Temperatur und die Möglichkeiten und die Hitze des jungen Mannes, als würde er sich die Hände an einem Lagerfeuer wärmen.

Dudley hatte es nie auf blinde Gefolgschaft abgesehen; das wäre zu einfach gewesen, und der Geologe würde nie imstande sein, ihn einmal zu übertreffen. Old Dudley hatte einen größeren Sportsgeist.

Am besten, am allerbesten war es, wenn der Geologe letztlich begriff, was für ein Ungeheuer Dudley war, was für ein Manipulator und Despot, und wenn er gleichzeitig begriff, daß es zur Umkehr zu spät war, daß er nur bei Old Dudley weiterbohren konnte, wann, wo und wie er wollte – solange es keine Fehlbohrung war.

Von dem Moment an wurde der Geologe langsam zu Staub oder Asche: wenn ihm klar wurde, daß Dudley ihm von Anfang an eine Falle gestellt hatte.

Es war ganz seltsam. In dem Moment bekam Dudley Mitleid mit seinem Schüler und empfand sogar Liebe für ihn oder zumindest etwas, was diesem Gefühl ziemlich nahe kam.

Der Kampf des jungen Geologen zwischen seinen beiden Herren – die zwanghafte Bindung an Old Dudleys entsetzliches Wesen und die reine Sehnsucht, immer wieder in jene felsigen Regionen unter der Erde vorzudringen, die für andere Geologen unerreichbar und wahrscheinlich sogar unsichtbar waren, so daß es für den Seher, der von ihnen wußte, geradezu unerträglich sein mußte – erinnerte Old Dudley an ebenjene Bewegungen, die ihn so faszinierten: die vulkanischen Verwerfungen und Auswürfe der Erde, wenn eine Kontinentalplatte sich über eine andere schob, wie zwei gewaltige, feuerspeiende Tiere, die sich begatten; Risse und Spalten, durch die das Magma zur Erdoberfläche aufsteigt und Inseln, neues Gestein, dann Boden und schließlich Leben erzeugt.

Ständig brachen Riesenstücke aus den Kontinenten und stürzten in das Magma und die Lava zurück, verschmolzen wieder mit dem Gemisch, gerieten tief unten in das Räderwerk, in dessen Zentrum das rohe Verlangen der Erde waltete, und wurden zerkleinert; Berge erhoben sich, nur um im Handumdrehen wieder abgeschliffen und dann in Schichten windgepeitschter Ablagerungen auf der anderen Seite der Erdkugel neu verteilt zu werden, während sich neue Berge wie Meereswogen auftürmten und dann auf jene älteren Ablagerungen herabkrachten, ohne eine Spur zu hinterlassen, und sei es auch nur in der Erinnerung …

In dieses Schlachtfeld hinabzutauchen und Öl zu finden, in diese Regionen vorzudringen, sich nicht von jenen herabstürzenden Bergen zermalmen zu lassen oder in jenen Sümpfen und Meeren zu ertrinken: Näher konnte Dudley dem Gefühl der Liebe nicht kommen, und wenn der Geologe der Einsicht, daß Dudley sein Herr war, nicht mehr entrinnen konnte, dann verspürte Dudley so etwas wie Wärme und auch Reue.

Die Reue füllte in ihm eine Leere und befriedigte ein Bedürfnis. Sie half ihm, einen Platz in der Welt zu finden. Vielleicht half sie, das Räderwerk und die Welt selbst in Gang zu halten. Die Reue war jedoch belanglos für die Wärme, die Dudley verspürte, wenn er beobachtete, wie der Geologe immer tiefer in jene unterirdischen Regionen flüchtete – wie er versuchte, Old Dudleys Fesseln abzustreifen, und doch nur gegen die Felsen rammte.

Während der junge Geologe zuvor voll anmutiger Unschuld und ohne Selbsterkenntnis gewesen war, sprühten jetzt die Funken, wenn er wie ein abstürzender Vogel mit einem verletzten Flügel durch jenes Räderwerk taumelte.

Old Dudley war kein angenehmer Anblick. Obwohl er schon steinalt war, wirkte er nicht älter als Anfang Sechzig und hatte die Figur eines einstigen Athleten, der sich bemühte, in Form zu bleiben. Der Grauton seiner Augen verlieh ihm etwas Hinterlistiges, auch wenn das vielleicht nicht in seiner Absicht lag. Sein schütteres, kurzgeschnittenes Haar war silbern. Egal, wie adrett er auch gekleidet war, er hatte stets etwas Ungehobeltes an sich. Durch irgend etwas an seinem Erscheinungsbild – seine Muskeln, seine Haltung, seinen Gang – gewann man den Eindruck, er sei eher ein keulenschwingender Gewalttäter als ruhig und gesetzt. Der Widerspruch zwischen seinem guten Anzug und seiner ungeschlachten Haltung ließ ihn bloß noch unberechenbarer erscheinen, als säße er in der Falle und könnte jeden Moment in Wut ausbrechen oder irgendeinen Schaden anrichten.

Wer genauer Bescheid wußte, fand überdies seinen geradezu unermeßlichen Reichtum verstörend: Hunderte von Öl- und Erdgasvorkommen, die er entdeckt hatte und die in unterschiedlicher Tiefe übers ganze Land verstreut waren, Reserven von mehreren Milliarden Dollar.

Noch beunruhigender war, daß er nur sehr wenig von seinem Reichtum in Geld umwandelte; alles, was seine Öl- und Erdgasvorkommen ihm einbrachten, steckte er stets in neue Bohrungen, so daß sein Unternehmen immer größer wurde und das Öl, das aus seinen Bohrlöchern sprudelte, bei neuen Bohrungen als Treibstoff diente. All das erinnerte an eine nie stillstehende Nähmaschine; aber statt etwas wieder zusammenzufügen, durchbohrte er die Erde ständig und stach noch mehr Löcher in ihre Oberfläche. Er hatte etwas von einer Bestie mit scharfen Zähnen, die die ganze Welt verschlang, unaufhörlich mit ihren Kiefern mahlte und schluckte und währenddessen immer größer wurde.

Doch das Unangenehmste an Old Dudleys Äußerem waren seine Zangenmale. Auf beiden Seiten des Schädels hatte er eine ähnliche Einbuchtung, zwei schattenhafte Dellen, die, auch wenn er ins Licht trat, unverändert blieben und nicht verschwanden: ein uraltes Muttermal, der Abdruck einer Geburtszange. Es verlieh ihm etwas Fremdartiges, Reptilienhaftes, und wenn man die Zangenmale sah, begriff man unwillkürlich, daß man das strampelnde, schreiende Baby aus dem Bauch seiner Mutter hatte herausziehen müssen, daß es sich gesträubt hatte, jene wäßrige andere Welt zu verlassen und sich in diese Welt heraufzuarbeiten.

Wenn er jemandem zum erstenmal begegnete, konnte er ihm direkt ins Herz blicken und seine Schwachstelle erkennen. Während der kurzen Blöße, dem Schreck, wenn man zum erstenmal seine Zangenmale sah, konnte er ein paar Sekunden lang bis auf den Grund der Seele sehen.

Diese Gabe, diese Kraft hätte er gegen nichts auf der Welt eingetauscht.

In letzter Zeit hatte Dudley zwei statt bloß einen Geologen eingesetzt, was er belebend fand: einen älteren, erfahreneren namens Matthew, der bereits knietief in Schutt und Flammen steckte, und einen neueren namens Wallis, den er im texanischen Hügelland ausfindig gemacht und sofort eingestellt hatte.

Wallis hatte auf dem Lande hinter dem Tresen eines Lebensmittelladens gestanden und an einem trägen, windigen, wolkenlosen Oktobersamstag ein Buch gelesen, und das hatte Old Dudley an seine einzige Tochter, sein einziges Kind erinnert: wie der junge Verkäufer aus der Welt herausfiel in das, was darunter lag.

Normalerweise fand Old Dudley, daß Bücherlesen den Geologen, die er suchte, den Todesstoß versetzte. Er brauchte eher jemanden, der mit einem Sprung über jene schroffen Abgründe hinwegsetzte oder zumindest dazu bereit war, der bereit war, seine Vorstellungen in etwas Wirkliches, Greifbares umzuwandeln. Bücherwürmer wollten diesen Sprung gar nicht machen, das wußte er – sie wollten, daß alles schön, sicher und bequem blieb, nur in ihrer Vorstellung und auf Distanz. Lieber einen Ackergaul oder einen Maulesel kaufen als einen Bücherwurm einstellen. Doch Wallis schien anders zu sein – kein geübter Leser, sondern ein Anfänger. Er hatte unbestreitbar den Geruch, das richtige Potential, und Dudley konnte ihm nicht widerstehen.

Konnte Dudley mit zwei Geologen gleichzeitig fertig werden? Er wußte es nicht, doch wenn jetzt einer verglühte oder ausgelaugt war, brauchte der andere bloß seine Arbeit zu übernehmen. Es würde beim Wechsel keine so lange Wartezeit mehr geben, und Old Dudley würde nicht wieder ganz von vorn anfangen und sich aus lockerem Lehm einen neuen formen müssen. Als Dudley jünger gewesen war, hatte ihm das noch Spaß gemacht. Aber jetzt hatte er nicht mehr die Geduld dazu.

Er wußte nicht, wie die beiden – Matthew und Wallis – zusammenarbeiten würden. Vielleicht würden sie zuviel Zeit und Energie aufeinander verschwenden: Es konnte eine Reibung entstehen, die auf Kosten ihrer Bohrungen in unterirdische Regionen ginge. Er wußte es nicht. Doch er wußte, daß er sich für Wallis entscheiden mußte, wußte es, noch bevor er sah, wie Wallis langsam von seinem Buch aufblickte; wußte es, noch bevor er seine blauen Augen sah, die vor Kummer rot gerändert waren, einem Kummer, der nur eins bedeuten konnte: Er hatte einen geliebten Menschen verloren.

Dudley brauchte keine Fragen zu stellen. Er konnte Gerüche und Gesten lesen, wie andere Menschen eine Zeitung lesen. Er konnte diese Gerüche direkt bis ins Innerste verfolgen, bis zu den Schwachpunkten. Vielleicht kannte er nicht die näheren Einzelheiten von Wallis' Kummer – daß Wallis fünfzehn Jahre lang mit seiner Freundin Susan, ihrem alten Großvater und ihren Pferden an einem Bach gelebt hatte und daß sie vor sechs Monaten gestorben und ihr Großvater ihr ein paar Wochen später mit gebrochenem Herzen in den Tod gefolgt war. Die näheren Einzelheiten über ihr früheres Leben dort an jenem Bach inmitten der immergrünen Eichen und unter den halbkuppelförmigen Granitfelsen, die den Indianern heilig waren, Kuppeln aus geschliffenem Granit, die, glatt und rosa wie Muskeln, ringsum aufragten und im Licht der Sterne und des Mondes funkelten, konnte Dudley nicht lesen. Er konnte die Geräusche des Baches nicht hören, die bei Tag und Nacht oder in den verschiedenen Jahreszeiten stets anders klangen, doch er kannte den Geschmack und wußte, daß Wallis all das und noch mehr verloren hatte, daß er alles verloren hatte, und in seiner Gier griff er sofort zu. Vielleicht beging er in seinem hohen Alter, mit seiner Eile einen Fehler, aber er glaubte es nicht, Bücherwurm hin oder her. Wallis erinnerte ihn zu sehr an Mel.

Und Wallis, der sich damals in seinem Kummer suhlte, hatte das Gefühl, gerettet zu werden. Er war Old Dudley nach Houston gefolgt, hatte seine Bücher beiseite gelegt und langsam gelernt, die Geschichten unter der Erdoberfläche zu lesen: nicht bloß ein paar Zentimeter oder hundert, zweihundert Meter darunter, sondern ganz tief unten, im Innersten, und er verlor sich in Regionen, wo noch kein Mensch gewesen war, die noch keiner gesehen oder sich auch nur vorgestellt hatte und wo es etwas wie Kummer bestimmt nicht gab.

Es hatte etwas von einer Adoption oder Absorption, wie Dudley diese Männer nahm und zu Geschöpfen formte, die besser in jene Spalten und Abgründe eintauchen konnten, wie er ihre Schwachstellen in jene Richtung bog. Sie dachten, sie würden bloß seine Schüler sein. Erst wenn es zu spät war, begriffen sie, daß das Öl unter der Erde, das Öl, nach dem sie suchten – die miteinander verbundenen Wasser- und Kohlenstoffmoleküle, einstiges Leben, im stinkenden Bottich des Todes vereint –, wie das alte, dampfende Blut der Erde war und daß es sie, Old Dudley und seine Geologen, wie Blutsbande aneinanderkettete.

Erst wenn es zu spät war, viel zu spät, und sie schon zu Staub zerfielen oder in Flammen standen, begriffen sie, daß sie zu seiner Familie gehörten; und sie konnten sich auch nicht vorstellen, zumindest nicht rechtzeitig, daß er eine Bestie war, die ihre Kinder verschlang.

Ein Jahr später schickte Dudley seinen zweiten Sohn Wallis in das Tal. Er schickte ihn nach Norden mit einer völlig primitiven Landkarte, ein paar grob gezeichneten Linien auf einem Fetzen braunem Papier, auf der der Name des Tals, Swan Valley, und die ungefähre Lage im Norden Montanas verzeichnet waren. Old Dudley und Matthew erzählten ihm, daß Dudleys Tochter Mel dort oben bei den Wölfen im Schnee lebte – es war November – und daß Matthew in dem Tal zur Welt gekommen war. Mel hatte Matthew in Montana kennengelernt, und sie waren ein Liebespaar geworden, waren eigentlich immer noch eins, obwohl es Dudley fast gelungen war, ihn ihr wegzunehmen, denn Matthew lebte jetzt das ganze Jahr über bei Dudley in Houston, am Buffalo Bayou, wo es schon seit mehr als hundert Jahren keine Büffel mehr gab.

Dudley und Matthew erzählten Wallis, daß es im Nordwestzipfel des Staates zwei Swan Valleys gebe und daß er in das zweite, das verborgene, fahren solle, daß keiner etwas von dem Tal wisse und daß man dort noch nicht in diesem Jahrhundert angekommen sei. Sie sagten, das zweite Swan Valley sei wie der Schatten des ersten. Sie erzählten ihm, daß Mel ihn an einem bestimmten Tag auf dem Paß über dem Tal, der einzigen Straße, die hinein- oder herausführe, treffen werde, daß er die Grenze nach Kanada überqueren und sich dann wieder nach Süden wenden und in die Vereinigten Staaten zurückkehren müsse, um dorthin zu gelangen.

Sie sagten ihm, daß er sich vermutlich in Mel und sie sich vielleicht auch in ihn verlieben werde, aber all das spiele keine Rolle; es werde nicht von Dauer sein.

Old Dudley war Falkner – nicht mehr so begeistert wie in seiner Jugend, doch hinter seinem Haus in der Stadt, von wo man einen Blick über die Sümpfe hatte, saßen noch immer ein paar angebundene Falken. Von Zeit zu Zeit hetzte er sie auf die Tauben, die unter den Brücken über die Interstate hausten, oder nahm sie sogar mit in die Innenstadt, damit sie dort auf die Jagd gehen konnten. Old Dudley beauftragte Wallis, nach dem Öl zu suchen, das weder er noch Matthew hatten finden können, und dann zurückzukehren. Dazu gab er Wallis eine Reihe von Anweisungen, die so spezifisch waren wie der DNS-Code einer Zelle.

Wallis hatte im letzten Jahr mit ihnen in den Sümpfen gelebt und oft beobachtet, wie Old Dudley mit den Falken arbeitete, und er wußte, was Dudley meinte: daß der Falke ohne den Falkner verhungern würde. Ein Falke konnte entweder in freier Wildbahn leben oder in Gefangenschaft, doch ein Jagdfalke, einer, den man zu einem Leben irgendwo dazwischen abgerichtet hatte, der immer zwischen diesen beiden Polen hin und her pendelte, der jagte, sobald der Falkner ihn von der Leine ließ, aber dann wieder zwei oder drei Tage untätig herumsaß, zu schwach, um ein Tier im Flug erlegen zu können, und den man in dieser Zeit mit Taubenbrust füttern mußte, damit er wieder kräftig genug wurde, um fliegen und jagen zu können, so ein Vogel konnte ohne den Falkner nicht überleben.

Die Strafe, die Strafe der Natur, wenn er diese Lektion nicht lernte, war stets der Tod.

All das erzählten sie Wallis, nicht wie Prophezeiungen, sondern als sähen sie es so deutlich vor sich wie jemand, der die Zukunft genauso gut kennt wie die Vergangenheit: als wäre die Zukunft bloß eine andere Spielart der Vergangenheit, wäre von etwas anderem verdeckt und als könnten sie auch das erfassen, auf einer Karte festhalten und manipulieren; als bliebe ihnen nichts verborgen.

»Sie gehört mir«, sagte Matthew.

»Ich finde, sie gehört keinem«, sagte Wallis. Die beiden standen sich nicht so nahe wie Brüder, doch vielleicht wie Cousins. Zwischen ihnen gab es keine Rivalität; es gab bloß die Suche nach Öl, die beide über alles liebten.

Dudley hatte noch nie einen Geologen gehabt, der es so lange unter seiner Anleitung ausgehalten hatte wie Matthew. Manchmal wachte er nachts mit dem ängstlichen Gedanken auf, daß Matthew ihn überleben könnte, daß der metallische Geruch der sprühenden Funken, den er diesmal wahrnahm, nicht von seinem Schüler, sondern von ihm selbst stammte. Dann befürchtete er einen Augenblick lang, daß das Dröhnen der Geröllawine nicht aus einer sicheren Entfernung, sondern zum erstenmal von ihm selbst kam. So etwas war jedoch noch nie geschehen, und deshalb konnte es Dudley sich weder vorstellen noch daran glauben oder sich damit abfinden; er bezeichnete es einfach als Alptraum, stand mitten in der Nacht auf, machte sich einen Drink, setzte sich an seinen Zeichentisch unter der Deckenlampe, ein gelber Lichtfleck in dem Tiefdunkel ringsum, und betrachtete liebevoll die Karte, die auf dem Tisch lag – die Eleganz ihrer Konturen, die weiblichen Kurven der Erdformationen.

»Laß die Finger von ihr. Sie gehört mir«, sagte Matthew noch einmal, als Wallis aufbrach.

Er flüchtete aus Texas und fuhr, ohne einer Karte zu folgen, in einem alten Jeep nach Nordwesten, wußte bloß, daß er den kleinen Papierfetzen mit der Karte, die Dudley und Matthew für ihn gezeichnet hatten, erst am Ende seiner Reise brauchen würde, wenn überhaupt. Als er das Hügelland durchquerte, in dem Susan begraben lag, spürte er, wie etwas nach seinem Herzen griff und daran riß und zerrte, und er fuhr langsamer und spürte ihre Nähe so stark, als wäre sie aus ihrem Grab gestiegen, damit sie bei ihm sein, oder als würde er zu ihr hinuntergezogen, damit er bei ihr sein konnte. Er hielt an, doch dann mußte er nicht so sehr an den Falkner, mit dem ihn keine übermäßige Treue verband, sondern an das Öl denken, das sein Leben wieder in Schwung gebracht hatte, und er fuhr weiter nach Nordwesten.

Durch das trockene goldene Gras der Prärie, dann – Mitte November – unter einem geschwollenen lila Winterhimmel, der wie ein riesiger blauer Fleck aussah; durch Schneeregen, als er Nordtexas verließ, und in die pinienbestandenen Hügel von New Mexico hinauf, mit dem Rauch aus den Holzöfen und den Elstern, die durch das Schneegestöber flogen.

Die Falken aus dem Norden zogen gerade nach Süden, und jeden Tag konnte er sie rund um die Uhr durch aufreißende Wolken sehen. Manchmal schwebten sie und ließen sich vom Wind tragen, manchmal flogen sie, doch immer ging es nach Süden, und es kam ihm seltsam vor, daß er so entschlossen nach Norden strebte. Eines Nachts kampierte er in einem ausgetrockneten Flußbett unter einer alten Eisenbahnbrücke, die nach Kreosot stank, ihn aber vor dem erbarmungslosen Mondlicht schützte. Mitten in der Nacht wachte er auf, weil die Erde bebte, und dachte zuerst, ein Wildbach käme dahergetost, doch dann hörte er das Pfeifen eines Zuges, und als er aufblickte, sah er die riesige schwarze Masse zehn Meter über seinem Kopf vorüberdonnern. Die Funken regneten von den Stahlrädern auf ihn herab, und auch als der Zug schon längst weg war, pochte sein Herz noch, weil es so aufregend und schön gewesen war – das Tempo und die Kraft des vorüberbrausenden Zuges.

In seinem Jeep gab es keine Heizung, und je weiter er nach Norden kam, um so öfter mußte er anhalten und sich aufwärmen: in einem Restaurant oder einer Tankstelle, dann an Lagerfeuern aus Salbei und Wacholder und schließlich, in höheren Regionen, weiter nördlich, an Feuern aus Tanne und Fichte. Wenn es schneite, legte er sich unter den Jeep und lauschte dem Prasseln des Feuers. Wenn er schlief, schlich sie sich manchmal von hinten heran, kam von Texas herüber, als wollte sie ihn gefangennehmen und zurückschleppen, doch oft schlief er nicht, sondern lag in seinem Schlafsack und schaute ins Feuer; und manchmal hatte er das Gefühl, als rollte die Welt noch immer unter ihm dahin, als zöge sie ihn noch immer nach Nordwesten, ungeachtet seiner eigenen Wünsche; das Gefühl, daß schon zu viel durch die Bahnen oder Konstellationen der Sterne am Himmel oder durch unterirdische Kräfte festgelegt war. Er wußte, daß Old Dudley oder Matthew ganz anders durch die Welt streiften, wußte, daß sie die Welt mit Bärenpranken niederhielten und ihr sagten, was sie zu tun und zu lassen habe, doch Wallis gefiel es, ins Feuer zu schauen und die Erde unter sich dahinrollen zu lassen, sich ihr anzuvertrauen.

Im südlichen Colorado herrschte so dichtes Schneetreiben, daß er kaum noch vorwärtskam. Er fuhr mit zehn, fünfzehn Stundenkilometern. Rothirsche und Wapitis kamen aus den Bergen in ihre Wintergebiete, und oft gingen sie wie bei einer Parade auf beiden Seiten seines dahinschleichenden Jeeps, begleiteten ihn von einem hohen Paß hinunter bis zur anderen Seite der Wasserscheide. Auf ihrem Rücken lag eine dicke Schneeschicht. Ihr Geweih trugen sie wie eine Königskrone.

Er wandte sich nach Westen und fuhr durch Utah. Dort sah er kaum einen Menschen. Und er spürte jetzt eine Kraft, die ihn wieder nach Norden zog, wie einen Lachs stromaufwärts, in die Berge Idahos. Er kroch unter den Jeep, versuchte, schnell einzuschlafen, labte sich an der letzten Wärme des Motors, und es schneite immer weiter, der Schnee begrub die glühendroten Kohlen des Feuers, das er entzündet hatte, und dann herrschte Totenstille, während sich der nächtliche Neuschnee über die Welt legte und alles, was sich während des Tages ereignet hatte, all die Tage unter sich begrub. Jetzt, da er dem Swan Valley immer näher kam – nicht wie ein Pfeil, der von einem Bogen schnellt, sondern wieder wie ein Fisch, der sich stromaufwärts kämpft –, glaubte er langsam, daß er diesen Ort, diesen Rhythmus auch ohne Anweisungen, ohne die Wegbeschreibung des Falkners gefunden hätte.

Er blieb im Norden, überquerte aber die Wasserscheide nicht mehr, spürte nur hinter sich und im Osten ein Meer von Gras. Statt dessen wandte er sich nach Westen und fuhr noch tiefer in die Wälder: vorbei am Goldenzian und dann noch weiter hinauf, wo die Bäume noch größer und die Berge noch höher waren und wo es aufhörte zu schneien, als läge all das jetzt unter ihm. Die ganze Welt war weiß, bis auf das Tiefblau des Himmels, ein Blau, wie er es noch nie gesehen hatte, und es herrschte eine so große Stille, daß auch sie ein eigenständiges Geräusch zu sein schien. Die Sonne strahlte, doch es war eiskalt. Er wollte ein Feuer anzünden, wollte aber auch weiterfahren.

Den ganzen Tag begegnete er nur zwei anderen Fahrzeugen: riesige, schneebedeckte Holztransporter mit klirrenden Ketten an den Reifen, die einen Funkenregen hinter sich herzogen. Die langen Sattelauflieger der Lastwagen ächzten unter dem Gewicht der riesigen Bäume, obwohl der erste nur mit fünf und der zweite mit sechs Bäumen beladen war; und sie ließen den starken, süßen Duft von frisch zermalmten Zweigen zurück.

Wallis überlegte, ob er einen Blick auf die Karte werfen sollte, entschied sich jedoch dagegen, was dem Falkner zweifellos nicht gefallen hätte. Er spürte, wie Ruhe und Frieden von ihm Besitz ergriffen; so war es auch, wenn er die versunkenen Regionen kartierte, die sechstausend Meter und zweihundert Millionen Jahre unter der Erde lagen. Hätte er so einen Ort ohne Dudleys – und Matthews – Anweisungen finden oder ihn sich auch nur vorstellen können? Er war ihnen dankbar, doch er war auch verwirrt, während er innerlich immer ruhiger wurde. Wenn dieser Ort eine Anziehungskraft auf ihn ausübte, sich nach ihm sehnte, warum hatte er das noch nie gespürt? Was für eine Kruste hatte das überlagert?

Am letzten Tag rollte er kurz vor Mittag durch das Städtchen namens Swan – ein weitläufiger Ort in einem Flußtal mit ein paar verschneiten Weiden, Koppelzäunen und alten Hütten, aus deren Schornsteinen der Rauch senkrecht aufstieg. Er hielt vor dem einzigen Laden, tankte und fragte die Frau, was weiter nördlich liege.

»Nichts«, sagte sie und lachte. »Bäume und Kahlschläge«, sagte sie. »Irgendwann hören die Kahlschläge auf – und dann bloß noch Bäume, die Wälder, zu denen sie noch nicht vorgedrungen sind – und ein paar Wilde.« Zuerst dachte Wallis, sie wolle sagen, daß die Leute, die die Bäume fällten, Wilde seien, doch dann begriff er, daß sie die Leute meinte, die dort oben in den Wäldern lebten.

»Das andere Swan«, sagte sie. »Das zweite Swan.« Sie zündete sich eine Zigarette an und blickte in den strahlendblauen Tag hinaus: Die Schönheit, die zu kalt zum Hinausgehen war, schien sie gefangenzuhalten. »Ich war noch nie dort oben«, sagte sie. »Es sind hauptsächlich Drogenabhängige und Hippies. Kriminelle. Es liegt direkt an der kanadischen Grenze. Ein Teil davon gehört schon zu Kanada. Es heißt, daß ungefähr zwanzig Leute da oben leben. Dunkel, feucht – ziemlich tief im Wald. Eine Geisterstadt. Da oben gibt's viele Wölfe.« Sie zog an ihrer Zigarette. Der Zigarettengeruch brannte Wallis in den Augen, doch er konnte sich denken, daß sein eigener Geruch nach der tagelangen Fahrt für sie nicht besonders angenehm war. »Da hinten können Sie für einen Dollar duschen, wenn Sie wollen«, sagte sie und deutete auf die Toilette hinter den Pokerautomaten.

»Nein, danke«, sagte er und dann: »Dieser andere Ort, der mit demselben Namen – wie weit ist das?«

»Sie fahren bis ans Ende der Welt«, sagte sie. »Fahren Sie, bis Sie die Wölfe heulen hören, bis Sie ihre großen Pfotenabdrücke im Schnee neben der Straße sehen. Fahren Sie, bis die Straße aufhört.« Ein weiterer Zug an der Zigarette. »Fahren Sie, bis Sie da, wo die Wölfe gewesen sind, lauter Rabenschwärme und tote Rothirsche sehen.« Noch ein Zug. »Wir hatten den Namen zuerst.«

Er hatte noch keine dreißig Kilometer zurückgelegt, als er die ersten Wölfe zu sehen glaubte. Sie waren am Straßenrand versammelt und nagten die gefrorenen Kadaver von Rothirschen ab; ihre Gesichter waren rot maskiert, mit Dampfwolken vor den Mäulern, als ob sie etwas sagen würden, und über ihren Köpfen schwebten Adler, die auf die Gelegenheit warteten, sich ebenfalls an dem Festmahl zu beteiligen.

Es waren nur Kojoten – die Schatten der Wölfe –, doch sie waren größer als alle Kojoten, die er jemals in Texas gesehen hatte, so daß es ebensogut hätten Wölfe sein können. Und es waren so viele, und die Frau hatte recht, die Raben, ganze Schwärme, waren immer in der Nähe, wie Fruchtfliegen über verdorbenem Obst, doch dieses Fleisch war nicht verdorben, dieses Fleisch war früher am Tag noch am Leben gewesen.

Er kam an die kanadische Grenze – auf einem kleinen grün-weißen Schild stand bloß »Kanada« – und öffnete das Eisentor, das die Straße versperrte (jetzt nur noch ein Weg, den ein Schneepflug gegraben hatte), und er fuhr hindurch, als ob er die Einfahrt zu irgendeinem Haus hinauffahren würde. Dann hielt er an und schloß das Tor hinter sich.

Die Abenddämmerung war hereingebrochen, und er folgte der kurvenreichen, vereisten Straße, die einer Rodelbahn glich. Die Sterne begannen, durch den Wald zu funkeln, in großer Zahl strahlten sie herab, und ohne Sonne fiel die Temperatur, fiel, als ob sie von einem Klippenrand stürzen würde. Dreißig, fünfunddreißig Grad unter Null, als er den Paß erreichte, den er daran erkannte, daß es nicht mehr weiterging. Auf der anderen Seite hatte man den Schnee nicht geräumt, und das Tal weit unten war von der Welt abgeschnitten.

Wallis wußte nicht genau, wann er die Grenze zu den Staaten wieder überquert hatte, doch er konnte die schwachen Umrisse, das dunkle Becken des zweiten Tals erkennen. Er stieg aus und schaute auf seine Armbanduhr. Er war sechs Stunden zu spät, doch Mel konnte noch nicht dagewesen sein, da er im Schnee keine Spuren fand.

Er konnte den Wald noch deutlicher riechen, konnte den Duft von Dingen, deren Namen er noch nicht kannte, tief einatmen.

In dem fernen Tal konnte er nur zwei Lichter sehen – er wußte, es waren Laternen oder Glühbirnen, die von Generatoren erleuchtet wurden. Man hatte ihm erzählt, daß es im Tal keinen elektrischen Strom gebe und nur ein einziges Münztelefon: ein seltsamer, behelfsmäßiger Apparat, der einen Kurzwellensender mit mehreren kurzlebigen Satellitenverbindungen koppelte. Doch der Satellit überflog diese Seite der Erde nur alle zwei Tage, so daß das Tal, abgesehen von der schmalen Straße, die hineinführte, die Hälfte der Zeit völlig isoliert war.

Wallis sammelte grüne Tannenzweige und zündete mitten auf der Straße ein Feuer an. Er holte aus dem Werkzeugkasten im Jeep ein Beil, fällte einen kleinen Baum und verbrannte alles, einen Zweig nach dem anderen, Stück für Stück. Jedesmal, wenn das Feuer aufloderte, konnte er den Wald ringsum sehen und kurz die Hitze spüren, doch dann wurden die Flammen wieder winzig und unbedeutend; aber im Lauf der Nacht, in der Wallis eifrig Zweige nachlegte – er schlug Schneepfade in den Wald und brach Zweige ab wie ein hungriges, fressendes Tier –, bildete das Feuer so viel Kohle, daß der Schnee ringsum sich in brodelndes, kochendes Wasser und Dampf verwandelte.

Es gelang ihm, die Kohle rings um den Jeep aufzuhäufeln – ein glühender orangefarbener Ring aus schnell abkühlendem Feuer –, und so konnte er, während er zu den verschlungenen Rohren unter seinem Jeep statt zu den Sternen blickte, in der kurzen Hitze in einer Höhe von dreitausend Metern einschlafen. Im Halbschlaf wälzte er sich in seiner Vorstellung auf den Bauch und blickte nach unten statt nach oben, in eine dunkle Welt sechstausend Meter unterhalb dieser dreitausend Meter, und suchte nach schwarzem Öl.

Wenn der Falkner sagte, es sei dort unten, dann war es auch so, doch er wußte nicht, wieviel. Unter den tausendfünfhundert Quadratkilometern des kleinen Tals, in jeder beliebigen Tiefe, in einer von unendlich vielen Schichten fand sich möglicherweise bloß ein schmaler Streifen Öl, gerade soviel, um einen Eimer zu füllen, soviel Öl oder Erdgas, wie man brauchte, um eine Lampe eine Nacht lang zu erleuchten.

Wallis fragte sich, ob Mel ihrem Vater gleichen oder ob sie das genaue Gegenteil sein würde, was oft vorkam, als könnte sich das Blut, das in einem Menschen fließt, drehen und winden, wäre erst klar und funkelnd und bei der nächsten Generation dickflüssig und trüb.

So abgeschieden, wie sie lebte, war sie vielleicht eher durch das Land als durch ihre Herkunft geprägt worden – doch der kurze Blick in das dunkle, nur von Sternen erhellte Tal versetzte Wallis kaum in die Lage, abzuschätzen, was für einen Menschen diese Landschaft erschaffen würde, wenn sie sich ihm einschrieb.

Im Schlaf tauchte er jetzt tiefer, senkrecht hinab, und er fühlte sich nicht länger, als ob er schwimmen würde, sondern wie ein Falke im Sturzflug, wenn auch nicht so schnell wie der Falke. Er stieg hinab zum sichersten Ort der Welt.

Und während er sechstausend Meter unter der Erde war, atmete und sog da der Rest von ihm, den er zurückgelassen hatte, die Haut oder Hülle seines Körpers, die zusammengerollt auf dem Schnee lag, den Duft der Fichten und des Rauchs ein? Sog er das schwache Licht der Sterne in sich auf? Schnitzte die Bewegung der Sterne an diesem neuen Ort neue Botschaften in seine Haut, sogar während er schlief, und hüllte sie ihn ein in jene neuen, dünnen Schriftzüge?

Die Kohle aus seinem Feuer gefror, und der Dampf verflog. Der Jeep begann einzufrieren, zog sich in der Kälte zusammen und ächzte wie ein Tier; und falls Wallis das Ächzen überhaupt gehört hatte, bildete er sich bei seinem Abstieg ein, daß es der Klang der unterirdischen Welt war: ein Steigen und Fallen, geheime Gänge, die sich einen Augenblick lang öffneten und zugänglich waren, Spalten, die sich auftaten und dann schnell gefüllt wurden, Gipfel und Felsen, ganze Berge, die wie Blumen im Wind schwankten.

Das Öl im Jeep wurde zäh wie Lakritz, doch das Blut in seinem Körper war noch warm und floß, funkelte wie die Sterne, während er schlief, strömte dahin, während die Sterne weiter ihre schwachen Botschaften auf seine Haut schrieben, ja in die Luft ringsum und ihn umschlossen, auch wenn er es vielleicht nicht merkte, oder vielmehr seine körperliche Hülle umschlossen, die er bei seinem Abstieg zurückgelassen hatte.

Während er schlief, während sein Körper schlief und der Rest von ihm hinabtauchte, immer schneller und immer tiefer, schrie eine Eule, doch er hörte es nicht.

Schneeschuhhasen, so weiß wie die Welt ringsum, drängten sich um ihn, da das erlöschende Feuer sie neugierig gemacht hatte. Der geschmolzene Schnee in der Nähe des Feuers fror zu grotesken, verkrümmten, durchsichtigen Figuren – aus dem weichen Schnee rings um den Jeep waren greifende, krallende Gestalten geworden, übersät mit Holzkohlestücken und Splittern.

Von oben hätte das Ganze wie ein Krater ausgesehen; und auch so, als wäre Wallis im Eis eingefroren. Es hätte ausgesehen, als wäre das Eis, während er schlief, in Wellen auf ihn zugekrochen und hätte begonnen, ihn einzuhüllen.

Die Stimme einer Frau sagte: »Ich dachte schon, du wärst tot.«

Es war erstaunlich hell, als Wallis die Augen aufschlug. Sein Atem dampfte so stark, daß er zuerst nichts sehen konnte; doch als die Dampfwolke verflog, sah er die Frau, die gesprochen hatte. Er versuchte, sich unter dem Jeep auf einen Ellbogen zu stützen, doch seine Decken und sein Schlafsack waren festgefroren. Sie lachte, während er sich bemühte freizukommen.

Ihr Haar war lang, nicht weiß, sondern eher frostfarben, als ob ihr Rauhreifatem oder der Winter es gefärbt hätten, und ihr Gesicht war lang und schmal. Sie war hochgewachsen, hatte runde Schultern und einen kräftigen Hals. Ihre Augen waren grün und fixierten Wallis jetzt mit einem festen, neugierigen und belustigten Blick. Sie hatte sich hingehockt und beugte sich vor, um ihn anzustarren, was ihn an die Redewendung *sich auf die Hinterbeine setzen* erinnerte. »Mel«, sagte sie, zog den Handschuh aus und streckte die Hand unter den Jeep. Sie hielt seine Hand fest und zog ihn aus den Eiskringeln, die ihn umklammerten, und als er befreit war, lachte sie erneut, als hätte sie einen Fisch gefangen.

»Du hast keine Skier oder Schneeschuhe«, sagte sie.

»Ich wüßte auch gar nicht, wie ich damit zurechtkommen soll.«

»Du hast eine ziemliche Schweinerei gemacht.« Sie saß noch immer in der Hocke. Überall lagen Holzkohlestücke und mit Asche übersäte Eisklumpen. Wallis konnte sich nicht erinnern, wann er schon einmal einen so gutgelaunten, lebhaften Menschen gesehen hatte. *Kerngesund* war das richtige Wort; robust. Ihre Vitalität erinnerte ihn an die Energie, die jemand besaß, der sehr verliebt war. Er hielt es für unmöglich, daß so eine Energie allein von innen kam, daß es keine äußere Ursache gab, die dazu beitrug.

»Du bist der Geologe«, sagte sie und betrachtete sein Gesicht, wie man den Schädel einer ausgestorbenen Art untersuchen mochte, die eine gewisse Ähnlichkeit mit dem Menschen aufwies – man fragte sich staunend, welche Gemeinsamkeiten es trotz des ungeheuren Zeitunterschieds und der Evolution geben könnte.

»Ich bin noch Anfänger«, sagte er. »Sie haben mich hergeschickt, damit ich nach Öl suche. Sie haben mir gesagt, daß du darüber vielleicht nicht allzu glücklich bist.«

Sie lächelte. »Was haben sie sonst noch erzählt?«

Wallis errötete. Er konnte nicht sagen, ob sie schön war oder nicht. Er fand sie schön, doch ihre Kraft, ihre Robustheit, sprang so stark ins Auge, daß sie alles andere überlagerte, wenn er sie anblickte. Ihre Schönheit – wenn man es so nennen konnte – war eher unauffällig. Wenn er ihre Augen ansah, konnte er nicht auf die Form ihres Mundes achten. Ihre Lippen waren von der Kälte ganz blaß. Ihre ohnehin rötlichblonden Brauen und Wimpern waren ebenfalls mit Rauhreif überzogen. Sie trug eine Skimütze.

Das Tal unten schimmerte im Sonnenlicht – überall samtener, unberührter Wald. Ein paar graue Rauchfäden stiegen aus den Schornsteinen einer Handvoll Hütten, die er nicht sehen konnte. Ein Fluß zog sich mitten durch das kleine Tal, manchmal schnurgerade und manchmal in Windungen, und er studierte ihn schnell wie ein Röntgenarzt und stellte sich die Verwerfungen vor, die so einen Fluß geschaffen und geformt hatten.

Das Tal war von hohen weißen Bergen mit zerklüfteten Felsen umschlossen. Am letzten Abend hatte es in der Dämmerung wie ein Sumpf ausgesehen, wie eine Mulde, eine Falle, in die man tappte und aus der es kein Entrinnen gab, doch am Morgen, im strahlenden, kalten Sonnenlicht, sah es wie eine Zuflucht aus.

»Sonst haben sie mir kaum was erzählt«, sagte er, und sie betrachtete ihn jetzt nicht mehr wie ein Studienobjekt, dessen Schädelumfang sie interessierte, sondern wie einen lebendigen Menschen; als ob sie seine persönlichen Geheimnisse ergründen wollte.

»Hmm«, sagte sie. »Darauf geh ich jede Wette ein.« Ein weiteres Lachen, ein scharfer, eisiger Atemzug, und jetzt musterte er ihre Zähne, die weiß und quadratisch waren, als ernährte sie sich nur von Schnee.

Als sie aufgestanden waren, sah er, daß sie schlanker war, als er zuerst gedacht hatte – grobknochig, aber gelenkig –, und auch sie sah, daß er schlanker war. In den wenigen Augenblicken, in denen sie bisher darüber nachgedacht hatte, hatte sie sich vorgestellt, daß er wie Matthew gebaut sein würde, als formte die Erde alle Geologen gleich: gedrungen und muskulös, als verlangte sogar der Körper danach, Felsen und Erde aus dem Weg zu räumen.

Wallis sah nicht sonderlich gut aus. Unauffälliges braunes Haar mit einem leichten rötlichen Schimmer. Sie fragte sich, ob die Geologen, die Dudley nach Matthew herschickte, immer unscheinbarer sein würden, wie Wellen, die immer schwächer werden, je weiter sie den Strand hinaufrollen.

»Bleibst du bis zum Frühling hier?« fragte sie.

Sie wußten beide, daß er mindestens bis zum Sommer, vermutlich sogar bis zum Herbst bleiben mußte, daß der Schnee erst im April oder Mai schmelzen und das Oberflächengestein freilegen würde, das er kartieren mußte. Wallis wußte nicht genau, warum Old Dudley ihn so früh in das Tal geschickt hatte, es sei denn, es hatte etwas mit Dudleys Falkenjagd zu tun. Die »Wartephase« war fast so dramatisch wie der Sturzflug selbst: Der Falke schwebte so weit oben, daß er manchmal nicht mehr zu sehen war, hing in der Luft, angespannt wie ein Liebender, und wartete scheinbar bis in alle Ewigkeit darauf, daß die Beute aufgescheucht wurde. Wartete, um zu sehen, ob es überhaupt eine Beute gab.

»Steig auf meinen Rücken«, sagte sie. »Den Jeep kannst du im Frühling holen.«

»Vorher wird die Straße nicht geräumt?«

Mel zuckte mit den Achseln. »Vielleicht. Manchmal versuchen wir, sie offenzuhalten, damit ein Lieferwagen mit Vorräten reinkommen kann. Aber oft klappt das nicht. Um Weihnachten wird sie vielleicht noch mal freigemacht. Die Leute lassen gern ein Auto oder einen Lieferwagen hier oben stehen, damit sie notfalls rauskommen. Du kannst die Schlüssel steckenlassen. Los, komm«, sagte sie.

»Ich gehe zu Fuß«, sagte Wallis. »Wie weit ist es?«

»Ungefähr fünfzehn Kilometer«, sagte Mel. »Du würdest es heute nicht mehr schaffen. Komm schon.«

In den vereisten Spuren, die sie beim Aufstieg hinterlassen hatte, waren sie schnell, und sein zusätzliches Gewicht machte sie noch schneller. Es ging Wallis viel zu schnell – ein Hürdenlauf, ein Sturzflug –, und er hielt sich verzweifelt fest. Er staunte über ihre Kraft. Sie fuhr in der Hocke, mit gebeugten Knien. Sie hatte einen breiten Rücken, und er schmiegte sich daran, legte den Kopf auf die Seite und betrachtete die vorüberfliegende Landschaft. Ihr Haar wehte ihm ins Gesicht und wirbelte ihm in die Augen. Wenn sie sich in die Kurven legte, spürte er all ihre Muskeln. Es war nicht wie beim Reiten. Es war auch nicht wie Sex. Er kannte nichts Vergleichbares. Es war, als umschlänge man jemanden, mit dem man vom Himmel fiel.

Wenn sie sich in die Kurve legte und noch tiefer in die Hocke ging, wurden beide von Fontänen funkelnder Eissplitter bespritzt. Der Fahrtwind war kalt. Sie schraubten sich immer weiter den Berg hinab, als wollten sie sich in ihn hineinbohren. Durch ihren Körper konnte er ihre Freude spüren wie Hitze durch einen Wärmeleiter: als ob es seine eigene wäre.

Sie brausten tiefer in das Tal hinab. Die Bäume waren riesig, und dazwischen drangen nur einzelne Sonnenstrahlen hindurch. Zur Rechten tauchte eine Steinmauer auf. Sie war schneebedeckt und folgte den Windungen und Krümmungen der Straße, und Wallis fand die Landschaft dadurch nicht idyllischer, sondern wilder, als tauchten sie in die Vergangenheit ein, in eine Zeit, in der es noch keine richtigen Zäune gab. Die Mauer erinnerte ihn an die primitiven Landesgrenzen eines feudalen Kriegsherrn. Sie war hüfthoch und schien nicht verfugt zu sein, und wie gebannt starrte er sie an, statt die Wälder zu betrachten. Er versuchte sich vorzustellen, wie so eine Steinmauer als Schicht im Erdinnern aussah, doch es gelang ihm nicht; das Auf und Ab des Kolbens, das Aufbrechen und Zerkleinern des

Gesteins würden zerstören, was sich hier ungehindert so lange und so elegant hinzog.

Sie glitten über eine Holzbrücke. Dunkles Wasser brauste unter ihnen, und da, wo der Fluß wieder ans Licht trat, stieg Dampf auf. An beiden Ufern war er von Spitzenborten aus Schnee und Eis gesäumt.

Die Steinmauer zog sich durch den Fluß – dort waren es gewaltige Steine, die den Eisschollen und dem aufgestauten Wasser trotzen mußten –, und stromaufwärts, hinter der Mauer, hatte sich ein Teich mit schwarzem Wasser gebildet, der von kahlen weißen Espen umringt war. Das dunkle Wasser hinter der Mauer war noch nicht gefroren, doch Wallis hatte den Eindruck, daß es jeden Tag, jeden Augenblick soweit sein konnte.

Als sie über die Brücke sausten, sah er kurz, wie sich in dem Teich etwas bewegte. Bei ihrem plötzlichen Auftauchen hatte ein großes dunkles Tier auf der anderen Seite des Teichs den Kopf gehoben. Es war ein schokoladenbrauner Elch mit einer Schneeschicht auf dem Kopf und dem mächtigen Geweih, und auch sein Rücken war mit Schnee bedeckt. Während er die beiden Skiläufer beobachtete, tropfte ihm das Wasser aus dem Maul, und Wallis hätte gern angehalten und ihn sich angesehen. Knietief im Wasser, der Kopf so groß wie ein Anker, stand er friedlich inmitten der Landschaft und wirkte weise. Doch dann waren sie an ihm vorbei, und es gab nur noch den Wald und die Steinmauer, und sie rasten weiter, und beides schien kein Ende zu nehmen.

Als sie um eine Kurve bogen, beugte sich Mel zu weit vor und fuhr über eine leichte Bodenwelle – ihr Blick war von ihren im Fahrtwind zu Eiszapfen gefrorenen Tränen verschleiert –, und sie flogen in die Luft. Wallis war kurz beunruhigt, als er spürte, wie ihre Kräfte sie verließen, während sie den Boden unter den Füßen verlor. Es war, als hätte er Arme und Beine um eine alte Frau geschlungen und nicht um einen so kräftigen Menschen; bei der Landung schlugen sie einen Purzelbaum nach dem anderen, und als sie endlich liegenblieben, kam es beiden so vor, als hätte er sie verfolgt und eingefangen, sie angesprungen wie ein Raubtier, das seine Beute zu Boden reißt. Doch sie war als erste wieder auf den Beinen, klopfte sich den Schnee ab und half ihm dann auf. Keine Verletzungen. Die dämpfende Wirkung, die Versöhnlichkeit des Schnees.

Er stieg wieder auf ihren Rücken, und sie fuhren weiter. Bei dem Sturz hatte sich Schnee wie eine Maske auf ihre Gesichter gelegt, und ihre Kleider waren verkrustet: Und so gekrümmt und bucklig, wie sie daherkamen, sahen sie aus wie ein seltsames Wesen, das der Schnee geboren hatte.

Die Straße fiel jetzt steil ab. Wallis konnte den Fluß zwischen den Bäumen hindurch sehen und stellte fest, daß er erstaunlich groß war für so ein kleines Tal. Erneut versuchte er, sich vorzustellen, was für eine Geschichte darunter lag, ob die Streichrichtung der Erdformationen, das anstehende Gestein, sich nach links oder rechts neigte, ein normaler Gegenschub oder eine Verwerfung vorlag. Er ließ den Blick auf der Suche nach einem Anhaltspunkt über die verschneiten Berge wandern, doch er konnte es nicht sagen. Erneut fragte er sich, warum Dudley ihn im Winter hergeschickt hatte und was er während der langen Monate tun sollte, um seine Fertigkeiten zu trainieren, wo er statt dessen doch unten an der Golfküste hätte nach Öl suchen können. Wallis fragte sich, ob er dafür bestraft wurde, daß er nicht genug Öl gefunden hatte. Er fand, daß er ziemlich gute Arbeit geleistet hatte: Zwar hatte er nicht soviel wie Matthew gefunden, doch immerhin eine ganze Menge; und er war noch Anfänger. Matthew war auf dem Höhepunkt seines Könnens angelangt. Matthew hatte bereits ausgelernt.

Mel glitt jetzt langsam dahin. Sie bogen um eine Kurve und kamen in die Stadt, und noch immer folgten sie der Steinmauer. Wallis sah Gebäude, die er vom Paß aus nicht hatte sehen können: einen Laden auf der einen Straßenseite und eine Bar auf der anderen. Ein paar Nebengebäude mit staubigen Fenstern, die schon eingeschneit waren.

Auf beiden Seiten der Straße standen Pferde, Autos und Lieferwagen. Wallis warf einen Blick zurück und sah, daß zwei Kojoten hinter ihnen herliefen, doch als sie den Stadtrand erreichten, kehrten die Kojoten um und verschwanden im Wald.

Im Sonnenlicht auf der Straße standen Leute, und lange Tische voll Essen waren aufgestellt. Männer, Frauen, Kinder und Hunde umringten die Tische. Von einem gebratenen Truthahn stieg Dampf auf, während ein riesiger Mann mit langem schwarzem Bart ihn tranchierte. Die Kinder trugen keine Mützen, sie spielten, warfen mit Schneebällen und jagten einander. Einige Leute standen in kleinen Gruppen zusammen und tranken heißen Kaffee und Apfelwein, aus ihren Tassen stieg Dampf auf.

Mel glitt zu der Veranda der Bar, die von einem hölzernen Geländer eingefaßt war, und lud Wallis ab wie einen Postsack, als ob er es wäre, der müde war.

Ein paar Leute musterten Wallis kurz, doch die meisten Blicke blieben auf die langen Tische voll Essen gerichtet. Es gab ein Spanferkel in glänzender Glasur, den Apfel noch in der Schnauze, die Pfoten ausgestreckt, als würde es fliegen. Auf einer Seite brannte ein kleines Feuer, wo die Kinder Marshmallows rösteten. Wallis stieg der Duft von Kürbiskuchen in die Nase. Mel und Wallis klopften sich den Schnee von den Kleidern und gingen in die Bar.

Die Männer und Frauen, die sich um die Tische versammelt hatten, schrien auf, als ein eisiger Windstoß pulverigen Schnee über das Essen blies und Schneefahnen von den Dächern der Gebäude wirbelte. Einen Augenblick lang konnte keiner etwas sehen, überall bloß umherwirbelnder Schnee, ein Gestöber ums andere, doch dann ließ der Wind nach, die Welt füllte sich wieder mit Sonnenschein, und die Männer, Frauen und Kinder füllten wieder ihre Teller.

Sie wischten den Schnee von dem gebratenen Truthahn und dem Schweinskopf. Wo Schnee auf dem heißen Rücken des Ferkels gelandet war, dampfte es. Sie schnitten es mit Silbermessern an. Von den Rippen stieg Dampf auf. Diejenigen, die sich um das Ferkel versammelt hatten, keuchten und stöhnten vor Freude, als sie das Essen probierten, und ihre Beifallsrufe lockten andere herbei. Weitere Windböen wirbelten Schnee auf, der ihre dunklen Gestalten verdeckte, doch Wallis konnte sie hören, drüben bei dem Ferkel, wo sie den Festtag offenbar ohne Dank und ohne Erbarmen feierten, nur mit großem Hunger.

Danny war der Inhaber der Bar, die Red Dog hieß. In einer Ecke verströmte ein riesiger Holzofen eine starke Hitze. Hunde mit dampfendem Fell machten daneben ein Nickerchen, an mehreren Ständern waren Kleider zum Trocknen aufgehängt, und Stiefel und noch mehr Kleider lagen auf dem Boden verstreut; auch sie dampften, als hätten die dazugehörigen Körper sich in Luft aufgelöst oder wären von innen aufgezehrt worden. Die Trophäen von Elch, Wolf, Kojote, Luchs, Rotluchs, Marder, Fischermarder, Wapiti, Rothirsch, Karibu, Dickhornschaf, Schneeziege, Schwarzbär, Grizzly, Weißwedelhirsch, Maultierhirsch, Puma, Dachs und Vielfraß starrten in solcher Vielfalt von Fangzähnen und Hörnern von den Wänden, daß man bei ihrem Anblick weder Ehrfurcht noch ein Gefühl von Majestät verspürte, sondern bloß Erleichterung darüber, daß die Tiere keinen Schaden mehr anrichten konnten, daß sie für immer im Stand der Harmlosigkeit verharren würden. Und aus dieser Erleichterung, dem Gefühl, daß man wohlauf und am Leben war, erwuchs ein Gefühl der Sicherheit, ja sogar des Trostes.

Ein paar von den staubigen, struppigen Trophäen sahen aus, als hingen sie schon seit hundert Jahren mit gefletschten Zähnen dort oben. Doch die Trophäen der Beutetiere, besonders die von Rothirsch und Wapiti, sahen für Wallis ganz anders aus, wie verschiedene Arten oder Unterarten, die man von einem fernen Erdteil mitgebracht hatte – ein Rothirsch eher als ein Wapiti –, und er fragte sich, ob die kurze Zeitspanne von hundert Jahren ausgereicht hatte, um so etwas wie eine Artenbildung hervorzubringen, um ein paar Merkmale in einer Population auszusondern, während sich andere häuften, so daß unmerklich, mit jedem Tod und jedem neuen Leben, neue Arten oder Unterarten entstanden, während ein paar alte weichen mußten.

Bei dem Gedanken wurde es Wallis schwindlig, so wie es einem frommen Menschen bei einer Gotteslästerung ergehen mochte. Wallis war so daran gewöhnt, in Blöcken von hundert Millionen Jahren zu rechnen – der Entstehung und totalen Zerstörung (Korn um Korn) ganzer Gebirgszüge –, daß die Vorstellung, irgend etwas Bedeutendes könnte sich in bloß hundert Jahren zutragen, dem Menschen, der er war, bedrohlich vorkam; oder vielmehr dem, der er geworden war.

An den Wänden hingen auch Fotos von Matthew – und von Mel, Old Dudley und Danny –, und es fiel Wallis auf, daß alle Bilder ziemlich alt waren: Das neueste war anscheinend schon vor mindestens zwanzig Jahren aufgenommen worden.

Waren das Lächeln und das Lachen in jener Zeit ausgelassener und erfüllter gewesen, oder bildete er sich das nur ein? Er schüttelte den Gedanken ab. Das waren Gedanken, die seine Fähigkeit beeinträchtigten, in das Felsenmeer hinabzutauchen, die alten Pfade der Gebirge zu verfolgen, auf denen sie wie Sanddünen durch die einstige Landschaft zogen.

Danny brachte ihnen Drinks und goß auch sich einen ein. Er schüttelte Wallis ständig die Hand oder klopfte ihm auf die Schulter, berührte ihn und sagte, wie froh er sei, ihn im Tal zu haben, und erkundigte sich nach Matthew und Old Dudley. Dannys Begeisterung gab Wallis das Gefühl, daß weder Old Dudley und Matthew noch Mel Schaden anrichten konnten – und somit auch er nicht, jetzt, da er bei ihnen war. Doch Wallis hatte auch das irrationale, unüberprüfbare Gefühl, daß er selbst in der Falle saß, weil er genau zu der Zeit, als das Tal durch den Schnee von der Welt abgeschnitten wurde, über den Paß gekommen war, und daß Dannys Freude zum

Teil die eines Trappers war, der sich seiner Falle nähert und feststellt, daß er etwas gefangen hat.

»Wie geht's Matthew? Findet er viel Öl? Kommt er mit Dudley aus? Wann kommen sie wieder her?« Danny war Anfang Fünfzig, flachbäuchig, kindlich. »Erzähl mir von dir«, sagte er. Seine Augen waren hellblau, ein Farbton, den Wallis noch nie bei einem Menschen gesehen hatte – fast wie bei einem sibirischen Husky, dachte er –, und er fragte sich, ob Dannys Augenfarbe genau wie die Trophäen von einigen jener Tiere ein Überbleibsel aus dem letzten Jahrhundert war: wie die Augen des Großvaters von irgendwem oder sogar noch länger zurückliegend.

»Du wohnst in Matthews Hütte draußen?« fragte Danny mit einem kurzen Blick auf Mel. Er schwenkte die Hand über die Bar. »Du kannst gern hier wohnen, wenn dir das lieber ist – ich hab hinten noch ein Zimmer.« Mel schüttelte lächelnd den Kopf und sagte: »Entspann dich, Danny, er wird schon nicht über mich herfallen; ich bin immer noch Matthews Freundin.« Danny sah erleichtert, sogar hoffnungsvoll aus, doch er sagte: »Das hab ich nicht gemeint – ich meinte bloß, falls er einen Platz zum Arbeiten braucht, wo er sich konzentrieren und auch mal allein sein kann …«

Mel lächelte erneut. »Ich glaube, draußen im Wald hat er's ruhiger. Ich werde sowieso bloß nachts dasein, wenn ich vom Fährtenlesen zurückkomme. Das geht schon in Ordnung.« Sie lachte. »Er wird sowieso nichts finden. Nichts für ungut«, sagte sie zu Wallis, »aber so wird es sein.«

Wallis zuckte mit den Achseln. »Ich bin nicht hergekommen, um zu scheitern.«

Mel schüttelte den Kopf. »Er hat dich hergeschickt, um dir etwas beizubringen und dich gegen Matthew auszuspielen. Die ganze Zeit, die du hier bist und an den Stellen nach Öl suchst, wo Matthew keins finden konnte, wird der sich darüber Sorgen machen und unten in Texas härter arbeiten.« Ihre Stimme klang jetzt nicht mehr so ausgelassen, eher nüchtern. »Er tut das, um zu sehen, was in dir steckt, um zu sehen, ob du vielleicht etwas Neues über dieses Tal rausfinden kannst, doch hauptsächlich, um Matthew noch mehr anzutreiben. Um ihn kleinzukriegen. Mein Vater hat große Probleme mit Stärke, Schönheit oder Anmut.«

»Tja«, sagte Wallis, »ich glaube, das ist mir an ihm schon mal aufgefallen. Aber er kann Öl finden. Und deshalb bin ich hier. Von dem ganzen anderen Zeug weiß ich nichts.«

Danny unterbrach ihn. »Mel will nicht, daß man hier Öl oder Gas findet«, sagte er. »Was mich betrifft, ich hätte eigentlich nichts dagegen – wenn's nicht so viel wäre. Ich finde nicht, daß das groß schaden würde. Es wäre nicht viel anders, als ein oder zwei Ladungen Feuerholz zu machen, einen Rothirsch zu schießen oder einen Garten anzulegen.«

Mel ging zu einem der beiden kleinen Fenster in der Bar. Wallis fragte sich, ob sie vor der ganzen Diskussion davonlief. Die schummerige Lampe tauchte ihre Wange in ein blaues, wäßriges Licht.

Draußen war Gebrüll zu hören, und Wallis und Danny gingen zum anderen Fenster. Während ihres Gesprächs war es dunkler geworden.

Sie sahen, wie ein Weißwedelhirsch in großen Sätzen die Straße entlangkam, sein Geweih eine mächtige Krone. Der Hirsch wirbelte Schnee auf, während er mitten durch die Menge lief, ohne jemanden zu berühren.

Die Leute duckten sich unter die Tische, sprangen oder rollten sich zur Seite. Ein Mann versuchte, den Hirsch zu packen, und wurde ein paar Meter zurückgeschleudert. Mel holte tief Luft. Der massige Mann mit dem langen schwarzen Bart, der wieder an dem Truthahn herumschnitt, warf mit seinem Schlachtmesser nach dem Hirsch, als er vorbeilief; er verfehlte ihn, hätte jedoch fast eine Frau auf der anderen Straßenseite getroffen.

Danny rannte zur Registrierkasse, zog eine Pistole hervor, lief auf die Veranda hinaus und feuerte zweimal, als der Hirsch vorbeilief, und der Hirsch machte noch einen Satz nach vorn und dann einen

Buckel, stürzte zu Boden und blieb völlig reglos liegen. Wallis war beeindruckt, wie schnell der Schnee ihn bedeckte: große Flocken, die ihn bereits unter sich begraben wollten.

Dem Hirsch lief Blut aus Maul und Nase. Er hob den Kopf, ließ ein Knurren hören und starb dann, starb anscheinend zum zweitenmal.

Der Schnee war so leise. Die beiden Schüsse schienen nie gefallen zu sein. Es sah bereits aus, als hätte der Hirsch einen Unfall erlitten, ein König oder Abgesandter auf Staatsbesuch, der in der Stadt dahingerafft worden war, das Geweih in den Himmel gestreckt wie Zweige, die den Schnee einzufangen versuchten. Die Geweihenden hatten rote Flecken vom Kampf mit einem anderen Hirsch. Er war in der Brunft, und sein Hals war muskelgeschwellt, sie konnten seine Ausdünstungen und jetzt auch sein Blut riechen. Danny hatte ihn mit dem ersten Schuß am Maul und mit dem zweiten an der Schulter getroffen.

Die Leute gingen durch die Schneeflocken auf den Hirsch zu und blieben ein paar Meter entfernt stehen, weil er Danny gehörte und er ihn als erster berühren durfte, auch weil der Hirsch vielleicht noch nicht tot war, sondern erst kurz davor, bereit, noch einmal davonzulaufen.

»Gott, Danny«, sagte Mel, »du weißt wirklich, wie man einen Hirsch erlegt«, und Danny erwiderte lachend: »Was soll ich sagen? Der Hirsch ist zu mir gekommen. Meine Eskimofreunde haben ein Sprichwort: Manchmal will das Wild dich auf eine lange Jagd führen und manchmal auf eine kurze.«

»Soso, deine Eskimofreunde«, sagte Mel.

In einer Scheide an seinem Gürtel hatte Danny ein Jagdmesser stecken, das Wallis für reine Aufschneiderei gehalten hatte, doch als er es jetzt herauszog und die Verandastufen hinunterging, sah Wallis, daß es einen Zweck erfüllte.

Danny blieb einen Meter vor dem Hirsch stehen, bewunderte ihn und dachte daran, wie er ihn erschossen hatte. Das war das letzte

Mal, die letzte Möglichkeit, ihn sich als Trophäe anzusehen, das große Geweih zu betrachten und sich an die Kraft und Schnelligkeit des Hirsches und an die Schönheit des Augenblicks, als er gelaufen war, zu erinnern. Sobald er anfangen würde, ihn mit dem Messer zu zerlegen, würde er aufhören, ein Hirsch, ein Wesen voll Schönheit zu sein, und würde sich in Fleisch verwandeln.

Danny trat mit dem Messer einen Schritt vor, packte mit der anderen Hand das Geweih und hob den Kopf aus dem Schnee. Aus der feuchten schwarzen Nase tropfte Blut. Der Hirsch hatte lange Wimpern, wie eine Frau. Danny setzte ihm die Messerspitze an die Kehle und wollte einen Schnitt machen, um ihn direkt vor der Bar ausbluten zu lassen.

Da schlug der Hirsch die Augen auf, als hätte die Messerklinge ihn wieder zum Leben erweckt. Kurz musterte er die Umgebung. Danny sah, was vor sich ging, und setzte einen raschen Schnitt, doch nicht tief genug, und der Hirsch sprang auf, warf Danny zu Boden und galoppierte mit blutender Kehle davon. Er lief in den Wald. Mehrere Leute nahmen die Verfolgung auf, andere setzten ihre Hunde auf die Fährte.

Einen Augenblick lang sah Wallis alles ganz klar, wie bei einem plötzlichen Windstoß, der neue Düfte herüberweht – er begriff, ohne vorher überhaupt eine Frage gehabt zu haben. Er sah, daß die langen, schläfrigen Augenblicke des Lebens in sanften Bahnen, in Strudeln verlaufen und daß wir sie für ruhig und friedlich halten, für ein langsames Verstreichen der Zeit, während sie tatsächlich in Vorbereitung auf den plötzlichen, rasenden Sturm der Leidenschaften bloß Kraft sammeln und sich immer schneller drehen. Bei der Jagd, erkannte er, bekommt alles seinen Platz, all die Elemente, die zunächst bedeutungslos erscheinen, treten in Aktion, jedes Element, jedes Atom bekommt eine Bedeutung, und nichts anderes will die Natur, nur diesen Augenblick, auf den das ganze Warten, das eigentlich kein Warten ist, hinausläuft.

Der Hirsch führte die Jagd an, und alle Männer, Frauen, Kinder und Hunde drehten sich um ihn, egal, ob sie bloß zuschauten oder ihn verfolgten: Der Hirsch mit seiner blutenden Kehle war der Hebel des Universums, und seine Flucht zog alle Augen auf sich. Jetzt spielte alles eine Rolle: Schneehöhe, Windrichtung, Temperatur, wie lange es noch hell blieb, Geruchssinn, die zu überquerenden Bäche, die zu überwindenden Hügelkämme, Wälder, offenes Gelände. Die Flucht des Hirsches war der Hebel von allem. Die Erde selbst war bloß der Drehpunkt.

Charlie, der das Spanferkel zubereitet hatte und für einen so massigen Mann überraschend schnell war, führte die Verfolger an. Es sah aus, als würde ihn eher sein Verlangen als seine Sportlichkeit so dicht an den Hirsch heranbringen, als würde das fast ausreichen. Zwei verwahrloste schwarzweiße Hunde liefen bellend neben ihm her, dann kamen vier weitere Männer, dann ein Junge und danach eine Frau. Dann noch zwei Frauen, noch ein paar Männer und noch ein paar Kinder. Ganz am Schluß trottete eine alte Frau, die einen Pfannenwender schwenkte.

Während Danny, Wallis und Mel zuschauten, blies ein kalter Wind eine Schneefahne vorbei und peitschte die rotweiß karierten Vinyltischdecken. Ein alter Mann stand noch mit dem Teller in der Hand an einem Tisch. Ein Dunstschleier legte sich vor die Sonne und verdunkelte sie, und der Himmel im Norden war eine graue Wand, die wie ein riesiger, vom Meer kommender Frachter über den schönen Tag hereinbrach. Der Alte stocherte in den Truthahnresten herum. Ein Rabe tauchte auf und kreiste über dem verlassenen Festmahl, betrachtete die Überbleibsel und wirkte dann plötzlich aufgeregt: Er war auf die Jagd aufmerksam geworden. Er stieß zwei krächzende Schreie aus und flog mit schnellem, kräftigem Flügelschlag in die Richtung, in die der Hirsch und seine Verfolger verschwunden waren.

»Wenn sie ihn nicht verfolgt hätten, würde er noch hundert Meter laufen und sich dann zum Sterben hinlegen«, sagte Danny. »Das wissen sie auch – sollten sie zumindest. Mist, wenn es ihr Hirsch wäre, würden sie ihn in Ruhe lassen, würden ihn nicht so treiben. Scheiße.« Er ging ein kurzes Stück neben der Fährte her, gab acht, daß er nicht drauftrat, und Wallis und Mel folgten ihm. Ein paar Hufabdrücke waren voller Blut, die verbliebene Körperwärme des Hirsches hatte den Schnee stellenweise in durchsichtiges Eis verwandelt, und Mel sagte: »Na ja, wenigstens kann man ihm leicht folgen, es sei denn, er hört auf zu bluten oder blutet völlig aus.« Pferdeschweifwolken spannten sich jetzt über den Himmel, und im Wind fielen wieder Schneeflocken wie reine weiße Holzsplitter – eigentlich fielen sie nicht, sondern schwebten.

»Wenn er ausblutet, stirbt er, und dann finden wir ihn«, sagte Danny.

Mel schüttelte den Kopf. »Sollte man meinen«, sagte sie. »Aber manchmal laufen sie noch weiter. Keine Ahnung, wie sie das anstellen. Aber sie tun es – laufen einfach weiter.«

»Bis in alle Ewigkeit?« fragte Danny wie ein kleines Kind.

»Nein«, sagte Mel, »aber weiter, als du laufen kannst – so weit, daß du ihn nicht findest. Am Anfang wird es leicht sein, ihm zu folgen, aber dann mußt du dich beeilen«, sagte sie und blickte zu den Schneeflocken hinauf, »denn dann gibt's keine Spuren mehr.« Sie sah Danny mißtrauisch an, weil er immer noch zögerte. »Du *mußt* ihn finden, das weißt du.«

»Oh, das klappt schon«, sagte Danny. Er zuckte mit den Achseln. Seine Worte waren von dampfendem Atem begleitet. »Ich verliere nicht gern Fleisch. Wenn es mir nichts ausmachen würde, wär's auch nicht schlimm – dann hätten die Kojoten, Wölfe und Raben ein Festmahl. Aber ich will das Fleisch haben. Ich werde ihn finden.«

»Mußt du auch«, sagte Mel. »Hast du gesehen, daß das Messer noch in seinem Hals steckte?«

»Nein«, sagte Danny, »hab ich nicht.« Er zuckte wieder mit den Achseln. »Ich kann mir jederzeit ein neues besorgen.«

»Nein«, sagte Mel, als würde sie ein kleines Kind belehren, und Wallis sah, daß auch Danny es merkte und daß es ihm nicht gefiel.

»Du mußt das Messer holen. Du mußt den Hirsch finden. Die Klinge ist voll Blut. Die Kojoten und Wölfe werden dran lecken und sich die Zungen aufschneiden. Der Geschmack ihres eigenen Blutes wird sie aufreizen, und sie werden noch fester zubeißen. In ihrer Raserei werden sie sich die Zungen abschneiden. Alles wird voller Blut sein. Sie werden übereinander herfallen. Bloß wegen des einen Messers könnten sie sich alle gegenseitig auffressen. Hol es. Beeil dich lieber.«

»Das würden sie nicht tun«, sagte Danny.

Mel erwiderte nichts; sie scharrte den Schnee von einem der Hufabdrücke. »Im Frühling würden die Bären den Kadaver finden«, sagte sie. »Sie würden dran rumfressen und sich verletzen. Vielleicht würden sich ihre Wunden an der Schnauze entzünden, und sie könnten nichts mehr fressen. Auch sie würden sterben. Mist, Danny, du könntest den ganzen ersten Teil der Nahrungskette im Alleingang auslöschen.«

Mel war nicht wütend, und Wallis konnte sehen, daß die beiden eine Beziehung hatten, die es ihr erlaubte, so zu reden; er empfand einen seltsamen Respekt für sie und sie auch für ihn. Danny nickte und sagte: »In Ordnung. Ich hole bloß ein anderes Messer, mit dem ich ihn abziehen kann, wenn ich ihn gefunden habe.«

Die Leute kamen jetzt langsam aus dem Wald zurück, schneebedeckt und müde. Eine alte Frau mit gesenktem Kopf sah so traurig aus, als hätte sie einen guten Freund verloren. Auch die Männer kehrten zurück. Wallis spürte, daß sie Mel aus dem Weg gehen wollten, doch schließlich kamen ein paar von ihnen herüber und sagten zu ihr: »Der Hirsch war nicht verletzt; wir haben ihn ein paar Kilometer weit verfolgt, ohne daß er langsamer wurde«, was natürlich Blödsinn war, da sie nur eine Viertelstunde lang weggewesen waren; jetzt kehrten auch die Kinder, Charlie, der Koch, mit seinem Hackmesser und die Alte zurück, die mit ihrem Pfannenwender hinterhergelaufen war. Den hatte sie unterwegs im Schnee verloren.

»Ich suche nach ihm«, sagte Danny. »Geh nach Hause und zeig

Wallis sein Zimmer.« Es schneite jetzt stärker, und Danny holte seine Sachen – einen alten Mantel, eine Skimütze, Gamaschen, Schneeschuhe, einen Rucksack, eine Laterne. »Wetten, daß er bloß hundert Meter hinter der Stelle liegt, wo alle umgekehrt sind?«

»Beeil dich lieber«, sagte Mel. »Sonst verlierst du seine Spur.« Sie schnallte sich die Skier an. »Brauchst du Hilfe?«

Danny schüttelte den Kopf. »Ihr seid dafür nicht richtig angezogen. Geh und bring Wallis in seinem Zimmer unter.« Er sah nach, ob er Streichhölzer im Rucksack hatte, pumpte Propangas in die Laterne und zündete sie an: Es gab einen kurzen Knall, der in ein Zischen überging. »Es eilt nicht«, sagte er. »Es ist ein großer Hirsch. Ich werde ihn finden.«

»Steig auf«, sagte Mel, und Wallis kletterte leicht verlegen von der Veranda der Bar auf ihren Rücken, als würde er ein Pferd besteigen.

Das Fest war vorbei; die Männer und Frauen sammelten Teller und Schüsseln ein und trugen die Stühle und die langen Tische wieder in die Bar; im Schneegestöber falteten sie die karierten Tischdecken zusammen. Ein Mann band die Überreste des Spanferkels an seinem Sattel fest und ritt am Fluß entlang zu seiner Hütte.

Andere gingen zu Fuß in Richtung Norden oder ritten die Straße entlang, auf der Wallis und Mel gekommen waren. Sie verschwanden schnell, als würden sie vom dunklen Wald und dem Schneetreiben verschluckt, und Wallis hatte das Gefühl, er würde sie alle vielleicht erst im Frühling wiedersehen.

Mel lief mit kräftigen Schritten – jetzt, wo es nach Hause ging, anscheinend mit frischer Kraft. »Wenn ich Ski laufen könnte«, sagte er, »würde ich dich ja eine Weile tragen.«

»Du mußt es lernen«, erwiderte sie.

Es kam ihm fast so vor, als würde er es zum Teil schon lernen, indem er sich an ihr festhielt und ihre Bewegungen und den Rhythmus ihres Körpers spürte. Er hatte den Kopf wieder zur Seite gelegt, um die Wälder vorbeiziehen zu sehen, und ihr Haar flog ihm ins Gesicht. Es roch leicht nach Holzrauch, doch er hatte den Eindruck, daß nicht das von dem kalten Wind durchlüftete Haar diesen Geruch verströmte, sondern ihre Haarwurzeln, ihre Haut. Er schloß die Augen und versuchte, sich vorzustellen, daß er Ski lief und so stark war wie sie.

Es fühlte sich an, als würden sie sich von einem Ort, von einer Lebensweise entfernen, die er brauchte, um seine Arbeit zu verrichten, als würde er weit fortgelockt, doch der Rhythmus ihres Körpers und das Gefühl, so schnell, so leicht über den Boden zu gleiten, versetzten ihn in eine Art Trance.

Er fragte sich, ob Old Dudley ihn für einen Trottel hielt, ob er ihn deshalb hergeschickt hatte. Ob er bloß ein Köder war – ein Bauernopfer für die Legende von Matthew, den einzigen Geologen, den Old Dudley noch nicht hatte verschleißen können.

Sie liefen in Richtung Süden, wieder in den Wald hinein. Unter ihnen fiel der Fluß ab. Der Schnee verschluckte alles. Wallis spürte, wie Mels Körper sich erwärmte und dann unter ihren Wollsachen zu schwitzen begann. Sie kämpfte sich die kleinen Hügel hinauf; auf der anderen Seite glitten sie wieder hinunter. Die Straße war ein schmaler Weg zwischen hohen Bäumen und starken Düften hindurch, ein weißer Weg durch die Dunkelheit.

Sie folgten der Straße mehrere Kilometer weit. Mel mußte sich anstrengen, sagte kein Wort, ihr Rücken wurde unter Wallis' Gewicht ganz naß, und der Schweiß in ihrem Nacken fror. Sie bogen ab und glitten eine noch schmalere Straße hinunter, kaum noch ein Pfad – ein breiter Lieferwagen hätte dort nicht fahren können.

Es gab keine Spuren mehr. Weder auf der Hauptstraße noch auf dieser war seit Beginn der Schneefälle irgendein Auto gefahren.

Sie liefen einen guten Kilometer auf dem Pfad, bis an sein Ende, schlüpften durch eine Lücke im Gebüsch und stiegen einen Fußweg hinauf, zwischen alten Zedern und Lärchen hindurch, und dann in etwas offeneres Gelände voller Espen, was Wallis nach der Dunkelheit des Waldes als Erleichterung empfand. Er war sich noch nicht sicher, ob er die dichten Wälder beängstigend oder beruhigend fand.

Weiter oben lag eine verschneite Lichtung und auf halbem Weg dorthin eine kleine, dunkle Hütte mit einer Veranda. Mein Zuhause, dachte Wallis, obwohl er wußte, daß er nur für eine kurze Zeit hergekommen war.

Weil Wallis sich so lange an Mels Rücken festgehalten hatte, waren ihm die Arme eingeschlafen. Er hatte sie so lange um sie geschlungen, daß er den Eindruck hatte, ihren Körper so gut zu kennen wie ein Liebhaber, und sich seltsam vorkam, weil es die Gefühle, die mit dieser Vertrautheit einhergingen, zwischen ihnen nicht gab.

Sie taumelten auf die Veranda, stolperten übereinander, als Mel ihn herunterließ, und erst jetzt zeigte sie leichte Anzeichen von Müdigkeit. Einen Augenblick lang saß sie mit ausgestreckten Beinen da, rieb sich die Knie, atmete tief ein und wartete, bis sie sich abgekühlt hatte. Sie lauschten dem Schneegestöber.

Schließlich bildete ihr Atem wieder Dampfwolken, wenn sie ihn ausstieß, flüsternde Nebelschleier, und als sie steifbeinig und mit steifem Rücken aufstand, konnte Wallis das Eis knacken hören, wo der Schweiß an ihrem Körper gefroren war.

Sie half ihm auf, und sie gingen nach drinnen. Es kam Wallis in den Sinn, daß man ein Ritual oder eine Zeremonie haben müßte, wenn jemand zum erstenmal das Haus eines anderen Menschen betrat. Er dachte daran, wie es war, bevor er eine Karte zu zeichnen begann, bevor er sich darauf vorbereitete, in unterirdische Regionen vorzudringen, und er fand es interessant, wie ungehindert einen die Leute bei sich ein- und ausgehen ließen. Ein Haus, das man betrat, war für ihn etwas Besonderes, genau wie der Körper einer Frau, und doch gab es kein solches Ritual oder Zeremoniell wie beim Eindringen in ihren Körper. Mel war noch unbefangener als andere und ging einfach vor ihm hinein, zündete zuerst neben dem Kamin und dann in der Küche eine Propangaslaterne an. Sie sagte kein Wort, ging einfach hinein, als würden sie und Wallis tagtäglich herkommen.

In der Hütte roch es stark nach Holzrauch: nach den Feuern von fast zwanzig Jahren. Es war kalt und zugig, als wären sie in eine Eishöhle gekrochen, und Wallis ging zu dem gemauerten Schornstein hinüber und betastete die kalten Steine über dem Kamin.

An allen Wänden hingen getrocknete Blumen, matte, zarte Farbkleckse in sonnengebleichtem Blau, altem Gelb, Rosa und verblassendem Rot. In der Küche hingen Knoblauchknollen und im Wohnbereich Pelze und Felle: Schneeschuhhase, Kojote, Biber, Vielfraß. Über einem Bücherregal hing ein kleines Stück Fell – dunkel wie Schamhaar –, das, wie Wallis später herausfinden sollte, von einem Büffel stammte, und daneben hing ein Knäuel weißer Haare, die bestimmt zu einem Wolf gehört hatten.

Überall waren Bücherstapel: auf den Regalen, die sämtliche Wände außer der südlichen säumten, denn dort befand sich ein großes Tafelglasfenster – Wallis konnte sehen, wie der Schnee seitlich gegen die Scheibe trieb und am Rahmen kleine Wehen bildete –, auf dem Boden, an die Wände gelehnt, unter dem großen Fenster und in einer krummen Fährte, die sich bis in die Küche zog.

Mel zündete im Holzofen ein Feuer an. Sie machte Feuerholz aus Scheiten, die krumm und schon bis zur Hälfte gespalten waren, so daß sie sie mit den Händen auseinanderreißen konnte. Wallis sah sich ihre Bücherregale an, die Bücher selbst und die Dinge, die sie umgaben: Federn, Steine, getrocknete Süßgrasbündel, noch mehr Trockenblumen, eine Pfeilspitze, ein Stück Treibholz, das wie ein Gesicht geformt war, eine alte Rolle zum Fliegenfischen und ein paar Trockenfliegen, lose verstreut wie der Flaum der Pappeln im Sommer.

Er hörte, wie Mel einen offenbar noch grünen Scheit auseinanderriß, und dann sagte sie: »Mist«, und Wallis drehte sich um und sah, daß in ihrem Handgelenk ein Splitter steckte, anscheinend in einer Vene, denn als sie ihn herauszog, spritzte knallrotes Blut hervor. Er war fast fünf Zentimeter tief eingedrungen. Als sie ihn herauszog, schien er kein Ende nehmen zu wollen, doch schließlich war er draußen, und das Blut strömte hervor. Sie führte die Hand zum

Mund und saugte kurz daran, wischte sich dann das Blut an ihrer Jeans ab und spaltete weiter Holz. Sie zündete den Ofen an und öffnete eine Klappe, damit er Luft zog, und Wallis hörte zu, wie das Feuer knackte und dann prasselte. Mel ging, erneut das Blut aussaugend, an ihm vorbei den schmalen Flur entlang, um ihre Hand zu verarzten.

Er ging zu ihrem Schreibtisch in der Ecke am Kamin. Alles war picobello aufgeräumt: ordentlich gestapelte Blätter, wissenschaftliche Arbeiten über die Verbreitung junger Wölfe in Labrador und ihre Arbeitsnotizen, Skizzen von Fährten mit Schrittmaßen. Ihm fiel auf, daß auf ihrem Schreibtisch keine Fotos standen, daß es in der ganzen Hütte keine gab. Die Wände waren mit Karten bedeckt, doch auch die schienen von der Zukunft zu sprechen: Schaubilder, die zeigten, wohin sich die Wölfe vermutlich als nächstes wenden würden, und nicht, wo sie gewesen waren. Wallis wußte nur wenig von den Zyklen der Wölfe und begriff noch nicht, daß sie immer dorthin zurückkehrten, wo sie einmal gewesen waren.

Mel kam mit einem Verband um die Hand zurück. In der Hütte wurde es schummrig; die Propangaslampen zischten, während es draußen kälter und dämmriger wurde, als glitte die Hütte oder die ganze Welt durch einen Trichter in die Dunkelheit hinab.

»Komm her«, sagte Mel. Ihr Verband glühte hell in dem orangefarbenen Halbdunkel der Hütte. »Sieh dir das an«, sagte sie und öffnete ihren Propangaskühlschrank. Ein gelbes, batteriegespeistes Licht ging an.

Der Kühlschrank war ungefähr einen Meter zwanzig hoch, alt, kahl und weiß. In der Seitentür befanden sich nur ein paar Sachen – Eier, Mayonnaise, Senf –, doch mittendrin, wo alle Abstellroste entfernt waren, lag ein riesiger, glänzender Fisch, ein silberner Rotlachs, der so groß war, daß man ihn geknickt hatte, damit er hineinpaßte. Deshalb sah es so aus, als hätte man ihn mitten im Sprung überrascht. Das geschwungene, herabhängende Maul voller Zähne; der wilde Blick; der torpedoförmige Kopf und die silberne Farbe mit den schwarzen Sprenkeln und der roten Rückenlinie des Fisches – all das fand Wallis so schockierend, als würde ein menschlicher Leichnam im Kühlschrank liegen.

»Matthew hat ihn mir geschickt«, sagte sie. »Ich hab noch keine Zeit gehabt, etwas davon zu essen. Ich hab große Lust drauf, aber ich seh ihn mir auch gern an. Ist er nicht schön? Riech mal dran. Berühr ihn. Schau ihn an.« Sie beugte sich vor und roch an den Seiten des Fisches.

In dem Topf auf dem Ofen brodelte das Wasser. Mel ließ die Kühlschranktür offenstehen, ging zum Ofen und goß Tee auf. Sie gingen zum Fenster, um sich auf zwei Stühle zu setzen und sich im letzten Tageslicht das Schneetreiben anzusehen. Sie sprachen kein Wort, sahen bloß zu, wie der Schnee immer dichter wurde, sich immer höher türmte. Wallis war kurz davor, in Panik zu geraten. Sonst tauchte *er* in die Erde ein; er war es nicht gewohnt, von ihr begraben zu werden.

Er entspannte sich und ließ den Dingen ihren Lauf. Aber die Schneefälle schienen stärker zu werden.

Die Kühlschranktür stand immer noch offen. Das Licht fiel auf den glänzenden Lachs. Der Lachs beobachtete sie mit einem hämischen Grinsen, als ob er sie genau da hätte, wo er sie haben wollte.

Mel schaute weiter in den Schnee hinaus. Sie hatte ihr Teeglas mit beiden Händen umklammert, und der Dampf schien von ihren Fingern aufzusteigen.

Das Feuer knackte. Sie beobachteten, wie das Licht erlosch, wie die Nacht aus dem Wald herankroch; beobachteten, wie der Tee in den Gläsern zu dampfen aufhörte, wie der Schnee in der Nacht hell und der Wald schwarz wurde; und selbst als sie keine einzelnen Flokken mehr, sondern nur noch eine weiße bewegte Fläche sehen konnten, saßen sie da und spürten die Schwere, spürten, daß der Herbst zu Ende war.

Mel ging zum Kühlschrank und schnitt mit einem großen Messer ein Stück von dem Fisch ab. Sie zerteilte es, legte die Happen auf zwei kleine milchweiße Porzellanteller mit verblaßtem blauem Blumenmuster und reichte Wallis einen davon.

Sie aßen in der Dunkelheit, die nur von dem orangefarbenen Feuerschein durchdrungen wurde. Der Fisch schmeckte nicht salzig, wie er es eigentlich erwartet hatte, doch er konnte das Erlenholz schmekken, über dem man ihn geräuchert hatte. Er konnte auch noch etwas anderes schmecken, es aber nicht benennen.

Sie tranken noch eine Tasse Tee und starrten in den blassen wirbelnden Schnee hinaus. Als Wallis sich nicht länger wach halten konnte, legte er sich aufs Sofa und zog gegen die Kälte ein Wapitifell über sich.

Irgendwann im Lauf des Abends stand Mel auf, legte im Ofen etwas Holz nach und kehrte dann zu ihrem Platz am Fenster zurück, wo sie eine Kerze anzündete und las. Später stand sie auf, spülte die Fischreste und den Fischgeruch von den Tellern und räumte sie weg, aber trotzdem träumte Wallis vom Meer. Die Erde begehrt das Leben – das war der letzte Gedanke, an den er sich erinnern konnte, bevor er unter dem Wapitifell einschlief, während der beginnende Winter die ganze Welt unter sich zu begraben versuchte.

Er träumte vom Meer, träumte von den Wäldern, die jahrelang das Feuerholz geliefert hatten, das in der Hütte verbrannt worden war und ihr den typischen Geruch gegeben hatte. Er schlief lange und fest, hatte einen Traum nach dem anderen: Er träumte von Susan, dann von Matthew und dann von dem Falkner, träumte wie ein Wapiti, der über eine verschneite Wiese stapft und unterm Schnee nach grünem Gras scharrt.

Am Morgen hatte es aufgehört zu schneien, und es war klar und kalt. Sie liefen auf Skiern in die Stadt zurück, um zu sehen, ob Danny den Hirsch gefunden hatte. Mel hatte ein zweites Paar Skier, das Matthew gehörte, und sie gab Wallis auch ein paar Kleider von ihm. Die Sachen waren zu weit, aber warm. Sie liefen langsam, Wallis folgte Mel in ihrer Spur und versuchte zu lernen, wie man Ski fuhr.

Er stürzte oft, doch er hatte das Gefühl, daß er es bald beherrschen würde.

Kojoten kamen an den Straßenrand, stellten sich auf schneebedeckte Baumstümpfe und beobachteten, wie sie vorbeiliefen. Überall fanden sich solch vereinzelte Stümpfe; dort hatte jemand einen Baum gefällt, um Feuerholz zu machen.

Die Rothirsche waren im Morgengrauen herumgestreift, hatten versucht, sich an die Kälte zu gewöhnen und die jungen Triebe zu finden, die jetzt unter dem Schnee verborgen waren. Ihre Fährten zogen sich grazil durch den Wald wie Sätze, die etwas Erhabenes, Wundervolles zu beschreiben versuchten, das direkt vor ihnen lag, doch Mel und Wallis sahen keinen der Rothirsche selbst, nur ihre Spuren, und Wallis hatte das Gefühl, sich verspätet zu haben.

»Gestern war Thanksgiving, oder?« sagte er.

»Ich glaube schon«, erwiderte Mel. »Ich glaube, deshalb gab's das ganze Essen.«

Ein Rabenschwarm folgte ihnen, neugierig darauf, wo sie hinfuhren und was sie vorhatten. Ab und zu verständigten sich die Raben in ihrem seltsamen Gekrächze, flogen dann schnell voraus, vollführten kunstvolle Rollen oder ließen sich trudeln; doch nach einer Weile verschwanden sie, obwohl Wallis und Mel noch immer ihre Schreie hören konnten, die fast wie menschliche Stimmen klangen.

Als sie in die Stadt kamen, liefen sie zur Rückseite der Bar, lugten in Dannys Fenster und sahen ihn schnarchend, mit offenem Mund, in jede Menge Felle und Decken gehüllt, in seinem Bett schlafen. Von dem Hirsch war nichts zu sehen. Mel sagte, er würde als Ganzes oder zerlegt an den Dachsparren hängen, wenn Danny ihn gefunden hätte. Dannys Laterne und sein Rucksack standen auf der Veranda. Sie nahm das Beil und die Knochensäge heraus, betrachtete beides und entdeckte weder Blut noch Haare.

»Laß uns nach dem Hirsch suchen«, sagte sie.

Sie liefen an derselben Stelle in den Wald wie der Hirsch und seine Verfolger. Es waren mehrere Zentimeter Neuschnee gefallen, doch die Fährte der Verfolger war noch zu erkennen. Sie folgten ihr, bis sie nach ein paar hundert Metern endete.

Von da an folgten sie Dannys schwachen, schneebedeckten Spuren. Sie verließen sich darauf, daß er dem Hirsch auf der Spur gewesen war, daß er sie nicht in die Irre führte. Manchmal war seine Fährte schwer zu erkennen, und Mel mußte den Schnee wegwischen, um seine Fußabdrücke in dem verdichteten Eis unter dem Neuschnee zu finden. Dabei entdeckte sie ab und zu auch gefrorene Blutstropfen und machte Wallis darauf aufmerksam, doch er sagte, er sei farbenblind und könne weder die Farbe Rot noch eine Mischung aus Rot und Grün erkennen. Sie war so überrascht, daß sie einen Augenblick lang stehenblieb. »Oh«, sagte sie. »Genau wie Matthew.«

Sie wollte weiter darüber nachdenken, wollte fragen, ob es Zufall sei oder ob Old Dudley seine Geologen danach auswähle, doch sie wußte, daß es sie von der Suche nach dem Hirsch ablenken würde, und deshalb ließ sie den Gedanken fallen, als wollte sie, daß der Schnee ihn unter sich begrub. Wallis erinnerte sie nicht an Matthew, aber vielleicht war ihr irgend etwas entgangen.

Sie folgten den schwachen Abdrücken der Hirschfährte. Als sie an die Stelle kamen, wo Danny aufgegeben hatte und umgekehrt war, wurde es schwerer, der Spur zu folgen. Einmal blieb Mel stehen und zeigte ihm an einer Fichte, die der Hirsch gestreift hatte, einen Blutfleck. In der Rinde hatten sich borstige braunweiße Haare verfangen.

Wallis fand Dannys Messer: Er lief direkt drüber und spürte, wie sein Skistock dagegenstieß. Er blieb stehen, grub es aus und hob es auf. Es war ein schönes Messer.

»Gut gemacht«, sagte Mel.

Wallis zuckte mit den Achseln. Ihm machte der Ausflug Spaß, doch er wollte unbedingt mit seiner Arbeit anfangen. Er hatte das Gefühl, sich selbst zu betrügen und sein Talent zu vergeuden, wenn er sich in der Horizontalen bewegte statt in der Vertikalen.

»Danny wird's kaum glauben«, sagte Mel. »Er wird sehr froh sein.«

Die Fährte verschwand unter samtweichen Schneewehen, doch Wallis sah, daß Mel Hirsche so gut kannte und sich bei der Verfolgung dieses Tieres mit seinem Rhythmus bereits so vertraut gemacht hatte, daß sie wußte, was der Hirsch in dieser Landschaft tun würde. Sie blieb stehen und begann, mit bloßen Händen in einer Schneewehe zu graben; sie brachte eine blutverschmierte Mulde zum Vorschein, einen Eisabdruck der Stelle, wo der Hirsch gelegen hatte.

»Fichten und Kiefern haben etwas Körperliches«, sagte Mel. »Die Zeder ist ein spiritueller Baum. Der Hirsch ist noch nicht bereit zu sterben. Er wird so lange wie möglich zwischen Fichten und Kiefern bleiben. Erst wenn er weiß, daß er stirbt, wird er zu den Zedern gehen. Aber dorthin zieht es ihn. Ich glaube, das weiß er schon.« Sie führte die Hand an die Kehle. »Wenn es nicht geschneit hätte, könnte man das ganze Blut sehen. Der Wald wäre überall voller Blut. Ich kann es sogar unter dem Schnee riechen.

Hier wäre er gestorben«, sagte Mel und zeigte mit dem Finger auf die Stelle, »wenn die Leute aus der Stadt ihn nicht gejagt hätten. Er hätte sich unter diese Zeder gelegt, sich ausgeruht und aufs Sterben vorbereitet. Doch sie müssen direkt hinter ihm gewesen sein. Näher, als ihnen klar war.

Ich hab erlebt, wie Hirsche unter Tannen, Fichten oder Kiefern von einer Kugel getroffen wurden und zu Boden stürzten, wie sie sich dann aufrichteten und hundert Meter oder noch weiter krochen, um unter Zedern zu sterben«, erklärte sie. »Wissenschaftler erzählen einem irgendeinen Hokuspokus über physiologische Reaktionen, daß es unter Zedern dunkler und kühler sei. Sie reden von Wärmeregulierung und geringerem Phototropismus und solchem Unsinn. Die Wahrheit ist viel einfacher. Die Hirsche verlassen die Erde und gehen ins Jenseits über, und die Zedern sind eine Brücke zwischen diesen beiden Welten.

Die Wissenschaft hat noch nie irgend etwas absolut schlüssig erklären können«, sagte sie.

Sie glitten jetzt gespannt durch ein Gewirr aus alten Zedern. Es herrschten Ruhe und Frieden, eine Verdichtung von Raum und Zeit, die ihnen in den Ohren klang. Sie fuhren langsamer und blieben dann stehen, da sie wußten, daß der Hirsch ganz in der Nähe war und sie ihn bloß nicht sahen.

»Da«, sagte Mel, und Wallis sah den Hirsch zusammengerollt daliegen, als ruhte er sich bloß aus. Er lag im Schutz der Zedernzweige. Eine dünne Schneeschicht hatte sich auf seinen Rücken gelegt. Das Geweih erhob sich mächtig bis zu den Zweigen, und es sah aus, als wäre es ein Teil von ihnen. Der Hirsch hatte ihnen den Rücken zugekehrt und schien gar nicht tot zu sein, sondern bloß wachsam in eine andere Richtung zu blicken.

Sie häuteten ihn, lösten die Knochen aus, zerlegten ihn in vier Teile und packten das Fleisch zusammen mit dem Fell und dem Geweih in ihre Rucksäcke. Sie häuteten ihn mit dem Messer, das Wallis im Schnee gefunden hatte, dem Messer mit dem Elfenbeingriff, das geholfen hatte, ihn zu töten. Bevor sie aufbrachen, ordnete Mel die nackten Knochen und die Hufe in der Form eines laufenden Hirsches unter dem Baum an. Das Blut vom Häuten war, auch wenn es nicht mehr warm gewesen war, durch den Schnee gesickert, wo es bis zum Frühling den Boden beflecken würde. Es würde zwei, drei Zentimeter in die Erde sickern, aber nicht weiter.

Die Rucksäcke waren schwer. Mel trug den größeren Teil der Last. Sie liefen in ihren eigenen Spuren zurück. Als sie wieder auf Dannys Fährte stießen, deutete Mel auf einen Hain, in dem die Baumstämme mit Eis überzogen waren. Sie hatte ihn schon auf dem Hinweg bemerkt, hatte aber nichts gesagt, da sie sehen wollte, ob auch Wallis ihn bemerkte.

»Danny hat hier haltgemacht, um sich eine Weile auszuruhen«, sagte sie. »Der Abend war schon angebrochen. Durch die Wärme der Laterne schmolz der Schnee in den Bäumen und lief an den Stämmen herunter. Als Danny weiterzog, wurde der Schnee wieder kalt und fror.«

Die Bäume glitzerten. Jetzt war der Weg deutlich zu erkennen, da der verwundete Hirsch sich die leichteste Strecke ausgesucht hatte – der Pfad schlängelte sich durch den Wald, und die Bäume schimmerten in ihrer Eishülle, als bildeten sie einen prächtigen Korridor. Mel und Wallis wußten, daß der Beweis für den Weg des Hirsches, das Blut und die Fährte, direkt unter ihren Füßen lag, unterm Schnee.

Als sie sich der Stadt näherten, waren sie schweißnaß, und das Hirschblut, das aus ihren Rucksäcken sickerte, hatte ihre Kleider verfärbt. Obwohl es noch mitten am Nachmittag war, stand die Sonne bereits tief. Sie machten halt und tranken an einem plätschernden Bach Wasser. Sie nahmen die Rucksäcke ab, knieten sich in den Schnee und schlürften das Wasser direkt aus dem Bach, um sich die Hände nicht naß machen zu müssen.

Sie liefen in die Stadt zurück und ließen ihre Skier vor der Bar im Schnee stecken. Der Schweiß und das Blut waren wieder gefroren, doch jetzt, in der Wärme der Bar, schmolz beides schnell und rann glänzend an ihnen herab. Sie sprachen kein Wort, packten nur ihre Rucksäcke aus, legten das mahagonifarbene Geweih auf den Fußboden und breiteten das Fell aus. Danny kam grinsend herüber und umarmte Mel. Er schüttelte Wallis begeistert die Hand, und als Mel zu Wallis sagte: »Los, zeig ihm, was du gefunden hast« und Wallis ihm das Messer überreichte, dachten sie, Danny würde vor Freude in die Luft gehen. Er wirbelte herum wie ein tanzender Derwisch und hüpfte, das Messer in beiden Händen, auf und ab wie ein Mann auf einem Pogostock – Wallis dachte zuerst, er sei betrunken, doch Mel erzählte ihm später, das sei nun einmal seine Art –, dann umarmte Danny alle beide, wobei er Wallis beinahe mit dem Messer verletzt hätte, läutete mit der Kuhglocke, die auf der Theke stand, und kündigte eine Lokalrunde an. Dann kniete er sich auf den Boden, ließ seine Hände bewundernd durch das Hirschfell gleiten und entdeckte die vier Löcher von den beiden Kugeln, zwei Einschuß- und zwei Austrittslöcher, entdeckte sie unter dem dicken Fell und betastete jedes mit den Fingern.

Und während Artie, der Barmann, Drinks einschenkte, nahm Danny das Geweih, ging in eine Ecke der Bar und nagelte es, das blutige Fell noch auf der Schädelplatte, an die Wand. In der Wärme wurde es Wallis schwindlig, und vom Tragen des Hirsches und der Wirkung des Drinks, einer Cola mit Rum, fühlte er sich wacklig auf den Beinen. Er stellte sich vor, wie das Geweih in zwanzig Jahren aussehen und wie man die Geschichte, die dahintersteckte, erzählen würde – vielleicht würde man sie leicht verändern, hier etwas weglassen und da etwas hinzufügen, als ob sie zusammen mit der Kultur und dem Leben der Menschen, die sie überlieferten, immer weiterginge ... und Wallis wußte nicht genau, ob ihm das gefiel. Einerseits war er stolz darauf, so schnell, wenn auch auf bescheidene Art, in diesem Ort – oder war es ein Clan, eine Clique? – aufgenommen zu werden, doch andererseits hätte er gern das Geweih von der Wand genommen und den Mantel des Vergessens über diese Geschichte und diesen Tag gebreitet.

Aber es war zu spät. Danny verstaute das Fleisch in seiner Propangasgefriertruhe, nachdem er es verpackt und jedes Stück beschriftet hatte, und Charlie – der Riese mit dem schwarzen Bart, der am vorigen Tag mit dem Hackmesser hantiert hatte – briet auf dem großen Holzofen ein paar Stücke in einer Pfanne, salzte und pfefferte das Ganze und ließ alle probieren; und die Geschichte, jeder Augenblick, entwickelte ein Eigenleben, ohne daß Wallis Einfluß darauf hatte.

Wallis sah sich ein paar von den alten Fotos an der Wand an. Es waren sehr viele, doch er begriff, daß das fast alles war, was es gab, daß dieses Tal für die Welt noch so jung war, erst vor kurzem den Gletschern entrissen und nur zu einem kleinen Teil von Menschen bewohnt, daß über die Fotos an den Wänden hinaus kaum etwas anderes existierte. Die Indianer hatten zwar im Herbst oben in den Wäldern gejagt, hatten sich aber nie dort angesiedelt. Damals war es noch kälter gewesen, da die Zeit der Gletscher noch nicht lange zurücklag und die Erde noch nicht begonnen hatte, sich allmählich zu erwärmen, wie ein Gesicht, das sich langsam der Sonne zuwendet.

Charlie legte Holz nach – große Klötze, die so lang wirkten wie kleine Kanus. Sein Gesicht war schweißnaß, und er grinste, als ob bloß Kochen und Schwitzen ihm etwas bedeuteten, als ob er nicht nah genug am Feuer stehen könnte. Er trug nur ein T-Shirt und Jeans; einen Mantel besaß er nicht.

Es gab viele Fotos von Matthew allein oder zusammen mit Mel – sie sahen noch so jung aus, es war schon so lange her. Wallis konnte kaum glauben, daß das derselbe Mann war, mit dem er sich das Büro geteilt hatte: ein impulsiver Mensch, der sich allein auf seine Bohrungen und die Suche nach Öl konzentrierte und darin unheimliche, überwältigende Erfolge erzielte.

Auf einigen Fotos war er einfach ein Junge mit einem Gewehr – mit zwei Waldhühnern vor sich, mit einem Hund, ein Bild des Jungen im Schnee, auf Schneeschuhen –, dann wieder ein junger Mann mit klarem Blick, der neben einem Wapiti oder auf einem anderen Foto neben einem riesigen Hirsch stand.

Fotos von Matthew, auf denen er im Alter von vielleicht achtzehn, neunzehn Jahren mit Mel in einer Hängematte lag (Wallis hatte Matthew noch nie schlafen sehen, bloß wenn er manchmal spätnachts am Zeichentisch einschlief und sein Kopf eine Weile auf dem Tisch lag, als würde er der Karte zuhören, die er gerade gezeichnet hatte), und Fotos von den beiden beim Eisfischen oder beim Kanufahren im Sommer. Mel mit einem Strohhut. Alles Schwarzweißaufnahmen, anscheinend schon ziemlich alt. Mit starrem Blick versuchte sich Wallis an die Zeit zu erinnern, als er und Susan noch jung gewesen waren. Er besaß nichts mehr aus jener Zeit. Er konnte kaum an Mels und Matthews Jugend glauben. Zwanzig Jahre waren ihm noch nie so lang vorgekommen.

Es gab auch noch ältere Fotos: fünfzig, sechzig, siebzig Jahre alt. Er sah sie sich näher an. Die Männer und Frauen von damals sahen, genau wie das Land, eindeutig anders aus als heute.

Während er die Fotos eingehend betrachtete, kam Danny zu ihm herüber, der sich im Überschwang in das Hirschfell gehüllt hatte. Er klopfte Wallis auf die Schulter, kniff ihn in den Nacken und rief zu Mel hinüber: »So voller Schweiß und Blut sieht er fast aus wie Matthew, abgesehen davon, daß er ein bißchen mickrig ist.«

»Ich forme sie so«, sagte Mel lachend. Sie hatte ausgetrunken.

»Old Dudley formt sie so«, sagte Danny.

Wallis ging wieder hinüber, um sich zu Mel zu setzen und noch etwas zu trinken. Anscheinend war es wichtig, nicht mehr als ein, zwei Gläser zu trinken. Er stellte sich vor, wie leicht es wäre, inmitten des ganzen Schnees – aber warm und wohlbehalten in der Bar – zu trinken anzufangen und erst aufzuhören, wenn die Tage wieder heller und länger wurden.

Er hatte seit einer Woche nicht mehr gearbeitet: so lange wie noch nie. Noch ein Schluck. Mel sah ihn lächelnd an und dachte, wie einfach der Tag gewesen war: Sie hatten bloß Fleisch geschleppt.

Die Tür ging auf, ein kalter Wind blies herein, der den Gästen noch kälter vorkam, da sie sich bereits an die Wärme gewöhnt hatten, und eine kleine alte Frau trat ein, die nicht wegen der Kälte oder des Windes, sondern wegen ihres hohen Alters zitterte. Sie hatte zerzaustes, dünnes weißes Haar und war voller Schnee. Ein Blizzard, der erste große Schneesturm in diesem Winter, war im Anmarsch, und jemand brüllte: »Mach die Tür zu, Helen!«

Sie trug alte, hölzerne Schneeschuhe, und sie stapfte damit durch die Bar, setzte sich zu Mel und Wallis an den Tisch und schnallte die Lederriemen auf, wobei sie zuerst Mel und dann Wallis mit einem stechenden Blick ansah, der Wallis sagte, daß sie eine Verehrerin von Matthew war.

Mel stellte sie einander vor. »Wallis, das ist Helen – Matthews Mutter. Helen, das ist Wallis – Old Dudleys zweiter Geologe.«

Wallis stand auf und streckte ihr die Hand entgegen. Helen wollte sie nicht ergreifen, konnte jedoch nicht anders. »Wo wohnst du?« fragte sie.

»In Matthews Hütte«, sagte Wallis, und sie machte ein finsteres Gesicht.

»Helen gehört der Laden auf der anderen Straßenseite«, sagte Mel. »Ohne sie wären wir aufgeschmissen.« Sie tätschelte Helens Arm, worauf sie sich sofort entspannte. Sie sah aus, als wäre sie hundert Jahre alt. »Helen hat Matthew seit seinem vierten Lebensjahr aufgezogen. Da war sie schon zweiundvierzig.«

Wallis wollte gar kein zweites Glas mehr trinken, doch das erste war leer. Artie kam herüber, setzte sich zu ihnen und brachte allen einen neuen Drink; es gab noch Geschichten zu erzählen.

»Ich hab ihn adoptiert«, erklärte Helen. »Seine leibliche Mutter hatte eine Lungenentzündung. Sie ist bei der Hirschjagd im Eis eingebrochen. Matthews Vater zog sie raus und rettete sie, doch sie holte sich eine Lungenentzündung und starb. Da war Matthew drei. Sie war noch mal schwanger gewesen, konnte das Baby aber nicht mehr zur Welt bringen. Matthews Vater starb ein Jahr später. Er wollte einfach nicht mehr weiterleben. Hast du so was schon mal erlebt?« fragte Helen Wallis, doch er wandte den Blick ab und gab keine Antwort.

»Oma Helen«, sagte Artie – es war weder eine Anrede noch eine Frage, bloß eine Feststellung, ein Name. »Du hast einen guten Jungen aus ihm gemacht.« Artie starrte kurz zu Boden und wandte sich dann Wallis zu. »Was macht er eigentlich da unten?« fragte er, und Wallis dachte einen Augenblick lang, er meine, wie es sechstausend Meter unter der Erde sei. Doch dann begriff er, daß Artie bloß Texas und die Golfküste meinte und daß »da unten« oder »da draußen« ebensogut irgendwo auf der Welt bedeuten konnte, solange es auf der anderen Seite dieser Berge lag.

»Er ist glücklich«, sagte Wallis zurückhaltend. »Es gefällt ihm mehr als alles andere.« Ein Blick zu Mel, um zu sehen, ob sie gekränkt war, doch es sah nicht so aus.

»Jaaa, aber ich meine, was macht er eigentlich?«

»Tja, er sitzt an seinem Zeichentisch und fertigt Karten an«, sagte Wallis.

»Karten«, sagte Artie. Er ließ den Blick über die Bar schweifen und schien drauf und dran zu sein, einen philosophischen Vortrag zu halten, trank letztlich aber nur einen großen Schluck und schüttelte den Kopf.

Jetzt folgte eine Geschichte nach der anderen, Matthew dies und Matthew das, und Wallis fragte sich, ob sie wirklich von demselben Menschen sprachen, mit dem er arbeitete. Er war immer noch kräftig und in mancher Hinsicht verwegen – obwohl es Wallis so vorkam, als hätte sich seine Verwegenheit unter Old Dudleys Anleitung in unersättliche Gier verwandelt –, und Wallis hatte das seltsame Gefühl, daß sie von jemandem aus einer anderen Zeit, ja einem anderen Jahrhundert sprachen.

Falls Matthew noch immer die Kraft besaß, die unermeßliche Kraft, von der sie sprachen, dann hatte Wallis nichts davon gesehen. Er war ein hervorragender Geologe, doch all diese Mythen – falls Matthew noch immer so war, dann jetzt nur noch unter der Erde, bei seinen Bohrungen.

Wallis lauschte den Geschichten über Matthews Kraftakte – schon als Junge hatte er Propangaskühlschränke auf dem Rücken getragen – und seine unbändige, ewig jugendliche Energie: Im Sommer hatte er sich nackt ausgezogen und mit Benzin übergossen, hatte sich dann angezündet und war aus dem Gebüsch in den Fluß gesprungen, ins Kehrwasser, wo sich die Schwäne immer ausgeruht hatten, als es im Tal noch Schwäne gab, vor dreißig Jahren.

»Ich hab das ein paarmal gesehen«, sagte Artie. »Er stand in Flammen, lief, so schnell er konnte, und sprang mitten in die Schwanenschar, daß das Wasser nach allen Seiten spritzte. Die Schwäne ließen keinen Laut hören – sie geben ja bis zum Tag ihres Todes keinen Piep von sich. Ich schätze, daß es ihm darum ging: Er wollte ihnen ein Krächzen, ein Piepen oder irgendeinen Laut entlocken. Und manchmal packte er einen am Flügel oder streifte ihn, wenn er in den Fluß sprang, und dann kriegte dieser Schwan ein bißchen Benzin ab und stand, während er sich in die Lüfte erhob und davonflog, kurz in

Flammen. Und weißt du was«, sagte Artie, »das war ein toller Anblick. Matthew tauchte aus den Fluten auf, ließ sich auf dem Wasser treiben und lachte bloß. Die Schwäne kriegten immer nur ein bißchen Benzin ab – die Flamme erlosch, bevor sie größeren Schaden anrichten konnte –, aber es war ein toller Anblick. Vielleicht arbeitete man gerade in der Stadt, schaute hoch und sah über den Baumwipfeln sieben oder acht Schwäne vorbeifliegen, von denen einer in Flammen stand, und dann wußte man, daß Matthew sich wieder am Fluß rumtrieb und die Vögel ärgerte.«

»Er war so ein lieber Junge«, sagte Helen. »So ein lustiger Bursche. Ich mußte ständig hinter ihm herrennen und aufpassen, daß er sich nicht weh tat. Ich war schon damals eine alte Frau.« Sie berührte ihr wettergegerbtes Gesicht und lachte. »Mein Gott, ich bin durch ihn schneller gealtert. Er hat mich viel Kraft gekostet. Im Sommer waren überall am Fluß die Büsche verbrannt, weil er sich dort versteckte, sich anzündete und dann durchs Dickicht rannte. Er ging jedesmal ein Stück weiter weg vom Fluß. Es sah aus, als hätten die Otter den ganzen Fluß entlang ihre Rutschbahnen angelegt. Manchmal kam ich an den Fluß und fand noch ein paar brennende Büsche vor, die Schwäne waren weg, und von Matthew war nichts zu sehen, so daß ich nicht wußte, wo er war. Ich rief immer wieder nach ihm, aber er kam erst spätabends nach Hause, manchmal sogar erst am nächsten Tag; er sagte, er wär auf Entdeckungsreise gegangen, rauf in die Berge.«

Helen legte die Hand auf ihr Herz, das Wallis sich nur noch so groß wie eine Erbse oder eine Rosine vorstellte.

Geschichten über sein Durchhaltevermögen. »Die verdammte Mauer«, sagte Artie.

Helen lächelte und erklärte es Wallis: »Er fing an, sie zu bauen, als er sieben war. Fing einfach an, Steine aus den Bergen herbeizuschleppen und sie aufzustapeln. Und als er einen Jeep hatte, transportierte er sie damit.«

Wallis hatte die vergilbten alten Fotos gesehen, die in dem Flur vor den Toiletten hingen. Darauf hatten nicht nur Matthew, sondern alle möglichen Männer, Frauen und Kinder große viereckige Steine geschleppt und aufgestapelt. »Ich dachte, das wären Bergleute«, sagte Wallis, »oder Arbeiter in einem Steinbruch.«

Helen schüttelte den Kopf. »Matthew fing damit an, aber als er sechzehn war, da war das Ding schon dreißig Kilometer lang und so schön, daß ihm alle dabei halfen. Wir haben bloß dran gearbeitet, wenn wir Lust hatten, ein Hobby eben.« Helen zog eine Schachtel Zigaretten aus ihrem Mantel und versuchte, sich eine anzuzünden. Wallis beobachtete gebannt, wie ihr Feuerzeug mehrmals aufblitzte, bis schließlich eine Flamme kam. Helens Hand zitterte schon von der leichten Anstrengung.

»Ich war hinterm Haus und hab Holz vom Schuppen auf die Veranda gebracht«, sagte sie und deutete auf ihre Schneeschuhe.

Mel sagte: »Mist, Helen, tut mir leid, ich hab's vergessen«, und Helen zuckte mit den Achseln, freute sich aber sichtlich über ihre Märtyrerrolle. »Wir tragen dir heute abend welches rein«, sagte Mel. Und zu Wallis gewandt: »Ich helfe Helen immer beim Holzholen. Früher hat Matthew das gemacht, doch jetzt übernehme ich das jeden Herbst. Es ist schon geschnitten und liegt im Holzschuppen, um zu trocknen. Ich muß es bloß noch auf die Veranda bringen.«

Wallis dachte, daß es seltsam war, wie sie über Matthew sprachen: als ob sie glaubten, daß er eines Tages zurückkehren würde.

»Warum hat er die Mauer gebaut?« fragte er, und Helen zog achselzuckend an ihrer Zigarette. Sie blickte versonnen in die Ferne.

»Arbeitet noch jemand dran?« fragte er.

»Nur noch selten«, sagte Artie. »Manchmal ein bißchen, aber nicht mehr so wie früher.«

»Sie ist wirklich schön«, sagte Mel. »Du mußt sie mal im Sommer sehen.«

»Aber sie erfüllt keinen bestimmten Zweck?« fragte Wallis.

»Nein«, erwiderte Mel.

Wallis und Mel verabschiedeten sich und gingen zur Tür. Danny rief: »Augenblick!« – sie hörten es nicht –, holte eine große Kamera hinter der Theke hervor und machte einen verwackelten Schnappschuß von den beiden, als sie in den zur Tür hereinwirbelnden Schneeflocken nach draußen gingen.

Froh, an der kalten, frischen Luft zu sein, überquerten sie die Straße und schleppten schweigend einen Armvoll Feuerholz nach dem anderen vom Schuppen zur hinteren Veranda, wobei sie einen festen Pfad durch den knietiefen Schnee trampelten. Helen hatte frisch gehackte Lärche als Feuerholz, trocken, aber schwer, und Wallis mochte den Duft. Und als sein Körper sich aufwärmte, roch er wieder das Hirschblut an sich.

Müde und leicht betrunken – vier Drinks für Wallis, aber nur einer für Mel – fuhren sie mit ihren Skiern an der schneebedeckten Mauer entlang nach Hause. Als die Straße über einen schmalen Bach führte, sagte Mel: »Komm mit«, und lief am Bach entlang ein Stück in den Wald.

Im gekräuselten Wasser schimmerten gebrochen die Sterne. Mel kauerte sich neben einen Schneehaufen. Sie legte das Ohr auf den Boden. »Hör mal«, sagte sie.

Das Gesicht direkt neben ihrem, den Blick auf ihre Augen gerichtet, hörte Wallis zuerst gar nichts. Auch sie beobachtete ihn, doch sie horchte auf den Boden unter ihrem Ohr.

»Was denn?« fragte er, doch sie hielt bloß den Finger an die Lippen und horchte weiter, beobachtete Wallis, als wollte sie ihn dazu bringen, es zu hören, und dann hörte er es auch. Er mußte sich tiefer hinunterbeugen, um es zu hören, doch dann klang es wie ein Hintergrundgeräusch, das er bereits gehört, aber nicht beachtet hatte. Es war ein Brummen.

»Er schläft jedes Jahr hier«, sagte Mel, und einen Augenblick lang dachte Wallis, sie spräche wieder von Matthew. »Ein alter Schwarzbär. Er muß inzwischen um die vierhundertfünfzig Pfund wiegen. Das hier ist sein Bach. Er zieht sich jedes Jahr im November in seine Höhle unter dem Felsen zurück und läßt sich einschneien.« Sie deutete auf ein kleines Loch in dem Schneehaufen. »Er atmet nur einmal pro Minute. Seine Körpertemperatur beträgt genau null Grad. Doch sein Atem ist noch warm. So entstehen diese Atemlöcher im Schnee.« Mel lächelte. »Meinst du, daß er uns hören kann?« fragte sie. »Meinst du, er kann uns hören und träumt von uns?«

»Ich weiß nicht«, erwiderte Wallis.

»Ich glaube schon«, sagte Mel.

Sie lagen über dem schlafenden Eishügel, als wollten sie ihn wärmen, und horchten. Sie hörten das Plätschern des Baches.

»Wann kommt er wieder raus?« fragte Wallis.

»Mitte April«, sagte Mel. »Wenn er hört, wie sich die Blattknospen öffnen. Wenn der Bach anfängt, sich anders anzuhören, und wenn die Sonne wieder auf die Eishöhle scheint – wenn das Licht durchscheint. Im Winter wird er ein paarmal wach, streckt den Kopf raus und läuft vielleicht sogar wie verwirrt im Kreis herum, um die Lage zu peilen, aber dann setzt er seinen Winterschlaf fort.«

»Hast du das je gesehen?« fragte Wallis. »Daß sie im Winter aus ihrer Höhle kommen?« Er versuchte, es sich vorzustellen: wie der große Schwarzbär gleich einem Schlafwandler durch den Schnee stapfte, immer im Kreis herum, und ringsum im Wald war es totenstill.

»Nein«, sagte Mel. »Manchmal stoße ich auf ihre Spuren, und dann weiß ich, daß ich einen Tag oder auch nur ein paar Stunden zu spät gekommen bin – aber ich hab's noch nie mit eigenen Augen gesehen. Vielleicht kriegt man so was nie zu Gesicht. Vielleicht soll das so sein.«

»Wie meinst du das?« fragte Wallis.

Mel zuckte mit den Achseln. »Ich weiß nicht. Wie wenn's verboten wär. Los«, sagte sie, »laß uns heimfahren.«

Als sie die Hütte erreicht hatten, schleppten sie vom Bach Wasser herauf. »Ist lange her, daß mir jemand dabei geholfen hat«, sagte Mel. Sie erhitzten das Wasser auf dem Holzofen, um zu baden. Es gab auch eine Toilette mit einem Wasserbehälter oben an der Wand, und wenn man an einer Kette zog, strömte das Wasser durch ein Rohr hinab und spülte alles weg. Wallis füllte den Behälter und stellte, wie es in der Hütte üblich war, zusätzlich einen Eimer neben die Toilette, damit der nächste nicht mitten in der Nacht nach draußen mußte.

In der Hütte wurde es schnell warm. »Wie lange steht die Hütte schon?« fragte Wallis.

»Seit 1947«, sagte Mel. »Matthews Eltern waren noch Teenager, als sie sie gebaut haben. Das Tal war erst knapp dreißig Jahre vorher von Weißen besiedelt worden.«

»Sie ist noch so neu«, sagte Wallis, »und sieht doch schon so alt aus«, und Mel lachte. »Hier oben ist alles gleich alt«, erwiderte sie. »Alles ist zehntausend Jahre alt, und das war's. Da hat sich der letzte Gletscher zurückgezogen, und der nordische Wald drang ein. Nach dem Rückzug des Eises kamen Jäger und töteten das letzte Mastodon und das letzte Mammut, aber ansonsten hat sich nicht viel verändert. 1492, 1776, 1863, 1947 – all das spielt keine Rolle. Alles dasselbe Zeitalter. Es ist kein altes Land. Es wirkt bloß so.«

Es störte Wallis, daß Mel zehntausend Jahre für eine lange Zeit hielt. Er schaute in die Nacht hinaus: auf die Schneeflocken, die am Fenster vorbeiflogen oder es streiften. »Wie alt sind hier oben die ältesten Bäume?« fragte er.

»Die Zedern unten in Ross Creek sind über tausend Jahre alt.«

»Dann hat es seit dem Rückzug des Eises bloß neun oder zehn Generationen von Zedern gegeben?«

Sie starrte ihn an und begriff, sah die Dinge so wie er, doch sie ertappte sich dabei, kam wieder zur Vernunft – so empfand sie es –, und sie schüttelte den Kopf und sagte: »Du bist genau wie mein Vater – ihr Stadtmenschen. Ihr vergeßt, wie lang die Zeit sein kann: vier Jahreszeiten zum Beispiel. Ihr preßt lieber alles zusammen, als es in die Länge zu ziehen. Ihr vermindert alles.« Doch sie lächelte.

»Ist Matthew ein Stadtmensch?« fragte Wallis. Er konnte ihn sich gar nicht anders vorstellen, hatte ihn werktags immer nur im Anzug gesehen.

»Inzwischen schon«, sagte Mel.

Sie badeten nacheinander in zehn Zentimeter hohem Wasser, doch sie waren froh, überhaupt baden zu können. Ihr salziger Schweiß vermischte sich mit dem Dampf, und das Blut an ihrer Haut schmolz noch einmal, glitt zähflüssig von ihren Körpern wie eine Nachgeburt und löste sich endgültig beim Abtrocknen. Es war kurz vor zehn. Mel sagte, im Winter gehe sie normalerweise gegen acht ins Bett.

Sie waren zu müde, um noch etwas zu essen. »Ich hab dein Zimmer nicht aufgeräumt. Ich hab nicht geglaubt, daß du wirklich kommst. Du kannst heute nacht noch mal hier neben dem Kamin schlafen. In dem anderen Zimmer herrscht das reinste Durcheinander – Rucksäcke, Zelte, Schlafsäcke, Schneeschuhe, Laternen.« Sie richtete ihm aus Wapiti- und Rothirschfellen ein Nachtlager her, er legte sich erschöpft hin, und die Felle kamen ihm bleischwer vor. Mel legte sich ziemlich dicht daneben und stützte den Kopf in die Hand.

»Woran denkst du?« fragte sie.

»An nichts«, sagte er.

»Wie geht's Matthew dort unten?« fragte sie. »Ist er wirklich glücklich?«

Wallis lag da, die Hände hinter dem Kopf verschränkt. »Keine Ahnung«, sagte er. »Ich meine, er lacht, wenn er etwas witzig findet. Er wirkt eigentlich nicht gequält. Aber ich würde auch nicht sagen, daß er mit sich in Frieden lebt.«

»Und wie steht's mit dir?«

»Das ist nicht das, wonach ich suche«, sagte Wallis. »Ich will bloß nach Öl bohren.«

»Wie eine Maschine«, meinte Mel. »So wie Old Dudley dich haben will.«

Wallis schüttelte den Kopf. »Ich vergleiche mich eher mit einem Tier, das nur eine Aufgabe hat, das, egal, ob es wach ist oder schläft, nur an eins denkt: an seine nächste Aufgabe.«

»Ich kenne bloß ein Tier, das sich so verhält.«

»Er ist nicht unglücklich«, sagte Wallis. »Das wäre er bloß, wenn er nicht nach Öl suchen würde.«

»Ich weiß«, sagte Mel. »Das weiß ich schon lange.« Sie drehte sich auf den Rücken. »Danke. Tut gut, es mal wieder zu hören.« Und Wallis fühlte sich auf eine seltsame, traurige Art an ein Kind erinnert, das sich immer wieder eine altbekannte Geschichte erzählen läßt, für das die ständige Wiederholung ein Trost ist – egal, ob die Geschichte gut oder schlecht ausgeht, Hauptsache, es ist die altbekannte und somit die einzige, die einen Sinn ergibt.

Sie lagen da und lauschten, wie das Feuer herunterbrannte, und als es erloschen war, sanken sie allmählich in Halbschlaf – beide unter der Decke aus Fellen und doch getrennt. Mel stellte sich vor, wie sie in das gleichmäßige Gleiten durch die verschneite Landschaft verfiel und nach Spuren suchte, während Wallis sich ausmalte, daß er endlich wie durch einen Schacht hinabstieg – *nur eine einzige Möglichkeit* –, und sein letzter bewußter Gedanke war neu für ihn und hätte von Mel stammen können, ein Gedanke, der so seltsam war, daß er kurz die Augen aufschlug und den Drang verspürte, sich aufzurichten und sein Gleichgewicht wiederzugewinnen.

Er dachte: Wie schnell ein einzelner Tag verstreicht, aber wieviel man an diesem Tag tun kann, wodurch er wiederum langsamer verstreicht. Doch dann war er eingeschlafen und lauschte mit dem Körper, nicht mit dem Geist den alten Echos und Geschichten und Erlebnissen der Wapitis, unter deren Fellen er lag; und noch weiter oben dem Klang, mit dem der Schnee auf dem Dach landete, dem Druck, den er darauf ausübte, während er sie für eine Weile einschloß, obwohl sie in ihren Träumen danach strebten, unterwegs zu sein.

Ihr Atem stieg in zwei Dampfwölkchen auf, zwei trägen Wärmeströmen aus ihren Lungen, während der Rest ihrer Welt, der nicht länger in der Sonne lag, sich abkühlte und versank und die Zeit – ihre Zeit – herabfiel wie ein abgeworfenes Blatt.

In der grauen Morgendämmerung – neun Uhr, es schneite noch stärker als in der Nacht – erwachte Wallis und sah, daß Mel nicht mehr da war. Als er auf die Veranda trat, waren ihre Spuren bereits verdeckt; er hatte keine Ahnung, in welche Richtung sie gelaufen war oder wann sie zurückkommen würde.

Er ging wieder nach drinnen, zündete ein Feuer an und suchte nach etwas Eßbarem, fand aber nicht viel: eine kleine Tüte Haferflokken, ein paar getrocknete Pilze und ein paar Teebeutel; altbackenes Brot und lila Marmelade. Der Lachs. Eine Tüte Kartoffeln. Er schämte sich plötzlich, weil er weder die Last, die er für ihr Leben darstellte – allein sein Appetit –, noch ihr Bedürfnis, sich auszubreiten oder allein zu sein, in Erwägung gezogen hatte. Er wußte, daß es Matthews Hütte war oder gewesen war, aber jetzt schien sie ihr zu gehören. Matthew und Old Dudley kamen bloß zwei- oder dreimal im Jahr her, doch Matthew kam auch manchmal allein, wenn er spontan beschlossen hatte, für ein Wochenende in den Norden zu fahren.

Im Büro sprach Matthew noch manchmal von Mel, nannte sie noch sein Mädchen, aber dann klang das Wort jedesmal seltsam falsch, als säße sie Welten entfernt in einem dunklen Kerker und als würde er sie nie wiedersehen.

Wallis trank eine Tasse Tee, aß eine Scheibe Toast mit Marmelade und einen Teller kalten Lachs und ging dann in das andere Zimmer, um nach den Karten zu suchen, von denen Matthew gesprochen hatte. Nachdem er eine Stunde lang herumgestöbert hatte, fand er sie zusammengefaltet, ohne Angabe der Windrichtungen, in ein paar unbeschrifteten braunen Briefumschlägen und breitete sie im Flur aus. Er fand auch einen Karton voller Bohrkernproben und eine Kiste mit Steinen und Staub – wieder ohne einen Hinweis darauf, aus welchem Teil des Tals und aus welcher Tiefe sie stammten –, doch es tat ihm gut, sich wieder mit Steinen zu beschäftigen, wieder ihren Geruch einzuatmen, und er untersuchte die Steinsplitter und -brokken und die runden Bohrkernproben. Er verbrachte fast den ganzen Morgen damit, sie auf der noch weißen Karte hin und her zu schieben, damit sie ihm vielleicht ihre Geschichte erzählten oder einen Sinn ergaben: als könnte er Strukturen und Formationen daraus entwerfen, die das Öl an einen sicheren, geschützten Ort leiteten und dort einschlossen – als wäre es seine Aufgabe, die unterirdische Welt zu entwerfen.

Basalt, Rhyolith, Schieferton, Schiefer; ein Quarzit, völlig undurchlässig, völlig hoffnungslos für Öl. Ein fester Dolomit, doch kein Kalkstein, kein Sandstein: alles völlig ungewohnt.

Er wußte, daß die Steine alt waren; schon wenn er sie in der Hand hielt und daran roch, merkte er, daß sie viel älter waren als alles, womit er sich je beschäftigt hatte. Ein paar davon mußten fast eine Milliarde Jahre alt sein – in ihnen war kein Leben mehr, kein Geruch –, während andere ein paar ungestalte Fossilien aufwiesen. Es war geradezu hoffnungslos; und dennoch war es tröstlich, mit den Steinen zu hantieren.

Im Flur war es selbst mittags dunkel. Er zündete mehrere Laternen an und fragte sich, womit Mel ihr Geld verdiente, ob Matthew oder ihr Vater ihr aushalfen. Wallis besaß nicht viel – Old Dudley bezahlte seine Geologen schlecht, denn er meinte, ein Geologe sollte hinter dem Öl und nicht hinter dem Geld hersein, doch er kaufte ihnen alles, was sie wollten, solange er es für sinnvoll hielt.

Später löschte Wallis die Laternen und zündete Kerzen an. Er beneidete Mel um ihren ordentlichen Arbeitsplatz: ihren aufgeräumten Schreibtisch, ihre eigenen Karten und Protokolle. Den ganzen Tag beschäftigte er sich mit den Gesteinsproben, machte sich mit ihnen, mit diesem winzigen Teil des Ganzen, vertraut, ohne enttäuscht zu sein. Er versuchte, zuversichtlich zu bleiben, obwohl er sich in dem schummrigen Licht langsam fragte, ob Old Dudley wahnsinnig geworden war, weil er ihn im November hergeschickt hatte.

Wie sollte er eine Landschaft kartieren, die nicht zu sehen war? In den höheren Regionen würde der Schnee erst in sieben Monaten schmelzen. Wallis wußte, daß Old Dudley schon ziemlich verschroben gewesen war, als er ihn vor über einem Jahr eingestellt hatte;

doch jetzt fragte er sich, ob der alte Mann nicht an einem Endpunkt angelangt war, so wie die Erde, wenn sie sich im Winter von der Sonne abwendet und ihre Wärme meidet. Es stand nirgends geschrieben, daß Dudley, nur weil er ein kluger und bedeutender Geologe war, nicht wahnsinnig werden konnte.

Es wurde langsam kalt in der Hütte – Wallis hatte das Feuer ausgehen lassen. Er zündete es wieder an und brühte noch einmal Tee auf. Die Sonne war hinter den Bäumen untergegangen, doch draußen schimmerte noch immer das düstere blaue Winterlicht des Waldes; er nahm an, daß es noch Tag war. Er betrachtete die Felle, Schädel, Geweihe und Knochen, die direkt über ihm an den Dachsparren hingen. Die langen orangefarbenen Zähne eines Bibers, die wie Hauer oder Fangzähne aussahen: ein schönes, kräftiges Orange, wie er es noch nie gesehen hatte. Das zimtfarbene Fell eines Marders. Selbst die Farbe Schwarz sah hier oben anders aus – glänzender und dunkler, in dem Bärenfell und den Federn eines Raben. Wallis schüttelte den Kopf, als wollte er diese Ablenkung durch die Farben abschütteln, eine Ablenkung, die sich leicht in Sehnsucht verwandeln konnte.

Als er nach dem Kessel griff, um sich Tee einzuschenken, verbrannte er sich die Hand am Ofenrohr: ein kurzer Schmerz, und dann ein halbmondförmiges Brandmal, als würde er für etwas absolut Unverzeihliches bestraft. Er schnappte nach Luft, ging dann zum Spülbecken und tauchte die Hand in einen Eimer Wasser. Er kam sich dumm vor, unfähig, auf der Erdoberfläche zu leben, außerstande, die einfachsten Arbeiten zu erledigen, ohne irgendwo anzustoßen, sich unbeholfen anzustellen oder etwas falsch zu machen.

In einer der Holzkisten im Lagerraum hatten ein paar modrige alte Bücher und Hefte gelegen – Old Dudleys Lehrbücher und Notizhefte aus der ersten Jahrhunderthälfte, als er in San Antonio in einer Besserungsanstalt gewesen war. Wallis fragte sich, ob er damals noch einigermaßen normal gewesen war. Vielleicht hatte sich seine Verschrobenheit oder sein Wahnsinn so verschlimmert, daß man ihn kaum noch erkennen konnte, wenn man sich seinem Ursprung näherte. Vielleicht hatte es bei Dudley im Alter von sechzehn, siebzehn Jahren noch kein Anzeichen seiner späteren Entfremdung gegeben. Seiner Entfremdung wovon? Der Oberfläche der Dinge?

Aber vielleicht war es auch anders. Wallis nahm eins der Notizhefte des alten Irren und begann, die mit kindlichem Gekrakel gefüllten Seiten zu lesen. Und er war überrascht, geradezu bestürzt, denn schon damals hatte er im Ton eines alten Mannes geschrieben. Vielleicht war er schon alt geboren worden.

Wallis' Hand brannte und tat weh, aber ihn fröstelte, als er das altmodische, verrückte Geschwafel des altklugen Jungen las.

Dieses Werk bemüht sich, eine Stellung zwischen einem Lehrbuch und einem leicht lesbaren Text einzunehmen. Für die Leserschicht, die angesprochen werden soll – ein künftiges Bürgertum mit hohen intellektuellen Fähigkeiten –, wäre ein formales Lehrbuch ungeeignet. Ein leicht zu lesender Stil wäre dem Thema nicht angemessen und könnte die wesentlichen Informationen, um die es hier gehen soll, nicht übermitteln.

Meine Vorgehensweise ist einfach. Der Leser beginnt bei den vertrauten Dingen direkt vor seiner Tür. Seine Beobachtungen werden auf Felder, Seen, Täler und Berge ausgedehnt. Sie breiten sich über den ganzen Kontinent aus, bis alle bemerkenswerten Erscheinungen an der Erdoberfläche untersucht worden sind. Dann verlegen sich die Beobachtungen und Schlußfolgerungen unter die Erdoberfläche. Die verschiedenen geologischen Formationen und die darin vorkommenden Fossilien werden beschrieben, in absteigender Ordnung, bis hin zu den ältesten. Dort finden wir Anzeichen von Wärme, die zu Spekulationen anregen und die Grundlagen für eine nebulöse Weltentstehungstheorie bilden.

Wallis blätterte weiter.

Fakten oder Was wir aus den Steinen herauslesen können.
I. Die Geologie vor unserer Tür.
Oberflächenstruktur.

Geologie ist die Geschichte der Erde und der Erdbevölkerung. Es ist mehr als eine Geschichte, die uns jemand erzählt, dem wir zuhören müssen. Wir selbst werden die Geschichte ersinnen. Vielleicht werden wir die Welt bitten, uns ihre eigene Geschichte zu erzählen; doch wir müssen versuchen, die Fähigkeit zu entwickeln, das Erzählte zu verstehen. Die Welt gibt dem, der zuhören kann, eine Fülle von Informationen und verrät viele Geheimnisse aus grauer Vorzeit, von denen der, der nicht gelernt hat zuzuhören, nichts ahnt.

Wir werden die ganze Welt bereisen. Wir werden über Felshänge klettern und in tiefe Bergwerke hinabsteigen. Wir werden ins Meer hinabtauchen und die Bekanntschaft von Lebewesen machen, die in der dunklen und schleimigen Tiefe hausen. Wir werden das feste Gestein zertrümmern und herausfinden, wo Gold, Silber, Eisen und Öl verborgen sind. Wir werden die steinernen Gräber der stummen Erdbewohner öffnen.

Wir werden durch viele Jahrtausende in die Vergangenheit eintauchen, werden auf einem Berggipfel sitzen und sehen, wie der Planet in einem archaischen Meer schwimmt; wie er in dem brodelnden Wasser kocht; wie er in urweltlichen Feuern schmort; verformt, aufgeworfen und immer wieder neu geformt wird in einem langen Prozeß, der ihn für uns als würdig Erachtete bewohnbar machte.

Wir werden eine lange Reihe von merkwürdigen Lebewesen kommen und gehen sehen – eine Parade solch seltsamer Tiere und krabbelnder, kriechender und fliegender Wesen, wie sie noch nie durch die Straßen einer Stadt marschiert ist. Und was am erstaunlichsten ist, wir werden mit unserem Wissen durch viele Jahrtausende kommender Ereignisse in die Zukunft eintauchen, auf unserem Berggipfel sitzen und sehen, wie die Welt alt wird: Die menschliche Bevölkerung ist verschwunden, die Meere sind ausgetrocknet, die Sonne hat sich verdunkelt, und überall, wo jetzt das Planetensystem in der Wärme und dem Licht einer zentralen und gütigen Sonne schwelgt, herrschen mitternächtliche Stille und Winter.

Das sind Themen, die bei einem intelligenten Wesen eine starke Neugier wecken. Ich glaube, der männliche Leser brennt darauf, mit der Lektüre zu beginnen.

Doch wir müssen ganz vorn anfangen. Auch eine lange, angenehme Reise beginnt vor der eigenen Haustür. Die Geologie erzählt uns alles über diese Welt. Die Welt ist hier – unter unseren Füßen. Sie ist im Garten und am Straßenrand, auf dem Feld und am Flußufer, wo die sommerlichen Wellen den schläfrigen Felsen ein Wiegenlied singen und die Winterstürme sie von ihren Ruheplätzen fortreißen. Doch hier sind weder sommerliche Wellen noch Winterstürme, hier ist fester Boden. Gehen wir diesen Hügel hinauf und setzen uns, wo wir einen guten Blick über einen kleinen Ausschnitt der Erdoberfläche haben.

Wallis kniff die Augen zusammen und versuchte, die krakelige Schrift im flackernden Kerzenlicht zu entziffern. Er hatte das Gefühl, daß er nicht in den Notizen lesen sollte, aber auch, daß sie ihm einen unverhüllten Blick auf etwas boten: Er hatte das Gefühl, daß diese unausgegorenen Vorstellungen darüber, wie man Öl suchte – Dudley mußte siebzehn gewesen sein, als er die Notizhefte füllte –, ihm bei seinen Bohrungen helfen konnten, wenn er es wagte, Dudleys Wahnsinn so nahe zu kommen.

Wallis mußte sich zwingen weiterzulesen, war fasziniert und abgestoßen zugleich.

Die Häuser und die Herden, die Weizenfelder, Städte und Gärten, die Schulen und Nonnenklöster: All das sind Begleiterscheinungen. Doch der düstere Bergkamm, der sich am Horizont erstreckt – das ist ein Teil der Natur. Der grüne Wald, der sich bis zu den Feldern hinabzieht; der Fluß, der sich durch die Landschaft schlängelt und mit dem Regen steigt oder fällt; die sanften Anhöhen und die Täler dazwischen; das anstehende Gestein auf dem Feld und der einzelne Stein am Straßenrand – all das gehört zur Natur. Dort in der Ferne braust eine Dampflokomotive mit ihren Waggons entlang, die eisernen Gleise laufen durch Hügel und Felsmassen und eröffnen unserem Blick etwas von dem verborgenen Material, aus dem die Welt geformt ist.

Wie bezaubernd ist diese ganze Landschaft! Wie oft sind wir, erfüllt von der Liebe zur Natur, am Ufer dieses ruhigen kleinen Sees entlanggeschlendert, wie oft haben wir auf dem grünen Hang gelegen, der, einem Amphitheater gleich, dem Besucher die Möglichkeit bietet, die Bühne zu betrachten.

Vielleicht haben wir, als Gören, die die Schule schwänzten, oder wenn wir einen Feiertag in vollen Zügen genießen wollten, schon an diesem Bach geangelt oder unser Boot über diesen Teich gepaddelt. Vielleicht haben wir voller Staunen den Maler aus der Großstadt gesehen, der mit Staffelei und Pinsel die schlichte Schönheit dieser Landschaft auf einer Leinwand festhielt, weil er an der Kunstakademie einen Preis gewinnen oder wenigstens den eingepferchten Bewohnern der staubigen Stadt vermitteln wollte, wie verschwenderisch sich die Schönheiten der Natur den Blicken derjenigen darbieten, die in dieser ländlichen Gegend wohnen – in diesem ruhigen Dorf, das die Vorsehung zu unserer Heimat gemacht hat.

All das ist Geologie. Wir befinden uns mittendrin. Wir waren schon davon entzückt, bevor wir die Bezeichnung kannten.

Wallis schlug den alten Lederband zu; kleine Staubflocken lösten sich vom Einband, und er fragte sich, wie lange das Buch wohl noch auf der Welt sein würde. Nicht mehr lange. Vielleicht war er der letzte Mensch, der es las.

Er legte die Notizen wieder in die alte Holzkiste und stellte diese in den Lagerraum zurück. Er ließ die Steine, verstreut wie Spielsachen, im Flur liegen. Er legte Holz nach und dachte an die erhöhten Kosten, die er auch damit verursachte – das Holz, das Mel ansonsten nicht verbrennen würde –, als er hörte, wie sie auf die Veranda kam und den Schnee von ihren Stiefeln klopfte. Vorher hatte er nichts gehört; ihre Skier waren lautlos gewesen.

Sie kam gutgelaunt zur Tür herein, nahm die Skimütze ab und wischte sich den Schnee aus dem Haar, lächelte ihn freudig an, runzelte aber die Stirn, als sie merkte, daß er noch dieselben Kleider trug wie letzte Nacht und daß sie nicht feucht vom Schnee waren.

»Du warst heute gar nicht draußen?« fragte sie.

»Nein«, sagte er. »Ich bin dringeblieben und hab gearbeitet und gelesen. Das war gut.«

»Oh, du mußt aber vor die Tür gehen«, sagte Mel, und er dachte, sie meinte in Zukunft, aber sie meinte diesen Abend. »Du mußt rausgehen und ein bißchen rumlaufen, sonst kriegst du Depressionen. Du drehst durch. Der Winter nistet sich in deinem Blut ein. Das weiß doch jeder. Wir gehen nach dem Abendessen – wir werfen die Lachsgräten in den Bach. Du mußt jeden Tag kurz rausgehen, unbedingt.«

»Gut«, sagte Wallis, obwohl er ihr keinen Glauben schenkte.

Zum Abendessen gab es Lachs mit Brot. Sie pulten das Fleisch, das sie nicht mehr essen konnten, von den Gräten, füllten es in Behälter und stellten es in den Kühlschrank. Wallis fragte Mel, ob sie irgendwelche Wölfe gesehen habe, doch sie lachte und sagte, sie habe schon seit über zwei Jahren keinen Wolf mehr gesehen. »Manchmal sehe ich ihre Spuren, doch in den letzten zwei Wochen habe ich nicht mal die gesehen. Ist schwer, wenn es so stark schneit. Da muß man wirklich Glück haben. Man muß schon fast auf ihnen draufstehen.«

Zum Nachtisch aßen sie Graham-Cracker. Wallis zog einen von Matthews alten Mänteln und schwere Stiefel an, und sie gingen nach draußen, stapften durch den Schnee. Mel trug das Fischskelett in beiden Händen. Wallis drehte sich zur Hütte um und konnte nur noch den schwachen Schein einer Laterne sehen.

Der Bach war von Zedern gesäumt. Es herrschte jetzt dichtes Schneetreiben, und die Flocken wirbelten um sie herum. Mel legte das Skelett ins Wasser und hielt es mit bloßen Händen und Handgelenken, den Pullover bis zu den Ellbogen aufgekrempelt, in die Strömung.

»Die Lachse sind immer hier gewesen«, sagte sie. »Und die Gegend ist immer noch gut für sie. Sie können bloß nicht mehr herkommen. Nur siebenhundert Kilometer bis zum Meer, doch dazwischen liegen ungefähr genauso viele Dämme.« Sie ließ den Fisch sanft hin und her schlängeln, als wäre er noch am Leben. »Sie werden ihn riechen«, sagte sie. »Sie werden ihn draußen im Meer schmekken und ihn in ihren Träumen sehen. Und vielleicht kommen sie, um nach ihm zu suchen. Vielleicht kommen sie her. Vielleicht finden sie einen Weg zurück.«

Sie trat einen Schritt zurück, klatschte in die Hände, um das Wasser abzuschütteln – einen Augenblick lang dachte Wallis, sie forderte den Lachs auf wegzuschwimmen, und in der Strömung, die sich über das gespenstische Skelett im dunklen Wasser wälzte, sah es auch kurz so aus, als würde der Fisch ihr gehorchen und dorthin zurückschwimmen, woher er gekommen war.

Sie verschränkte die Arme, steckte die Hände unter die Achselhöhlen. »Komm, ich zeig dir das Räucherhaus«, sagte sie. Das Schneetreiben war so dicht, daß Wallis den Laternenschein in der Hütte nicht mehr sehen konnte.

Die dunklen Umrisse des großen Räucherhauses tauchten auf. Als sie den Eingang erreichten, schob Mel mit dem Fuß eine Schneewehe beiseite und öffnete die Tür, indem sie sich mit der Schulter dagegenwarf.

Drinnen war es ebenso kalt, aber sie waren erleichtert, aus dem Schneetreiben herauszukommen. Wallis nahm sofort den muffigen Geruch von Pferden und altem Heu wahr. Der Schnee war durch die staubigen Fenster kaum zu sehen.

Allmählich merkte er, daß noch etwas anderes anwesend war. Seine Augen gewöhnten sich langsam an die Dunkelheit, und er sah, daß überall etwas an den Dachsparren hing. Es roch nach Fleisch.

Mel ging zur Wand hinüber, suchte nach Streichhölzern und zündete eins an. Wallis sah, wie die kleine Flamme ihr strenges Gesicht beleuchtete: die Wangenknochen vorstehend und kräftig, aber nicht unattraktiv. Sie versuchte, eine Laterne anzuzünden. Als das Streichholz herunterbrannte, ging flackernd das Licht der Laterne an; und als die Laterne aufleuchtete, sah er die Körper, strahlend und glasig in dem hellen Licht, an Seilen und Ketten hängen, und es war, als beträte er eine neue Welt voll neuer Geschöpfe und Bewohner ringsum: Wapitis, Rothirsche, Forellen und Waldhühner. Wacholderbüsche, die herbstlichen Beeren noch blaugrün, hingen herunter wie Tabakblätter.

Mels Arme glitzerten, als sie die Laterne hochhielt, um einen riesigen Wapiti besser zu beleuchten. Vom Bach klebten noch kleine Eiskristalle an ihren Armen, die sich jetzt lösten, auf den Boden des Räucherhauses fielen und dort zu dampfenden Pfützen zerschmolzen. Ihr Atem bildete Dampfwolken. Die Laterne zischte, spuckte und flackerte, als wollte sie gegen den nötigen Wirbel der Atome, gegen die zaghafte Aufforderung zu brennen, protestieren.

Der Wapiti war gehäutet, und man hatte ihm die Läufe unterhalb der Knie abgeschnitten, so daß er keine Hufe mehr hatte, doch sein Kopf und sein Geweih saßen noch auf dem Rumpf, und das Geweih erhob sich bis in die oberen Dachsparren. Er hing an Ketten und sah aus, als ob er fliegen würde – eine Kette um die Brust, eine weitere um die Keulen, so daß er noch immer zu galoppieren schien. Um seinen Kopf war ein Seil geschlungen, und sein Geweih war leicht nach hinten gekippt, als würde er jeden Moment seinen herbstlichen Schlachtruf ertönen lassen.

Man hatte bloß ein Steak aus seiner linken Keule geschnitten, ansonsten war er makellos, unversehrt und gewaltig. Wallis ging um ihn herum und bewunderte, wie sehr er für die Berge geschaffen war – oder wie er und seine Artgenossen sich an die Bergwelt angepaßt hatten –, bewunderte jeden einzelnen Muskel, jedes Band, jeden Sehnenstrang, die zu Bewegung und Fortpflanzungstrieb führten. Mel folgte ihm mit der Laterne. Das Fleisch war dunkelrot und schillerte an manchen Stellen purpurn. Die Muskeln waren gefroren: Dazwischen saßen winzige Eiskristalle, die in der schwachen Wärme der Laterne schmolzen und zu Boden fielen, als ob das Fleisch weinen würde.

Wallis ging auf die andere Seite – zu den stumpfen blaugeäderten Augen, dem glänzenden Geweih, dem schwarzbraunen Fell auf der Schädeldecke. Hinter der einen Schulter befand sich da, wo die Kugel eingedrungen war, ein kleines Loch, und auf der anderen Seite hatte die Kugel beim Austritt ein größeres Loch gerissen, als hätte sie nach dem blutigen Weg durch das Herz und die Lunge des Wapitis die Freiheit gesucht. Brachte allem, was sie berührte, Zerstörung und sehnte sich dann wieder nach dem freien Himmel. Der Wapiti hing reglos da, als würde es sich bloß um eine vorübergehende Unannehmlichkeit handeln.

»Matthew hat ihn am Nachmittag von Halloween oben am Boyd Mountain erwischt«, sagte Mel. Sie griff nach den bloßliegenden, gefrorenen Muskeln des Wapitis und legte ihre Hand darauf wie bei einem Pferd. »Junge, was für ein Glückstag.«

»Matthew … war erst vor kurzem hier?« fragte Wallis. Er versuchte, sich Halloween ins Gedächtnis zu rufen. Falls Matthew hergefahren war, hatte er nichts davon erwähnt.

»Bloß für anderthalb Tage.« Mel steckte ihre freie Hand wieder unter die Achsel, um sie zu wärmen. »Er kommt immer, um meine Fleischvorräte aufzufüllen«, sagte sie. »Das hat er immer gemacht.« Während sie sich den Tag ins Gedächtnis rief, hellte sich ihre Miene auf. »Wir haben einen Schlitten gebaut und das Fleisch zu einem Felsen gezogen, haben es zum Bull River hinabgelassen, ein Floß gebaut und sind damit bis zu einer alten Holzfällerstraße gefahren. Haben es in einen Jeep geladen und sind wieder heimgefahren.«

Sie gingen zu Matthews zweitem Geschenk hinüber: ein riesiger Maultierhirsch, der noch nicht gehäutet war und, wie ein Geisterschiff, ebenso über dem Boden hing. »Matthew hat ihn am nächsten Tag erwischt, noch bei Tageslicht, kurz vor seiner Abreise, auf dem Berg hinterm Haus«, sagte Mel und rief sich die Einzelheiten geradezu gierig wieder ins Gedächtnis. »Ich war mit ihm draußen. Es hat an jenem Abend leicht geschneit. Der Hirsch fraß gerade Bärentraubenblätter. Eins steckte ihm zwischen den Zähnen, und er stand da, den Kopf zum Himmel gestreckt, und versuchte, es herauszukriegen. Die Sonne stand hinter uns. Man konnte hören, wie überall am Berg der Schnee schmolz. Als Matthew schoß, stürzte der alte Bursche zu Boden, als ob ihm jemand die Beine weggetreten hätte.

Er schlief schon den ewigen Schlaf, bevor er auch nur den Schuß gehört hatte«, sagte Mel. »Als wir ihn ausweideten, kam ein Grizzly über den Bergkamm, setzte sich hin und beobachtete uns. Sie lernen allmählich, daß es bei einem Gewehrschuß im Herbst einen Haufen Eingeweide zu fressen gibt. Manchmal schlagen sie auch die Jäger in die Flucht und fressen den ganzen Hirsch. Und manchmal kommen nach dem Schuß auch Wölfe, Raben, Kojoten oder andere Tiere. Aber an dem Tag kam bloß dieser große Bär, und der ließ uns in Ruhe. Unsere Arme waren bis zu den Ellbogen voll Blut, aber er saß bloß da und schaute uns zu. Wir ließen das Herz und die Leber für ihn liegen. Ein riesiges Grizzlymännchen.

Er hätte sich uns schnappen können, wenn er gewollt hätte. Was für ein Tag«, sagte sie.

Sie sahen sich den Rest des Räucherhauses an. Dort hingen mit angelegten Flügeln und baumelnden Köpfen alle drei Arten von Waldhühnern, die es im Tal gab – Haselhuhn, Rebhuhn und Felsengebirgshuhn. Einige waren schon gerupft, andere hatten ihr Gefieder noch. Es war wie in einem Feinkostgeschäft, und Wallis hoffte, er würde die Gelegenheit bekommen, sie zu essen. Er fragte sich, wie sie wohl schmeckten. Sie waren so groß wie kleine Haushühner, aber so schön wie Fasane: Einige waren rostbraun oder grauschwarz, andere dunkelblau, mit getigerten Schwänzen und kurzen, kräftigen Schnäbeln.

»Ist Matthew ein guter Schütze?« fragte er.

»Ja«, sagte Mel.

Es hingen auch Fische da, Forellen und Weißfische, die gut in eine Bratpfanne paßten, prallbäuchig von der Völlerei des Sommers, und sie hatten die Düfte des Räucherhauses angenommen, Apfel- und Kirschbaum mit ein bißchen Erle. Wallis schnüffelte an einer Forelle, einem Zweipfünder. »Los«, sagte Mel, »probier mal«, und er biß ein Stück ab. Es schmeckte köstlich.

»Hast du schon mal Mesquite benutzt?« fragte er. »Hast du dir das je von Matthew oder deinem Vater aus Texas schicken lassen?«

Mel schüttelte den Kopf. »Nein«, sagte sie. »Ich will nichts haben, was nicht aus diesem Tal stammt. Ich versuche, nichts Fremdes einzuführen. Wenn Matthew es mir schickt, benutze ich's auch, aber ich bitte ihn nicht drum.« Sie blickte in den hinteren Teil des Räucherhauses, zu ihrem Holzstapel, als lägen dort Texas und die Früchte des Mesquitebaums.

»Hier oben wachsen Äpfel und Kirschen?« fragte Wallis.

Mel lächelte. »Ja«, sagte sie. »Neben der Schule und hinter Helens Haus, hinter dem Laden, unten am Fluß. Helens Bäume blühen nicht und tragen keine Früchte, aber sie wachsen. Sie sind ziemlich groß und alt.« Sie zuckte mit den Achseln. »Vielleicht werden sie irgendwann mal Früchte tragen.«

»Wie alt sind sie denn?« fragte er.

»Helen hat sie als kleines Mädchen gepflanzt. Vor siebzig, achtzig Jahren. Keine Ahnung.«

»Und sie haben noch nie geblüht?« fragte Wallis.

Mel schüttelte den Kopf. »Sie wachsen bloß«, sagte sie etwas wortkarg.

Es gab noch mehr Fische, in Gläsern eingelegt oder auf Eis aus dem letzten Frühjahr gebettet in Zedernkisten, die im Sägemehl standen. Sie schimmerten im Licht der Laterne, als Mel sie ihm zeigte, eine Kiste nach der anderen, wie eine stolze Lebensmittelhändlerin.

Sie hob die Laterne, da sah er, daß die Fenster mit Eisengittern gesichert waren, und sein erster Gedanke war, daß sie ernsthaft glaubte, diese Tiere könnten wieder in die Wälder entkommen, und versuchte, ihre Flucht zu verhindern.

»Die Bären versuchen manchmal einzusteigen«, sagte sie. »Und Vielfraße. Überall am Gebäude finden sich alte Biß- und Kratzspuren, von damals, als Matthews Eltern die Parzelle erwarben und das Gebäude errichteten, bis zum heutigen Tag.« Mel lachte. »Manchmal knabbern sie im Frühling – bevor es etwas Grünes zu fressen gibt, wenn ihr Zahnfleisch noch ganz weich ist – an dem Gebäude herum, und dann fallen ihnen die Zähne aus und bleiben im Holz stecken. Die Vielfraße sind am schlimmsten; sie lassen sich nicht vertreiben. Sie sitzen zwei, drei Tage lang auf dem Dach, versuchen, durch den Schornstein runterzukommen, und knurren einen an. Ich hab mit Schneebällen nach ihnen geworfen, mit dem Gewehr über ihre Köpfe geschossen, hab alles mögliche probiert, doch sie laufen nicht weg. Raben und Kojoten versuchen reinzukommen, sogar Adler. Im Herbst sitzen morgens manchmal zwei Steinadler auf dem Dach.

Mein Vater hat immer mit Adlern gejagt«, sagte sie leise. »Er ist nach Rußland gereist und hat einen dieser großen asiatischen Steinadler gekauft. Einen Monat lang hat er da drüben Hirsche, Wölfe und sogar Bären mit ihm gejagt. Man hat sie auch in der Schlacht eingesetzt, um mit ihnen Jagd auf Menschen zu machen.« Sie sprach ruhig, ohne ein Anzeichen von Ekel oder Verwunderung – bloß ganz leise, als wäre sie sich über die Vergangenheit ihrer eigenen Familie nicht im klaren. Als könnte sie selbst der Vergangenheit nicht trauen, wenn die Spuren oder sonstige Beweise nicht vor ihren Augen, sondern irgendwo in der Zukunft lagen.

»Das war vor meiner Geburt«, sagte sie. »Ich hab ihn davon sprechen hören. Die Behörden haben den Adler beschlagnahmt.«

Dann schwieg Mel und dachte daran, wie sehr Matthew und Old Dudley miteinander verflochten waren, daran, daß sie nicht mehr an einen von beiden denken konnte, ohne daß ihr der andere einfiel, und es ihr so vorkam, als hätte man ihr alle beide weggenommen, und sie trat neben Wallis und vergrub ihren Kopf an seiner Brust. Ihr Gewicht lastete schwer auf ihm, obwohl er merkte, daß sie etwas zurückhielt, daß sie das immer und bei jedem tun würde. Er wäre nie darauf gekommen, daß sie einsam war. Allem Anschein nach hatte sie viel zuviel zu tun, und die Tage waren zu kurz. Nicht in tausend Jahren wäre er darauf gekommen.

Das Licht der Laterne legte sich um ihre eiskalten Füße, und von ihren Stiefeln stieg Dampf auf. All die Tiere hingen lautlos und reglos da, als zeigten sie Respekt für Mels Traurigkeit; die Mäuler weit geöffnet, das Herz herausgeschnitten und die Augen violett, blind, und doch konnten sie noch sehen und fühlen: Alle streckten sich dem Himmel entgegen, aber ein Teil von ihnen verweilte auch und trat mit ihr in Kontakt, redete in einer besonderen Sprache, die zwischen dem Menschen und den Sternen lag.

Die Knöchel dampfend von der Wärme des Lichts, standen Mel und Wallis eine ganze Weile da wie Pferde in einem Stall, lauschten dem Schneetreiben und dem Zischen der Laterne. Als das Propangas aufgebraucht war und die Laterne mit einem Flackern erlosch, zog sich der Rauch zurück wie in eine Zauberlampe, und als das Licht ausging, nahm es die letzten verblassenden Bilder des mondäugigen Wapitis, des riesigen Hirsches, der schläfrigen Waldhühner mit ihren hängenden Köpfen, der glänzenden Bachforelle, der zum Himmel strebenden silbernen Regenbogenforelle und der blutrot leuchtenden Flußforelle mit.

In den letzten goldenen Lichtstrahlen sah Wallis in einer Ecke einen dunklen Kartoffelhaufen, der die Gestalt eines Bären annahm, und die Fische und das zum Himmel strebende Wild verwandelten sich in Silhouetten von Engeln.

Jetzt war nur noch der Schnee zu hören, der Wallis und Mel unter sich begrub. Wallis legte die Arme um Mel und hielt sie fest, als ob sie zusammen versinken würden.

Mel faßte sich wieder und trat einen Schritt zurück. Sie sagte nichts dazu. Wallis dachte, daß es für sie so natürlich gewesen sein mußte, wie jemandem die Hand entgegenzustrecken, der ihr aufhelfen will, weil sie auf dem Eis ausgeglitten und gestürzt ist; und da es kalt war, so kalt, daß ihnen beim Atmen die Lungen weh taten und sie zitterten, verließen sie das Räucherhaus.

Als sie in die Nacht hinaustraten, klang alles frischer.

Das Licht in der Hütte war verschwunden, war entweder heruntergebrannt oder wurde, was wahrscheinlicher war, von dem Blizzard verdeckt. Mel stand Schulter an Schulter mit ihm, blieb nur einen Augenblick lang stehen, nachdem sie die Tür zum Räucherhaus hinter sich geschlossen und verriegelt hatte. Sie schaute den Hügel hinauf in die Richtung, wo ihrem Gespür und ihrer Erinnerung nach die Hütte lag.

Wenn die Laterne in der Hütte ausgegangen war und Mel anfangs um ein, zwei Grad von ihrem intuitiven Kurs abkam, würden sie die Hütte nicht finden. Auf ihrem Irrweg könnten sie sie um zwanzig Meter oder auch nur um ein paar Zentimeter verfehlen, und ihre tastenden Hände würden nur flaumige Schneeflocken zu fassen bekommen.

Und so würden sie sterben – zwei Fremde, die gerade erst begannen, sich kennenzulernen. Sie würden an ihrem Heim vorbeigehen, spüren, wie das Dickicht ihre Gesichter streifte, und wissen, daß die Zuflucht der winzigen Hütte bereits hinter ihnen lag.

»Halt dich an mir fest«, sagte Mel und blickte wild entschlossen, geradezu wütend den Hügel hinauf, als würde sich die Hütte absichtlich vor ihr verstecken; dann ging sie los, stapfte schnell, ohne ein Zeichen von Angst oder Zaudern, durch den tiefen Schnee.

Wallis hatte das Gefühl, als wären sie schon weit gegangen, dann war er sich dessen sogar sicher, und doch hatten sie die Hütte noch nicht erreicht.

Er hielt sich an Mels Mantel fest, als wäre es der Schwanz eines Pferdes. Sie blieb stehen, als klar war, daß sie zu weit gegangen waren. Er trat näher, hörte sie brummelnd fluchen, doch in ihrer Stimme lag keine Angst. Er fragte sich, ob es zu spät war, sich hinzukauern – sich wie ein Bär oder ein Waldhuhn in den Schnee einzugraben, sich von ihm zudecken zu lassen, bis er so warm war wie eine Decke, und wieder herauszukommen, wenn es aufhörte zu schneien, falls es je dazu kam.

Mel drehte sich um und wandte sich abrupt nach rechts, machte fast einen Satz, und Wallis hatte Mühe, sich an ihr festzuhalten. Sie ging zehn Schritte und blieb dann wieder stehen. Sie standen in dem Blizzard wie Gespenster.

Mel starrte, den Blick ins Nichts gerichtet, geradeaus. Auch Wallis versuchte, etwas zu erkennen. Es war, als würde sie auf etwas horchen, doch keiner der fünf Sinne versah noch seinen Dienst, alle waren überflüssig und bedeutungslos geworden. Es gab nur noch die Schwerkraft der Erde unter ihren Füßen.

Mels Anspannung löste sich. Ihr Atem ging ruhiger. Sie starrte weiter in dieselbe Richtung, wie ein Jäger, der eine Wiese im Blick hat. Dann konnte Wallis es sehen – oder glaubte es zumindest. Da war ein blasser Fleck im Sturm, der verschwand, sobald er ihn ansah, doch zurückkehrte, wenn er den Blick abwandte: beim besten Willen kein Lichtschein, nicht das, wonach sie suchten, doch eine verringerte Dunkelheit, eine zarte Blässe, die einladend und verführerisch aussah.

Wallis wollte sofort darauf zugehen. Seine Hosenaufschläge waren hartgefroren. Er zitterte wie Espenlaub. Mel hielt ihre Stellung, betrachtete den blassen Fleck im Sturm, als wollte sie ihn herausfordern.

Es begann, stärker zu stürmen, und der Fleck, das Nichts, das sie anschauten, verschwand. Mel ging einen Schritt darauf zu, dann noch einen, und dann begann sie zu laufen. Der Fleck tauchte wieder auf, und jetzt wurde er leicht gelblich und dann immer strahlender – genau umgekehrt wie vorhin in der Räucherkammer, als die Laterne ausging –, bis er sich als Lichtschein entpuppte.

Drinnen die Dielen unter ihren Füßen. Die vertrauten Gegenstände auf den Regalen, Federn, Steine, Muscheln und das Durcheinander an geschlossenen, stummen Büchern – jedes einzelne voll Millionen von Hieroglyphen, die, wenn man sie sich näher ansah, Wissen und Erleuchtung, Bilder, Gerüche und Töne hervorbringen sollten.

Der Fußboden aus Kiefernholz. Das Geschirr von ihrem Essen,

der kalte gemauerte Kamin und die kalte Luft in der Hütte, das helle Licht der Laterne und der Schnee an ihren Stiefeln, der immer noch nicht schmolz, da es inzwischen auch in der Hütte ganz kalt war. Nur ein oder zwei Grad – eine winzige Korrektur des anfangs eingeschlagenen Weges – trennten sie von all dem Schnee und der großen Kälte draußen, die selbst für Mel zu groß war.

Sie hüteten sich, darüber zu sprechen oder Witze zu reißen.

Wallis schürte das Feuer wieder an. Mel hockte sich neben ihn und wärmte sich die Hände vor den Flammen. Als sie ihre Hände wieder spürte, stand sie auf, ging durch die ganze Hütte und betrachtete alles, berührte diesen Flußstein oder jenen Obsidian, und als sie an ihrem Schreibtisch vorbeikam, blieb sie stehen und sah sich die Notizen an, die dort ausgebreitet lagen. Sie klopfte kurz auf das aufgeschlagene Notizheft, als versuchte sie, sich daran zu erinnern, was alles vor der aufgeschlagenen Seite stand, und dann beendete sie ihre Runde und kam zum Kamin zurück, wo Wallis noch immer Feuerholz auflegte.

Es war ein kaltes Feuer. Das war eines der Phänomene in diesem Tal, die er höchst verblüffend fand: Manchmal war es so eisig kalt, daß er die Flammen eines Feuers sehen, sie riechen, das Holz knistern hören konnte, doch keine Wärme verspürte. Er konnte die bloßen Hände durch die Flammen gleiten lassen und doch dabei zittern.

Wallis schlief wieder, in Wapitifelle gehüllt, vor dem Kamin auf dem Fußboden. Mel berührte seinen Arm und ging dann durch den Flur in ihr Zimmer. Die Flammen warfen ihr Licht in jeden Winkel der Hütte, doch allmählich wurden sie kleiner, und Wallis träumte sich in die Dunkelheit hinein. Als das Feuer erloschen war, wachte er kurz auf und zündete es noch einmal an, legte sich dann wieder schlafen. Es war so kalt, daß er Kopfschmerzen bekam. Er fragte sich, ob die Bäume Schmerz empfanden oder es spürten, wenn sie in der Nacht Risse bekamen. Er konnte hören, wie sie auseinanderbrachen.

Er träumte von den unterirdischen Regionen, die er im Sommer oder im Herbst erkunden würde, und von den fernen Regionen, die er anderswo erkundet und aufgebrochen hatte. Er träumte von der Mineralisation, die Sandkörner zusammenbindet – manchmal kalkig, manchmal bröckelig und porös, leicht zu zerkrümeln. Er konnte sich die genauen Abläufe, durch die das unterirdische Gestein gehärtet worden war und eine alte Landschaft ihren Platz gefunden hatte, nur schwer ausmalen; doch in jener Nacht stellte er sich in seinen Träumen vor, daß jene alte Landschaft ihren Platz vielleicht durch Stille und Ausdauer, durch eine sanfte Anpassungsfähigkeit gefunden hatte. Die Art, wie der Regen fällt, wie der Schnee fällt. Die Art, wie die Vögel schlafen. Die Art, wie Flechten in rotblauen Mustern auf feuchten Felsen und an alten Steinmauern wachsen. Die Art, wie ein Baumstamm vermodert.

Die trägen Nachtfalter, die aus dem orangefarbenen morschen Holz hervorkrabbeln.

Wenn in jener Nacht Wölfe heulten, so hörte er sie nicht. Der Schnee verschluckte jeden Laut.

Die Wölfe ergriffen jetzt Besitz von ihr, als wären sie in die Hütte gekommen und hätten sie mit den Zähnen gepackt. Neben sich die Glut des heruntergebrannten Feuers, erwachte Wallis morgens immer lange vor Tagesanbruch und sah Mel bei Kerzenlicht in der Küche arbeiten, da sie ihn nicht wecken wollte. Sie war stets schon in ihren Parka gehüllt, stieß beim Atmen Dampfwölkchen aus, zündete im Holzofen in der Küche ein kleines Feuer an, um Teewasser aufzusetzen, und machte sich eine Scheibe Toast, die sie dick mit Butter und Marmelade bestrich.

Dann stand sie am anderen Ende der Hütte, aß schweigend und beobachtete ihn, streifte sich die Krümel von den Händen, tupfte sich mit einem Handtuch den Mundwinkel ab und ging rasch zur Tür hinaus.

Und die Geologie, die urzeitliche Erde, ergriff Besitz von Wallis, als wäre er gestorben und wandelte jetzt bloß als Geist über die Erde und versuchte, sich in die Zeit zurückzuversetzen, in der er sich am lebendigsten gefühlt hatte, ohne das Paradox zu sehen, daß er in seinen angestrengten Bemühungen, in die Vergangenheit zurückzukehren, tatsächlich lebendiger wurde.

Als könnte er zugleich bewußtlos und aufmerksam sein. Als könnte ein Mensch zugleich schlafen und wach liegen oder zugleich gut und böse sein.

An manchen Tagen sehnte er sich so danach, die Erde zu schmekken und zu fühlen, das Gestein zu Gesicht zu bekommen, daß er vors Haus oder in den Wald ging und wie ein Wahnsinniger oder jemand, der etwas suchte, das er verloren hatte, mit den behandschuhten Händen oder mit einer Schaufel im Schnee zu graben begann, bis die Schaufelspitze auf den gefrorenen Boden stieß. Er hackte kleine Stücke davon ab, und manchmal, wenn Stahl und Feuerstein aufeinandertrafen, sprühten Funken – dieser stechende Geruch –, und dann kratzte er die kleinen Splitter zusammen und betrachtete sie. Er sah die hoch aufragenden, schneebedeckten Berge an und hätte am liebsten laut aufgeheult, weil er so wenig wußte. Er hatte das Gefühl, in der Falle zu sitzen, da er trotz seiner ganzen Mühe nur ein paar Zentimeter tief in die junge Gletschermoräne eindringen konnte. Er vermißte die Vertrautheit mit der Umgebung.

Seine Verzweiflung wuchs. Er glaubte, daß Old Dudley ihn hergeschickt hatte, um ihn loszuwerden: daß er einen anderen Geologen gefunden hatte, den er unterrichten konnte, daß Dudley, Matthew und dieser dritte Geologe eifrig alte Bergsättel aufbrachen wie Waschbären, die Süßwassermuscheln knacken, um das Fleisch herauszusaugen, und daß sie ihn an dem Spaß nicht teilhaben ließen.

Das Krächzen eines einzelnen Raben hoch oben; ein kalter blauer Himmel und die Stille des Nordens; und nachdem das Krächzen des Raben verhallt war, nur noch Stille. Er konnte nicht an den Ort seiner Sehnsucht gelangen.

Und wenn Mel abends nach Hause kam, sah sie manchmal die kleinen Hügel, die er beim Graben aufgeworfen hatte – oben auf dem Schnee ein paar schwarze Erdsprenkel –, doch sie sagte nichts, war nur froh, daß er vor die Tür ging.

An manchen Tagen hörten die Kojoten, wie er sich abmühte, und tauchten am Waldrand auf, um ihm bei der Arbeit zuzuschauen. Sie rochen das Blut an seinen Händen, die er sich bei dem Versuch, einen glattgeschliffenen Stein aus der gefrorenen Erde zu reißen, aufgeschürft hatte, und Wallis bemerkte die Kojoten erst, wenn sie, wie um ihn nachzuäffen, ebenfalls zu graben begannen, Gänge in den Schnee trieben und flink und fieberhaft herumbuddelten.

Wallis hörte, wie der Schnee sirrend aufflog und hinter den Kojoten herunterklatschte, während sie gruben und gruben, und er hielt schweißgebadet inne und schaute ihnen zu; und kurz darauf erschien einer der Kojoten mit einer Maus im Maul, die er unter dem Schnee entdeckt hatte. Dann jagten die anderen Kojoten hinter ihm her, all die Kojoten schienen über der Schneedecke zu schweben, sie tricksten und täuschten und kreisten, als wären sie keine einzelnen Wesen, sondern ein einziger wirbelnder Organismus; und nach einer Weile machte sich der Kojote, der die Maus ergattert hatte, über die Maus und die anderen Kojoten lustig, indem er seine Beute hoch in die Luft warf und dann wieder auffing. Schließlich fraß einer von ihnen die verstümmelte Maus, Wallis begann wieder zu graben, die Kojoten setzten sich auf die Hinterbeine und schauten ihm noch ein bißchen zu, und wenn er wieder aufblickte, waren sie verschwunden, doch später am Tag hörte er sie hinten im Wald auf der Jagd nach etwas anderem lachen und heulen und jaulen.

Er verzweifelte. Wenn Mel abends nach Hause kam, konnte sie sehen, daß er verzweifelt war, konnte seine wachsende Enttäuschung an den Dutzenden von halbfertigen Grabungen ablesen, die ihre Hütte umgaben – oben auf dem Schnee eine Schicht schwarzer Erdkrümel –, doch sie sagte immer noch nichts, obwohl sie traurig war und glaubte, daß er auf keinen Fall so ausdauernd sein würde wie Matthew, daß Dudley ihn bestimmt bald verschlissen hatte.

Und vielleicht brachte sie ihm aus diesem Grund – weil sie glaubte, daß Wallis bald ausgelaugt und erledigt sein würde – nichts von ihren Kenntnissen bei. Sie fand Vorwände, um länger wegbleiben zu können, und legte bei ihrer Verfolgung der Wölfe größere Strecken zurück. Wenn sie abends nach Hause kam, kapselte sie sich von ihm ab. Sie las oder arbeitete still an ihren Notizen und Karten. Und obwohl die Liebe zwischen ihr und Matthew im Grunde vorbei war, sich abgeschliffen hatte – Old Dudley hatte inzwischen völlig von ihm Besitz ergriffen –, stellte sie fest, daß sie dennoch versuchte, das Datum im Blick zu behalten, da sie wußte, daß Matthew und Dudley an Weihnachten kommen würden. Sie dachte an die Falle, in der sie selbst saß: ihre Erinnerungen an Matthew, als er noch ein freier Mensch war. Er hatte sie geliebt; er hatte es geliebt, nach Öl zu suchen. Matthew hatte einmal gesagt, wenn er bei ihr im Tal bleiben und Old Dudley nicht nach Texas folgen würde, dann hätte er immer das Gefühl, in der Falle zu sitzen, und würde es ihr übelnehmen. Also hatte sie ihn gehen lassen – er war selbst gegangen –, und jetzt war er nicht mehr da und saß trotzdem in der Falle. Alles vergeblich.

Und als würde sie Wallis dafür Vorwürfe machen, als wäre er eine Hinterlassenschaft ihres Vaters, ging sie ihm jetzt aus dem Weg, war aber nicht unfreundlich. Sie hielt sich bloß fern von ihm, wie es bei vielen Tieren üblich sein soll, wenn eins von ihnen verletzt ist. Nur die Wölfe warteten bei einem verletzten Artgenossen und kümmerten sich um ihn, bis er sich wieder erholt hatte. Alle anderen Herdentiere überließen den Verwundeten seinem Schicksal, da sie wußten, daß er ihnen wertvolle Ressourcen raubte, ihren empfindlichen Rhythmus störte und, was am schlimmsten war, Raubtiere anlockte.

Wallis spürte, daß ihn eine Winterdepression befiel. Daß er einen Namen dafür hatte, linderte seine Verzweiflung aber nicht. Die kürzer werdenden Tage, die abnehmende Helligkeit und seine Abgeschiedenheit von der Welt: Er spürte, wie die Kraft aus ihm herausfloß wie Eiter aus einer Wunde, spürte, wie altes Leid wieder hochkam. Er ahnte, was Old Dudley mit ihm vorhatte, warum er ihn an diesen Ort verbannt hatte. Wallis wußte, daß man ihn der Geborgenheit von Daten und Fakten, der Sicherheit der Realität beraubte, auf die er sich nicht nur verließ, sondern von der er längst abhängig geworden war. Er begriff, daß Old Dudley ihn mit Gewalt in eine neue Richtung lenkte, wie einen Hund, an dessen Leine man reißt, und ihn zwang, der Vorstellungskraft mehr zu vertrauen als den reinen Fakten.

Er konnte sich bloß vorstellen, was unter dem Schnee lag. Es war, als würde Old Dudley – oder die Landschaft – seinen Kopf zurechtbiegen, ihm eine völlig andere Form und Befähigung geben. Wallis spürte, wie sein Kopf unter diesem Druck zu zerbersten drohte, wie er sich aufblähte, wand und aufbäumte. An manchen Tagen sank er draußen im Schnee auf die Knie und legte sich mit dem Gesicht nach unten auf den Boden. Dann deckte ihn der fallende Schnee zu.

Doch währenddessen beruhigte er sich, als wäre er geheilt, und setzte sich auf, bereit, es von neuem zu versuchen, ohne zu wissen, ob ihn sein eigener Wille – ein Funke in seinem Innern –, die Landschaft oder gar etwas, das unter der Erde begraben lag, wieder aufgerichtet hatte.

Und jeden Abend stapfte Mel bei ihrer Rückkehr um die Hütte, bevor sie hineinging, und las die offenkundige Geschichte seiner Verzweiflung. Für sie waren die Spuren der blinden Suche, die matten Engel im Schnee, weniger die Wegweiser zu Wallis' Verzweiflung, sondern eher Beweise – Fährten, Abdrücke – für Old Dudleys schreckliche Herrschaft, als wäre die Bestie in Dudley dort tagsüber selbst vorbeigekommen; und dann schauderte es Mel, da sie halb glaubte, daß es stimmte, und sie war froh, nicht dagewesen zu sein.

Mel hatte achtzehn Jahre unter seiner Fuchtel überstanden, obwohl sie manchmal nicht an dem Tag zu zählen aufhörte, an dem sie zu Hause ausgezogen war, sondern, da sein Blut in ihren Adern rann, immer noch zählte, mit achtunddreißig Jahren.

Matthew hatte bis jetzt neunzehn Jahre überstanden. An manchen Abenden stand Mel im Schnee, bevor sie hineinging, und fragte sich, wie Matthew als alter Mann aussehen würde (falls er bis dahin durchhielt), aber sie kannte die Antwort schon, als sie darüber nachdachte. Wenn sie die Handschuhe auszog und ihr Gesicht berührte – da, wo sich die ersten Falten bildeten –, dann kannte sie die Antwort auf diese Frage. Bei ihr war es dieselbe Antwort. Old Dudley schnitzte sich den einen von ihnen durch sein Blut und den anderen mit seinen Händen zurecht.

Ab und zu, wenn sie am Schreibtisch saß und zuhörte, wie Wallis im Flur die Steine herumrollte, sie wie ein debiles Kind auf der noch weißen Karte so und dann wieder anders hinlegte, hatte sie Mitleid mit ihm; manchmal machte sie sich auch Sorgen oder empfand eine Art Seelenverwandtschaft. Doch sie hielt immer noch Abstand; und Wallis sagte sich, daß er Mel nicht nachlaufen durfte. Daß er sich bemühen mußte, in die Tiefe statt in die Ferne zu streben.

Er lernte nichts. Die Sonne hatte sich auf die andere Erdseite verlagert. Kälte wälzte sich über das Land, als kröche sie aus den Spalten und Klüften der Erde hervor. Jede Nacht brachen Bäume auseinander, und der Wald war von ihrem Krachen erfüllt. Wenn sie knarrend und splitternd umstürzten, schlugen sie mit einem dumpfen Knall so fest auf dem Boden auf, daß davon bestimmt, wenn auch nur kurz, die Bären erwachten, die wie Astronauten in der gefrorenen Erde schliefen. Der Duft der zerschmetterten grünen Äste durchdrang den Wald.

Der Schnee verschluckte alle anderen Geräusche, sogar die Stille, so daß jetzt etwas noch Absoluteres als Stille herrschte. Ein einzelner Rabe konnte sich wie ein Donnerschlag anhören. Neunzig, hundertzwanzig, hundertfünfzig Zentimeter Schnee. Wallis blieb drinnen und las.

In Dudleys spätpubertärem Gekrakel, dem Geschmier eines jungen Mannes, las Wallis Worte, die wie im Fieber niedergeschrieben worden waren. Er staunte über die wahnsinnige Arroganz: als wäre der Autor tatsächlich zu all den Orten gereist und hätte sie mit eigenen Augen gesehen, statt sie sich bloß vorzustellen; als beschriebe er sie aus dem Gedächtnis.

Einführung in das Gestein.
Verschiedene Arten von Mineralien und Steinen.

Es ist nicht völlig befriedigend, wenn man über die Felder streift, und überall liegen Felsbrocken, über deren Beschaffenheit man nichts weiß. Zugegeben, bei dem Gefühl, etwas von ihrem Ursprung und ihrer Geschichte zu wissen, empfinden wir große Genugtuung. Vielleicht stellen wir uns neben einen dieser reisemüden Felsbrocken und sagen: »Alter Hartschädel, wann bist du in diese Gegend gekommen, und woher stammst du?« Doch der alte Hartschädel wird nur störrisch daliegen und keine Antwort geben. Aber er ist voller Inschriften, die wir entziffern können. Wir sehen uns an, wie rund und verwittert er ist, und sagen uns: »Dieser Einwanderer ist aus nördlichen Regionen gekommen. Er hat seine Mutter und seine Verwandten in den Wäldern oder oben in den Bergen verlassen. Viele seiner Verwandten haben ihn begleitet. Ein Teil des Weges hat er auf dem Rücken eines Gletschers zurückgelegt. Irgendwann fiel er herunter oder stürzte in ein Loch; und danach hat er viel mitgemacht. Ein paar tausend Jahre lang wurde er zerstampft, geschliffen, herumgewälzt und geschoben.

Aber jedes Jahr ging es vorwärts. Irgendwann gab es eine große Wetteränderung. Das Eis, das ihn befördert hatte, schmolz, das Wetter wurde wieder besser, und siehe da, eines Frühlings fand er sich auf diesem Feld wieder. Das war lange bevor Adam und Eva ihren Garten anlegten und ähnlichen Unsinn verzapften. Doch hier liegt der alte Hartschädel seitdem. Und wir sind jetzt die ersten Menschen, die stehenbleiben, um ihm etwas Aufmerksamkeit zu schenken und mit ihm Bekanntschaft zu schließen.

Falls der alte Hartschädel denken kann, dann ersinnt er ein paar nette Komplimente über unsere Intelligenz. Doch was er auch denken mag, wir sind uns sicher, daß uns die Fähigkeit, etwas über die Entstehung der Welt zu lernen, gegeben wurde, damit wir Gebrauch davon machen. Wenn wir wie Dummköpfe durch die Welt gehen, ohne Gebrauch davon zu machen, unterscheiden wir uns kaum von einem Ochsen. Doch wenn wir Einblick gewinnen wollen in die Entstehung und Geschichte der Welt, dann ehren wir auch den Schöpfer der Welt; wir lesen Seine Gedanken. Wenn wir einige Seiner Gedanken kennen, wird unsere Beziehung zu Ihm vertraulicher. Das Studium der Naturwissenschaften ist eine Tugend. Sich mit Geologie zu beschäftigen ist eine Pflicht des Menschen.

Um den alten Hartschädel wirklich kennenzulernen, müssen wir seinen Namen wissen. Daß wir ihn »alter Hartschädel« nennen, ist so, als würden wir einen Menschen »alter Russe« oder »alter Engländer« nennen. Er hat auch einen persönlichen Namen. Nun, es gibt eine Möglichkeit, den speziellen Namen jedes einzelnen Steins herauszufinden. Wie ein Hund, dessen Name auf seinem Halsband steht, trägt ihn auch jeder Stein deutlich sichtbar.

Erkennst du, lieber Leser, daß fast all diese Felsbrocken aus verschiedenen Farben und Steinen zusammengesetzt sind? Nimm diesen Stein, bei dem runde Kiesel in einer Masse kleinerer Körner eingelagert sind. Nimm diesen anderen, nicht so grobkörnig, mit silbrigen Ablagerungen. Nun, all diese verschiedenfarbigen Bestandteile der Steine sind verschiedene Mineralien. Steine bestehen aus Mineralien. Einige Steine weisen zwei Mineralien auf, andere drei oder vier. Der spezielle Name eines Steins hängt von den Mineralien ab, aus denen er sich zusammensetzt. Sobald wir die Mineralien kennen, können wir dem Stein einen Namen geben, können ihn laut hinausschreien. Nun setz dich, lieber Leser, und laß dir eine Lektion über Mineralien erteilen.

Siehst du diesen weißen Feuerstein, der nur aus einem Mineral besteht? Es handelt sich um Quarz. Das ist von den gewöhnlichen Mineralien das *härteste. Versuche, es einzuritzen. Du siehst, daß die Stahlspitze sich nicht eindrückt. Doch sie hinterläßt einen schwarzen Kratzer. Der Quarz schleift den Stahl ab. Wenn einer dieser Felsbrocken völlig aus Quarz besteht, nennt man ihn* Quarzit. *Es gibt viele Quarzite, wie es auch viele Smiths und Jones gibt. Lernen wir nun den anderen Teil des Namens. Sieh dir diese gleichfarbigen Quarzite an – weiß und grau. Du siehst, daß einer aus lauter einzelnen Körnern besteht; das ist ein* granulärer Quarzit. *Einer enthält Kiesel; das ist ein* Konglomeratquarzit *oder einfach ein* Konglomerat. *In diesem ganzen Gestein findet man nicht einen gottverdammten Tropfen Öl, doch wenn es einmal wieder zu porösem Sandstein erodiert ist, ist es vielleicht petroleumhaltig. Von allen Mineralien kommt Quarz am häufigsten vor …*

Wallis blätterte weiter. Mit Konglomeraten kannte er sich aus; er wußte, wie zwei Dinge zu einem verschmolzen wurden. Er war mehr daran interessiert, wie das fiebernde Denken des alten Dudley – des jungen Dudley – funktionierte. Was für einen Anteil hatten damals die Fakten eingenommen und was für einen Anteil seine Vorstellungskraft? Wenn er ein Geräusch beschrieb, hörte er es dann wirklich in seinem Kopf? Was war nötig, um erfolgreich zu sein, um Öl zu finden – so wie Old Dudley und Matthew?

Die winterliche Stille, nein, die Abwesenheit von Stille verstärkte sich; der Schnee fiel noch lautloser als sonst und preßte alles zusammen, während Wallis las:

Das scharfe Aneinanderklicken der mitgerissenen Steinsplitter begleitet das laute Tosen des ungestümen Flusses. Das weiße Bächlein, immer voller Wildwasser, ist nach einem Wolkenbruch zu einem reißenden Strom angeschwollen. In seinem Wüten hat er alle Hindernisse beseitigt und strömt über das angrenzende Land. So wie der Herbstwind die Blätter der Ahornbäume durch die Straße weht, schleudert der Fluß Felsen, die bis zu mehreren Tonnen wiegen, links und rechts in die Luft. Hunderte von Morgen Land liegen unter Sand und Schlamm, Steinen und massiven Felsbrocken begraben. An dem unebenen, steinigen Hang lagert sich etwas ab; die letzte Ziegenweide ist von Steinen übersät, und die grasbewachsene Ebene liegt unter einer schlammigen Kiesschicht begraben.

Achte darauf, wie gut fließendes Wasser alles sortiert. Die schwereren Felsen werden da abgeladen, wo die äußerst steile Bergwand allmählich in den schrägen Hang übergeht. Hier nimmt die Gewalt des Stroms zum erstenmal ab. Er läßt das liegen, was er in der geringeren Strömung nicht mehr transportieren kann.

Als nächstes kommen die kleineren Felsbrocken. Wo der Hang langsam flacher wird, reicht die stetig abnehmende Gewalt des Wildwassers nicht mehr aus, um sie weiterzutransportieren.

Weiter unten, schon fast in der Ebene, können die Fluten sich ausbreiten, der Fluß fließt langsamer, und seine Transportenergie nimmt so stark ab, daß er selbst kleine Steine liegenlassen muß.

Der Kies strömt weiter und kommt erst auf den Viehweiden zur Ruhe.

Doch der Sand wird bis in die Ebene hinabgetragen und breitet sich auf manchem fruchtbaren Acker und mancher süß duftenden Wiese aus; und der feine Schwemmsand treibt mit dem müden Wasser, das sich geschützte Winkel und Senken sucht, um sich auszuruhen, in Sümpfe, Altwasser und Torfmoore.

Das war gestern. Und heute liegt das Ergebnis vor unseren Augen. Hier sind die Auswirkungen eines geologischen Vorgangs, den der bestürzte Bauer gestern mit Verzweiflung verfolgte. Er braucht keine Theorie, um sich von der Art der Gewalten zu überzeugen, die seine Felder verwüsteten.

Nicht weit von meinem Elternhaus lag der Mühlteich, der jedem schulwärts trottenden Bengel, der daran vorbeikam, lieb und teuer war und wo viele andere, die in der Gegend wohnten, sich samstags erholten. Hier badeten wir; hier angelten wir; hier riskierten wir in wackligen Booten und auf schwer zu lenkenden Baumstämmen unser Leben. Das Wasser war tief und klar. Letzten Sommer stattete ich dem alten Teich einen Besuch ab. Wie die besorgten Eltern, die sich unsere kindliche Liebe mit dem Mühlteich teilen mußten, war auch der Schauplatz so vieler geschwänzter Schultage kaum noch wiederzuerkennen. Das tiefe, klare Wasser war ganz schlammig, und da, wo ich immer im Sommer geschwommen und im Winter Schlittschuh gelaufen war, ragten die braunen Äste verfaulter Bäume hervor. Das Ufer war von Riedgras gesäumt, und überall wuchsen Binsen aus dem Teich, hielten die Stellung für das künftige Land und drohten in ihrem Vormarsch, die ängstlichen Flußbarsche und Sonnenfische in den letzten Rest klaren Wassers in der Nähe des brüchigen Damms einzuschließen. Das, dachte ich, ist ein Bild der Erdgeschichte. Wie lange wird es noch dauern, fragte ich mich, bis der Mühlteich sich in einen Sumpf verwandelt hat? Droht dieses Schicksal all unseren Teichen und kleinen Seen? Johnny, glaubst du, daß es mit deinem Lieblingsplatz zum Schlittschuhlaufen je so weit kommen wird?

Vielleicht ist Old Dudley schon immer innerlich alt gewesen, dachte Wallis. Er war sich ziemlich sicher, daß es in Dudleys Leben nie irgendwelche Schlittschuhe und schon gar keinen Mühlteich gegeben hatte. Während des einen Jahres bei ihm unten in Houston hatte Wallis das Gefühl gehabt, daß Old Dudley langsam alt wurde, wie ein zittriger Alter, der dabei zusieht, wie sein Reichtum, sein Kapital unaufhaltsam wächst und sich vermehrt, egal, ob er sich darum kümmert oder nicht; daß sich alles seiner Kontrolle entzog und sein Reichtum aus seiner Rücksichtslosigkeit, aus seinen beiden Geologen bestand, die Öl und Gas genauso leicht fanden wie das Sonnenlicht die Erde, daß alles unfehlbar seinen Gang ging.

Aber was war, wenn Old Dudley allmählich immer jünger und erträglicher wurde? Was, wenn er sich – so erbärmlich und widerlich er auch sein mochte – in vorgerücktem Alter seiner Abscheulichkeit endlich bewußt wurde und plötzlich versuchte, die Bremse zu ziehen, Liebe und Freundschaft nicht länger auszunutzen und zurückzuweisen, nicht alles so leichtfertig zu zerstören?

Falls das zutraf, falls er wirklich kein Mistkerl mehr sein wollte, dann war seine leichtfertige Zerstörungswut noch abscheulicher.

Während Wallis in dem Tal festsaß, gingen ihm schreckliche Bilder durch den Kopf. Er stellte sich vor und träumte sogar davon, wie sich Old Dudley aus großer Tiefe unter einem Geröllhaufen hervorwühlte; wie ein Ungeheuer tauchte er auf, schlammtriefend; und im Lauf des Winters verschlimmerten sich die Träume, und Wallis selbst war unter der Erde begraben und rang nach Luft und suchte das Licht, fand aber nur Erde, Schmutz, Stein. Seine Lunge füllte sich mit Dreck, sein Körper verwandelte sich in Dreck. Ein Feuer in seinem Innern erlosch.

Mel hörte ihn nachts manchmal im Schlaf schreien und schüttelte den Kopf, spürte, wie sie weich wurde und die Sorge sie übermannte, wie wenn sie ein verletztes Tier schreien hörte, das nicht überleben würde. Dann wurde sie wütend auf Dudley, weil er nicht damit aufhörte, junge Männer zu verzehren, und auch wütend auf Wallis und Matthew, weil sie es mit sich geschehen ließen. Wütend auf sich selbst, einmal weil sie zuhörte, und erst recht, weil sie darauf reagierte, wenn Wallis stöhnte und wimmerte, wütend, weil sie es nicht fertigbrachte, sich entweder von ihrem Vater oder von Matthew loszureißen.

Sie stand auf und legte einen Holzscheit aufs Feuer. Im Schein des Feuers betrachtete sie ihre Karten: die winzigen Tupfen, die Punkte und Striche, die das Kommen und Gehen des Rudels in den Flußbetten und Seitencanyons darstellten. Ort und Zeit der gerissenen Beute. Für jeden Monat eine andere Karte. Der Stand des Mondes und der Sterne am Himmel, als ob die Wölfe (und die Hirsche, die sie verfolgten und jagten) bloß wie ein Räderwerk dem Plan der Gestirne gehorchten und Blut und Knorpel als Schmiermittel dienten. Sie wußte nicht einmal mit Sicherheit, wie viele Wölfe es waren. Manchmal dachte sie vier, dann wieder drei oder sogar fünf. Sie bekam sie nur selten zu Gesicht. Wenn man von den Blutbädern, den zerbissenen Knochen, der Haut und den Haaren, den Kothaufen und den Spuren ihrer riesigen Pfoten absah (alle größer als Mels ausgestreckte Hand), dann konnte man leicht glauben, daß sie gar nicht existierten.

Um den Wölfen Raum zu geben und ihnen Respekt zu zollen, folgte sie ihren Spuren rückwärts und hoffte, ihnen damit nicht das

Gefühl zu vermitteln, daß sie sie jagte. Sie arbeitete sich an ihrer Fährte immer zwei oder drei Tage in die Vergangenheit zurück. An den Karten änderte das nichts; solange sie die Spuren fand, konnte sie die Geschichte der Wölfe erzählen. Und da man die Karte, wenn sie fertig war, als Ganzes betrachtete, war es egal, in welcher Richtung Mel die Fährten eintrug.

Sie studierte ihre Karten eine Weile im Schein des Feuers und ging dann wieder ins Bett. Sie zog das Kissen über den Kopf, um die Schreie aus Wallis' Alpträumen nicht hören zu müssen, und versuchte, noch ein, zwei Stunden zu schlafen, bevor sie sich wieder auf den Weg machen mußte.

Sie glaubte nicht, daß Wallis den Winter überstehen würde.

Sie wußte, daß sie schlafen mußte, besonders im Winter. Aber es war jetzt anders als früher. Nicht mehr so, als würde sie tief in den Schlaf eintauchen und acht Stunden später schimmernd und rein wieder auftauchen. Es war, als wäre sie selbst im Schlaf schwerfälliger geworden, müßte sich an etwas festhalten, strauchelte gar. Sie wachte alle paar Stunden auf, als versuchte sie, sich an etwas zu erinnern, das ihr fehlte. Nicht ein Kind, ein Ehemann oder ein Liebhaber, sondern irgend etwas: als hätte sie etwas verlegt oder übersehen.

Wenn sie draußen im Wald die Spuren zurückverfolgte, verblaßten diese Zweifel und Gefühle, doch jedesmal, wenn sie nachts still und allein im Bett lag, spürte Mel sie kommen, während sie früher nicht einmal gewußt hatte, daß es sie gab.

Eines Tages kam Helen auf Skiern, einen Schlitten hinter sich herziehend, zu Besuch. Es war ein sonniger Tag, die Temperatur nahe am Gefrierpunkt, und Wallis saß, in ein Wapitifell gehüllt, in der Sonne, trank heißen Kaffee und betrachtete den kahlen Berg im Süden, die Schneewand und den Winkel, in dem die Sonne darauf fiel, als hoffte oder glaubte er, daß die Reinheit seines Verlangens den Schnee von den Felsen gleiten lassen würde wie die Kleider vom Körper einer Geliebten.

Helen hielt vor der Veranda an. Wallis stand auf, um sie zu begrüßen. »Tut dir irgendwas weh?« fragte sie.

»Nein«, sagte Wallis.

»Warum sitzt du dann bloß da?«

»Ich hab nachgedacht.«

Helen starrte ihn an, als wäre er nicht bloß ein ahnungsloser Dummkopf, sondern etwas noch Schlimmeres – jemand, den man aus der Außenwelt hergeschickt hatte, damit er alles lähmte, die verborgenen Kräfte schwächte und Zwietracht säte.

»Im Winter mußt du in Bewegung bleiben«, sagte sie. »Besonders am Anfang. Sonst stehst du's nicht durch. Dein Blut fließt nicht mehr richtig. Ein Teil von dir verfault. Alles andere wird steif.« Sie schwenkte die Arme. »Wie heißt das Wort?«

»Versteinern«, sagte er. Er konnte es bereits spüren. Sie brauchte es ihm nicht zu sagen. Es fühlte sich an, als würde man sich aufgeben. Er kannte das Gefühl.

»Was für Pläne hast du mit Mel?« fragte Helen, während sie die Skier abschnallte und auf die Veranda heraufkam.

»Pläne«, sagte er.

»Sie gehört immer noch zu Matthew«, sagte Helen. »Sie wird immer zu ihm gehören.«

Wallis setzte sich wieder hin, zog das Wapitifell fester um sich und starrte wieder die Bergwand an. Er wußte, daß man dort Kreuzschichtungen sehen konnte, Formationen, die übereinandergeschichtet und mit bloßem Auge erkennbar waren. Er wußte, daß er im Sommer auf der Veranda sitzen und durch ein Teleskop ihre Streichrichtung und Ablagerungsgeschichte erkennen konnte; und er konnte auch in die Felsspalten klettern, konnte klettern wie eine Spinne und mit seinem Hämmerchen richtige Gesteinsproben von den Felswänden schlagen: uralte, zu Stein erstarrte und in die Luft gehobene Meere, an denen die Welt – Erosion, Witterung, Wind und die Wurzeln der Pflanzen – sogleich zu nagen begann.

Er befürchtete, wahnsinnig zu werden, wenn er die Wand weiter anstarrte, ohne zu wissen, welche Streichrichtung die Formationen hatten.

»Gib's zu«, sagte Helen. »Du bist in sie verliebt.« Sie musterte ihn eingehend. »Ich glaube, er kommt bald zurück. Vielleicht in ein, zwei Jahren. Ich glaube, daß er das Tal vermißt. Ich bin mir ziemlich sicher, daß er zurückkommt. Und Mel wird immer noch da sein und auf ihn warten. Hat er das je gesagt? Hat er je davon gesprochen zu kündigen?«

Wallis wandte den Blick von den verschneiten Felsen, betrachtete Helen, als ob er den Unterschied zwischen belebter und unbelebter Natur nicht mehr kennen würde. »Kann ich dir einen Kaffee kochen?« fragte er.

»Tee, bitte«, erwiderte Helen. Sie standen auf, um sich in die warme Hütte zu begeben, verweilten aber noch in der Tür, da sie nur ungern das seltene Sonnenlicht verließen.

»Ich bin nicht in sie verliebt«, sagte Wallis. »Ich will bloß nach Öl suchen.«

»Hier gibt's keins«, sagte Helen. »Wenn es welches gäbe, hätte Matthew es gefunden.« Wallis lächelte, zündete in dem Holzofen in der Küche ein Feuer an, um Wasser zu erhitzen.

»Was hast du auf dem Schlitten?« fragte er.

»Grapefruits«, sagte Helen. »Ein Weihnachtsgeschenk von Matthew. Er hat sie mit einem Schneemobil herbringen lassen.«

»Kommen sie immer noch an Weihnachten?« fragte Wallis.

»Klar«, sagte Helen.

»Und wie lange?«

»Sie bleiben nie lange. Bloß ein paar Tage.«

»Nein«, sagte Wallis, »ich meine, wie lange vor Weihnachten?«

»Eine Woche«, sagte Helen.

»Wie kommen sie her?« fragte Wallis.

Helen zuckte mit den Achseln. »Manchmal mit einem Schneemobil, manchmal im Hubschrauber. In manchen Jahren mit einem Hundeschlitten. Aber sie kommen immer.« Sie musterte Wallis. »Du bist wirklich nicht in sie verliebt, was? Du willst wirklich, daß sie herkommen.« Sie hielt inne. »Wen vermißt du mehr, Old Dudley oder Matthew?«

»Ich kann mir die beiden nicht einzeln vorstellen«, sagte Wallis.

Helen runzelte die Stirn. »Sie sind aber grundverschieden! Matthew ist ganz anders …«

»Ich weiß. Aber ich muß daran denken, wie sie zusammen sind. Da bilden sie eine Einheit.«

Helen schwieg eine Weile. Wallis reichte ihr den Tee.

»Warum kommst du mit Mel nie in die Stadt?« fragte sie.

Wallis zuckte mit den Achseln. »Sie ist dauernd hinter den Wölfen her. Ich …« Er zuckte noch einmal mit den Achseln, deutete auf die Bücher in den Regalen und auf den Wald. Traute sich nicht, ihr die Wahrheit zu sagen: daß er einfach zu müde war, daß es zu weit war.

»Hast du was dagegen, wenn ich heute abend bleibe, um mich mit eigenen Augen zu überzeugen?« fragte Helen.

»Wovon überzeugen?«

»Daß du nicht in sie verliebt bist.«

Wallis lächelte. Matthew würde auf gar keinen Fall zurückkommen, aber das konnte er der alten Frau nicht sagen. Sie saß ebenso in der Falle wie alle anderen, selbst hier, inmitten dieses freien Tales. Er dachte an die Freiheit, die er sechstausend Meter unter der Erde fand und eines Tages wieder finden würde.

Als Mel nach Hause kam, ging sie ins Räucherhaus und holte zu Helens Freude ein paar Waldhühner zum Abendessen; das war ihre Lieblingsspeise. Sie beträufelten die Vögel mit Butter, streuten Salz und Pfeffer darüber und brieten sie im Holzofen, bis der Duft die ganze Hütte erfüllte.

Erneut kamen die Kojoten – Wallis konnte ihre mondbeschienenen Silhouetten in einiger Entfernung durch den blauen Wald huschen sehen –, und einer tauchte plötzlich vor dem Panoramafenster auf, als wäre er unter der Fensterbank versteckt gewesen und bloß aufgesprungen, um sie zu erschrecken, was ihm auch gelang.

Er hatte ein großes graues Haselhuhn im Maul, das noch wild mit den Flügeln schlug, und der Kojote stand, das um sein Leben kämpfende Huhn im Maul, vor dem Fenster. Sie konnten den Schrecken in den Augen des Huhns sehen. Ausgerissene Federn schwebten in alle Richtungen davon. Dann verschwand der Kojote mit dem Huhn.

Es fiel ihnen schwer, nicht an einen Zaubertrick des Kojoten zu glauben – daß er einen der toten Vögel im Räucherhaus wieder zum Leben erweckt hatte –, und Mel mußte hinübergehen, um sich zu vergewissern, daß sie die Tür geschlossen und verriegelt hatte.

Zum Abendessen setzten sie sich an den langen Tisch. Die Flammen der Kerzen spiegelten sich in den nackten gebräunten Hühnerbrüsten.

Sie aßen, bis nur noch Knochen übrig waren: kein Brot, kein Gemüse, nur Hühnerfleisch. Zum Nachtisch wollten sie die Grapefruits essen, die Matthew geschickt hatte, doch die Schale war gefroren. Schließlich schälten sie sie mit Taschenmessern, als ob sie Holz schnitzen würden, und löffelten das gefrorene Fruchtfleisch aus, das immer noch süß war.

»Wie viele Löcher?« fragte Wallis. »Wie viele haben sie bis jetzt gebohrt?«

Mel dachte einen Augenblick nach. Helen und Wallis lehnten sich satt auf ihren Stühlen zurück. »Siebzehn?« sagte sie. »Vielleicht achtzehn?« Sie stand auf und ging zu ihrem Schreibtisch, nahm ein paar alte, in Leder eingeschlagene Notizhefte und überflog die Seiten; dann entrollte sie eine auf Leder gezeichnete Karte und breitete sie auf dem Fußboden aus.

Es war die schönste Karte, die Wallis je gesehen hatte, vom Gerben fast so dünn wie das Leinen, auf dem er seine eigenen Karten zeichnete. Das Leder war cremefarben und hatte vom Alter lauter schwarze Flecke. Sie war so groß wie ein Bettvorleger, und das Tal war viermal darauf abgebildet: eine Karte für jede Jahreszeit. Die vier Karten zeigten die Wolfspfade und andere Orientierungspunkte: Höhlen, Orte, an denen die Wölfe ihre Beute gerissen hatten, Stellen, an denen Mel sie zu Gesicht bekommen hatte – wo sie sich ihr gezeigt hatten.

Mel zählte die Bohrungssymbole, die sie mit winzigen Totenköpfen gekennzeichnet hatte. Wallis berührte das Leder, die Positionen der Bohrlöcher. »Wie tief ist das hier?« fragte er bei einem am Fluß gelegenen Bohrloch. »Und das hier?« bei einem, das weiter oben in den Bergen lag.

Mel zählte noch. »Was weiß ich?« erwiderte sie. »Das interessiert mich alles nicht. Was spielt es für eine Rolle? Sie haben dort gebohrt. Es waren Fehlbohrungen, sie sind gegangen, aber sie werden wiederkommen.«

»Neunzehn«, sagte sie, als sie fertig war. Sie lehnte sich zurück und berührte das Leder, folgte mit ihren langen Fingern einigen der Wolfspfade aus dem Winter jenes Jahres. Auf dieser Karte waren noch mehr Details angegeben; auf der Sommerkarte waren es weniger, weil da ihre Spuren nur schwer zu finden waren. Normalerweise mußte sie in Sommer und Herbst den Flug und die Versammlungsorte der Rabenschwärme einzeichnen, da sie den Wölfen von einem Beutetier zum nächsten folgten; sie flogen die Wolfspfade entlang.

Helen kniete sich hin und berührte ebenfalls die Karte, so daß alle drei die Hände darauf gelegt hatten. »Ist das der Hirsch, den Matthew letztes Jahr oben am Waper Ridge geschossen hat?« fragte sie.

»Genau«, sagte Mel.

Das Leder roch nach Rauch, nach dem Holz, das im Kamin verbrannt worden war. »Wo ist mein Laden?« fragte Helen, um sich besser orientieren zu können.

Wallis wollte mehr über die Bohrlöcher wissen, doch Mel sagte, Old Dudley habe ihr aufgetragen, Wallis nichts von den Bohrlöchern zu erzählen; das sei einer der Gründe, warum sie ihm die Karte zeige.

»Hast du die Messungen?« fragte Wallis. »Die Bohrlochmessungen, die Ausdrucke, die Bohrgeschwindigkeit, irgendwas?« Mel schüttelte den Kopf, schaute wieder die Karte an. Ihre Finger lagen da, wo die Wölfe am 25. September einen Elch gerissen hatten.

»Das Bohrklein – die zermahlenen Steinsplitter«, sagte Wallis. »Wo sind die?«

Mel musterte ihn kurz. Glaubte er etwa, nur weil er so versessen darauf war, das Öl zu finden, würde sie ihm dabei helfen?

»Haben, haben, haben«, sagte sie. »Und was hast du zu geben?«

Zuerst dachte er, sie meinte einen Handel, einen Preis für die Informationen, doch dann begriff er, was sie meinte: daß sie gegen Verlangen, ja sogar Heißhunger, nichts einzuwenden hatte, aber daß sie Habgier nicht zuließ. Daß er sich zügeln sollte, wenn er dazu überhaupt imstande war.

»Einen Teil haben sie den Fluß runtertreiben lassen«, sagte Mel. »Sie haben den Brei direkt in den Fluß gepumpt. Den Rest haben sie in große Gruben geschüttet. Alles vermischt und voller Schlamm – du hättest sowieso nichts damit anfangen können. Das hätte dich wahnsinnig gemacht.«

»Ich brauche die alten Zahlen«, sagte Wallis. »Die alten Bohrlochmessungen.«

Mel zuckte mit den Achseln. »Das ist deine Sache. Aber ich schätze, wenn Old Dudley gewollt hätte, daß du die Unterlagen hast, hätte er sie dir mitgegeben.«

Mel rollte ihre Karte zusammen und legte sie in eine Zederntruhe. Helen stand auf, ging zu einem der Bücherregale und ließ die Hand über die Buchrücken gleiten. »Wenn du die ganzen Bücher gelesen hast, bist du aber ein richtiger Schlauberger«, sagte sie.

»Ich hab sie gelesen«, sagte Mel. »Die meisten schon vor langer Zeit, aber ich hab sie gelesen.« Sie ging hinüber, stellte sich neben Helen und schaute die Bücher an, als würden sie beide Tiere auf einer Wiese beobachten: Rothirsche vielleicht oder Wapitis. »Ich hab auch nicht aufgehört zu lesen. Ich lese jetzt nur eher die Geschichten in der Landschaft – Geschichten, die unterm Schnee liegen oder vor mir weglaufen, bloß um die nächste Kurve. Es kommt mir immer noch wie Lesen vor. Ich schlage bloß kaum noch ein Buch auf.«

»Geht mir so ähnlich«, sagte Wallis.

»Matthew auch«, erwiderte Mel.

Helen sah sie zufrieden an, weil sie nicht ineinander verliebt waren.

»Wie ist es möglich, daß du dich nicht in sie verliebt hast?« fragte sie Wallis. Mel errötete leicht. »Sie ist wie eine Tochter für mich«, sagte Helen und ergriff ihren Arm.

Mel schüttelte den Kopf, tätschelte Helens Hand. »Ich bin fanatisch, Helen«, sagte sie. »Eindimensional. Es ist, als würde ich immer nur fallen, einen tiefen Abgrund hinunterstürzen. Bis in alle Ewigkeit fallen.« Sie zuckte mit den Achseln. »Wer will schon mit so jemand zusammensein?«

Helens Augen sahen hinter ihren dicken Brillengläsern groß und besorgt aus.

»Na, Schätzchen«, sagte sie, »fast alle würden das wollen. Männern ist das egal. Wenn die Zeit reif ist, verlieben sie sich in jede, die ihnen über den Weg läuft.«

Mel lachte.

Sie zog die unterste Schublade ihres Schreibtisches auf und holte ein weiteres gegerbtes und ordentlich zusammengelegtes Hirschleder heraus. Es wies Löcher auf – Bißspuren –, und auf dem Viertel, das dem Winter vorbehalten war, waren nur ein paar Daten eingetragen: Es war die diesjährige Karte, die noch im Entstehen war.

»Das hier ist ein Hirsch, den die Wölfe gerissen haben«, sagte sie. »Ich kam hin, nachdem sie gefressen hatten, und nahm das Fell mit, bevor sie auch das auffraßen. Ich weiß nicht, ob es richtig war, aber das wollte ich schon lange einmal machen. Ist es nicht seltsam«, sagte sie und deutete auf ihre Tintensymbole, die schwarzen Striche und Punkte der winzigen Pfotenabdrücke, die sie wie eine Tätowierung in die Haut geritzt hatte, »wenn man sich vorstellt, daß die Wölfe immer noch auf dem Rücken des Hirsches herumlaufen, obwohl sie den Rest von ihm aufgefressen haben und er somit selbst zu einem Wolf geworden ist?« Sie berührte das weiche Leder, als versuchte sie, ihr Gleichgewicht wiederzuerlangen oder Trost zu finden. »Es ist, als ob alles andere ausgelöscht und nur das übriggeblieben wäre«, sagte sie und betrachtete die Tintenfährte. »Die Geschichte.«

Am Morgen schneite es. Als Wallis erwachte, war es noch ziemlich dunkel, und das Licht hatte einen so seltsamen Blauton, daß er sich fragte, ob das Tageslicht in diesem Teil der Welt wie ein Tier an manchen Tagen nur eine kurze und an anderen Tagen eine lange Strecke zurücklegte.

Es gab keine Essensreste. Er machte sich Toast. Er lauschte dem Schneetreiben und dem Knacken des Feuers. Er starrte zum Fenster hinaus, um abzuschätzen, wann Mel und Helen aufgebrochen waren, doch ihre Spuren waren bereits unter dem Schnee begraben.

Dann schaute er, ob im Garten irgendein Tier zu sehen war, das sein Interesse erregte – ein Hirsch, ein Kojote, ein Rabe, irgendwas –, doch es war nichts zu sehen, keine Bewegung, nur Schneetreiben.

Er las:

Als kleiner Junge bin ich einmal davongelaufen und eine Weile an Deck eines Dampfschiffes zwischen St. Louis und Kansas City hin und her und noch weiter stromaufwärts gefahren. Alles fließt zusammen; und wenn wir stromaufwärts wohnen, können wir sicher sein, daß das Wasser und der Schlamm aus unserem Dorf, von unserer eigenen Farm, auch dabei ist. Der Fluß fließt weiter – er bleibt nie stehen – und schwillt allmählich an. Er strömt durch einen Staat; er bildet die Grenze zwischen zwei Staaten. Der Mensch hat ihn zu einem Transportmittel für schwimmende Baumstämme gemacht; zu einer Straße für Boote und Kähne. Nun, ein größerer Fluß betitelt sich als Strom. Er beeilt sich, in den Ohio zu fließen und an der Würde teilzuhaben, von Dampfschiffen befahren zu werden und den Handel eines dichtbesiedelten Tals abzuwickeln. Der Ohio übertrifft mit dem Schlamm, den er transportiert, selbst den Nebenfluß, der uns hergeführt hat. Wir stehen mitten auf der Hängebrücke in Cincinnati und blicken auf das gelbe Wasser des großen Stroms. Da fließen die Ablagerungen aus einem halben Dutzend Staaten. Da fließt die Erde, die in unserem Garten oder an der neu gebauten Straße weggespült wurde, dreihundert Kilometer weit entfernt. Wir wissen, daß sie da ist.

Schau dir die Karte an, lieber Leser, und beachte, wie viele Flüsse ihre Sedimente in den Ohio transportieren. Verfolge diese Nebenflüsse bis zu ihrer Quelle. Beachte, daß der Ohio seine Last in den Mississippi trägt. Schau dir noch einmal die Karte an und sieh, wie viele andere große Flüsse den Schlamm aus anderen weit entfernten Gegenden in den gewaltigen Vater des Wassers transportieren. Hier, in diesem rastlosen Strom, treibt dieselbe Erde, die auf Farmer Jones' Kartoffelacker weggespült wurde.

Betrachte den großen Missouri von diesem Standpunkt aus. Er ergießt sein gelbes Wasser ein Stück oberhalb von St. Louis in den klareren Mississippi. Ich stand auf dem Deck eines Dampfschiffes, das zwischen Alton und St. Louis verkehrte, und sah mir an, wie die trüben Fluten des Missouri in den Mississippi strömten und kilometerweit eine deutliche Grenze zwischen dem Wasser der beiden Flüsse verlief. Offenbar übersteigen die Ablagerungen aus dem fernen Nordwesten die aus dem Osten bei weitem.

Folge der wirbelnden Strömung des Missouri bis zu seinen Quellen.

Dort erheben sich auf dem Schwemmland an seinen Ufern große Städte voll guter und schlechter Menschen. Die zerbröckelnden Uferböschungen gleiten in den Fluß. Noch oberhalb der Städte nimmt der Fluß den Schlamm auf, der dazu ausersehen ist, in den Golf von Mexiko zu fließen – ein Schlamm, der bei Überschwemmungen aus noch weiter entfernten Regionen hertrieb und hier abgelagert wurde.

Da kommt der Niobara mit dem Schlamm aus den Prärien Nebraskas; der Cheyenne mit dem ausgewaschenen Material aus dem Bergbau in den Black Hills; der Little Missouri, der Platte und der Yellowstone mit dem Sand vom Big Horn, dem Wind River und den Snowy Mountains; hier, in einer grasbedeckten Ebene, vereinigen sich der Jefferson, der Madison und der Gallatin, die von der hohen Wasserscheide der Red Rock Mountains, von wo die Flüsse in entgegengesetzte Himmelsrichtungen fließen, den Staub des Kontinents mitbringen.

Es ist eine verblüffende Zahl von komplexen Vorgängen! Überall in der schrumpfenden Gebirgsmasse beugt sich das Land den zerstörerischen Kräften von Flüssen, Regen und Frost. Die stolzen Bergkuppeln und Gipfel müssen die Überlegenheit dieser Kräfte anerkennen. Die Rocky Mountains haben ihre Reise zum Golf von Mexiko angetreten. Viele Kubikkilometer ihrer Granitmasse liegen im Delta von Louisiana und in den Sandbänken des Mississippi begraben.

Auf seiner Suche nach einem Ruheplatz hat sich jeder Fluß mit gleichmäßigem Gefälle einen Weg durch die unterschiedlichen Landstriche gebahnt und unterwegs seinen Schutt abgeladen.

Die Anfänge haben wir nicht miterlebt; doch wir sehen den Fortgang; und wir haben Grund zu der Annahme, daß die Flüsse in grauer Vorzeit die gleiche Arbeit leisteten wie heute vor unseren Augen. Doch wenn etwas stirbt, wird etwas anderes geboren. Nimm eine Bergwand, einen Felskamm. Wir haben noch nie erlebt, daß die Natur so eine Wand über Nacht errichtet. Solche Berge müssen vielmehr Reste von längst begrabenen Gesteinsmassen sein, die sich einmal bis weit nach Norden und Westen erstreckten. Die Erosionskräfte haben die Formation auf beiden Seiten abgetragen und so die Wand geschaffen, haben so, wie durch den Meißel des Bildhauers unter dem Steinblock die Statue zum Vorschein gebracht wird, eine Reliefbasilika freigelegt.

Überall in diesem Land stehen solche Formationen und Bergwände oder liegen unter unseren Füßen begraben, wie die Grenzen von Zivilisationen, die nie existierten oder erst in der Zukunft existieren werden. Diese Formationen wurden größtenteils abgetragen, bis auf vereinzelte Überreste, die wie Inseln hier und da inmitten völlig anderer Materie liegen.

Wir werden noch Gelegenheit haben, über diese zerklüfteten Zufluchtsstätten und ihre angesammelten Kräfte zu sprechen; denn sie sind die Grabstätten der ungeschlachten Völker, die Amerika schon vor der Ankunft des Menschen besiedelten.

Man muß sich die beiden wichtigsten Vorgänge, Erosion und Sedimentation, gleichzeitig vor Augen führen. Die ganze Geschichte des Landschaftsreliefs bestand hauptsächlich aus Aufbau und Zerstörung, Wiederaufbau und Zerfall, durch Kräfte, die gewaltige Monumente ihrer ehemaligen Stärke hinterließen und selbst heute noch so wirkungsvoll sind, daß sie uns veranschaulichen können, wie das Fundament der Landschaft gelegt und die Erdoberfläche so geformt wurde, wie sie sich dem Auge des interessierten Beobachters darbietet.

Auf einer weiteren Exkursion müssen wir den Sedimenten auf den Grund des Meeresbodens folgen und zu begreifen versuchen, was in der geheimnisvollen Tiefe vor sich geht, durch die noch keine Straße führt.

Wallis konnte nicht das geringste tun. Er wollte in die Erde eintauchen, aber es war unmöglich. Er zog seinen Mantel und seinen Overall – Matthews Mantel und Overall – an und lief auf Skiern in die Stadt, um unter Leute zu kommen; als nähme er eine Arznei. Wie beauftragt, ging er zuerst zum Räucherhaus hinunter und vergewisserte sich, ob die Tür verriegelt war. Er lugte durchs Fenster. Drinnen schien genug Fleisch für eine ganze Armee zu hängen, doch er befürchtete, daß es bei den großen Strecken, die Mel zurücklegte, wenn sie die Wölfe verfolgte (oder sich vielmehr von ihnen entfernte), gerade reichen würde.

Wallis schaute auch nach dem riesigen Lachsskelett, bevor er aufbrach, als würde er die Grenzen seines kleinen Territoriums abschreiten, bevor er sich an einen Ort von zweifelhafter Sicherheit begab, und der Anblick, wie das kalte Wasser über die nackten Gräten und den Schädel des Lachses strömte, tröstete ihn. Der Lachs schien geduldig auf ein Zeichen zu warten und noch immer damit zu rechnen, daß seine Wanderung bald begann. Durch die kleinen Wellen über seinem Rücken sah es wieder so aus, als würde er mit dem Schwanz hin- und herschlagen, um sich gegen die Strömung zu behaupten.

Zuerst angespannt, doch in dem Schneetreiben immer lockerer werdend, lief er in die Stadt. Er sprach einmal Susans Namen laut aus und fühlte sich danach besser. Er beobachtete, wie sich der Schnee ringsum auf die dunklen Fichten legte, doch im selben Moment fiel ihm ein, wie er mit Susan im Sommer in der gelben Dämmerung des Hügellandes auf der Veranda gesessen und beobachtet hatte, wie die Fledermäuse über das schmale Rinnsal des Baches flatterten, und wie er gespürt hatte, daß die von den glattgeschliffenen rosa Granitfelsen zurückgeworfene Wärme sich langsam abkühlte. Es war seltsam, daß zwei so unterschiedliche Bilder – die Wirklichkeit und ihr ebenso starker Widerhall – gleichzeitig auf ihn einstürzten, und er hatte das Gefühl, alles doppelt zu sehen oder leicht schizophren zu sein.

Der Schnee war so weich und tief, daß er selbst auf Skiern bis zu den Knöcheln einsank. Wallis fand es faszinierend, durch den Schnee zu pflügen, ihn wie Gischt aufspritzen zu sehen und dabei wie in einem Traum kaum Widerstand zu spüren.

Auf der Hauptstraße, die unter den riesigen Bäumen einen Tunnel aus unberührtem Weiß bildete – eine Straße ins Nirgendwo, dachte er –, wandte er sich in Richtung Stadt, als ob sie sein Zuhause wäre.

Unterwegs kam er an Rothirschen vorbei, die unter den hohen Lärchen standen und das Moos fraßen, das noch an den herabgefallenen Zweigen hing. Wallis, heiß wie ein Schamottstein inmitten des Schneegestöbers, blieb stehen, um sich eine Weile auszuruhen, und sah zu, wie der Schnee sich schwer auf die moosbedeckten Zweige legte, bis sie abbrachen; und während er so dastand, brachen hoch oben mehrere Zweige von den Bäumen und schwebten langsam, kaum schneller als die dicken Schneeflocken, herab. Die Zweige wurden durch das flatternde Geflecht aus schwarzem Moos gebremst, und obwohl sie völlig lautlos herabfielen, blickten die Rothirsche auf und warteten auf sie, bevor sie da, wo ein Zweig landete, zusammenströmten, mit den Hufen daran scharrten und das Moos abrupften und zerkauten. Wenn sie ab und zu aufblickten, hingen von ihren

Mäulern lange schwarze Fäden herab, und es sah so aus, als hätten sie sich falsche Bärte angeklebt – eine Komödie, die erschütternd war, weil sie bis zum Bauch im Schnee standen und bald vor Hunger sterben würden.

Die Böcke trugen noch ihre schweren Geweihe, die mindestens doppelt so groß waren wie alle, die Wallis bisher gesehen hatte, doch als sich ein paar von ihnen, beunruhigt über seinen starren Blick, umdrehten und davonliefen, fiel bei einem Bock das Geweih ab wie ein Hut, der einem Mann vom Kopf geweht wird, und da wußte Wallis, daß auch die anderen Geweihe in den nächsten Tagen abfallen würden, wie braune Blätter im Herbst oder wie die bemoosten Zweige, die von den Bäumen herabschwebten.

Wallis beobachtete, wie die Rothirsche sich abstrampelten, wie sie sich, manchmal bis zu den Schultern im Schnee, strauchelnd und springend vorankämpften. Aus der Ferne sahen sie aus wie Schwimmer in stürmischer See, doch die Wellen waren gefroren und starr, und nur die Rothirsche bewegten sich.

In der Stadt wurde Wallis begrüßt wie ein lange verschollener Bewohner, wie ein Einsiedler, den man seit Jahren nicht mehr gesehen hatte, und die nachmittägliche Gesellschaft in der Bar bestürmte ihn gierig, aber wohlwollend. Er sah Danny, den schwarzbärtigen Charlie und Artie, den Barkeeper; aber es waren auch andere da, deren Gesichter ihm so unbekannt waren wie die Wörter einer fremden Sprache, und Wallis fühlte sich unwohl, nicht bloß, als würde er die hiesigen Gebräuche nicht kennen, sondern schlimmer: als wäre er nicht imstande und hätte auch kein Interesse, sie kennenzulernen. Als hätte er zwanzig Jahre lang geschlafen.

»Du siehst ein bißchen zotteliger aus als bei deiner Ankunft«, sagte Danny grinsend, und Artie reichte ihm einen Bourbon, der die Farbe von dunklem Honig hatte. Wallis fragte sich, was passieren würde, wenn in der Bar der Whiskey ausginge, wenn irgendwann einmal nicht genug da wäre, um durch den Winter zu kommen.

»Was hast du denn so getrieben?« fragte Artie. »Hat Mel dir was beigebracht?«

Wallis erwiderte lächelnd: »In letzter Zeit wollte sie nicht viel mit mir zu tun haben«, und Danny und Artie lachten erleichtert.

»Schon Öl gefunden?« fragte Charlie.

Wallis verzog das Gesicht und zuckte mit den Achseln. »Wie denn?« fragte er und schwenkte den Arm zu dem schummrigen blauen Licht, das zum Fenster hereinfiel. Der Whiskey war warm. Er fühlte sich, als hätte er mehr als zehn Kilometer zurückgelegt.

Die Männer lachten. »Willkommen im Winter, Kumpel«, sagte Danny und klopfte ihm auf die Schulter. »Willkommen im Winter.«

An einem der Tische saß eine Frau mit ihrem Kind; sie trank aus einem Krug Bier, und das Kind, ein Junge, starrte beharrlich ins Leere. Der Junge sah aus, als ob er zwölf oder dreizehn wäre; die Frau war um die Vierzig, aber völlig anders als Mel. Sie sah ziemlich verhärmt aus. Sie wirkte vorsichtig; als hätte sie nicht nur ihre ganze Hausarbeit vor Augen, sondern wüßte auch genau, wieviel Energie ihr noch blieb, um diese Aufgaben zu erledigen, und als würden sich ihre Energie und die zu erledigenden Aufgaben zumeist die Waage halten; als müßte sie umsichtig und genügsam, ja sogar klug sein, um jeden Tag alles zu schaffen und sich am Ende des Tages immer noch geradezuhalten.

Wallis dachte, daß Mel da ganz anders war. Sie plante nichts, war weder berechnend noch geduldig. Sie spitzte einfach die Ohren und legte los.

Die Frau mußte älter sein, vielleicht fünfundvierzig. Er wußte, daß sein Eindruck jeglicher Grundlage entbehrte, doch er war überzeugt, daß sie erst vor kurzem ihren Schwung verloren hatte. Er spürte, wie ihm allein vom Beobachten die Kräfte schwanden.

»Das ist Amy«, sagte Danny, »mit ihrem Sohn Colter. Zeke, ihr Mann, ist letzten Frühling ums Leben gekommen. Er ist im Eis eingebrochen. Er war Fallensteller. Man kann ihn da immer noch sehen.« Wallis dachte zuerst, daß Danny meinte, der Junge sei Zeke wie aus dem Gesicht geschnitten. »Er liegt bloß ungefähr fünf Meter tief«, sagte Danny mit gesenkter Stimme. »Das Wasser ist so klar wie Gin und eiskalt. Er sieht immer noch aus wie an dem Tag, als er reingefallen ist. Er hat die Arme gehoben« – Danny gestikulierte, als wollte er einen Touchdown anzeigen –, »und seine Haare, so schwarz wie seine da drüben, bloß länger« – er deutete auf Colter –, »schlängeln sich immer noch in der Strömung. Sie sind nach seinem Tod weitergewachsen.«

Artie stand auf und brachte den beiden Männern noch etwas zu trinken. Erstaunlich, dachte Wallis, während er an seinem zweiten Drink nippte, wie ein Glas Whiskey, ein Feuer im Ofen, eine Geschichte die ganze schreckliche Last des Winters in Schach halten können. Er hatte ein schlechtes Gewissen, weil er nicht früher in die Bar gekommen war: Hier war er ein Einsiedler in einem Tal voller Einsiedler, eine Insel inmitten anderer Inseln.

»Er hätte es besser wissen müssen«, sagte Danny. »Er hätte auf dickerem Eis rübergehen sollen oder weiter stromaufwärts, wo kein Eis war und wo er hätte durchwaten können. Es muß spät gewesen sein, nach Einbruch der Dunkelheit. Er muß es eilig gehabt haben, heim zu seiner Familie zu kommen. Seine Fallen müssen ihn runtergezogen haben.«

»Wir glauben, daß er noch da unten liegt«, sagte Artie. »Zumindest war er vor ein paar Wochen, bevor der Fluß zugefroren ist, noch da. Vor dem Frühling werden wir's nicht erfahren. Aber er war noch da, da haben wir ihn zum letztenmal gesehen.«

»Warum haben sie ihn nicht rausgezogen und begraben?« fragte Wallis.

Artie zuckte mit den Achseln. Er hatte eine laute, klare Stimme, was ihm anscheinend nicht bewußt war. »Hat gesagt, daß sie ihn gern noch mal ab und zu sehen würde. Daß sie und der Junge nicht vergessen wollen, wie er aussah.«

»Sie haben da unten so 'ne Art Pyramide gebaut«, sagte Danny. »Direkt am Ufer, aus Steinen, Schädeln, Geweihen, Federn und so was – aber im Fluß steht auch eine. Sie werfen Steine und Geweihe rein, damit sie sich neben ihm auftürmen. Seine alten Fallen und so was. Der Fluß spült alles irgendwann weg, aber er liegt immer noch da. Oder lag. Hat sich mit dem Stiefel in der Gabel eines versunkenen Pappelastes verfangen.«

»Da, wo er versucht hat, sich mit dem Messer zu befreien, kann man noch die weißen Schnitte in der Rinde erkennen«, sagte Artie.

»Er hat nicht genug Zeit gehabt«, sagte Danny.

Sie gingen hinüber, um sich zu Amy und Colter zu setzen und ihnen Wallis vorzustellen. Amy war nicht betrunken, und sie schien auch nicht aus Kummer zu trinken; doch obwohl sie nicht besonders groß war, schluckte sie das Bier rasch weg. Artie holte ihr noch einen Krug, und Wallis begriff, daß das Bier für sie eher Mahlzeit denn Trost war. Sie wollte unter Menschen sein, und in einer Bar trank man eben.

Und er sah, daß Colter ein inneres Leuchten hatte, sah ihn vielleicht so, wie Old Dudley ihn selbst gesehen hatte. Nachdem man Wallis und Colter einander vorgestellt hatte, starrten sie sich einen Augenblick lang an, und da sah Wallis den Hunger in Colters Augen, sah die Einsamkeit des Jungen, der in der Falle, auf dem trockenen saß und nicht zu seinem Vater gelangen konnte.

»Du wohnst bei Mel«, sagte Amy.

»Ich wohne in ihrer Hütte«, sagte Wallis.

»Bist du unten in Texas immer in die Kirche gegangen?« fragte sie. Sie hatte eine leise, ruhige, freundliche Stimme, und Wallis konnte sie sich kaum als Frau eines Fallenstellers vorstellen; obwohl er auch nicht genau wußte, als was er sie sehen könnte.

Wallis dachte einen Augenblick lang nach. »Meine Eltern haben das getan«, sagte er, »vor langer Zeit. Aber sie sind tot – erst ist meine Mom gestorben und dann mein Vater. Aber er hat aufgehört, in die Kirche zu gehen, als ich noch jung war.«

Wallis hielt inne, war den Bruchstücken der alten Geschichte, die er nicht mehr gebrauchen konnte – wie er zu Susan und ihrem alten

Großvater gezogen war – gefährlich nahe. Damals war es eine neue Liebe, ein neues Leben gewesen, als wäre er der Hölle entronnen.

»Amy wollte hier immer eine Kirche gründen«, erklärte Danny.

»Warst du Missionarin?« fragte Wallis.

»Nein«, sagte Amy und drehte ihren Bierkrug in den Händen. »Ich wollte bloß eine Kirche haben.«

»Es hat nicht geklappt«, sagte Artie. »Es kam niemand. Alle waren ständig auf der Jagd, haben Holz gemacht, im Garten gearbeitet oder so was.«

»Hast du was dagegen«, sagte Wallis, »wenn ich frage, was …«

»Ich gerbe Felle«, sagte Amy. »Die Felle, die Mel für ihre Karten benutzt.« Sie schaute unter den Tisch, deutete mit dem Kopf auf die Mokassins, die Danny trug, und auf ein paar Jacken, die neben der Tür hingen. »Diese Schuhe, diese Jacken … wenn jemand einen Rothirsch oder einen Wapiti schießt, gerbe ich die Felle und nähe ihnen was.« Ihre Stimme war trotz des Biers klar und ruhig. Als ob *sie* über eine Eisdecke ginge, deren Tragfähigkeit sie nicht kannte. »Er sucht nach Geweihen«, sagte sie und deutete mit dem Kopf auf Colter. »Wir packen sie in Kartons und schicken sie an ein paar Läden. Wir sind nicht schlechter dran als damals, als er noch lebte.«

»Du bist Schneiderin«, sagte Wallis.

»Ja«, sagte Amy, nachdem sie kurz nachgedacht hatte, »das ist ein schönes Wort. So hab ich's noch nie gesehen.«

Ein dritter Bourbon für Wallis. Der Winter fiel immer mehr von ihm ab. Er sah Helen hereinkommen, hörte, wie alle sie begrüßten.

»In Pennsylvania hab ich im Chor gesungen«, sagte Amy. »Sonntags haben wir gesungen und dreimal in der Woche geprobt.«

»Du kannst das nicht mitbringen«, meinte Artie. »Du kannst nichts mitbringen. Hier oben ist alles neu. Du mußt wieder ganz von vorn anfangen.«

Amy nickte. In dem Schweigen spürte Wallis, wie der Winter wieder näher kroch.

Noch ein Bourbon. »Wie lange lebst du schon hier oben?« fragte Wallis.

»Fünfundzwanzig Jahre«, sagte Amy. »Manchmal kommt's mir vor, als wär's erst gestern gewesen, und manchmal denk ich, ich bin schon mein ganzes Leben hier.« Sie streckte die Hand aus und berührte das Gesicht ihres Sohnes. »Ich bin froh, daß er hier aufwachsen kann. Er ist alles, was ich noch habe.«

Charlie briet auf dem Ofen noch etwas Wild; das konnten sie riechen. Eine seltsame Woge der Trübsinnigkeit schien sich durch die Bar gewälzt zu haben, während Amy geredet hatte, und eine Weile herrschte Schweigen, als würden alle warten, bis die Woge vorübergerollt war; doch beim Duft des Wildes stieg die Stimmung der Gäste wieder, und sie gingen zum Ofen, um sich einen Happen aus der eisernen Pfanne zu nehmen. Alles kaute, das Fleisch nahm rasch ab, und als Wallis Danny fragte, wieviel von seinem Hirsch noch übrig sei, sagte Danny, es sei fast alles aufgegessen.

Wallis ging mit seinem Drink zu der Wand mit den Fotos und sah sie sich noch einmal näher an. Die Fotos waren größtenteils von Matthew: Matthew mit siebzehn oder achtzehn, einen riesigen Stör aus dem Fluß haltend, der Fisch größer als er selbst; ein Bild, auf dem er noch jünger, vielleicht sechzehn, war und drei gewaltige Schwäne hochhielt und eins, auf dem er mit dreizehn oder vierzehn an der Steinmauer arbeitete und wie ein Strafgefangener beim Arbeitseinsatz viereckige, vom Eis aufgebrochene Felsbrocken hochhievte.

Wallis betrachtete die Bilder kurz und sah sich dann die nächsten an: verstaubte, grobkörnige Fotos, auf denen das ganze Tal Steine die Straße entlangschleppte, und welche von Männern in Unterhemd und Overall, mit einem Strohhut gegen die Sonne, die die Felsbrocken mit Hammer und Meißel bearbeiteten, damit sie richtig paßten.

Ein Foto von der Bar, auf dem sie genau wie jetzt aussah. Auf dem Bild hing ein frisch geschossener Wapiti an den Balken des Verandadaches, und es schneite. Die Männer hatten Schnurrbärte, und obwohl es ein Schwarzweißfoto war, schienen sie haselnußbraune Augen zu haben, wie man sie nur noch selten sieht. Irgendein junger Hund, der jetzt schon dreißig Jahre tot war, saß stolz da und starrte erwartungsvoll in die Kamera.

Und wo waren die Fotos von dem Fotografen, fragte sich Wallis: von Matthews Vater? Es gab keine. Man mußte Matthew anschauen, um, in einem bestimmten Licht und in bestimmten Augenblicken, ein undeutliches Bild von ihm zu bekommen. Das war alles, was blieb. Wallis dachte an seinen eigenen Vater – Leberzirrhose, als er selbst vierzehn gewesen war – und an seine Mutter zurück, deren Herz einfach stehengeblieben war, wie eine Uhr, die man nicht aufgezogen hatte. Da war er erst acht gewesen, es waren die Erinnerungen eines Kindes, nicht die eines Mannes, und Wallis fragte sich, wie er wohl wäre, wenn er in diesem Teil der Welt aufgewachsen wäre.

Wallis fragte sich, ob er sich ebenso an dem Jagen und Sammeln – dem Töten, dem Ernten – und dem Zerkleinern der Steine beteiligt hätte. Die Männer (es waren auch ein paar Frauen auf den Fotos, Frauen, die Steine schleppten oder Schubkarren voller Steine schoben) strahlten, zumindest auf den Fotos, eine tiefe innere Ruhe und Beständigkeit aus, die man, genau wie jene seltsamen haselnußbraunen Augen, nicht mehr oft sah.

Wieviel an einem Mann oder einer Frau wird vom Blut geformt und wieviel von einem Ort? Das Blut formt den Säugling, doch beginnt mit der Geburt auch das Land, ihn zurechtzuschnitzen?

Und wie stark formen wir uns gegenseitig? Old Dudley hatte in bloß zwanzig Jahren aus dem Rohmaterial von Matthew eine Art Kopie von sich selbst angefertigt. Er hatte die Ähnlichkeiten festgehalten und alle Unterschiede weggemeißelt …

Mit leerem Glas ging Wallis weiter. Bilder von Helen als junge Frau in einem Kanu auf dem Fluß – die Bäume hinter ihr wirkten nur ein bißchen kleiner und jünger.

Sich die Bilder anzusehen hatte ein wenig Ähnlichkeit mit der Suche nach Öl und Gas. Man tauchte ein, immer tiefer und immer weiter zurück, überwand die verschiedenen Zeitschichten, drang von neu zu alt vor. Sein Hang zu dieser Art von Suche mußte ihm schon immer im Blut gelegen haben. Kein Mensch und keine Landschaft konnte in ihm die Freude daran geweckt haben. Sie war zu tief in ihm verankert. Bestimmt war er schon damit zur Welt gekommen.

Helen kam zu ihm herüber. Wallis schwankte leicht, doch Helen brachte ihm noch einen Drink mit und stützte ihn.

»Er war vernarrt in diese Kamera«, sagte sie und meinte Matthews Vater. »Er und seine Frau hatten nie Geld. Er wollte immer viele Fotos machen, aber er gestand sich nur eins pro Woche zu. Manchmal, bei besonderen Anlässen, auch zwei. Er schickte die Filmrolle zum Entwickeln nach Helena. Alle im Tal mußten ein paar Wochen auf die Fotos warten. Jeden Tag ging er die Post durch und sagte, er habe die ganze Nacht nicht geschlafen, und wenn die Bilder kamen, legte er sie in der Bar auf den Fußboden und betrachtete sie eine halbe Ewigkeit.

Und nach seinem Tod hab ich die Kamera Danny gegeben, der pro Jahr nur drei oder vier Bilder macht.« Helens Stimme klang rauh und heiser. Sie ging an der Wand den Flur entlang und stierte in dem schummrigen Licht durch ihre dicken Brillengläser. In ihrem Mund baumelte eine brennende Zigarette. »Hier«, sagte sie, »hier hat Buster wohl aufgehört und Danny weitergemacht.«

Busters letztes Foto zeigte die Nahaufnahme eines Flechtenmusters auf grauem Stein oben in den Bergen. An den Felsen klebte Adlerfarn und frisch angewehter Schnee. »Er war im Oktober auf dem Robinson Mountain«, sagte Helen. Sie deutete auf den Schnee auf dem Foto. »Am Nachmittag kam ein Sturm auf, und er wurde ganz naß und fing sich die Lungenentzündung ein, an der er starb. Er hätte sie überstehen können, aber er hat einfach aufgegeben.« Sie zog kräftig an ihrer Zigarette, runzelte die Stirn und versuchte, sich an irgend etwas Wichtiges zu erinnern. Stieß den blauen Rauch durch Mund und Nasenlöcher aus. »Ich weiß nicht mehr, ob er das Bild je gesehen hat. Vielleicht nicht.« Sie schüttelte den Kopf, erstaunt über die Erinnerung an die Trauer, die sie damals empfunden hatte, die jetzt weit zurücklag und bedeutungslos war. Als wäre ihre tiefe Trauer nicht gerechtfertigt gewesen, weil sie jetzt vorbei war.

»Wie alt war Matthew damals?« fragte Wallis.

»Noch ganz klein«, sagte Helen. »Vier.«

»Erstaunlich«, sagte Wallis. »Man kann wirklich nicht sehen, wo der eine aufgehört und der andere weitergemacht hat.«

Helen lachte, drückte ihre Zigarette aus. »Es ist eine gute Kamera«, sagte sie. »Hat schon damals 'ne schöne Stange Geld gekostet.«

Wallis ging zu seinem Platz zurück, stieß dabei mit der Hüfte an einen Tisch, dann an noch einen. Schaffte es gerade noch zu seinem Stuhl, bevor die Beine ihm den Dienst versagten. Seine Kräfte schwanden zusehends, er konnte nur noch ein neues Glas an die Lippen führen.

»Karibus«, sagte Colter, und Wallis dachte, er meinte das, was auf dem Ofen brutzelte, doch alle standen auf und gingen zu den Fenstern. Wallis folgte ihnen mit wackligen Beinen zur Eingangstür.

Die Karibus drückten die Gesichter an die Fensterscheiben – große, vorquellende Augen, lange weiße Mähnen und Bärte, wodurch sie wie Zirkustiere aussahen. Bei ihrem Versuch hineinzuschauen, beschlugen die Fensterscheiben, wurden wieder klar, beschlugen bei jedem Atemzug und wurden wieder klar, so daß die Gesichter der Tiere immer nur kurz zu sehen waren, wie die unbeholfenen Bilder eines alten Films. Alle gingen auf die Veranda hinaus, um ihre seltsamen und prächtigen Geweihe zu bewundern.

»Sie kommen manchmal aus Kanada rüber«, sagte Helen. »Man kriegt sie nur noch selten zu Gesicht. Sie sind schon fast ausgestorben. Waldkaribus. Die Kinder sind ganz sicher, daß es Rentiere sind.«

Wallis zählte zwölf Tiere. Sie liefen im Kreis wie Pferde, die sich aneinanderdrängen, um sich warmzuhalten. Auf ihren Rücken lag Schnee, und wenn sich die Geweihe von zwei Karibus streiften, war wie bei Steinen, die von der Strömung eines Flusses mitgerissen werden, ein dumpfes Klacken zu hören. »Wir kriegen sie bloß in sehr schneereichen Wintern zu Gesicht. Schätze, dieses Jahr gibt's jede Menge Schnee.«

»Kommen sie immer hierher?« fragte Wallis. »Zur Bar?« Es kam ihm vor, als wären sie Fremde, die sich in der Stadt umsahen.

»Immer«, sagte Helen. »Sie sind unglaublich zahm. Vielleicht sehen wir sie dieses Jahr noch mal wieder. Ich glaube, sie kommen bloß vorbei, um sich ein bißchen umzusehen und uns zu zeigen, daß sie da sind. Danach verschwinden sie wieder. Guck mal«, sagte sie und deutete auf Colter, der einem von ihnen einen Apfel zu fressen gab. »Das ist ein Omen.«

»Für was?« fragte Wallis.

»Ich weiß nicht«, sagte Helen. »Aber es ist ein Omen.«

Das Karibu – ein Bulle – fraß den Apfel auf, und die ganze Herde starrte die Leute noch eine Weile an, die Leute starrten die Herde an, und dann drehten sich die Karibus um, als hätte ihnen jemand den Befehl dazu erteilt, und liefen wieder die Straße hinauf. Bald waren sie im Schneetreiben verschwunden.

»Sie steigen auf die Gipfel der Berge«, sagte Helen. »Je mehr Schnee, desto besser. Sie haben so große Füße, daß sie über den Schnee gleiten können. Sie fressen die Flechten von den Bäumen. Sie brauchen den ganzen Schnee der Welt.«

Als die Karibus verschwunden waren, drehten sich alle um und gingen nach drinnen. Schon nach so kurzer Zeit waren ihre Hüte, Rükken und Schultern schneebedeckt. Colter zog seinen Mantel an und sagte Amy, er wolle den Karibus auf seinen Skiern eine Weile folgen.

»Ein richtiger kleiner Indianer«, sagte Amy, als er weg war. »Er ist wie sein Vater.«

Durch die Kälte waren alle wieder nüchtern oder glaubten es zumindest einen Augenblick lang, und sie bestellten neue Drinks. Wallis fühlte sich wacklig, spürte, wie er innerlich hinabtauchte, und war ganz entspannt: So war es manchmal in großer Tiefe, beim Kartenzeichnen. Freier Fall, ohne sich dagegen zu wehren.

Mel kam schneebedeckt und dampfend in die Bar. Sie schüttelte den Schnee von Haar und Kleidern, klopfte ihn von den Stiefeln und begann, ihre Sachen auszuziehen. Auch sie wurde freudig und herzlich begrüßt, und es dauerte eine Weile, bis sie sich losreißen und zu Wallis an den Tisch kommen konnte, wo sie ihn, als sie trotz fehlender Beleuchtung seinen Zustand sah, fragte, wieviel er getrunken habe.

Er hörte kaum, wie sie sagte – ihn aufforderte, ihm befahl –, daß er im Winter nie wieder mehr als ein Glas trinken solle.

»Sonst fließt dein Blut zu langsam, und dein Gehirn schrumpft, wie bei einem Bären im Winterschlaf. Schon wenn du nur zwei Gläser trinkst, ist alles vorbei – du kannst nicht mehr aufhören. Zwei sind genauso wie fünf oder sechs, sieben oder acht. Wieviel hast du getrunken?«

Wallis machte einen schwachen Versuch zu antworten. Artie und Danny versuchten, ihn zu verteidigen – auch sie waren in ziemlich schlechter Verfassung –, doch Mels zorniger Blick brachte sie zum Schweigen, und sie suchten nach einer Ausrede, um vom Tisch aufstehen und sich einer anderen Aufgabe zuwenden zu können. Mel runzelte die Stirn, deutete mit einem Kopfnicken auf Amys leeren Krug und Helens fast leeres Whiskeyglas. »Ihr alle wißt, wie's hier oben im Winter ist – er nicht. Das war nicht fair«, sagte sie.

»Er ist erwachsen«, erwiderte Helen, doch Amy stimmte Mel zu: »Du hast recht, wir hätten besser auf ihn aufpassen sollen.«

Helen ärgerte sich. »Seit wann bist du seine Aufpasserin – und warum kann er nicht auf sich selbst aufpassen?«

»Er ist mein Gast«, sagte Mel. »Ich muß mit ihm leben. Ich will nicht, daß er jeden Abend wie ein entlaufener Hund hierherkommt.« Sie hob Wallis hoch – er war inzwischen bewußtlos – und legte ihn sich über die Schulter wie einen Futtersack. »Er weiß es noch nicht besser.« Sie ging wieder zur Tür hinaus, und sein Kopf baumelte auf ihrem Rücken wie der eines ausgeweideten Rothirsches.

Ernüchtert folgte ihr Danny nach draußen und gab ihr eine Laterne mit. Sie dankte ihm und lief los, ohne ihre Skistöcke zu benutzen: Mit einem Arm hielt sie Wallis fest, in der anderen Hand hatte sie die Laterne und die Skistöcke. Die Laterne warf einen kleinen gelben Lichtkegel vor ihre Füße, ein hypnotisierendes Licht voller herabfallender Schneeflocken, und es sah aus, als würde auch sie vom Himmel herabkommen. Wallis' Körper lag warm auf Mels Rücken und Schultern. Sie war nicht wütend auf ihn und sagte sich, daß er nicht stockbetrunken war, sondern bloß schlief.

Er erwachte mit klarem Kopf, doch seine Muskeln fühlten sich vergiftet an. Mel war schon weg, auf dem Hackklotz in der Küche lag neben einem frisch gebackenen Laib Brot ein Zettel, worauf stand: »Bin nach Einbruch der Dunkelheit wieder da«, und er machte sich Toast und Tee, zog sich aus, ging dann zum Bach hinunter, setzte sich hinein und badete darin. Es schneite immer noch.

Als er aus dem Wasser stieg, wälzte er sich im Schnee, lief zur Hütte zurück, trocknete sich ab und zog sich zitternd vor dem Kamin an. Später am Nachmittag ging er zum Holzschuppen und hackte Holz, um das Gift aus den Muskeln zu bekommen.

Bei Einbruch der Dunkelheit – es schneite noch immer – machte er sich noch einmal Toast und Tee und nahm sich die alten Notizen vor, während sich der kurze Tag wie all die vorangegangenen verabschiedete.

Ein Spaziergang auf dem Meeresgrund.
Was sich in den Tiefen des Meeres abspielt.

»Das Meer! Das Meer!« riefen die Gefährten Balboas, als sie von den Höhen des amerikanischen Isthmus einen ersten Blick auf den Pazifik werfen konnten. Das Meer hat schon immer das Erstaunen – oft auch die Ehrfurcht – der Menschen hervorgerufen. Seine Kraft und Größe übersteigen ihre Vorstellungskraft. Seine Beständigkeit, sein Alter verwirren den Verstand. Dasselbe »weithin brausende Meer« hörten die Seeleute vor unvordenklichen Zeiten tosen. Dasselbe Meer trug die Schiffe der Tyrier und Kar-

thager. Seine geheimnisvollen Tiefen erweckten ebenso den Aberglauben der Alten, wie sie die vernünftige Neugier der modernen Wissenschaft anstacheln. Ein »glorreicher Spiegel«, wie Byron es sah,

> *»Draus der Allmacht Bild*
> *In Ungewittern strahlt,*
> *Erhaben, endlos, groß! – Der Ewigkeiten*
> *Tief ernstes Bild, des Ew'gen Thron!«*

Stellen wir uns an eine Steilküste und blicken über den Atlantik. Stellen wir uns auf den Sankaty Head, das Kap im Osten Nantuckets, das »Ultima Thule« von Neuengland. Am Strand braust die Brandung. Über das wogende Blau wandern die Gedanken zur europäischen Küste. Unter der gekräuselten Oberfläche malt sich die Phantasie eine Welt voll seltsamer und erstaunlicher Dinge aus. Da liegen die Gerippe stattlicher Schiffe, da vermodern die toten Seeleute aller Völker, da verrotten Ladungen von unschätzbarem Wert, da schlafen die Geheimnisse von Dampfern, die ausliefen und nie zurückkehrten, da wimmelt es von Haien, die die Heiligtümer der Menschheit entweihen, die in ihr stilles Reich herabgesunken sind. Sollen wir uns in die Gefahren der Unterwelt wagen? Ja, wir erflehen den wundersamen Beistand, der Krieger unverwundbar machte und Abenteurer auf den Wassern des Styx und den feurigen Wellen des Phlegethon schützte.

Wir tauchen hinab, als würden wir im Meer baden. Wir überschreiten den Saum, wo

> *»Der trübe schwarze Seetang wogt und schaukelt.«*

Wir überqueren die Grenzen, wo der braune, gestreifte Seetang in eleganten Bögen hin- und herschwingt. Wir kommen unterhalb des schräg abfallenden, steinigen Grunds zum weichen Sand. Wir kommen zu den Gärten aus rosenfarbenen Seemoosen – Dasya, Grinellia *und* Callithamnion *– und schrecken die Goldmakrele und den Heilbutt an ihrem sicheren, abgeschiedenen Ort auf. Hier schimmert nur noch ein schwaches Dämmerlicht, und* *das Wasser ist abendlich kühl. Wir erreichen eine Tiefe von achthundert Metern. Unsere Füße treten in die feineren Sedimente, die dem Land abgewonnen wurden – der Staub weiterer »zukünftiger Kontinente«. Das Zwielicht hat sich in tiefen Schatten verwandelt. Die Geschöpfe des Meeres umschwärmen uns neugierig und flüchten dann in panischer Angst. Wir spüren die sanfte Bewegung eines »Flusses im Meer«, doch die Kräuselungen an der Oberfläche dringen in diese Tiefe nicht vor.*

Ein Klimawechsel wird spürbar. Oben betrug die Wassertemperatur fünfzehn Grad – hier sind es nur fünf. Doch die Kälte kann uns nichts anhaben; wir tauchen tiefer. Wir gehen auf eine Tiefe von fünfzehnhundert Metern hinab. Die Arten aus dem flacheren Wasser treten hier nicht mehr auf. Ihr Lebensraum ist das Gebiet, das sich jetzt über unseren Köpfen erstreckt. Die grünen und rosenfarbenen Seemoose wagen sich nicht hierher. Wir sind von völliger Dunkelheit umgeben. Hier färbt die Vertreter des Pflanzenreichs kein Chlorophyll. Hier gibt es bloß steinerne, weiße, kalkhaltige Algen und mikroskopisch kleine Kieselalgen.

Wir halten inne, um die ehrfurchtgebietende Stille dieses Unterwasserreiches zu erfassen, und tasten uns auf unserem schleimigen Pfad in die Tiefe. Über uns liegen jetzt dreitausend Meter schwarzen Meeres. Jeder in flachem Wasser lebende Fisch mit einer Schwimmblase würde an dem gewaltigen Druck hier unten zugrunde gehen. Wenn er keine Schwimmblase hätte, würde er bewegungsunfähig werden und schließlich sterben.

Wir sind hier vermutlich viele Kilometer vom Strand entfernt; wie weit, hängt davon ab, wie steil er abfällt. Die Sedimente, die die Flüsse ins Meer gebracht haben, liegen größtenteils hinter uns. Doch hier liegen noch ein paar von den feinsten Partikeln, die das Land geliefert hat – Schlamm aus Louisiana, aus den Rocky Mountains, aus unserer Heimatstadt. Werden diese weitgereisten und vermischten Atome je wieder das Tageslicht sehen?

Wir stehen am Rande des riesigen Abgrunds, der sich über die halbe Erde erstreckt. Es ist eine wogende, stille Wüste. Hier gibt es keine Vielfalt von Bergen und Tälern, von Felswänden und Schluchten. Der Grund senkt sich allmählich bis zu einer Tiefe von neuntausend Metern. In dieser ganzen ehrfurchtgebietenden Einöde erhebt sich kein Felsen aus der Schlammschicht.

Der Druck, der hier unten auf uns lastet, beträgt vier oder fünf Tonnen pro Quadratzentimeter. Das Wasser ist überall eiskalt. Absolute, greifbare Dunkelheit. Schlagartig ändern sich unsere Empfindungen und Absichten. Wir halten inne und überlegen. Wir richten den Blick mit schmerzlichem Verlangen nach oben, zu dir, »heil'ges Licht, dem Himmel zuerst Geborenes«. Nur eine schwarze Fläche taucht auf. Dreitausend Meter über uns liegt das sonnige Meer, auf das das ganze Blau eines makellosen Himmels herabstrahlt. Werden wir je zurückkehren? Dort treiben die Schiffe in sommerlicher Flaute auf einem »gemalten Ozean«, oder sie schlingern und zerbersten in einem Wintersturm, der die Wellen verrückt spielen läßt. Doch hier gibt es keinen Wechsel zwischen Sommer und Winter. Hier kennt man weder Sonnenaufgang noch Mittag oder Sonnenuntergang.

Es ist so geblieben, wie es war, als der Garten Eden dem Menschen geweiht wurde, und muß auch so bleiben. Nicht einmal das Krachen des Donners oder das Tosen der Stürme kann man hören. Auch in dieser Welt kann ich der Herr sein. Die riesigen Wellen, gekrönt vom Zorn der Elemente, rollen weiter, doch in der Stille und Trägheit dieses Reichs der Tiefe regt sich nichts.

Als wir die Grenzen dieses dunklen, stillen Abgrunds überquerten, sanken unsere Füße in einen weißen breiigen Schleim, den man »Globigerinenschlamm« nennt. Die Schleppnetze der Albatross *waren hier unten, sie haben an einer Stahlsaite über dem Heck gehangen, und man hat Proben dieses Schlammes untersucht. Wir stellen fest, daß er sich hauptsächlich aus mikroskopisch kleinen leblosen Schalen namens* Fo-ram-i-nif'-e-ren *und anderen namens* Pter'-o-poden *zusammensetzt. Die kleinen Lebewesen, die die Schalen bildeten, leben nicht hier; sie leben weit oben in ruhigen Wasserregionen. Wenn das Tier stirbt, sinkt sein winziges Haus in diese dunkle Welt hinab. Und so sammelt sich im Lauf der Jahrhunderte der feine, kreidige Regen ihrer Hüllen langsam auf dem Meeresgrund. Wenn dieser Schlamm trocken und hart geworden ist, ähnelt er dem Kalkstein in Europa; und wenn der untersucht wird, finden wir darin dieselben kleinen* Foraminiferen. *Das sind wichtige geologische Fakten, die, obwohl sie aus dunkler Tiefe kommen, ein kräftiges Licht auf ähnliche dunkle Kapitel der lange* zurückliegenden Erdgeschichte werfen. Vielleicht vereinigen sie sich in ihrem Tod, um mein Öl zu erschaffen.

Wir haben uns fünf-, sechstausend Meter unter das Tageslicht vorgetastet. Noch immer bedeckt eine Art Schlamm den Grund; aber es ist nicht mehr der Globigerinen- oder Pteropodenschlamm. Es ist ein feiner rostfarbener Ton. Doch die weißen Schalen fehlen hier nicht deshalb, weil es die winzigen Lebewesen, die sie absondern, darüber nicht gibt. Wie überall wimmelt es auch dort, weit entfernt von der Küste, von ihnen, zusammen mit anderen pelagischen Lebensformen. Aber die anfällige Substanz der Schale wird zersetzt, bevor sie die große Tiefe erreicht. Nur der aluminiumhaltige und unlösliche Bestandteil erreicht den Grund. Der Tonschlamm ist von anderem Interesse. Darin sind winzige Kristalle der Mineralien enthalten, die durch den Schlot eines Vulkans in die oberen Luftschichten gelangen. Hier liegen die Staubpartikel, die früher manchem Sonnenuntergang seinen rötlichen Glanz verliehen haben. Früher waren sie einmal der Ursprung des rosenfarbenen Leuchtens in der Abenddämmerung, und jetzt liegen sie in undurchdringlicher Dunkelheit und Grabesstille. Wie sich das Schicksal des kleinen Partikels verändert hat! Monatelang schwebte er oben in der dünnen Luft, in der Schicht, die den Himmel von der Erde trennt, wurde vom Samum hierhin und vom Gegenpassat dorthin getragen, wurde im Sog eines Wirbelsturms herumgeschleudert und stürzte in einer Dunstwolke mitten ins Meer. Dann wurde er vielleicht von den Wellen gepackt und auf der Meeresoberfläche geschaukelt und hin und her geworfen, bis er ruhigere Regionen erreichte, und da begann er seinen stillen Abstieg in die dunkle Welt, wo er jahrhundertelang ungestört liegen wird.

Hier liegt auch kosmischer Staub. Die Samen neuer Welten wurden im Weltall verstreut, und ein paar davon wurden in die Erde dieses Abgrunds gepflanzt. Diese winzigen Körnchen aus Magneteisenerz waren Funken, die von einem brennenden Meteor versprüht wurden. Der Meteor war ein kleiner Materieklumpen oder -partikel, der mit großer Geschwindigkeit durch den kalten interplanetaren Raum geflogen war. Er hatte die Erdatmosphäre durchdrungen. Die daraus folgende Reibung hatte den Meteor entzündet, und er hatte auf seinem Flug ganz kurz einen Feuerstreifen an den Him-

mel gemalt, bis er endlich im kalten Bett des Atlantiks einen Ruheplatz fand. Was für eine Wendung des Schicksals! Wie viele seiner Begleiter hätte der Partikel auch weiter durchs Weltall gleiten können, bis er Teil eines glühenden Kometen geworden wäre. Vielleicht hat er einmal in einem Stern geleuchtet – doch jetzt ist er für lange Zeit tot. Welch ein ergreifender Gedanke, daß wir hier, in dieser dunklen Nacht, die schwarzen Trümmer eines Sterns finden.

Wir stehen immer noch da und wundern uns über das Bild, das sich uns bietet. Wie bedrückend diese Stille ist! Wie freudig würden wir das fröhliche Gezwitscher eines Spatzen begrüßen! Selbst das Sirren des verhaßten Moskitos würde die ewige Monotonie durchbrechen.

Jahrhundert um Jahrhundert dauert diese Herrschaft des Todes an. Eine eisige Kälte erschüttert uns bis ins Mark. Manchmal, wenn wir uns durch die Dunkelheit vortasten, stoßen wir mit dem Fuß gegen die Knochen von Meerestieren, die in dem Wasser über uns gestorben sind. Oft existiert ihre Art noch; doch manchmal ist sie auch schon längst ausgestorben. Hier gibt es Zähne von Haien und Ohrknochen von Walen, die schon vor Urzeiten dalagen. Große Veränderungen haben stattgefunden, die den Kontinenten eine neue Gestalt gaben, doch diese Knochen liegen hier ungestört, ja unbegraben, so langsam sammeln sich die Sedimente.

Aber es gibt hier tatsächlich Leben. Spärliches, seltsames Leben; und die Arten haben entweder eine archaische oder eine embryonische Gestalt; das heißt, sie ähneln Geschöpfen, die in einem früheren Erdzeitalter lebten, oder solchen, die erst einen Teil ihrer Entwicklung durchgemacht haben – grob, plump und fremdartig für die moderne Welt. Hier gibt es Krinoiden *oder Seelilien, die sonst überall ausgestorben sind – bis auf eine Art, die in der Karibik seit langem bekannt ist. Aber in den tiefen Gewässern vor der Küste von Florida und Norwegen sind in anderer Gestalt* Rhiz-oó-ri-ne *aufgetaucht, eine Gattung, die aus flacheren Meeren vor Millionen von Jahren spurlos verschwand; doch hier, wo sich nichts verändert, besteht sie die halbe Erdgeschichte hindurch fort. Der Unterschied zwischen dem Tod und dem unveränderlichen Leben, das hier herrscht, ist nur gering.*

Noch erstaunlicher und grotesker sind einige der Fische, die hier fast voll-

ständig im Schlamm begraben liegen. Hier ist einer, der geformt ist wie ein Streichnetz. Der lange, schmale Körper ist der Griff, und das Netz ist ein riesiger Hautsack unterm Kinn, in den der ganze Körper mehr als dreimal hineinpassen würde. Ein anderer hängt da wie ein weit geöffneter Mehlsack. Auch in diesem Fall hängt der Sack da, wo die Kehle sein sollte. Der winzige Körper sieht aus wie ein Fortsatz an der Rückseite des Sackes. Man erkennt ihn an den Flossen. Vier von diesen Körpern würden in den Sack hineinpassen. Eine andere, doch ebenso seltsame Art schwingt ihren dünnen Körper wie eine Peitschenschnur, die an einem riesigen Kopf angebracht ist, dessen Augen fast die Hälfte seines Durchmessers beanspruchen. Und dann bemerken wir einen haiähnlichen Fisch mit einem riesigen Maul und fürchterlichen Zähnen, der auf beiden Seiten seines schlanken Körpers oben und unten eine Reihe Stacheln und, was das Seltsamste ist, unterm Kinn einen langen, fadenförmigen Fühler mit einem quastenartigen Tentakel hat.

Doch sieh mal an! Hier ist jemand mit einer Laterne. Wie schwach das Licht in der Dunkelheit schimmert. Es ist kein Feuer darin. Es ist ein Lebewesen. Eine lebendige Laterne. Eine Laterne ohne Flamme. Es ist ein weiterer seltsamer Fisch. Sein glänzender Körper phosphoresziert. Noch ein anderer Laternenfisch. Dieser hat Leuchtplättchen unter den Augen; und dahinter, in einer Höhle, befindet sich Netzhautgewebe, als wäre alles für Augen angelegt; aber es sind keine Augen. Doch es sind richtige Augen da: unsere eigenen. Wir verspüren ein wenig Erleichterung in der greifbaren Dunkelheit, durch die wir uns vorgetastet haben.

Doch unsere Aufgabe ist erfüllt; unsere Neugier ist befriedigt; wir haben von der Unterwelt einen flüchtigen Eindruck bekommen und Beobachtungen gemacht, die uns noch lange zu denken geben werden. Steigen wir jetzt, wie die Helden der alten Epen, wieder zum Licht der Erdoberfläche hinauf.

Zwei Tage vor Heiligabend war von Old Dudley und Matthew noch immer keine Nachricht eingetroffen. Auf dem Paß lag mehr Schnee als je zuvor um diese Zeit; Mel glaubte trotzdem, daß sie es schaffen würden, und sei es nur deshalb, weil sie es bisher immer geschafft hatten.

Sie folgte den Wölfen durch den Neuschnee zurück, folgte ihren Spuren, bis sie unter dem Schnee der vorangegangenen Nacht verschwanden, ohne auch nur die Farbe der Tiere zu kennen, denen sie nachspürte. Durch die Fellbüschel, die sie manchmal im Unterholz fand, wußte sie, daß ein paar von den Wölfen rauchgrau waren und zumindest einer von ihnen rabenschwarz, doch sie konnte die Farbe ihres Fells nicht den Spuren zuordnen; und obwohl sie wußte, daß in dem Rudel beide Geschlechter anzutreffen waren – manchmal wurde in Hockstellung uriniert, manchmal mit angehobenem Bein –, wußte sie nicht genau, wie viele männliche oder weibliche Tiere es waren.

Sie hegte den Verdacht, daß an manchen Tagen nur vier oder fünf Wölfe am Fluß entlangliefen, während ein weiterer Wolf ihnen in einigem Abstand folgte und sich ihnen erst ein paar Tage später wieder anschloß. Sie trug alles in ihre Notizhefte ein, um es auf ihre Karten zu übertragen, und versuchte, nachts daraus schlau zu werden, doch sie wußte, daß sie nicht das sah, was wirklich vor sich ging: Statt dessen versah sie die Wege der Wölfe mit einer Struktur, einer logischen Erklärung, die womöglich eher auf ihre Phantasie als auf die Triebe und Botschaften der Wölfe zurückzuführen war. Und diese Kluft, dieses Scheitern, bereitete Mel manchmal großen Kummer, selbst während sie es genoß, draußen bei den Wölfen oder vielmehr ihren Spuren vom Vortag und in ihrem großen Territorium zu sein.

Es gab Tage, an denen die Wölfe das Flußbett verließen und unerklärlicherweise in die Berge hinaufliefen, wo es kaum Wild gab, und dann war Mel, erschöpft von dem steilen Aufstieg durch den tieferen Schnee, einen brennenden Schmerz in den Beinen, plötzlich überzeugt, daß die Wölfe wußten, daß sie ihre Spuren zurückverfolgte, und bloß so hoch hinaufgelaufen waren, um sie zu ermüden.

Oder vielleicht gefiel ihnen einfach der Blick von dort oben aufs Tal. Jeden sechsten oder siebten Tag liefen sie in die Berge; und jeden siebten oder achten Tag folgte sie ihnen, folgte ihren Spuren dorthin, wo sie gewesen waren. Dort oben ruhte sie sich aus und betrachtete das enge Tal, und manchmal hörte sie ihr Geheul selbst am hellichten Tag, viele Kilometer weit weg, als wüßten sie jederzeit, wo sie war und was sie tat, und heulten ausdrücklich, um sie an den kleinen, aber wesentlichen Unterschied zwischen Wölfen und den Spuren von Wölfen zu erinnern.

Manchmal blieben die Wölfe tagelang stumm, und dann hatte Mel im Schneetreiben das Gefühl, als hätte sie ein Traumland betreten und würde, obwohl sie die Spuren zurückverfolgte, jeden Moment auf das Rudel stoßen.

Noch nie war ihr etwas Unsichtbares so wirklich vorgekommen. Ihr Haar verfing sich in Ästen und Zweigen, während sie ihnen durchs Unterholz folgte, und im Frühling würden die Vögel ihre Nester nicht bloß mit dem warmen, schützenden Fell der Wölfe, sondern auch mit Mels Haar auskleiden, das sie aus dem Unterholz zupften; und wenn Mel im Frühling Vogelgezwitscher hören würde – Zwergdrossel, Rotäugiger Laubwürger, Seidenschwanz, Chickadee-Meise –, würde sie das Gefühl haben, auch damit untrennbar verknüpft zu sein, und es würde sich wie Freiheit anfühlen und nicht, als ob sie in der Falle säße. Es hätte sogar das Wesen oder der Kern der Freiheit sein können, mehr als das Gefühl in ihrer Vorstellung.

Obwohl ihre Gedanken zumeist frei und klar waren, nur mit der Unmittelbarkeit des Augenblicks verflochten, diese oder jene Spur, diesen Tatzenabdruck oder jene Schrittweite ausmessend, dachte sie ab und zu an den Fremden, der wie ein schwaches Echo Matthews in ihrer Hütte lebte.

Mel war sich immer noch sicher, daß Old Dudley Wallis zermalmen würde, so wie er all die anderen zermalmt oder ausgebrannt hatte; aber sie hatte auch allmählich das Gefühl, Wallis würde ihr gehören, nicht so sehr, weil sie ihn beherbergte und durchfütterte, sondern weil das Tal ihn Stück für Stück in sich aufzunehmen versuchte, und Mel war so eng mit dem Tal verbunden, daß da kaum ein Unterschied bestand: Es war, als würde auch sie ihn in sich aufnehmen.

Und ihr kam der Gedanke, daß es Old Dudley schwerer fallen würde, Wallis zu finden und wieder Besitz von ihm zu ergreifen, wenn er von der Masse des Tals aufgenommen wurde und durch diese Aufnahme Zugang zu einigen seiner Wesenszüge und Werte bekam; und es würde dem Alten auch schwerer fallen, ihn zu zermalmen.

So war jeder Tag, den Wallis in dem Tal überstand, zu seinem eigenen Vorteil, machte ihn jeder Tag stärker, und Mel zog immer mehr in Betracht, ihn zu akzeptieren.

Nicht, sich in ihn zu verlieben – nicht, solange Matthews Echo noch da war –, aber ihn auch nicht auf Distanz zu halten.

Damals, als sie in der Großstadt gelebt hatte, hatte sie beim Fahren immer Radio gehört, und sie erinnerte sich, wie sie sich die albernen, abgeschmackten Liebeslieder der Pop- und Rocksender angehört hatte, die gehauchten Schwüre ewiger Liebe, das Hier und Jetzt glühenden Verlangens. Und als sie älter geworden war, hatte sie dieselben Lieder gehört und über ihre Vergänglichkeit und Unaufrichtigkeit gestaunt. Natürlich hatten sich nicht die Lieder verändert, sondern bloß Mels Einstellung zur Liebe, und so hatte sie lange ihre sexuelle Leidenschaft in Frage gestellt. Wenn man den Liedern glaubte, brach die Liebe über einen herein wie ein Orkan, doch sie empfand sexuelles Verlangen – wenn sie es einmal verspürte, wenn sie einmal aus ihrem geruhsamen Leben auftauchte – als leichten Regen.

Es war mehr als fünfzehn Jahre her, daß sie zum letztenmal länger als zwei Wochen mit einem Mann zusammengelebt hatte. Matthew kam zwar immer wieder mal her, aber obwohl sein Körper genauso wirklich war wie ihrer, ließ es sich nicht leugnen, daß sie, wenn sie zusammen nackt und warm unter den Decken und Fellen lagen –

so wirklich wie alles andere auf der Welt –, nur noch von einem Echo zehrten und nicht mehr die Sache selbst erlebten.

Manchmal erwachte oder regte sich dieses andere Verlangen wieder, ein paar Stunden oder gar ein paar Tage lang, und dann war sie sprunghaft, aufgewühlt – diese alte wunderbare, berauschende Erregung, wo außer dem Verlangen füreinander nichts auf der Welt mehr zählte, nichts mehr einen Sinn ergab –, doch diese kurzen, fieberhaften Aufwallungen zogen stets, gleich einem Kater, eine Kälte oder Frigidität, ein Desinteresse an solchen Dingen nach sich.

Am besten war es, wenn sie keiner dieser Schwankungen unterworfen war (was sowieso nicht oft vorkam und sich stets ihrer Kontrolle zu entziehen schien), sondern den Ruf des Tals vernahm, wenn sie einer Sache folgte, sich ihr hingab, statt sie beherrschen und verschlingen zu wollen. Wenn sie in den verschiedenen Jahreszeiten zu Fuß, auf Schneeschuhen oder Skiern durch die Landschaft glitt, dann fühlte sie sich so beständig und ruhig und friedvoll wie das Wasser eines tiefen Sees weit hinten im Wald.

Kein Gerangel mehr, keine verzweifelte Sprunghaftigkeit, die sie für ihre wahre Natur, für ihr Erbe hielt; statt dessen gab es nur die Beständigkeit des Tals, seinen gleichmäßigen Kreislauf, verläßlich wie die Gezeiten oder die Schwerkraft, und aus dieser Gleichmäßigkeit erwuchs ihr eine große Kraft und Gelassenheit.

Sie zog jeden Tag in die Wälder, als würde sie zu einem Essen gehen. An manchen Tagen fragte sich Mel, ob die Wölfe nicht bloß ein Vorwand waren, um in die Landschaft hinausziehen zu können – sich wie ein Netz darüberzulegen, sie mit ihrem Körper statt mit Stift und Papier zu kartieren, zu versuchen, sich fein und straff darüberzuspannen, sie ganz in die Arme zu schließen, auf eine seltsame Art sogar zu versuchen, sie oder das in ihr vorhandene Wissen zu verschlingen.

Sie verfolgte die Spuren fast wie im Traum zurück, fast als wollte sie auch die Wölfe oder die Hinweise auf sie verschlingen, obwohl sie darauf achtete, nicht auf die Fährte zu treten. Der Schnee bedeckte sie, als wollte er auch sie auslöschen. Sie erinnerte sich wieder daran, wie es gewesen war, verliebt zu sein. Sie erinnerte sich, wie es gewesen war, von der Liebe beherrscht zu werden. Die Jahre, die sich angehäuft hatten. Wenn die Liebe zur Gewohnheit wurde, war das auch eine Art Einsamkeit, eine, die in mancher Hinsicht schlimmer war als die, in der sie jetzt lebte.

Mel erinnerte sich, daß sie es damals gebraucht hatte, zu lieben und geliebt zu werden. Es war wie ein Pulsieren gewesen, wie ein Kommen und Gehen; es hatte eine eigene Energie gehabt.

Fast vierzig Jahre alt! Wo war die alte Energie geblieben – die jugendliche Begeisterung? Lag sie jetzt fein über der Landschaft, wie ein Duft, den der Wind verteilt? Sie glaubte, daß sie selbst in so einer Ruhe nicht ewig schlafen und sich die Liebe vom Leib halten konnte, aber sie konnte sich ganz und gar nicht vorstellen, so ein zahmes und seltsames Wesen wie Wallis zu lieben.

Sie trat unbeabsichtigt auf eine Fährte und verwischte sie, verfluchte ihre Unbeholfenheit. Sie setzte sich, um sich auszuruhen und einen klaren Kopf zu bekommen. Dann aß sie zu Mittag: eine Orange, ein Stück Käse, das gefroren und krümelig war, sich aber in ihrem Mund erwärmte und seinen Geschmack entfaltete, und zwei alte Brötchen mit Honig, die ebenfalls gefroren waren – knusprig und spröde –, doch auch sie schmolzen in ihrem Mund und entfalteten allmählich ihren Geschmack.

Es schneite noch immer. Sie saß noch eine Weile da und ließ sich von dem Schnee bedecken, doch sie machte sich Sorgen, daß er auch die Spuren von letzter Nacht verwischen würde. Nach einer Weile stand sie auf und lief weiter.

Sie lief über die Höhlen von schlafenden Bären. Manchmal entdeckte sie ihre Luftlöcher, Dunstabzüge, wo ihr träger, warmer Atem austrat. Wenn sie so ein Loch entdeckte, legte sie sich auf den Hügel und legte ihr Ohr an das Loch, um zu sehen, ob sie die schwachen Geräusche des schlafenden Bären hören konnte: das leise Brummen, das dem Summen der Bienen glich.

Sie lief weiter. Sie lief über die Rücken der Bären. Sie verbrauchte weiter ihre Tage wie Holzscheite, von denen sie nur eine bestimmte Menge hatte und die in einem Feuer brannten, das nur ihr Licht spendete und nur sie warm hielt.

Manchmal hatte sie das Gefühl, als hätte auch sie, wie die Bären, lange geschlafen. Würde Matthew nicht mehr zurückkommen? Das hatte er ihr gesagt: nie mehr. Sie war kurz davor, ihm zu glauben.

Mel war sich nicht sicher, ob mit ihrem Kalender alles stimmte. Sie wußte, daß sie sich höchstens um ein oder zwei Tage irrte, machte aber am Laden halt, um bei Helen nachzufragen, wie viele Tage es noch bis Weihnachten waren. Helen war nicht da, doch zwischen den Dachsparren des alten Ladens hing noch blauer Zigarettenrauch. Mel folgte Helens rauchiger Duftspur nach draußen und über die Straße zu dem kleinen Friedhof, der leicht zurückgesetzt im Wald lag. Dort legte Helen Geweihe auf das Grab ihres Mannes, und bevor Mel näher trat, blieb sie stehen und sah ihr zu. Er war schon seit vierzig Jahren tot – länger, als Mel am Leben war. Es kam ihr lange vor, wenn man tot unter der Erde lag und bestenfalls noch Knochenmehl war, aber so lange am Leben zu sein, empfand sie als kurz.

Mel fühlte sich nicht alt: nicht halb so alt, wie Helen aussah, als sie dort im Schnee kniete und Geweihe anstelle von Blumen aufs Grab legte. Es schneite immer noch stark, und Helen trug einen schwarzgrauen Mantel.

Als Mel vortrat, erschrak Helen. Mel entschuldigte sich und fragte sie dann nach dem Datum.

»Der dreiundzwanzigste«, sagte Helen. »Heute ist sein Todestag. Wir haben ihn Heiligabend beerdigt.«

Mel betrachtete den Grabstein und bemerkte zum erstenmal, daß bloß sein Geburts- und Todesjahr draufstanden, aber weder Tag noch Monat.

»Es war zu traurig«, erklärte Helen.

Diese Ungenauigkeit störte Mel, doch sie sagte nichts.

»Dann kommen sie vielleicht morgen«, meinte sie. »Heiligabend.«

Steif erhob sich Helen. Der Schnee fiel von ihrem Rücken. An den Abdrücken im Schnee konnte Mel sehen, daß sie schon lange dort gekniet hatte. Mel versuchte, sich vorzustellen, daß sie Matthew innig liebte, wenn er schon vierzig Jahre tot war.

»Glaubst du, daß sie Houston schon verlassen haben?« fragte sie. »Hast du das Gefühl, daß sie unterwegs sind?«

Helen starrte in das Schneetreiben hinauf. Sie zündete sich eine neue Zigarette an und hustete. Eine Eule antwortete. Abenddämmerung.

»Ich glaub schon«, sagte Helen nach einer Weile. »Ich kann's nicht spüren wie sonst – es ist nicht so stark –, aber ich glaub, ich spür's trotzdem ein bißchen. Ich glaube, sie sind unterwegs. Ich weiß nicht«, sagte sie, streckte die Hände vor und sah ihre Arme an. »Mein Blut wird langsam alt und träge. Ich spüre, wie mein Schwung nachläßt, und kann überhaupt nichts dagegen tun. So ist das Leben.«

»Ich kann meinen Schwung noch spüren«, sagte Mel. Sie streckte die Arme aus, als wollte sie Funksprüche oder bloß Schnee auffangen, als würde jede Schneeflocke, wenn sie sie ganz genau untersuchte, ihr nicht nur die Ankunft der beiden Männer, sondern den Ursprung aller Dinge offenbaren. Mel sagte nicht, was sie befürchtete: daß Matthews Blut vielleicht genauso träge wurde wie das von Helen, daß man es nicht mehr spüren konnte, weil es seine Strahlkraft verloren hatte.

Die beiden Frauen standen im Schneetreiben und spürten den Frieden und die Ruhe des Friedhofs. Als es dunkel geworden war, sagte Mel: »Ich glaube, ich kann sie jetzt spüren – ich glaube, sie kommen. Ich bin sicher.« Als der Abend sich in Helens Lunge festsetzte, begann sie, stärker zu husten. Sie gingen zum Laden zurück.

»Soll ich dir helfen, einen Weihnachtsbaum zu holen?« fragte Mel, und Helen hustete wieder, schüttelte den Kopf und sagte, sie würde sich am nächsten Tag einen holen.

»Quatsch«, sagte Mel. »Du setzt dich neben den Ofen, machst eine

Kanne Tee und ruhst dich aus. Ich laufe rüber in den Wald und hole einen. Du hüllst dich in ein Fell und ruhst dich aus.«

Helen widersprach nicht und schien sich über die Gefälligkeit zu freuen. »Bring einen guten«, sagte sie. »Bring einen, der Matthew gefällt.«

Mel nahm eine Laterne und ging durch den Wald zum Fluß, erstaunt und leicht verärgert, weil die Zeit so schnell verrann, weil sich in jeder freien Minute zwangsläufig irgendwelche Verpflichtungen anhäuften wie Sand in einer Sanduhr. Jetzt, wo sie deutlich spürte, daß die beiden kamen, wollte sie unbedingt nach Hause, um ihre eigene Hütte zu schmücken, aber es war undenkbar, daß Helen keinen Baum hatte.

Der Schnee verdampfte zischend, wenn er auf ihrer Laterne landete. Dampfwölkchen folgten ihr durch den verschneiten Wald. Sie entdeckte eine schöne kleine Fichte – ihr Lieblingsbaum –, doch sie wußte, daß Helen keine Fichten mochte, weil sie so stachelig waren. Sie suchte weiter nach einer Tanne, die nicht von Rothirschen oder Elchen angefressen war, fand eine, fällte sie mit dem Beil und schleifte sie zu Helens Haus zurück, fiel dabei wieder in den Rhythmus, das Ritual ihrer Handlung. Bei einem Hain aus großen Zedern blieb sie stehen und zog mehrere Zweige herab, aus denen sie Kränze flechten wollte.

Als sie zum Laden zurückkam, schlief Helen mit weit offenem Mund und schnarchte. Ihre Tasse Tee hatte sie erst halb ausgetrunken. Die Zigarette war ihr aus der Hand gefallen und hatte die Haare des Wapitifells entzündet, das in einer kleinen Flamme brannte, als Mel hereinkam. Mel löschte das Feuer, rümpfte die Nase über den Gestank der brennenden Haare. Im Schlaf hatte Helen nichts gemerkt.

In den nächsten paar Stunden flocht Mel die Kränze und hängte sie auf, machte Popcorn und fädelte es mit einer Nadel auf, um es in den Baum zu hängen. Sie stellte den Baum auf und schmückte ihn. Dann schaltete sie das Licht aus, deckte Helen mit einem weiteren

Fell zu, legte noch einen Holzscheit ins Feuer und fuhr, in Gedanken beim Schmücken ihrer eigenen Hütte, nach Hause. Sie kam erst nach Mitternacht dort an; Wallis schlief schon, und da sie hellwach war, beschloß sie, noch einmal in den Wald zu gehen und sich selbst einen Baum zu suchen.

Sie dachte daran, wie Wallis sich fühlen würde, wenn er aufwachte und den Baum sah, den er vergessen hatte zu holen, daß er sich dann noch mehr als Gast fühlen würde, und so weckte sie ihn und fragte, ob er Lust habe mitzukommen. »Ja«, sagte er und zog sich schnell an.

Sie legten auf ihren Schneeschuhen eine große Strecke zurück und suchten nach einem makellosen Baum. Sie wanderten ein paar Stunden durch dichtes Schneetreiben und Schneegestöber, bis sie den richtigen fanden – ein bißchen groß, doch sie konnten ihn unten abschneiden –, und Mel hackte eine Weile mit wild fliegendem Haar, während der Schnee oben von den Zweigen glitt und beide bedeckte, und dann brachte Wallis es zu Ende. Der Baum legte sich kurz schräg vor den Himmel und fiel dann zu Boden. Sie banden ein Seil um den Stamm und schleiften ihn nach Hause, als ob sie ein riesiges Tier hinter sich herziehen würden. Es war harte Arbeit, und ihre Muskeln wurden angenehm warm. Sie konnten den Baum riechen, während sie ihn hinter sich herzogen.

»Ich glaube, das ist der beste, den ich je hatte«, sagte Mel. Sie hatte die Skimütze abgenommen, damit ihr bei der anstrengenden Arbeit nicht zu heiß wurde, und ab und zu verfingen und verhedderten sich einige ihrer Haarsträhnen in den Zweigen, unter denen sie dahinstapfte – Spinnfäden, die eine hauchdünne Spur hinterließen.

Mels winzige Spuren in der Landschaft waren so dünn und unsichtbar wie die Rauchspuren von Sternschnuppen, die nur die Luft versengen: die Geschichte ihres Lebens, ihr Einsiedlerleben, eine Strähne ihres langen weißblonden Haars. Welche Liste, welche Karte konnte zeigen, was sie geleistet oder daß sie irgend etwas Bedeutendes auf der Welt bewirkt oder in Gang gesetzt hatte? Freiheit war etwas, das sie beinahe schmecken konnte.

Wieder Popcorn und der Zierat aus ihrer Kiste auf dem Speicher: winzige Geweihe, Federn, die an Fäden baumelten, Süßwasserperlen, ein verblaßter Goldstern, der ihrer Mutter gehört hatte. Sie weinte und versuchte, sich ins Gedächtnis zu rufen, wie sie jedes Jahr mit ihrer Mutter den Baum geschmückt hatte, konnte sich aber nur an eine Liebe erinnern, die so bedingungslos gewesen war, daß sie sie für selbstverständlich gehalten hatte. Welche Frau andere Erwachsene in ihrer Mutter gesehen hatten, wußte Mel nicht mehr, konnte es sich auch nicht vorstellen. Mels Blick – ihre kindliche Aufmerksamkeit – war stets woanders, hatte jeden Tag aufs neue voller Staunen die Welt erforscht. Ihre Mutter war für sie kein seltener Anblick gewesen. Es hatte keinen Grund zu der Annahme gegeben, daß sie eines Tages nicht mehr dasein würde.

Wallis versuchte, sie zu trösten. Mel hatte das Gesicht in beide Hände vergraben und schüttelte den Kopf; ihre Hände waren tränenfeucht. »Das verstehst du nicht«, sagte sie. »Jede Vorstellung, die ich von ihr habe, das, was ich über sie glaube, jede Erinnerung, alles ist zweifelhaft. Ich weiß nicht mehr, was stimmt und was ich mir bloß einbilde. Und ich werd's auch nie wissen.«

Wallis schwieg eine Weile; er hielt sie bloß im Arm, bis sie sich wieder fing; spürte, wie die Anspannung wich.

»Weißt du denn nicht, was ich meine?« fragte sie später. »Du hast ziemlich früh Vater und Mutter verloren. Helen hat mir erzählt, daß du in der Bar darüber gesprochen hast. Würdest du jetzt nicht gern ... ich weiß nicht, einen Blick auf sie werfen oder sie betrachten können, um eine Vorstellung davon zu kriegen, was geht und was nicht?«

»Du meinst, wie ein Muster«, sagte Wallis, und Mel zuckte mit den Achseln.

»Nicht so sehr ein Muster«, sagte sie, »sondern bloß, ach zum Teufel, ich weiß nicht. Vermißt du sie denn nicht? Hast du nicht manchmal das Gefühl, als würde eine Hälfte von dir fehlen und als könnte dein Leben nie wieder vollständig sein?«

Wallis nickte; er dachte zuerst an seine Eltern, doch dann an Susan. Wenn man eine Hälfte halbierte, blieb ein Viertel. Was würde als nächstes kommen: ein Achtel? Und verschwand man dann einfach, wurde man lockere Erde, aus der die nächste Generation sich erheben konnte?

»Es heißt, bei einer Scheidung ist es noch schlimmer«, sagte er.

»Ich weiß nicht«, sagte Mel, deren Augen jetzt wieder trocken waren. Sie hatte die zurückgehaltenen Tränen eines Jahres oder noch mehr verströmt und fühlte sich gereinigt wie nach einem Bad im Fluß. »Ich kann kaum glauben, daß sie meinen Vater geheiratet hat. War sie mir überhaupt ähnlich? Wie konnte sie so einen Menschen heiraten?«

Wallis lachte. »Vielleicht war er damals netter?«

Mels Gesicht verdüsterte sich. »O nein«, sagte sie, als ob Wallis ihr Bruder wäre und alles vergessen hätte, statt nie etwas davon gewußt zu haben. Wieviel sollte sie ihm erzählen? »Er war damals noch schlimmer«, sagte sie vorsichtig.

Sie beobachtete ihn aufmerksam, wartete darauf, daß er fragte, wieviel schlimmer. Ein Teil von ihr wollte, daß er fragte, und der andere Teil wollte, daß er das Thema nie anschneiden würde.

Das sah er in ihren Augen und schreckte davor zurück, und die Frage schob sich wie ein Keil zwischen sie.

»Der Baum ist schön«, sagte Wallis.

»Die Bäume meiner Mutter waren schön«, sagte Mel. »Daran kann ich mich erinnern. Ich schätze, wir gleichen uns, sie und ich, zumindest in dieser Hinsicht.«

Sie schliefen engumschlungen auf dem Sofa ein. Bevor Wallis einschlief, dachte er noch, daß es seltsam war: als hätte er sie gefangen, als wäre sie ihr ganzes Leben lang vor ihm davongelaufen, doch jetzt schwächer geworden oder gestrauchelt, und er wäre bei ihr; und in jener Nacht, während er bei ihr lag, konnte er diese Schwäche, diese Erschöpfung so deutlich spüren, als wäre es seine eigene.

Doch er konnte auch spüren, wie sie sich erholte, konnte die Kraft spüren, die sie daraus zog, daß sie bei einem anderen Menschen lag und ihn berührte.

Mel spürte nichts. Sie stürzte in jener Nacht fast vierzig Jahre hinab; doch am Morgen vor dem Aufwachen kletterte sie all die Jahre bis an die Oberfläche zurück, ausnahmsweise einmal zuversichtlich und sorglos auf dieser Reise, da Wallis sie oben festhielt.

Bei Tagesanbruch wurden sie wach, weil Colter ans Fenster klopfte, und als sie sich aufsetzten, sahen sie, wie er sie durch die mit Rauhreif überzogene Scheibe anstarrte. Sie hatten beide tief geschlafen, und das Feuer war ausgegangen. Sie standen auf und lösten sich voneinander, als wären sie aus großer Höhe herabgestürzt und so gelandet, dann ließen sie ihn herein und zündeten ein neues Feuer an.

»Ich will nach Geweihen suchen«, sagte Colter zu Wallis. »Ich wollte nach dem einen suchen, das gestern bei dem Hirsch abgefallen ist. Falls du's nicht haben willst«, räumte er ein. Er hielt inne. »Ich kann dir zeigen, wo mein Vater begraben liegt.« Ein Handel.

»Geh nur«, sagte Mel zu Wallis. »Das wird dir guttun. Du wirst etwas lernen. Ich bleibe heute hier, koche und schmücke die Hütte, erledige ein bißchen Schreibarbeit und warte auf die Männer.«

»Du glaubst wirklich, daß sie kommen?« fragte Wallis.

»Sie kommen immer«, erwiderte Mel. »Sie kommen meinetwegen, und dieses Jahr kommen sie auch deinetwegen.«

»Komm schon«, sagte Colter.

Wallis zog Matthews Overall an, schnitt sich eine Scheibe Brot ab und ging mit Colter auf die Veranda hinaus. Colter hatte einen Leinensack dabei, in dem sich bereits ein paar Geweihe befanden, und er zeigte sie Wallis, als ob es Fische wären, die er gefangen hatte. »Ich behalte nur die großen. Die kleinen überlasse ich den Eichhörnchen und den Stachelschweinen und dem Waldboden. Die kleinen sind sowieso nicht viel wert«, sagte er und zuckte mit den Achseln. Wallis dachte, daß er ein Farmer sein könnte, der von seiner Ernte spricht, daß das ganze Tal seine Farm war, obwohl er einen großen Teil davon in seinem ganzen Leben nie sehen würde.

»Wieviel ist das hier wert?« fragte Wallis und nahm das größte Geweih, eine große Schaufel mit zwölf Enden auf einer Seite. Colter hatte lange gesucht, doch das Gegenstück dazu nicht gefunden. Er mußte im Frühling in dieselbe Gegend zurückkehren und, wenn der Schnee geschmolzen war, noch einmal nachsehen.

»Allein nur ungefähr fünfundsiebzig Dollar, vielleicht auch hundert«, sagte er. »Aber wenn ich das Gegenstück finde, viel mehr.« Er sah sich das Geweih näher an. »Vielleicht zwölfhundert – vielleicht auch fünfzehnhundert. Vielleicht noch mehr.« Er deutete auf seine Sammlung. »War das, das du gesehen hast, so groß wie die da?«

Wallis war sich nicht sicher. »Könnte sein«, sagte er. »Ich war ziemlich weit weg.«

Colter machte ein langes Gesicht. »Wir jagen aber keine Hirngespinste, oder?« fragte er, und Wallis lachte über den Eifer des Jungen. Sie schnallten die Skier an und brachen auf. Vom Himmel schien ebensoviel Schnee zu fallen, wie schon auf dem Boden lag, und manchmal hatten sie das Gefühl zu schwimmen: als hätte man ihnen den Boden unter den Füßen weggezogen und ihn in Himmel verwandelt, als gäbe es nichts anderes auf der Welt als Schnee.

»Schätze, du kannst in einem guten Jahr eine schöne Stange Geld machen«, sagte Wallis. »Hast du irgendwelche Pläne ...«

»Ma will mich auf eine Bibelschule schicken«, sagte Colter.

»Aber du willst nicht gehen?«

»Auf keinen Fall«, sagte Colter.

Danach liefen sie schweigend weiter, ihre Skier schnitten sich in den frischen Pulverschnee, und die Geweihe in dem Sack, den Colter über die Schulter geworfen hatte, schlugen klappernd gegeneinander. Manchmal hörten Böcke, die ihr Geweih noch trugen, das dumpfe Geräusch und tauchten plötzlich mit hervorquellenden Augen und geblähten Nüstern in ihrer Nähe auf, und dann standen sie da, als wollten sie die Skiläufer aufhalten und mit ihnen kämpfen, denn sie glaubten, daß das Klappern, das sie gehört hatten, von zwei Böcken verursacht wurde, die um eine Hirschkuh kämpften. Die erste

Brunftzeit lag bereits einen Monat zurück, doch jetzt, achtundzwanzig Tage später, war die nächste an der Reihe, und jedesmal, wenn die Böcke, deren Geweih noch nicht abgefallen war, vor ihnen auftauchten, einfach dastanden und Dampfwolken aus den Nüstern hervorstießen, mußten Colter und Wallis anhalten und warten, bis sich der Adrenalinspiegel der Böcke wieder gesenkt hatte: Erst dann konnten sie gefahrlos an ihnen vorbeilaufen.

Manchmal konnten die Böcke in dem dichten Schneetreiben nicht erkennen, daß Colter und Wallis Menschen waren und kamen näher heran, dann mußten die beiden laut schreien, um die Hirsche aus ihrer Trance zu reißen.

Colter deutete auf einen großen Bock, der sie hinten aus dem Wald beobachtete. »Wegen dem da komm ich noch mal zurück.«

Sie folgten den schmalen Pfaden, die die Rothirsche mit ihren winzigen Hufen in den Schnee getreten und gestampft hatten, so daß die weißen Kristalle zu blauem Eis zusammengepreßt wurden. Diese Fährten lagen jetzt unter dem in der Nacht gefallenen Neuschnee und mußten immer wieder freigelegt werden. Die beiden konnten die alten Pfade, die die Hirsche angelegt hatten, kaum noch erkennen. Der Schnee vor ihnen wälzte sich so träge dahin wie Meereswogen und war an jenem Tag noch völlig unberührt; beim Laufen ergründete Colter mit seinen Skistöcken den Boden, als würde er durch die Brandung waten und nach Muscheln suchen, und ab und zu traf er mit der Spitze seines Stocks das Ende eines abgefallenen Geweihs. Dann hockte er sich hin, tastete mit bloßen Händen nach dem Geweih, grub es aus und untersuchte es kurz, bevor er es gewöhnlich noch tiefer in den Wald schleuderte.

»Die Eichhörnchen und Stachelschweine kauen im Frühling wegen der Mineralien drauf rum«, sagte er, »denn dann brauchen sie Nährstoffe, weil sie trächtig sind. Aber die Falken, Eulen und Adler haben dann auch Junge, um die sie sich kümmern müssen. Sie können die Geweihe nicht fressen wie ein Nagetier. Drum schlagen sie Eichhörnchen und Backenhörnchen und holen sich so die Mineralien aus den Geweihen. Wenn man drüber nachdenkt, ist das ziemlich verrückt. Wenn du nächsten Frühling einen Falken durch den Wald fliegen siehst, wird er was von einem dieser Geweihe in sich haben.« Er hob ein anderes kleines Geweih auf, das erst vor kurzem, vielleicht erst in der Nacht, abgeworfen worden war und an dessen unterem Ende noch ein Ring aus Blut und feuchtem Fleisch klebte. Colter schleuderte das Geweih in den Wald. »Stell dir bloß vor«, sagte er. »Ein fliegendes Geweih.« Er sprach nicht von seinem Wurf, sondern von dem Falken, der das Nagetier in sich trug, das das Geweih in sich getragen hatte.

»Hast du dir das ausgedacht, oder hat dir dein Vater davon erzählt?« fragte Wallis.

»Das brauchst du dir nicht auszudenken«, erwiderte Colter. »Guck dich doch bloß um, dann kannst du's *sehen.*«

Wallis fragte sich, ob Old Dudley von Colter begeistert wäre, ob er versuchen würde, auch ihn anzuwerben. Er glaubte nicht, daß Colter ihm bereitwillig folgen würde.

Wallis fand auch, daß Colter für Old Dudleys Zwecke vielleicht ein bißchen wild, ein bißchen zu stürmisch war; doch soweit Wallis verstanden hatte, war Matthew ebenso gewesen, als Old Dudley sich vor langer Zeit auf ihn gestürzt hatte.

Sie liefen auf die Lichtung, wo Wallis gesehen hatte, wie der Hirsch sein Geweih verlor. Die großen Bäume sahen alle gleich aus, und da die Pfade mit Neuschnee bedeckt waren, wußte er nicht mehr genau, wo es gewesen war, doch er stand da und versuchte, sich zu erinnern: Schon nach zwei Tagen sah die Landschaft völlig anders aus. Schließlich entschied er sich für einen Baum und lief darauf zu. Sie umkreisten den Baum in immer größerem Abstand, tauchten ihre Skistöcke in den weichen Schnee, und schließlich entdeckte Wallis das Geweih, als ob es ein Ring oder ein Schlüsselbund wäre, den er verloren hatte, und er war erstaunt über die Freude, die er verspürte, weil es ihm gelungen war, das zu finden, wonach er gesucht hatte.

Er reichte es Colter. Colter lächelte, bedankte sich und steckte es in seinen Sack. Sie suchten noch eine Weile nach seinem Gegenstück, konnten es aber nicht finden und wußten nicht einmal genau, ob es schon abgefallen war.

»Notierst du dir, wo du an einem bestimmten Tag ein einzelnes Geweih findest, damit du im Frühling zurückkommen und nach seinem Gegenstück suchen kannst?« fragte Wallis.

»Nein«, sagte Colter. »Ich kann mich problemlos dran erinnern.«

Die beiden liefen durch den Wald zum Fluß hinunter. Es war mühsam, Ski zu laufen, und sie mußten oft im Seit- oder im Grätschschritt über umgestürzte Drehkiefern steigen; wenn möglich, benutzten sie die Pfade der Hirsche, doch oft mußten sie selbst einen anlegen; und wenn sie sich umdrehten, konnten sie manchmal durch das Schneegestöber ein oder zwei Böcke sehen, die ihnen folgten.

»Die Wölfe legen im Winter solche Fährten, um die Hirsche in die Falle zu locken«, sagte Colter. »Sie wissen, daß die Hirsche auf diesen schmalen Pfaden bleiben müssen. Sie dürfen sich auch nicht einen Schritt nach links oder rechts wagen, sonst versinken sie bis zum Hals im Schnee, und dann können die Wölfe mit ihren großen Tatzen über den Schnee laufen und sie problemlos erwischen. Wenn sie also ein Rudel Hirsche in ihrem Wintergebiet aufspüren, dann legen sie eine neue Fährte an, die an einem geeigneten Hinterhalt vorbeiführt. Die Wölfe laufen auf dem neuen Pfad hin und her und stampfen ihn richtig fest, damit ihn auch die Hirsche benutzen. Dann verlassen sie die Gegend. Immer mehr Hirsche benutzen den Pfad und schneiden ihn tiefer in den Schnee, kommen ganz im Sinne der Wölfe direkt an dem Hinterhalt vorbei – und dann macht es *peng!* Die Wölfe kommen ungefähr eine Woche später wieder und halten ein Festmahl. Sie reißen und fressen an diesem Pfad zwei-, dreimal die Woche einen Hirsch, bevor die Hirsche beschließen, von dort abzuhauen und sich ein neues Wintergebiet zu suchen; und sobald das Rudel das Pfadnetz verläßt, sich in ein neues Territorium vorkämpft und dort neue Pfade anzulegen versucht, wüten die Wölfe erneut unter ihnen. Sie folgen den Hirschen.«

»Hast du das schon mal gesehen?« fragte Wallis. »Hast du das auch selbst herausgefunden?«

»Nein«, sagte Colter, »das hat mir mein Vater erzählt. Aber ich hab's auch gesehen.«

Wallis fragte sich, was in Gottes Namen er Colter bieten oder beibringen konnte. Er dachte, daß das eine Geweih vielleicht alles war, was er ihm geben konnte.

Sie näherten sich dem Fluß, waren schon so nah, daß sie die glänzende Fläche vor sich liegen sahen. Sie befanden sich noch immer auf einem der Hirschpfade.

»Am Ende des Winters wird der Pfad knapp zwei Meter tief sein«, sagte Colter. »Er wird wie ein Tunnel sein. Dann können die Pumas über den Pfaden lauern und warten, bis die Hirsche vorbeikommen. Es ist, als ob die Hirsche in Eishöhlen oder so was gefangen wären; als ob sie andere Tiere geworden wären.«

»Eine andere Art«, sagte Wallis.

»Genau«, pflichtete Colter ihm bei. »Die Leute glauben, daß alle Tiere immer gleich sind. Kaum jemand begreift, wie sehr sie sich von einem Monat zum anderen verändern.«

Sie folgten dem Pfad unter die Weiden. Ein Waldhuhn flog wild mit den Flügeln schlagend auf. Im Nu war es verschwunden, und Colter zuckte zusammen, und da begriff Wallis, daß sie sich der Stelle näherten, wo sein Vater ertrunken war.

»Im Frühling, wenn der Schnee geschmolzen ist, würdest du nie drauf kommen, daß dieses Pfadnetz je existiert hat«, sagte Colter, und Wallis blickte sich um und nickte, stellte sich vor, wie es wohl aussah, wenn die unübersehbaren Eisstraßen – man konnte sich nur auf ihnen fortbewegen – schmolzen und sich auflösten und die Wassermassen in den Fluß geströmt waren, wenn nichts blieb als ein paar Küstenlinien aus abgefallenen Geweihen, Hirschkot und ein paar Knochenresten von den Wolf- und Puma-Überfällen: Geweihe und Knochen würden dann die alten Pfade markieren wie die Abfälle, die die Brandung der letzten Flut an den Strand gespült hat.

»Hast du die Geweihe oben in den Bäumen gesehen?« fragte Colter. Wallis blieb stehen, schaute nach oben und sah zuerst nichts, doch als Colter mit dem Finger darauf deutete, sah er ein großes Geweih, das ungefähr fünf Meter über der Erde zwischen die Astgabeln einer Lärche geklemmt war. Das Geweih hing schon so lange dort, daß Kambium darum herum gewachsen war.

»Eichhörnchen?« fragte Wallis, und Colter lächelte, sagte aber nichts. Und als sie weiterliefen, starrte Wallis ständig in die Bäume hinauf, und da sah er überall über dem Pfad Geweihe in den Bäumen hängen. Oft sahen sie bloß wie Zweige aus, doch manchmal zeichneten sie sich dunkel vor dem schneeweißen Himmel ab. An einer Stelle spannten sich zwei Wapitigeweihe in einer Höhe von sieben Metern zwischen zwei Drehkiefern über den schmalen Pfad.

»Indianer?« fragte Wallis. Colter lächelte und schüttelte den Kopf.

»Matthew?« sagte Wallis, und Colter nickte.

»Diese Eispfade waren schon an derselben Stelle, als er noch ein Kind war?« fragte Wallis.

»Mehr oder weniger«, sagte Colter. Es kam Wallis wie ein Gang aus Geweihen vor, und er fragte: »Warum hat er das getan?«

»Keine Ahnung«, sagte Colter. Unter ihm klirrte etwas im Schnee, und er blieb stehen und grub ein weiteres Geweih aus.

Sie kamen auf die helle Lichtung am Fluß, der unter einer Eisdecke lag. Am anderen Ufer stand ein Elch, auf dessen Rücken sich der Schnee türmte, und beobachtete sie.

»Da«, sagte Colter und deutete auf einen schneebedeckten Hügel am Ufer des zugefrorenen Flusses: ein Steinhaufen, der über einen Meter hoch war. Sie liefen hinüber, und Colter setzte seinen Sack voller Geweihe ab und begann, mit behandschuhten Händen den Schnee von den Steinen zu wischen. Schnüre voller Federn – von Raben, Adlern und Schnee-Eulen – kamen zum Vorschein, dazu die blicklosen Schädel von Mardern und Wieseln, Bibern und Rothirschen.

Die Enden der Geweihe schauten überall zwischen den Steinen

hervor. Colter wischte immer noch den Schnee weg; sobald er einen Teil des Steinhaufens freigelegt hatte, war er schon wieder voller Schnee.

Er nahm mehrere große Geweihe aus seinem Sack und klemmte sie zwischen die Steine. Wallis half ihm. Als sie fertig waren, blickten sie wieder über den Fluß. Zuerst dachten sie, der Elch wäre verschwunden, doch dann entdeckte Colter seine Ohren; er hatte sich für die Dauer des Sturms auf den Boden gelegt, schaute aber in ihre Richtung.

»Würdest du ihn gern sehen?« fragte Colter. »Ich würde ihn gern noch einmal sehen, bevor der Winter ihn von uns trennt.«

Sie sammelten Zweige und Äste, zerbrachen dürres Reisig und häuften trockene schwarze Moosbüschel darauf, und bald prasselte auf dem zugefrorenen Fluß ein Feuer. Sie hatten einen Meter Neuschnee beiseite geräumt, bis sie bei dem blauen Eis angelangt waren, und darunter konnten sie den Fluß dahinströmen hören und sein Beben spüren. Das Eis war noch nicht dick, und sie bewegten sich vorsichtig, da sie keine Lust hatten, Zeke Gesellschaft zu leisten.

Der Rauch des Feuers stieg und schlängelte sich nach oben, und die orangefarbenen Flammen tanzten auf dem Eis. Und als das Feuer immer größer wurde, schien der Fluß darunter schneller dahinzuströmen. Sie legten größere Äste auf. Dann schleiften sie eine umgestürzte Lärche heran und legten sie ins Feuer. In der Hitze wurde das Eis langsam rauchgrau. Dreizehige Salamander schlängelten sich aus einem der morschen Baumstümpfe. Colter sammelte sie auf und steckte sie in die Tasche, um sie später wieder unversehrt unterm Schnee zu begraben. Die Salamander waren träge und unbeholfen, als wären sie nicht nur unterkühlt, sondern auch von dem Rauch des Feuers berauscht. Ein Dreizehenspecht kroch aus einem der Löcher in dem Baumstamm und stieg, als wäre er gerade aus einem Alptraum erwacht, mit schnellen, zittrigen Flügelschlägen in die Luft, und kurz darauf flatterten Fledermäuse aus dem Stamm und flogen ziellos umher. Am hellichten Tag und in all dem Schnee sahen sie seltsam aus, als wären die Regeln der Natur außer Kraft gesetzt, und nichts wäre mehr so, wie es einmal gewesen war.

Das Feuer schwelte und flackerte, wurde an einigen Stellen von brodelndem, zischendem Schmelzwasser gelöscht und loderte da, wo sie Holz nachlegten, wieder auf. Es kroch über das Eis wie ein Tier, das sich auf der Suche nach einem Lager ständig im Kreis dreht.

Sie folgten dem Pfad des Feuers und versuchten, durch das in der Hitze glasig gewordene Eis zu spähen, konnten aber nichts erkennen. Schließlich wurde das Eis dünner und brach, und darunter kam dunkles Wasser zum Vorschein, das die Kohle und die Flammen sofort mit einem kurzen Rülpsen und einer Dampfwolke verschlang. Colter und Wallis wichen zurück und beobachteten, wie sich das Loch vergrößerte.

Sie beobachteten, wie der Schnee auf dem dunklen Wasser landete, und hingen ihren eigenen Gedanken nach. Vom anderen Flußufer beobachtete sie noch immer der Elch.

Als das Feuer ganz herabgebrannt war, krochen sie auf dem Bauch zu dem Loch und starrten ins Wasser.

Zeke schwebte noch immer mit emporgestreckten Armen dort unten. Es sah fast so aus, als könnte man ihn noch retten. Sie lagen lange da und schauten ihn an, der Schnee legte sich kalt auf ihre Nacken, und dann stand Wallis auf, ging zu dem Steinhaufen zurück und wartete.

Als Colter schließlich aufstand und zu dem Steinhaufen kam, waren seine Tränen wie kleine Eiskristalle an den Wimpern festgefroren. Er wischte sie sich wie Krümel aus dem Gesicht.

Wallis hatte angenommen, daß Colter danach nach Hause wollte, doch er blieb bei ihm, und sie liefen gemeinsam zu Mels Hütte zurück. Sie fuhren nicht auf der Straße, sondern erkundeten den Wald, suchten und fanden noch ein paar Geweihe. Schließlich begann das Schneetreiben nachzulassen, und als sie sich bei Einbruch der Dunkelheit der Hütte näherten, kam ein Nordwind auf.

Sie konnten riechen, daß Mel gekocht hatte: Sie hatte Obstkuchen und Brot gebacken und eine Wildkeule gebraten. Als sie die Hütte betraten, wurden die Düfte stärker, und Colter blieb einen Augenblick stehen und rief sich frühere Weihnachtsfeste ins Gedächtnis. Mel, die nicht gehört hatte, wie sie auf die Veranda gekommen waren, erschrak und wirkte dann enttäuscht. »Ich nehme an, ihr habt sie nicht gesehen«, sagte sie.

Wallis schüttelte den Kopf. »Wir haben uns Zeke angeschaut.«

Der Wind draußen war stärker als je zuvor, und er wirbelte den Neuschnee umher, türmte ihn zu pulverigen Verwehungen auf. Der Schnee prasselte gegen die Fensterscheiben wie Zucker oder Sand, den jemand warf. Sie konnten sehen, wie leuchtende Sterne über den sich südwärts schlängelnden Schneefahnen auftauchten.

»Ich hoffe, sie sind nicht in diesem Unwetter«, sagte Wallis.

Mel schüttelte den Kopf. »Wenn sie nicht in Panik geraten, kommen sie klar. Matthew kennt sich aus. Wenn sie in Schwierigkeiten geraten, können sie sich im Schutz einer großen Fichte eingraben, können sich unter den knorrigen Zweigen ihr Lager machen und die ganze Nacht lang kleine Feuer anzünden. Vielleicht müssen sie sich den Platz mit ein paar Waldhühnern oder Schneeschuhhasen teilen, aber sie kommen klar.« Sie lächelte und stellte sich vor, daß Old Dudley gezwungen war, solcherart Schutz zu suchen. »War Zeke noch da?« fragte sie.

Colter nickte, wandte sich dann ab und ging zum Fenster, um zu beobachten, wie der Wind den Schnee neu verteilte. Mel befeuchtete den Daumen und rieb Wallis über Wange und Stirn. »Ihr seid beide ziemlich schmutzig«, sagte sie. Im Lauf des Tages hatte sie gedacht, daß es gar nicht so schlecht gewesen war, in Wallis' Armen auf dem Sofa zu schlafen, und sie hatte sich Sorgen gemacht, daß so ein kleines Vergnügen weiteren Wünschen Tür und Tor öffnen würde, daß sie wie ein Nimmersatt vielleicht immer mehr von ihm verlangen würde. Als sie ihm den Schmutz im Gesicht abtupfte, stellte sie erleichtert fest, daß es nicht so war. Dennoch überraschte sie ihr

Wunsch, sich mit ihm sehen lassen zu können, wenn Matthew und Old Dudley kamen.

»Da kommt Ma«, sagte Colter, der immer noch aus dem Fenster starrte. »Sie hat die Weihnachtssänger mitgebracht.« Jetzt konnten sie den Gesang von Kindern und ein paar Erwachsenenstimmen hören, der von dem starken Wind herübergeweht wurde und durch die Ritzen der Hütte drang: darunter auch Amys helle, klare Stimme.

Sie sahen Laternen knapp über den schimmernden Schneefahnen schweben, und als die Sänger näher kamen und deutlicher zu erkennen waren, sahen sie, wie zwei große Zugpferde, beide groß und dunkel wie Elche, durch den Schnee pflügten und daß einige von den kleineren Kindern auf den Pferden ritten, wo sie vor den tanzenden Schneeverwehungen geschützt waren, die jetzt in der Farbe der Sterne erglühten. In der letzten Stunde war die Temperatur um mindestens zehn Grad gefallen. Vom Mond war nichts zu sehen.

Mel, Wallis und Colter traten auf die Veranda hinaus, um die Weihnachtssänger zu begrüßen, und erwarteten, daß sie mit blauen Lippen, erschöpft und halb erfroren in die Hütte stolpern würden; doch zuerst hatten sie ihre Aufgabe zu erledigen. Sie hatten nicht den ganzen Weg zurückgelegt, um jetzt auf ihre Darbietung zu verzichten, und melodisch sangen sie »Stille Nacht«, obwohl es nicht zu dem immer noch wehenden Wind und dem gegen die Hütte wirbelnden Schnee zu passen schien.

Wallis, Mel und Colter, die keine Mäntel trugen und nur herumstehen und zuhören konnten, wünschten, die Kinder würden das Lied schneller zu Ende bringen; und als es soweit war, kamen sie wie dampfende Tiere nach drinnen (Amy und Colter halfterten hinten im Schutz der Hütte die Pferde an), sangen weiter und erfüllten die Zimmer mit Leben: Mehr Menschen waren vielleicht noch nie in der Hütte gewesen, und so viele von ihnen sangen.

Die Kinder beendeten das Lied »Lobt Gott, ihr Christen alle gleich« und zogen ihre Mäntel und Stiefel aus. Überall lagen Schneeklumpen herum.

Mel zögerte nur kurz, bevor sie die Obstkuchen und das frisch gebackene Brot hervorholte, das noch warm war und das sie in Scheiben schnitt und mit Honig bestrich. Die Kinder setzten sich und ließen es sich schmecken, als hätten sie seit Wochen nichts mehr gegessen und bekämen auch eine Weile nichts mehr. Die Jungen rochen das Wildbret und erkundigten sich danach, und Mel holte ihnen die mit Honig und Zucker glasierte Keule, und auch die ließen sie sich schmecken; nachdem Mel sie tranchiert und aufgetragen hatte, war sie in weniger als einer Minute verschwunden.

Es fiel Mel schwerer als sonst, damit fertig zu werden, daß Matthew und Old Dudley die Weihnachtssänger nicht miterleben konnten, doch sie schaffte es. Im Lauf der Jahre hatte sie gelernt, Enttäuschungen zu verwinden, und auch diesmal schüttelte sie das Bedauern ab und genoß den Augenblick. Sie sah Wallis an und lächelte.

Der Wind war abgeflaut, und eine große Kälte und Stille hatte sich über das Tal gelegt. Als alles aufgegessen war, machte Mel Kakao, und sie tranken ihn vor dem Kamin, wärmten sich auf für den Rückweg. Sie sangen noch ein paar Lieder, bevor sie sich wieder anzogen und auf die Veranda hinaustraten, in eine Kälte, die so eisig war, daß man das Gefühl hatte, die Luft ringsum würde in Eiskristalle zersplittern, wenn man hindurchging.

Amy fragte Colter, ob er mitkommen wolle, denn Mels Hütte war ihre letzte Station gewesen, und sie würde die Kinder jetzt wieder nach Hause bringen, doch Colter sagte, er wolle bei Wallis bleiben und würde am nächsten Morgen heimkommen. Amy wirkte gekränkt, aber nur ganz kurz, und dann musterte sie Colter einen Augenblick lang, als ob er eine Reise antreten würde. Dann lächelte sie, dankte Mel und Wallis und wünschte ihnen eine gute Nacht und ein frohes Weihnachtsfest. Sie setzte die kleineren Kinder auf die warmen Rücken der Zugpferde, die so viel Wärme ausstrahlten, daß man, wenn man danebenstand, das Gefühl hatte, als stünde man neben einem Ofen, dessen Feuer erst vor kurzem erloschen war.

Die Kinder schmiegten die Gesichter an die Hälse der Pferde, um die Wärme zu spüren, und hielten sich mit behandschuhten Händen fest; und wie zwei Eisbrecher auf dem Meer zogen die Pferde in den sternenbeschienenen Schnee hinaus, der jetzt so glattgeschliffen dalag wie die Oberfläche eines ruhigen Sees.

Ihre alte Fährte war vom Wind zugeweht worden, doch sie wählten denselben Weg, und die Pferde sanken bis zur Brust ein. Unbeirrbar pflügten sie durch den Schnee, als ob ihnen nicht klar wäre, daß sie denselben Pfad benutzten, den sie vor knapp einer Stunde angelegt hatten, als ob es ihnen Spaß machte, sich so abzumühen.

Wallis, Mel und Colter standen auf der Veranda und beobachteten, wie der Schein der Laternen, eine dunkle Prozession, im Wald verschwand; und auch als alle verschwunden waren, blieben sie noch stehen und lauschten dem Gesang.

Sie hörten noch einen anderen Gesang – die Wölfe auf dem Berg hinter ihnen – und lauschten auch ihm eine Weile, und dann ging Mel noch einmal zum Räucherhaus hinunter, ja, sie lief, denn ihr war kalt, lief über die gefrorene Schneekruste, als wäre es hartgewordener Gußbeton, so schnell und tief war die Temperatur gefallen, und sie kam rasch mit einer Gans und einer Wapitischulter zurück. Sie gingen nach drinnen und schlossen die Tür gegen die Kälte, und Mel kochte noch einmal für die Gäste, von denen sie nicht einmal wußte, ob sie wirklich kamen.

Als wäre es ein Gesellschaftsspiel, als könnte er Colter damit die Zeit vertreiben, nahm Wallis eins von Old Dudleys Notizheften und las ihm laut daraus vor, während Mel backte und beträufelte und briet.

Szenen aus der Kohlezeit.
Wie die Kohlenflöze entstanden sind.

Während die schrecklichen Ungeheuer aus den Tiefen der Vorzeit in Blut und Gewalt schwelgten, gab es bereits eine Vorahnung von der zukünftigen Entwicklung. Nicht die Erde war für sie gemacht, sondern nur ein Zeitalter *der Erde.*

Schau, die Flut trägt einen schwimmenden Baumstamm aufs Meer hinaus. Er hat keine Rinde, sondern ist mit seltsamen und vielsagenden Abdrücken übersät. Sie enthüllen den Gipfel einer Dynastie in der Pflanzenwelt. Sie sind das Siegel einer Sigilla'ria. Der Baum stammt von der Küste eines flachen und stillen Kontinents. Dort gibt es eine karge Baumschule, wo die Natur die Vegetation auf üppigere Zeiten vorbereitet. In diesen Baumstamm ist das Verhängnis der alten Panzerfische eingraviert, die im Devon den Schlamm des Meeresgrunds aufwühlten. Es ist eine Stimme, die in der Wasserwüste schreit. Bereite den Weg für neues Land, neue Formen, neues Bewußtsein und neue Geschichte. Allmächtiger Gott, der Mensch betritt die Bühne!

Das war der Anfang des Karbons. Die Erschütterungen, die die Verwerfung eines neuen Landstreifens begleiteten, hatten die unter Wasser liegende Kontinentalböschung mit den sandigen Überresten älterer Landschaften bedeckt und die Flöze als Kennzeichen für den Beginn eines neuen Schichtensystems hinterlassen. Sie wurden nicht an einem Tag ausgebreitet. Sie wurden nur gelagert, um im Zeitalter des Menschen wieder herausgerissen zu werden, um unseren eleganteren Strukturen als Grundsteine zu dienen.

Inzwischen vertieften sich die Meere, und die Natur schien ihre Ankündigung vergessen zu haben. Sie hatte Land und grüne Wälder versprochen; doch statt dessen brachte sie die Tiefsee und die Ausdehnung des Reiches der mit Knochenplatten gepanzerten Ganoiden. Sie gab den Brach'iopoden einen Entwicklungsschub. Sie vergeudete ihre Zeit mit den mehrkammerigen Muscheln und schenkte der Welt einen verbesserten Typus, den wir Goniatiten genannt haben. Sie verweilte liebevoll bei einer ihrer alten Schöpfungen, die wir als krinoid bezeichnen. Die gehörte schon seit dem frühen Kambrium zu ihrem Repertoire an schönen Gedanken – die hübsche kleine Seelilie. In jedem Zeitalter hatte sich die Natur um sie gekümmert, hatte jedes Jahr einige Verbesserungen vorgenommen und einige neue Verzierungen angebracht.

Doch nun, während des Wartens auf den Menschen, scheint sie sich mit wahrer Hingabe wieder einer ihrer ersten Ideen zuzuwenden. Sie verwendete große Sorgfalt, um unterschiedliches Leben zu erschaffen, es zu gestalten *und das Meer mit seinen zierlichen und anmutigen Ausformungen zu bevölkern. Alles nur für ein Zeitalter, nicht für die Ewigkeit – und während wir an der Grenze zu einer bedeutenden Epoche stehen, heben wir den Schleier, der sie verdeckt, und stellen fest, daß die krinoide Schöpfung allmählich in Vergessenheit gerät.*

Doch dann zerplatzte dieser Traum von einem ruhigen Meer und fruchtbaren Populationen wie eine Seifenblase. Eine seit langem zusammengepreßte Erdkruste zerbarst unter dem zunehmenden Druck, und der Meeresschlamm wurde aus seiner langen Ruhe gerissen und überschwemmte die Felder, wo diese krinoiden Seelilien seit vielen Generationen geblüht hatten.

Die Meeresbewohner zogen sich beunruhigt in tiefere Gewässer zurück oder starben in ihrem gewohnten Lebensraum und erhielten ein pompejisches Begräbnis. Der Meeresgrund war angehoben worden! Die Landschaft hatte sich völlig verändert. Das sommerliche Meer wurde eine stürmische, schlammige Küste; und ein breiter Streifen wurde dem Land abgetreten. Der geraubte Strand, der in den Wellen zerbröckelte, steuerte grobes Geröll zum Sockel einer irgendwann neu entstehenden Landschaft bei.

Die für die kommende Epoche versprochene Vegetation bereitete sich darauf vor, das Erdreich zu erobern. Sie schleuderte ihre Bestandteile in die Tiefe, als wollte sie den Kampf heraufbeschwören, der sich bereits überall andeutete. Diese Keime des alten Waldes wurden in dem Sand begraben, der sich auf den Meeresgrund legte.

Alles war bereit; jeden Moment würde sich der Vorhang heben.

Jetzt kam der erste Angriff in dem Kampf, dem in diesem Zeitalter noch viele folgen sollten. Das Land hob sich auf eine neue Stufe; der Meeresgrund kam an die Erdoberfläche. Das große »karbonische Konglomerat« wurde jetzt erstmals in Luft und Sonnenlicht gebadet. Die neue Landschaft umfaßte all die Gebiete, die für die umfangreichen Kohlevorkommen zum Gebrauch der Zivilisation ausgewählt worden waren. Der Mensch! All das wurde liebevoll für den Menschen vorbereitet.

Es war kein trockenes Hochland. Es war ein weites, riesiges Marschland. Texas war davon ausgenommen, auf Texas wartete ein besonderes Schicksal.

Jetzt sprossen mit dem besitzergreifenden Gebaren von Eroberern überall in diesen sumpfigen Niederungen Pflanzen hervor – Bäume und Kräuter, Farne und Binsen. Wo kamen sie her? Einige waren, wie ich schon sagte, auf dem älteren angrenzenden Land gewachsen und eroberten jetzt neue Regionen, weil die Strukturen dafür bereits angelegt waren. Einige sprossen aus Samen, die von unsichtbarer Hand frisch gesät worden waren. Was bedeuten all diese Veränderungen? Sie bedeuten Weiterentwicklung. Sie bedeuten, daß der Mensch kommt. Sie bedeuten Zivilisation. Es ist nicht nur eine Veränderung; es ist eine Verbesserung.

Das üppige Wachstum wird durch die Kohlensäure in der Atmosphäre begünstigt. Die gab es nach allgemeiner Annahme im Überfluß. Dadurch konnte man die Luft nicht atmen; an Land konnte kein Geschöpf leben. Doch die an Land lebenden Tiere sind der nächste Entwicklungsschritt. Der Mensch *muß* sich aus dem Sumpf erheben.

Bei den Kiemenatmern war der stetige Fortschritt jetzt an sein Ende gelangt. Bei den Tieren war die höchste Form erreicht, und die Wassergattungen hatten eine erstaunliche Entwicklung durchgemacht. Die Natur hatte innegehalten, um für die nächste Entwicklungsstufe die Luft zu reinigen. Solange mußte ihr Plan auf seine Erfüllung warten. Der Mensch mußte sich erheben; der Mensch mußte gerufen werden.

Die Macht, welche Materie und Kraft ins Leben gerufen hatte, hätte dieses Problem auch anders regeln können. Die Kohlensäure hätte sich mit Kalk verbinden und im Kalkstein fest werden können. Sie hätte vom Planeten verbannt werden können. Doch Kohlenstoff ist kostbar. Er ist die Grundlage all unserer Verbrennungsprozesse. Er erwärmt sich und lodert in Kohle und Petroleum, in Torf und Gas. Der Kohlenstoff muß für den späteren Gebrauch bewahrt werden. Der Mensch würde irgendwann seinen Nutzen entdecken, obwohl die damalige Zeit noch keine Verwendung dafür hatte. Der Mensch war noch weit entfernt; doch er wurde erwartet; er war bereits in den Plan für die Welt mit einbezogen; mit diesen Vorbereitungen wurde seine Ankunft vorausgesagt. Die Erde mußte ihre Könige empfangen.

Die Vegetation also sollte diese Aufgabe übernehmen und die Materie bewahren. Das erklärt, warum es in dem vorhergehenden Zeitalter an der Küste kohleproduzierende Bäume gegeben hatte. Sie hatten eine Bestim-

mung, sie mußten einen Plan erfüllen; sie standen wartend an der Grenze eines Reiches, das ihnen versprochen worden war. Die Bedingungen waren günstig. Das war kein Zufall; es war vorbereitet. In der Atmosphäre gab es ein unbegrenztes Nahrungsangebot. Das Marschland dünstete die Feuchtigkeit, in der Pflanzen gedeihen, im Überfluß aus!

Die noch relativ junge Erde speicherte die Wärme, um das Wurzelwachstum anzuregen. So nahmen Baumfarn und Farnkraut, Kalamit und Sigillaria ihre Arbeit auf. Allmählich zogen sie das ganze Gift aus der Atmosphäre, gaben Sauerstoff ab und hielten den Kohlenstoff in ihrem Zellgewebe fest. Farnwedel, Stengel und Wurzel speicherten den Brennstoff, den die Kraft des Sonnenlichts hervorbringt. Jegliches Pflanzenwachstum war die Antwort auf eine bestimmte Menge Sonnenlicht. Die Welt war im Gleichgewicht! Ein rohes Werk, das im Entstehen begriffen war.

Eine Pflanzengeneration nach der anderen fiel zu Boden und reicherte die wachsende Torfschicht an. Stehendes Wasser verhinderte, daß der Torf sich zersetzte. Jetzt verfinsterte sich der Himmel wieder, und Vorzeichen einer Veränderung ließen den Kontinent erbeben. Eine Überschwemmung stand bevor! Das weite Marschland wurde erneut überspült.

Das alte Meer, das an den Grenzen des Gebietes, das ihm geraubt worden war, wütend getost und geschäumt hatte, nahm seine alte Liebe im Sturm.

Das alte Meer brachte eine riesige Ladung Schlamm und Sand mit und bedeckte damit die ganze weit ausgedehnte Torfschicht, als wollte es – wie wenn man in einer zerstörten Stadt Salz ausstreut, um die Zerstörung endgültig zu machen – sichergehen, daß ihm das Land nicht noch einmal geraubt wurde.

Doch das Salz, das das wütende alte Meer ausgestreut hatte, versteckte in Wirklichkeit nur etwas, das gerettet und nicht vergessen werden sollte. Es war Teil eines wohltätigen Plans, und der Zorn des Meeres wurde zu einem Werkzeug seiner Durchführung. Ton und Sand schlossen die Torfschicht, die sich in Kohle verwandeln sollte, luftdicht ab.

Die Herrschaft des Meeres war nur vorübergehend. Der scheinbare Rückschritt war in Wirklichkeit ein Schritt nach vorn! Erneut trat der stinkende

Meeresgrund ans Sonnenlicht, und da, wo das alte Meer noch vor kurzem ein Freudenfest gefeiert hatte, breitete sich wieder üppiges Wachstum aus. Es sah aus, als wäre der einstige Wald wieder zum Leben erwacht. Hier standen wieder Lepidodendron mit seinem Sommerhut, Sigillaria und die anderen bekannten Formen. Aber es waren unterschiedliche Arten; und unter ihnen waren auch völlig neue Pflanzentypen. Sie verstanden, welchen Zweck sie zu erfüllen hatten, und fuhren fort, die Luft zu reinigen. Ein paar kühne und robuste Luftatmer hatten bereits den Sumpfwald besiedelt. Es waren träge, schleimige Geschöpfe, deren Leben langsam verstrich und für die Atmung noch keine große Bedeutung hatte. Doch sie genossen ihr Dasein. Sie fraßen die bescheidenen Kräuter; sie schnappten sich die Libelle, die gelandet war, um sich auszuruhen; sie zerstörten die Häuser der duldsamen Schnecken. Sie krochen hervor und sonnten sich am farnbestandenen Ufer. Es gab plumpere und schwerfälligere Formen, gepanzert und lautstark: Sie streiften durch die sumpfigen Gewässer; sie paddelten herum und suchten fischreiche Plätze; sie brüllten wie Ochsen, wenn sie die Jagd erregend fanden; sie wühlten den Schlamm der versumpften Bucht auf; sie legten den Kopf auf das stinkende Ufer, um frühmorgens die Wärme der schräg einfallenden Sonnenstrahlen in sich aufzunehmen oder sich im mittäglichen Schutz eines ausladenden, schattenspendenden Lepidodendron zu rekeln.

Warum die Geschichte in die Länge ziehen? Die Landschaft blieb instabil, solange die Reinigung der Luft noch nicht vollendet war: Alles arbeitete und plackte sich ab, um die Welt für den Menschen zu reinigen. Immer wieder nahm der Wald seine Arbeit auf, und Schicht um Schicht wurde unter den Meeressedimenten gelagert, um dort das Ende abzuwarten.

Als das wohltätige Werk vollbracht war, erlitten die erschöpften Kräfte, die mit Zittern und Beben die ungeheure Spannung ertragen hatten, die sich während der langen Kontraktion des Erdinnern aufgebaut hatte, einen gewaltigen Zusammenbruch, der die Hemisphäre erzittern ließ wie der Todeskampf eines riesigen, brünstigen Wesens.

Riesige Falten massiver Erdkruste hoben sich und wurden zusammengequetscht, bis ihre Gipfel die Wolken durchbohrten. Das war die Geburtsstunde der Appalachen und der schimmernden Stony Mountains. Dieses Ereignis verkündete das Ende des langen Paläozoikums.

Heute sind nur noch die Stümpfe dieser Falten übrig. Obwohl im Zerfall begriffen, stehen sie da als Monumente der gewaltigen Kräfte, durch die die Welt auf den Menschen und die Zivilisation vorbereitet wurde. Seht, ich komme!! Ich – Dudley Estes. Seht! Ich bin da! Die Welt ist endlich bereit für mich!!

Mel hantierte immer noch in der Küche herum, doch sie hatte zugehört und gelächelt. Als Wallis zu Ende gelesen hatte, fragte er Colter, was er von alldem halte – ob in der Schule immer noch so unterrichtet wurde.

»Ich würde sagen, das ist ein ganz schön verwirrter Spinner«, sagte Colter und vergaß, daß er von Mels Vater sprach.

Doch Mel nahm es ihm nicht übel. »Er läuft aber frei herum«, sagte sie.

»Ist er wahnsinnig?« fragte Colter.

Mel dachte kurz nach. »Also, bei ihm funktioniert noch alles, falls du das meinst«, sagte sie. »Er kommt zurecht. Und er ist ein großer Geologe.«

»Das hab ich nicht gemeint«, sagte Colter.

»Nein«, sagte Mel, »er ist nicht wahnsinnig.«

Colter war nicht überzeugt. »Hört sich aber so an.« Er dachte kurz nach und fragte dann: »Meinst du, die Leute in der Bibelschule sind auch so?«

Mel schüttelte den Kopf. »Dudley geht nicht in die Kirche. Das einzige, woran er glaubt, ist er selbst.«

Sie brachte beiden eine Tasse Tee. Es war zehn Uhr. Das Dach und das Gebälk ächzten und knarrten, denn in der Kälte zog sich das Holz zusammen, als würde es fest von ihr umklammert. »Prost«, sagte Mel, »fröhliche Weihnachten.« Sie tätschelte Colter den Rücken.

Sie saßen eine Weile da, schauten ins Feuer, dann stand Colter auf und sagte: »Ich hab's mir anders überlegt. Ich geh jetzt heim.«

»Bist du sicher?« fragte Mel. »Es ist so kalt.«

»Ja«, erwiderte Colter, und sie versuchten nicht, es ihm auszureden, hatten aber ein schlechtes Gewissen, weil sie ihm das, was er suchte, nicht hatten bieten können. Wallis fühlte sich besonders schlecht, da er glaubte, daß ihn die Passage, die er aus Old Dudleys Aufzeichnungen vorgelesen hatte, vielleicht verstört hatte.

Colter wollte keinen zweiten Mantel überziehen oder Streichhölzer mitnehmen, doch mit einer Laterne erklärte er sich einverstanden.

»Beim Laufen wird's mir warm genug«, sagte er. Er trat auf die harte Schneekruste. »Macht bestimmt Spaß, darauf zu laufen. Ist wie 'n Highway.« Er wünschte ihnen eine gute Nacht und fröhliche Weihnachten und brach auf in den Wald. Die Wölfe heulten noch, und Mel fragte sich, ob sie enttäuscht waren, weil ihre Beute zumindest an diesem Abend mühelos über den Schnee laufen konnte.

Das Licht von Colters Laterne verschwand auf dem Pfad der Weihnachtssänger.

Mel und Wallis gingen hinein. Sie zündeten die Feuer wieder an, legten kräftig nach. Dann saßen sie zusammen im Wohnzimmer, Mel an ihrem Schreibtisch, wo sie an ihren Notizen arbeitete, Wallis neben dem Kamin auf dem Fußboden, wo er weiter in den alten Aufzeichnungen las. Die Uhr tickte leise, und alles war so ruhig, als ob sie ein altes Ehepaar wären.

Um Mitternacht blies Mel ihre Lampe aus, legte im Kamin Holz nach, sagte: »Ich fühl mich einsam«, und setzte sich neben Wallis.

»Ich auch«, sagte Wallis.

Sie schliefen wieder eng aneinandergeschmiegt ein – diesmal noch enger –, und vorsichtig, ganz vorsichtig, denn noch war keine Liebe im Spiel, bloß Neugier und Einsamkeit, küßte er sie, und sie erwiderte seinen Kuß ebenso vorsichtig, nur einmal, sehr behutsam, und dann schliefen sie beide und hüteten sich davor, an die Zukunft zu denken.

Sein Herr kam nach Mitternacht ins Tal geschlichen und brachte seinen menschlichen Gefangenen sowie zwei Falken mit. Er konnte es kaum erwarten, das, was ihm gehörte, wiederzusehen und, wenn auch unmerklich, zurückzufordern: seine Tochter und seinen anderen Geologen.

Er hatte die Falken – Rotschwänze – in seinem Haus in Houston ins Gefrierfach gelegt, bis sie fast gefroren waren, hatte ihnen dann eine Haube übergezogen, sie zum Schutz in Zeitungspapier gehüllt und alles mit Bindfaden und Klebeband umwickelt, bevor er sie in der Hoffnung, daß man sie bei der Gepäckkontrolle am Flughafen nicht entdecken würde, in Matthews Seesack steckte, und alles war glattgegangen.

In Helena hatten sie ein Auto gemietet, eine Limousine, in der gewöhnlich bekannte Persönlichkeiten herumkutschiert wurden, und waren nach Norden gefahren, obwohl Matthew eingewendet hatte, daß kein Fahrzeug es bis ins Tal schaffen könne, daß sie ein Schneemobil, einen Hubschrauber oder Skier bräuchten. Matthew hatte Old Dudley schon mehrmals so erlebt: halsstarrig wie ein brunftiger Hirsch, als bedeutete schon der geringste Anlaß einen Kampf auf Leben und Tod. Dann war es stets, als hätte in seinem Innern etwas ausgesetzt, als wäre irgendein Zahnrad abgebrochen, und wenn Old Dudleys Getriebe aussetzte und er Matthew oder irgendeinen anderen, der sich ihm widersetzt hatte, unverwandt und mit weit aufgerissenen Augen, einem Blick voll reiner Boshaftigkeit anstarrte, bekam Matthew, den schon Pumas umschlichen und Bären angegriffen hatten, jedesmal solche Angst, daß sich ihm die Nackenhaare sträubten.

Dann pulsierten Old Dudleys Zangenmale und vertieften sich, als würden sie atmen, als würden zwei Organismen, zwei Wesen in ihm wohnen: eins, das ganz normal durch seinen Herzschlag, und ein anderes, das durch einen entsetzlichen, unbegreiflichen Rhythmus oder Puls hinter diesen Zangenmalen gesteuert wurde.

Und jedesmal verlor der Übeltäter den Mut, wich zurück oder

wandte sich ab, und Old Dudley bekam, was er wollte; Dudleys Gegner fand den strittigen Punkt nicht mehr so wichtig und hatte statt dessen tagelang das unsinnige, aber unleugbare Gefühl, daß er oder sie froh sein konnte, noch am Leben zu sein.

Wäre der Alte auf Matthew losgegangen und hätte ihm die Zähne in die Kehle geschlagen, wenn er die Limousine weiter beharrlich abgelehnt hätte? Dudleys Wut war so groß, daß es möglich schien.

Sie waren in dem langen schwarzen Wagen durch dichtes Schneetreiben nach Norden gefahren, waren auf blankgescheuertem Eis weggerutscht und hin und her geschleudert und dann durch den Schnee gepflügt, während die Falken auf dem Rücksitz, immer noch mit Haube, wieder zum Leben erwachten, zischten und alles vollschissen. Ihre Kraft ließ rasch nach, sie brauchten bald eine Jagdbeute. In jeder Kurve und bei jedem Schleudern hatten die Falken ihre Krallen tiefer in die Ledersitze geschlagen, und bald waren die Polster völlig zerfetzt.

Wie immer fühlte sich Old Dudley in der nördlichen Landschaft mit der Zeit unbehaglich: Der peitschende Schnee und der Tunnel aus dunklen, hochgewachsenen Bäumen, durch den sie brausten, gaben ihm immer das Gefühl, als hätten sie die Zivilisation verlassen, als könnte man nicht mehr darauf bauen, daß alles gutging. Ein Ort, wo der Mensch nicht König war. Er vermißte die diesigen Tropen von Houston: die Hitze, den Dunst und die träge, schwitzende, modrige Lethargie; zur Beruhigung nahm er immer wieder einen Schluck aus einer Flasche Rum, und ab und zu schaltete er die Innenbeleuchtung ein, um die kleinen Fotos von nackten Frauen zu betrachten, die er aus Pornozeitschriften ausgeschnitten und auf die Rückseiten von Karteikarten geklebt hatte. Diese Karten nahm er auf Reisen stets mit, um sich bei Laune zu halten.

Ein Foto, sein Lieblingsbild, sah er sich besonders gern an.

»Mann, ich kann dir gar nicht sagen, was ich mit der am liebsten anstellen würde, wenn sie mir je über den Weg läuft«, sagte er.

Matthew ließ die elektrische Fensterscheibe herunter, riß Old

Dudley das Foto aus der Hand und warf es hinaus. Dudley jammerte, woraufhin die Falken kreischten und an ihren Riemen herumflatterten. Ihre Flügel schlugen und trommelten gegen das Dach, und dann sagte er: »Ach, macht nichts, ist sowieso nicht das Wahre«, und starrte in den Schnee, der vorbeiwirbelte, während sie in die Berge hinauffuhren. Dudley meinte: »Ach, ich darf nicht mehr dran denken, muß es mir aus dem Kopf schlagen, sonst bin ich aufgeschmissen«, und er nahm einen Schluck aus der Flasche und schwieg dann, verfiel in eine düstere Lethargie.

Sie durchquerten die Kaltfront, so daß der Schnee hinter ihnen lag und die Sterne leuchtend am Himmel standen, so hell, daß ihnen ihre blitzenden Strahlen alte Erinnerungen einbrannten und -schweißten und alte Geschichten heraufbeschworen, an die sie lange nicht mehr gedacht oder die sie nie gekannt hatten.

Der Paß war zugeschneit, doch die oberste Schneeschicht war stark gefroren und vom Wind glattgeschliffen. Old Dudley glaubte, daß sie die Limousine tragen würde, und er zwang Matthew weiterzufahren.

In ihren Koffern und Seesäcken hatten sie Winterkleidung, doch sie trugen noch immer ihre schwarzen Straßenanzüge und Krawatten und ihre schmalen, spitzen schwarzen Lederschuhe mit der glatten Sohle, so daß sie aussahen wie Leichenbestatter. Matthew dachte, daß der Schnee sie verschlucken würde, wenn sie steckenblieben, wenn auch nur ein Rad durch die steinharte, aber nur ein paar Zentimeter dicke Schneekruste brach, und da sie weder Skier noch Schneeschuhe, weder Winterstiefel noch Schlafsäcke hatten, würden sie höchstwahrscheinlich erfrieren.

Vielleicht konnte Matthew mit dem Zigarettenanzünder aus der Limousine ein paar kleine Feuer anzünden, und vielleicht konnten sie mit den Falken auch ein Waldhuhn oder einen Hasen jagen, doch dann würden die Falken davonfliegen und nicht mehr wiederkommen. Matthew und Dudley würden verhungern, wenn sie nicht vorher erfroren, denn monatelang würde niemand in die Berge kommen, keiner konnte ihnen helfen. Vielleicht kämen in ein paar Wochen Schneemobile mit einer Winterlieferung für das Tal vorbei, aber vielleicht auch nicht. Auf jeden Fall wären sie dann schon unter einer dicken Schneeschicht begraben, und man würde ihre gefrorenen Leichen und den Wagen erst im Mai oder Juni entdecken.

Sie brausten über die Eisdecke, gerieten manchmal ins Schleudern oder drehten sich um die eigene Achse, aber Old Dudley schrie immer wieder: »Weiter, weiter.« Matthew begriff, daß ihnen inzwischen nichts anderes mehr übrigblieb. Bei manchen ihrer Schlitterpartien streifte der lange Wagen die Baumstämme. Matthew hatte keine Ahnung, ob sie sich noch auf der Straße befanden. Er wußte, daß sie in ihrer Nähe waren, aber es war auch möglich, daß sie an manchen Stellen über dreißig Meter breite Schluchten voll Schnee fuhren. Sternschnuppen stürzten vom Himmel wie Tiere, die vor dem schrecklichen Ansturm der beiden Männer Reißaus nahmen.

Dudleys Adrenalin, seine Ausdünstungen waren so stark wie der Geruch von überreifem Obst, und Matthew mußte trotz der großen Kälte die Fensterscheibe herunterlassen. Die Falken flatterten und schissen noch mehr als vorher. Eine Schnee-Eule flog mit einem noch zappelnden Schneeschuhhasen vor ihnen durch die Landschaft: Weiß auf Weiß auf Weiß, von den Scheinwerfern angestrahlt.

Sie hatten es fast geschafft. Sie fanden die Straße wieder, scheuchten die Karibus auseinander wie wilde Hunde eine Schafherde und fuhren, ohne anzuhalten, durch die Stadt. Matthew wollte kurz bei Helen vorbeischauen, um sie zu wecken und ihr zu sagen, daß er wieder da sei, doch Old Dudley sagte: »Nichts da, weiter«, und so fuhren sie weiter. Durch die Hitze des Motors begann das Eis unter ihnen zu schmelzen, und wie im Schneematsch sanken die Reifen langsam ein; immer tiefer sanken sie, der Motor heulte und lief auf Hochtouren, ein rauhes Dröhnen, das im ganzen Tal zu hören war und die Leute in ihren Träumen heimsuchte, und als der Wagen schließlich bis zu den Fenstern einsank, waren sie nur noch etwa einen Kilometer von Mels Hütte entfernt. Sie ließen die Fensterscheiben herunter, kletterten wie entfliehende Sträflinge ins Freie und liefen durch die gefrorene Landschaft. Sie nahmen nichts mit, rannten nur, als würde sie jemand verfolgen oder als kämen sie zu spät zu einer wichtigen Verabredung und beeilten sich, dort hinzukommen, bevor sie erfroren waren. Jeder trug einen Falken auf dem Arm.

Matthew lief voran; Old Dudley bemühte sich, mit ihm Schritt zu halten. Unweit der Hütte entdeckte Matthew die Spuren der Weihnachtssänger, die Hufabdrücke und Pferdeäpfel, und er wußte, was sie bedeuteten, doch ein Stück weiter stieß er auf Colters Fährte und blieb verwirrt stehen. Die Fußabdrücke, die direkt zum Fluß führten, waren ungefähr so groß wie die von Mel, doch weder Schrittgröße noch Tiefe wiesen eindeutig auf einen Mann oder eine Frau hin. Beides war möglich. Matthew legte sich auf den Bauch und schnupperte daran. Sie rochen nicht nach Mel.

»Was zum Teufel machst du da?« fragte Dudley.

Matthew kniete sich hin und starrte zum Fluß hinunter. Er stand auf, zog seinem Falken die Haube über, band ihn an den niedrigen Zweig einer Drehkiefer, nahm dann Dudleys Falken und machte mit ihm dasselbe.

»Was machst du denn?« fragte Dudley. »Ich dachte, Mels Hütte liegt in dieser Richtung.« Seine Stimme wurde lauter, als Matthew Colters Fußspuren zu folgen begann. »Warum nimmst du die Falken nicht mit? Hast du dich verlaufen? In welcher Richtung liegt Mels Hütte?«

Matthew gab keine Antwort. Er wollte Mel unbedingt sehen, auch Wallis wollte er sehen und ihn wieder für sich gewinnen, doch die unbekannten Fußspuren waren zu frisch, zu rätselhaft, zu verlokkend.

Old Dudley wartete, bis Matthew kaum noch zu sehen war, bevor er ihm nachlief. Er stolperte und strauchelte beim Laufen und schaute oft über die Schulter, um sich zu überzeugen, daß ihm nicht irgendein schreckliches Raubtier folgte – Wolf, Puma, Bär, Luchs,

Vielfraß oder irgendeine dem Menschen noch unbekannte Bestie. Er lief so schnell, wie es einem Siebzigjährigen möglich war, und versuchte, die dunkle Gestalt vor ihm nicht aus den Augen zu verlieren.

Sie fanden Colter unten am Fluß, bewußtlos und halb erfroren, sein Gesicht blau wie das Ei einer Wanderdrossel. Er hatte auf dem zugefrorenen Fluß ein kleines Feuer entzündet, doch dann hatte er sich am Ufer zusammengerollt, während das Feuer noch brannte, und war eingeschlafen. Falls das Eis sich unter den Flammen kurz geöffnet und noch einmal den Blick auf seinen Vater freigegeben hatte, dann während er schlief, und jetzt, wo das Feuer erloschen war und die große Kälte und der Wind wieder die Oberhand gewonnen hatten, war der Fluß endgültig versiegelt.

Während Colter schlief – sein Herz schlug nur noch dreißigmal pro Minute –, nahm er undeutlich eine Kraft unter dem gefrorenen Boden wahr, etwas Energiegeladenes und Lebendiges, das er im Schlaf für seinen Vater hielt; und als Old Dudley und Matthew ihn aus dem Schnee zogen und nach den vom Wind gekräuselten Eisklauen traten, die sich im Schlaf über ihn gelegt hatten, spürte Colter, wie diese Kraft mit zunehmender Entfernung immer schwächer wurde, und da war er überzeugt, daß sie von seinem Vater ausging, der dort unten noch immer zwischen jenen Ästen eingeklemmt war; doch als Old Dudley und Matthew ihn wegtrugen, konnte er bloß den Fluß hören, der leise, aber kräftig unter der Eisfläche strudelte und gluckste.

Ihn zu tragen war, wie eine Eissäule zu transportieren, und trotz der Anstrengung wurde ihnen bald kalt, da sie nur ihre dünnen Seidenanzüge trugen. Sie stapften durch den Wald wie schwarz schimmernde Engel oder Teufel, und ihre Füße und Finger wurden taub, ihre Gesichter färbten sich ebenfalls blau. Keuchend sagte Old Dudley: »Der kleine Scheißkerl ist doch schon tot oder wird's bald sein – lassen wir ihn liegen«, und Colter hörte ihn in seinem Eisschlaf. Dudley ließ ihn los, stand schnaufend da und versuchte, tiefer und leichter zu atmen, was ihm nicht gelang. Da nahm Matthew die ganze Last, hob den steifgefrorenen Jungen auf seine Schultern und legte beide Arme über ihn wie in einem Joch oder als wenn er ein Kreuz tragen würde; und wieder beeilte sich Old Dudley, um mit der dunklen Gestalt vor ihm Schritt zu halten.

Es war zu kalt. Matthew dachte, daß sie es nicht schaffen würden. Sollten sie stehenbleiben und rasch ein Feuer anzünden, um sich aufzuwärmen – um so viel Wärme zu speichern, daß sie sich ausruhen und erholen und dann weiterlaufen konnten?

Er entschied sich dagegen. Sie waren so nah, und es war so kalt, daß ein Feuer nichts nutzte. Das war Colters Fehler gewesen.

Sie kamen zu dem Baum, an dem Matthew die beiden Falken festgebunden hatte. Dort lagen jetzt nur noch Federbüschel im Schnee; zwei rotbraune Marder saßen mit funkelnden Augen nebeneinander auf dem Zweig, hielten die Überreste der Falken in ihren Pfoten und knabberten knirschend an den Schädeln der Vögel herum. Die Falken, die geschwächt gewesen waren, weil sie lange nicht gejagt hatten, hatten sich nicht losreißen und davonfliegen können.

Dudley heulte vor Wut und vor Schmerz, Füße, Finger und Nase taten ihm weh. Er jammerte und weinte, gab aber nicht auf, und sie wandten sich zur Hütte, die nur ein paar hundert Meter entfernt lag. Ihre Schuhe waren naß von Schnee und Eis, waren wieder gefroren, und Schneeklumpen blieben daran hängen. Es war, als würden sie Stiefel aus Eis tragen, was das Gehen etwas erleichterte, obwohl sie jetzt von den Knien abwärts nichts mehr spürten.

Das Heulen riß Mel und Wallis in der Hütte aus ihrem warmen Schlaf, und zunächst glaubten sie, es seien die Wölfe. Als sie auf die Veranda traten, erkannten sie jedoch die Stimmen der beiden Männer, und Mel rief: »Sie sind gekommen! Sie haben's geschafft!«, und jetzt konnten sie die seltsame Silhouette von Matthew, der irgend etwas trug, und dahinter Old Dudleys wankende, gekrümmte Gestalt erkennen.

Dann sahen sie, daß Matthew einen Menschen auf den Schultern trug, und sie liefen in Strümpfen auf die Schneekruste hinaus, nahmen ihm Colter ab und schleppten ihn in die Hütte.

Mel umarmte Old Dudley und Matthew; Dudley winselte immer noch wie ein Welpe, freute sich aber, seine Tochter zu sehen. Er schüttelte Wallis die Hand, was auch Matthew tat, und Wallis staunte über ihre eiskalten Hände.

Die Männer zogen sich vor dem Kamin bis auf die Unterwäsche aus und wärmten sich – ihre Haut wurde fleckig, erst blau, dann rot, häßlich wie Kopf und Kamm eines alten Truthahns –, dann zogen beide alte Overalls von Matthew an.

Während sie sich anzogen, bemerkte Wallis, daß Dudley eine lange, halbmondförmige lila Narbe hatte, die sich über eine Seite seiner Brust zog, daß er nur noch eine Brustwarze hatte, als ob die andere versengt oder verbrüht oder zu einer neuen Form geschmolzen worden wäre, und er fragte sich, ob die Narbe mit seinen Zangenmalen zusammenhing. Sie war dreißig Zentimeter lang und sah aus wie ein Brandzeichen.

Steine – gelbes Erz – fielen polternd aus den Taschen auf den Fußboden, während die Männer die Overalls anzogen, Steinproben, die Matthew vor langer Zeit auf seinen Erkundungen gesammelt hatte, und Wallis hob sie auf.

Colter lag wie eine aufgebahrte Leiche neben dem Kamin.

Die beiden Männer stöhnten und wimmerten, als wieder Blut in ihre Arme und Beine, in ihre Finger und Zehen schoß. Old Dudley stürzte zu Boden, packte mit beiden Händen seine nackten Füße, schaukelte hin und her und heulte wie ein tobsüchtiger Bär im Zoo, und jetzt begann auch Colter zu brummen und zu ächzen, während das Leben schmerzvoll in ihn zurückkehrte.

Colter spürte nicht mehr, wie der Fluß unter ihm entlangströmte. Er hustete Eiskristalle aus, da seine Lunge so gut wie gefroren war. Seine Augen zuckten.

»Schätze, ich hatte unrecht«, gab Dudley zu. »Er übersteht's wohl doch.«

Mel holte ihm Tee. Colter setzte sich verdutzt auf, doch obwohl sich die blaue Färbung seiner Haut langsam verflüchtigte, wurde sie nicht, wie bei Matthew und Old Dudley, durch ein kräftiges Rot ersetzt, sondern durch Aschgrau. Mel holte ein Handtuch und rubbelte ihn fest ab, um sein Blut wieder in Wallung zu bringen, aber es gelang ihr nicht. Colter wirkte noch immer benommen und geistesabwesend. Er wollte etwas sagen, hielt dann aber inne, da er aus den Wörtern keine Sätze bilden konnte, und Mel rubbelte noch fester und fragte sich stirnrunzelnd, welcher Teil von ihm zurückgeblieben war.

»Kann er nicht so was wie die Taucherkrankheit kriegen, wenn er zu schnell wach wird?« fragte Matthew. »Im Bann der Tiefe?«

»Keine Ahnung«, sagte Mel. »Hab ich noch nie gehört. Aber er sieht nicht gut aus.«

»Er ist weit weg gewesen«, sagte Dudley, »das ist alles. Es geht ihm bald wieder gut.«

»Er sieht nicht gut aus«, sagte Mel. »Er sieht nicht so aus wie vorher.«

Colter konnte alles hören und verstehen. Ihre Worte wurden zwar langsamer von seinem Gehirn verarbeitet, doch das half ihm anscheinend, sie besser und genauer zu verstehen. Erneut öffnete er den Mund, um zu sprechen, um ihnen von dem weit entfernten Ort zu erzählen, an dem er gewesen war, doch er brachte noch immer kein Wort hervor.

»Großer Gott«, sagte Old Dudley entsetzt.

Salamander krochen träge aus Colters Taschen. Vom Feuer erwärmt, kamen sie unter seinem Mantel hervor, und es sah aus, als wären sie aus seiner Brust geschlüpft. Schwarz und silbern, mit leuchtendgrünen Streifen auf dem Rücken und lila Voodoo-Masken im Gesicht, krochen sie unter seinem Mantel hervor wie aus einem vermoderten Baumstamm.

»Ein ekliger Wilder«, sagte Old Dudley und gewann seine Fassung zurück. »Ein gottverdammter ekliger kleiner Wilder.«

Colter starrte Dudley mit irrem Blick an, und die Salamander krabbelten weiter aus seinem Kragen heraus, taumelten auf dem Mantel nach unten und fielen auf den Fußboden, wo sie vom Feuer wegkrochen und sich leise fauchend auf Dudley zuschlängelten. Mel sammelte sie ein und legte sie in einen Topf, und einen Augenblick lang dachte Old Dudley, sie wolle sie kochen.

Von Colter, seinem wirren, vereisten Haar und seinem feuchten Nacken, stieg Dampf auf, und jetzt sah es erst recht so aus, als würde er die Salamander ausbrüten.

Mel deckte Colter mit noch mehr Fellen zu. Das Blut kehrte langsam in sein Gesicht zurück; vielleicht waren die Salamander der Grund für seinen Zustand gewesen.

Jetzt richtete Old Dudley seine Aufmerksamkeit auf Wallis. »Du hast dich verändert«, sagte er, nicht ganz zufrieden mit dem, was er sah. Es war derselbe Blick, den Wallis bei den lächerlichen Geschäftsleuten gesehen hatte, die an einem schönen Frühlingstag in der Innenstadt von Houston mit übereinandergeschlagenen Beinen auf Parkbänken saßen und die Zeitung weit aufgeschlagen ein paar Zentimeter vors Gesicht hielten, durch ihre Bifokalbrillen schielten und nach den Börsenkursen, ihren kleinen Aktienpaketen, suchten, während über ihren Köpfen die Gänse vor einem blauen Himmel schreiend wieder nach Norden zogen.

»Du bist ja ganz schwarz«, sagte Matthew. »Was hast du denn gemacht?«

Dudley war leicht beunruhigt, hatte den Verdacht, daß er sich vielleicht den Falschen ausgesucht oder ihn zu früh losgelassen hatte. In Houston war alles gut gelaufen: Wallis hatte Öl gefunden, und es hatte so ausgesehen, als würde er danach süchtig werden.

»Ich hab Colter vorhin geholfen, ein Feuer anzuzünden«, erklärte Wallis.

»Mein Gott«, sagte Dudley, »nimmst du denn nie ein Bad, mein Junge? Du willst doch nicht wie die Indianer leben, oder?« Er trat einen Schritt vor, stieg dabei achtlos über Colter hinweg, als wäre er ein Bündel Feuerholz, und starrte Wallis in die Augen; und während seine grimmigen goldgrünen Augen ihn fixierten, hatte Wallis einen Augenblick lang das Gefühl, in Trance zu fallen. Er stellte sich vor, daß Colter sich so ähnlich gefühlt haben mußte, als er sich im Schnee zusammengerollt hatte, um ein bißchen zu schlafen.

»Ach, mein Junge«, sagte Dudley langsam, während er Wallis immer noch in die Augen starrte, »du hast zu viel Zeit an der Erdoberfläche verbracht.«

In seiner Stimme lag eine ungeheure Traurigkeit, nicht so sehr, weil Wallis versagt hatte, sondern weil ein großes Potential vergeudet oder nicht voll ausgeschöpft worden war. Wallis dachte, daß es so bei einer aussterbenden Art sein mußte: Sie verschwand spurlos und ließ nur eine unbesetzte Nische in der Landschaft zurück. Ein Echo, eine Lücke. Andere Arten teilen das verlorene Territorium schließlich unter sich auf und breiten sich dort langsam aus, doch sie sind Generalisten und haben bei der Inbesitznahme eines Territoriums nur selten die außerordentliche Anpassungsfähigkeit oder das Durchsetzungsvermögen ihrer Vorgänger.

Schließlich brach Dudley den Blickkontakt ab. Er drehte sich um zu Mel und sagte: »Du hast ihn verdorben.«

»Hab ich nicht«, sagte Mel. »Aber wenn ich's tun wollte, dann wär's allein meine Angelegenheit. Ich hab ihn bloß dir zuliebe den ganzen letzten Monat durchgefüttert und beherbergt, und dann kommst du her und behauptest, ich hätte ihn verdorben, als ob er oder ich dein persönlicher Besitz wären. Wenn du dich so aufführen willst, dann kannst du deinen jämmerlichen alten Arsch zur Tür rausschaffen und sofort wieder verschwinden, und nimm deine *Jungs* gleich mit.«

»Immer langsam mit den jungen Pferden«, sagte Dudley kichernd. Er hob beschwichtigend die Hände. »Langsam. Ist doch nichts passiert. Läßt sich alles wieder einrenken. Du hast mich bloß ein bißchen zurückgeworfen, das ist alles. Du hast das, woran ich so lang und hart gearbeitet hab, ein bißchen untergraben ...«

»Hör auf!« sagte Mel. Sie schlug auf die noch immer ausgestreckte

Hand ihres Vaters. »Hör zu! Es ist mein Zuhause und mein Tal, wo du deine Löcher bohrst. Ich wünschte, ihr würdet alle verschwinden und nie mehr wiederkommen. Also hör auf mit dem Mist, daß ich dir Probleme mache. Und überhaupt, er hat an einer Karte gezeichnet. Er hat deine blöden alten Hefte gelesen« – Old Dudley schaute kurz zum Regal, und dann warfen er und Mel sich einen seltsamen Blick zu –, »und er hat da draußen geschuftet wie ein Wahnsinniger und die Erde aufgewühlt wie ein übergeschnappter Hund, der einen Knochen sucht. Also hör auf mit dem Mist.«

War es besser, eine schlechte als gar keine Familie zu haben? Mel ging in ihr Schlafzimmer.

Keiner beachtete Colter, der dennoch zuhörte und die Sätze und die dahinterstehende Wut so langsam verarbeitete, daß er mehr von dem Gesagten zu begreifen schien als nur den Inhalt, mehr als das, was die Gestalt der Wörter und Sätze an die Oberfläche zerrte.

Er fühlte sich, als hätte das Eis sein Hirn gereinigt, als würde er gleichzeitig zwei verschiedene Dinge beobachten und mit anhören. Ein Teil von ihm hörte den Streit, doch der andere Teil malte sich einen Ort aus, der ruhiger und friedlicher als dieser war; ein Ort weiter nordwestlich, noch abgeschiedener, unberührt und unwirtlich. Ein Ort, den keine Karte verzeichnete.

Er war müde. Die Bedeutung dessen zu erfassen, was die Leute empfanden und wirklich wollten, war anstrengend, denn Anlage und Inhalt ihrer Sätze glichen einem Köder, unter dem ihre wahren Absichten vergraben waren. Er legte sich wieder hin und schlief ein. Noch immer beachtete ihn keiner. Die drei Männer im Zimmer taten sich jetzt zusammen, ein einziger Organismus, und umkreisten vorsichtig ihr gemeinsames Ziel.

»Es muß an ihrer Periode liegen«, sagte Old Dudley steif, »oder am Weihnachtsstreß. Sie war als junges Mädchen schon so.« Pause. »Sie ist nie richtig erwachsen geworden.« Er schüttelte den Kopf und schnalzte bedrückt mit der Zunge. »Wenn ihre Mutter nicht so früh gestorben wäre, wäre sie ganz normal.«

Matthew starrte den Flur entlang: sein ehemaliger Flur, seine ehemalige Hütte. Er wußte, daß er zu ihr gehen und sich für ihre unwürdige Ankunft entschuldigen sollte. Er wußte auch, daß er in die Stadt laufen und Helen Bescheid sagen sollte, daß sie wohlbehalten angekommen waren.

»Du hast eine Karte erwähnt«, sagte Old Dudley gerade. Wallis nickte und holte sie aus dem mittleren Zimmer, und da wußte Matthew, daß Wallis bleiben würde.

Stolz, aber nervös breitete Wallis die vorläufige Karte auf dem Fußboden aus. Sie war größtenteils seiner Phantasie entsprungen, und das einzige, was mit Sicherheit stimmte, waren die vier Himmelsrichtungen.

Es war nur eine ganz grobe Skizze. Es waren keine Gesteinsformationen eingezeichnet, nur die Grenzen des Tals, ein paar Flüsse, die mögliche Verwerfungen im Erdinnern widerspiegelten, und ein paar fundierte Vermutungen über Fallwinkel und -richtung.

Old Dudley sah sich die Karte einige Minuten lang genau an. Wallis wartete.

»Alles falsch«, sagte er schließlich. Er nahm die Karte, rollte sie zusammen und warf sie ins Feuer. »Fang noch mal von vorn an. Das war alles falsch.« Das Papier ging in Flammen auf und erleuchtete kurz die Hütte, dann war es so schwarz verkohlt wie Wallis' Gesicht. Matthew zeigte ein leichtes Lächeln, fast schon ein Grinsen.

»Was war denn falsch?« fragte Wallis. »Und was war richtig, was kann ich bei der nächsten Karte noch mal verwenden?«

»Alles war falsch«, sagte Dudley. »Das ganze Scheißding.«

Matthew stand auf, ging auf die Veranda und holte noch einen Holzklotz, um ihn aufs Feuer zu legen.

»Du machst dir Sorgen um den verdammten Wagen, oder?« fragte ihn Dudley. »Wir haben ihn auf deinen Namen gemietet, und jetzt sitzt du da und machst dir deshalb Sorgen, statt an die wirklich wichtigen Dinge zu denken, an das einzig Wichtige im Leben, die einzige Frage, die da lautet: *Wo ist das Öl?*« Er ging auf Matthew los, als wollte er ein gemietetes Maultier prügeln. »Denk nicht an diesen Wagen«, befahl er. »Entweder der kommt allein klar, oder er läßt's bleiben. Ist doch bloß ein *Ding*. Wenn du mal so alt und klug bist wie ich, wirst du begreifen, daß es auf der Welt viele *Dinge* gibt – daß aber alles nur Gerümpel ist. Deshalb hast du trotz der ganzen Chancen, die ich dir gegeben hab, hier oben auch kein Öl gefunden. Du hast entweder die Nase in die Luft gestreckt, bist spazierengegangen und hast dir die ganzen schönen Blumen angeguckt, oder du warst so mit ihr beschäftigt, hast so mit ihr rumgevögelt« – Old Dudley deutete den Flur entlang –, »daß du nicht mal an einer Tankstelle Öl gefunden hättest.«

»Das stimmt nicht«, sagte Matthew. »Ich hab wie besessen gearbeitet. Ich hab hier oben« – er hielt inne, zählte es an den Fingern ab, versuchte, sich zu erinnern – »neunzehn verschiedene Bohrungen gemacht. Die waren alle gut – du hast damals selbst dran geglaubt.«

Dudley beachtete seine Worte nicht, wie alles, was er nicht hören wollte. »Alles Fehlbohrungen«, sagte er. »Knochentrocken. Blinde, sinnlose, willkürliche *Versuche*.« Er schüttelte den Kopf und kramte dann in seinem Gedächtnis. »Siebzehn Millionen Dollar haben mich deine bescheuerten Bohrungen hier oben gekostet.«

»Ich dachte, Geld wäre bloß ein *Ding*«, entgegnete Matthew.

»Es ist ein Anzeiger«, sagte Dudley penibel, »und es hat mir angezeigt, daß du's vermasselt hast. Es ist schon ein kleines Wunder, daß du je wieder Öl gefunden hast, daß du nicht am Ende warst. Ich hab dich wieder zum Leben erweckt«, sagte er seufzend, »aber es war anstrengend.«

»Diese Steine«, sagte Wallis in der Hoffnung, die Spannungen zwischen den beiden Männern zu lockern. Er holte ein paar Brocken des gelben Erzes aus der Tasche. »Erzählt mir was drüber. Woher stammen sie? Was für eine Bedeutung haben sie? Wie alt sind sie?«

Old Dudley sah die Steine an, als wären es Kothaufen, und schnaubte verächtlich. »Scheißsteine«, sagte er. »Ich rede von dem Öl *in* Steinen.« Er riß Wallis die Steine aus der Hand, betrachtete sie kurz und warf sie dann angewidert zurück. »Das sind bloß hübsche Steinchen, die er vermutlich irgendwo vom Boden aufgehoben und mitgebracht hat, um sie seinem *Schätzchen* zu zeigen.«

Matthew nahm Wallis einen der Steine ab, untersuchte ihn, brach ein paar Körner ab und rieb sie zwischen den Fingern. »Karnotit«, sagte er. »Das bedeutet ...«

»Karno-*Mist*«, sagte Old Dudley. »Ich will von dieser ganzen Scheiße nichts hören. Es ist Weihnachten. Laßt uns über was anderes reden.«

Wallis sammelte die Steine ein und legte sie in seinen Pappkarton mitten im Zimmer. Er hatte ein halbes Dutzend kleine Beutel mit Erde in seiner Sammlung, in jedem knapp ein Löffelvoll Mutterboden. Was für eine Karte konnte man bei einer so geringen Ausbeute schon zeichnen?

Er ging zum Kamin hinüber, wo die beiden Männer Frieden geschlossen hatten und sich unterhielten. Sie tranken gemeinsam aus einem Flachmann; Matthew bot ihn Wallis an, und der nahm einen Schluck und schüttelte sich, denn er dachte zuerst, es wäre Öl. »Absinth«, sagte Matthew. Wallis fragte Old Dudley, wie er sich die Narbe zugezogen habe.

Zunächst war Dudley wütend, da er dachte, Wallis meine die Zangenmale – noch nie war jemand so tollkühn gewesen, danach zu fragen –, doch dann wurde er ganz still, weil ihm einfiel, daß er sich am Kamin ausgezogen und Wallis die in seine Brust geschmolzene Narbe gesehen hatte, die schon so lange zu ihm gehörte und für andere so selten zu sehen war, daß er sie gar nicht mehr als Narbe betrachtete.

»Als ich noch ein kleiner Junge war«, sagte Dudley schließlich, »und wir in einer Hütte – eigentlich so einer Bruchbude wie der hier – im Osten von Texas wohnten, hab ich Kürbiskuchen über alles geliebt. Gott, ich könnte auf der Stelle einen ganzen verdrücken. Aber damals war ich noch verrückter danach als jetzt. Ich *mußte* jeden

Kürbiskuchen haben, den ich sah. Vermutlich Vitaminmangel oder so was, bei den erbärmlichen Verhältnissen, in denen ich lebte.

Es war Thanksgiving, und wir saßen spätnachmittags in dem schummrigen Licht am Holzofen und versuchten, uns warm zu halten. Es hatte seit einer Woche geregnet, die ganze Gegend hatte sich in eine rote Schlammwüste verwandelt, und das Feuer bullerte im Ofen, so gut das bei dem miesen frischen Gelbkieferholz ging – uns wurde einfach nicht warm, das heißt, Ma, Pa und mir –, und da stand dieser Kürbiskuchen auf der Ofenplatte, ein ganzer zweiter Kürbiskuchen, der von dem großen Festmahl übrig war und den wir noch nicht angerührt hatten. Ich hatte schon einen ganzen Kuchen gegessen, und Ma hatte gesagt, ich würde erst am nächsten Tag wieder welchen kriegen, aber sie stand kurz auf, um irgendwas zu erledigen, und Pa guckte aus dem Fenster auf den verdammten Regen oder irgendwas, also hab ich mich ganz schnell rübergebeugt und nach dem Kuchen gegriffen.

Mein Stuhl rutschte weg, und meine Brust wurde an den Ofen gedrückt«, sagte er. »Ich spürte, wie ich mich verbrannte, roch das versengte Fleisch – mein Gott, war das heiß! Es hat so weh getan. Ich dachte, ich müßte gleich kotzen, doch ich kam immer noch nicht ganz an den Kuchen ran, also beugte ich mich noch ein bißchen weiter vor und – *auuu!* – verbrannte mir den Rest meiner rechten Brustwarze, aber ich kriegte den verdammten Kuchen zu fassen und lehnte mich auf meinem Stuhl zurück, die Tränen liefen mir übers Gesicht, und ich saß da und aß den ganzen verdammten Kuchen, und mein Alter starrte mich bloß mit offenem Mund an. In mein Hemd hatte sich ein Loch in Form der Narbe eingebrannt, und es glomm noch, und als Ma wieder ins Zimmer kam, fragte sie: ›Was stinkt denn hier so?‹ Pa erzählte ihr, was er gerade gesehen hatte, und sie guckte mich ganz komisch an, setzte sich an den Ofen, um sich zu wärmen, und sagte: ›Geschieht dir ganz recht. Ich hab dir gesagt, du sollst die Finger von dem Kuchen lassen.‹«

Colter begann sich zu regen, als wäre er durch die Geschichte aufgewacht. Er setzte sich wieder auf, und diesmal sah er besser aus und fühlte sich auch besser, und die Worte, die er hörte, zogen in normaler Geschwindigkeit durch seinen Kopf. Doch seltsamerweise vermißte er den verschütteten, langsameren Rhythmus, in dem vorhin alles abgelaufen war, und er versuchte vergeblich, die Empfindung festzuhalten, so wie man beim Aufwachen versucht, die bereits schwindende Klarheit eines Traums festzuhalten.

Dudley reichte Colter den Flachmann, der nahm einen Schluck, mußte husten und spuckte die Flüssigkeit ins Feuer, wo sie orangegrün aufloderte.

»Großer Gott, Junge, du spuckst da grade ungefähr hundert Dollar aus!« rief Dudley. »Jetzt gibt's aber nichts mehr, Kleiner!«

Mel kam schweigend auf Socken durch den Flur zurück. Die Kälte sickerte von draußen durch die Ritzen in der Hütte, und die Dachsparren ächzten und knarrten, während sie sich zusammenzogen.

»Treibhauseffekt, daß ich nicht lache«, sagte Old Dudley und trank den Flachmann aus.

Mel setzte sich an den Kamin. »Du weißt nicht, was es heißt, deine Tochter zu sein«, sagte sie. »Es ist wirklich hart.« Sie lachte, obwohl ihr nicht danach zumute war. »Selbst hier draußen, dreitausend Kilometer entfernt, ist es hart.«

»Und trotzdem komm ich her und schau nach, wie's dir geht«, sagte Dudley, dem der Auftritt, das Eingeständnis ihrer Schwäche gefiel.

»Und stiftest Unruhe«, sagte Mel. »Wühlst den Boden auf. Richtest Chaos an. Du hältst es nicht aus, oder – daß ich nicht in deiner Nähe bin?«

Dudley lächelte, senkte beinahe schüchtern den Blick und sagte nichts.

»Wenn ich das Tal verlassen würde, dann würdest du vermutlich aufhören, hier zu bohren, oder?« fragte Mel, und Dudley lächelte auch diesmal nur und zuckte mit den Achseln. »Du würdest mich gern unten in Houston sehen, von Beton umzingelt, gezähmt und verheiratet, mit einem Mann« – ein Blick auf Matthew –, »der rund um die Uhr unter der Erde ist. Warum nur? Was hast du dagegen, daß jemand frei ist?«

»Barfuß und schwanger hast du vergessen«, sagte Dudley. »Das wäre auch gut. Vielleicht einen Jungen zur Welt bringen, jemand, der die Schlacht weiterführt, wenn ich nicht mehr da bin.«

»Du wirst immer dasein«, sagte Mel. Sie wandte sich den anderen zu. »Ihr denkt alle, er macht nur Spaß. Stimmt nicht. Das meint er todernst. Er macht keinen Spaß.«

»Mel«, sagte Matthew, »es ist Weihnachten.«

»Zum Teufel mit Weihnachten. Zum Teufel mit euch allen. Mit dir auch«, sagte Mel zu Wallis, »du siehst ja, worauf du dich eingelassen hast. Ich hab Pop am Hals, weil ich mit ihm verwandt bin, aber du hast ihn dir ausgesucht. Gott helfe dir.« Mit diesen Worten ging sie wieder durch den Flur davon.

Diesmal ging Matthew mit.

»Tja, Jungs«, meinte Dudley. »Ich weiß nicht, was ich sagen soll.«

»Sie war so ruhig«, sagte Wallis.

»Schätze, sie kann mich einfach nicht leiden«, sagte Dudley.

»Würdest du aufhören, hier zu bohren, wenn sie nicht mehr hier leben würde?« fragte Wallis.

Dudley verzog das Gesicht. »Ach, mein Junge. Das ist eine blöde Frage. Junge, Junge, Junge«, sagte er kopfschüttelnd. Er sank auf Hände und Knie, und Wallis und Colter dachten zuerst, es gehe ihm nicht gut. Old Dudley kroch vorwärts wie ein alter Puma, der sich anschleicht.

»Das mach ich, um meine jugendliche Figur zu behalten«, sagte er. »Es nennt sich *Kriechgang*. Ich hab mir die Übung selbst ausgedacht. Sie stärkt Arme und Schultern sowie die untere Bauchmuskulatur, die man beim Vögeln gebraucht.« Er war jetzt auf der anderen Seite des Zimmers, das Gesicht knallrot von der Anstrengung. Seine Worte wurden schwerfälliger und undeutlich, doch er sprach weiter und atmete schnaufend durch beide Nasenlöcher, wie ein Pferd, das durch einen Fluß schwimmt; und sie hörten auch ein Rasseln in seiner Lunge. Es sah aus, als würde er nicht einmal eine ganze Runde um das Zimmer schaffen.

»Das stimuliert die ursprünglicheren, bedeutenderen Hirnregionen«, sagte er. Jetzt näherte er sich ihnen, am äußersten Rand des Zimmers entlangkriechend. Im Gesicht inzwischen dunkelrot. Wallis fragte sich, welche Frau sich zu ihm legen und mit ihm schlafen würde. Es hätte ihn nicht überrascht, wenn Old Dudley das Bein gehoben und gegen eins der Bücherregale gepinkelt hätte.

Als er bei ihnen ankam, war er schweißüberströmt, und Colter und Wallis rochen seine Ausdünstungen: ein kräftiger, scharfer Geruch, als ob er einen Samenerguß gehabt hätte. »Das mach ich jeden Abend«, sagte er. »Egal, ob nüchtern oder betrunken, munter oder müde. Das hat mich zu dem gemacht, der ich bin.« Er kroch an ihnen vorbei und begann eine zweite Runde, als würde er sie mit unsichtbaren Seilen fesseln. »Fünfzehn Minuten jeden Abend«, sagte er.

Es war verstörend, Dudley dabei zu beobachten, wie er auf Knöchelhöhe umherkroch, und Colter sagte: »Ich muß jetzt heim, meine Mutter macht sich bestimmt Sorgen« – es war vier Uhr morgens, und Wallis, den Dudleys Verhalten, seine unverhüllte Zurschaustellung, ebenfalls verwirrte, versuchte nicht, es Colter auszureden, sondern zündete ihm eine Laterne an und gab ihm einen zweiten Mantel.

»Halt dich vom Fluß fern«, sagte Wallis.

Colter schnallte ein Paar von Mels Schneeschuhen an und machte sich auf den Weg über die funkelnde, glasige Eiskruste. Bald trabte er, und auch, als er schon verschwunden war, konnte Wallis zwischen den Bäumen hindurch noch das Leuchten seiner Laterne sehen, die Lichtspur, die der Schrift eines Satzes glich, dessen einzige Botschaft *Heimweh* lautete, und Wallis ließ seine eigenen Weihnachtsfeste Revue passieren, die mit seinen Eltern und auch die späteren mit Susan und ihrem Großvater, und es gefiel ihm zu sehen, wie Colter nach Hause lief, zu dem Ort, wo er hingehörte, es gefiel ihm, sich Colters Freude auszumalen, wenn er das Gesicht seiner Mutter sehen würde.

Old Dudley kroch auf die Veranda hinaus und ruhte sich dort, noch immer auf allen vieren, aus. Er war noch verschwitzter als zuvor, von seinem Rücken stieg Dampf auf, und er beobachtete die Glühwurmspur der Laterne im Wald. Er schrie ihm nach: »Los, lauf nur, du kleiner Mistkerl – mach dich aus dem Staub, du kleiner Schleimscheißer!«, und seine Stimme klang lauter, als Wallis es sich hätte vorstellen können. Der Ton hüpfte über die gefrorene Erde wie ein Stein, der übers Wasser schnellt. Und in der tiefen Stille war die Luft so dünn und trocken, daß er nicht genug zu bekommen schien, selbst wenn er tief einatmete.

Auf dem Berg hinter ihnen begannen die Wölfe zu antworten. »Ach du Scheiße, nichts wie rein«, sagte Dudley und kroch in die Hütte zurück. »Schließ die Tür ab«, befahl er. Er fing wieder an umherzukriechen. »Glaubst du, daß sie den Salamander-Jungen erwischen?« fragte er.

Wallis gab keine Antwort, sondern richtete am Kamin ein Nachtlager aus Wapitifellen her. Erschöpft löschte er die Lampen. Er spürte, wie sich die Erde unter ihm in einem bestimmten Rhythmus, mit einer bestimmten Geschwindigkeit drehte – Winter –, während er sich auf ihr viel schneller bewegte, weder mit der Jahreszeit noch mit dem Ort in Einklang war.

Old Dudley kroch weiter. Wallis konnte an seinem Schnaufen und Keuchen hören, wo er war, und merkte es auch daran, wie der Fußboden knarrte, wenn er vorbeikam, und an dem feuchten, muffigen Geruch von Pilzen in einem dunklen Wald, der von ihm ausging. Und nach einer Weile hörte er, wie Dudley vor dem Sofa zusammensackte, dann hinaufkletterte, und während er sich schlafen legte wie ein Tier, das in seinen Bau zurückkroch, war das Rascheln von Fellen und Decken zu hören. Doch selbst danach, in der Stille, nahm er den scharfen Geruch noch wahr, den Dudley im Schlaf verströmte, immer stärker, wie eine Blume, die nachts blüht. Sein letzter Gedanke war, wie ein so gewissenhafter und zurückhaltender, ein so *vorsichtiger* Mensch wie Mel direkt von so einem brünstigen alten Eber wie Dudley abstammen konnte.

Als Wallis aufwachte, starrte Dudley ihn an. Es war bereits hellichter Tag, es schneite immer noch, und er stand ein paar Schritte entfernt und musterte ihn. Das Feuer war ausgegangen, und es war kalt in der Hütte. Der Geruch hatte sich verflüchtigt.

»Hör mal«, sagte Dudley und deutete den Flur entlang. »Meinst du, sie treiben's?« fragte er. »Meinst du, sie vögeln?«

»Ich will lieber nicht ...«, begann Wallis, doch dann waren die Geräusche zu hören, die Dudley geweckt hatten. *»Hör zu«,* sagte Dudley. Er duckte sich leicht, wie man es vielleicht im Wald tun würde, wenn man einen Hirsch kommen hört. »Hört es sich für dich so an, als ob sie ihm einen bläst?« fragte er. Er wollte noch etwas sagen, etwas Unbedachtes, hielt aber inne und schaute Wallis ernüchtert an.

»Du bist widerwärtig«, sagte Wallis.

»Tja«, sagte Dudley. »Amerika ist widerwärtig. Es sind widerwärtige, gierige Zeiten. Die Leute sind gierig auf mein Öl, ohne es auch nur zu wissen. Und du arbeitest für mich und suchst danach, also bist du auch widerwärtig. Wir sind alle widerwärtig.« Er setzte sich, war offenbar in seinen Gefühlen verletzt.

»Erzähl mir nicht, daß du's nicht selbst mit ihr getan hast«, sagte er. »Ich kann's an dir *riechen.*«

Wallis ging in die Küche und zündete den Holzofen an.

Old Dudley folgte ihm. »Du hast's mit ihr getan, stimmt's?«

»Nein«, sagte Wallis.

Das Kopfteil des Bettes stieß jetzt gegen die Hüttenwand. Dudley grinste breit.

»Du bist anders als in Houston«, sagte Wallis, und Dudley schüttelte den Kopf.

»Ich bin anders, als du mich sehen wolltest«, sagte er. »Du hast bloß nicht klar gesehen. Du wolltest es nicht. Und überhaupt, wie ich bin, hat nichts mit der Ölsuche zu tun, oder?«

»Nein«, gab Wallis zu, »eigentlich nicht.«

Im Schlafzimmer raschelte es wieder.

»Du weißt nicht zufällig, wo ich eine herkriege, oder?« fragte Dudley. Wallis tat so, als wüßte er nicht, wovon die Rede war. »Nein, ich glaube kaum, daß du das weißt«, sagte er. Dann verließ er die Küche, als wollte er in seiner Enttäuschung allein sein oder als wäre Wallis' Zimperlichkeit ansteckend. Er ging zum Kamin und versuchte, ein Feuer zu entfachen. Wallis begann, Pfannkuchenteig zu machen, und beobachtete ihn. Er machte es völlig falsch, stapelte frische, klobige Scheite übereinander, ohne Späne oder Luftzufuhr, zündete ständig Streichhölzer an und hielt sie so lange an die großen Scheite, bis sie heruntergebrannt waren. Er versengte sich die Finger, fluchte, wedelte mit den Händen und versuchte es dann von neuem.

Schließlich gestand sich Dudley sein Scheitern ein und kam in die Küche, wo er sich direkt neben den Holzofen setzte. Er erzählte Wallis, was er alles anstellen wollte, wenn er jemanden finden würde.

Die Geräusche aus dem Schlafzimmer hatten jetzt einen anderen Rhythmus. Old Dudley legte den Kopf schief wie der Hund auf dem RCA-Label und schlenderte ins andere Zimmer zurück, um seine Vermutungen besser untermauern zu können – und Wallis wollte Abstand haben, mehr Abstand von diesem Wahnsinn, oder falls es kein Wahnsinn war, von dieser Begierde.

Dann wurde es still. Die Rumba des Bettgestells hatte alles zum Abschluß gebracht, und Old Dudley grinste Wallis anzüglich an. Er sagte: »Manchmal vergeß ich, daß er nicht mein Sohn ist – manchmal kommt er mir eher wie mein Sohn vor als sie wie meine Tochter.«

Obwohl der Gestank von Dudleys Umherkriechen in der letzten Nacht verflogen war, brauchte Wallis frische Luft. Er ging zum Bach hinunter, um Badewasser zu holen. Als er zurückkam, saßen Mel und Matthew mit Dudley am Tisch, und die Lage hatte sich beruhigt.

Mel schien immer wieder bereit zu sein, Dudley noch eine Chance zu geben, und er war bereit, sie zu ergreifen, als ob er mit ihr Katz und Maus spielen würde. Wenn sie nichts mehr mit ihm zu tun haben wollte, hätte sie ihm das bestimmt längst klargemacht.

Sie trug einen alten, weiten Frotteebademantel, hatte sich das Haar gebürstet und lächelte. Zum erstenmal sah Wallis, daß sie nicht nur attraktiv, sondern schön war, und wunderte sich, daß ihm das in seiner heillosen Angst oder Betäubung entgangen war, obwohl er schon einen Monat bei ihr wohnte.

Sie dankte ihm fürs Wasserholen und begann, zum Frühstück Pfannkuchen zu machen. Wallis ging immer wieder hinaus, um noch mehr Wasser zu holen. Old Dudley und Matthew saßen am Tisch und unterhielten sich über Öl und Gas. Wallis wollte zuhören, war ganz wild drauf, ihnen nach so langem Schweigen, nach der ganzen Abgeschiedenheit zuzuhören, aber irgend jemand mußte das Wasser holen. Jedesmal, wenn er ging, trat er den Pfad tiefer aus – eine Furche, ein Tunnel. Er fragte sich, wie oft Matthew diesen Pfad entlanggegangen war. Er fragte sich, wohin all das verschwunden war: das Wasser, das Matthew geholt, die Pfade, die er tief in den Schnee und das Eis geschnitten, und die Liebe, die er einmal für Mel empfunden hatte.

Als er zum letztenmal Wasser hereinbrachte, saßen alle am Tisch. Matthew und Mel warteten, bis er sich zu ihnen setzte; Old Dudley hatte schon angefangen, hatte seine Pfannkuchen dick mit Ahornsirup und Blaubeermarmelade bestrichen und schlang sie laut schmatzend hinunter. Matthew und Mel hielten Händchen, doch Wallis wußte, daß das Band zwischen ihnen sehr dünn geworden war, nur noch ein Echo ihrer früheren Gefühle.

Nach dem ersten Pfannkuchen trank Old Dudley einen Schluck Milch (in die er einen Schuß Rum gegossen hatte) und sagte zu Wallis, als könnte er seine Gedanken lesen: »Du mußt bohren, mein Junge – ich sag's dir, sonst trödelst du hier nur an der Oberfläche rum und erleidest Schiffbruch –, du mußt dich von diesem ganzen Mist losreißen und ihn gar nicht beachten.« Dudley schwenkte die Hände über alles, was sich in der Hütte befand: die Bücher, die Geweihe, den Kamin und zuletzt Mel.

Mel starrte ihn einen Augenblick lang an, sagte aber nichts, da sie beschlossen hatte, ihn im eigenen Saft schmoren zu lassen. Sie würde versuchen, vom Tag zu retten, was zu retten war, und ihm keine Beachtung zu schenken, obwohl sie wußte, daß es nach einer Weile so sein würde, als versuchte man einen Haufen Hundekot mitten auf dem Fußboden zu ignorieren.

Es klopfte am Fenster: Ein kleines, von den Händen umrahmtes Gesicht tauchte auf, und sie dachten schon, es wäre erneut Colter, doch dann sahen sie, daß es Helen war.

»Oh, Mist«, sagte Matthew, »hoffentlich ist sie nicht eingeschnappt.« Er stand auf und lief zur Tür, um sie hereinzulassen. Er umarmte sie und sagte: »Frohe Weihnachten, Ma.« Sie hielt einen Stapel verpackte Geschenke im Arm, kleine, bunte Schachteln, die sie in ihrem Rucksack mitgebracht hatte, und sie lächelte unsicher und trat ein, verwirrt vom Anblick des gedeckten Tisches, der sie nicht einbezog. Mel sprang auf und holte einen Teller für sie, goß ihr Kaffee in ihre einzige gute Porzellantasse.

»Ich bin aufgestanden und hab aus dem Fenster geguckt und euch beide durch die Stadt fahren sehen«, sagte sie. »In diesem langen schwarzen Wagen seid ihr über den Schnee geglitten. Ich hab gedacht, es wär ein Traum, und hab mich wieder schlafen gelegt. Aber am Morgen hab ich die Reifenspuren gesehen. Ich hab eine Weile gewartet, weil ich dachte, ihr würdet zum Frühstück rüberkommen, aber dann hab ich mich auf den Weg gemacht. Ich hab gesehen, wo der Wagen im Schnee versunken ist. Deshalb habt ihr's wohl nicht zum Laden rüber geschafft«, sagte sie, obwohl sie genau wußte, daß Matthew, selbst seine städtische Hülle, auf Skiern oder mit Schneeschuhen mühelos hätte in die Stadt zurückkommen können.

»Wir wollten uns gleich auf den Weg zu dir machen«, sagte Matthew. »Direkt nach dem Frühstück und dem Baden.«

Betretenes Schweigen, wie es auf jede Lüge oder Halbwahrheit folgt.

»Hier«, sagte Helen und überreichte allen ein Geschenk. »Frohe Weihnachten.«

»Ach, Helen«, sagte Mel, »du schenkst uns jedes Jahr etwas, obwohl wir dich jedesmal bitten, darauf zu verzichten. Wir schenken uns nichts. Wir essen bloß, machen Besuche und faulenzen …«

»Ich will nichts haben«, sagte Helen. »Ich wollte euch allen bloß 'ne Kleinigkeit schenken. Wenn euch das unangenehm ist, kann ich nächstes Jahr alles einen Tag vor Weihnachten oder einen Tag danach vorbeibringen. Aber es macht mich glücklich. Ihr müßt mir nichts schenken. Packt sie bitte aus.«

Sie streiften das handbemalte Geschenkpapier ab. Vier winzige Beutel aus Hirschfell, weich und dünn, die nach Rauch rochen. Wallis wären vor Freude fast die Tränen gekommen, weil sie auch an ihn gedacht hatte. Sie öffneten ihre mit einer Kordel verschnürten Beutel, alle so klein, daß sie auf die Handfläche paßten.

Ein Flußkiesel, glatt und schimmernd wie ein Achat, für Wallis.

Eine Handvoll Stachelschweinborsten für Mel, schön wie Elfenbein, alle ganz leicht und perfekt für die Aufgabe, für die sie geschaffen waren: Verteidigung.

Eine Adlerklaue, gekrümmt und vertrocknet, aber rasiermesserscharf, für Old Dudley.

Eine alte silberne Taschenuhr für Matthew. Er hielt sie in der Hand, betrachtete sie, ahnte etwas, sah Helen fragend an, und sie sagte: »Ja, ich glaub schon.«

Matthew roch an der Uhr – angelaufenes Silber, antikes Silber – und versuchte, das Echo der Erinnerungen einzufangen, die sie vielleicht aussandte.

»Ich auch«, sagte Matthew. »Wie hast du sie gefunden?«

»Amy hat sie gefunden, als sie ein paar von Zekes Sachen durchgesehen hat«, sagte Helen. »Ihr ist eingefallen, daß Zekes Vater viel mit deinem Vater zusammen war, als sie noch jünger waren. Sie haben oft zusammen Vögel gejagt, und nach Busters Tod muß die Uhr irgendwie an Zekes Vater gegangen sein und danach an Zeke. Jetzt wäre sie wohl an Colter gegangen. War wirklich lieb von Amy, dran zu denken.«

»Amy«, sagte Old Dudley und berührte die Spitzen der Adlerkrallen; der Knöchel war leuchtend gelb wie ein Maiskolben. »Das ist doch die mit dem hübschen Arsch, stimmt's?«

Sie schenkten ihm keine Beachtung. Matthew hielt sich die glatte Uhr ans Gesicht und schloß einen Augenblick lang die Augen.

»Sie läuft natürlich nicht mehr«, sagte Helen. »Aber vielleicht kannst du sie irgendwo reparieren lassen.«

Matthew schlug die Augen auf, doch sie sah, daß er weder sie noch sonst jemanden oder sonst etwas wahrnahm. Helen fragte sich, ob er nach ihrem Tod je etwas von ihr so fest an sich drücken würde.

Etwas wie eine Narbe, ein sichelförmiger Schmerz lief von der Taille über die Brust durch ihren Körper. Sie zuckte erschrocken zusammen – solch starker, unerklärlicher Seelenschmerz inmitten der Freude – und versuchte, sich zu entspannen, versuchte, sich einzureden, daß es keine Rolle spielte; daß sie sich glücklich schätzen konnte, ihn gekannt und geliebt, ihn anstelle seiner Eltern großgezogen zu haben. Daß sie nach ihrem Tod vergessen sein würde, nichts als Staub, spielte keine Rolle.

Mel stand auf, umarmte Helen und bedankte sich noch einmal bei ihr. Old Dudley grapschte kindisch mit seiner Adlerklaue, auf die er offensichtlich stolz war, in die Luft. »Ich würde ja aufstehen und mich bei dir bedanken«, sagte er, »aber ich hab 'nen Steifen in der Hose, weil ich an Amy denke. Den willst du wohl kaum sehen. Du wärst schockiert *und* erstaunt.«

»Danke«, sagte Helen. »Bleib bitte sitzen.«

Wallis berührte seinen Flußkiesel: abgewetzt und glattgeschliffen. Er paßte in seine Hand und an die Stelle unter seinem Ohr, wo die Kinnlade befestigt war. Er drückte ihn immer wieder ans Gesicht, wie Matthew es mit der Uhr seines Vaters getan hatte, und bedankte sich bei Helen.

»Zeig mir das alte Ding mal«, sagte Dudley zu Matthew und streckte die Hand über den Tisch. Matthew gab sie ihm. »Vorsicht«, sagte er, als würde er mit einem kleinen Kind sprechen, doch Old Dudley ging rüde damit um, klappte den Deckel auf, schüttelte sie, hielt sie ans Ohr und schüttelte sie dann erneut, grob wie ein Affe. Die Uhr glitt ihm aus der Hand.

Wallis hatte ihn beobachtet und es vorausgesehen; er sprang von seinem Stuhl auf, hechtete nach der herabfallenden Uhr und fing sie mit einer Hand, kurz bevor sie auf dem Boden aufschlug, während der Rest von ihnen wie versteinert dasaß und darauf wartete, daß sie in Stücke sprang. Während ihr Adrenalinspiegel sich wieder einpendelte, herrschte erdrückendes Schweigen, und Old Dudley kicherte hämisch und sagte: »Gut gemacht.« Wallis gab Matthew die Uhr zurück.

Nachdem sie alle der Reihe nach in der großen Wanne gebadet hatten, in bloß fünfzehn Zentimeter hohem, jeweils frischem heißem Wasser, fuhren sie am Nachmittag in die Stadt; und als sie auf ihren Skiern losliefen, waren ihre Haare noch feucht und froren an ihren Schädeln fest wie Helme, und ihre Haut zog sich zusammen, wurde straffer und glättete die Falten und Krähenfüße in ihren Gesichtern, so daß sie sich alle plötzlich jünger fühlten. Sie liefen im Gänsemarsch, und als sie an der Limousine vorbeikamen, sahen sie, daß sie bei dem leichten Temperaturanstieg noch etwas tiefer eingesunken war.

Der Wind blies jetzt von hinten, von Süden, und dort konnten sie eine hohe lila Wolkenwand sehen: ein weiterer heranziehender Schneesturm, der sich über denselben Paß wälzte, über den solche Stürme schon seit Tausenden von Jahren kamen – durch die Scharte des Gunsight Mountain und dann am Fluß entlang, der auf beiden Seiten von hohen Bergen flankiert war. Jedesmal luden sie ihren

Schnee ab, als wollten sie das Tal darunter begraben, entweder weil es für die Augen der Menschen zu schön war oder als Strafe für eine längst vergessene Schuld. Immer nahmen die Stürme denselben Weg.

Als sie in die Stadt kamen, war das Red Dog schon gerammelt voll; trotz der Kälte war die Tür offen, und die Leute standen in dick gefütterten Overalls und Pelzmänteln auf der Veranda herum. Die Hitze des Ofens rieselte wie verschüttetes Wasser aus der Tür. Ein paar Pferde waren am Verandageländer festgebunden, wo sie schneebedeckt und mit gesenkten Köpfen standen und hungrig von ihrer nächsten Ladung Heu träumten, während andere Pferde frei vor der Veranda herumliefen, sich sogar vorsichtig ein paar Schritte hinaufwagten, da sie die aus der offenen Tür sickernde warme Luft an den Fesseln spürten. Es sah aus, als überlegten sie sich, in die Bar zu gehen, und es war durchaus möglich, daß die Leute auf der Veranda sie in ihrem Rausch willkommen geheißen hätten.

Old Dudley kam nicht oft ins Tal, doch wenn er kam, machte es ihm Spaß, die Gäste den ganzen Tag oder die ganze Nacht lang freizuhalten, egal, wie lange er sich in der Bar aufhielt. Er genoß es, unter den Wilden zu sein, wie er sie nannte. Für ein paar hundert Dollar konnte er allen, wenn er wollte, tagelang Drinks spendieren – wie Fische in einem Aquarium waren sie, die sich versammelt hatten, damit er sie füttern und dabei beobachten konnte, und sie wiederum freuten sich, ihn mustern zu können. Sie fanden ihn wilder und faszinierender als alle Tiere in den Wäldern, und ihre Reaktion auf ihn war eine seltsame Mischung aus Respekt und Spott. In seinem Fach war er zweifellos begabt – wie hätte er sonst soviel Geld verdienen können? –, er verstand die unterirdischen Erdbewegungen viel besser und genauer, als sie es sich je vorstellen konnten. Doch über seine Fähigkeit, Öl zu finden, wußten sie nur das, was sie selbst erlebt hatten, nämlich daß er in ihrem Tal bisher neunzehnmal gescheitert war. Einige machten sich Sorgen, daß er bald nicht mehr herkommen würde, wenn es für ihn nichts abwarf. Sie waren so sparsam, daß sich sechs Monate nach einem Abend, an dem er zweihundert

Dollar ausgab, davon noch immer hundertfünfzig im Tal befanden.

Wenn die Bohrtürme kamen, floß nur ganz wenig Geld direkt ins Tal. Statt dessen gingen die Zahlungen an auswärtige Unternehmer, und die Lastwagen, die die Ausrüstung transportierten, wurden genau wie die Bohrtrupps von Auswärtigen gestellt, doch das grandiose Schauspiel der Unternehmung, surreal und gewaltig – der baumhohe Bohrturm, das Dröhnen, Zischen und Heulen der Motoren – brachte während der beiden langen, trägen Sommermonate etwas Abwechslung ins Tal. Gelegentlich kaufte einer der Bohrarbeiter im Laden eine Schachtel Cracker oder eine Dose Sardinen; und sie waren auch Stammgäste in der Bar, doch nicht mit der Begeisterung, die man vielleicht erwarten würde, so müde waren sie von ihrer Tag- oder Nachtarbeit. Wenn sie kamen, lebten sie in einem verwahrlosten Zeltlager unten am Fluß, badeten im Fluß, schossen Rotwild außerhalb der Jagdsaison, Damhirsche mit Kitzen, und brieten sie stets über großen, ungebändigten Feuern unten am Ufer; und im Frühling, wenn sie nicht mehr da waren, spülte das ablaufende Schmelzwasser jedesmal ihre Abfälle weg.

Wie immer bei solchen Angelegenheiten war man im Tal geteilter Meinung darüber, ob die Bohrungen gut oder schlecht waren; doch es waren immer Fehlbohrungen, die Bohrtürme verschwanden, und es kehrten wieder Ruhe und Frieden ein, so wie Pflanzen an einem kahlgescharrten Fleck nachwachsen oder eine Narbe das verletzte Fleisch wieder zusammenfügt.

So begrüßten sie Dudley, wie ein Rudel Hunde einen der ihren begrüßt: Alle standen auf und kamen herüber, um ihn zu berühren, ihm die Hand zu schütteln, ihm auf den Rücken zu klopfen oder ihn an der Schulter zu fassen, und Matthew begrüßten sie noch begeisterter – als wäre er der verlorene Sohn – und zugleich mit großer Erleichterung, als hätten sie alle befürchtet, daß er eines Tages nicht mehr wiederkommen würde.

All das spürte Wallis, als gehörte er bereits zu den Einheimischen:

eine Neuordnung der Dinge, ja des ganzen Tals, und anscheinend paßte danach alles wieder zusammen, und nur das Drumherum hatte sich verändert.

Mel, Wallis und Helen hielten sich im Hintergrund, wurden von einigen begrüßt, mischten sich unter die Leute. Es roch wie immer nach Rauch, Alkohol, Schweiß und Adrenalin; doch das Ganze wurde durch den Geruch von Tannen- und Fichtenharz, Schnee und Pferden gedämpft.

Dudley zog ein Bündel Hundertdollarscheine heraus, das so dick war wie ein großer Hamburger, legte zwei davon auf die Theke, läutete mit der Kuhglocke und stellte freie Drinks in Aussicht, was großen Jubel auslöste.

Die Leute drängten sich weiter um die beiden Männer und berührten Matthew, als wollten sie überprüfen, ob er noch der alte war, nach so langer Zeit in der Großstadt.

Wallis setzte sich mit Helen und Mel an einen der hinteren Tische und schaute in das Schneetreiben hinaus. Der Anblick nahm ihn gefangen. Wallis hatte das Gefühl, als würde er das weiße Rauschen in seinem Kopf betrachten, als würde der Schnee durch seinen Kopf wirbeln und ihn reinigen. Es schien keine Rolle zu spielen, daß er für einen Possenreißer arbeitete.

»Denk dran«, sagte Mel und schreckte ihn aus seinen Gedanken auf, »nur ein Drink. Teil ihn dir ein.«

Wallis lächelte. »Vielleicht zwei, weil Weihnachten ist.«

»Ich nicht«, sagte Mel. »Für mich bloß einen.«

Danny kam herüber und setzte sich zu ihnen, dann kamen auch Amy und Colter. Colter trug eine neue Kette aus glänzenden Zähnen an einem Hirschlederriemen um den Hals, und alle bewunderten sie: ein weiterer Fund aus Zekes Gerberei. Mel beugte sich vor, berührte jeden einzelnen Zahn und ordnete ihn zu. Grizzly, Kojote, Wolf, Biber. Die elfenbeinernen Eckzähne, kleine verborgene Stoßzähne, eines Wapitis. Puma. Dachs.

»Meine Güte«, sagte Mel, »ich hatte keine Ahnung.« Sie konnte kaum sprechen. Sie ließ ihre Hand auf der Kette ruhen. »Sie ist wunderschön.« Dann schwieg sie eine Weile. »Wie fühlt sie sich auf der Brust an?«

»Gut«, erwiderte Colter. Er wollte sie abnehmen, damit Mel sie umlegen konnte.

»Nein«, sagte sie, »sie gehört dir – deinem Vater.«

»Tja«, sagte Colter, »sie fühlt sich einfach gut an.«

»Das kann ich mir vorstellen«, meinte Mel.

Old Dudley hatte eine Flasche Rum gekauft, war auf die Theke gestiegen und hielt eine laute Ansprache über irgend etwas – sie konnten nichts verstehen –, offenbar um zu verhindern, daß die Leute Matthew zu viel Aufmerksamkeit schenkten. Schneeböen wehten durch die offene Tür herein, doch niemand machte Anstalten, aufzustehen und sie zu schließen.

Amy schenkte allen an ihrem Tisch außer Colter Bier ein, leerte den ganzen Krug. Ein freudiger, ja zufriedener Blick in ihren Augen, obwohl sie erst vor kurzem ihren Mann verloren hatte. Sie roch an dem leeren Krug und schloß die Augen, rief sich ins Gedächtnis, wie sie in Pennsylvania aufgewachsen war, wie ihr Vater und ihre sechs Brüder mittags und zum Abendessen immer Bier getrunken hatten, erinnerte sich, daß sie es wie Wasser getrunken hatten, während sie die schwarze Erde umpflügten. Wenn ein Pferd lahmte oder sich ausruhen mußte, nahm einer ihrer Brüder, jeder von ihnen größer als einsachtzig und schwerer als hundertdreißig Kilo, seinen Platz ein und zog den Pflug, bis das Pferd sich wieder erholt hatte.

»Bist du hier geboren«, fragte Wallis Danny, »oder kommst du woanders her?« Er hatte den Eindruck, daß außer Helen, Matthew und ein paar anderen kaum jemand hier geboren war. Als wäre das Tal ein Ort, an dem man irgendwann ankam.

Danny lächelte traurig und begriff erstmals, daß Wallis nichts von seinen Lebensumständen wissen konnte, daß sie nicht osmotisch in ihn eingedrungen waren.

»Ich bin aus Trauer hergekommen«, sagte er. »Ein Ort, um neu anzufangen. Aus Florida. Ich war Broncreiter.« Er sah Wallis von der Seite an. »Willst du die näheren Einzelheiten wissen?«

Er fand es unhöflich, nein zu sagen; ja zu sagen fand er schamlos.

»Die Leute um mich herum wurden krank«, sagte Danny. »Meine Frau, meine alten Eltern, die Kinder meiner Frau aus ihrer ersten Ehe. Sie war schwanger mit unserem ersten.

Sie begannen zu sterben – einige schnell, wie mein alter Herr mit seinem Herzanfall –, aber andere ganz langsam. Krebs und so. Direkt bevor meine Frau starb – das Baby kam nicht mehr zur Welt –, sagte mir ihre alte Mutter, es wär meine Schuld, es wär ein Fluch – daß ich nicht rechtschaffen leben würde, daß ich verflucht wär, weil ich zu oft von zu Hause weg wär. Nichts für ungut«, sagte Danny mit einem Blick auf Amy, »aber sie war eine emsige Kirchgängerin.« Er schüttelte den Kopf: Wie oft hatte er die Geschichte in den letzten zwanzig Jahren schon erzählt? Er breitete sie jedesmal aus wie ein Fundament, wie Trittsteine über einen dunklen Fluß.

»Selbst meiner Frau hat sie das vor ihrem Tod noch eingeredet«, sagte Danny. »Das Witzige ist, daß es wahrscheinlich wirklich meine Schuld war, wenn auch unbeabsichtigt; wahrscheinlich lagerte verdammter Atommüll im Boden, oder es kamen unsichtbare giftige Dämpfe aus einer Raffinerie bei uns runter. Die Leute in der Nachbarschaft waren ständig krank, aber ich konnte es mir nicht leisten, in eine bessere Gegend zu ziehen; hab ich zumindest gedacht. Und wir hatten eine schöne Zeit. Wir führten ein schönes Leben. Aber danach ging's bergab. Nach der Beerdigung – fünf Stück in zwei Jahren – verfolgte mich ihre alte Mom, war hinter mir her wie ein kleiner Piepmatz hinter einer Eule. Ich hab angefangen zu trinken und Drogen zu nehmen, und eines Tages kam sie rüber, selbst schon halb wahnsinnig, und hat mich wieder mal angekeift, und da hab ich sie geschlagen.« Danny blickte Wallis direkt ins Gesicht. »Ich hab fest zugeschlagen. Ich bin ausgerastet. Sie mußten sie ins Krankenhaus bringen. In meinem ganzen Leben hat mir noch nichts so leid getan.

Ich hab meine drei Jahre abgesessen, dann bin ich hier rausgekommen. Ich wußte nicht mal, daß ›hier draußen‹ hier war; ich bin bloß in diese Richtung gefahren und hab gehalten, als ich merkte, daß das der Ort war, wo ich leben wollte.

An dem Tag, als ich aus dem Gefängnis kam, wartete ihr alter Ehemann – Lucindas Stiefvater – mit einer Pistole auf mich, einer ganz armseligen kleinen Knarre. Ich stieg in der Stadt aus dem Bus, und er wartete da und schoß auf mich, doch die Pistole explodierte in seiner Hand«, sagte Danny. »Ein Stück von der Kugel drang in meinen Körper ein, durchschlug meine Rippen, und ein paar Splitter von der Pistole zerfetzten seine Hand. Ist 'ne Menge Blut geflossen.

Ich hab kein Wort gesagt. Ich hab mein Hemd ausgezogen und es um die Überreste seiner Hand gewickelt, hab ihn die Straße runter zum Arzt gebracht – das Blut schoß nur so zwischen meinen Rippen hervor – und bin weitermarschiert. Ich wußte, daß die Batterie in meinem alten Lieferwagen leer war, drum hab ich 'ne neue gekauft und bin damit heimgegangen. Es war August, knapp vierzig Grad, und durch die Hitze und den Blutverlust wurde mir ziemlich schwindlig. Als ich heimkam, hab ich ein paar Liter Wasser direkt aus dem Gartenschlauch getrunken, hab die Batterie ausgetauscht, mich im Vorgarten abgespritzt und bis zum Einbruch der Dunkelheit unter einem schattigen Baum geschlafen, dann bin ich aufgewacht, in meinen Lieferwagen gestiegen und losgefahren.

Ich hab immer noch das Gefühl, meine Schuld nicht bezahlt zu haben«, sagte Danny und starrte seine Hände an. »Ich fühl mich überhaupt nicht freigesprochen oder so. Wahrscheinlich ist das normal: Das war damals, und das hier ist jetzt.«

Wallis dachte eine Weile über die Geschichte nach. »Warst du ein guter Broncreiter?« fragte er schließlich.

»Nee«, sagte Danny, »das ist ja das Schlimme. Ich hab eigentlich nicht viel getaugt. Hat mir bloß Spaß gemacht, das war alles.«

»Denkst du noch oft dran zurück?« fragte Wallis.

»Nee. Jetzt bloß noch ein-, zweimal am Tag. Nicht wie früher.«

Auf der Theke hatte Old Dudley die Glocke noch einmal geläutet und ein Plakat zu einer Art Megaphon zusammengerollt. Er erzählte von seinen Falken und Adlern, und er brüllte so laut, daß sowieso niemand eine andere Geschichte hätte erzählen können.

Er sprach von der Zeit, als er angefangen hatte, nach Öl und Gas zu suchen, als er, seine Frau und Mel, die damals noch ein Baby gewesen war, im Westen von Texas gelebt hatten. Sie hatten für fünfunddreißig Dollar im Monat ein kleines Adobehaus mit einem Schlafzimmer und einem Bad gemietet. Im Haus waren überall Falken und Adler gewesen – die Zeitungen auf dem Fußboden mußten täglich ausgetauscht werden –, und wenn Old Dudley auf die Ölfelder fuhr, nahm er seine Falken mit, um sie abzurichten, während der Bohrer immer tiefer vordrang. Es war eine langwierige, langsame Angelegenheit, darauf zu warten, bis das Bohrloch fertig war. Die Leute hatten ihre ganze Kunst darauf verwendet, anhand einer Karte alles für die Probebohrung vorzubereiten, und wenn das Bohrloch fertig war, würde man auf ihre Fähigkeiten zurückgreifen, um die Ergebnisse zu deuten und die Karten anhand der Daten noch einmal zu überarbeiten, doch in der Zwischenzeit wurde hauptsächlich einfach nur gebohrt, und es war Dudleys Aufgabe, für den Fall, daß etwas passierte, in Hörweite zu sein.

Während seines Vortrags dröhnte seine Stimme durch die ganze Bar. Alle waren gezwungen zuzuhören.

»Ich kann mich erinnern, daß ich an manchen Tagen von morgens bis abends draußen war«, sagte er gerade. »Ich hab jeden Tag mit sechs Vögeln gejagt. Ich hab dafür gesorgt, daß sie heiß und bei Kräften blieben. Und wenn ich nicht mit dem alten gejagt habe, hab ich die jungen abgerichtet. Das konnte ich gut. Man muß damit anfangen, wenn die Vögel noch klein sind. Am Anfang sind sie noch zu wild; sie wollen nicht tun, was man von ihnen erwartet; sie töten, doch von Natur aus wollen sie das, was sie töten, nicht zurückbringen und abliefern, drum muß man dieses Band erst schmieden. Man muß ihre Natur verändern.

Wenn man so junge Vögel hat, ist es am einfachsten, die Mistviecher fix und fertig zu machen. Du hältst sie wach – und auch selber mußt du wach bleiben –, so lange, bis sie völlig erschöpft sind: drei, vier, fünf Tage hintereinander, Tag und Nacht.

Jedesmal, wenn der Vogel schlafen will, weckst du ihn wieder auf, manchmal piesackst du ihn sogar ein bißchen, und er greift dich vor Wut kreischend mit Schnabel und Krallen an. Du mußt Ledersachen anziehen, wie eine Rüstung – und dann machst du ihn fix und fertig, bis er nicht mehr so wild ist und dein Wille zu seinem wird.

Es ist lange her«, sagte er, »daß ich all die jungen Falken abgerichtet habe, aber das konnte ich gut.« Dudley lachte. »Sie waren überall im Haus – jeder auf einer anderen Stange – und draußen in der Garage. Sie haben dem Baby die Spielsachen stibitzt« – er warf Mel, die unter den Zuhörern war, einen Blick zu, als wäre ihm nicht völlig klar, daß sie dieses Baby gewesen war –, »und Madelyn, meine Frau, hatte immer Angst, sie könnten sich das Baby schnappen, sie würden es versehentlich für ein Beutetier halten, während es unter ihnen herumkrabbelte.« Er betrachtete Mel, als würde er nach Spuren von vierzig Jahre alten Narben suchen. »Haben sie aber nie getan. Ich hab ihr das gesagt, und sie haben's nie getan. Es gab ein paar Orte, wo sie nicht jagten, einfach weil ich es nicht wollte. Mein Wille war auch ihr Wille«, sagte er wieder.

Er brüllte jetzt wie ein Prediger. »Ich hab diese Vögel erschaffen. Gott hat sie erschaffen, und dann hab ich sie ihm weggenommen, sie umgepolt und etwas anderes aus ihnen gemacht.

Wenn der Vogel endlich erschöpft ist, wenn er endlich aufgibt und auf deinem Arm sitzt, wird er plötzlich federleicht«, sang Old Dudley. »Wenn's soweit ist, wenn du gewonnen hast, kannst du wirklich spüren, wie irgendwas aus dem Vogel herausfährt, wie er immer leichter wird, bis er kaum noch was wiegt. Mein Gott, ist das ein schöner Moment. Normalerweise so um den vierten, fünften Tag. Man sollte meinen, sie würden sich länger wehren. Wenn man bedenkt, daß sie mir danach für immer gehören.«

Colters Miene war während des Vortrags immer ernster geworden, und jetzt stach er aus all den anderen ringsum, die die Vorstellung genossen, heraus. Er beugte sich vor, um Wallis etwas zu sagen, obwohl auch die anderen am Tisch ihn hören konnten.

»Ich kann ihn nicht leiden«, sagte er und lehnte sich dann wieder grübelnd auf seinem Stuhl zurück.

Old Dudley schwadronierte weiter. Er erzählte von dem besten Vogel, den er je gehabt hatte, dem riesigen asiatischen Adler, dem Berkutsk. Dudley sagte, die arabischen Prinzen, die ihm den Vogel geschenkt hätten, hätten ihm erzählt, daß er riesige Kraniche, ja sogar Leoparden und Tiger getötet habe; daß er in Rußland ungefähr hundert Wölfe getötet habe, indem er herabgestoßen sei, den Wolf mit seinen großen schlagenden Flügeln blind gemacht und ihm dann seine Krallen in den Schädel geschlagen habe. Daß er, stets unvorhersehbar, auch Menschen getötet habe – sogar seine Besitzer, aus reiner Langeweile –, vom Himmel sei er auf sie herabgestoßen, und die Blutflecke an seinen gefiederten Beinen könne man immer noch sehen, das Menschenblut lasse sich nicht abwaschen. Dudley sprach davon, daß er den Vogel nie direkt dem Sonnenlicht aussetzen durfte, was im Westen von Texas ein Problem gewesen sei, daß sich sein Blut erhitzt habe, auf ungefähr vierundvierzig Grad, und Dudley vor der Jagd manchmal kaltes Wasser über seinen Kopf und seine Flügel rieseln lassen mußte, denn sein Herz habe so stark gepumpt, daß er sich schon bei dem bloßen Gedanken an die Jagd erhitzt habe.

»Damals gab's noch keine Air-conditioner«, sagte Dudley. »Wenn ich in der Abenddämmerung mit ihm in die Wüste rausgefahren bin und ihn neben mir auf dem Sitz hatte, war's, als hätte ich glühendes Magma oder so was Ähnliches dabei. Gott, was für eine Bestie. Seine verdammten Beine hatten einen Umfang von fünfzehn Zentimetern. Wenn im Winter eine Kaltfront durchzog, brachte ich ihn auf dem Arm nach draußen, und wenn er die Federn sträubte, dampfte sein ganzer Körper, weil er so heiß und die Luft so kalt war. Gott, ich kann mich noch genau dran erinnern.

Ich war damals ein ziemlich großer Mistkerl«, erzählte Dudley weiter – vielleicht setzte langsam der chemische Zerfallsprozeß in seinem Gehirn ein, das sich dem unnachgiebigen Willen des Alkohols beugte. »Ich war so groß wie er«, sagte er und deutete auf Matthew, der gerade mit zwei Flaschen Wein zurückkam. »Dieses große Mistvieh auf einem Arm rumzutragen, das war, als würde man eine ganze Enzyklopädie in der ausgestreckten Hand halten, und das Mistvieh gehörte dir, in jeder Beziehung ...«

Der Schnee wehte immer noch durch die offene Tür herein. Dudley zitterte vor Kälte, ging über die Theke wie ein Drahtseilartist im Zirkus – vielleicht hatten ein, zwei Schritte etwas Schlaffes, Betrunkenes, aber man merkte es kaum –, dann hüpfte er herunter, schloß die Tür und kletterte wieder auf die Theke, um seine Geschichte zu Ende zu erzählen.

Mel unterbrach ihn.

»Ach, welch ein Verhängnis für den Menschen«, rief sie, D. H. Lawrence zitierend, »daß er sich vom Rhythmus des Jahres lossagte, von seinem Einklang mit Sonne und Erde. Ach, welch ein Verhängnis, welch eine Verstümmelung der Liebe, daß sie zu einem individuellen Gefühl gemacht wurde, losgelöst vom Aufgang und Untergang der Sonne und getrennt von der magischen Beziehung zur Sonnenwende und Tagundnachtgleiche. Das ist unser Fehler. Wir kranken an den Wurzeln ...«

»Hey«, sagte Old Dudley, »laß das. Hör auf mit dem Scheiß.« Mel lächelte. Dudley läutete die Glocke, wühlte in seinen Taschen nach Geld.

Dann nahm er wieder das Megaphon. »Es gibt zwei Theorien, warum der Falke zum Falkner zurückkehrt«, brüllte er, als wollte er seine Zuhörer auf eine Prüfung vorbereiten, die er später abnehmen würde. »Die eine lautet, daß der Falke auf seinen Hunger konditioniert ist, daß er gelernt hat, seinen Besitzer mit Futter in Verbindung zu bringen. Und die andere Theorie lautet, daß der Falke den Falkner aufrichtig liebt und nur aus Liebe zurückkehrt.«

»Welche ist deiner Meinung nach richtig?« fragte Mel.

Matthew lauschte gespannt.

»Beide«, sagte Old Dudley. »Ich glaube, daß wir sie vollkommen manipulieren. Ich glaube, die armen Viecher werden mit einer ganz reinen Seele geboren, die nur von einem überlegenen Geschöpf wie mir bezwungen und umerzogen werden kann. Ich glaube, wir bringen ihnen bei, Hunger mit Liebe und Liebe mit Hunger zu verwechseln. Ich glaube, wir bringen das bei ihnen kräftig durcheinander, und nur wenn sie ganz hoch oben sind, einen Kilometer über uns, können sie alles wieder klar und deutlich auseinanderhalten: Dann sehen sie, wie es war, als sie zur Welt kamen, und wie sie eigentlich sein sollten.

Aber es ist zu spät. Sie gehören bereits einem anderen. Sie haben ihr altes Ich verloren. Sie sind bloß noch gefiederte Gespenster.

Verdammt«, sagte er. »Ein Wunder, daß sie noch jagen können, wenn wir mit ihnen fertig sind.«

Er kletterte mit rotem Gesicht von der Theke herunter, sah aus wie ein alter Mann, ein bißchen eingerostet, dachte Wallis, doch noch immer tatkräftig und auf eine unbestimmte Art gefährlich: als wäre ein wildes, unberechenbares Tier – vielleicht ein Vielfraß – bei ihnen in der Bar. Das sie im Moment nicht bedrohte, doch durchaus dazu fähig wäre. Dudleys Zangenmale waren knallrot und pulsierten, als hätte man ihn gerade aus dem Meer gezogen.

Der Tag war ihnen völlig entglitten, war vom Nachmittag so schnell und unerbittlich in den Abend übergegangen, daß es ihnen vorkam, als läge ein Irrtum vor, als fehlten zwei oder drei Stunden. Wallis trank mit Amy ein Bier nach dem anderen, und Mel beugte sich herüber und flüsterte ihm ins Ohr: »Du kannst dich nicht beherrschen. Du bist genau wie er.« Wallis, der schon leicht betrunken war, fuhr vor Schreck zurück, da er glaubte, sie habe ihn zurechtgewiesen, doch sie wollte ihn bloß warnen und ein bißchen aufziehen.

Dudley kam mit ein paar anderen Männern an ihren Tisch. Auch Matthew, der während Dudleys Vortrag ganz vorn an der Theke gesessen und wie ein Kind in der Märchenstunde zu ihm aufgeblickt hatte, holte sich einen Stuhl und setzte sich zu ihnen. Noch mehr Bier. Mel trank Wasser, genau wie Danny. Helen nippte an ihrem Bourbon und schaute Matthew liebevoll an. Sie konnte die Tage, an denen sie ihn jedes Jahr im Tal zu sehen bekam, an beiden Händen abzählen. Die Jahre verflogen, als ob sie kein Ende hätten.

Mel drehte ihr Haar wie ein Seil zusammen und hielt sich die Spitzen ans Gesicht, um festzustellen, wie stark es nach Zigarettenrauch roch. Sie dachte an die Wölfe, daran, daß sie manchmal ihre Spuren zurückverfolgten, so wie sie die Spuren der Wölfe zurückverfolgte. »Ich geh mal kurz raus«, sagte sie und berührte Matthews Arm. Sie blieb einen Augenblick lang stehen, als ob sie glaubte oder sich ausmalte, er käme mit, doch Matthew und Dudley erklärten Danny gerade, daß die Erschließung eines Ölvorkommens im Tal keinen Schaden anrichten würde und für die Tierwelt sogar von Nutzen sein könnte.

Wallis stand auf und ging mit Mel nach draußen. Sie wischten den Schnee von einer der Bänke, setzten sich und beobachteten, wie die Flocken vorbeiwirbelten, spürten, wie die Kälte sie umfing. Wallis konnte sich nicht mehr an die Wärme der Sonne erinnern und wollte es erstaunlicherweise auch gar nicht. Als die Tür offen gestanden hatte, war der Schnee ringsum geschmolzen und vom Dach getropft, und jetzt war er zu langen glänzenden Zähnen gefroren, die herabhingen wie durchsichtige Gitterstäbe.

»Ich kann mich nicht erinnern, daß er in Houston so gewesen ist«, sagte Wallis. »Vielleicht war ich blind dafür, weil ich an den Karten gearbeitet habe, aber das glaub ich nicht. Er war exzentrisch und überheblich, aber nicht so. Nicht völlig unbeherrscht und von der Rolle.«

»Er ist nicht von der Rolle«, sagte Mel. »Er läuft auf Hochtouren. Und zwar auf deine und Matthews Kosten. Diese Auftritte sind für ihn ein Klacks. Das ist nicht unbeherrscht. Du weißt nicht, wie das ist.« Sie griff nach oben und brach einen der Eiszapfen ab. »Ich weiß nicht, wie ich's erklären soll, aber es ist, als hätte er dich und Matthew in den Schlamm geworfen und sich auf euch draufgestellt, auf jedem von euch einen Fuß. Als würde er aus euch *hervorblühen.*« Sie lutschte an der Spitze des Eiszapfens. »Aber es stimmt, um die Sonnenwende ist er noch schlimmer als sonst.« Sie schüttelte den Kopf. »Wer weiß, was in seinem Blut ist?«

Sie schwiegen eine Weile und ließen ihre Worte von Schnee und Wind davontragen. Mel fuhr sich mit gespreizten Fingern durchs Haar, half dem Wind und der Kälte, den Geruch von ihr abzustreifen. Wohin verschwanden Gerüche, wenn sie verflogen? Wohin verschwanden Worte, wenn man sie ausgesprochen hatte? Sie blieb an einem verfilzten Knoten hängen und riß sich ein paar Haare aus; sie warf sie in den Wind, damit die Zaunkönige sie finden und im Frühling Nester daraus bauen oder die Mäuse ihre Löcher damit auskleiden konnten.

»Warum brichst du den Kontakt zu ihm nicht ab?« fragte Wallis.

»Das ist nicht so einfach«, sagte sie. Sie streckte den Arm aus, als ob sie Blut spenden wollte. »Außerdem muß ich besser sein als er. Wenn er schlecht ist, muß ich gut sein. Das ist keine bewußte Entscheidung von mir. Aber bloß so kann ich spüren, daß alles im Gleichgewicht ist – wie bei einer Wippe. Und zweitens sind er und Matthew unzertrennlich. Sie werden langsam zu einer einzigen Person. Sind es schon.«

»Warum trennst du dich nicht auch von Matthew?« fragte Wallis.

Mel schwieg lange, und Wallis wußte nicht, wie sehr er sie gekränkt hatte.

»Es ist, als würde er langsam mein Bruder statt mein Liebhaber«, sagte sie schließlich. »Es ist sehr traurig.«

Matthew kam auf die Veranda, hatte sich kurz von Dudley losgerissen, um nach ihnen zu suchen. Helen folgte ihm, und sie setzten sich neben Mel auf die Bank.

Für die drei jüngeren Leute war die Kälte belebend, doch für Helen war sie kaum zu ertragen. Dennoch konnte sie sich nicht von ihrem Sohn losreißen. Sie wußte aus jahrelanger Erfahrung, daß er und Old Dudley ganz schnell wieder weg sein konnten, wenn sie sich zum Aufbruch entschlossen – wie ein Fisch, der sich quer zur Strömung stellt: ein kurzes silbernes Aufblitzen, und schon ist er verschwunden.

Es schneite so stark, daß sie ihren Laden auf der gegenüberliegenden Straßenseite nicht mehr sehen konnten. Helen und Mel schmiegten sich an Matthew, um sich zu wärmen, und Wallis dachte: Ihr beide lehnt euch an ein baufälliges Haus. In seiner Einsamkeit verspürte er eine seltsame Stärke und Gelassenheit.

»Es heißt, daß alles zweimal passiert«, sagte Helen und starrte in den Schnee hinaus, und keiner von ihnen hatte eine Ahnung, wovon sie sprach. Mel glaubte, daß sie vielleicht an einen früheren Freund oder sogar Liebhaber dachte. Matthew fragte sich, ob sie das Wetter meinte. Wallis, der über Dudleys verwirrenden Auftritt nachgedacht hatte, fragte sich, ob sie vielleicht meinte, daß ein neuer Dudley kommen oder erschaffen werden würde. Daß es Matthew sein könnte.

»*Mindestens* zweimal«, sagte Helen. »Wenn man lange genug lebt, sieht man erst, wie alles mögliche passiert, und dann sieht man es noch ein zweites Mal.«

Helen zitterte. »Gehen wir wieder rein«, sagte Mel, die eigentlich sitzen bleiben und die faszinierende Schönheit des Sturms bestaunen wollte, aber Mitleid mit ihr hatte, und so traten sie wieder in den Lärm und die Wärme der Bar. Charlie forderte jeden zum Armdrücken auf und nahm es mit zwei Gegnern gleichzeitig auf. Old Dudley war mit Colter in ein Gespräch vertieft. Amy war aufgestanden und hatte den Tisch verlassen.

Dudley hatte immer Probefläschchen mit Öl dabei, wie Talismane, die in seinen Taschen klimperten, und jetzt öffnete er eins, um Colter zu zeigen, wie das Öl aussah, wenn es direkt aus der Erde kam und noch nicht gereinigt war. »Hidalgo County, 1937«, sagte Dudley, und Wallis mußte über Colters Gesichtsausdruck lachen, denn offensichtlich dachte er, das sei uralt.

Das Öl war vor sechzig Jahren entdeckt und an die Erdoberfläche gepumpt worden. Doch es hatte in dieser Form bereits seit vierhundert Millionen Jahren existiert, hatte unter der Erde geruht und gewartet.

Ging ein Teil der Energie, die in diesem Zeitunterschied lag, auf den Menschen über, der es entdeckte? Selbst wenn man diesen gewaltigen Abstand nur in einem winzigen Maßstab übertrug, dachte Wallis, wäre der Zuwachs riesengroß.

Wenn ein Fallensteller ein wild und frei lebendes Tier, zum Beispiel einen Marder oder einen Vielfraß fing und ihm das Leben nahm, kam es dann auch zu einer – wenn auch nur winzigen – Kraftübertragung? Die Summe aller Tage, in denen der Vielfraß über Berge und durch Täler gestreift war, Frühling, Sommer, Herbst und Winter, und die mit dem Zuschnappen der Falle oder dem Knall eines Gewehrschusses endeten: Ging auch nur ein Hauch von dem, was vorher dem Tier gehört hatte, auf den Fallensteller über?

Dudley schraubte bei einem der Fläschchen den Deckel ab und forderte Colter auf, daran zu schnüffeln, den Finger hineinzutauchen. Das Öl funkelte in dem schummrigen Licht, spiegelte die Laternen und Glühbirnen wider; es war dunkler als Blut, schwarz wie Lakritz, glänzend wie Obsidian, und man sah ihm seine Macht gar nicht an – der unverarbeitete Treibstoff menschlichen Handels schlechthin –, es wirkte eher schlicht und natürlich: wie ein Stein, ein Geweih oder ein Stück Holz, dessen stoffliche Eigenschaften noch nicht in die eine oder andere Richtung verändert wurden.

»Nur zu«, drängte Dudley Colter. »Tauch deinen Finger ein. Spür, wie schmierig es ist.« Colter gehorchte zaghaft, schnüffelte daran. Es roch süßlich, anders als alles, was er bisher gerochen hatte. Old Dudley zwinkerte ihm zu. »Ist besonders gut, um dein Ding damit einzuschmieren, wenn du versuchst, es in Spalten und Öffnungen einzuführen, wo es normalerweise nicht reinpaßt …«

»Pop!« sagte Mel, und Old Dudley zuckte zusammen, da er nicht bemerkt hatte, daß sie zurückgekehrt waren. Colter wischte sich den

Finger rasch an einer Serviette ab, als Amy von der Toilette zurückkam. Old Dudley starrte sie eine Weile mit raubtierhaftem Blick an, anscheinend allein durch ihren Anblick besänftigt.

»Kein Mann, der nicht sein Leben lang in einer Falle sitzt, und doch will jeder sie fliehen«, sagte er, und sie dachten zuerst, er würde ein Gedicht rezitieren. »Welcher Mann aber hat den Mut, ja zu sagen, der Falle nicht zu wehren, sondern in ihr zu schwelgen?«

Er beugte sich vor, um den Duft hinter Amys Ohr riechen zu können, ihn tief einzuatmen und sich vorzustellen, schon in ihrem Körper zu sein, doch dann fiel er, endgültig betrunken, zu Boden und verlor das Bewußtsein.

»Die Fahrt hat ihn aufgeregt. Er kippt sonst selten einfach um. Es hat ihn aufgeregt, dich zu sehen«, sagte Matthew zu Mel.

»Quatsch«, erwiderte Mel. »Er ist alt und betrunken.«

Sie setzten ihn auf seinen Stuhl – sein Kopf hing herab wie ein Kürbis – und hüllten ihn in eine Decke. Colter überquerte die Straße und stöberte in einem von Helens alten Nebengebäuden nach einem Schlitten. Er kam mit dem Schlitten und einem ausgebleichten Büffelschädel zurück. »Was ist das?« fragte er Helen.

»Bloß ein altes Stück, das ich sonstwo herhabe – jemand hat es vor langer Zeit dagelassen. Willst du's haben?«

»Verdammt noch mal, ja«, sagte Colter. Amy war entsetzt. »Ich meine, na klar. Ja, Ma'am«, sagte er.

Sie hoben Dudley wie ein kleines Kind auf den Schlitten. Seine Arme hingen auf beiden Seiten herunter, und sein Kopf war nach hinten gekippt; sein Gesicht war dem Himmel zugekehrt, und der Schnee fiel ihm in den geöffneten Mund. Er saß mit gespreizten Beinen da, und sie mußten sie seitlich am Schlitten festbinden. Alle versammelten sich auf der Veranda, um sie zu verabschieden.

Wallis und Matthew zogen den Schlitten wie zwei Pferde; Helen und Mel liefen auf Skiern hinterher, und als sie in den Sturm hinauszogen, sah es aus, als würden sie nicht einen bewußtlosen alten Trunkenbold transportieren, sondern mit fürstlichem Gepränge eine einst hochberühmte Persönlichkeit eskortieren, die immer noch von größter Bedeutung war für die Welt.

Der Schnee türmte sich allmählich dichter und höher auf Old Dudley, bis er darunter begraben war, und der Schlitten wurde unter seiner Last immer schwerer. Als sie ihn auf den Schlitten gesetzt hatten, war Wallis überrascht gewesen, wie schwer, wie massig er war. Obwohl er nicht groß war, hatte Wallis das Gefühl gehabt, als würden sie den Schlitten voll Eisen laden. Er hatte sich gefragt, wie der Mann sich bloß von der Stelle rührte, wie er sein eigenes Gewicht in Bewegung setzte. Vom bloßen Augenschein hätte er geschätzt, daß Dudley siebzig Kilo wog; doch nachdem er ihn gehoben und geschleppt hatte, wäre er nicht überrascht gewesen zu hören, daß er doppelt so schwer war – als bestünde sein Blut aus Quecksilber.

Sie kamen an einem Rudel Wapitis vorbei, die sich am Straßenrand unter einer hohen Tanne niedergelassen hatten. Sie liefen in einer Entfernung von wenigen Metern an ihnen vorbei und waren verwirrt, denn sie konnten die Wapitis so deutlich riechen wie einen Stall voller Pferde, entdeckten sie aber nirgends; doch dann sah Mel die verzweigten Geweihe der Bullen aus dem Schnee ragen, und sie sah die Atemwölkchen der Wapitis, die wie der Rauch von hundert winzigen Feuern überall am Straßenrand aufstiegen.

Die Wapitis beobachteten, wie sie vorbeiliefen, und Mel und die anderen warteten darauf, daß ein Tier in Panik geriet und in einer Fontäne aus aufgewirbeltem Schnee aufsprang und das ganze Rudel es ihm nachmachte – fünfzig Wapitis, die unter der Schneedecke hervorbrachen, als wären sie nicht dem Bauch einer Mutter, sondern direkt der Erde entschlüpft –, doch außer den Atemwölkchen regte sich nichts, da die Tiere glaubten, in Sicherheit zu sein.

Irgendwann beugte Old Dudley den Kopf zur Seite, um sich zu übergeben, sagte jedoch nichts, war noch immer weggetreten, und Matthew und Wallis zogen den Schlitten einfach weiter, und Mel und Helen liefen nach vorn, um dem Geräusch und dem Gestank zu entgehen.

Die Kojoten, die ihnen gefolgt waren, sie unauffällig beschattet hatten, tauchten jetzt hinter ihnen auf und probierten das Erbrochene, bemühten sich, den süß-sauren Mageninhalt zu fressen, bevor alles vom Schnee bedeckt war; und der Schnee fiel weiter vom Himmel, so erbarmungslos, als wollte er die ganze Welt zudecken, egal, ob sich etwas bewegte oder stillstand, ob es tot oder lebendig war, als ob sich im Winter der Unterschied zwischen beidem in nichts auflöste.

Irgendwann wachte Dudley kurz auf und begann zu jammern, da er glaubte, man hätte ihn für tot gehalten und lebendig begraben. Er kämpfte mit den Seilen, mit denen er am Schlitten festgebunden war, sprang auf und warf die dicke Schneeschicht ab, die ihn zudeckte. Er hatte Schnee geschluckt, da sein Mund während der Fahrt weit offen gestanden hatte, und seine Augen waren schneeverkrustet, so daß er nichts sehen konnte. Er rannte, die Arme und Beine noch immer an den Schlitten gebunden, blindlings in den Wald, und der Schlitten auf seinem Rücken sah aus wie der Panzer einer Schildkröte. Seine panische Angst und seine Kraft waren so groß, daß er Matthew und Wallis ein Stück hinter sich herzog, bis er mit dem Kopf voran gegen einen Baum rannte, zurückprallte und wieder das Bewußtsein verlor. Sie befreiten sich, richteten den Schlitten, an dem er noch festgebunden war, wieder auf und begannen, ihn wortlos weiterzuziehen.

»Er hat noch nie mit der Welt in Frieden gelebt«, sagte Helen bloß.

Am letzten Bach vor dem Pfad zur Hütte hinauf machten sie halt und tauchten Dudleys Kopf ins Wasser, um ihn sauberzumachen und zu wecken. Doch er schlief trotzdem weiter, als läge er ertrunken auf dem Meeresgrund, und jetzt fror das Wasser aus dem Bach an seinem Kopf und Gesicht fest wie eine Maske oder ein Panzer, so daß er wie ein gespenstischer Außerirdischer aussah, besonders unwirklich wegen des adretten Straßenanzugs, den er immer noch trug.

An der Hütte wollte Mel Atemlöcher in seinen Eishelm bohren und ihn dann auf die Veranda legen, bis er wieder wach wurde, doch

Matthew sagte, es sei noch zu kalt, er würde erfrieren; also banden sie ihn los und brachten ihn nach drinnen, legten ihn vors Feuer und sahen voll Interesse, ja fasziniert dabei zu, wie die Eismaske in der Wärme zu glänzen begann und dann langsam schmolz, so daß unter dem Kokon wieder ein normales Gesicht zum Vorschein kam, ein Gesicht, das man im Vergleich zu dem vorherigen Anblick trotz der Zangenmale fast als schön bezeichnen konnte.

Old Dudley wachte nicht auf, und so richtete Mel für Helen und Wallis noch zwei Nachtlager her, und dann gingen alle schlafen; doch irgendwann mitten in der Nacht schrak Wallis hoch und hörte ihn kriechen, rund um die Hütte, immer wieder, und sah jedesmal, wenn er am Feuer vorbeikam, seine Silhouette; Weihnachten ging vorüber, wurde zusammen mit all den anderen Tagen in die Gruft der Vergangenheit hinabgezogen, als wäre es – dieser Tag und alle anderen – eine Aufgabe, eine Prüfung, die sie nicht bestanden hatten, und als könnten sie nicht unversehrt und zuversichtlich in die Zukunft gelangen, bevor sie sich nicht mit ihrem Versagen auseinandergesetzt hätten.

In ihren Träumen konnten sie es alle spüren, Mel am stärksten von allen: daß ihnen das Ende des Versagens eines Tages – wenn es denn soweit war – durch eine ungefragte, fast unbemerkte Gnade offenbart werden würde.

Sie stöhnte im Schlaf. Alle stöhnten sie immer wieder in jener Nacht; so daß es sich für jeden, der von draußen gehorcht hätte, angehört hätte, als wäre die Hütte voller Leid, als wäre sie ein Schiff, eine alte hölzerne Arche, die unter einem schrecklichen Fluch über die Meere trieb. Doch das Stöhnen ließ nicht auf den Grund für die Strafe schließen, und auch die Träumer in ihrem unruhigen Schlaf kannten ihn nicht.

Am Morgen saßen sie Tee trinkend am Tisch und bestaunten das Sonnenlicht. Sie konnten die Frostkristalle vor dem blauen Himmel glitzern sehen. Helen fragte Matthew frei heraus, wann er wieder zurückkomme, um im Tal zu leben.

»Tja«, sagte Matthew und schaute Old Dudley an, »das könnte noch eine Weile dauern.«

»Er meint, in diesem Leben nicht mehr«, sagte Mel.

»Oh, er wird zurückkommen«, erwiderte Helen. »Ganz bestimmt. Wenn er genug Öl gefunden hat – wenn er die Nase voll hat. Und dann wird er ein besserer Mensch sein.«

Old Dudley lachte wiehernd.

»Er wird zurückkommen«, sagte Helen. »Du glaubst das nicht. Aber du wirst schon sehen. Alles passiert zweimal.«

»Alles passiert hundertmal«, verbesserte Dudley sie, »oder zehntausendmal, aber in diesem Tal wirst du ihn nicht mehr sehen.« Er nickte Mel zu. »Wie sie gesagt hat, jedenfalls nicht mehr in diesem Leben. Er gehört mir, und ich sage *nein.*«

»Ich gehöre niemandem«, sagte Matthew.

Sie saßen noch eine Weile da und betrachteten das Sonnenlicht. Alle konnten bereits spüren, daß Dudley aufbrechen wollte. Statt das Sonnenlicht draußen zu betrachten, starrte Matthew unverwandt auf das Fenster im Ofen.

»Hört euch das mal an«, sagte Mel, und sie stand auf, ging zu einem der Bücherregale und nahm John Neihardts Niederschrift von *Ich rufe mein Volk* herunter. Sie setzte sich mit dem Rücken zum Feuer, um ihnen etwas vorzulesen, und Old Dudley stöhnte.

»Oh, Mist«, sagte er, »Lyrik.«

Mel las: »Er sagte, daß Crazy Horse in einem Traum in die Welt gelangt sei, wo nichts ist als die Geister aller Dinge. Das ist die wirkliche Welt, die hinter dieser liegt, und alles, was wir sehen, ist nur so etwas wie ein Schatten von jener Welt. Er war auf seinem Pferd in jener Welt, und das Pferd und er und die Bäume und das Gras und die Steine und alle Dinge waren aus Geist gemacht, und nichts war fest, alles schien zu fließen. Sein Pferd stand da, und doch tanzte es umher wie ein aus Schatten gebildetes Pferd, und daher hat er seinen Namen erhalten, der nicht besagen will, daß sein Pferd verrückt oder wild war, sondern daß es in seiner Vision auf diese seltsame Art herumtanzte.«

»O Gott«, sagte Dudley, »noch schlimmer als Lyrik. *Indianermist*«, sagte er, doch plötzlich verspürte er einen stechenden Schmerz in der Brust und verschüttete seinen Tee. Der Schmerz ließ gleich wieder nach, es war nur ein Krampf, und Mel sagte nickend: »Siehst du, Gott hat dich bestraft.«

»Pah«, sagte Dudley. »Ist bloß ein Samenstau, und das vergiftet mein Blut. Muß mal wieder *abspritzen*.«

»Hör auf«, sagte Mel.

An jenem Nachmittag wollten sie das Kojotenspiel spielen. Mel machte allen ein Lunchpaket aus Äpfeln und Sandwiches mit Erdnußbutter und Marmelade – leuchtendrote Erdbeermarmelade auf den dicken, krümeligen Scheiben selbstgebackenem Brot. Zu jedem Paket fügte sie eine Flasche Bier hinzu.

»Ein Picknick«, sagte Dudley. »Ein Picknick bei vierzig Grad unter Null.«

»Wir haben das lange nicht mehr gespielt«, sagte Mel, rollte fünf Hirschfelle zusammen und steckte sie in ein paar größere Rucksäcke.

»Seit ungefähr ...« Helen hielt inne, da sie die Jahre nicht mehr zählen konnte oder wollte. Sie blickte erst Matthew und dann Mel an und sah sie einen Augenblick lang so, wie sie vor fast zwanzig Jahren gewesen waren, als sie das Spiel alle drei noch oft gespielt hatten.

»Auf geht's«, sagte Mel.

»Wird's weh tun?« fragte Old Dudley, aber er wollte auch nicht kneifen oder noch mehr Fragen stellen. »Das Kojotenspiel«, murmelte er, als ob er es schon lange kennen würde.

Im Gänsemarsch überquerten sie auf Schneeschuhen den Bach, über ihnen der blaue Himmel, der Wald unter dem in der Nacht gefallenen Schnee begraben, strahlend im goldenen Winterlicht.

Zielstrebig stiegen sie im Zickzack zwischen alten Tannen, Fichten und Zedern den Berg hinauf. Mel legte den Pfad, Matthew ging hinter ihr, dann kam Wallis, dann Helen. Old Dudley und Helen mußten oft stehenbleiben, doch sie gaben sich alle Mühe, nicht zurückzubleiben. Jedesmal, wenn Helen sie wieder einholte, war in ihrer Brust ein Rasseln und Flattern zu hören, und wenn Mel fragte, ob es ihr gutgehe, konnte Helen nicht einmal sprechen, wedelte zur Bestätigung nur mit den Händen und bedeutete ihnen, einfach weiterzugehen. Trotz seiner Kriechübungen schnaufte und keuchte auch Dudley; der Schweiß lief ihm in Strömen am Hals hinunter, und die Zangenmale pulsierten wie heiße Ambosse.

Mel stieg höher, blieb dann stehen und wartete, bis die Herzen der anderen nicht mehr flatterten. Old Dudley hustete Schleim herauf und spie ihn aus. Seine Brille war beschlagen, und er wischte sie sauber. Das Rasseln in Helens Lunge übertönte alle anderen Geräusche, doch allmählich wurde es leiser und hörte dann ganz auf. Der Schweiß auf ihrer Haut wurde wieder ganz kalt, und sie stapften weiter.

Nach einer weiteren Viertelstunde konnte Helen erneut nicht mehr sprechen, und sie hielt sich hinten an Matthews Gürtel fest und ließ sich von ihm ziehen; noch eine Viertelstunde später mußte er sie tragen.

Sie lag würdevoll in seinen Armen. Ihre dicken Brillengläser, die ohnehin milchig wirkten, beschlugen jetzt auch noch, da alles an ihr vor Anstrengung dampfte.

Nach einem Aufstieg von einer weiteren halben Stunde erreichten sie eine Wiese. Es war eine kleine, sanft ansteigende Wiese, die am Rand einer niedrigen Felswand endete. Mel zog eine Flasche aus ihrem Rucksack und goß allen den Urin eines Damhirsches über die Knöchel. Old Dudley protestierte laut brüllend, doch Mel sagte ihm, er solle still sein. Sie nahm die Felle aus ihrem Rucksack und gab jedem eins. Den Rucksack hängte sie in einen Baum. Der Atem kam in milchigen Wölkchen aus ihren Mündern und Nasen. Wallis glaubte, in Helens Wölkchen einen rötlichen Ton zu erkennen.

Unter ihnen lag flach das Tal. An manchen Stellen schlängelte sich der Fluß langsam dahin, während er an anderen Stellen schnell geradeaus strömte. Sie sahen den Rauch, der aus den Schornsteinen quoll – sie zählten dreizehn Feuer –, doch die Schornsteine selbst waren nicht zu sehen.

Es sah so aus, als könnten sie von dort, wo sie waren, nicht wieder hinuntergelangen. Sie schauten eine Weile schweigend ins Tal. Alles glitzerte im Schnee.

»Niemand von euch muß dringend irgendwohin, oder?« fragte Mel. Sie nahm Dudley und Wallis an der Hand und führte sie mitten auf die Wiese; Helen und Matthew suchten sich selbst ein Plätzchen. »Macht's euch gemütlich«, sagte Mel. »Legt euch in den Schnee und grabt euch ein kleines Loch. Legt euch auf den Bauch, auf alle viere, so daß bloß der Kopf rausguckt.«

Wallis und Dudley buddelten sich in den Schnee ein, als ob sie darin alte Hasen wären. Nach einer knappen Minute hatten sie es geschafft. »Okay«, flüsterte Mel. Sie breitete die Hirschfelle über sie, als würde sie Kinder ins Bett bringen. »Man darf bloß eure Augen sehen«, sagte sie. Sie legte sich zwischen ihnen in den Schnee und zog das Fell über sich.

Eine Weile tat sie gar nichts. Sie wartete, bis alle es sich bequem gemacht, bis die Stille, die Kälte und die Welt sich wieder über sie gelegt hatten. Es gab nichts zu tun, nichts zu hören oder zu spüren außer dem Schnee. Ihre Gesichter waren kalt, weil sie auf die Wiese spähten, aber alles andere war warm. Dort unten im Schnee herrschte kein Schweigen, sondern vielmehr der Klang der Stille. In herzschlagartigen Wellen pulste es dort unten, doch nur gedämpft.

Wallis spürte, daß der Schnee das gelbe Licht des Tages in sich trug. Er spürte, daß er auf dieses Licht gebettet war, spürte die Sonnenstrahlen, die nur schwach einen halben Meter tief unter die Schneedecke drangen.

Leise begann Mel, einen Lockruf zu blasen: auf einer Pfeife, in der Wallis die Speiseröhre eines Hirsches erkannte. Sie hatte einen flachen Zedernholzsplitter hineingelegt, der die Zunge des Hirsches imitieren sollte. Als sie darauf blies, ertönte ein sanftes Brummen.

Sie warteten. Der Schnee und die darübergelegten Felle hielten ihre Körperwärme. Wallis hatte das Gefühl, bis in alle Ewigkeit dort liegen zu können. Er war von gelbem Licht eingehüllt, und weiter unten herrschte eisiges, unterirdisches blaues Licht. Er wollte den Kopf hinlegen, einschlafen und dem leisen Pulsieren lauschen.

Nach ungefähr einer Viertelstunde blies Mel noch einmal. Sofort hörte Wallis etwas, das auf Zehenspitzen ging, ein Knirschen im Schnee. Keine fünf Meter entfernt tauchte das Bein eines Kojoten auf. Der Kojote umkreiste sie zweimal.

Über ihnen krächzte einmal ein Rabe: anscheinend eine Warnung, doch vielleicht rief er die Kojoten auch nur zum Fressen, zu dem seltsamen verwundeten Hirsch, der unten im Schnee lag.

Der Kojote senkte den Kopf und starrte Wallis direkt in die Augen. Wallis konnte das bernsteinfarbene Licht in seinen Augen, den Rauhreif an seinen Schnurrhaaren sehen. Er schnupperte kurz, wich zurück und ging dann vorsichtig zu Mel hinüber. Er biß in die Ohren von Mels Hirschfell, erst ganz behutsam, dann zerrte er daran, doch Mel hielt es mit beiden Händen fest und ließ nicht los. Der Kojote knurrte und schüttelte den Kopf wie ein Welpe. Wallis hörte, wie Mel das Lachen unterdrückte, hörte, wie sie wieder auf ihrer Pfeife blies.

Jetzt begannen Helen und Matthew, von hinten durch den Schnee auf sie zuzugleiten, bis sie neben ihnen lagen, und Wallis sah immer mehr heranschleichende Kojotenbeine, erst vier, dann acht und schließlich zwölf: Sie waren sich ihrer Beute nicht völlig sicher, doch sie glaubten, damit fertig zu werden. Wallis sah, wie sie ihre langen, buschigen Schwänze hinterherschleiften, hörte, wie sie verwirrt und aufgeregt jaulten.

Einer von ihnen zerrte an seinem Fell und scharrte wütend im Schnee. Mel lachte prustend, rief dann »Mist!«, als sich ihr Haar im Maul eines Kojoten verfing und er, das Maul voller Haare, zurückwich.

Als sie schrie, stoben die Kojoten in alle vier Himmelsrichtungen auseinander, und Wallis sah, daß einer von ihnen Helen das Fell weggerissen hatte und damit davonlief, es wie einen Drachen, der sich einfach nicht in die Lüfte erheben wollte, hinter sich herzog.

Mel sprang in einem Schneeschleier auf, dann auch Matthew, der sein Fell abwarf, und Old Dudley und Wallis taten es ihnen nach. Sie taumelten aus ihren Löchern hervor, und jetzt hatten die Kojoten noch größere Angst als zuvor, als hätten sie, indem sie Helen das Fell wegzerrten, an einer schrecklichen Reißleine gezogen, die die Menschen zum Leben erweckt hatte. Die Kojoten klemmten den Schwanz ein, blickten über die Schulter und rasten in den Wald zurück. Wallis fand es zwar grausam, doch er mußte lachen über das, was den Kojoten vermutlich durch den Kopf gegangen war: Sie hatten sich bestimmt gefragt, ob die Menschen durch ein Loch in der Erde zur Welt kamen.

Sie lachten und schüttelten den Schnee von Brust und Schultern. Dudleys Augen leuchteten. »Verdammt, das hat Spaß gemacht«, sagte er. »Das war nicht schlecht.« Er klopfte sich den Schnee von den Armen. Seine Wangen sahen winterlich rot und gesund aus. Die Zangenmale waren blaß und pulsierten nur ganz schwach, als wären es bloß alte Narben. Selbst Helens Husten hatte sich gebessert. Sie klopfte sich auf die Brust, räusperte sich einmal kurz, und das war alles.

»Sie sind sofort gekommen«, sagte Mel und blickte in die Sonne. »Manchmal muß man ein paar Stunden, einen halben Tag oder sogar noch länger warten. Manchmal muß man sich unter dem Schnee häuslich einrichten, muß eine Feldflasche und Sandwiches mitnehmen und warten, bis die Raben landen und überall rumhüpfen, bevor die Kojoten den Mut aufbringen rüberzukommen. Besonders schön ist es, wenn's schneit. Dann wird man richtig unter dem Schnee begraben.«

»Weißt du noch, wie Matthew und ich Danny mal einen Schrekken eingejagt haben?« fragte Helen. »Wir hatten während der Jagdsaison mal drei Stunden lang dagelegen, und die Schneedecke über uns war bestimmt dreißig Zentimeter dick. Danny war auf der Jagd und ist direkt über uns drübergelaufen. Da sind wir aufgesprungen und haben laut gebrüllt. Er hat gedacht, er wär auf einen Bären getreten, der gerade erst in den Winterschlaf gefallen war.«

»Hat vor Angst in die Hose geschissen, soweit ich mich erinnern kann«, sagte Matthew. »Hat ein paar Stunden lang kein Wort rausgebracht.«

»Ja, das weiß ich noch«, sagte Mel.

»Das ist schon lange her«, sagte Helen.

Sie breiteten die Felle aus und setzten sich. Mel verteilte Sandwiches, und sie machten das Bier auf und tranken. Die Wolken waren lichtgetränkt, schimmerten lila, rosa, rosenrot und golden im Osten, wo eine Wolkenbank auf den Bergen lag, und das Tal unten wurde von einem schräg einfallenden goldenen Lichtstrahl erleuchtet, während der Wald ringsum sich in den tiefer werdenden Schatten bereits blau färbte.

Aus den Schornsteinen stieg noch immer grauer Rauch auf, und sie wußten, daß sie in jede der Hütten hinuntergehen konnten und man sie herzlich hereinbitten und zum Essen einladen würde.

Mels Haar fing ein paar der letzten Sonnenstrahlen ein, und es sah fast aus, als würde es glühen, als stünde sie unter Strom. Sie aß gedankenversunken ihr Sandwich. Durch das ausgeprägte Kinn hatte sie ein Pferdegesicht, doch ihre Augen waren ganz ruhig und unergründlich und leuchtend grün. Wallis war sich ziemlich sicher, daß sie an die Wölfe dachte.

Dudleys Blick hatte noch immer diese Klarheit und Ungeschütztheit. Er sah gar nicht aus wie Dudley.

Sie saßen da und beobachteten, wie das Licht aus dem Tal wich. Als blaues Halbdunkel von den Hügeln herabgeglitten war und das Tal unten mit kühlem Schatten bedeckte, standen sie auf, steckten ihre Felle wieder in den Rucksack, schnallten ihre Schneeschuhe an und stiegen in der Dämmerung den Berg hinab. Als sie die Hütte erreichten, standen schon die ersten Sterne am Himmel.

Mel hatte keinen Truthahn da, doch sie ging zum Räucherhaus hinunter und wählte die fünf größten Rebhühner aus. Sie bestreute sie mit Salz, Pfeffer und Thymian, belegte die Brüste mit Speck und schob über einem Backblech voll Wasser alles in den Ofen. Während ihrer Abwesenheit war es in der Hütte kalt geworden. Old Dudley schenkte Helen ein Glas Brandy ein, und sie bedankte sich lächelnd. Wallis und Matthew gingen zum Bach hinunter, um Badewasser zu holen.

Das Wasser floß gurgelnd in die metallenen Eimer, als sie sie in den kalten, dunklen Bach tauchten. Der plötzliche, erschreckende Sog, der die Eimer ergriff, fühlte sich an, als würde man fallen, ins Bodenlose fallen oder im Eis einbrechen.

Eine Sternschnuppe verglühte funkelnd am Himmel.

In der Hütte wurde es langsam warm; die Dachsparren und die Balken ächzten und fanden sich mit der Wärme ab. Matthew und Wallis zogen sich bis auf ihre langärmeligen Unterhemden und Jeans aus. Old Dudley und Helen saßen in ihren Mänteln am Feuer. Die erste Ladung Wasser war heiß genug zum Baden, und Helen machte den Anfang. Sie hatte zu zittern und zu husten begonnen, obwohl sie am Kamin saß, und Matthew goß ihr das Wasser in die Wanne. Während er es eingoß, wälzten sich Dampfschwaden aus dem Badezimmer durch den Flur; Mel gab Helen ein Wapitifell anstelle eines Bademantels. Dudley füllte ihr Brandyglas wieder und sagte, sie solle das in der Wanne trinken, dann werde sie nie wieder husten. Seit ihrer Jugend hatte sie es noch nie so lange ohne Zigarette ausgehalten.

Matthew ging in die Küche, um Mel beim Kochen Gesellschaft zu leisten, und plötzlich war Wallis allein mit Old Dudley, der ihn mit seltsamem Blick anstarrte.

Und als könnte Old Dudley seine Gedanken lesen, so wie ein Hirsch angeblich die Atemwölkchen aus der Nase eines Pumas sehen kann, wenn dieser ihm auflauert, begann er, mit Wallis zu sprechen, als ob er ihn verhöhnen wollte: Er sprach über Augen, über die verschiedenen Arten zu sehen. Er redete wieder über seine Falknerei – laut Mel ein sicheres Zeichen, daß er entspannt war.

»Neugierige Mistviecher«, sagte er. »Sie haben sich ständig mit den Katzen und Hunden aus der Nachbarschaft angelegt. Mels Mutter, Mel und ich lebten draußen in Odessa – staubtrockene Gegend. Ich hab für Texaco Schallwellen gemessen, für fünf Dollar die Stunde. Jeden Tag, wenn ich zur Arbeit fuhr, saß dieser alte Rotschwanz, den ich hatte« – Dudley geriet kurz ins Stocken, nannte den Namen des Vogels und lächelte dann über seine kurze Anwandlung von Gefühlsduselei –, »vor einem der Nachbarhäuser auf dem Gehsteig und hatte ein totes Fellknäuel in den Krallen. Normalerweise Katzen, doch manchmal auch junge Hunde. Er rupfte an dem Fell herum, und kleine Büschel flogen in dem horizontalen Wind davon, der ständig in Odessa wehte, morgens, mittags und abends. Ich weiß noch, daß es mich immer in eine bestimmte Stimmung versetzte, wenn ich zur Arbeit, zum Ölfeld fuhr, nachdem ich das gesehen hatte.«

Mel und Matthew hatten ihre Arbeit in der Küche beendet. Das Essen war fertig und wurde auf dem Ofen warm gehalten; sie warteten bloß noch auf Helen, wollten sie aber nicht hetzen – das Badewasser würde bald kalt sein, dann würde sie herauskommen –, und Mel unterbrach Dudleys Geschichte.

»Ja, und ich mußte die verdammten Katzen und Hunde beiseite schaffen, bevor die Nachbarn sie entdeckten«, sagte sie. »Doch manchmal kriegten sie's mit und keiften mich an. Ich mußte immer die Lage entschärfen.«

»Es gab Gerüchte, oder?« murmelte Dudley wie in ein Selbstgespräch vertieft und rieb sich mit einer Hand die Schläfe.

Mel machte ein finsteres Gesicht, da sie wußte, daß er sie zu ködern versuchte.

»Man hat behauptet, wir würden sie essen«, sagte sie.

»Wir waren arm, das muß ich zugeben«, stimmte Dudley zu. »Ich kann verstehen, daß sie gedacht haben …«

»Ich war in der Schule nicht besonders beliebt«, sagte Mel. »Wir mußten immer weiter aus der Stadt rausziehen, um genug Abstand zu unseren Nachbarn und ihren Katzen und Hunden zu kriegen. Am Ende wohnten wir ganz allein draußen in der Wüste, ringsum bloß Falken und Kaninchen – große, übergeschnappte Eselhasen. Und Staub und Wind.«

»Neugierige Mistviecher«, sagte Old Dudley wieder. »Die haben riesige Augen in ihren winzigen Köpfen. Ich kann mich nicht dafür verbürgen, aber ich hatte immer den Verdacht, daß sie nichts im Kopf haben, daß alle Reize von ihren Augen direkt an den Körper weitergeleitet werden.«

Dudley beugte sich vor, schob die Flasche Brandy beiseite und goß sich ein Glas Rum ein. Die Jahre fielen von ihm ab; im Schatten des Feuers wirkte er keinen Tag älter als fünfzig.

»Aber eins weiß ich sicher«, sagte er, »und zwar, daß sie zwei unterschiedliche Augen haben.« Er stellte sein Glas ab, krempelte die Ärmel hoch. Er deutete auf sein eines Auge und dann auf das andere.

»Ich weiß nicht, wofür jedes einzelne Auge zuständig ist, ich weiß nicht mehr, wie's funktioniert. Aber ein Auge benutzen sie nur zur Jagd, der Suche nach Beute. Für nichts anderes. Und das andere Auge konzentriert sich auf das Töten der Beute. So fliegen sie ihr ganzes Leben lang rum: mit zwei lebendigen heißen Drähten in ihrem Körper. Mit diesen beiden Augen sehen sie sich *alles* an. Und wenn die beiden Drähte sich kreuzen und sie dich plötzlich scharf im Blick haben, *peng!*« – Dudley schlug mit der Faust auf seine Hand –

»spielt es keine Rolle mehr, wer oder was du bist, dann haben sie dich am Arsch, und du kannst ihnen nicht entrinnen.«

Er lehnte sich zufrieden zurück und genehmigte sich einen winzigen Schluck Rum, als befürchtete er, daß zuviel davon so kurz nach seiner Geschichte die Wärme vertreiben würde, die er empfand.

»Warum hast du damit aufgehört?« fragte Wallis.

Er legte den Kopf schief. »Weil sie mir nicht genug gebracht haben. Schon nach ein paar Flügen am Tag hatten sie das Töten satt.«

Mel stand auf und begann, das Essen aufzutragen. »Ach, Quatsch, Pop«, sagte sie. »Er wurde reich. Er ging nicht mehr jeden Abend nach der Arbeit mit seinen Falken auf die Felder, sondern blieb zu Hause, blieb bis spät in die Nacht auf und kartierte seine eigenen Probebohrungen. Sparte sein Geld für den Kauf der Bohrrechte und verkaufte sie dann an ein großes Unternehmen, während er noch für Texaco arbeitete, kündigte seinen Job, als sie anfingen zu bohren, und der Rest ist sozusagen Geschichte. Er hatte einfach genug.«

»Bist du damals schon auf dem Boden rumgekrochen?« fragte Wallis, und vielleicht lag es am Feuerschein – die Glut knisterte, und ein Stück Holz fiel in sich zusammen wie eine einstürzende Brücke –, denn Dudley sah wieder älter aus. Er schaute sein Glas an und lächelte leicht, als ob er es komisch fände, die Wahrheit zu sagen. Er sagte: »Nein, damals bin ich gerannt – wie ein Jagdhund«, und dann trank er aus.

»Wie viele Vögel hast du verloren?« wollte Wallis wissen.

Er verzog das Gesicht. »Ach«, sagte er, rieb sich die Schläfen und sah sich nach der Flasche um, »jede Menge. Die neuen sind ständig weggeflogen. Manchmal hatte ich sie bloß ein paar Tage lang. Sie sind ständig abgehauen. Ich konnte sie einfach nicht halten. Und am schlimmsten war's, wenn ich einen guten hatte. Ich hatte mal über ein Jahr lang einen alten, starrköpfigen Hühnerhabicht. Mit dem hab ich an einem Nachmittag acht Kaninchen erlegt. Er war unersättlich. Aber dann ist er abgehauen. Irgendwann hauen sie alle ab«, sagte Dudley leicht überrascht, als hätte er das erst jetzt begriffen, als hätte er die ganze Zeit gedacht, daß sie alle rein zufällig abgehauen seien, daß es da keine Gesetzmäßigkeit oder Gewißheit gebe.

Dann beendete er seine Träumerei, schüttelte den Kopf wie ein Stier nach einem mißlungenen Angriff auf das rote Tuch, und jetzt sah er wieder so alt aus, wie er war; und seine Herkunft und seine ganze Vergangenheit waren wieder weit weg, so weit, daß sie anscheinend keinerlei Beziehung zum Hier und Jetzt, zu diesem kalten Abend nach Weihnachten hatten. »Das ist jetzt sowieso alles vorbei«, sagte er, stand auf und suchte nach einer neuen Flasche.

»Abendessen«, sagte Mel. Sie lächelte, und Wallis mußte plötzlich daran denken, daß sie an diesem Abend fast alle, die ihr am Herzen lagen, in ihrer Hütte versammelt hatte und der dicke Panzer des Winters ihr als Gatter diente – fast so, als hätte sie sie eingepfercht oder in einer Falle gefangen.

»Das Wasser muß inzwischen schon ziemlich kalt sein«, sagte Matthew. »Vielleicht solltest du mal nach Helen sehen?«

»Ich hetze sie nicht gern«, sagte Mel. »Wir warten noch etwas.«

Sie saßen schweigend da und horchten auf jedes Geräusch, das darauf hindeuten könnte, daß sie fertig war. Der Vollmond sah durchs Fenster aus, als ob er verletzt wäre, als ob die kalte Nachtluft ihn plattgedrückt hätte. Er stieg zwischen den Wipfeln der Tannen auf dem Südkamm auf – jagte die nur kurz scheinende Wintersonne –, und sie betrachteten ihn eine Weile, rochen den Küchenduft, hörten, wie ihre Mägen knurrten, warteten auf Helen und freuten sich auf das Essen.

In dem schräg einfallenden Mondlicht sahen sie die große, dunkle Gestalt eines Tieres im Garten herumlaufen.

Sie standen auf und gingen zum Fenster. Es war ein Elch, der langsam vorbeizog; er suchte nichts zu fressen, sondern stapfte bloß direkt unterhalb des schwachen gelben Lichtschimmers, der aus dem Fenster fiel, durch den Schnee.

Im Mondlicht funkelte irgendwas – zwischen den Rippen des Elches schaukelte etwas auf und ab, wenn er sich bewegte. Es war lang und aus Metall. Als seine Augen sich an die Dunkelheit gewöhnt hatten, dachte Wallis, daß es wie eine Stricknadel aussah, doch dann begriff er, daß es ein Aluminiumpfeil war.

»Die Wunde ist schon alt«, sagte Mel. »Siehst du, daß keine Blutspuren da sind und kein Dampf aus der Wunde kommt? Ich sehe den Elch jetzt schon seit vier Jahren. Der Pfeil muß eine Rippe getroffen haben und seitlich abgelenkt worden sein, vielleicht nur ein paar Zentimeter am Herzen vorbei. Und inzwischen ist ringsum alles vernarbt, und der Pfeil sitzt fest. Der Elch ist wieder wie neugeboren. Das Narbengewebe ist vermutlich stärker als der durchtrennte Muskel. Jedes Jahr sehe ich diesen Elch. Ich freue mich, daß es ihm immer noch gutgeht.«

Der Elch verschwand zwischen den Bäumen, hinter den raschelnden Zweigen der Tannen, Kiefern und Fichten, glitt wieder in den Wald wie ein Pfeil, der sich zwischen zwei Rippen bohrt. Ein Schneeschleier rieselte von einem der Zweige, den der Elch gestreift hatte, und fiel glitzernd im Mondlicht zu Boden, dann war nichts mehr zu sehen von ihm. Der Wald hatte ihn wieder verschluckt.

»Helen muß eingeschlafen sein«, sagte Mel. »Ich mach ihr einen Kaffee. Und dann essen wir.«

Mel stellte das Essen auf den Ofen, um es wieder aufzuwärmen. Der Bratensaft perlte von den Rebhühnern. Wallis war so hungrig, daß er begonnen hätte, seinen Vogel abzunagen, wenn niemand anders im Zimmer gewesen wäre.

Mel brachte Helen eine Tasse Kaffee.

Sie hörten, wie Mel an die Tür klopfte, sie öffnete und ins Badezimmer glitt. Eine Weile herrschte Stille, und dann hörten sie Helens trockenen Husten, der sich wie ein anspringender Generator anhörte, dann ertönte das leise, kaum hörbare Gemurmel der beiden Frauen, ein Ausruf der Überraschung und ein Dankeschön. Helen hustete erneut, während sie langsam wieder zu sich kam, und Wallis staunte über die dünne Linie zwischen Leben und Tod und fragte sich, in welchem Moment das Sterben begann.

Mel ging in die Küche und holte das Essen, und die anderen folgten ihr. Wallis war überrascht, wieviel Spaß ihr das feierliche, althergebrachte Ritual machte. Sie zündete noch mehr Kerzen an, stellte die Teller hin, rückte ein Tischset zurecht. Die Messer mit den beinernen Griffen funkelten im Kerzenlicht.

»Sie hat fest geschlafen«, sagte Mel mit leiser Verwunderung. »Nur der Kopf guckte noch aus dem Wasser, und am Rand der Wanne hatte sich schon eine hauchdünne Eisschicht gebildet.«

»Sie muß den Schlaf wirklich gebraucht haben«, sagte Matthew.

»Man muß vorsichtig sein mit seinen Wünschen«, sagte Mel.

Helen kam in das Wapitifell gehüllt ins Zimmer, ihr Gesicht bläulich wie das einer Ertrunkenen. Sie stellte sich kurz ans Feuer, bevor Mel sie und die anderen zum Tisch führte. Sie setzten sich, und Wallis dachte einen Augenblick lang, Mel würde ein Gebet sprechen. Sie senkte den Kopf, sagte aber nichts, und dann griff Matthew nach einem Rebhuhn.

Die Krümel der frisch gebackenen Brötchen fielen auf den Fußboden; Messer und Gabeln klirrten wie Schwerter. Sie tranken Wein, eine Flasche nach der anderen, bis nichts mehr übrig war, und dann stand Old Dudley auf und sagte, sie müßten aufbrechen.

In Mels Blick blitzte Zorn auf, doch sie sagte nichts. Helen sagte: »Bitte nicht«, doch Dudley schien sie nicht gehört zu haben.

Sie zogen sich warm an, und Matthew umarmte Helen zum Abschied. Helen war zu müde und fror zu sehr, um ihnen in die Stadt folgen zu können. Sie blieb in der Hütte, während die vier anderen losliefen, um Leute zu suchen, die ihnen beim Ausgraben der Limousine halfen.

In der Bar fanden sie mehrere Helfer, darunter auch Amy, gingen dann von Hütte zu Hütte und klopften an die Türen, weil sie dachten, daß diejenigen, die nicht den ganzen Tag lang in der Bar getrunken hatten, vielleicht ausdauernder waren. Es war kurz nach zehn, als die Prozession mit Laternen und Fackeln zu der Stelle kam, wo die Limousine im Schnee eingesunken war. Der Mond schien eine große Kälte über die Landschaft zu gießen, und die Schneedecke war wieder so straff, daß es möglich, wenn auch nicht wahrscheinlich war, daß sie wieder fahren konnten. Ihre alten Spuren waren bereits verdeckt. Wallis glaubte nicht, daß sie es schaffen würden.

Sie hatten Schaufeln, Sägen, Ketten, Pferde und Eisenstangen dabei, und sie zündeten mehrere Feuer an, um sich die Hände zu wärmen. Matthew begann, im Schnee zu graben; bald hatte er einen Tunnel ausgehoben, der unter den Wagen führte. Er verschwand unter dem Eis, und andere reichten ihm flache Steine hinunter, die er unter die Reifen legte, Steine, die sie aus seiner Mauer genommen hatten. Andere Arbeiter waren damit beschäftigt, Stangen zu schneiden und sie unter die Reifen zu legen.

Dudley stand in einem Pelzmantel da und beobachtete alles. Sie trugen ein Stück von Matthews Mauer ab und legten weiter flache Steine aus, versuchten, aus der Schneegrube heraus eine schmale Straße zurück auf die Eiskruste zu bauen. Die Laternen und die wärmenden Feuer warfen ein flackerndes Licht auf Dudley, so daß er ein Teil der Flammen zu sein schien.

Old Dudley sah Amy auf der anderen Straßenseite und ging zu ihr hinüber. Sie wich zurück, und er folgte ihr. Sie umkreiste den Wagen in großem Abstand, da sie nicht mit ihm reden wollte, doch er folgte ihr immer noch, und bald fing sie an zu laufen, und er rannte hinter ihr her. Colter war nicht mitgekommen: Er war in ihrer Hütte und zog den Mardern, die er an jenem Tag gefangen hatte, das Fell ab. Nach einer Weile wurde Amy wieder langsamer, da sie vom Laufen müde war, und Dudley wurde ebenfalls langsamer, folgte ihr aber immer noch; schließlich blieb sie stehen, und er stellte sich neben sie.

Amy atmete schwer, wie ein Hirsch, der von Hunden gejagt worden war. Silberglänzende, kristallene Atemwölkchen stiegen aus ihrer Nase auf. Er sagte etwas zu ihr, das niemand verstehen konnte, und sie wandte sich wieder ab und flüchtete im Laufschritt; erneut folgte er ihr.

Matthew arbeitete sich noch tiefer unter die Limousine und schaffte es schließlich, den Wagenheber aus dem Kofferraum unter einen der Reifen zu schieben. Er begann, ihn hochzukurbeln, doch der Wagen hob sich nicht so stark, daß er durch den Eispanzer brach. Mel borgte sich eine der Kettensägen und begann, die Eisplatten an den Seiten wegzuschneiden. Wenn die Säge auf Metall traf, sprühten an ihrem Schwert orangefarbene Funken auf, die sich über den Schnee verteilten wie herabrieselnde Sterne. Der Gestank vom Rauch der Kettensägen und der Lärm der Arbeiter erfüllten den Wald.

Die Männer banden ihre Pferde an die Stoßstange, während Mel im Schnee für sie Platz schaffte. In seinem Eifer trat ein Mann zu dicht neben Mel, während sie sich umdrehte, und das noch laufende Sägeblatt erwischte seine Hose am Oberschenkel, riß ein Loch hinein und brachte die nackte Haut zum Vorschein – »Vorsicht!« rief Mel –, und die Zuschauer, die an den Feuern standen, ließen eine Flasche herumgehen und gaben den Grabenden Ratschläge.

Die Pferde wurden an ihre Ketten und Seile gehakt und drehten sich um und sahen sich die Last an, die sie ziehen sollten. Nur das Dach der Limousine war zu sehen. Wallis fand, daß die Pferde die Last mit ruhiger Zuversicht betrachteten.

Mel stand auf dem Dach des eingesunkenen Wagens und schnitt mit ihrer Säge Schnee- und Eisplatten weg. Eissplitter regneten im Feuerschein auf sie und die anderen herab und verkrusteten ihre Gesichter. Ab und zu richtete Mel sich auf, um ihren Rücken zu entlasten, und strich sich, die Säge im Leerlauf, das Haar aus dem Gesicht. Wenn sie sich wieder bückte, um sich dem Eis zuzuwenden, traf die Spitze des Sägeblatts manchmal das versunkene Dach des Wagens und sprühte glänzende Funken aus verbranntem Metall in die Luft.

Matthew tauchte aus dem Tunnel auf wie ein Schneemensch und verkündete, daß seiner Meinung nach alles bereit sei. Old Dudley ließ Amy stehen. »Also dann bis zum Frühling«, rief er, kam zum Rand der Spalte herüber und betrachtete den Wagen. Von dem Feuer hinter ihm beleuchtet und in den schweren Mantel gehüllt, sah er aus, als würde er über eine Beerdigung präsidieren und nicht über eine Geburt, doch eine Beerdigung, auf der gute Laune herrschte.

Old Dudley und Matthew schüttelten Wallis die Hand. »Du solltest mitkommen«, sagte Dudley. »Ich hab's mir anders überlegt.«

Wallis musterte ihn einen Augenblick lang und hörte sich dann überrascht nein sagen. Dudley, der ebenfalls überrascht war, schaute ihm forschend in die Augen, doch in dem Halbdunkel wußte er nicht genau, was er darin sah. »Du solltest mitkommen«, sagte Dudley noch einmal, doch Wallis lehnte erneut ab, und da lächelte Dudley und tat so, als ob es ihn nicht stören würde. Er ergriff seine Hand und schüttelte sie noch einmal.

Mel schaltete die Kettensäge aus, stellte sie ab und umarmte Matthew lange, gab ihm aber keinen Abschiedskuß, sondern schmiegte sich bloß an ihn, und dann nahm sie auch Dudley kurz in den Arm, legte die Arme um ihn, als wollte sie einen kindlichen Zauberbann über ihn sprechen, einen sinnlosen Spruch, der ihn zu einem anderen Menschen machen sollte.

Sie drehte sich wieder zu Matthew um, der noch immer in Schnee gehüllt war. Sie zog die Handschuhe aus und wischte ihm mit den Daumen die Kruste von den Augenbrauen, dann auch von Wangen und Mund, als wollte sie ihn wieder zu dem Menschen formen, der er war oder einmal gewesen war. Schließlich küßte sie ihn doch, beugte sich vor, nahm sein Gesicht in beide Hände und küßte ihn, als ob sie ihn für immer freigeben würde. Matthew blickte Wallis noch einmal an, und dann stieg er mit Old Dudley in die Schneespalte hinab und durch die offenen Wagenfenster, ließ die Fensterscheiben hoch und startete den Wagen.

Die Limousine stand noch immer in einem Loch, doch die Ausfahrt war jetzt frei. Alle versammelten sich um den Wagen und begannen zu schieben, und Matthew, der am Steuer saß, ließ den Motor aufheulen. Die vereisten Reifen drehten durch, doch die Pferde, die vorn zogen, und die von hinten schiebenden Menschen setzten den

Wagen schließlich in Gang. Er kam ächzend aus der Grube und befreite sich klirrend wie ein zersplitternder Glasteller aus dem festen Griff des Eises. Die Pferde zogen den rutschenden, holpernden Wagen auf die behelfsmäßige Steinstraße hinauf, die man gebaut hatte, und dort fanden die Reifen Halt; doch die Pferde zogen einfach weiter, fielen in Galopp angesichts der Herausforderung, und die Leute schoben auch weiter und rannten die Straße entlang, als wollten sie den Wagen von sich schleudern.

Auf diese Weise brachten sie die Limousine bis zur Hauptstraße. Ab und zu trat Matthew aufs Gaspedal, doch größtenteils wurde der Wagen durch die schiebenden Menschen und die ziehenden Tiere in Gang gehalten. Er und Dudley wurden herumgeschleudert wie zwei Touristen, die sich in einer Tonne einen Wasserfall hinuntertreiben lassen, und als die Arbeiter keuchend, schwitzend und schneebedeckt endlich die Hauptstraße erreicht hatten, banden sie die Pferde los. Matthew und Old Dudley fuhren nach Norden, über den gefrorenen Schnee, und wieder erahnten sie bloß, wo die Straße lag. Sie fuhren schnell, rutschten und schleuderten hin und her, denn sie wußten, daß sie das Tal verlassen haben mußten, bevor die Sonne aufging und den Schnee aufweichte.

Die Leute beobachteten, wie die Rücklichter im Herzen des Winters verschwanden.

Schweigend stapften alle zum Feuer zurück, das herabgebrannt war und zischend in einer Wasserlache erlosch. Die zurückgelassenen Laternen warfen muschelförmige Lichtflecke in den schmelzenden Schnee. Das Loch, in dem das Auto gestanden hatte, sah aus wie eine Zahnlücke. Sie hatten alle das Gefühl, als hätte Dudley ihnen etwas gestohlen, konnten es aber nicht näher erklären.

Die Leute nahmen ihre Laternen und ihre Hunde und beruhigten und halfterten dann ihre Pferde. Sie gingen still nach Hause, schläfrig und ruhig, und die nächtliche Arbeit grub sich bereits in ihr Gedächtnis. Sie gingen zusammen nach Hause, waren noch immer eine Gemeinschaft, und der Wald verschluckte alles und legte sich wieder über ihren nächtlichen Marsch. Wallis zum Beispiel spürte fast im selben Moment, als ihm klar wurde, daß es so etwas wie Verletzungen oder Unruhe überhaupt gegeben hatte, wie sich alles, was in der Nacht geschehen war, wieder einrenkte.

Mel hob die Kettensäge auf. Sie betrachtete die Stelle, wo sie die Mauer abgetragen hatten, um aus den Steinen eine Straße zu bauen. In einer einzigen Nacht war sie dem Erdboden gleichgemacht worden, waren zwanzig Jahre Geschichte getilgt worden.

Sie und Wallis schnallten ihre Skier an und liefen nach Hause.

Mel würde jetzt wieder den Wölfen nachspüren. Was sollte sie sonst tun? Sie lief kraftvoll, mit weit ausgreifenden Schritten – selbst bergauf.

Als sie die Hütte erreichten, waren sie erschöpft, aber auch wieder schmutzig, und Wallis holte erneut Badewasser. Es hatte begonnen, leicht zu schneien, und Wallis fragte sich, wie es wohl für Dudley und Matthew war, über solche Schneemassen durch die weglose Landschaft zu fahren, während immer mehr Schnee vom Himmel fiel.

Mel badete zuerst. Wallis setzte sich im Schneetreiben eine Weile an den vereisten Bach unten beim Räucherhaus. Er schaute zur Hütte hinauf und konnte in dem gelben Lichtschein der beschlagenen Laterne im Badezimmerfenster sehen, wie Mels Silhouette sich abtrocknete. Der Schnee landete auf seinem Gesicht und im Bach, wo er sofort schmolz. Er konnte das Ächzen des kalten Räucherhauses hinter sich spüren, wo die Waldhühner und Forellen wie Soldaten aufgereiht waren, ein Regiment, das darauf wartete, verzehrt zu werden. Er beobachtete, wie Mel sich die Haare abtrocknete: nichts als Ellbogen, eine formlose Gestalt in dem Licht am Fenster, ein Schatten, der sich in dem Wald neben dem Berg verlor. Dann sah er, wie sie das Bad verließ, wartete, bis sie sich angezogen hatte, und ging mit einem Eimer Wasser in jeder Hand wieder den Hügel hinauf. Blauer Rauch strömte aus den beiden Schornsteinen, verschmolz mit dem Schneegestöber, und im Wald brachen wieder die Bäume auseinander und erfüllten die Nacht mit dem Duft ihres frischen Saftes. Trotz der Schönheit hatte er das Gefühl, zu lange an der Erdoberfläche gewesen zu sein; es war an der Zeit, wieder in die Erde einzutauchen.

In der Nacht wurden die am Dach hängenden Eiszapfen immer länger, da die Wärme aus der Hütte sie zu kleinen Tropfen schmolz, die noch vor Tagesanbruch wieder froren. Im November waren die Eiszapfen dreißig Zentimeter lang gewesen, dann hatten sie sich auf die doppelte Länge ausgedehnt; jetzt vollendeten sie ihr Wachstum und tropften bis auf den Boden, bevor sie wieder froren, so daß Wallis und Mel wie in einem Eisgrab gefangensaßen.

Der Vollmond zeigte sich über Waper Ridge und schien auf ihren Eiskäfig, die Eiszapfen so dick wie das Handgelenk eines Mannes, und das Mondlicht erfüllte das Eis und ließ es erstrahlen, als lägen sie in einem leuchtenden Mutterschoß. Wallis und Mel erwachten, jeder in seinem Zimmer, spürten, daß sich an der Hütte etwas verändert hatte, und schauten hinaus in das blaue Licht. Doch sie waren nicht beunruhigt, sondern nur erstaunt, und bei Tagesanbruch, als der Mond schon verschwunden war, die Sterne aber immer noch brannten, gingen sie auf die Veranda hinaus und bahnten sich mit einer Axt und einem schweren Hammer wieder einen Weg durch das Eisgitter in die kalte Winterluft.

Sie verliebten sich wie die meisten Menschen: nicht im Handumdrehen, als würden sie durch eine Falltür stürzen, sondern ganz allmählich, durch die vielen Arbeiten, die sie gemeinsam oder allein verrichteten, wenn sie etwas anbrachten oder umgestalteten, sich anders einrichteten; und bei ihrer Vorsicht und Behutsamkeit konnte man nicht behaupten, daß sie nicht wußten, was sie taten. Sie konnten sich nicht auf ihre Naivität herausreden. Obwohl sie begriffen, was vorging, wären sie die letzten gewesen, ja waren die letzten, die es Liebe nannten. Sie begriffen, daß sie in diese Richtung strebten, doch sie sagten sich, daß sie nicht einmal knöcheltief drinsteckten, dann gerade mal knöcheltief, und schließlich bloß bis zu den Waden. Als wäre es eine Sache, aus der sie jederzeit wieder aussteigen könnten.

Mel setzte fort, was sie vor zwanzig Jahren voll Begeisterung begonnen hatte: Daten über die Pfade und Spuren der Wölfe zu sammeln und sie miteinander zu verknüpfen; oder vielmehr das Muster zu enthüllen, das sich bereits von selbst knüpfte. An manchen Tagen war es ein wunderbares Gefühl, doch an anderen Tagen sehnte sie sich nach der Zeit zurück, als ihre Aufgabe noch geheimnisvoller gewesen war, als sie noch nicht das Wissen gehabt hatte, wo sich die Wölfe wahrscheinlich aufhielten, was für ein Tier sie jagten oder – mit einem Gespür, das Mel im Wald erlangt hatte – in was für einer Stimmung das Rudel an einem bestimmten Tag war.

Doch die Wölfe überraschten sie auch jetzt noch, selbst wenn sie einen Pfad nach dem anderen in ihr Notizheft eintrug und die Karten sich schon seit vielen Jahren stapelten. Die verschiedenen Generationen verhielten sich immer gleich, waren verspielt, wild und entschlossen und, wenn nötig, grausam, aber auch so unberechenbar, daß sie Mel trotz ihres zunehmenden Wissens immer wieder zwangen, keine Vermutungen anzustellen. Eines Tages entdeckte sie einen Ort, wo sie einen Raben gefangen, getötet und gefressen hatten, und das, obwohl Raben als ihre Jagdgenossen galten, die sie in Windrichtung zu weit entfernten Beutetieren führten und sie warnten, wenn Gefahr im Anzug war: Wenn sie außerhalb des Rudels überhaupt einen Freund haben konnten, so war es der Rabe.

Ein andermal gab es im Rudel ein ganzes Jahr lang einen Einzelgänger, der mit ihnen jagte, aber immer am anderen Flußufer blieb. Er folgte dem Rudel, kommunizierte mit den anderen Wölfen und trieb das Wild in ihre Richtung, blieb aber, soweit Mel sehen konnte, immer am anderen Flußufer und folgte ihnen wie ein Schatten, ohne hinterher an ihrem Festmahl teilzunehmen. Mel bekam diesen

Wolf nie zu Gesicht; sie fand nie seine Leiche. Vielleicht war er ertrunken, als er eines Tages versucht hatte, den Fluß zu überqueren, oder vielleicht war er auch bloß dieses eine Jahr lang ein Ausgestoßener und hatte sich danach dem Rudel wieder angeschlossen.

Es war hauptsächlich ihr eigenes Ich, das sie nicht mehr überraschte. Es waren ihre eigenen Gewohnheiten, ihre Beständigkeit, die sie mit der Zeit zu gut kannte. In manchen Nächten hätte sie am liebsten geschrien.

Sie wußte oder glaubte, daß sie die Spuren der Wölfe bis an ihr Lebensende zurückverfolgen würde. Und dann würde jemand ihre Aufgabe, ihre in sechzig Jahren gesammelten Daten übernehmen und ihnen weitere sechzig Jahre lang seine eigenen Daten hinzufügen, oder vielleicht auch nicht. Wenn man ihre Arbeit nicht weiterführte, würden ihre Forschungen isoliert dastehen und sich in nichts auflösen, oder man würde sie begraben und vergessen oder nie etwas davon erfahren.

Und die Wölfe würden weiter jagen. Solange es Wälder gab, in denen sie große Strecken zurücklegen konnten, würden sie Wölfe bleiben, egal, ob jemand ihre Gewohnheiten kannte oder nicht.

Sie brauchten Wälder; sie brauchten Hirsche, Wapitis, Elche. Und der Wald brauchte sie. Vielleicht war es wirklich so einfach. Vielleicht war nur großes, weites Land nötig. Es gab jetzt zu viele Tage, an denen Mel an ihrer Arbeit zweifelte – nicht an ihrer Genauigkeit, sondern an ihrem Wert. Wen außer ihr interessierte es schon, wie es bei den Wölfen oder im Wald zuging?

Es gab ihr das Gefühl, lebendig begraben zu sein, daß ihre Arbeit so unbedeutend war.

Wie wäre es, zu unterrichten? fragte sie sich. Das ist etwas, das zählt. Vielleicht sollte ich Lehrerin werden.

Sie träumte, lebendig begraben zu sein: der Geschmack der lockeren Erde in ihrem Mund, der Staub, der ihre Lunge füllte, während sie in die Erde sank. Ihr Stöhnen weckte Wallis.

Die Wölfe waren ans andere Ende des Tals gezogen, doch in manchen Nächten konnte man sie selbst aus dieser Entfernung heulen hören; so schwach, so weit weg, daß es gar nicht wie ein Heulen klang, sondern wie Atmen oder leises Stöhnen aus dem Nebenzimmer; und manchmal mußte Wallis ganz still liegen und den Atem anhalten, um sich zu vergewissern, daß es das Geheul der Wölfe und nicht das imaginäre, unhörbare Pulsen seines eigenen Blutes war. Oft konnte er nicht schlafen und fragte sich, ob er die Wölfe wirklich hörte, und dann ging er, in Felle gehüllt, auf die Veranda, schaute zu den Sternen hinauf und lauschte. So konnte er sie deutlicher hören, obwohl sie weit entfernt waren und es ihm vorkam, als wären es die Sterne, die da heulten.

Er holte Holz und Wasser für Mel, während sie den Wölfen nachspürte. Abends kochte sie für ihn, freute sich, daß jemand da war, für den sie kochen konnte. Sie sah, wie seine Muskeln vom Holzhakken, vom Wassertragen und von dem ganzen guten Fleisch schwollen, betrachtete ihn, als ob sich sein Körper ständig verändern, als ob Wallis dem Tal den Körper oder die Gestalt, wenn auch nicht die Person oder Persönlichkeit von Matthew zurückgeben würde. Wallis war so bedächtig, so pedantisch wie ein alter Mann.

Sie sprachen über Bücher. Mel kannte bestimmte Passagen aus den Büchern, die sie gelesen hatte, auswendig. Wallis konnte sich bloß daran erinnern, ob ihm ein Buch gefallen hatte oder nicht, und vergaß jedesmal die näheren Einzelheiten. Es gelang ihnen zwar, ausgiebig über Bücher zu sprechen, die sie beide gelesen hatten, oder auch nur einer von ihnen, doch es war, als würden sie in jeder Hinsicht zwei verschiedene Sprachen sprechen. Trotz aller Vorsicht brachte es sie einander näher. Die Länge der Zeit ersetzte die Tiefe der Gefühle. Als hätten sie nichts als Zeit.

Sie begann, ihm abends, nachdem sie gebadet hatte und er in der Wanne mit frischem heißem Wasser lag, etwas vorzulesen. Sie saß im Nebenzimmer und versuchte, ihn mit den Gedichten, Aufsätzen, Erzählungen und Romanen vertraut zu machen, die ihr am meisten bedeuteten. Bis tief in die Nacht las sie ihm vor. Manchmal lag er da, bis das Wasser kalt wurde, und es machte ihm ebensoviel Spaß wie ihr. Sie gewöhnten sich an den Klang ihrer Stimmen und an ihr Schweigen.

Wallis fing mit den Karten noch einmal von vorn an; er lebte zu abgeschieden, um sich über sein Scheitern zu schämen. Und was hatte er anfangs schon zum Arbeiten gehabt? Ein Stück Papier, einen Bleistift und ein paar Handvoll Erde.

Er nahm die Steine, die aus Matthews Overalltaschen gefallen waren, und betrachtete sie, erträumte Geschichten für sie. Erneut sah er sich die Schrägen und Verwerfungen der schneebedeckten Bergwände an und begriff jetzt, daß all das nichts mit den Strukturen tief unter der Erde zu tun hatte.

Immer wieder schuf er die unterirdischen Regionen neu – allein aus seiner Vorstellung, ohne die verschneite Landschaft an der Erdoberfläche zu beachten. Er stellte sich vor, daß er recht hatte, und dann glaubte er auch daran. Am Ende wußte er, daß er ebensogut die Konturen seines Gehirns kartieren konnte.

Alle hundertfünfzig Meter zeichnete er eine Karte: Er begann ungefähr hundert Meter unter der Erdoberfläche und arbeitete sich dann tiefer, brauchte für jede Karte mehrere Tage. Wenn die Karten fertig waren, bewahrte er sie auf und rollte sie fest ineinander wie die Schalen einer Zwiebel. Das Papier war dünn, und wenn er die Karten, eine über der anderen, am Fenster ins Licht hielt, konnte er die zeitlichen Veränderungen sehen, konnte sehen, wie die Landschaften sich an manchen Stellen auflösten und neu bildeten, wie bestimmte Merkmale – Höhenkämme, Hügel und Berge – sich auf der Karte verschoben und senkten, als wären sie flüssig geworden.

Das Wissen war selbst eine Art Schöpfung. Es erregte die Chemikalien in seinem Blut, brachte es in Wallung, als wäre es voll Kohlensäure. Wallis machten die kurzen Wintertage nichts aus, und es fiel ihm auch nicht auf, daß sie jetzt, nach der Sonnenwende, allmählich wieder länger wurden.

Er nahm weiter Proben von altem Gestein, alter Erde, streifte sie von jeder neuen Oberfläche wie Radiergummikrümel, und er konnte verstehen, daß man, wenn man sein ganzes Leben lang so eine Arbeit verrichtete – unzählige Welten entdeckte, zeichnete, erschuf –, entweder sehr demütig wurde oder aber glaubte, ein Gott zu sein. Er sah es als eine große Versuchung für jeden Mann, jede Frau; doch er konnte nicht davon ablassen. Selbst in seinen Träumen glitten seine Hände, während Mel nebenan im Schlaf stöhnte, über das Papier, lösten Rätsel und schufen zugleich wieder neue.

Er las weiter in den Notizen des jungen Dudley:

Gasförmiges Sonnenlicht.

Erdgas – seine wunderbaren Eigenschaften, seine geologische Beschaffenheit.

Die Geschichte der Suche nach Erdöl ist abenteuerlich. Obwohl es schon seit Jahrhunderten bekannt war, wußte man lange nichts damit anzufangen. Selbst in Amerika, wo eine weitverbreitete überdurchschnittliche Intelligenz angeblich jede günstige Gelegenheit nutzt, brachte Petroleum es nur zu einem fragwürdigen Mittel gegen Schmerzen und andere Leiden. Doch plötzlich schwang es das königliche Zepter. Es bestimmte die Pläne und das Leben Tausender von Menschen; seinetwegen zogen unzählige Menschen, viele von ihnen völlige Spinner, auf der Suche nach imaginären »Feldern« und abstrusen »Ölgürteln« scharenweise blind und stumpfsinnig zu den Nebenflüssen großer Ströme. Der Geruch von Petroleum war zur fixen Idee geworden.

Die Menschen suchten danach wie Hunde, die ihrer Beute auf der Spur sind. Sie ließen bei diesem Thema jegliche Vernunft fahren. Niemand konnte sie davon überzeugen, daß Mineralöl ein Naturprodukt ist, das so unwandelbar und eindeutig wie Eisen oder Salz in einem festen Verhältnis zur Erde und zu den Gesteinsformationen steht. Sie wollten nicht auf die Ratschläge der Wissenschaft hören. Jeder vertraute nur seinem eigenen Verstand und erkundigte sich nicht bei wirklichen Experten nach den Gründen für sein Denken und Handeln.

Sie schlugen den Rat derjenigen aus, die sich speziell mit diesem Thema beschäftigten, und folgten lieber dem Diktat ihrer eigenen Unkenntnis. Sie gingen nach dem Geruch des Öls; sie tanzten nach seiner Pfeife; sie steckten ihr Geld in den Boden, weil sie sicher waren, es damit gut anzulegen, und viele von ihnen verloren es dort, als Andenken an einen schönen Rausch. Es gab Öl – jede Menge; und viele Investoren hatten Glück, auch wenn sie sich nicht klug verhielten; und viele, die sich klug verhielten, hatten kein Glück.

Es war eine neue Situation. Zugegebenermaßen waren die Geologen, die sich des Themas annahmen, Anfänger. Doch viele, die sich als Geologen ausgaben, waren Schwindler und Betrüger. Von unbedarften Leuten als Geologen anerkannt, besaßen diese Schwindler die gleiche Autorität wie Wissenschaftler, die sich unter ihresgleichen einen Namen gemacht hatten. Sie brachten die Wissenschaft in Verruf und sind bis zu einem gewissen Grade für die Geringschätzung von Praktikern wie mir verantwortlich, die bestimmte Schlußfolgerungen zu würdigen wissen, aber die unlogische Beweisführung ablehnen.

Im folgenden liste ich einige wissenschaftliche Grundprinzipien auf, die unabhängig von den Ursachen und Bedingungen des jeweiligen Ölvorkommens gelten:

1. Öl ist keine direkte Ablagerung aus dem Meer; es ist das Produkt mehrerer Umwandlungen von Substanzen, die in den Sedimenten des Meeres eingeschlossen wurden.

2. Da es sich aus Kohlenstoff, Wasserstoff und Sauerstoff zusammensetzt, muß es aus organischen Substanzen entstanden sein.

3. Da es leichter als Wasser ist, muß es in dem Wasser, das fast jedes Gestein sättigt, nach oben steigen, statt zu sinken. Deshalb kann sich die Ölquelle niemals in einer Gesteinsformation befinden, die höher liegt als das Öl selbst. Das ist ein Grundprinzip, das man der gemeinen Masse nicht beibringen kann.

4. Es ist nicht vorteilhaft, daß das Öl an der Oberfläche sprudelt, da es dort nur ausströmt und vergeudet wird; anzustreben ist vielmehr, daß es sich sammelt und gespeichert wird – das bedeutet, daß es gerade nicht an der Oberfläche sprudeln sollte. Das haben die Leute, die eine wissenschaftliche Anleitung verschmähten, nicht verstanden.

5. Folglich muß eine Erdschicht darüberliegen, die für Öl undurchlässig ist, um zu verhindern, daß das Produkt zur Erdoberfläche aufsteigt und dort aussprudelt. Selbst wenn sich bloß ein Riß durch diese Erdschicht zieht, wird es ausströmen. Eine Schicht Lehm oder dichter Schieferton könnte eine solche Decke bilden. Vielleicht auch dichter Kalkstein; doch Kalkstein ist meistens zu brüchig. Aber manchmal dient brüchiger Kalkstein als Lagerstätte.

6. Daß sich das Öl ansammelt, wird unter anderem durch die Lage der einzelnen Erdschichten bestimmt. Die Streichrichtung des Ölvorkommens muß mit der Streichrichtung der darunterliegenden Formationen übereinstimmen. Doch zwischen der Fließrichtung der Bäche an der Erdoberfläche und der unterirdischen Verteilung des Petroleums besteht möglicherweise kein Zusammenhang. Die Vereinigung zweier Flüsse und die Lage einer Sandbank haben möglicherweise nichts mit den Erdschichten zu tun, die sich hundert Meter tiefer befinden.

All diese Grundprinzipien wurden von den meisten »Ölsuchern« nicht beachtet. Ein paar Männer, die von Kapitalisten beschäftigt wurden, griffen bei der Suche nach einem Wissen, in das es sich zu investieren lohnte, sogar auf Wünschelruten zurück.

Es ist allgemein anerkannt, daß die poröse Erdschicht, in der sich Öl sammelt, sattelförmig gewölbt sein muß. Sonst verteilt es sich überall, statt sich an einem Ort zu sammeln. Höchstwahrscheinlich tritt es irgendwo an die Erdoberfläche und ist verloren. Es muß von der Erde eingeschlossen und gebändigt werden, um seine Kraft zu bewahren.

Schon seit ewigen Zeiten wurde beobachtet, daß brennendes Gas aus der Erde strömt. In manchen Bergwerken, wo es durch Spalten austritt, wird es schon seit langem genutzt. Auf ähnlichem Wege gelangt es in Kohlenbergwerke, und die Bergarbeiter kennen es als schlagende Wetter, da es in Verbindung mit einer bestimmten Luftmenge hochexplosiv ist. Die Chinesen haben Erdgas jahrhundertelang als Licht- und Wärmequelle genutzt. In

Kentucky sammelt sich Gas in unterirdischen Lagern, und der stets steigende Druck zieht manchmal Explosionen nach sich, die örtliche Erdbeben auslösen, was den alten Theorien zu solchen Phänomenen Plausibilität verleiht. In Fredonia, New York, gibt es seit vielen Jahren aufsehenerregende Gasemissionen, die schon lange als Licht- und Wärmequelle genutzt werden. Dort wurde 1821 ein Gasvorkommen entdeckt. Mit dem Gas, das sich damals angesammelt hatte, wurden eine Mühle und mehrere Läden beleuchtet. Es wurde auch in ein paar öffentlichen Gebäuden genutzt, und 1824 wurde General Lafayette auf der Durchreise darauf aufmerksam gemacht. Später grub man einen Schacht und konnte mit dem Gas dreißig Brenner versorgen. 1858 wurden in dem Dorf täglich fünfzig Kubikmeter Gas verbraucht. Doch 1860 flog das ganze Dorf in die Luft.

Mit sechzehn entfernte ich mich oft unerlaubt aus dem Heim und fuhr mit dem Zug nach New York, um in die Wildnis zu laufen und nach Spuren und Überresten dieses Schauspiels zu suchen. Lieber Leser, stell dir meine geradezu sinnliche Freude vor, als ich nicht nur die Trümmer jenes zerstörten Dorfes entdeckte, sondern auch feststellte, daß in der Nähe, nur sechzig Jahre später, immer noch Bohrungen vorgenommen wurden, als ob die Triebe und Taten des Menschen genauso geistlos wären wie die von Ameisen. Die Arbeiter versuchten noch immer, dieselben Vorkommen anzuzapfen, durch die ihre Vorgänger ums Leben gekommen waren.

Ich blieb dort zwei Wochen, während sie eine dieser Bohrungen niederbrachten. Andere Pumpenböcke rings um das wiederaufgebaute Dorf, das man lächerlicherweise auf denselben Namen getauft hatte wie das alte, liefen schon.

Während das Loch gebohrt wurde und beim Stampfen und Hämmern der Maschinen der Erdboden bebte, was ich äußerst aufregend fand, traf man in ungefähr zweihundert Metern Tiefe auf einen salzigen Wasserlauf und dann auf ein weiteres riesiges Gasvorkommen. Das Gas strömte ungezügelt aus dem ehemaligen Meer herauf.

Es herrschte tiefster Winter, durch das Wasser vereiste der Bohrturm, und es bildete sich ein glänzender, zwanzig Meter hoher gefrorener Kamin. Durch diesen Kamin wurde das Wasser einmal pro Minute auf die doppelte Höhe des Bohrturms geschleudert. Darauf strömte wieder Gas aus, bis unten der Druck nachließ und das Wasser sich wieder sammelte und erneut ausgespien wurde. Als der Bohrturm mit Eis überzogen war, entzündete sich das ausströmende Gas öfters, und diese Fontäne aus Feuer und Wasser, die bis in eine Höhe von vierzig Metern aus dem großen durchsichtigen und beleuchteten Eiskamin schoß, war besonders nachts unbeschreiblich beeindruckend.

Das nächste Mal besuchte ich den Ort 1917. In der Öffnung des Bohrlochs steckte ein fünf Zentimeter dickes Rohr, und das Gas strömte noch immer in riesigen Mengen und mit einer erschreckenden Gewalt aus. Man konnte es meilenweit hören. Mr. Peter Neff zufolge herrschte ein Druck von achtzehn Bar. Der entzündete Gasstrahl bildete eine sieben Meter hohe Flamme, so dick wie ein Weinfaß. Das vorhandene Gas hätte zur Beleuchtung einer Großstadt ausgereicht. Man stelle sich einen Vulkan vor.

Zehn Jahre später versicherte mir Mr. Neff persönlich, daß die Bohrlöcher noch »sprudelten« und er aus dem Gas Lampenschwarz von feiner Qualität herstelle.

Weitere Löcher wurden gebohrt; mehr unterirdische Verwerfungen, mehr Widerstand und Aufruhr. 1918 stieß eine Bohrung zwölf Kilometer südöstlich des neuen Dorfes in einer Tiefe von fünfzig Metern auf eingeschlossenes Gas, das Teile der Ausrüstung in die Luft schleuderte. Es heißt, daß viel Sand ausgespien und ein »mehrere« Kilo schwerer Stein auf eine »zweihundert Meter weit entfernte« Scheune geschleudert wurde. Nachdem der große Druck des Gases nachgelassen hatte, wurde das Bohrloch mit Zement gefüllt.

1919 traf eine dreißig Meter tiefe Bohrung, die man acht Kilometer nordöstlich des dem Untergang geweihten Dorfes vorgenommen hatte, ein Gasvorkommen, das man anschließend viele Jahre für Beleuchtungszwecke nutzte und das der ganzen Gemeinde eines Abends ein seltsames Gaslicht am Himmel bescherte. Bei heftigen Explosionen südlich des Dorfes wurden 1920 jedenfalls weitere unkontrollierbare Gasvorkommen entdeckt. Religiöse Eiferer glaubten, die Hölle habe sich aufgetan und das Ende der Welt stehe bevor.

Nachdem das Höllenfeuer zwei Jahre lang unkontrolliert im Erdinnern gewütet und alles im Umkreis von einem Kilometer schwarz versengt hatte, war es so weit heruntergebrannt, daß man an den Seiten zwei Entlastungsbohrungen vornehmen konnte. Doch jetzt züngelten die verderbenbringenden Flammen auch aus diesen Spalten hervor, so daß man in dem gebündelten Licht, selbst wenn es fünf Kilometer entfernt war, nachts in der Stadt Zeitung lesen konnte.

Schließlich stob aus den Bohrlöchern nur noch Süßwasser und kein Feuer mehr in den Himmel, und so wurden die Flammen gelöscht, und die Landschaft ringsum verwandelte sich in einen schrecklichen Brei aus Asche und Schlamm. Doch schon zwei Jahre später erstreckte sich auf diesem Gelände ein wogendes Feld voll smaragdgrünem Gras, ruhig und friedlich und gleichmäßig, das alle Spuren des Schreckens, bis auf einen leichten Schwefelgeruch, tilgte.

Sechs Kilometer westlich des Dorfes, in einem Wäldchen namens Crab Orchard, tauchte später unerwünscht und ohne menschliches Eingreifen eine brennende Quelle auf. Wegen des ausströmenden Gases sprudelt diese Süßwasserquelle ununterbrochen. Das Wasser schmeckt süß, doch das Gas, das darüberstreicht, strömt einen so scharfen Gestank aus wie der Atem eines scheußlichen Ungeheuers, das unsichtbar über der Quelle schwebt.

»Jeden Tag«, berichtete der verstorbene J. F. Henry, »zwischen vier und fünf Uhr nachmittags fließt die Quelle über; dann wird eine große Menge Gas freigesetzt, das sich entzündet, als ob die Reibung eines unter der Erde laufenden Räderwerks Funken schlüge, und die Flammen züngeln vier, fünf Stunden lang munter vor sich hin, bis es Abend wird und sie wieder erlöschen. Im Winter versammelt sich manchmal Wild – Hirsche und Kaninchen – um die Flammen, um sich zu wärmen, und dann lauern ihnen die Jäger dort auf. Rings um die brennende Quelle gibt es viele solche Jagdlager, und die Jäger häuten die Tiere und braten sie über denselben Flammen, die kurz zuvor noch Wärme und Behaglichkeit verbreitet haben.«

Jahr um Jahr kehrte ich nach New Fredonia zurück und lernte soviel wie möglich über die Erde. Wenn ich auf einem hohen Bergkamm stand, konnte ich in einer dunklen Nacht sehen, wie sich nach der brennenden Quelle auch die Lichter an den verschiedenen Bohrlöchern entzündeten und wie die

Flammen der Explosionen aus der aufreißenden Erde züngelten. Ein Bohrloch nach dem anderen, tosend und sprudelnd – der ganze Wald voll eleganter Flammenzungen, und hier und da brannte das Unterholz, so daß es durchaus möglich schien, daß ich von einem günstigen Aussichtspunkt direkt in den Schlund der Hölle blickte.

Ein Bohrloch, das im Süden zu sehen war, fiel besonders ins Auge. Es versorgte die ganze Gegend, auch das nahe gelegene Dorf Saint Joe mit Licht und Brennstoff. Es lag in einem von hohen Bergen umgebenen Tal, und diese warfen das Licht der Gasfeuer gebündelt zurück. Vom Bohrloch zweigten viele Rohrleitungen ab; eine leitete das Gas direkt zum Zylinder eines starken Motors, der durch den Druck eine ungeheure Geschwindigkeit erreichte. Ein anderes Rohr speiste ein Feuer, in welchem man angeblich ebensoviel Eisenerz ausschmelzen konnte wie in der Hälfte aller Schmelzöfen von Pittsburgh. Der Motor trieb jedoch keine Maschine an, sondern drehte sich bloß dröhnend wie ein Ausstellungsstück oder ein Hamster in seinem Rad.

Stahl aus Feuer! Diese Kraft zog mich ebenso unwiderstehlich an wie die Stelle zwischen den Beinen einer Frau.

Ich spüre, daß die Welt in den kommenden Jahren aufplatzen, daß die Menschheit wie eine herrlich duftende Rose aufblühen wird. Noch ist es unvorstellbar, daß dieser Überfluß uns jeden Wunsch erfüllt oder welche Auswirkungen er auf unsere Persönlichkeit hat; wir wissen bloß, daß uns glückliche Zeiten, Frieden und eine größere Rechtschaffenheit erwarten.

Unglücklicherweise existiert Fredonia nicht mehr. Eine Weile gab es dort zehn Eisen- und Stahlwerke in der näheren Umgebung, die das Gas in ihren Puddelöfen und unter ihren Kesseln nutzten; ein Dutzend weitere wollten bald damit anfangen, und viele andere Fabriken hatten begonnen, Leitungen zu den Erdspalten zu legen. Es gab in der Nähe sechs Glasbläsereien, und alle Brauereien im Bezirk waren mit den Leitungen verbunden. Zwei der größten Hotels nutzten das Gas ausschließlich zum Kochen. Bevor Fredonia völlig niederbrannte und nur noch Kohle und Gestank übriggeblieben waren, war das Leben dort unvergleichlich billig, sauber, modern und komfortabel.

Jedenfalls bekamen die Speicher Risse und brachen auf, und die Stadt wurde von den Flammen verschlungen. Jetzt findet sich dort die reinste Wildnis: ein Gewirr aus Ahornbäumen, Strauchkiefern und Brombeer- und Johannisbeersträuchern. Frieden an der Oberfläche, obwohl darunter auch jetzt noch explosives Gas lauert.

Bis zu dem goldenen Zeitalter, vor dem wir jetzt stehen, gewann der Mensch mit dem Feuerholz seinen Brennstoff aus unseren neuzeitlichen Wäldern. Jetzt muß kein weiterer Baum mehr gefällt werden, es sei denn für den Bau eines Hauses hier und da, sollte unsere Bevölkerung wachsen und sich weiter ausbreiten wollen.

Das Meer ernährt viele Pflanzen; doch wir haben nicht gelernt, sie zur Wärmeerzeugung zu nutzen. So seltsam es auch scheinen mag, die Pflanzen, die vor Millionen von Jahren ihre eleganten Blätter im Meer schwenkten, schmelzen das Eisen für die Rohre, die dazu bestimmt sind, die umgewandelten Bestandteile dieser Pflanzen in riesige Industriegebiete zu bringen und die Häuser der Menschen zu heizen, die die Rohre verlegen. Eisen aus Meerespflanzen; der Mensch ein Gott.

Werden diese unglaublichen Vorräte reichen? Das ist die Frage, welche sich die Leute, die Millionen darin investiert haben, besorgt stellen. Wie es sich beim Petroleum erwiesen hat, werden bestimmte Vorkommen wohl allmählich zur Neige gehen; viele werden nichts mehr abwerfen; ein paar werden uns auf unbestimmte Zeit versorgen. Doch wahrscheinlich wird man auch neue Vorkommen erschließen und so den Bedarf für lange Zeit decken. Das wird mir und ein paar Gleichgesinnten nicht verwehrt werden.

Erneut fand Wallis es schwierig, das Wissen, das er beim Lesen der alten Notizen über das Erdinnere gewann, von dem Wissen zu trennen, das er über Old Dudley gewann. »Was für ein Heim?« fragte er Mel eines Nachts. »Hier steht, daß er in einem Heim war. Ich dachte, er wäre bei seinen Eltern aufgewachsen.«

»Tja, in seinen Notizen ist zwar einiges geflunkert, aber als er ein bißchen älter war, gab's irgendwann Ärger«, sagte Mel.

»Wie alt war er da?« fragte Wallis. »Vierzehn, fünfzehn? Moment, laß mich raten – als seine Hoden sich senkten?«

Mel lächelte leicht. »Es war wirklich nicht schön.« Mehr wollte sie nicht sagen.

Sie schliefen nicht miteinander, berührten sich nicht, doch sie waren auf dem besten Wege dazu – als würden sie Steine ins Wasser legen, um einen seichten Fluß überqueren zu können. Mel dachte schon an die Zeit, wenn sie den Fluß überquert hätten und sich umarmen und lieben würden. Sie hatte es nicht eilig, dorthin zu gelangen, und sie blickte auch zurück, doch in Gedanken stand sie manchmal schon mit Wallis im seichten Wasser, und beide legten sie flache Steine aus, um ans andere Ufer zu gelangen, arbeiteten anscheinend, ohne ein festes Ziel zu haben, lebten nur für den Augenblick, wie es Mel vorkam, die Sonne warm auf ihrem Rücken, dazu das Plätschern des gekräuselten Wassers und das einschläfernde Aufeinanderklacken der Steine.

Sie verfolgte die Spuren der Wölfe zurück, bemühte sich, unbekümmert zu bleiben und ihr Staunen nicht zu verlieren; und sobald sie im Wald war, kehrte es jedesmal zurück. Nur in der winterlichen Stille nachts im Bett kamen ihr Zweifel an ihrem Wert, ihrem Leben. In manchen Nächten fragte sie sich, ob diese Unruhe etwas mit der Entscheidung für oder gegen Kinder zu tun hatte; doch sie war zu dem Schluß gekommen, daß die Ursache woanders lag, daß sie tiefer, aber auch einfacher war: Ihre Zurückgezogenheit verlor einfach allmählich ihren Glanz. Der Abstand zwischen Alleinsein und Einsamkeit verringerte sich. Vielleicht hatte sie die Grenze schon früher überschritten, ohne es zu merken.

Die Alphatiere würden sich bald paaren – das Männchen begann bereits, um das Weibchen zu werben. Sie untersuchte ihre Duftmarken. Im Urin des Weibchens war noch kein Blut, doch das Geflecht ihrer Spuren rückte näher zusammen.

An manchen Nachmittagen hatte sie es satt, den Spuren zu folgen, ihnen in die falsche Richtung zu folgen und genau zu wissen, was sie am Ende des Tages finden würde: die durcheinanderliegenden abgenagten Knochen eines weiteren Rothirsches. Und so setzte sie sich manchmal stundenlang hin und flocht kleine Kränze aus den vom Wind abgerissenen Zweigen der Tannen, Zedern und Fichten, verbrachte auf diese Weise den ganzen Nachmittag, nur um den Kranz dann dreißig Kilometer vom nächsten Menschen entfernt in einen Baum zu hängen. Manchmal saß sie auch da und ruhte sich aus, als wartete sie auf etwas, doch dann war sie verwirrt, da sie nicht genau wußte, ob dieses Etwas hinter oder vor ihr lag.

Noch nie war sie im Wald so unsicher gewesen.

Während der Winter sich tiefer herabsenkte und der Schnee sich immer höher auftürmte, gingen sie öfter zusammen in die Bar. Allen fiel ihre neue Nähe, ihre Freundschaft auf, doch Helen hatte als einzige ein wachsames Auge auf sie. Die anderen schienen sich mit dieser Verwandlung abzufinden wie mit dem Wechsel der Jahreszeiten. Wer sich die Mühe machte, über ihre Freundschaft nachzudenken, glaubte, daß Matthew, selbst wenn sich zwischen den beiden eine Romanze entspann, Mel bei seiner Rückkehr zurückgewinnen würde.

Die meisten von ihnen machten sich jedoch keine Gedanken darüber. Matthew war in Houston und konnte ebensowenig betrogen werden wie eine Legende.

Doch Wallis lebte sich langsam ein, als würde er ein Nest bauen. In der Bar betrachtete er die Bilder an der Wand; er hörte zu, stellte Fragen. Er spürte, wie das Wesen des Waldes ihn allmählich umfing, selbst im Winter. Er hörte den Geschichten der anderen zu, und wenn er wieder nach Hause lief, hatte er das Gefühl, daß diese Geschichten Mauern waren, daß irgendein Gebäude mit ihnen errichtet wurde, ein Gebäude, das ihn beherbergen und dann verändern würde.

Einmal – es war der Silvesterabend, obwohl Mel und Wallis das nicht gewußt hatten, als sie auf Skiern von der Hütte zur Bar aufgebrochen waren – spätnachts, als die meisten schon längst nach

Hause gegangen oder vor dem Ofen eingeschlafen waren und sich in Hirsch- und Wapitifelle gekuschelt hatten, fragte Wallis Artie, was ihn in das Tal verschlagen habe.

Artie sah überrascht und dann leicht verwirrt aus. Er war zwar erst Ende Vierzig, doch diese Zeit lag schon so lange zurück, daß er sie wie einen anderen Menschen oder ein anderes Leben betrachtete, als ob all das nichts mehr mit ihm zu tun hätte.

»Ich hatte einen guten Job in Oklahoma, war stellvertretender Sheriff, doch dann hat mich meine Frau verlassen, ist mit einem anderen Mann abgehauen, einem Kerl, den ich schon ein paarmal verhaftet hatte. Sie haben meine zwei Kinder, meinen Wagen, mein Geld, meine Hunde mitgenommen. Ich hab gedacht, ich werde wahnsinnig – fange an zu trinken, Drogen zu nehmen oder lande in der Gosse –, also bin ich einfach losgefahren.« Er lächelte traurig. »Mann, war ich wütend«, sagte er kopfschüttelnd. »Unfaßbar, wie wütend ich war. Ich bin einfach losgefahren, damit ich weder mir noch irgendeinem anderen was antue.

Ende August kam ich über den Paß ins Tal. Es war wie ein religiöses Erlebnis. Ich spürte, wie alles andere einfach von mir abfiel.« Artie kamen die Tränen, und er wischte sich, überrascht über den Gefühlsausbruch, die Augen. »Keine Ahnung, warum. Mann, hat sich das gut angefühlt.« Er starrte sein Bierglas an. »Das ist schon lange her.«

»Du trinkst doch jetzt auch«, warf Wallis ein, als ob Artie sich dessen nicht bewußt wäre, und Artie lächelte.

»Jaaa, ich trinke ziemlich viel. Aber ich trinke, weil ich glücklich bin«, sagte er. »Und nicht, weil ich traurig oder wütend bin oder nicht anders kann. Ich könnte jederzeit aufhören.«

Danach trat Schweigen ein, und sie konnten alle vom Ofen her den krächzenden Chor der schnarchenden Hunde und Menschen hören. Das Feuer fiel in sich zusammen und flammte dann durch die Luftzufuhr von neuem auf.

»Ich wußte gar nicht, daß du Kinder hast«, sagte Mel.

»Das ist lange her«, erwiderte Artie. »Ich hab sie seitdem nicht mehr gesehen. Wohnen in Kansas, soviel ich weiß. Ihre Mama ist wieder nach Georgia zu ihren Verwandten gezogen. Schätze, sie ist inzwischen schon ziemlich alt. Ihre Eltern sind vielleicht nicht mal mehr am Leben.«

»Wie alt sind deine Kinder?« fragte Mel.

Artie schaute an die Decke und rechnete nach. »Fünfundzwanzig? Nein, schon fast dreißig, glaub ich. Jedenfalls immer noch Kinder«, sagte er.

»Und was ist mit dir, Charlie?« fragte Wallis. Der große Mann hatte still dagesessen und zugehört, die blassen, fleischigen Arme vor der Brust verschränkt.

Er zuckte mit den Achseln. »Bei mir war's anders«, sagte er. »Ich bin einfach hergekommen. Aber es ist so, wie Artie gesagt hat: In dem Moment, als ich das Tal gesehen hab, hab ich mich plötzlich anders gefühlt. Es war, als ob irgendwas in mir stehenbleibt und ganz still wird.« Und das war alles, was er dazu zu sagen hatte.

Partyartikel – Hütchen, Klappern, Konfetti – lagen auf dem Fußboden verstreut. Mel hatte ihr Glas Bier schon früh am Abend getrunken, hatte sich dann aber noch ein Glas Champagner genehmigt, das jetzt halb voll, wenn auch nicht mehr sprudelnd, vor ihr stand.

Amy hatte den ganzen Abend gestrickt, hatte bei Musik und Tanz still dagesessen und unaufhörlich an einer Babydecke gestrickt, obwohl niemand ein Baby erwartete, doch jetzt sagte sie zu Mel: »Er sagt, daß er in die Kirche eintritt – daß er in meine Kirche eintreten will.«

Mel wußte zuerst nicht, von wem Amy sprach, dachte, sie meine vielleicht Charlie, doch dann begriff sie.

»Oh, Amy«, sagte sie, »ich glaube nicht, daß er das tut.« Sie war drauf und dran, Amys Hand zu tätscheln. »Er sagt so was manchmal. In meiner Kindheit wollte Mutter, daß er in die Kirche geht, aber er hat's nie getan. Er ...« Mel hielt inne. »Ich würde mich nicht drauf verlassen.«

Amy strickte weiter. »Ich werde ihn beim Wort nehmen«, sagte sie gelassen.

»Was liegt nördlich von hier?« wollte Colter von Mel wissen. Er war bei den Gesprächen der Erwachsenen eingeschlafen, war jetzt aber wieder wach. Er fragte, als ob es ein Rätsel wäre. »Was liegt hinter den Bergen? Wie weit nach Nordwesten müßte man gehen, um Lachse zu sehen?«

Mel überlegte, genau wie Artie, als er versucht hatte, sich das Alter seiner Kinder ins Gedächtnis zu rufen. »Ein paar hundert Kilometer«, sagte sie. »Acht-, vielleicht auch neunhundert. Hast du vor, eine Reise zu machen?«

»Ich will die Lachse sehen«, sagte Colter. »Als mein Vater in meinem Alter war, waren sie noch hier. Ich würde sie gern sehen.«

Zeit gegen Entfernung, dachte Mel. Entsprachen dreißig Jahre achthundert Kilometern?

»Schwäne auch«, sagte Colter. »Die Tundraschwäne. Ich will sie sehen.«

Sie sagte ihm, er solle für das dankbar sein, was noch da sei – die Wölfe und Grizzlies, Adler und Vielfraße. Die Karibus und Eulen.

»Ich weiß, daß es hier schön ist«, sagte Colter, »aber es ist keine ungebändigte Natur mehr. Ich will einen Ort sehen, der so ist, wie es hier war, als mein Vater so alt war wie ich.«

»Es hat sich nicht groß verändert«, sagte Helen. »Wahrscheinlich weniger als alle anderen Orte im ganzen Land.«

»Die Schwäne und die Lachse sind nicht mehr da«, entgegnete Colter.

Helen zuckte mit den Achseln. »So toll sind die nun auch wieder nicht.«

»Ich will sie sehen«, sagte Colter. »Ich will sehen, in was für einer Landschaft sie leben.«

»Du müßtest nach Nordwesten gehen, um sie jetzt zu finden«, sagte Mel. »Nach Kanada rauf und fast bis ans Meer – an den Pazifik.«

»Meinst du, das kann ich zu Fuß schaffen?« fragte Colter.

»Ja«, sagte Mel nach kurzem Zögern und einem Blick auf Amy, die weiterstrickte.

»Der Herr sei mit dir«, sagte Amy.

»Das ist mein Ziel«, sagte Colter.

Wallis dachte an einen schmelzenden Gletscher, der sich erwärmte, immer kleiner wurde und an seinen Rändern glattgeschliffenes Geröll hinterließ. Er stellte sich vor, wie Colter über so ein Felsenmeer kletterte: ins Tal hinab, dann die Berge hinauf und auf der anderen Seite ins nächste Tal hinab, immer so weiter, als würde er träge Meereswogen durchschneiden.

»Wann?« fragte Wallis.

»Dieses Jahr«, sagte Colter. »Sobald der Schnee geschmolzen ist.«

»Kommst du wieder?« fragte Mel. Ein weiterer Blick auf Amy.

»Klar«, sagte Colter. »Ich meine, ich glaub schon.«

Amy strickte weiter, ohne eine Masche fallen zu lassen. »Zeke war genauso«, sagte sie und schien darin Trost zu finden.

Es war zwei Uhr morgens. Es schneite wieder. Helen, die zu so später Stunde müde war, hatte plötzlich die seltsame Eingebung, daß dieses Gespräch klang wie eins, das vor langer Zeit, in Matthews Kindheit, stattgefunden hatte, doch als sie den Blick durch den Raum schweifen ließ, sah sie, daß von damals niemand da war und es also nicht stimmen konnte.

Sie wartete darauf, daß jemand fragte, wie sie hergekommen sei, doch sie wußte, daß niemand die Frage stellen würde. Alle wußten, daß sie hier geboren war, daß sie in dieser Angelegenheit keine Wahl gehabt hatte; und in jener Nacht empfand sie jene eigenartige Einsamkeit, die nur der kennt, der sich in einen Eindringling verliebt oder merkt, daß seine Kultur durch irgend etwas abgeschliffen und angepaßt wurde, das zwar nicht mehr ausgeprägt, einzigartig und dem Ort angemessen, aber zumindest bequemer und letztlich vertraut ist.

Colter vereinbarte mit Wallis, am nächsten Tag wieder nach Geweihen zu suchen. Alle standen auf, verabschiedeten sich und wünschten einander ein frohes neues Jahr. Danny lag wie eine Leiche auf der Theke und schlief. Artie deckte ihn zu, fand es aber unnötig, ihn von der Theke herunterzuheben.

Dann trennten sich ihre Wege, und sie liefen auf ihren Skiern in das Schneegestöber hinaus. Selbst wenn er still dastand, kam es Wallis so vor, als würde er bereits in die Erde hinabtauchen.

Wie immer badeten sie, um den Bargeruch loszuwerden: das Bier, Helens Zigaretten und die ganzen Leute. Sie wünschten sich eine gute Nacht, und dann ging jeder in sein Zimmer wie in eine unter dem Schnee liegende Höhle.

Sie brauchten die Vorräte dreimal so schnell auf wie geplant, denn Wallis aß doppelt soviel wie Mel. Es war schwer zu beurteilen, ob das Fleisch reichen würde, doch sie hatten eine Menge davon. Das Feuerholz war knapper bemessen, und er verbrannte es den ganzen Tag lang, während Mel im Wald war, und dann auch die ganze Nacht hindurch, während sie schliefen. All das gehörte Matthew, doch Wallis verbrauchte es ohne Gewissensbisse. Es war der Brennstoff für seine Träume, für das geistige Bild von seiner Karte, die diesmal bestimmt wie ein Schlüssel ins Schloß passen würde. Er trug Matthews viel zu weite Kleider, wie die Hüllen eines Mannes, der nicht mehr am Leben war. Als Wallis tiefer in seine Karten eintauchte, wurde er kühner und zuversichtlicher. Es war, als fütterte man ein Ungeheuer, doch der Aufwand würde sich lohnen.

In seinem neuen Eifer aß er mehr und verbrannte mehr Holz, so daß die Temperatur in der Hütte um zwei Grad anstieg. Die Wunde von Susans Tod blieb, doch auch sie verheilte langsam. Alles schien Brennstoff für diese eine Karte zu sein, obwohl er von dem unter der Schneedecke liegenden Tal noch keinen Fingerbreit gesehen hatte. Aber inzwischen begriff er, daß das nicht nötig war.

Verzückt wie ein Opiumraucher tauchte er hinab. Es gefiel ihm immer besser, abends mit Mel zusammen zu faulenzen.

Sie aßen gemeinsam Abendbrot, und das Wesen des Wildfleisches aus dem Wald drang in ihre Körper ein, während sie schweigend aßen. Inzwischen wußte Wallis, wie jedes einzelne Tier erlegt worden war. Dann plauderten sie eine Weile, fünfzehn, zwanzig Minuten, manchmal auch eine halbe Stunde, sprachen gewöhnlich über ihre Kindheit, doch als sie mehr Vertrauen zueinander gefaßt hatten, wagten sie sich weiter vor, näherten sich der Gegenwart, indem sie über ihr Leben als Erwachsene sprachen: kamen der Gegenwart gefährlich nahe.

Immer war es Mel, die das Gespräch abbrach. Sie stand auf, um an ihrer Karte zu arbeiten, um die Daten des jeweiligen Tages einzutragen und ihre Erkenntnisse darüber zu vertiefen, in welchem Gebiet sich die Wölfe zu welcher Jahreszeit hauptsächlich aufhielten. Und bereitwillig nahm Wallis eine Tasse Tee mit ins mittlere Zimmer und arbeitete an seiner eigenen Karte.

Die Arbeit versetzte ihn weiter in Verzückung. Manchmal kam es ihm vor, als würden sie zusammenarbeiten: Sie skizzierte im Nebenzimmer immer wieder dieselben Muster der Wolfspfade auf einer horizontalen Ebene, während er wesentlich ungenauer und unbekümmerter vertikale Querschnitte legte, die seiner Phantasie entsprangen, aber auch auf der Wiederholung von Mustern beruhten, da die erste Linie, die er zeichnete, alle folgenden beeinflussen würde. Während ihrer Arbeit herrschte in der Hütte tiefes Schweigen, und es kam ihm vor, als würden sie etwas Greifbares erschaffen, wie zwei Weber an einem Webstuhl; und noch später in der Nacht, wenn er langsam müde wurde, stellte er sich vor, daß vielleicht gar kein Unterschied bestand – daß sie dieselben Linien zeichneten und daß seine Hand ihre war.

Er arbeitete den ganzen Vormittag und verschwendete keinen Gedanken daran, daß das, was er sich ausmalte, wieder nicht stimmen könnte. Am frühen Nachmittag las er Dudleys alte Notizhefte, hackte Holz und schleppte es aus dem Holzschuppen auf die vordere Veranda. Danach lief er zum Schulhof, um auf Colter zu warten, und dann suchten die beiden im Wald nach Geweihen.

Eines Tages überquerten sie auf ihrer Suche einen der Hügelkämme südlich der Stadt. Sie waren einem von Matthews alten Geweihpfaden gefolgt, ab und zu waren die Stangen in den verschneiten Astgabeln zu sehen gewesen, und wie schon oft zuvor blieben sie bis zum Einbruch der Dunkelheit draußen. »Komm«, sagte Colter, »ich will dir was zeigen.«

Wallis konnte den Rauch von verbranntem Holz riechen. Sie stiegen den Hügelkamm hinab und kamen in dem blauen Schneelicht an riesigen Lärchen vorbei. Die Geweihe auf ihrem Rücken klapperten. Am Fuß des Berges sah Wallis eine kleine, unbeleuchtete Hütte, aus deren Schornstein Rauch emporkringelte, und hinter der Hütte stand am Fluß eine große Scheune, die von gelben Laternen hell erleuchtet wurde. Am Ufer lag ein Kanu, das an einem Ast festgebunden war. Es gab keine Straße. Ein riesiger Rappe stand reglos unter einer der alten Lärchen und wartete auf den Frühling.

»Das ist jemand, dem du wahrscheinlich noch nie begegnet bist«, flüsterte Colter. »Er baut Särge.«

Das Rauschen des Wassers wurde jetzt von dem leisen, gleichmäßigen Geräusch einer Säge übertönt, und dann, nach einer kurzen Stille, vom Pochen eines Hammers. Wieder Stille, und dann das Schaben von Schmirgelpapier. Sie traten näher, um durchs Fenster zu spähen. Das Pferd beobachtete sie, blieb aber ruhig.

Überall in der Scheune waren phantastische, buntbemalte, Tieren nachempfundene Särge auf Sägeböcken gestapelt. Der Mann, der in einem schweren Mantel, aber mit bloßen Händen arbeitete, war zu einem kleinen, dickbäuchigen Ofen mitten in der Scheune gegangen, um sich aufzuwärmen. Er stand davor wie ein Geier, der die Flügel ausbreitet, um sie in der Morgensonne zu trocknen, aber anscheinend wurde ihm nicht richtig warm; er zitterte und stieß den Atem in weißen Wölkchen hervor, als führte er ein Selbstgespräch.

Zu seinen Füßen lag ein Stapel Holz, und er legte noch etwas nach, hockte sich dann vor den Ofen und hielt die Hände ganz nah an die tanzenden Flammen. Der Schnee auf dem Scheunendach schmolz in der entweichenden Wärme und tropfte wie Frühlingsregen herab. Eine Eisplatte löste sich, glitt wie ein Floß über die Dachkante und brach auf dem Boden krachend in tausend Stücke, und das Pferd, das der Platte nur knapp entronnen war, versuchte davonzutänzeln, doch es war an den Vorderbeinen mit Ketten gefesselt und konnte nur kurze Sprünge machen. Das Rasseln der Ketten klang wie eine seltsame Musik.

Wallis richtete seine Aufmerksamkeit auf die Särge. Er sah jetzt, daß ein paar von ihnen an dicken Seilen von den Dachbalken herabhingen. Sie sahen aus wie riesige Vögel – Goldadler, Weißkopfadler und Raben, alle mit ausgebreiteten Flügeln –, und ihre Farben schimmerten naturgetreu über dem Schein der Laternen.

Unten lagen bemalte und unbemalte Särge, ein paar davon noch ganz rauh, die anderen bereits abgeschmirgelt. Überall lagen lose Bretter, und Wallis konnte den herrlichen Duft von frisch verarbeitetem Holz riechen, überall lagen Rümpfe, Flügel und alle möglichen riesigen geschnitzten und bemalten Teile – Bärenohren, Wolfstatzen, Reiherschnäbel –, die darauf warteten, an den verschiedenen Särgen befestigt zu werden, obwohl sich weder Wallis noch Colter vorstellen konnten, wie der Sargtischler die ganzen Teile auseinanderhielt.

»Komm mit«, sagte Colter. »Gehen wir rein und wärmen uns auf. Joshua ist in Ordnung. Ist ein netter Kerl. Er kommt nicht gern in die Stadt, aber er ist nett. Manchmal schenk ich ihm ein paar Geweihe für seine Särge.«

Sie klopften ans Fenster und gingen dann zur Tür. Joshua ließ sie wortlos ein, als hätte er ihre Ankunft erwartet.

Der Boden war mit Sägemehl und leuchtendgelben Sägespänen übersät. Joshua nahm eine Handvoll Späne und warf sie in den offenen Ofen. Das Feuer flammte kurz heiß auf, und einen Augenblick lang verspürten sie eine wohlige Wärme. »Kommt«, sagte Joshua, »es ist zu kalt, um weiterzuarbeiten. Gehen wir in die Hütte.«

Er zog noch einen Mantel und Handschuhe an, setzte sich eine Skimütze auf und ging dann nach draußen, befreite das Pferd von den Ketten und führte es in die Scheune. Das Pferd, ein Hengst, war muskulös und schwarz wie Obsidian und wirkte erleichtert über die Wärme in der Scheune. Es wieherte dankbar und stellte sich neben den Ofen. Seine Hufe glänzten, als das Eis daran schmolz. Da waren Särge, die wie Wapitis, Elche oder Bären geformt waren, und das Pferd stand mittendrin und sah aus wie eine von Joshuas Schöpfungen, die zum Leben erwacht war und jetzt die Tischlerei nicht verlassen wollte.

»Wenn er hier drin ist, ist es viel wärmer«, sagte Joshua und streichelte den Hengst, »aber ich kann nicht arbeiten, wenn er mir über die Schulter guckt.«

Er nahm die Laterne mit nach draußen, schloß das Scheunentor und ließ das Pferd, abgesehen von den durchs Fenster blitzenden Sternen, dem matten orangefarbenen Glühen des Ofens und den winzigen Lichtfunken, die am Rand der Ofentür heraussickerten, in völliger Dunkelheit zurück.

Drinnen machte Joshua ihnen frischen Tee. Seine Hütte war winzig, so daß es zu dritt ziemlich eng war. Überall hingen exakt zusammengesetzte Skelette verschiedener Tiere: Ein Rothirsch, ein Elch und ein Bär waren an der Wand befestigt, und an den Dachsparren hingen die starren, bleichen Knochen von Adlern, Eulen und Reihern: die Vorbilder für Joshuas Särge.

»Die riesigen Vögel kann er in einen hohen Baum hängen«, erklärte Colter, und Wallis begriff, daß er das Gehäuse mitsamt dem Toten meinte, wie bei einem Karussell in einem Vergnügungspark oder auf einem Jahrmarkt. »Oder er beerdigt sie, bringt sie in eine Höhle in den Bergen oder läßt sie einfach im Freien stehen.«

»Wenn ich sie im Freien stehenlasse, kippen die Tiere sie manchmal um und knacken sie wie Walnüsse, um an das Fleisch ranzukommen«, sagte Joshua. »Das ist mir gar nicht recht. Sie ruinieren die ganze Arbeit. Aber das gehört wohl dazu.«

»Oder er kann Boote draus machen«, sagte Colter, »und sie den Fluß runtertreiben lassen. Meistens Schwäne.«

»Gibt es viele Leute, die einen davon« – Wallis suchte nach dem richtigen Wort – »kaufen?«

»Die sind nicht zu verkaufen«, erwiderte Joshua. »Sie sind für die Leute hier im Tal.«

»Welchen würdest du dir aussuchen?« fragte Colter.

»Mmm«, sagte Wallis, »sie sind alle ganz toll ...«

»Sag mir Bescheid«, meinte Colter. »Und wenn dir was zustößt, kümmer ich mich drum.«

»Die meisten Leute hier oben sind mißtrauisch«, sagte Joshua. »Die meisten wollen unter die Erde, wenn's vorbei ist.«

»Es ist besser, wenn du dir selbst einen aussuchst«, sagte Colter, »als wenn's ein andrer für dich macht.«

»Ich bin froh, wenn wieder Frühling ist«, sagte Joshua. Er ballte die Hände vor dem Feuer zur Faust und öffnete sie wieder, abgearbeitete, schwielige Hände, die vom Abrutschen des Messers voller Narben waren. Die Hände eines Fallenstellers, dachte Wallis. Die bis zum bitteren Ende und sogar darüber hinaus alles einfingen. »Es ist hart, draußen in der Scheune zu arbeiten, wenn die Temperatur zu weit unter Null sinkt, und malen kann ich auch nicht, bevor es wieder wärmer wird. Die Farbe friert, bevor sie trocken ist.« Er schüttelte den Kopf. »Ich arbeite gern mit dem Holz, aber im Winter fange ich an, von der Farbe zu träumen, und kann kaum erwarten, daß es März, April und dann Sommer wird und ich wieder anfangen kann zu malen.«

»Welchen willst *du* haben?« fragte Colter den alten Mann.

»Oh, den Schwan«, sagte er lachend. »Eine schöne lange Bootsfahrt im Bauch des Schwans.«

Colter und Wallis tranken ihren Tee aus. Der Abend war noch jung, obwohl es bereits dunkel war. Sie bedankten sich bei Joshua, verabschiedeten sich und traten in die Nacht hinaus. Vom Licht umrahmt, stand Joshua kurz in der Tür seiner kleinen Hütte und winkte ihnen zum Abschied, doch dann schloß er rasch die Tür, bevor zu viel Wärme entweichen konnte.

Colter und Wallis stapften mit den Leinensäcken auf dem Rücken den Hügel hinauf. Sternschnuppen verglühten, stürzten vor ihren Augen zischend vom Himmel, und sie blieben auf dem Hügelkamm stehen, um sich den Meteoritenschwarm anzusehen.

Stell dir vor, lieber Leser! Die Welt mit dem unerschöpflichen Feuer aus dem Erdinnern zu heizen! Nicht einfach durch geothermische Naturerscheinungen wie heiße Quellen oder Geysire, die auf jene driftenden Erdspalten beschränkt bleiben, wo eine Formation sich so heftig über eine andere schiebt, daß frühere Prozesse abreißen und jegliche Logik auf den Kopf gestellt wird, wo Faulgase wie ein ungebetener Gast an der Erdoberfläche auftauchen, sondern durch das Entzünden des Erdgases, des gasförmigen Sonnenlichts, das wie Seen oder Flüsse im Erdinnern eingeschlossen ist.

Wie gelangt man an dieses explosive, lebenspendende Gut? Die Formen an der Erdoberfläche wollen uns in die Irre führen – sie bemühen sich, uns zu unbedeutenden Zielen zu locken. Alles strebt danach, ausgelöscht zu werden, bis störrische Stille herrscht. Sieh nur, wie symmetrisch die Umrisse der Berggipfel von der Höhe ins Tal gleiten, wie sie danach streben, alle unterirdischen Geheimnisse zu bewahren. Wie anmutig die Berge im Grün der darunter gelegenen Landschaft verschwinden.

Schauen wir vor unsere Füße. Da liegt der nackte Fels, gesprengt vom Frost unzähliger Winter. Die Bergsplitter sind unten im Tal verstreut. Bergkiefern, die vor dem Wetter zurückscheuen, tauchen allmählich auf, doch nur als am Boden kriechende, verkrüppelte Sträucher. Diese Steine stammen aus dem Känozoikum. *Wie hart und kristallin und störrisch sie aussehen. Diese schwarzen Kristalle sind* Pyroxen; *die dunklen sind ein Feldspat namens* Labradorit. *Die Mischung aus den beiden heißt* Norit.

Es ist nicht leicht, diesen Berghang hinabzusteigen. Es gibt zu viel Geröll, zu dichtes Unterholz. Doch der Geologe muß das Gebiet irgendwie erforschen. Wieviel Mühe wendet der Forscher auf, um die geologische Beschaffenheit einer unberührten Region herauszuarbeiten.

Während die Menschen sich abschuften, um sich mit Kohlebrocken zu wärmen, und sich wie erbärmliche Lemminge für ein paar Reiser Holz erniedrigen, besitzen ein paar wie ich das Wissen, um sie ernähren, sie von ihren Fesseln befreien zu können, um eine neue Welt zu erschaffen, zu zeugen, als ob wir die Lenden der Menschheit wären.

Ich träume von der kristallinen Marmorfrau, vier Meter groß, grün gefleckt vom Serpentin. In dem Traum finde ich sie als einziger und vereinige mich mit ihr. Ich schenke ihr meinen Samen, um die Zukunft zu zeugen.

Mel erwies Wallis kleine Aufmerksamkeiten, damit er sich nicht zu weit von ihr entfernte, nette, liebevolle Gesten, wenn auch keine wilde Leidenschaft, um – mit einer gewissen Anstrengung oder Anspannung – das Versprechen einer über Freundschaft hinausgehenden Verbindung am Leben zu erhalten wie ein kleines Feuer, dessen Glut immer wieder geschürt wird. Kerzen beim Abendessen, aus keinem ersichtlichen Grund. Eine Berührung seiner Hand, bevor sie sich an die Karte über die Wölfe setzte. Sie versuchte zu verhindern, daß er zu tief hinabsank (obwohl sie sich nicht herabziehen lassen würde, wenn er bis zum Grund tauchte); sie behielt eine mögliche Zukunft mit ihm im Blick, während sie über Matthews fortschreitenden Zerfall nachdachte.

Manchmal betrachtete sie Wallis' Karte und hatte plötzlich Angst, daß ausgerechnet er dort Öl finden würde, wo es den anderen – selbst ihrem Vater – nicht gelungen war.

Das Holz in ihrem Schuppen war Lärche. Selbst wenn es zersägt und im Schuppen zu dreißig Zentimeter langen Klötzen aufgestapelt war, sah das leuchtend orangefarbene Holz noch frisch aus, erinnerte an die Tiefen des Waldes, aus denen es stammte.

Wallis gefiel, wie schwer, wie massig es war. Er liebte das Splittern, wenn er es mit einem einzigen Axthieb spaltete: Eisen, das festes Holz sauber an der Maserung entlang spaltete. Er lernte, die Maserung zu lesen, so daß er schon im voraus wußte, wie jeder Klotz aufreißen würde. Er liebte die Farbe des Holzes in strahlendem Sonnenlicht und tiefem Schneegestöber. Und obwohl er die Axt mühelos schwang, da sich das Holz anscheinend danach sehnte, gespalten zu werden, sobald man es an der richtigen Stelle traf, begann er, nach ein, zwei Stunden zu schwitzen, wenn er die Schubkarre ständig vom Schuppen zur Veranda und wieder zurück geschoben und einen tiefen, vereisten Pfad ausgetreten hatte.

Er nahm einen runden Holzklotz und spaltete ihn in zwei Hälften, dann in Viertel und Achtel. Danach in schmale Späne zum Feueranzünden. Die Tage verstrichen ungezählt und ungemessen, aber ebenso kontinuierlich.

Nach ein paar Stunden Arbeit war das Holz für einen Tag und eine Nacht auf der Veranda gestapelt. Er begann, darüber nachzudenken, wie unrationell er arbeitete, doch dann begriff er, daß das unwichtig war, daß ihm die Arbeit Spaß machte.

Eines Nachts zogen die Bewohner des Tals los, um sich einen Kometen anzusehen. Es sollte der letzte bedeutende Komet sein, der sich in diesem Jahrhundert zeigte, und das letzte, was man von diesem Kometen für die nächsten zweitausend Jahre sehen würde. Um Mitternacht verließen sie die Bar, in einer Nacht, in der die Temperatur fiel wie ein Stein, der aus großer Höhe herabstürzt: fünfundzwanzig Grad unter Null bei Sonnenuntergang, nirgends eine Wolke oder ein Nebelfetzen. Um Mitternacht waren es fünfunddreißig, und kurz vor Tagesanbruch fiel die Temperatur auf vierzig Grad. Eltern weckten ihre Kinder (oder ließen sie die ganze Zeit aufbleiben, damit sie sich besser an den Abend erinnern würden), und alle trafen sich an der Bar und fuhren dann in Pferdeschlitten über den verharschten Schnee einen der alten, schmalen Pfade zum Gipfel des Hensley Mountain hinauf, wo Dudley und Matthew vor langer Zeit eine ihrer Fehlbohrungen vorgenommen hatten. Gestrüpp und junge Bäume wucherten von beiden Seiten über den Pfad, und sie fuhren hintereinander den Berg hinauf. Es war so kalt, daß die Pferde trotz der Anstrengung nicht schwitzten. Es waren drei Schlitten: ein Dutzend Erwachsene und halb so viele Kinder. Sie hatten Steine, die auf dem Ofen angewärmt und in Felle gewickelt waren, auf dem Schoß und dem Bodenbrett der Kutsche liegen. Ab und zu konnten sie den Kometen zwischen den Bäumen hindurch sehen, doch erst als sie den Berggipfel erreichten, sahen sie ihn deutlich vor sich, knapp über dem Horizont, genau im Norden.

Sie schälten sich aus den Fellen, stiegen aus, stellten sich zwischen die Pferde und bewunderten seine Schönheit. Bei dieser Temperatur hatte der Schnee die Farbe von Quecksilber. Es war so kalt, daß die oberste Schneeschicht nicht verharscht, sondern locker wie Sand war; sie standen bis zu den Knien im Schnee und nahmen eine Handvoll, schleuderten ihn dem Kometen entgegen und beobachteten, wie er glitzernd wieder herabrieselte.

Der Schweif des Kometen war deutlich zu sehen. Inmitten all der Sterne wirkte er fehl am Platz, schemenhaft und rastlos, wie eine Taschenlampe, die im Nebel aufleuchtet, und sie hatten sogar den Eindruck, als könnten sie an seinem Schweif die Funken sprühen sehen.

»Wo hat Dudley gebohrt?« fragte eine Frau Mel, und Mel schaute sich um, konnte aber nicht genau sagen, wo die Stelle war. Es war ein unbehagliches Gefühl, zu wissen, daß irgendwo unter ihren Füßen ein Loch im Boden war, das zwar nur einen Durchmesser von zwanzig Zentimetern hatte, aber fast siebentausend Meter tief war. Zur Versiegelung hatten sie ein paar Säcke Zement hineingepumpt und es mit einer Stahlplatte verschweißt, das war alles.

»Warum hat er auf einem Berggipfel gebohrt?« fragte jemand.

»Weil er ein absoluter Spinner ist«, erwiderte Colter.

»Colter!« rief Amy.

»Na ja«, sagte er, »stimmt doch.«

»Entschuldige dich«, sagte Amy.

»Tut mir leid.«

Sie zitterten und drängten sich dichter an die Pferde. Unten im Tal brannte kein Licht, und die Kälte lastete so schwer auf ihnen, daß sie darunter zu zerbersten drohten, als wären sie kristalline Gebilde ohne Kraft oder inneren Kern. Es war furchterregend, so hoch oben, so nah bei dem Kometen zu sein.

»Ich kann das Öl noch riechen«, sagte Colter. Mel wußte, was er meinte; auch nach fünfzehn Jahren roch die Rinde der Bäume noch leicht danach. Nicht nach irgendwelchem Öl, das Dudley entdeckt hatte, sondern nach dem Diesel der Motoren, die bei der Bohrung gelaufen waren. Das Öl mußte auch überall ringsum im Boden versickert sein, und Mel fragte sich, ob Colter es unter dem Schnee riechen konnte.

Es war Zeit, aufzubrechen; sie konnten die Kälte nicht mehr ertragen. »Guck noch mal«, sagten die Eltern zu ihren Kindern. »Bist du sicher, daß du ihn siehst?«

Sie sahen ihn alle; die Kinder hatten ihn sofort gesehen, hatten ihn mühelos unter all den anderen scheinbar gleich aussehenden Sternen entdeckt. Ein paar von ihnen dachten sogar, sie könnten ein grinsendes Gesicht und Augen im vorderen Teil des Kometen erkennen.

Mel staunte, wie deutlich die Kinder ihn sehen konnten und wie aufgeregt sie waren. Sie hatte erwartet, sie würden ihn klein und unbedeutend finden, ein bißchen undeutlicher als ein richtiger Stern und nicht viel größer, winzig im Vergleich zum riesigen Himmelszelt, doch sie benahmen sich, als wäre es das Aufregendste, was sie je gesehen hatten, als wären sie alle kleine Astronomen. Mel hatte den starken Verdacht, daß sie dem Leben gegenüber langsam abstumpfte, daß selbst hier draußen, im Mittelpunkt des Geschehens, ihr Panzer immer undurchdringlicher wurde. Sie staunte und verspürte Frieden, ja sogar Ehrfurcht, doch sie empfand nicht die vollkommene, unbekümmerte Freude der Kinder.

Helen war mitgekommen, in so viele Mäntel und Felle eingemummelt, daß sie kaum stehen konnte, und bald wurde sie von einem trockenen Husten geschüttelt; einmal beugte sie sich vor und spie etwas aus, das, als es im Schnee landete, verdächtig dunkel, wie Blut aussah.

Sie stiegen wieder in ihre Schlitten und drängten sich aneinander, um sich zu wärmen. Die Steine hatten zwar noch ein bißchen Wärme gespeichert, doch keiner spürte etwas davon, und die Felle reichten nicht, um sie warm zu halten. Auf dem Schlittenboden lag Heu, in das sie die Füße stecken konnten, und es wurden Laternen angezündet und dann herumgereicht. Jeder hielt sie sich ans unverhüllte Gesicht, um sich die eiskalten Wangen zu wärmen, jedes Gesicht wurde kurz orangegolden beleuchtet, Atemwölkchen stiegen von bleichen Lippen auf, und dann zeigte das Zähneklappern eines anderen an, daß die Laterne weitergereicht werden mußte. Bergab legten die Pferde ein gutes Tempo vor. Sie liefen auf dem ausgetretenen Pfad, und es war bloß zu hören, wie der Schlitten über den Schnee glitt, wie die Glöckchen an den Pferdegeschirren klingelten und die Bäume mit lautem Krachen auseinanderbrachen, während der Komet still über den Himmel stob.

Zwei Tage später begann es wieder zu schneien. Die Wölfe paarten sich jetzt: Mel hatte Blut im Urin des weiblichen Alphatiers entdeckt, und die frischen Spuren zeigten, daß das männliche und das weibliche Alphatier sich vom Rudel getrennt hatten, und da hatte sie gewußt, daß sie nur ein paar Stunden von ihr entfernt waren. Sie hatte in das Schneegestöber geblickt und eine tiefe Einsamkeit verspürt, das Gefühl, ausgeschlossen zu sein, so heftig, daß sie fast neidisch war, als würde die Welt an ihr vorüberziehen. Ihr schwermütiges Selbstmitleid fühlte sich noch bitterer an, weil sie wußte, daß die Welt nicht wirklich an ihr vorüberzog, sie es aber dennoch so empfand, während sie in die Richtung starrte, in der die Wölfe verschwunden waren …

Als es eine Woche später aufhörte zu schneien, war der Komet verschwunden, und viele Leute hatten tagelang ein ähnliches Gefühl wie Mel, alle aus verschiedenen Gründen, je nach ihren Lebensumständen, doch alle auf dieselbe Weise: Sie fühlten sich verwirrt, hilflos und verlassen, als hätte eine Verheißung sich nicht erfüllt.

»Ich kann mich nicht erinnern, als Kind welche gesehen zu haben«, sagte Artie. »Aber jetzt kommen dauernd welche – fast jedes Jahr.«

»Tja, das soll für 'ne ganze Weile der letzte gewesen sein«, sagte Danny.

»Was steht denn in der Bibel drüber, Amy?« witzelte Artie.

Amy, die gerade strickte, summte leise, schüttelte den Kopf und sagte dann: »Es wird kein gutes Ende nehmen«, und alle lachten.

Colter übte mit dem Bogen seines Vaters. Er hatte einen ausgestopften Hirsch – mit Heu gefüllte und dann zusammengenähte Leinensäcke – vor der Bar aufgestellt und ein Geweih an der Figur befestigt; während die Erwachsenen plauderten, übte er draußen bei Tag und Nacht. Er hatte Talent zum Bogenschießen und fand so selbstverständlich Gefallen daran wie manche Kinder am Geigenspiel, und schon nach ein paar Wochen schoß er so perfekt, wie man es nur erträumen konnte; er hatte das Herz des Hirsches durchlöchert und mußte Amy überreden, ihm einen neuen zu nähen.

Er schoß stundenlang, kam bloß herein, um sich die Hände zu wärmen, und ging dann wieder nach draußen. Bald hatte er es satt, auf eine reglose Zielscheibe zu schießen, und suchte sich bewegliche Ziele. Er warf Gegenstände in die Luft – Mützen, Radkappen, irgendwas – und schoß darauf. Gewöhnlich verfehlte er sie, und wenn jemand aus der Bar trat, bestand die Gefahr, daß ihm Pfeile wie Kugeln um die Ohren flogen. Colter dachte nicht daran, daß hinter dem Gegenstand, auf den er schoß, noch etwas anderes lag; er sah nur das Ding, auf das er zielte. Doch auch das Schießen auf bewegliche Ziele beherrschte er so schnell, daß es eindeutig nicht erlernt, sondern ein ganz seltenes Talent war, etwas, das seit seiner Geburt in ihm geschlummert hatte und nur zum Vorschein gebracht, nicht erworben werden mußte.

»Was würde passieren, wenn er wieder herkäme und bleiben würde?« fragte Wallis Mel eines Abends. »Würde zwischen euch alles wieder so sein wie früher? Würdest du das wollen?« Wallis hatte seine neuen Kartenentwürfe fertiggestellt, ein weiteres ohne Augenschein gefertigtes Abbild dessen, was er für die Wirklichkeit hielt.

Mel überlegte, ob sie so tun sollte, als wüßte sie nicht, wovon er sprach. »Du meinst, was dann aus dir und mir würde?« fragte sie.

»Ja«, sagte Wallis.

»Er kommt nicht zurück«, sagte Mel.

»Und wenn doch?«

»Ich würde mich freuen, ihn zu sehen«, sagte Mel vorsichtig, obwohl sie zum erstenmal nicht genau wußte, ob sie es ernst meinte.

Es war mehr als Müdigkeit. Sie hatte das entsetzliche Gefühl, daß sie nicht bloß ausgebrannt, sondern schon die ganze Zeit einer falschen Fährte gefolgt war, daß sie entweder einen neuen Weg einschlagen oder sich hinlegen und aufgeben mußte.

Sie blickte den Mann auf der anderen Tischseite an. Durch das viele Holzhacken und Wasserholen war er kräftiger geworden und ähnelte Matthew mehr als je zuvor. Das stimmte natürlich nicht – er war sanft und behutsam, während Matthew impulsiv und unberechenbar war –, und Mel fand sich treulos und vage, nicht Matthew, sondern sich selbst gegenüber, weil sie diese Kraft, falls man Wallis so bezeichnen konnte, nicht nur duldete, sondern auch mochte und sich zu ihr hingezogen fühlte.

Es war wie eine Ruhepause. Sie ruhte sich gern bei ihm aus. Sie brauchte Ruhe. Doch sie fand es nicht fair gegenüber Wallis. Falls sie sich bei ihm ausruhte, was würde dann passieren, wenn sie genug davon hatte und beschloß, aufzustehen und wieder loszuziehen? Sie dachte, daß es gegenüber Wallis ebenso unfair war wie das, was Matthew ihr antat, angetan hatte.

Sie versuchte, es Wallis zu erklären.

»Also hast du ein bißchen über uns nachgedacht«, sagte er schließlich.

»Ein bißchen«, sagte Mel. »Mehr als du wahrscheinlich.« Sie schob ihren Stuhl zurück. »Ich denke manchmal schon an den Frühling – Ende April, Mai, Juni. Ich stelle mir vor, daß ich nackt auf einer Narzissenwiese liege, mit dir oder ohne dich. Ich denke an schwarze Erde. Ich werde mir dieses Jahr die Zeit nehmen, einen Garten anzulegen, was ich noch nie getan habe. Ich trete etwas kürzer. Ja, ich hab drüber nachgedacht. Wahrscheinlich zuviel.«

»Das ist eine schöne Vorstellung«, sagte Wallis.

»Was?«

Er drehte seine Kaffeetasse in den Händen. »Die Narzissen.«

»Du weißt, daß Matthew im März allein wiederkommt, oder?«

»Nein«, sagte Wallis, »das hab ich nicht gewußt.« Er starrte ins Feuer. »Ich weiß noch, daß er letztes Jahr richtig schwermütig war. Er hat gesagt, er wär deprimiert und würde sich irgendwo an den Strand legen. Hat gesagt, er bräuchte ein bißchen Sonne.«

»Strand, daß ich nicht lache«, sagte Mel, »es sei denn, er meint *den* siebentausend Meter unter der Erde. Er kommt hier rauf und kippt um. Dann müssen Helen und ich ihn ein, zwei Wochen lang pflegen. Bei uns erholt er sich gerade so weit, daß er für ein weiteres Jahr zu Old Dudley zurückkehren kann, und danach noch ein Jahr und noch eins ... Egal, du gehst ja auch zu ihm zurück. Ich weiß gar nicht, warum wir überhaupt darüber reden.«

Wallis schüttelte den Kopf. »Für mich ist es anders«, sagte er. »Ich bin Dudley nicht so treu ergeben. Ich kann ihn nicht mal leiden.«

Mel stand auf und begann, wütend das Geschirr abzuräumen. Sie dachte zwanzig Jahre zurück, als sie Matthew zum erstenmal begegnet war und ihn im selben Jahr wieder verloren hatte.

»So fängt es immer an«, sagte sie. »Du bist zu nah dran – du kannst es nicht sehen. Aber du willst etwas haben, was nur er dir geben kann. Du brauchst ihn.«

»Ich könnte aufhören«, sagte Wallis. »Ich könnte jederzeit aufhören – würde bloß die Karten zeichnen. Ich muß die Löcher nicht bohren.«

»Quatsch«, sagte Mel.

Sie stellte das Geschirr ins Spülbecken, um es später abzuwaschen oder es Wallis zu überlassen, ging an ihren Schreibtisch und entrollte ihre eigene Karte. Sie war ganz anders als seine, da sie nie vollendet sein würde. Die Karte würde nie richtig oder falsch sein, immer nur fortlaufend, und sie fragte sich, ob ein Teil ihres Zorns auf ihn nicht bloß Neid war.

In jener Nacht schliefen sie wie zwei Fremde in einer Pension. Wallis hätte am liebsten die Fenster geöffnet, um die ganze Anspannung hinauszulassen. Er dachte, daß er sie zu früh bedrängt hatte, da er klare Verhältnisse haben wollte.

Er versuchte, sich an sein Büro in Houston zu erinnern, an seinen Geruch und die Atmosphäre. Die Deckenlampe, der Zeichentisch, Elektroradierer, Bleistiftspitzer, Aktenschränke, Schreibtisch, Zeichenstuhl. Der Blick auf die Sümpfe, zwanzig Stockwerke tiefer. Wie er an windigen Tagen vor dem Spiegelglasfenster stand und spürte, daß das Gebäude schwankte: ein schreckliches, aufregendes Schwindelgefühl. Manchmal lehnte er sich an das Fenster, um zu spüren, wie es im Wind vibrierte. Dann trennte ihn nur ein halber Zentimeter Glas vom Abgrund. Einmal war Old Dudley ins Büro gekommen und hatte ihn mit ausgestreckten Armen am Fenster stehen sehen. Er hatte gelächelt und nicht gewußt, ob er sich freuen oder sich Sorgen machen sollte, doch er hatte bloß gesagt: »Spring nicht.«

Mel träumte in jener Nacht von Schlamm und Schlick – von braunen Sümpfen, schweren, schwebenden Ablagerungen. Kakaofarbenes Wasser, das träge in der Sonne dümpelte – Wasser, das so langsam floß, daß man die Fließrichtung nicht erkennen konnte. Wasser, das sich verirrt zu haben und einen Ausgang zu suchen schien, einen Weg zu dem Ort, zu dem es vor langer Zeit aufgebrochen war und nach dem es sich noch immer sehnte.

Sie verhedderte sich in ihren Wapitifellen und schwitzte, bis ihr ganzer Oberkörper schweißnaß war, dennoch wachte sie nicht auf, sondern warf sich bloß stöhnend hin und her; und Wallis hörte sie im Nebenzimmer, konnte nicht mehr einschlafen, spürte, wie die Luft in der kleinen Hütte von ihrer Qual erfüllt wurde, einer Qual, die an Wahnsinn grenzte, bis er schließlich aufstand und in seinem Zimmer das Fenster aufriß.

Er stand am Fenster und atmete tief den Tannen- und Kiefernduft ein, lauschte der Stille. Lange stand er da, bis sein eigenes Herz sich beruhigte und er spürte, wie die schlechte Luft in der Hütte zum offenen Fenster hinausströmte und sich im Wald und der Schönheit der Stille verflüchtigte. Sein Herz beruhigte sich, Mels Stöhnen wurde leiser und hörte dann ganz auf, und danach kehrte die alte Atmosphäre in die Hütte zurück. Er stellte sich eine gelbe Schnittblume vor.

Der Schnee fiel bei Tag und Nacht, als würde er sich ungehindert aus einer offenen Wunde im Himmel ergießen, und im Lauf des Winters stürzten unter seiner Last mehrere alte Gebäude ein. Die Schneefälle übertrafen alles, was sich in den paar Jahrzehnten, seit denen Weiße im Tal lebten, je zugetragen hatte. Wenn die Leute nachts ins Bett gingen, schneite es noch, manchmal vier, fünf Zentimeter pro Stunde, und alle fragten sich, ob als nächstes ihre Hütte einstürzen würde. Bis jetzt waren noch keine Wohnhäuser zermalmt worden, nur Scheunen oder Nebengebäude, doch es schneite immer weiter, und der Schnee türmte sich und wurde dann zu blauen Eisplatten zusammengedrückt, hart wie Stein.

Es gab viel Arbeit für Colter und ein paar andere, die die Dächer freischaufelten, doch im Februar sah es so aus, als würde die Arbeit nie aufhören, denn die Schneeschaufler verbrachten mehr Zeit auf den Dächern als auf dem Boden, als wohnten sie auf einer leicht erhöhten Ebene über der Stadt. Wenn die Leute nicht genug Geld hatten, bezahlten sie für die Arbeit mit Fleisch, Gemüsekonserven, Geweihen, Fellen, Pelzen oder Feuerholz oder boten im Gegenzug eine andere Arbeit dafür an. Es spielte letztlich keine Rolle, wer am Ende des Tages das Geld besaß; dieselben zwei- oder dreihundert Dollar machten immer wieder die Runde, wanderten von Hand zu Hand und waren bald so abgegriffen und zerfetzt wie alte braune Blätter, bis man sie schließlich nicht mehr unterscheiden konnte und sie wertlos geworden waren … Es schneite immer weiter, so heftig, daß die Leute mit dem Räumen nicht mehr nachkamen, bis die meisten von ihnen aufgaben und nach drinnen gingen, um auf Gottes Gnade vertrauend den Frühling abzuwarten.

Es sah immer mehr danach aus, als wäre die Stadt bombardiert worden; viele Gebäude waren eingestürzt, und es blieb nichts als ein wildes Durcheinander aus Baumstämmen, die aus dem Schnee hervorragten.

Wallis half beim Schaufeln, und abends lag er auf dem Rücken vor dem Kamin und knurrte wie ein Hund. Er wurde durch die ganze Arbeit breiter und muskulöser, doch die damit verbundenen Geburtswehen waren heftig. Er wälzte sich auf den Bauch und ließ sich von Mel mit Ellbogen und Knien den Rücken durchkneten, um den Muskelkater zu mildern und Krämpfen oder Zerrungen entgegenzuwirken, denn überall zog und zerrte es an ihm, als sollte er vorzeitig in einen buckligen, gebeugten Krüppel verwandelt werden. Er stellte sich ein Fell vor, das über ein Gestell gebreitet war, um gleichmäßig zu trocknen. Die Wärme des Feuers und die Spitzen ihrer Ellbogen bezwangen die Rebellion in seinen Muskeln.

Er badete, kroch dann ins Bett und schlief zwölf, manchmal auch vierzehn Stunden. Er wünschte sich sehnlichst einen freien Tag. Bloß einen Tag.

Mel achtete darauf, daß er aß, obwohl er zu müde war, um großen Appetit zu entwickeln. Sie gab ihm die vier Grundnahrungsmittel zu essen: Elch, Rothirsch, Wapiti, Waldhuhn. Sein Körper wurde immer kräftiger, und während seine Muskeln im Schlaf schwollen, hatte er das Gefühl, so breit zu werden, daß er nicht mehr in die Hütte paßte. Matthews Kleider paßten ihm jetzt perfekt. Und obwohl Wallis wußte, daß er sich auf einen gefährlichen und schmalen

Pfad begab, wenn er so unbekümmert in die Fußstapfen eines anderen trat, roch er manchmal an Matthews Mänteln und Hemden, roch den alten Staub von Matthews Arbeit an der Steinmauer, wo er auch im Sommer lange Ärmel und Overalls getragen hatte, um sich an den rauhen Kanten nicht die Arme aufzuschürfen, und dann verspürte Wallis das Bedürfnis, seine neuen Muskeln, ihre große Hebelkraft zu benutzen. Er merkte, daß er sich danach sehnte, selbst an der Mauer zu arbeiten, die schweren Blöcke zu schleppen, sie an die richtige Stelle zu legen und in dem einfachen, aber langlebigen Muster zu stapeln: zwei auf einen und wieder einen darüber. Er merkte, daß er es kaum abwarten konnte, im Frühling ein paar Steine hinzuzufügen.

Seine Karte war fertig, oder zumindest glaubte er es; er hatte sie zusammengerollt, wartete auf seinen Herrn und las weiter in dessen Notizheften.

»Wann hast du die Wölfe zum letztenmal gesehen?« fragte er Mel eines Abends, als sie vor dem Kamin lagen.

Sie mußte in ihren Aufzeichnungen nachsehen. Sie blätterte lange darin herum. »Letzten Juni waren es zwei Jahre«, sagte sie.

»Was würdest du tun, wenn du ihnen nicht folgen würdest?« fragte er.

»Ich folge ihnen nicht«, erwiderte sie. »Ich entferne mich von ihnen.«

»Was würdest du tun?« beharrte er.

»Was würdest du tun, wenn du keine Karten zeichnen würdest?«

»Das kann ich mir überhaupt nicht vorstellen«, sagte Wallis. »Das wäre mein Ende.«

»Dann hat er dich«, sagte Mel. »Du sitzt in der Falle.«

»Bloß, daß mir das egal ist.«

»Ich hab heute eine große Strecke zurückgelegt«, sagte Mel. »Massierst du mir mal den Rücken?«

Er war erstaunt über ihre harten Muskeln. Sie fühlten sich härter an als seine. Er versuchte, die Muskelstränge mit den Händen, mit den Daumen auseinanderzudrücken, doch es gelang ihm nicht. Er lehnte sich mit den Ellbogen darauf, doch sie gaben nicht nach.

»Versuch, dich zu entspannen«, sagte er.

»Ich bin entspannt«, sagte Mel und setzte dann hinzu: »Ist schon okay. Fühlt sich gut an. Du bist warm. Leg dich bitte hin.«

Er streckte sich auf ihrem Rücken aus, ihre Haut war warm vom Feuer. Er fragte sich, ob er in Matthews Kleidern für sie wie Matthew roch oder wie er selbst, ob es überhaupt einen Unterschied gab.

Nachdem das Feuer heruntergebrannt war und sie schlief, stemmte sich Wallis von ihrem Rücken hoch, legte sich neben sie und zog ein Fell über sie beide. In der Nacht wachte sie einmal kurz auf, lächelte ihn an und schlief dann wieder ein.

Eines Tages verfolgten sie die Spuren der Wölfe gemeinsam zurück. Er konnte sich nicht mehr erinnern, ob es seine Idee gewesen war, weil er sehen wollte, wie sie ihre Tage verbrachte, oder ihre, weil sie es ihm zeigen wollte.

Sie packten, als ob sie picknicken wollten. In der vorangegangenen Nacht waren mehrere Zentimeter Schnee gefallen, und Wallis würde bald wieder schaufeln müssen – es war wieder einmal Zeit, Helens Laden freizuschaufeln –, doch Mel sagte, die Wölfe hätten nicht weit von der Stadt gejagt, und es sei gut möglich, daß sie im Neuschnee frische Spuren finden würden. Die Wölfe hätten seit drei Tagen nichts gefressen, aber sie habe einen Rabenschwarm zum Fluß fliegen sehen und glaube, daß sie wieder jagten und bald ein Tier reißen würden.

Sie packten Äpfel, Orangen, gekochte Eier und Wildsandwiches mit dicken Brotscheiben ein. Wallis fand es seltsam, daß sie Wildsandwiches einpackten, damit sie genug Kraft und Energie hatten, auf Schneeschuhen zu einem Ort zu laufen, wo die Wölfe selbst einen Hirsch getötet und gefressen hatten; als wäre der Hirsch die gemeinsame Währung oder sogar Sprache zweier Staaten.

Wie immer war sie zu schnell für ihn und mußte oft stehenbleiben und warten, aber wenn es steil bergauf ging, war er ihr überlegen, so daß sie sich anstrengen mußte, um mit ihm Schritt zu halten. Sie zeigte ihm vieles, erklärte ihm Dinge, die sie im Verlauf von zwanzig Jahren gelernt hatte und ihm unbedingt beibringen wollte.

Ihre Gedanken galten an jenem Tag den Baumstümpfen und ihrer Vielfältigkeit: den verschiedenen Arten abgestorbener Bäume in einem Wald, ihrem Alter, ihrer Größe und Lage. Standen sie noch aufrecht, neigten sie sich bereits in einem Winkel von fünfundvierzig Grad, oder lagen sie schon am Boden? Waren sie erst vor kurzem abgestorben und noch nicht ausgehöhlt, wurden sie von Spechten, Salamandern, Käfern, Mardern, Eulen, Waldbaumläufern und Drosseln aufgesucht, oder waren sie schon morsch, wurden von Bären angefressen, reicherten den Boden an und dienten den wimmelnden Insekten als süße Speise?

Die kurzen, breiten Baumstümpfe steinalter Lärchen, die Stämme von Blitz und Sturm abgeknickt; die größeren, eleganteren Baumstümpfe der Zedern, aus denen die ovalen Hieroglyphenmuster des riesigen, nach Insekten suchenden Schopfspechts herausgemeißelt waren ... Mel sagte, die Baumstümpfe der Zedern seien anscheinend am wertvollsten. Sie glaube, den Vögeln und Säugetieren gefalle es, daß Zedernholz auf Milben und Insekten abstoßend wirke.

Sie deutete auf einen absterbenden Baum, der aber noch stand oder sich nur leicht neigte, und erklärte, daß er die anderen ringsum stütze und neue Lücken schaffe, wodurch andere, kleinere, jüngere Bäume das Licht nutzen könnten, das ihnen vor kurzem noch nicht zur Verfügung gestanden habe, was sie ihre »Befreiung« nannte; und daß die schräg stehenden Bäume neue Schatten werfen und einen bestimmten Fleck mit kühleren Temperaturen versorgen würden, in denen der Trieb eines Schatten und Kühle liebenden Baumes – Tanne, Fichte, Zeder – keimen und seine langsame Reise in den Himmel antreten konnte.

Während Wallis ihr folgte, dem Bewußtseinsstrom ihrer Erklärungen lauschte – sie reagierte einfach auf das, was ihr ins Auge fiel –, sah er, daß alles wie bei einem Motor funktionierte, als würden sich Ventile öffnen und schließen, als würde durch diese Verdichtung und Ausdehnung die erforderliche Kraft erzeugt.

Es war ähnlich wie auf seinen Karten: Die Erdoberfläche, die Haut der Welt, unterschied sich nicht von ihren Tiefen. Intuitiv hatte er das schon gewußt. Doch es flößte ihm Ehrfurcht ein, als er jetzt erkannte, daß ihr Wald hier oben ebenso war wie seine unterirdischen Ölfelder.

Er hegte den Verdacht, daß damit die Ähnlichkeiten noch nicht aufhörten; daß sich alles – Wölfe und Menschen, Wälder und Berge, Tote und Lebende – irgendwann ähnlich wurde, wenn man den Zeitrahmen weit genug ausdehnte, ihn erweiterte, und daß nur in der Verdichtung der Zeit auf einen Augenblick so etwas wie Individualität aufblitzte.

Er verstand, wie solche Vorstellungen einen dazu brachten, die Zukunft zu scheuen, ja sogar zu fürchten. Der Frieden und die Schönheit des Augenblicks wären immer in Gefahr, sich entweder durch die zukünftige Angleichung in nichts aufzulösen oder in den vergessenen grauen Block der Vergangenheit gepreßt zu werden.

Wenn er beispielsweise Mel liebte, würde es genauso sein, wie Susan zu lieben? Und wenn sie ihn liebte, wäre es nicht dasselbe, wie Matthew zu lieben?

Aber an jenem Tag fühlten sie sich nicht gefangen von Gleichheit, Verlauf, Wiederholung. Sie hörten die Raben, die wie Hähne auf einem Bauernhof klangen, ganz in der Nähe und folgten ihren Schreien. Sie hatten noch immer keine Wolfsspuren gesehen, so daß Mel sich fragte, ob die Wölfe noch fraßen und die Raben so aufgebracht waren, weil sie sie nicht an dem Festmahl teilhaben ließen.

Sie durchquerten ein Marschland und waren jetzt so nah, daß sie Flügelschläge hören und die Raben über den Baumwipfeln kreisen sehen konnten. Sie spürten den Tumult, die Aufregung, die in der Luft lag, und rochen auch das Fleisch; und jetzt stießen sie endlich auf Spuren und sahen sich die Fährte näher an.

»Ein Elch«, sagte Mel und legte ihre Hand auf die Spuren. Überall klebte Blut, das noch hellrot war.

Die im Schnee eingefurchte Fährte war so blutverschmiert, als wäre dort jemand mit mehreren Eimern voll roter Farbe entlanggelaufen und hätte alles verschüttet, und jetzt sahen sie, daß auch alle Baumstämme blutbespritzt waren. Es gab Krater im Schnee, wo der Elch gestrauchelt und gestürzt war, sich aber irgendwie wieder aufgerappelt und weitergeschleppt hatte, obwohl jeder sehen konnte, daß seine Mühe vergeblich war, daß er es wirklich nicht weiter hatte schaffen können als zu der Stelle, wo jetzt die Raben krächzten.

Soviel Blut. Da, wo der Elch in seiner panischen Angst über die Erlensträucher geflüchtet war, war alles rot; er hatte seinen vom Blut glitschigen Körper über die aus dem Schnee ragenden Spitzen geschleppt und im Kriechen die Landschaft rot angemalt. Während die Wölfe an ihm hingen und ihn zerfleischten.

Er hatte sich losgerissen, war aufgestanden und weitergelaufen. Noch mehr Blut.

Jetzt konnten sie hören, wie die Wölfe knurrten. Jeder kämpfte um seinen Platz an dem Kadaver, der Leitwolf knurrte jedesmal, wenn ein rangniederes Tier ihm beim Fressen zu nahe kam oder gar mit ihm zusammenstieß. Fünfzig Meter entfernt. Die Raben bemerkten Mel und Wallis, schlugen Alarm und flogen mit wuchtigen Flügelschlägen und heiserem Krächzen, Fell- und Fleischfetzen in den dikken Schnäbeln, davon.

»Sollten wir nicht besser umkehren?« fragte Wallis.

»Wir sind nun mal da«, erwiderte Mel. Sie schnallte ihre Schneeschuhe ab und kroch auf dem Bauch weiter, folgte so der blutigen Fährte. Wallis legte sich ebenfalls hin und tat es ihr nach.

Aufgeschreckt durch ihr Kommen, flogen weitere Raben davon. Die Wölfe wußten, daß die Menschen sich näherten, begriffen, was die Schreie und das Auffliegen der Raben bedeuteten, waren aber zu sehr aufs Fressen konzentriert, um davonzulaufen. Sie hielten Ausschau nach ihnen, fraßen aber weiter.

Als sie noch dreißig Meter entfernt waren, konnten Mel und Wallis die Wölfe sehen – es waren fünf, zwei schwarze und drei graue –, die sich um den Elchkadaver versammelt hatten; und wie ein Gefolge standen hinter den Wölfen zwei große Weißkopfadler mit grimmigen gelben Augen und ein noch größerer Goldadler. Alle warteten darauf, an die Reihe zu kommen, wagten aber nicht, die Wölfe herauszufordern, da diese so hungrig waren.

Jetzt entdeckten die Wölfe sie, sahen ihre Atemwölkchen aufsteigen, sahen ihre runden Köpfe inmitten der Bäume, die Tönung ihrer Augen, wenn auch nicht ihre Farbe. Und sie sahen, daß es Mel und der Fremde waren, der sich im Tal aufhielt; und die Wölfe, die Gesichter unter einer roten Maske aus Elchsblut, starrten sie zwei oder drei Sekunden lang an, versuchten, die Lage einzuschätzen, waren erstaunt, daß Mel ihre Spuren ausnahmsweise nicht zurückverfolgt hatte, wirbelten dann herum und rannten in den Wald.

Die drei Adler hüpften zu dem Kadaver hinüber und begannen, daran herumzuzerren. Mel und Wallis schauten einen Augenblick lang zu und hofften, die Wölfe würden zurückkommen, doch als sie nicht wieder auftauchten, krochen sie zu ihren Schneeschuhen und kehrten um. Für beide war es ein ganz seltsames Gefühl, sich so bereitwillig und entschlossen von dem Ziel ihrer Suche zurückzuziehen – von dem, was sie ersehnt und einen Augenblick lang gekostet hatten.

Keiner von beiden sagte ein Wort, da sie das Gefühl hatten, es würde das, was sie gemeinsam gesehen hatten, beflecken oder sogar verraten; und sie hatten auch leichte Schuldgefühle, als hätten sie etwas Hinterlistiges getan und fänden es auch noch aufregend.

Mel untersuchte die Fährten und zeichnete die Jagd auf, hielt die Spuren der Wölfe fest, schätzte den Blutverlust des Elches und zählte nach, wie oft der Elch gestürzt war; und während sie sich von dem Kadaver entfernten, sich zu der Stelle zurückarbeiteten, wo zum erstenmal Blut geflossen war, und dann noch weiter zurück, dahin, wo der Elch noch nicht gelaufen war, wo er die Wölfe noch nicht bemerkt hatte, spiegelte sich in ihren Notizen die Entflechtung, die

Ausweitung, doch diesmal fand Mel das Zeichnen der Karte wertlos, als bemühte sie sich, eine nutzlose Frage zu formulieren, deren Antwort sie bereits kannte; und hinter sich hörten sie in der Ferne, wie die Raben zurückkehrten und ihre Schreie ausstießen, als machten sie sich über ihren Rückzug lustig.

Sie schauten in der Bar vorbei. Colter kam herein, um ihnen das Waldhuhn zu zeigen, das er an jenem Tag geschossen hatte. Es war der erste Vogel, den er mit einem Pfeil im Flug getroffen hatte; der Pfeil steckte noch drin.

Alle bestaunten den Vogel und lobten Colter, doch das Lob erschien ihnen lustlos, träge, der Leistung unangemessen. Wallis befaßte sich am längsten mit dem Vogel, betrachtete ihn sorgfältiger als jedes Kunstwerk. Der Pfeil hatte beide Flügel und die Brust durchbohrt.

»Sehr schön«, sagte Mel. »Ein guter Schuß. Aber wie läuft's mit Lesen und Schreiben?«

Colter sah sich um, ob Amy inzwischen nicht hereingekommen war. »Zum Teufel damit«, sagte er. Er ließ den Blick durch die Bar schweifen. »Wem hier drin hat das irgendwas genützt? Mein Pop ist ganz gut ohne Lesen und Schreiben zurechtgekommen. Ich kann lesen. Aber wenn man zuviel liest, fängt man an zu spinnen.«

Colter nahm seinen Vogel und ging zum Feuer. Er zog den Pfeil heraus, begann dann, die Federn auszurupfen, und steckte sie in einen Sack, den er in den Wald bringen wollte. Wallis saß während des Rituals neben ihm. Als Colter den Vogel gerupft hatte, schnitt er ihn auf und zog die Eingeweide heraus, gab sie einem der Hunde zu fressen, der vor ihm saß, und wusch sich dann im Spülbecken die Hände.

»Und was ist mit Matthew?« fragte Helen Mel flüsternd, während Wallis mit Colter beschäftigt war. »Was ist mit meinem Jungen?«

Mel gab keine Antwort, kniff nur die Lippen zusammen und zupfte an dem Etikett ihrer leeren Bierflasche.

Am Feuer hatte Colter das Waldhuhn auf einen Ast gespießt und briet es über offener Flamme. Es traten bereits Fetttröpfchen aus. Das Fett spritzte ins Feuer, die Flammen loderten auf. Bald erfüllte der Bratenduft die ganze Bar, doch die Lethargie blieb, schien unabänderlich, als ob die Welt stehengeblieben wäre.

Wallis suchte in dem Sack mit den Federn nach dem Kropf des Vogels, um zu sehen, was er gefressen hatte. Feuchte grüne Tannennadeln und Schneebeeren, die wie Perlen aussahen. Wallis hielt die Schneebeeren in der Hand, betrachtete sie und fand es schade, daß der Mensch damit nichts anfangen konnte: Sie waren weder eßbar, noch konnte man stabile Halsketten daraus fertigen. Im Schein des Feuers hatte er noch nie etwas Schöneres gesehen.

In der Hütte blieben sie bis Mitternacht auf und plauderten, wollten nicht, daß der Tag zu Ende ging.

»Ich hab überlegt, ob ich in der Schule aushelfe«, sagte Mel.

Bis zu diesem Augenblick hatte sie nichts Derartiges überlegt, hatte bloß über die lastende Eintönigkeit in ihrem Leben nachgedacht. Doch jetzt, wo sie es ausgesprochen hatte, gefiel ihr der Gedanke. Sie konnte sich vorstellen, daß man sie dort gut gebrauchen konnte.

Wallis war überrascht. »Und was ist mit deinen Karten? Deinen Daten? Wer soll da weitermachen, wo du aufgehört hast?«

»Wahrscheinlich niemand«, sagte Mel. Sie zuckte mit den Achseln. »Vielleicht ist das gar nicht schlimm. Vielleicht ist es besser, wenn niemand wirklich weiß, wo sie hingehen und was sie tun. Vielleicht sollte es ein Geheimnis bleiben.«

Sie stand auf und schenkte sich ein Glas Wein ein, nahm einen Schluck und stellte das Glas auf die Fensterbank. Dann baute sie sich vor Wallis auf, ohne zu wissen, was sie wollte: ob sie ihm einen Gutenachtkuß geben, weiter mit ihm reden oder noch einmal einen Augenblick lang seine Hand halten wollte. Und so sagte sie am Ende bloß »Gute Nacht« – ihre hervorgestoßenen dürren Worte der reinste Hohn, ein Ersatz für alles, was sie nicht wußte – und ging durch den Flur in ihr Zimmer.

Wallis saß noch eine Weile am Feuer und lauschte dem Pochen seines Herzens; es war erschreckend heftig und sprunghaft. Ein möglicher Grund zur Freude, der sich fast wie die Freude selbst anfühlte. Er hätte nie gedacht, daß er noch einmal ein solches Herzrasen verspüren würde, und auch nicht, daß er sich je danach sehnen würde.

Er schlief tief. Er wachte bloß auf, als das Weinglas in der Nacht unerklärlicherweise von der Fensterbank fiel, vielleicht von einer vorbeihuschenden Maus oder durch ein kaum spürbares Erdbeben, ein Schieben und Dehnen unter dem Schnee umgestoßen, und er holte ein Handtuch, wischte den verschütteten Wein auf und schlief dann voller Hoffnung wieder ein. Er spürte, daß etwas Gutes bevorstand, obwohl er nicht hätte sagen können, was.

Am Morgen ging Mel nicht in den Wald, sondern begab sich stattdessen zur Schule. Sie wußte nicht genau, wie sie ihr Angebot unterbreiten sollte, und als sie frühmorgens in der Schule eintraf, waren die Lehrerinnen – Belle und Ann, beide Anfang Fünfzig – überrascht, sie an der Tür stehen zu sehen. Sie baten sie auf eine Tasse Kaffee in ihre Hütte hinter der Schule, in der sie schon seit vier Uhr Arbeiten benoteten und den Unterricht vorbereiteten, und als Mel ihnen erzählte, daß sie den Schülern etwas über den Wald beibringen wolle, sahen sie so verdutzt aus, als wäre ein Wolf oder ein Hirsch zur Tür hereinspaziert und hätte zu sprechen begonnen.

»Wir müßten einen neuen Stundenplan erstellen«, sagte Ann. »Wann würdest du gern unterrichten?«

»Morgens«, sagte sie. »Gleich als erstes.«

»In Ordnung«, sagte Ann.

»Wenn ich mit meinem Unterricht fertig bin, kann ich dann bleiben?« fragte Mel. »Kann ich mich hinten hinsetzen und mir anschauen und anhören, wie ihr die Sache anpackt?«

»Das könnte sich als ziemlich langweilig erweisen«, sagte Belle.

»Willst du nicht in den Wald, wenn du mit dem Unterricht fertig bist? Willst du denn die Wölfe nicht mehr verfolgen?«

»Ich will mal eine Pause machen«, sagte Mel.

»In Ordnung«, sagte Ann. »Willst du heute oder morgen anfangen?«

Die ersten Schüler trafen ein, ein paar auf Skiern, ein paar mit Schneeschuhen, während andere auf Ponys geritten kamen.

»Heute«, sagte Mel.

Die Herrschaft der Reptilien.
Was sich im Mesozoikum zutrug.

Der Sturm hat sich verzogen, und ein neuer Himmel wölbt sich über die Landschaft. Wir scheinen in einer anderen Welt zu sein. Wir lassen den Blick über das Gebiet schweifen, das noch vor kurzem von üppiger Kohlevegetation bedeckt war und jetzt von Zykadeen und Voltzien beherrscht wird. Die Zykadeen haben die Form von Fächerpalmen, ihre Blätter sehen aus wie Farnwedel, und sie brauchen ähnliche Lebensbedingungen wie Kiefern; die Voltzien scheinen Vorläufer der Zypressen zu sein. In der ganzen Waldlandschaft streckt weder ein Lepidodendron noch eine Sigillaria ihre grüne Krone in den Himmel. Das stinkende Marschland ist verschwunden, und ein welliges Hochland beherrscht den Kontinent.

Wir lassen den Blick über das große Flachland schweifen. Dunkel bewaldete Gebirge schauen finster auf uns herab. Wir suchen die ehemalige Küstenlinie, die das Reich des Meeres begrenzt hat, und sehen jetzt, daß sie gewandert ist. Sie liegt weit im Süden, weniger als dreihundert Kilometer von der heutigen Golfküste entfernt – so viel wurde dem Meer von seinem Reich abgerungen.

Wir durchstreifen diese neue, helle Landschaft. Die ganzen paläozoischen Tierarten wurden verdrängt. Seltsame Bewohner haben Einzug gehalten. Anstelle der schwachen, eidechsenartigen Amphibien, die in hohlen Baumstümpfen hausten, finden wir nun große, vierfüßerähnliche Labyrinthodonten, die wie riesige Kröten im Schutz des Waldrands umherkriechen. Durch ihr großes Gewicht hinterlassen sie in dem Sand am Strand tiefe Fußspu-

ren – vierzehig und wie eine Hand geformt –, die bis heute erhalten geblieben sind und die Menschheit in Erstaunen versetzen.

Doch die Amphibien haben das Zepter an eine andere Dynastie übergeben. Der Archegosaurus *war bereits groß, doch der* Dinosaurier *ist noch größer. Eine seltsame und erstaunliche Gestalt schreitet den Strand entlang. Dieses große, schuppengepanzerte, aufrecht gehende Ungeheuer mit seinem kleinen Kopf, seinem aufgeblähten Bauch und seinem schweren, nachschleifenden Schwanz ist offensichtlich ein Vertreter des Herrschergeschlechts. Der Dinosaurier offenbart eine gewaltige Größe ohne Eleganz; Kraft ohne Anmut. Er läuft auf zwei Beinen und hinterläßt, ähnlich wie ein Vogel, einen dreizehigen Fußabdruck. Er ist mit kräftigen, scharfen, spitzen Zähnen ausgestattet. Wie bei Vögeln sind seine langen Knochen hohl; auch das Becken ist geformt wie bei einem Vogel; und sein Unterkiefer läßt sich wie bei Rindern seitlich bewegen, damit er die Nahrung zermahlen kann. Die Körperform eines Frosches; Kopf, Schwanz und Schuppen wie eine Eidechse; Füße wie ein Vogel; Kreuzbein wie ein Säugetier – wie sollen wir so ein Tier nennen?*

Wir sehen uns seinen Strandspaziergang an und folgen ihm in den feuchten, torfigen Urwald, in dem er zu Hause ist. Wir sehen, wie er tief herabhängendes Laub frißt und die faserigen Zweige mit den Kaubewegungen eines Pflanzenfressers zermahlt, wodurch sich seine Zahnkronen abnutzen und stumpf werden. Doch er begegnet seinem Todfeind – einem anderen, blutrünstigen Dinosaurier, einem Fleischfresser, der mit scharfen Reißzähnen ausgestattet ist.

Die beiden sind erbitterte Feinde, doch sie haben den Kampf um die Vorherrschaft bereits ausgetragen. Der Pflanzenfresser erkennt die Überlegenheit des anderen an; doch nur widerwillig, mit wildem, wütendem Blick und einem herausfordernden, unmenschlichen Knurren läßt er den hochnäsigen, blutrünstigen und raubgierigen Fleischfresser vorbei.

Wir stehen an der Küste eines westlichen Meeres und betrachten die glänzende Fläche. Es ist Ebbe, und der glatte Sandstrand liegt unverhüllt vor unseren Augen. Ungeschützt krabbeln, winden und verkriechen sich dort die verschiedenen Lebensformen des Meeres, die mit der letzten Flut angespült wurden. Das ist die Gelegenheit für die an Land lebenden Räuber. Auf der Suche nach Nahrung eilen sie jetzt auf die Bühne. Unübersehbar stapft dort der vier Meter große, schwerfällige Brontozóum, *ein dreizehiger Dinosaurier. Sein Fuß ist sechzig Zentimeter lang. Manchmal senkt er die Vorderfüße herab, um sich einen leckeren Krebs zu schnappen, und hinterläßt für eine Weile die Spuren eines Vierfüßers. Doch die Vorderfüße sind vergleichsweise klein. In einiger Entfernung läuft* Otozóum, *ein anderer zweibeiniger Dinosaurier, allerdings mit vier Zehen, den Strand entlang. Mit seinen fünfzig Zentimeter langen Füßen macht er in gemächlicher Gangart einen Meter große Schritte: Otozóum nimmt seine Mahlzeit ein. Von Zeit zu Zeit schnappt er sich einen an den Strand gespülten Fisch. Unter diese riesigen Gestalten mischen sich auch einige bescheidenere Dinosaurier. Einer von ihnen hinterläßt einen Fußabdruck von nur acht Zentimetern; und dann sehen wir noch ein winzig kleines Reptil mit einer Fußspur von einem halben Zentimeter Länge. Alle sind damit beschäftigt, sich zu stärken. Das ist das regelmäßige Festmahl der Reptilien.*

Warten wir hier, bis die Flut kommt. Sie kommt; und sie kündigt sich tosend an. Die vom offenen Meer kommende Flut wird hier durch die sich verengende Bucht verstärkt und schwillt an zu einer furchterregenden Brandung. Die Dinosaurier und Labyrinthodonten hören das Tosen, heben den Kopf höher, um zu lauschen, und laufen zu ihren Schlupfwinkeln. Die Flut bleibt eine Weile, tändelt mit dem Sand und rückt auf dem Strand vor. Dann, zum festgesetzten Zeitpunkt, drückt sie dem Strand, den sie eine Stunde lang liebkost hat, einen feuchten Kuß auf und zieht sich wieder zurück.

Wo sind jetzt die Fußabdrücke, die Spuren jener riesigen Saurier? Hat die tändelnde Flut sie ausgelöscht? Nein. Sie hat sie bloß mit feinem Sand bedeckt. Die Spuren sind nicht zerstört; sie sind konserviert. Der Tisch ist wieder gedeckt mit sich schlängelnden Leckerbissen, und die Saurier haben erneut Gelegenheit, sich zu stärken. Erneut wandern sie über den Strand und drücken ihre Spuren in den weichen Sand. Unbewußt hinterlassen die Tiere ihre Unterschrift auf den Seiten der Erdgeschichte. Nach und nach werden die Gezeiten zurückgedrängt. Diese Bucht wird emporgehoben werden, bis sie außerhalb ihrer Reichweite ist; dieser Sand wird sich in festen brau-

nen Sandstein verwandeln. Steinhauer werden an den Bergwänden ihrer Arbeit nachgehen und diese alten Texte wie Blinde mit den Händen lesen.

Sterne stürzen herab; Kometen schwirren durch den Himmel. Die warmblütigen Vögel entwickeln sich – sieh dir im herrlichen Mesozoikum einen richtigen Vogel im Flug an. Er hat ein richtiges Federkleid und gilt als Vogel, und doch gleicht er noch immer einem Reptil. Sein langer eidechsenartiger, von einer Wirbelsäule durchzogener Schwanz ist mit richtigen Federn geschmückt, kann aber seine Verwandtschaft mit den Reptilien nicht verbergen. Er stammt aus dem Reich der Reptilien, und das läßt sich an seinem Zellgewebe noch ablesen.

Eine höhere Art steht jetzt an der Schwelle des Lebens. Eine Totenglocke läutet zur Beerdigung der Reptiliendynastie. Die Saurierhorden weichen einem überlegenen Wesen. Nach einer glorreichen Herrschaft zerfällt die Reptiliendynastie, doch all das wissen wir nur von der Geschichte, die in ihren Trümmern geschrieben steht.

Wallis las das Kapitel zu Ende und schaute in das Schneegestöber hinaus. Die großen Flocken fielen so dicht und langsam, und es waren so viele, daß man nichts anderes mehr sehen konnte. Er hatte den Schnee satt, hatte das Gefühl satt, daß er bis zum Sommer bloß auf der Stelle trat, wie ein Bär im Winterschlaf. Er hatte das Gefühl, daß er mehr leisten würde, wenn er tatsächlich im Winterschlaf läge, da er sich dann wenigstens für seine sommerliche Arbeit ausruhen würde, statt in schlechter, verwirrter Verfassung damit anzufangen. Er fragte sich zum x-ten Mal, ob seine neue Karte etwas taugte. Es war leicht herauszufinden: Man mußte bloß eine Million Dollar für eine weitere Bohrung ausgeben, und schon war die Frage beantwortet. Wallis versuchte, sich Dudleys Hohn oder Zorn bei einer weiteren Fehlbohrung auszumalen. Das war keine angenehme Vorstellung. Er versuchte, sich die Freude und den Stolz über die Entdeckung eines gewaltigen Ölvorkommens auszumalen. Die riesige Enttäuschung, die Matthew vermutlich verspüren würde, weil er neunzehnmal erfolglos geblieben war, während Wallis es gleich beim zwanzigsten Versuch geschafft hatte. Die Lastwagen, die durch das Tal dröhnten und ständig Öl über den Paß transportierten. Vermutlich würde man die Straße das ganze Jahr lang offenhalten. Er malte sich Mels Ärger über den Verkehr und die Besucher aus.

Er rollte seine Karte noch einmal auf. Er hatte sie sich so oft angesehen, daß er jede Linie kannte und wußte, wo die Bohrung durchgeführt werden mußte. Matthew war nah dran gewesen, hatte sich aber dennoch geirrt. Er hatte um ungefähr fünfzehn Kilometer danebengelegen.

Wallis malte sich Old Dudleys Jubel aus, weil er das Tal endlich wie eine Nuß knacken konnte. Malte sich den Freudentanz aus, den Dudley aufführen würde. Der alte Lustmolch würde sich über das Bohrloch beugen und das heiße schwarze Öl direkt aus einer Lache schlürfen, wie ein Tier, das aus einem Bach säuft.

Wallis fragte sich, wie lange Old Dudley wohl noch leben würde. Er fragte sich, ob er mit hundert immer noch Löcher in die Erde bohren, ob er wie diese alten russischen Bauern hundertdreißig Jahre alt werden würde. Er fragte sich, wer nach seinem Tod seine Stelle einnehmen würde. Nicht so sehr, wer die Geschäfte übernehmen würde – Anwälte und Buchhalter vermutlich; zum erstenmal kam ihm der verstörende Gedanke, daß Mel vielleicht alles erben würde –, sondern vielmehr, wer die Lücke, den Platz des unerbittlichen Antreibers ausfüllen würde, des Unersättlichen, der alles in seiner Reichweite besudeln oder auseinandernehmen und verändern mußte.

Wallis starrte den Weinfleck aus der vorhergehenden Nacht an. Der Wein war auf eins der Wapitifelle gespritzt, und unter einem von Mels Aktenschränken hatte sich eine kleine Pfütze gebildet. Er holte einen Lappen und einen Eimer voll Seifenwasser, um alles aufzuwischen. Er schob den Aktenschrank zur Seite und stellte fest, daß man eine Falltür in den Fußboden geschnitten hatte.

Als er die Tür öffnete und nach unten spähte, sah er ein richtiges Kellergeschoß, in das aber keine Stufen hinabführten. Er konnte die kühlere, feuchtere Luft riechen. Er kniete einen Augenblick lang da und kam sich dumm vor, weil er über einem anderen Geschoß geschlafen hatte, ohne etwas von seiner Existenz zu wissen. Dann holte er eine Laterne und kletterte in den Keller hinunter. Es gab keine Leiter, doch man hatte kleine Tritte in die kahlen Erdwände gekerbt. Der Keller war ungefähr drei Meter tief.

Der Fußboden bestand aus festgestampfter Erde, die mit Flußsteinen durchsetzt war, so daß man umhergehen konnte, ohne nasse Füße zu bekommen.

Die Wände waren von alten Tischen gesäumt, auf denen Holzkisten gestapelt waren. An den Balken hingen Kinderschlittschuhe aus Leder, die aussahen, als ob sie noch aus dem letzten Jahrhundert stammten, und auf den Tischen lagen ausgebleichte Schädel und Geweihe und viele schöne Edelsteine und Mineralien. Ein weiß schimmernder Quarzkristall von der Größe einer Schubkarre; ein rauchschwarzer von der Größe eines Fußballs. Amethyste und Saphire fingen den Schein der Laterne ein und funkelten, spiegelten das Licht in alle möglichen Richtungen.

An den Deckenbalken hingen alte Fallen und alte verrostete Äxte und Beile, deren Stiele wie von Geisterhand glattgeschliffen waren.

Auf einigen der Holzkisten prangte eine unbekannte Handschrift – Matthews Eltern, dachte Wallis –, doch auf anderen Kisten erkannte er Mels Handschrift. *Mamas Hochzeitskleid* auf einer Zederntruhe. *Bilder, Fotos. Alte technische Gutachten.*

Auf einer Kiste stand *Schädel,* auf einer anderen *Federn* und auf einer dritten *Steine.* Die öffnete Wallis, da er hoffte, alte Bohrproben zu finden, die er zusammen mit den Daten über die Tiefe und den Herkunftsort verwerten könnte, doch er fand bloß weitere Flußsteine, die ohne ersichtlichen Grund glattgeschliffen und poliert zu sein schienen.

Wallis starrte die Wände an. Es war gut, wieder Erde zu sehen.

Noch mehr von Mels Kisten: *Spielsachen, Kinderbücher, Mamas Puppenmöbel.* Er lächelte, dachte an ihr spartanisches Leben oben und daran, wie sie es geschafft hatte, sich von dem ganzen Krimskrams aus ihrer Kindheit zu befreien.

Eine Reihe Kisten an der gegenüberliegenden Wand, alle mit Old Dudleys kindlichen Kritzeleien beschriftet. *Notizhefte* stand auf einer, doch die anderen trugen bloß Zahlen: 1916, 1917, 1918, 1919. Auf der letzten stand 1967, als ob er danach in Schweigen verfallen oder zu sehr damit beschäftigt gewesen wäre, die ganze Welt zu verschlingen, und keine Zeit mehr gehabt hätte, sich um das Wie oder Warum zu kümmern. Wallis zog die erste Kiste hervor und öffnete den verstaubten Deckel; nahm das erste alte Buch heraus. Der vertrocknete Ledereinband riß ein, als er die Notizen vom Juni 1918 aufschlug.

Das erste und ein Teil des zweiten Blattes waren herausgerissen; der restliche Text lautete:

... nachdem wir ihn gesteinigt hatten, verschnürten wir ihn mit einem dicken Seil und zogen ihn langsam durch die Furchen seines eigenen Feldes, düngten den ohnehin fruchtbaren Boden mit seinem eigenen Blut. Er protestierte schwach, war aber nicht in der Lage, sich zu widersetzen. Wir schleiften ihn mit dem Gesicht nach unten gemächlich wie beim Pflügen dahin, denn das Maultier wollte nicht galoppieren. Wir ließen ihn von seinem eigenen Maultier ziehen, während wir nebenhergingen und es antrieben. Zwischen dem Farmer und dem Maultier hatte es anscheinend Spannungen gegeben, denn das Maultier zog ihn jetzt mit grimmiger Freude und blickte ab und zu über die Schulter, als wollte es sich vergewissern, ob sein Herr noch angebunden war. Vielleicht wollte es aber auch nur die Flüche besser hören, die der jämmerliche alte Mistkerl uns und dem Tier entgegenschleuderte, sein Winseln um Gnade; und während wir weiterstapften, hüpfte der Kopf immer seltener auf und ab, wirkte eher wie ein Kürbis, der einen holprigen Weg entlangrollt, und der Rest seines Körpers war fest verschnürt und schwer wie ein Klotz. Die ganze Zeit verspürte ich nur das wachsende Verlangen, die Aufgabe zu Ende zu führen, und als wir beide merkten, daß den alten Farmer rasch die Kräfte verließen – er konnte den Kopf nicht mehr heben –, lief Pap immer wieder zurück und stach und trat nach dem alten

Trottel, der ihn so unflätig beschimpft hatte. Eine Weile ritt Pap ihn sogar wie ein Pony und drückte sein Gesicht in die schwarze Erde, doch bald machte ihm das keinen Spaß mehr, und als wir auf der anderen Seite des Feldes angekommen waren, war so wenig Leben in ihm, daß Paps Zuwendungen völlig überflüssig waren, denn er war nur noch eine leblose Hülle. Johnny, hättest du gedacht, daß so ein Abenteuer auf dich wartet, als du an jenem taufeuchten Morgen erwacht bist?

Hinter uns zog sich vor der untergehenden Sonne eine mäandernde blutrote Spur über das Feld, schillernd unseren Weg markierend, an der jetzt Krähen in wilden Schwärmen landeten, hüpften und pickten, und da mein alter Pap von der mühevollen Bestrafung ganz erschöpft war, mußte ich das Graben übernehmen.

Wir hatten keine Schaufel dabei, also grub ich eine Weile mit bloßen Händen, doch ich kam nur langsam voran, und so lief ich bald über die weiche Erde zum Farmhaus zurück und suchte in der Scheune nach einer Schaufel. Seine Familie war zusammen mit Ma in der Kirche, doch ich war immer noch nervös, und als die Katze miaute und mich ansprang, während ich versuchte, die Schaufel hervorzuziehen, schrie ich, machte mir vor Angst in die Hose und kam mir nicht wie sechzehn vor …

Im Sonnenuntergang lief ich zurück, und als ich auf der anderen Seite des Feldes ankam, saß Pap auf einem Baumstamm und war mit dem Mistkerl in ein ernstes Gespräch vertieft, obwohl inzwischen sein letzter Lebensfunke erloschen und er nur noch eine warme Masse war, die in der Dämmerung rasch abkühlte.

Ich übernahm das Graben, ich wollte ihn tief im Boden versenken, doch Pap sagte, keine Umstände, das sei egal, und so rollten wir ihn in das nur einen Meter tiefe Loch, bedeckten ihn mit Erde und klopften sie fest, obwohl es mich störte, daß er direkt unter der Oberfläche lag und die Erde ihn nicht fester umschloß.

Pap hatte kein Verlangen, das Gedenken an diesen Tag zu bewahren, doch ich wollte eine Markierung hinterlassen, und so sammelte ich am Feldrand ein paar Steine auf und errichtete eine kleine Pyramide, die nur ich von einer rein zufälligen Ansammlung unterscheiden konnte.

Das Maultier wollte sich nicht vom Fleck rühren, als bereute es jetzt, was es zuvor getan hatte, und es nützte auch nichts, daß Pap ihm die Schaufel vor die breite Stirn knallte. Es stand mit hängenden Schultern da und starrte das frische Grab seines Herrn an, drum tauchte Pap den langen Schaufelstiel in den Bach und stieß ihn dem Maultier schnell und grob in den Hintern; damit brachte er es rasch auf Trab.

Im Dunkeln gingen wir heim. Glühwürmchen leuchteten friedlich auf, und unten am Fluß schrie eine Eule. Im Norden war ein Wetterleuchten zu sehen, und ein leichter Nieselregen kühlte unsere schmutzigen Gesichter. Wir konnten das nahende Gewitter riechen, das unsere Spuren in der Nacht größtenteils wegspülen würde, so daß man am nächsten Tag nur noch die ausgewaschenen Spuren eines Mannes und eines Jungen – irgendeines Mannes und irgendeines Jungen – sehen würde, und im Gehen legte Pap mir die Hand auf die Schulter und sagte: »Niemand nennt deinen Vater einen alten jüdischen Pfennigfuchser, mein Sohn.«

Wallis starrte lange die jungenhafte Handschrift an. Er betrachtete die anderen Kisten und fürchtete sich ein bißchen davor weiterzulesen, doch dann nahm er sich einen Band vom September 1919 und war erleichtert, einen seitenlangen Kommentar über das Wetter – ein trockenes Jahr – und die mutmaßlichen Auswirkungen auf die Vegetation zu finden; Dudley hatte notiert, daß es den Wildpflanzen im Wald viel besser ergangen war als den Kulturpflanzen der Menschen.

Er erwähnte, wie schwer es war, das größere Feld zu bearbeiten, jetzt, wo der alte Pap die Ländereien seines Nachbarn Jones übernommen hatte, die Familie Jones für sich arbeiten und sie einen Teil der Ernte als Pacht für das Land zahlen ließ, das ihnen vor kurzem noch gehört hatte.

Doch dann las Wallis in dem Band vom November desselben Jahres mit sinkendem Mut, wie Old Dudley im »Heim« gelandet war.

Sobald ich die letzte Schaufel voll Erde auf das verfilzte Haar eines gewissen Mr. P. geworfen hatte, tauchte aus dem Dunkel auf der anderen Seite des Feldes eine Gestalt auf, die auf einem Pferd herangaloppierte. Wir spürten das Trommeln der Hufe, bevor wir ihn im Dämmerlicht erkennen konnten. Zuerst dachte ich, es wäre P. selbst, und er wäre noch nicht richtig tot und wollte sich über seine letzte Ruhestätte beklagen, doch dann sahen wir, daß es P.s Bruder war und daß er uns entdeckt hatte. Es war Juni, ein Komet zog über den Abendhimmel, und der alte Pap hatte neben dem Grab gehockt wie ein Gorilla, hatte sich von der Mühe und Qual ausgeruht und vermutlich darüber nachgedacht, daß er den respektlosen Mr. P. zur Hölle geschickt hatte.

Pap hatte sich eine Zigarette gedreht und rauchte sie gerade, und als er P.s Bruder herangaloppieren sah, lief er los und versteckte sich wie ein kleines Kind hinter einem Baum, doch dann begriff er, daß das zwecklos war, kam wieder aufs Feld zurück und zündete mit Streichhölzern die trockenen Maisstengel an. Sie fingen rasch Feuer, doch P.s Bruder galoppierte mittendurch und trieb uns in verschiedene Richtungen. Ich lief flußabwärts und Pap flußaufwärts. P.s Bruder ritt hinter Pap her. Ich hörte, wie flußaufwärts das Wasser aufspritzte, und dann trat Stille ein. Ich legte mich hin und versteckte mich im Wasser. Beobachtete, wie die Glühwürmchen am Ufer entlangschwebten, und stellte fest, daß sie den Fluß nicht überquerten. Ringsum war alles erleuchtet, außer dem dunklen, sich dahinschlängelnden Band des Flusses, das vor mir lag. Nach einer Weile stieg ich ans Ufer und ging heim, fragte mich, was ich Ma erzählen sollte. War überrascht, den völlig durchnäßten und schmutzigen Pap im Dunkeln auf der Veranda sitzen zu sehen, wo er versuchte, sich eine Zigarette anzuzünden. Wie alt er aussah! Ma war im Haus und schlief. Pap sagte, er sei dem Zorn von P.s Bruder entronnen, weil er in die Flammen zurückgelaufen sei, wohin ihm das Pferd nicht folgen wollte, doch jetzt werde jeden Moment der Sheriff eintreffen.

Seine knotige Hand auf meiner Schulter. Sagte, ihm blieben auf der Welt nur noch ein paar bittere Jahre, doch vor mir liege noch ein ganzes Leben; ihn würden sie hängen, doch mich würden sie nur in die Erziehungsanstalt schicken, bis ich volljährig wäre, dann wären wir wieder vereint; dann würden sie mich wieder in die Obhut meiner liebenden Eltern entlassen.

Auf dem Hügel tauchten die Scheinwerfer eines Autos auf. Pap sagte: »Erzähl ihnen, es war Notwehr.« Ich fragte: »Und was ist mit den blauen Flecken?« Pap sagte: »Erzähl ihnen, daß er hart zur Sache gegangen ist. Ich werde ihnen erzählen, daß ich dich zurückhalten wollte. Daß du wie von Sinnen warst – nicht zu bändigen.«

All die Scheinwerfer, die uns umzingelten. Aufwirbelnder Staub. Gezogene Pistolen. Sie nahmen uns mit, und wir mußten ihn wieder ausgraben. Die Stoppeln auf dem Maisfeld schwelten noch, und die Erde, die ihn bedeckte, war noch locker, als wir ihn ausgruben und wieder aus dem Loch zogen.

»Das ist er«, sagte Pap, »das ist der Kerl, der meinen Jungen geschlagen hat.« »Heilige Mutter Gottes«, sagte einer von ihnen, »er ist noch am Leben.«

Sie wuschen ihn im Bach, luden ihn ins Auto und brachten ihn nach Smithville ins Krankenhaus, doch er überlebte die Fahrt nicht, und unser Geheimnis blieb gewahrt.

Ma hielt mich für schuldig und starb ein paar Monate später, und Pap verschied zwei Wochen, bevor ich achtzehn wurde und wieder freikam.

Vor mir lag ein langer Weg.

Danach schien Dudley in ein tiefes Loch zu fallen. Umgeben von Trotteln und Schlägertypen, mit denen er nichts zu tun haben wollte. Er wurde abends am Bett angekettet – mit einer sieben Meter langen Kette ums Handgelenk, mit der er zumindest bis zur Toilette gelangte, wenn er sich nirgends verhedderte. Er zog sich immer mehr in eine Traumwelt zurück. Viele Stunden in der Bücherei. Noch öfter Einsamkeit. Schließlich durfte er wegen guter Führung wieder vor die Tür gehen, doch noch immer mit Hand- und Beinfesseln und nur auf den umzäunten Hof des Heims.

Das schwankende Land.
Ursachen und Verlauf eines Erdbebens.

Wenn der Mensch spürt, daß die Erde unter seinen Füßen zu schwanken beginnt, wird er von einer lähmenden Unsicherheit erfaßt. Der Boden trägt alles; und wenn er den Menschen im Stich läßt, ist dessen Entsetzen groß.

Doch die feste Erde wurde nicht nur von Paroxysmen erschüttert, die ganze Städte, Populationen und Berge verschlangen, sondern es gibt kaum einen Moment, wo man ihr Driften und Beben mit den empfindlichen Geräten der modernen Wissenschaft nicht messen kann. Die Stabilität der festen Erde ist nur verhüllte Instabilität.

Die zerstörerischen Erdstöße dauern nur ein paar Minuten oder gar Sekunden. Das Erdbeben, das 1783 Kalabrien verwüstete, war nur knapp zwei Minuten lang zu spüren. Als Lissabon 1755 zerstört wurde und sechzigtausend Menschen ihr Leben verloren, verursachte der erste Erdstoß, der fünf oder sechs Sekunden dauerte, den größten Schaden.

Die Bewegungsabläufe bei einem Erdbeben sind ganz unterschiedlich. Manchmal sind sie vertikal ausgerichtet, zumeist jedoch horizontal. Die Ausbreitungsgeschwindigkeit des Bebens hängt von der Stärke der Erdstöße und der Beschaffenheit des Gesteins ab. Als in Wales in der Nähe von Holyhead einige Minen voll Sprengpulver in die Luft flogen, breiteten sich die Druckwellen in feuchtem Sand mit einer Geschwindigkeit von dreihundert Metern pro Sekunde aus; und in bröckeligem Granit mit vierhundert Metern pro Sekunde.

Es ist nicht anzunehmen, daß das Zentrum eines Bebens an der Erdoberfläche liegt. Es muß sich tief in der Erde befinden. Mr. Mallet zufolge lag das Zentrum des kalabrischen Erdbebens von 1857 zehn- bis zwölftausend Meter unter dem Meeresspiegel. Alle Störungszonen liegen tief unter der Erde.

Erdbeben werden häufig von Geräuschen begleitet. Manchmal ähneln diese den Schüssen einer weit entfernten Artillerie; doch oft klingt es wie eine Lastwagenkolonne, die über eine gepflasterte Straße holpert. Ich habe erst ein erwähnenswertes Erdbeben selbst erlebt: kurz nach meiner Ankunft im Heim. Ich war noch nicht in Trübsinn verfallen, machte gerade ein Nickerchen, die Hände trotz der Fesseln hinter dem Kopf verschränkt, und spürte die warme Mittagssonne auf den geschlossenen Lidern, als die Erde unter mir – eine Deckschicht aus Kalkstein am Balcones Escarpment, Texas – zu beben begann. Ich träumte, daß ich fiel, irgendeinen Abgrund hinabstürzte, daß die Erde mich abzuschütteln versuchte, so wie es meine Eltern vor kurzem getan hatten, meiner Treue zum Hohn.

Es dauerte ungefähr zehn Sekunden. Das Grundgestein, auf dem ich lag, bebte merklich, und es rumpelte wie bei einer vorbeifahrenden Wagenkolonne, rhythmisch kamen die Stöße, als könnte in diesen wenigen Augenblicken jeder, der zuhörte, in einen unveränderlichen Ablauf oder Rhythmus eingeweiht werden, der immer da war, tief unter uns, sich aber nicht erahnen ließ, ja sich nicht einmal andeutete, der aber in allem die treibende Kraft war.

Laß mich über die Größe dieser Kraft sprechen.

Eine der Auswirkungen eines Erdbebens ist, obwohl das für die unmittelbare Zerstörung und Unruhe zweitrangig bleibt, die Tatsache, daß Quellen austrocknen oder plötzlich mehr Wasser führen. Manchmal wird das durch den Austritt von Schlamm, Wasser, Gas oder Flammen angekündigt. Ab und zu, wie bei den andalusischen Beben von 1884, reißt über eine weite Strecke die Erde auf.

Während der furchtbaren Erschütterungen 1783 in Kalabrien gehörte das Aufreißen der Erde zu den eindrucksvollsten und schrecklichsten Auswirkungen der Katastrophe. Ganze Berghänge glitten in die darunterliegenden Ebenen. Steilhänge stürzten herab, und Felsen öffneten sich und verschlangen die darauf stehenden Häuser. Ganze Dörfer waren davon betroffen.

Bei einem bemerkenswerten Fall in Indien sank das Rann von Kutch auf einer Fläche von ein paar tausend Quadratkilometern ab, so daß es einen Teil des Jahres vom Meer überflutet und in der restlichen Zeit eine wasserlose Wüste ist.

Erdbeben finden sehr oft bei Neu- oder Vollmond statt; eher, wenn der Mond sich in Erdnähe befindet, eher, wenn er am Meridian, als wenn er am Horizont steht; eher im Winter als im Sommer und auch eher nachts als tagsüber.

In den Tagen nach dem Balcones-Beben im Heim führte ich Experimente zur horizontalen und vertikalen Übertragung von Schallwellen in Gesteinsschichten durch. Ich nahm einen Klassenkameraden mit, der sich in großer Entfernung (so weit weg, wie es der Stacheldraht um das Heimgelände erlaubte) mit einem Hammer aufstellen mußte, hockte mich hin, legte ein Ohr auf den Boden und gab ihm dann ein Zeichen, daß er einmal mit dem Hammer auf die Erde klopfen sollte. Ich beobachtete, wie er seinen Arm nach unten schwang, und maß dann mit einer Stoppuhr, wie lange die erste Schallwelle brauchte, die kurz vor allen anderen eintraf, da sie schneller durch das Gestein drang; und dann stoppte ich die Zeit der zweiten Schallwelle, die wir für das »wahre« Geräusch halten, doch sie wird vom Wind getragen und ist in Wirklichkeit langsamer und träger als der Schall in der Erde, so daß ich das Gefühl hatte, als würde ich zwei Stimmen hören, die beide kurz hintereinander dasselbe sagten. Als wären die Geräusche in der Luft nur ein vom Wind verwehtes, verzerrtes Echo der wahren Geschichte, die unter der Erde erzählt wird.

Da ich die Zeit und die Entfernung gemessen hatte, konnte ich die Übertragungsgeschwindigkeit für verschiedene Träger errechnen. Die Schwankungen bei den Ergebnissen ließen sich dann durch die unterschiedliche Durchlässigkeit der Formationen erklären wie auch ihre Fähigkeit, verschiedene Flüssigkeiten wie Süßwasser, Salzwasser und Öl oder sogar Gas zu speichern.

Mit dem kargen Lohn, den der Staat mir für meine Arbeit gab – wir mußten die Silberfolie aus Zigarettenschachteln reißen –, abonnierte ich die Zeitung aus Beaumont, das zwar über vierhundert Kilometer vom Heim entfernt, aber nur ein Stück südlich von unserer Farm lag; so konnte ich mich jede Woche über die Erschließung von Bodenschätzen auf dem laufenden halten: über Fehlbohrungen und sprudelnde Ölquellen, ihre Tiefe und ihre Lage, die Personen, die an diesem gigantischen Unternehmen beteiligt waren.

Ich machte mich mit dem anstehenden Gestein auf den zehn Morgen Land vertraut, die zu dem Heim gehörten. Wenn meine Ketten es zuließen, kroch ich über jeden Felsvorsprung, durch jedes Rinnsal und jeden Wasserlauf und nahm jeden Stein hundertmal in die Hand; ganz ähnlich durch-

querte ich in meiner Vorstellung die großen imaginären Ölfelder von Spindletop im Süden.

Abends blieb ich so lange draußen, wie ich durfte, und nahm nicht an den Spielen teil, die ausgerichtet wurden, sondern setzte mich an den höchsten Punkt und starrte über den Fluß hinweg auf das drei Kilometer entfernte Steingebäude, das ein Heim für Mädchen war. Ich versuchte, ihren Duft im Wind zu riechen, den Duft ihrer Kleider, ihres Haars, ihrer Unterarme, jeglichen Duft.

So verstrichen mein sechzehntes und siebzehntes Lebensjahr.

Wallis legte das Notizheft zurück und überlegte, ob er sich noch eins vornehmen sollte.

Er hatte keine Ahnung, wie spät es war, und war überrascht, Mels Schneeschuhe auf der Veranda zu hören.

Das Knarren beim Öffnen der Hüttentür – eine elektrisierende Stille, eine Anspannung, die er selbst im Keller spüren konnte – und dann ihr Gesicht über der Falltür.

Sie musterte ihn kurz, bevor sie sprach. »Wieviel hast du gelesen?« fragte sie.

»Keine Sorge«, sagte Wallis. »Ich erzähl nichts. Dazu besteht kein Anlaß. Es ist niemand da, dem ich's erzählen könnte.« Er deutete auf die Erdwände. »Es ist längst vorbei. Schnee von gestern.«

Mel setzte sich, umrahmt vom Licht, an die Luke. »Es ist erst vorbei, wenn er tot ist«, sagte sie. »Oder wenn wir beide tot sind.«

»Weiß Matthew davon?«

Mel schüttelte den Kopf.

Die Flamme in Wallis' Laterne flackerte und zischte. Für Mel sah es aus, als ob er verschwinden würde. »Hier«, sagte sie und streckte ihm die Hand entgegen, »komm hoch.«

In der Schule brachte sie den Schülern in der halben Stunde, die ihr jeden Tag zur Verfügung stand, alles über Wölfe und Hirsche bei, und als wären diese Geschichten der Nährboden für alle anderen, berichtete sie anschließend von weiteren Wundern des Waldes. Sie erzählte ihnen von Pflanzenzwiebeln, die jahrzehntelang ruhten und auf einen Waldbrand warteten, der den Boden auf eine bestimmte Temperatur erwärmt. Sie erzählte ihnen, daß die Samen einer anderen Pflanze vielleicht tausend Jahre ruhten, weil sie nur bei bestimmten Bedingungen keimen konnten. Wenn solche Pflanzen blühten, mußten sie vielleicht feststellen, daß die Tiere, die sie zum Bestäuben brauchten – Insekten, Vögel oder auch Säugetiere –, in der Zwischenzeit ausgestorben waren. Damit würden auch jene Pflanzen aussterben, wie ein Echo des Bestäubers, und sie würden nur noch eine kurze Zeit existieren, und in ihrer schrecklichen Einsamkeit schien ihre Schönheit zu verblassen, statt neu zu erstrahlen …

Sie erzählte ihnen von den Sätzen, die die Pflanzen und Tiere dem Land einschrieben, und von ihrer unsichtbaren Handschrift am Himmel: wie die Raben den Wölfen folgten, die Wölfe den Hirschen und diese wiederum dem ersten Grün, das sich im Frühling zeigte; davon, wie sich die Schrift dann umkehrte, ein blutiger Gezeitenwechsel, sanft dirigiert von Mond- und Sternenbewegungen: wie die Samen sich in den Fellen der Wölfe und auch der Bären verfingen, die kamen, um an den Pflanzen und den Gerippen der Hirsche herumzufressen, toter Hirsche, die am Rand der Wolfspfade lagen wie tote Lachse am Strand, und wie die Samen durch das Kommen und Gehen der Bären, Wölfe und Raben verteilt wurden, wie ein geschmeidiges Netz, das nach einem in Auftrag gegebenen Plan über eine zerklüftete, chaotische Fläche geworfen wird.

Sie sagte, es gebe eine Unvereinbarkeit, ein ähnliches Chaos in unseren Seelen und eine Trauer in unserem Blut, die auftreten würden, wenn die Sterne diese Bewegungen und Rhythmen zwar noch in Auftrag gäben, doch die Aufträge nicht mehr ausgeführt werden könnten, weil es zu viele Hindernisse gebe: Dämme, Highways, Städte; oder wenn viele der Hauptfiguren in dem Plan ausgestorben seien oder nur noch in unbedeutender Anzahl existierten.

Die Angst, die in ihr hochstieg, wenn sie ihnen solche Geschichten erzählte, wurde von der Freude und Hoffnung in ihren Gesichtern wieder aufgewogen. Sie sagte ihnen, sie sollten nicht verzweifeln. Sie sagte ihnen, das Tal gleiche einer Insel und sei noch intakt, und das geschmeidige Netz im Tal funktioniere noch gut; deshalb könne man jeden Tag so einen Zauber verspüren. Sie erzählte ihnen, daß das, was andere Menschen »Zauber« nannten, einmal überall auf der Welt eine ganz normale, alltägliche Antwort auf das Leben gewesen sei.

Die Schüler wollten unbedingt einen Wolf berühren, einen Wolf zu Gesicht bekommen; ihn tätscheln, streicheln, anschauen. Manchmal ging sie mit ihnen morgens auf den Hof und heulte, versuchte, die Wölfe zu einer Antwort zu bewegen. Dann stimmten die Schüler mit ein, und manchmal antworteten die Wölfe.

Sie brachte Wolfshaare mit, alte Schädel und Gipsabdrücke ihrer Tatzen, die zersplitterten Knochen ihrer Beutetiere und ihren vertrockneten Kot mit den Haaren eines Hirsches, um ihnen zu beweisen, daß etwas Unsichtbares genauso wirklich war wie alles andere.

Die Uhr an der Wand umrahmte ihre halbe Stunde Unterricht, und danach setzte sie sich in die letzte Reihe und hörte zu, wie Ann und Belle von Konstantinopel, Hannibal, Addition und Subtraktion sprachen. Von *Jane Eyre*.

Colter schlief oft mit dem Kopf auf dem Tisch. Die Sonne stieg wieder langsam höher. An manchen Tagen verbreitete sie in der kurzen Zeit, in der sie durch die Fenster fiel, sogar so etwas wie Wärme. Doch zumeist schneite es, und der Wald schlief, bis auf wenige Ausnahmen, weiter.

Der Geruch von Klebstoff, das Klappern der Scheren während des Kunstunterrichts. Eine angenehme, atmende Stille im Raum, während die Schüler in ihre Arbeit vertieft waren wie hinabgleitende

Taucher und keine Welt außerhalb derjenigen existierte, die sie in diesem Augenblick in beiden Händen hielten. Mels Gedanken wanderten manchmal zu den Wölfen, und sie fragte sich, was für Tiere sie jagten, welche sie an jenem Tag gerissen hatten, fragte sich, ob sie sie vermißten oder ihre Abwesenheit auch nur bemerkt hatten.

Die erste Lücke oder Unregelmäßigkeit in ihren winterlichen Daten seit zwanzig Jahren. Die Geschichten der Wölfe verwandelten sich in Schweigen. Einmal war von ihnen eine Woche lang nichts zu hören, und Mel dachte, befürchtete schon, sie hätten das Tal verlassen, weil sie ihnen nicht mehr folgte. Und als sie sie endlich wieder hörte – zunächst nur ein einzelnes, langes Heulen, doch dann stimmten die anderen mit ein –, klang es, als würden sie die lange winterliche Stille aufbrechen, und Mel mußte ihre ganze Willenskraft aufbieten, um sich nicht auf die Suche nach ihnen zu machen.

Es war mitten in der Woche, und die Schüler hatten sich bereits an ihren Unterricht gewöhnt und freuten sich darauf. Sie hätte sich einen Tag freinehmen und zu den Wölfen hinausgehen können, hätte sich einreden können, daß sie es den Schülern zuliebe tat, doch sie war so ehrlich, sich ihre tiefe Einsamkeit und ihre Sehnsucht nach menschlicher Gesellschaft einzugestehen, und sie wußte, wenn sie jetzt versagte und sich so schnell wieder den Wölfen zuwandte, nachdem sie gerade erst versucht hatte, in die Welt der Menschen zurückzukehren, dann hätte sie genausogut in einen gähnenden Abgrund springen können; sie hätte nicht die geringste Chance. Unwiederbringlich, dachte sie.

Doch sie verschloß auch nicht die Ohren vor den Wölfen, als sie wieder zu rufen begannen. Sie nahm die Schüler mit auf die Veranda, und alle lauschten. Jeder war überrascht, daß sie nicht zu ihnen ging. Selbst Belle und Ann, die beiden alten Lehrerinnen, waren erstaunt; Belle ermunterte sie zu gehen.

Doch Mel stand volle fünf Minuten mit ihnen dort draußen, bis das Heulen aufgehört hatte – jetzt wird es leichter werden, sagte sie sich –, und als sie wieder hineingingen und die Schüler wissen wollten, was die Wölfe gesagt hatten, mußte sie ihnen gestehen, daß sie es nicht wußte.

Der Schnee türmte sich immer höher. Im Februar lag er schon sechs Meter hoch, und es kam immer mehr, und dieser Schnee war so schwer, daß er sich ständig zusammendrückte und aus weißen flokkigen Schneehaufen in dicke blaue Eisplatten verwandelte, die sich in Wellen und Zacken über alles legten, was sich auf der Erdoberfläche befand. Dann drückte sich auch das blaue Eis zusammen, so daß die unteren Schichten sich kobaltblau und darunter sogar schwarz färbten: nicht durch Verunreinigung, sondern durch die starke Verdichtung des Weiß.

Die Hirsche, deren Hufe kaum die Größe von Münzen hatten, schnitten ihre Pfade tiefer in den Schnee und traten sie jedesmal fester, während der Schnee auf beiden Seiten sich immer höher erhob, so daß sie jetzt in Tunneln zu leben schienen; und immer wieder mußten sie aus jenen eisigen Tunneln hinausklettern und mühsam zu einem neuen Baum stapfen, an dem sie die Rinde oder die Zweige abkauen konnten. Und so zweigten von den Hauptpfaden immer mehr Nebenpfade ab, und diese schnitten sich wiederum tiefer und bildeten Tunnel, und dann zweigten von ihnen neue Pfade ab, die von Baum zu Baum führten, da die Hirsche jeden Baum mit weicher Rinde abfraßen, den sie finden konnten. Selbst im tiefsten Winter glichen die Hirsche einem Feuer, das nagte und verschlang und brannte, während der Schnee immer tiefer wurde.

Die Wölfe mit ihren Herzen aus Eis hatten jetzt leichtes Spiel mit ihnen. Es war, als hätten sich alle Hirsche im Tal in Termiten verwandelt, die in Baumstämmen herumwimmelten. Sie waren in einem Labyrinth gefangen, aus dem es kein Entrinnen gab; ein Wolf lief hinter ihnen her und trieb sie den eisigen Pfad entlang, während andere aus der entgegengesetzten Richtung kamen und die restlichen mit ihren großen Tatzen oberhalb des Tunnels entlangsprangen, als flögen sie über den Neuschnee, bis alle zusammentrafen.

Für die Wölfe hatte sich einiges verändert. Sie waren noch immer ein geschlossenes Ganzes – das Rudel setzte sich aus fünf Tieren zusammen, so wie ein Seil oder ein Muskel aus mehreren Strängen besteht –, doch das Alphaweibchen trug jetzt sechs winzige Wölfe, und wenn alle überlebten, würde sich die Größe des Rudels verdoppeln. Die Embryos waren noch nicht größer als Perlen, doch sie glitten bereits im Rhythmus der Jagd dahin, wie eine Halskette, eine Nabelschnur winziger Reisender tief im Bauch ihrer Mutter, wo sie trotz all des Eises warm wie in einem Federbett lagen.

Sie kam jeden Tag lange vor Einbruch der Dunkelheit nach Hause. Oft begleitete Colter sie bis zur Hütte und stellte ihr unterwegs Fragen, für die während des Unterrichts keine Zeit geblieben war und die er den ganzen Tag mit sich herumgeschleppt hatte. Manchmal blieben sie stehen und suchten nach Geweihen, obwohl es jetzt schier unmöglich war, welche zu finden, da sie tief im Schnee begraben lagen und in die kobaltblauen Eisschichten eingebettet waren. Gewöhnlich unterhielten sie sich bloß, doch sie achteten stets auf ihre Umgebung, auf Zeichen und Hinweise, auf Fährten, die nicht von ihnen stammten. Colter stellte auch Fragen über Wallis – kindliche Fragen, zum Beispiel, welches seine Lieblingsspeise, sein Lieblingstier, seine Lieblingsfarbe, sein Lieblingsbuch sei –, als wollte er, in Ermangelung einer anderen Person, aus Wallis die Collage oder das Abbild eines Vaters formen oder herausmeißeln, und Mel dachte über die mäßigende, beruhigende Wirkung nach, die er auf Colter haben könnte, und lachte dann laut auf, als sie an das Gas-Benzin-Gemisch dachte, das Colter und Matthew zusammen gebildet hätten.

Etwas konnte so oder so sein. Mehr als jene grundlegenden zwei Möglichkeiten waren auf der Welt nicht nötig. Ein Gletscher, ein Feuer, eine Flut – entweder war es da oder nicht. Entweder kam etwas, oder es ging. Entweder wurde etwas geboren und wuchs, oder es starb. Und allein in jenen beiden Möglichkeiten, der Tag- und

Nachtseite von allem, die jedem Ding auf der Welt eingeschrieben waren, lagen all die Geheimnisse und die ganze Fülle, die man finden konnte. Denn selbst wenn man etwas begriff und Wissen darüber erlangte, fand stets eine Umkehrung statt, wo das, was man begriffen oder erkannt hatte, wieder in geheimnisvolles Dunkel gehüllt wurde. Ein ewiges Pulsieren. Innerhalb dieses Pulsierens war der Tag nur eine Variante der Nacht. Es kehrte immer zu seiner anderen Seite zurück.

»Hast du Wallis gern?« fragte Colter.

»Ich hab ihn sehr gern«, sagte Mel. »Als ich noch jünger war, wäre er mir überhaupt nicht aufgefallen, aber ich hab ihn sehr gern.«

»Mir gefällt, daß er mir zuhört«, sagte Colter.

»Mir gefällt, daß er nichts umstößt«, meinte Mel. »Er ist behutsam.«

»Aber nicht langweilig«, erwiderte Colter. »Bloß ruhig und behutsam.«

»Stimmt«, sagte Mel.

An jenem Abend machten die drei auf der vorderen Veranda Vanilleeis. Im Osten stand tief am Himmel der Vollmond, und als sie ihn betrachteten, sahen sie, wie eine Mondfinsternis eintrat. Zuerst dachten sie, dunkle Wolken würden den Mond verdecken, und schenkten dem Ganzen keine Beachtung. Statt dessen wunderten sie sich über das klagende Geheul der Wölfe und den Lärm, den die Kojoten und die Eulen machten.

Dann merkten sie, wie die Dunkelheit immer mehr zunahm, und die Schönheit dieses Schauspiels und der Schock, zu sehen, wie etwas ganz Wesentliches in ihrem Leben langsam verschwand, ließ sie erschauern. Obwohl sie wußten, was vorging, beschleunigte sich ihr Herzschlag, und sie fühlten sich einsam. Sie konnten den Blick nicht abwenden, sondern starrten tief erstaunt zum Himmel hinauf: Wie konnte etwas so furchterregend und zugleich so schön sein?

Der Schatten schob sich weiter über den Mond; überall im Tal wuchs die Unruhe der Tiere, und es klang wie in einer Folterkammer. Mel holte ihr Fernglas, und sie schauten der Reihe nach hindurch. Der letzte Lichtschimmer, eine schmale leuchtende Sichel; alles andere war dunkler Schatten.

»Die Indianer haben immer gesagt, daß ein Frosch den Mond verschluckt«, meinte Mel. »Jede Wette, daß sie eine Heidenangst hatten, als nächstes an der Reihe zu sein. Sie haben mit Sicherheit lange und angestrengt über Gnade nachgedacht.«

Als der Mond in einen rötlichen Schatten gehüllt war, leuchteten die Sternbilder heller. Orion stand breitbeinig im Südwesten und jagte. Im Nordwesten durchstreifte der Komet weiter den Himmel, sein Schweif länger als je zuvor, so daß er wie der Strahl einer Taschenlampe, das Scheinwerferlicht eines Fahrzeugs, das sich tief im Wald verfahren hatte, oder wie ein einsames Feuer aussah, das zur falschen Jahreszeit brannte.

Sie entspannten sich erst, als der Mond wieder zu sehen war; und später, als das Tal in sein gewohntes Schweigen verfiel, fühlten sie sich gereinigt, ja geläutert.

Colter hatte seinen Bogen dabei, und sie gingen hinaus in den Schnee und warfen ein gefrorenes Waldhuhn aus dem Räucherhaus, das schon ausgenommen war, aber noch seine Federn hatte, in die Luft, damit er darauf schießen konnte. Meistens traf er, und sie lobten ihn jedesmal.

Der Mond stand leuchtend am Himmel, als hätte es den roten Schatten nie gegeben, und Wallis meinte, Colter würde vielleicht seinen Bogen spannen und einen Pfeil auf die große Mondscheibe abschießen, wie Jungen und Männer es schon seit Jahrhunderten taten, doch Colter fand den Gedanken nicht verlockend, sondern respektlos und sagte, er habe keinen Grund, dem Mond weh zu tun.

Später, als Colter gegangen war, schliefen Mel und Wallis im Sitzen auf dem Sofa ein. Sie schmiegten sich aneinander und legten sich dann schläfrig und engumschlungen hin. Irgendwann in der Nacht zog Mel ein Fell über sie und später, noch lange vor Tagesanbruch, sagte sie: »Egal, was zwischen uns passiert, wir lassen nicht zu, daß er uns auseinanderbringt, oder?«

Im Halbschlaf fragte Wallis: »Wer? Matthew?«, Mel berührte sein Flanellhemd über der Brust und sagte: »Nein, *er*«, und Wallis erwiderte: »Nein, natürlich nicht« und schlief dann tiefer, als würde er in die Erde eintauchen – aber zusammen mit ihr.

Ich träume von der Malachitfrau. Ich bin neunzehn Jahre alt, gehe spazieren und beobachte gerade den Zug der Falken, als sie in mein Blickfeld tritt. Das unaufhörliche Pulsieren an meinen Schläfen, der ständige dumpfe Schmerz verschwindet einen Augenblick lang. Sie ist einfach aus dem Regen hervorgetreten. Sie steht da und betrachtet mich, als wäre sie sehr weit – durch ganze Zeitalter – gereist und könnte ihren Weg nicht fortsetzen. Wir sind voneinander fasziniert. Ihr Haar ist lang und schwarz. Ihr grüner Körper wurde vom Regen und Tausenden von Händen glattgeschliffen. Sie ist der Länge nach von weißen Marmorwirbeln durchzogen, die Farbe von Wolkenstreifen.

Ich drehe mich um und starre sie an. Wenn ich einen Schritt mache, verschwindet sie. Doch sie wird zulassen, daß ich sie betrachte, immer aus ein paar Schritten Entfernung, bis in alle Ewigkeit. Der Ring aus Feuer, der mein Gehirn umschließt, ist verschwunden; der Kessel im Innern kühlt ab. Ich kann stundenlang dastehen, sie anschauen und völligen Frieden empfinden – jeder Vorübergehende hält mich bestimmt für weggetreten, doch innerlich bin ich so lebendig und voller Leidenschaft, daß jeglicher Kummer gestillt wird – solche Verzückung muß eine aufkeimende Pflanzenzwiebel verspüren – doch dann, wie bei Abläufen in der Kernchemie, wie beim Einbruch der Dämmerung, kehrt die Trübung am Rand meines Blickfeldes zurück – ich stelle fest, daß ich sie haben und besitzen muß – selbst wenn es mich das Leben kosten sollte, muß ich sie haben.

Und noch bevor ich den ersten Schritt mache, erkennt sie meine Absicht und löst sich in nichts auf. Sie macht keinen Schritt zurück – dadurch weiß ich, daß sie wirklich ist. Sie löst sich einfach auf. Vielleicht werde ich sie mehrere Jahre nicht wiedersehen.

Die Karte war nach Wallis' Meinung vollständig – vollständig erdacht. Er hackte Holz und stapelte es. Er machte Wanderungen, während Mel in der Schule war. Er überraschte die Schneeschuhhasen und folgte ihren Spuren stundenlang im Kreis. Sie liefen vor ihm her, blieben dann stehen und starrten zurück, und inmitten der Schneefelder waren nur ihre schwarzen Augen zu sehen.

Er konnte bloß darauf warten, daß sie aus der Schule nach Hause kam, konnte sich bloß in sie verlieben, als wären sie zwei Seile, die zusammengebunden wurden. Es lief zwangsläufig darauf hinaus. Er begriff, daß es ihnen unmöglich war, zusammenzuleben, ohne daß es passierte, daß sie sich entweder hassen oder lieben würden. Es war anscheinend so deutlich und unausweichlich, daß selbst Old Dudley und Matthew es vorausgesagt hatten.

Doch wie schön die näheren Einzelheiten waren, das hatte niemand voraussagen können. Kein Mann und keine Frau hatten sich je in *dieser* Hütte ineinander verliebt, hatten in *diesen* Eimern Wasser aus dem Bach geholt, hatten *dieses* Feuerholz verbrannt und *dieses* Fleisch gegessen; und bestimmt nicht in diesem Moment, nicht jetzt. Die Normalität des Geschehens wurde nur durch seine Einmaligkeit aufgewogen.

Es ist leicht, zwei rauhe, kantige Gegenstände zu einem haltbaren Ganzen zusammenzufügen, überlegte Wallis; doch wie selten passen zwei glatte, runde Gegenstände so zusammen, daß es nicht nur gut aussieht und sich gut anfühlt, sondern auch hält.

Während er auf sie wartete, in der Hütte herumwerkelte, im Wald spazierenging oder in Dudleys alten Notizheften der Wollust und Begierde blätterte, dachte er über den Unterschied zwischen Einsamkeit und Alleinsein nach. Es war, wie zu Fuß unterwegs zu sein, durch eine Landschaft zu streifen, die sich ständig veränderte. Man ging einfach immer weiter. Nach einer Weile veränderte sich die Landschaft. Nach langer Zeit würde sie sich wahrscheinlich wieder zurückverwandeln und sich später erneut verändern. Man ging einfach immer weiter. Wenn man die Ruhe des Alleinseins verspürte, verweilte man; wenn sie sich wieder in Einsamkeit verwandelte, stand man nach einer Weile auf und ging weiter.

Eines Abends sprachen sie beim Essen über die Malachitfrau. Als Dudley älter geworden war, tauchte sie in den Notizen immer seltener auf: In seiner Jugend erschien sie alle zwei oder drei Jahre, später alle fünf oder sechs und schließlich nur noch ungefähr alle zehn Jahre.

»Er hat sich eine anfertigen lassen«, sagte Mel. »Vielleicht sollte ich dir das nicht erzählen. Es war so traurig. Er hatte sie aus Stein hauen und polieren lassen – Malachit und Jade. Sie muß ganz anders ausgesehen haben als in seiner Vorstellung. Es war erbärmlich, einfach traurig.« Sie schüttelte den Kopf, als sie daran dachte. »Er hat sie in Indien anfertigen lassen. Sie hatte schwarze Augen – aus Opalen. Soweit das möglich war, war sie anatomisch korrekt. Zumindest wies sie alle Körperöffnungen auf.« Sie erschauerte und betrachtete ihre Arme, als empfände sie ihre eigene Herkunft wieder als Gefängnis. »Er hatte sie in einer Ecke seines Büros stehen, wie die Holzindianer in den Läden. Alle, die in sein Büro kamen, hielten es für *Kunst*. Großer Gott.«

»Wo ist sie jetzt?« fragte Wallis.

»Ich hab sie lange nicht mehr gesehen. Ich glaube, er hatte genug davon. Er hat sie wohl irgendwann weggeworfen.«

Wallis stellte sich vor, wie die Statue aus Jade und Malachit irgendwo im Wald unter einem Haufen Blätter oder in einem Bach oder Fluß lag, wie der Kopf leicht aus dem Wasser ragte und die Strömung langsam neue Rundungen und Vertiefungen in die Steinfrau kerbte. Die Überraschung des Menschen, der irgendwann in der Zukunft zufällig auf dieses Machwerk stoßen würde.

»Verflucht, ich weiß nicht«, sagte Mel, »ich kann's nicht sagen. Vielleicht hat er sie Matthew gegeben, als eine Art Erbstück.«

»Ich bin überrascht, daß sie nicht auch im Keller ist«, sagte Wallis.

»Wahrscheinlich benutzen sie sie noch«, erwiderte Mel.

In jener Nacht fielen erneut dreißig Zentimeter Schnee. Er legte sich über die Hütte, über das ganze Tal und drückte darauf wie die Daumen oder Hände eines Bildhauers. Ein paar Leute hießen die Blizzards weiter gut und freuten sich darüber, sahen darin dieselbe Schönheit wie bei den ersten Schneefällen Ende Oktober; doch bei einigen im Tal begann die Widerstandskraft zu erlahmen, sie gingen gebückt, um nicht zu zerbersten wie die Bäume, die sie nachts immer noch auseinanderbrechen hörten; und der kalte, nadelige Duft frisch zermalmter Stämme, Äste und Zweige erfüllte rund um die Uhr das Tal, als ob ohne ihr Wissen irgendwo eine unhörbare Sägemühle stände, die unentwegt frisches Holz fraß und das Tal mit seinem Duft überflutete.

Die Hirsche hatten sich in größerer Zahl zusammengedrängt als je zuvor und besaßen keinerlei Anmut mehr. Wenn sie die schmalen Eispfade entlanghinkten, die sie selbst angelegt hatten, zeichnete sich ihr magerer Brustkorb ab, und sie rutschten oft aus, doch wenn sie es wagten, diese Pfade zu verlassen, waren sie noch erschöpfter. Manchmal steuerten sie dennoch durch die Schneewehen auf die Spitze eines weit entfernten, noch nicht abgefressenen Busches zu, der in all dem Schnee kaum zu sehen war, doch sie schafften es nicht und verschwanden einfach unter der Schneedecke, wie ein Schwimmer, der in schwerer Brandung untergeht. Sie rappelten sich nicht wieder auf, sondern blieben den ganzen Winter dort liegen, perfekt konserviert im Griff des blauen Eises; und erst im Frühling tauchten zuerst ihre Ohrenspitzen, dann der Kopf und die Schultern und schließlich der Rest wieder auf; und wenn der Schnee schmolz, nagten die Kojoten, Wölfe, Raben und Adler an ihnen, als ob sie sie vom Erdboden tilgen wollten.

Wenn einer dieser irregeleiteten Hirsche in Panik geriet und in seiner Erschöpfung zu einem noch unberührten Baum aufbrach, stand der Rest des Rudels da und schaute zu. Falls der Hirsch es schaffte, einen neuen Pfad zu bahnen, folgten ihm die anderen vielleicht vorsichtig; aber wenn er versank, schauten sie noch eine Weile hinüber und warteten, daß er wieder auftauchte, doch dann setzten sie mit hängenden Köpfen ihren langsamen Marsch auf dem alten Eispfad fort, vertrauten auf ihr Glück und darauf, daß die Wölfe vielleicht erst vor kurzem etwas gefressen hatten und nicht hungrig waren. Und die Raben folgten den Hirschen, wohin sie auch gingen, stets wachsam.

Im Lauf des Winters sah Wallis Leute in die Bar kommen, denen er noch nie begegnet war, und es kam ihm vor, als würden die Fremden aus dem Schnee hervorkriechen. Ein paar von ihnen kamen, um Bier zu trinken, während andere nur neben dem Ofen standen, sich wärmten und die anderen Talbewohner anstarrten. Wallis hatte gedacht, daß diese Eremiten sehr verschroben seien, daß es sie deshalb in die Wälder verschlagen habe; doch er war überrascht zu sehen, daß die Nachzügler vom Februar und März ebenso normal, vielleicht sogar normaler waren als die anderen, sie wirkten jedenfalls normaler als jeder beliebige Vertreter der Außenwelt. Und er fragte sich, ob sie kantig und verschroben in diese Gegend gekommen waren und das Land sie abgeschliffen und gerundet hatte, so daß sie sich jetzt in ihrer Haut wohl fühlten. Sie hatten etwas von Wildpferden oder anderen wilden Tieren, die gezähmt worden waren.

An manchen Abenden hatten Wallis und Mel den Eindruck, daß Danny ihnen aus dem Weg ging; manchmal sah es auch so aus, als würde er allen aus dem Weg gehen; dann kam er gar nicht aus seinem Zimmer. Er sah verhärmt und deprimiert aus, was sie auf die winterliche Schwermut zurückführten, die durch die kurzen Tage hervorgerufen wurde. Doch eines Abends kam Helen an ihren Tisch und erzählte ihnen, daß er krank war, daß er Schmerzen in der Brust hatte und oft Brechreiz verspürte, daß ihm die Schulter und der Arm weh taten und sein Gesicht ganz starr war und daß er ihr gesagt hatte, er habe wahrscheinlich nicht mehr lange zu leben. Sein Vater sei mit vierundvierzig abgetreten, sein Großvater mit zweiundvierzig.

Danny sei neunundvierzig, und am Morgen seines vierundvierzigsten Geburtstages sei er aus einem Traum über seinen Vater erwacht und habe zum erstenmal im Leben eine Angina bekommen. Die schleppe er seit fünf Jahren wie einen Anker mit sich herum, der von Tag zu Tag schwerer werde, und jetzt fühle es sich an, als wäre die Kette straff gespannt. Er könne spüren, erzählte Helen, daß alles aus ihm herausquellen wolle, daß er es nicht länger zurückhalten könne.

»Er liegt viel im Bett«, sagte Helen. »Sagt, daß er keinen sehen will.«

»Das ist ja furchtbar«, sagte Mel und stand auf, um nach hinten zu gehen, doch Helen legte ihr die Hand auf den Arm und hielt sie zurück.

»Er meint es ernst«, sagte sie. »Er will keinen sehen und will auch nicht drüber reden.«

»Das ist doch verrückt«, sagte Mel. »Erstens kann er sich nicht einfach so abschotten, als ob er auf einer verdammten Insel leben würde, und zweitens ist es nicht in Ordnung, dir die ganze Last aufzubürden. Er erwartet, daß du ihn allein bis zum Ende begleitest und dir seine jammervolle Geschichte anhörst? So ein Quatsch«, sagte Mel und wollte erneut nach hinten gehen, doch Helen hielt sie wieder zurück und sagte: »Bitte. Es ist keine Last.« Und da sah Mel, daß auch auf Helen bereits ein Schatten lag, auch ihre Zeit war bald um, und die beiden Frauen starrten sich einen Augenblick lang an, bis Mel sagte: »In Ordnung. Aber was ist mit dir? Wie geht es dir?«

»Ich bin bloß alt, das ist alles«, erwiderte Helen. »Das ist nicht dasselbe.«

»Aber geht's dir gut?« fragte Mel.

»Ich bin alt«, sagte Helen. Sie sah den fragenden Blick in Mels Augen, sah, wie sie abzuschätzen versuchte, wer von beiden zuerst gehen würde, Danny oder sie. Und Helen sagte: »Es steht nicht gut um ihn. Er sagt, es würde reichen, ihm mit dem Finger auf die Brust zu klopfen, um alles zu beenden. Er sagt, er hat das Gefühl, wenn ein

Eiszapfen vom Verandadach fällt, wird ihm sein Herz folgen.« Helen schüttelte den Kopf. »Er kann sein Essen nicht mehr bei sich behalten. Es ist das Ende. Er macht es nicht mehr lange. Schon jetzt sehen wir nur noch seinen Schatten.«

Mel und Wallis liefen schweigend nach Hause, lauschten dem Schrappen ihrer Skier und waren sich der Wärme und Stärke ihrer eigenen Herzen bewußt. An jenem Abend hätten sie keinem Menschen eine Bitte abschlagen können. Sie sprühten vor Leben. Sie liefen schweigend dahin, um jene Kraft zu würdigen, die kurze Zeit, in der sie darüber verfügten.

Am sechsten März – viel zu spät, um auf dem zugefrorenen Fluß zu fahren – brach der Lieferwagen eines Holzfällers durch das Eis. Der Mutter, dem Vater und den drei Söhnen im Wagen war es gelungen, zu dickerem Eis zu schwimmen und herauszuklettern. Es war ein milder Tag gewesen, und obwohl vorher keiner von ihnen hatte schwimmen können, hatten sie es schnell gelernt.

Später sagten sie, unter dem Eis habe eine starke Strömung geherrscht. Sie wüßten nicht, wie sie wieder an die Oberfläche gekommen seien und wie sie hätten zusammenbleiben können. Eine Kraft hätte sie hochgehoben, doch sie könnten sich auch daran erinnern, geschwommen zu sein: Sie hätten den Atem angehalten und sich strampelnd und mit den Armen rudernd der Strömung entgegengestemmt.

Am Abend kamen die Holzfäller in die Bar und baten die Leute, ihnen zu helfen, den Lieferwagen wieder aus dem Wasser zu ziehen. Wallis meldete sich freiwillig. Die Holzfäller schauten Mel an, um zu sehen, was sie dazu meinte, konnten es aber nicht erkennen. Amy sagte, daß bestimmt alles klappen würde, wenn er es versuchte, denn sie wisse, daß der Herr mit ihm sei.

Als sie am Fluß ankamen, brannten bereits Laternen am Ufer und draußen auf dem Eis; ungefähr zwanzig Talbewohner hatten sich versammelt und warteten darauf, beim Ziehen zu helfen. Es waren auch vier angeschirrte Pferde da – geschäftiges Kettenrasseln, Hoffnung in der Luft –, dazu noch ein paar Hunde, deren Nervosität draußen auf dem Eis nicht unbemerkt blieb. Niemand wollte die Kette an seinem Lieferwagen befestigen, alle hatten Angst, er würde von der Strömung hinabgezogen. Man würde vom Ufer aus und mit den Händen ziehen müssen, denn dort hatte man einen besseren Stand. Maschinen waren zu wertvoll, um sie aufs Spiel zu setzen.

Fast alle standen am Ufer herum; nur ein paar Männer standen mit Laternen neben dem Loch im Eis. Zur Sicherheit waren sie angeseilt, und obwohl sie Witze rissen, während sie nachsahen, ob der Lieferwagen noch da war, wirkten sie nervös und verstummten manchmal mitten im Satz.

Am Ufer wurde ein wärmendes Feuer entzündet, und alle begrüßten Wallis sehr herzlich, doch mit einem seltsamen Zögern, und Wallis begriff, daß sie Angst hatten. Er ging zu dem Loch im Eis, blickte hinab und dachte, daß er sich wünschte, jemand würde ihm sagen: *Nein, tu's nicht.*

Jemand reichte ihm eine Pferdedecke, als er sich auszog, und er hockte sich ans Feuer und wärmte sich so gut wie möglich.

Durch den Spalt im Eis konnte er die reißende Strömung glukkern und spritzen hören. Er wollte ihnen sagen, daß er es sich anders überlegt hatte, daß er nicht bereit war, die Wärme zu verlassen.

Sie würden ihn anseilen, damit sie ihn herausziehen konnten, wenn er in Schwierigkeiten geriet, doch er befürchtete, daß die Strömung zu stark sein oder das Seil sich lösen würde.

Einen Augenblick lang packte ihn die unerklärliche Angst, alle Talbewohner würden das Seil einfach loslassen, sobald er unter das Eis getaucht war, als ob sie sich wünschten oder es angemessen fänden, daß ihn das gleiche Schicksal ereilte wie Zeke, und danach würden sie einfach weggehen – durch das Eis sähen sie dann für ihn wie ferne Sterne aus.

Schwärme von Köcherfliegen tauchten auf, die vom Licht der Laternen angezogen wurden. Sie flatterten gegen die Lampen und verbrannten in so großer Zahl, daß ein scharfer, rauchiger Geruch in der Luft hing. Nachtfalter verfingen sich in den Haaren der Leute und streiften ihre Gesichter und Arme.

Wallis fragte sich, was wohl passieren würde, wenn er das, was er bereits vereinbart hatte, verweigerte. Würde man ihm je wieder vertrauen?

Immer mehr Nachtfalter kamen aus dem Wald, aus den morschen Baumstämmen, und Köcherfliegen stiegen vom Fluß auf: Alle flogen auf die Laternen zu.

Wallis seilte sich an und ging zu dem Loch hinüber. Von seiner nackten Haut stieg Dampf auf. Er spürte, wie hinter ihm etwas von den versammelten Leuten ausströmte – wilder Stolz und Verwunderung über das, was er tat. Er setzte sich an den Rand des Loches und ließ seine Beine in der Strömung baumeln. Die Kälte nagte an ihnen. Er konnte den Lieferwagen nicht sehen. Er wußte nicht, ob er unter ihm lag oder abgetrieben war. Vielleicht trudelte er noch immer den Fluß hinab.

Bei ihm auf dem Eis waren zwei ältere Männer mit langen Bärten, nicht bloß winterlichen, sondern lebenslangen Bärten. Einer von ihnen rauchte Pfeife, und Wallis wollte nichts anderes als dableiben und den Pfeifenrauch riechen. In ihren dicken Kleidern und Mänteln sahen die beiden riesig und schwerfällig aus. Einer reichte Wallis die Kette und half ihm dann, sie sich um den linken Arm zu schlingen, damit sie ihm nicht entglitt.

»Verfang dich nicht mit dem Arm im Seil. Das wäre schlimm. Dann müßtest du unten bleiben«, sagte er, und Wallis merkte, daß der ältere Mann zitterte, daß er Angst vor dem Wasser hatte. Kaum jemand im Tal konnte schwimmen.

Die Nachtfalter umschwärmten weiter die Laternen der Männer. Wallis drehte sich um und warf einen letzten Blick aufs Ufer, doch er konnte bloß einen riesigen Schwarm von Köcherfliegen und

Nachtfaltern sehen. Ein paar Nachtfalter flogen gegen die Laternen und verglühten.

Voller Angst und Zweifel stand Wallis wieder auf. Er spürte, wie das Wasser unter dem Eis entlangströmte, wie seine nackten Füße selbst am Feuer rasch taub wurden. Nackt vor den ganzen Talbewohnern: Alle beobachteten ihn.

Plötzlich wußte er genau, daß er, wenn er ins Wasser stieg, nie wieder auftauchen würde. Er wußte es mit solcher Gewißheit, als ob er es schon versucht hätte und gescheitert wäre und sich jetzt alles noch einmal in der Wiederholung ansehen würde. Eine Empfindung, die stärker war als ein Déjà-vu.

Mel stand mit den restlichen Talbewohnern da und beobachtete ihn. Immer mehr versengte Nachtfalter an den Laternen.

»Nein«, sagte er, »tut mir leid. Ich hab's mir anders überlegt.« Und damit zog er sich wieder an, und er spürte, wie sich die Leute entspannten. Sie waren überhaupt nicht enttäuscht, sondern erleichtert, und er hatte den Eindruck, sie würdigten es, daß er lieber bei ihnen bleiben wollte, als sein Leben zu riskieren.

Die Pferde traten mit klirrenden Ketten unruhig auf der Stelle und wieherten, ihre Muskeln waren angespannt, sie waren bereit; alles vergeblich, doch das störte keinen. Sie vertrauten seiner Entscheidung. Sie teilten seine Überzeugung. Instinkt war für sie etwas so Wirkliches und Greifbares wie ein Stein, den sie von einer Hand zur nächsten reichen konnten.

In einer langen Prozession gingen sie nach Hause. Von den nicht erprobten kräftigen Flanken und Hinterbacken der Zugpferde stieg Dampf auf, und ihre schweren Hufe schlurften durch den tiefen Pulverschnee. Im Laternenlicht sahen die Pferde wie glänzende Eisskulpturen aus. Die Leute hatten das Gefühl, als wäre Wallis gerettet worden oder als hätte er einen neuen Weg eingeschlagen. Sie riefen sich ins Gedächtnis, daß es bloß ein Lieferwagen war.

Colter schlief fest, wie ein Wesen, das in eine große Tiefe gesunken war. Amy blieb die ganze Nacht wach und beobachtete ihn im Schlaf, wie sie es schon getan hatte, als er noch ein Baby war. Sie machte sich keinerlei Sorgen um seine Sicherheit, seinen Frieden in der kommenden Welt. Er war stark und gewandt und konnte mit allem, was der Herr für ihn bereithielt, fertig werden. Zeke war auch so gewesen, doch er hatte weder Glück noch Anmut gehabt. Amy spürte, daß Colter Glück und Anmut im Überfluß hatte, sein eigenes angeborenes Quantum und dazu noch den Vorrat eines anderen; und dafür dankte sie Zeke im stillen. Sie betete die ganze Nacht lang, doch am Morgen sank ihr das Kinn auf die Brust, und ihre Gedanken schweiften zu dem Falkner statt zu Gott.

Es war dieselbe Nacht, in der Mel Wallis in sich aufnahm und ihn in ihrer Hütte, in dem Bett aus Fellen am Feuer umschlungen hielt. Es war die Nacht, in der die Vergangenheit von ihnen abglitt wie Schlamm von der Uferböschung eines Flusses.

Als sie am nächsten Morgen in die Schule ging, war sie sich so nah wie zuletzt als junge Frau oder als kleines Mädchen. Das Gefühl, zu fallen oder zu springen, war für jeden ähnlich oder sogar gleich, doch sie wußte, daß diese Liebe anders ablaufen würde, denn unter dem Schutzschild des Üblichen, des Vertrauten war jede Liebe einzigartig.

Auf dem Weg zur Schule blieb sie an einem eisigen Bach stehen, obwohl sie wußte, daß sie zu spät kommen würde. Der Bach mündete in den Fluß, wo er unter einer Eisdecke verschwand, doch den dunklen Fluß, der so schnell und in so weite Ferne strömte, immer noch speiste. Sie scharrte im Schnee, fand eine vertrocknete Erdbeerblüte vom vergangenen Sommer. Sie warf sie in den Bach und beobachtete, wie die Strömung sie davontrug. Es hatte erneut angefangen zu schneien und war auch wieder kälter geworden. In ein, zwei Tagen würde das neue Eis die Wunde heilen, die der Lieferwagen der Holzfäller dem Fluß geschlagen hatte.

Sie dachte daran, wie es gewesen war, das Seil zu halten. Sie erinnerte sich, wie sie Wallis im Schein der Lampen und des Feuers am Ende des Seils beobachtet hatte. Sie verweilte bei den Erinnerungen an die vergangene Nacht in der Hütte.

Unvermeidlich richteten sich ihre Gedanken auf Matthew. Wenn dieses Jahr wie alle bisherigen war, würde er in ein paar Wochen zurückkehren, um sich pflegen zu lassen und sich von seiner alljährlichen Winterschwäche zu erholen. Bei dem Gedanken daran zitterten ihre Beine und flatterte ihr Herz. Sie stand auf und sprach Wallis' Namen aus, einmal, zum Bach hin, dann eilte sie in die Schule und fühlte sich wie eine Lehrerin.

Sie versuchte, ihre Gefühle zu verbergen. Sie hatte gehofft, es bis zum April zu schaffen, Mitte März alle Fragen mit Matthew zu klären und dann in die eine oder die andere Richtung weiterzugehen, doch jetzt stellte sie fest, daß sie dieses Ziel nicht erreichen würde, ebensowenig wie die Hirsche, die nicht mehr genug Reserven hatten, um den Rest des Winters zu überstehen. Sie sah jedes Jahr Hunderte von ihnen: Hirsche, die völlig abgemagert waren, braune Fellbüschel, die sich straff über wulstige Knochen spannten, Hirsche, die sich fünf Monate lang durch den Schnee gekämpft hatten, nur um sich kurz vor der Schneeschmelze hinzulegen und zu verhungern, die mit vorgereckten Köpfen dalagen und nicht mehr imstande waren, den Eispanzer zu durchbrechen, der die ihnen bekannte Welt bedeckte. Und wenige Tage nach ihrem Tod würde der kahle braune Untergrund sich öffnen, und direkt vor ihren blinden, leblosen Augen würden zuerst nackte Erde und dann grüne Triebe zum Vorschein kommen.

Jedes Jahr war es dasselbe, als könnte der Frühling sonst nicht beginnen, als wäre dieses späte Scheitern ein der Welt eingeschriebenes Muster; als bedürfte es einer außergewöhnlichen Anmut, Kraft oder Geschicklichkeit, um diese letzte Brücke zu überqueren.

Mel fragte sich, wie die Liebe diesmal wäre, ob sie lange, noch länger als die letzte dauern oder schon nach kurzer Zeit verglommen sein würde wie ein Heubüschel, das man ins Feuer wirft.

Zuerst hatte sie etwas Bodenloses, Unausgeglichenes. Sie hatten den Körper des anderen so lange entbehrt, daß sie jetzt an nichts anderes mehr denken konnten. Sie hörten auf zu kochen und aßen auch kaum etwas. Sie schliefen in allen Zimmern und Winkeln der Hütte miteinander, bei Tag und bei Nacht, als steckten sie mit ihrer körperlichen Liebe ein neues Territorium ab oder begrenzten ein altes neu – mit ihren Händen, Lippen und Augen zeichneten sie auf dem Körper des anderen eine Karte, erforschten ihn.

Eines Nachts löste sich, während sie miteinander schliefen, die Schneeschicht auf dem Dach der Hütte, und die Eisplatten stürzten in den Schnee hinunter, wo sie mit einem Getöse, das sie beide überraschte, zersplitterten wie Kristall; und unter dieser neuen Leichtigkeit verkrochen sie sich noch tiefer in den Fellen, schliefen ab und zu ein und erwachten wieder, um ihre Körper zu erkunden.

Als Helen eines Abends vorbeikam, um ihnen zu erzählen, daß sich Dannys Zustand erneut verschlechtert hatte, schliefen sie zwar nicht miteinander, doch in der ganzen Hütte roch es nach ihren Körpern, und die Luft war noch mit sexueller Energie aufgeladen, so daß Helen sofort begriff, was verlorengegangen war. Sie wußte, wenn ihr Sohn ins Tal zurückkehrte, würde es ihm so vorkommen, als wäre etwas ganz plötzlich kaputtgegangen, wie wenn ein Ast abbricht, und er würde blind dafür sein, wie allmählich es sich vollzogen hatte.

Helen fragte sich, ob Matthew Schmerz empfinden oder wie betäubt sein würde. Sie wußte nicht, was sie für ihn aussuchen würde, wenn sie die Wahl hätte.

Sie und Mel starrten sich lange an – Mel war blaß vor Angst und wurde dann rot, wie aus Scham über einen Treuebruch, Helen sah verletzt und verwirrt, ja sogar bekümmert aus. Doch Mel gewann die Fassung wieder, und auch Helen erholte sich, nur langsamer.

Sie überbrachte ihnen die Nachricht, daß Danny versucht hatte, sich zu erhängen, daß er sich tatsächlich erhängt hatte, man ihn aber rechtzeitig abgeschnitten und gerettet hatte.

Es waren bloß eine Handvoll Leute in der Bar gewesen: Artie, Amy, Helen und ein paar andere. Sie hatten bemerkt, daß einer der Dachbalken wackelte. Ein Strauß getrocknete Lupinen hatte dort oben gehangen und war auf die Theke gefallen, und alle hatten den zitternden Balken eine Weile betrachtet und gedacht, es sei der Widerhall eines leichten Erdbebens. Doch dann hatte Helen bemerkt, daß kein anderer Balken sich bewegte, und sie war aufgesprungen und ins Hinterzimmer gelaufen, wo sie Danny gefunden hatte: ganz blau im Gesicht, strampelnd, würgend, mit den Händen am Hals – offensichtlich hatte er es sich inzwischen anders überlegt. Er hatte sich in seine Rodeokleider geworfen – Stiefel, Gürtel mit Trophäenschnalle, brandneue Jeans, Hemd mit Perlmuttknöpfen –, doch bei der Zappelei war sein Hut heruntergefallen, und seine Füße tänzelten wie zwei Eintagsfliegen zehn Zentimeter über dem Boden, ohne irgendwo Halt zu finden.

In der Aufregung hatte niemand ein Messer gefunden, mit dem man ihn hätte abschneiden können, so daß Artie schließlich hinaufklettern und sein Feuerzeug benutzen mußte. Er hatte es mehrmals angeknipst und an das dicke Hanfseil gehalten, hatte die Fasern angesengt, während sich das Gesicht seines Freundes schwarz verfärbte und seine geschwollene Zunge heraushing, während er aufhörte, zu würgen und zu strampeln, während sich unter seinen Stiefeln eine Urinpfütze bildete und er die Augen verdrehte, daß sie aussahen wie das Weiße von gekochten Eiern.

Endlich war das Seil so dünn geworden, daß die verbleibenden Fasern unter seinem Gewicht zerrissen, und Danny war zu Boden gestürzt. Sie hatten ihn irgendwie wieder zu sich gebracht – ziemlich stümperhafte Erste-Hilfe-Versuche, sagte Helen –, und jetzt lag er im Bett und ruhte sich aus, beklagte sich aber über eine ständige Hitze in der Brust, die sich wie ein Waffeleisen anfühle. Außerdem könne er seine Füße nicht mehr spüren; doch dafür seien seine Depressionen verschwunden.

»Wer ist jetzt bei ihm?« fragte Wallis.

»Im Moment Artie«, sagte Helen. »Aber Amy hat bei ihm gesessen und ihm Bibelverse vorgelesen.«

»Mist«, sagte Mel, und Wallis wußte nicht, was sie schlimmer fand: daß Danny sich erhängt hatte oder daß Amy ihm eine Predigt hielt, ohne daß er ihr entrinnen konnte.

»Das ist nicht so schlecht«, meinte Helen. »Er hört zu, und es tut ihm gut. Er macht's nicht mehr lange. Er ist nicht mal mehr der richtige Danny.«

Helen zog ihren Mantel wieder an und wollte aufbrechen.

»Du kannst heute nacht bleiben, wenn du Lust hast«, sagte Mel. »Lauf nicht den ganzen Weg zurück. Du kannst morgen in aller Frühe aufstehen.«

»Würd ich gerne«, erwiderte Helen. »Ich würde gern eine kurze Pause einlegen.« Sie sah Wallis an. »Aber lieber nicht, danke. Ich seh besser mal nach Danny.«

Sie ging nach draußen und schloß die Tür hinter sich. Sie schnallte ihre alten Holzskier an, spürte, wie steif ihr Rücken und wie geschwollen ihre Knie waren. Sie schaute die beleuchteten Fenster von Matthews Hütte an und versuchte, auf Mel wütend zu sein, doch es gelang ihr nicht. Daß für Matthew der Anreiz, zurückzukehren, jetzt noch geringer sein würde, stimmte sie trauriger als der Umstand, daß er Mel verloren hatte. Helen wußte jetzt, daß er sie vermutlich schon vor zehn, fünfzehn Jahren verloren hatte. Manche merkten so etwas nur später als andere.

Sie blickte zu den Sternen hinauf, brach dann auf in die Stadt und machte bereits Pläne für Dannys Beerdigung. Sie bedauerte, daß die Felsenbirne noch nicht blühte, die erste Blume, die sich im Frühling zeigte und die Trauerfeiern für die Toten verschönerte, die im tiefen Winter gestorben waren und in ihren Särgen in irgendwelchen Scheunen gelegen hatten, bis der Boden auftaute, die Eiskruste aufbrach und endlich eine richtige Beerdigung durchgeführt werden konnte.

Sie dachte an ihre eigene dunkle Hütte, an den leeren Laden, das

Feuer im Ofen, das bestimmt erloschen war. Sie dachte daran, wie fest Danny ihr Handgelenk packen würde, wenn sie wieder nach ihm sah, daß sie sich nicht abwenden, sondern so lange bei ihm sitzen würde, wie er wollte, so lange, wie er noch am Leben war, und daß sie sich, wenn sie schließlich noch vor Tagesanbruch für ein kurzes Nickerchen wieder in ihren Laden zurückkehrte, nach nichts – nicht einmal nach einem Besuch von Matthew – so sehnen würde wie nach einem langen heißen Bad; doch sie würde zu müde sein, um soviel Wasser zu schleppen und zu erhitzen, und würde sich statt dessen mit all ihren Schmerzen in die kalten Decken mummeln und in einen Schlaf sinken, der immer leichter kam.

Ihre Skier durchschnitten den Schnee im Mondlicht wie scharfe Klingen. Ihre Muskeln wurden warm und lockerten sich wieder, wie sie es die dreißigtausend Tage zuvor auch getan hatten. Sie nahm Mel ihre Entscheidung nicht übel. Sie freute sich für sie. Sie freute sich für die beiden. Sie vermißte bloß ihren Jungen.

Mel und Wallis besuchten Danny, bevor der Unterricht begann. Es war, wie Helen gesagt hatte: Er lebte noch, war aber schon so gut wie tot. Artie saß bei ihm und las einen vierzig Jahre alten Kriminalroman.

Danny sah älter aus als Helen. Er trug ein lila Halstuch, um die blauen Flecke und die durch das Seil hervorgerufenen Schürfwunden zu verdecken. Seine Augen waren halb geschlossen wie bei einer alten Eidechse. Zum Gruß hob er zwei blasse Finger und verharrte so, als wäre er in dieser Haltung gestorben; nur seine Augen bewegten sich. Mel beugte sich vor und umarmte ihn. Sie dachte, daß er eine Rasur gebrauchen könnte – die grauen Stoppeln machten ihn noch älter –, und das sagte sie auch.

Danny deutete mit den beiden Fingern aufs Badezimmer, wo Mel eine Schüssel, ein Rasiermesser und einen Rasierpinsel fand. Gemächlich erhitzte sie ein bißchen Wasser auf dem Ofen. Dann goß sie es in die Waschschüssel, drückte Rasiercreme auf den Pinsel und seifte seine Wangen, sein Kinn und seine Oberlippe ein, tauchte das Messer in das warme Wasser und begann, ihn zu rasieren. Danny schloß die Augen. Der Duft des heißen Wasserdampfes und der Seife verdrängte den Geruch von Krankheit und Kummer. Das Rasiermesser schabte über sein Gesicht wie Skier über eine Eisdecke. Als sie fertig war, war keine Schnittwunde zu sehen, und Hals und Gesicht waren glatt. Sie hatte in dem dampfenden Wasser ein Handtuch angewärmt, wrang es aus und legte es ihm auf Gesicht und Hals, wischte die Seife und die eisenfarbenen Barthaare ab und ließ das dampfende Handtuch dann auf seinem Hals liegen, und er lächelte sie an und schlief ein, und Mel eilte in die Schule, wieder zu spät.

Am frühen Nachmittag war er tot, war zwischen Arties und Helens Krankenwache gestorben. Er hatte begonnen, eine Nachricht an seine Kinder zu kritzeln, war aber nicht über die Begrüßungsformel »Liebe« und ihre Namen hinausgekommen. Helen kam nach dem Unterricht in der Schule vorbei, um es Mel und den anderen zu erzählen, und in jener Nacht versammelten sich in der Bar alle zur Totenwache. Die Bar hatte er Artie hinterlassen, der nicht nur den anderen Drinks eingoß, sondern sie auch selbst hinunterstürzte, und es waren viel Weinen und Klagen, viele Geschichten und anerkennende Worte zu hören, und in den Wäldern begannen die Kojoten und dann auch die Wölfe, auf die Klageschreie der Trauernden zu antworten; und in seiner Hütte, die ganz tief im Wald hinter zwei Hügeln lag, hörte Joshua die Schreie, hielt sie zuerst für das ferne Geschrei von Gänsen, die ein paar Wochen zu früh ins Tal zurückkehrten, begriff aber, als der Lärm weder näher kam noch sich entfernte, woher er kam und was die Ursache war. Er stieg aus dem Bett, ging nach draußen und band den Rappen los, führte ihn dann zum Fluß hinunter und schlug ein Loch ins Eis, damit das Pferd Wasser trinken konnte. Dann stellte er den Sarg, den er für Danny angefertigt hatte – auf Dannys Wunsch, doch ohne daß er ihn zu Gesicht bekommen hatte –, auf einen Holzschlitten und zog ihn aufs Eis.

Der Sarg war aus dünnem gelbem Kiefernholz und duftete selbst unter den glänzenden Farbschichten noch nach frisch geschnittenem Holz. Joshua hatte ihm die Gestalt eines schwarzglänzenden Rodeopferds gegeben, mit schrägen roten Augen und kleinen Feuerwölkchen, die ihm aus Maul und Nase stoben. Es hatte nicht das gleichmäßige Gebiß eines irdischen Pferdes, sondern Fangzähne von unterschiedlicher Länge. Das hölzerne Pferd hatte keinen Schwanz, sein Rumpf war mit Flammen bemalt, und seine Ohren waren nach innen geklappt wie bei einer Fledermaus. Goldene Blitzstrahlen zogen sich in allen Richtungen über seinen Körper. Um den winzigen Sattel war eine Rolle Stacheldraht geschlungen, und an der Flanke des Pferdes hing eine kleine Satteltasche aus Hirschleder, in der man ein paar von Dannys Habseligkeiten verstauen konnte.

Am Hals des Pferdes war eine Öffnung, eine Luke, durch die man Danny hineingleiten lassen konnte. Das Pferd stand auf den Hinterbeinen, bäumte sich auf – sein Bauch war mit lila Sternen und noch mehr goldenen Blitzstrahlen geschmückt –, und sie würden Danny mit den Füßen voran hineinschieben müssen; sobald er drinnen lag, wäre es so, als schmiegte er sich fest an den Hals des großen Pferdes, umschlänge ihn mit beiden Armen. Das war vielleicht nicht der glanzvollste Reitstil für einen ehemaligen Rodeostar, aber zumindest bäumte das Pferd sich auf, streckte sich nach oben und nicht nach unten.

Joshua zog sein Werk zum Fluß hinunter und schob es aufs Eis. Das hölzerne Pferd war anderthalbmal so groß wie sein schwarzer Hengst. Tagsüber war es inzwischen so warm, daß die Schneekruste auf dem Eis schmolz, und nachts fror alles wieder, so daß der gesamte Fluß jetzt ein gläsernes Band war, schwarz und glänzend wie Obsidian, gesprenkelt mit den Spiegelbildern der Sterne. Joshua fragte sich, ob es einen entsprechenden Fluß, das Echo oder den Abglanz eines Flusses gab, der sich am Himmel auf ähnliche Art einen Weg zwischen den Sternen hindurch bahnte.

Er spannte den Hengst vor den Sarg, stieg auf seinen Rücken und trieb ihn an. Das große Pferd liebte es, in der kalten Luft zu laufen, und bald fiel es in Trab, und das noch größere Pferd glitt immer im selben Abstand hinterher. Das Eis dröhnte und knirschte und knackte unter den Hufeisen des Hengstes, und die Schallwellen rollten vibrierend den Fluß entlang wie bei einer Stimmgabel. Noch meilenweit entfernt hätte jeder Talbewohner, der gerade in der Nähe des Flusses war, das Hufgeklapper deutlich hören können, wenn er das Ohr aufs Eis gelegt hätte. Berauscht von den schemenhaften Sternen, die an seinen vor Kälte tränenden Augen vorbeisausten, setzte er den Hengst in Galopp. Gefrorene Tränen purzelten über seine Wangen, und eine Sternschnuppe stürzte direkt vor ihm vom Himmel und schien hinter der nächsten Windung in den Fluß zu fallen. Das Eis bebte bei jedem Huftritt, und das Kiefernholzpferd holperte hinterher und ließ im Sternenlicht eine Gischt aus feinen Eissplittern aufspritzen. Joshua dachte an die ganzen Fische, die unter der Eisdecke schliefen, und fragte sich, ob er hundert Kilometer weit in beiden Richtungen alle Fische im Fluß aufschreckte. Ob das Hufgeklapper bis tief nach Kanada drang. Würden die Fische glauben, daß der Frühling schon angebrochen war, daß das Eis auf dem Fluß ein paar Wochen zu früh aufbrach, selbst wenn ihr Körper ihnen sagte: *Nein, es ist noch zu früh ...*? Was würden sie denken? Daß sich die Naturgesetze geändert hatten?

Vor einer Flußwindung ließ Joshua den Hengst in einen leichten Galopp fallen, damit er nicht auf dem Eis ausglitt. Ihm war kalt vom Wind, und er schmiegte sich eng an das Pferd, um sich zu wärmen, und fragte sich, ob das Klagegeschrei, das er gehört hatte, wirklich Danny galt. Er hoffte, daß es Danny war und kein anderer, damit sein Ritt nicht vergeblich war: ein Gedanke, der so seltsam war, daß er ihn keinem Menschen mitteilen konnte, besonders weil er sich nicht dafür schämte; und er fragte sich, was Danny empfinden würde, wenn in Wirklichkeit nicht er, sondern jemand anders gestorben war und er dennoch das dunkle, flammenspeiende, für ihn bestimmte Gefährt kommen sah.

Der Hengst verfiel in eine langsamere Gangart. Maul und Nase waren mit weißem Schaum bedeckt, und er war schweißüberströmt und dampfte. Vier Kojoten folgten ihnen auf dem Eis. Ein Puma kauerte in dem Dickicht am Flußufer, ringelte langsam den Schwanz und beobachtete sie.

Als sie sich dem Ort näherten, wurden das Klagegeschrei und auch das Gelächter lauter, und die matten Lichter der Häuser wurden über den Bäumen sichtbar. Joshua brachte den Hengst zum Stehen und ließ ihn ausruhen. Mit seinem Beil schlug er ein Loch ins Eis, damit das Tier wieder etwas trinken konnte. Nach einer Weile hob der Hengst den Kopf, und während ihm das Wasser von den Lippen tropfte, starrte er über die Schulter auf die Umrisse des Feuerpferds, betrachtete es lange.

Joshua wartete, bis der Hengst nicht mehr dampfte, bevor er ihn bürstete und striegelte, damit er gut aussah. Die Kojoten standen reglos und neugierig in einiger Entfernung.

Joshua ging wieder zu dem Holzpferd und überprüfte es. Es war noch heil und unversehrt, gebrauchsfertig. Er kletterte obendrauf, öffnete die Luke, glitt hinein und hielt die Luke offen, damit er die Sterne sehen konnte.

Er kuschelte sich im Innern des Feuerpferds zusammen, sog den Duft des frisch gesägten Kiefernholzes ein und befahl dem Hengst weiterzulaufen. Sie machten sich wieder auf den Weg. Joshua beobachtete, wie die Sterne über ihm vorbeirollten, und lauschte, wie das Eis gegen die Unterseite des Sarges spritzte. Im Bauch des Pferdes konnte er das Klagegeschrei nicht hören, doch der Hengst wußte, wo es hinging, und blieb stehen, als die Lichter der Stadt zwischen den Bäumen hindurch deutlich zu sehen waren. Joshua kletterte heraus, führte den Hengst ans Ufer, band ihn an einen Baum, ließ das Feuerpferd im Wald und ging den Hügel hinauf, dem Klagegeschrei entgegen.

Sie mußten einen ganzen Tag lang ein Feuer brennen lassen, um das Eis und die Erde so weit aufzutauen, daß sie graben konnten, und dann mußten sie noch einmal zwei Tage lang schichtweise schaufeln und hacken, um ein Loch auszuheben, das für das Feuerpferd tief genug war. Während der Arbeit versuchten sie, sich daran zu erinnern, wie viele von Joshuas Tieren bereits dort lagen – fünf, zählten sie, mit dem Pferd sechs: ein Lachs, ein Bär, ein Rotluchs, eine Gans und ein Wapiti –, und sie überlegten, daß sie den Friedhof bald erweitern und zwischen den Särgen mehr Abstand lassen müßten, so wie zwischen den riesigen Bäumen in einem alten Wald. Es war nicht gut, wenn man große Dinge auf engem Raum zusammendrängte.

Schließlich war das Loch tief genug für den Sarg, doch sie gruben weiter, und am nächsten Tag ließen sie das große Pferd in der Abenddämmerung hinab, begannen das Loch mit lockerer Erde aufzufüllen, bis seine Hinterbeine ganz bedeckt waren, und ließen Danny in den Hals des Tieres gleiten. Er war immer noch steif, doch schließlich hatten sie ihn mit Mühe hineingezwängt, und in der Wärme der Erde würde er ohnehin bald die gewünschte Haltung einnehmen.

Sie bedeckten das Loch mit Erde und stampften alles fest, häuften flache Steine darauf, um die Kojoten und Wölfe vom Graben abzuhalten, und kehrten in die Bar zurück, um sich von Danny zu verabschieden. In jener Nacht schneite es stark, so daß die Spuren ihrer Arbeit am nächsten Tag schon verdeckt waren.

Im Bett bat Mel Wallis, nicht in sie einzudringen, sondern sie bloß in den Arm zu nehmen. Sie sagte, sie fühle sich innerlich schwach, leer und ausgehöhlt, und sie habe Angst. Wallis fragte, ob sie wieder zu den Wölfen zurückkehren wolle, doch Mel verneinte, sie fühle sich einfach bloß leer und beklommen; als würde sie eine wacklige Hängebrücke über eine Schlucht überqueren.

»Wann hast du zum letztenmal Angst gehabt?« fragte sie ihn.

Eine Woche später, an einem Samstag, kamen die Händler. Sie kamen in einer Gruppe von sechs Leuten, auf Schneemobilen, die kleine Anhänger hinter sich herzogen, und die Leute im Tal hörten morgens das hohe Surren der Motoren und wußten, daß sie es über den Paß geschafft hatten, und sie eilten in die Stadt, um vor ihnen dort zu sein. Noch bevor die Händler eintrafen, konnten die Talbewohner die dichten blauen Rauchbänder über den Bäumen sehen, die in der Sonne hell erstrahlten und immer näher kamen, als ob eine Dampflokomotive durch die Wälder rattern würde, und sie konnten den Rauch riechen, lange vor der Ankunft der Schneemobile, und als sie in die Stadt gefahren kamen, schien der Lärm den Winter in zwei Hälften zu sägen, was weder angenehm noch respektvoll klang.

Die Händler wußten aus Erfahrung, daß sie die Anhänger besser nicht sofort aufbauten, sondern sich erst einmal Zeit ließen, in die Bar gingen, eine Tasse Kaffee und vielleicht ein Glas Rum tranken, nach einjähriger Abwesenheit allen hallo sagten, nach neuen Gesichtern Ausschau hielten und darauf achteten, wer nicht mehr da war. Danny war immer einer ihrer besten Kunden gewesen, und sie warteten die ganze Zeit auf ihn, bis sie schließlich begriffen, was passiert war. Artie erklärte, daß er sich jetzt um die Bar kümmern werde.

Die Händler erzählten, daß sie es nicht an einem einzigen Tag bis ins Tal geschafft hatten; am ersten Tag hatten sie bloß die halbe Strecke zurückgelegt, hatten oben auf dem Paß ein großes Zelt aufbauen und ein Feuer anzünden müssen.

Sie kamen aus Helena. Einmal war eine Frau dabeigewesen, doch in diesem Jahr waren es nur Männer. Als sie in ihren riesigen, vor der Kälte schützenden Schneeanzügen und mit ihren Schutzbrillen und Helmen den Berg heruntergekommen waren, hatten sie wie Außerirdische ausgesehen; doch nachdem sie die Helme abgesetzt und die Schneeanzüge an die Wand gehängt hatten und plaudernd an der Theke saßen, sahen sie wieder wie Menschen aus, nicht mehr feindlich, ja sogar freundlich. Sie wußten, daß ihr größter Vorzug ihr seltenes Erscheinen war, daß die Talbewohner sich anfangs einfach nur darüber freuten, neue Menschen zu sehen. In vorangegangenen Jahren, je nachdem, wie der Winter gewesen war, waren die Leute schon auf sie zugekommen und hatten sie berührt: Fremde, die einem die Hand auf den Rücken oder die Schulter legten, während man sprach, als würden sie einen schon lange kennen oder, was noch seltsamer war, als legten sie die Hand auf den Hals oder die Flanke eines Haustiers.

Die Händler blieben immer den ganzen Tag und brachen bei Einbruch der Dunkelheit auf, da sie die letzten Strahlen der Wintersonne noch voll ausnutzen wollten, denn da machten sie fünfundsiebzig Prozent ihrer Geschäfte mit den Leuten, die den ganzen Tag ein Auge auf etwas geworfen hatten, sich aber erst in der Dämmerung, wenn die Händler alles wieder aufluden und aufbrechen wollten, zum Kauf entscheiden konnten.

Im letzten Tageslicht spielten sich manchmal komische und anrührende Szenen ab. Einmal war eine Frau aufgetaucht, die sich gegen Bezahlung aus dem Tal bringen lassen, das Tal für immer verlassen wollte. Sie verließ ihren Mann, und ob nun zu Fuß oder auf dem Anhänger eines Schneemobils, in jener Nacht wollte sie auf jeden Fall verschwinden. Der Mann, der sie mitnahm, heiratete sie später.

Die Händler hatten mit dem Postamt vertraglich vereinbart, die Post aus den letzten paar Monaten mitzunehmen, und jetzt breiteten sie sie wie immer auf der Theke aus, und die Leute durchstöberten alles: steinalte Kuchen von Verwandten aus dem Osten, Nachrichten von Geburten und Todesfällen, von Hochzeiten und Scheidungen, Schecks, Rechnungen, Reklame, Kataloge und lange Briefe von alten Freunden. Ein paar Briefe verschlangen die Leute an Ort und Stelle, doch die meisten steckten sie ein, um sie zu Hause in Ruhe lesen und genießen zu können.

Manchmal dauerte es eine halbe Stunde, um die ganze Post zu sortieren, und danach flaute die Aufregung in der Bar langsam ab, und eine kristallene Stille schlich sich ein – es kam nie genug Post –, und nachdem alle den Stapel der übriggebliebenen Briefe und Pakete zwei- oder dreimal durchgesehen hatten und man alte Zeitungen hochgehalten und ausgeschüttelt hatte, um vielleicht noch ein paar versteckte Ansichtskarten zu entdecken, senkte sich eine Einsamkeit herab, und die Talbewohner fühlten sich leerer, unzufriedener, obwohl sie sich am vorigen Tag vielleicht noch ganz gut gefühlt hatten: stark, unverwüstlich, robust – mit der Welt im reinen, weder hoffnungsvoll noch verzweifelt.

In diese Leere, diese neue Einsamkeit stießen die Händler. Sie begannen, ihre Anhänger aufzubauen, spannten Markisen oder Zelte über ihre Waren, wenn es schneite, oder breiteten sie an schönen Tagen in der strahlenden Frühlingssonne aus. Die Straße verwandelte sich in einen Basar, und die Talbewohner zogen von einem Anhänger zum nächsten und begutachteten alles: berührten die Waren, schnupperten daran und verschlangen sie mit ihren Blicken.

Alte Sportmagazine. Frischer Speck, frische Zitronen, frische Schnittblumen, frische Kaffeebohnen. Neue Bücher mit unversehrten, festen Einbänden. Badeanzüge, Regenschirme, Wassermelonen, Bleistifte, Halsketten, Zucker, Honig, Salz, schwarzer Pfeffer, roter Pfeffer, Limonen, Orangen, Äpfel, Bibeln, Schallplatten, Kassetten, Batterien. Es verblüffte die Leute jedesmal, wieviel die Händler in ihren Anhängern unterbringen konnten und wie gut ihnen selbst der wertloseste Ramsch gefiel. Teddybären aus chinesischer Kinderarbeit, Spielzeugkipplastwagen, leuchtendbunte Brücken, Bilderrahmen, Kartoffelchips, Topflappen, Walkie-talkies, Bratpfannen, Handschuhe, Baseballkappen, Hemden, Äxte, Sägen.

Sie brauchten rein gar nichts davon, und sie kauften alles; und beim Kauf fühlten sie sich einen Augenblick lang befriedigt, doch schon kurz darauf – und auch in den folgenden Tagen – fühlten sie sich stets geschwächt, verkatert und verwirrt, als hätten sie wegen übermäßigen Alkoholgenusses die Besinnung verloren, und irgend jemand hätte sie heftig verprügelt, während sie ohne Bewußtsein dalagen.

Kurz vor Einbruch der Dunkelheit gingen Wallis und Mel mit einem der Händler zu dem zugefrorenen Fluß hinunter, um sich anzusehen, wie die letzten roten Sonnenstrahlen sich auf dem Eis spiegelten. Auf den Schneemobilen würde es in der Nacht ziemlich kalt werden, doch so hielten sie es; sie mußten am ersten Abend wieder fahren, mußten weg sein, bevor der Morgen anbrach, denn am nächsten Tag würden die Leute wiederkommen, um ihr Geld zurückzufordern oder etwas umzutauschen, da sie mit den gekauften Sachen und ihren Entscheidungen nicht mehr zufrieden waren.

Der Mann, der mit Wallis und Mel zum Fluß ging, hatte mehrmals bei Dudleys und Matthews Bohrungen mitgearbeitet. Er fragte, wann sie die nächste Bohrung durchführen würden. Wallis erklärte, er habe eine neue Karte fertiggestellt und denke, daß sie schon im Hochsommer soweit sein könnten. Mel sagte nichts, betrachtete nur das schimmernde Eis auf dem Fluß. Sie schaute zum Himmel hinauf. Die Venus, direkt über den Bäumen.

Der Mann deutete mit dem Kopf auf das Meer dunklen Waldes am anderen Flußufer, die samtenen Wellen, die sich bis zum Fuß der Berge erstreckten.

»Jede Wette, daß wir oder andere deswegen noch mal herkommen«, sagte er. Er sprach von dem Holz, doch in seiner Stimme lag keine Bosheit, sondern Ehrfurcht. »Wir werden nicht vergessen, daß es das hier gibt.« Das sagte er geradezu wohlwollend, als wäre es eine Warnung. »Wir oder andere kommen deswegen noch mal her. Wegen dem ganzen Zeug.«

Er drehte sich um und ging allein auf den Markt zurück, bereit für die letzte Stunde: die Stunde der Kaufwütigen. Mel und Wallis blieben am Fluß. Sie setzten sich auf einen umgestürzten Baum und beobachteten, wie die Nacht das Tal verschluckte, beobachteten, wie die Sterne am Himmel erschienen. Sie lauschten den dumpfen Stimmen in der Stadt über ihnen, während die Händler die Geweihe und Felle wogen und ausmaßen, die die Talbewohner ihnen verkaufen wollten (die Händler zahlten ihnen bloß ein Zehntel des wahren

Werts, aber in bar), und mit dem neuen Bargeld flackerte die Kauflust noch einmal auf, dann packten die Händler zusammen und machten sich auf den Rückweg, die Anhänger diesmal nicht voller Plastik und Aluminium, sondern voller Geweihe und Felle. Während sie die Stadt verließen, lauschten Mel und Wallis der dröhnenden Kakophonie des Motorenlärms.

Als sie sich umdrehten, sahen sie, wie sich die Strahlen der Scheinwerfer durch den Wald hinaufschraubten und sich langsam dem fernen Gipfel näherten. Noch lange, nachdem der Lärm erst als leises Brummen und dann gar nicht mehr zu hören gewesen war, saßen sie da und warteten darauf, daß ihre Herzen sich beruhigten.

Später in der Nacht begannen die Eulen zu schreien. Mel und Wallis rückten näher zusammen, um sich zu wärmen, und dann noch näher, um sich zu trösten.

Das Eis auf dem Fluß knirschte und knackte, aber ganz leise, flüsternd – brach nicht, doch dehnte sich langsam aus. Noch schmolz es nicht, war aber kurz davor. Für den, der da saß und genau hinhörte, klang es, als würde der Flügel eines Vogels über den Schnee streichen.

Die Wölfe hatten aufgehört zu heulen. Es war die Zeit, in der sie einen Bau gruben, entweder einen alten wieder freilegten oder sich einen Ort suchten, wo sie einen neuen errichten konnten, und während dieser Zeit wäre Mel ihnen ohnehin nicht gefolgt, sondern hätte ihnen Raum gegeben und sie nicht gestört, und so fiel es ihr nicht ganz so schwer loszulassen.

Wallis war zwischen der Furcht vor Matthews Eintreffen im März und dem starken Wunsch hin und her gerissen, ihm seine neueste, verbesserte Karte zu zeigen. Die Besonderheit jeder einzelnen Linie – alles allein aus seiner Phantasie. Mit einem Gehirn, das bescheidene vier Pfund wog, hatte er – so hoffte er zumindest – zweihundertfünfzig Millionen Barrel Öl aufgestöbert.

Wenn man eine so große Energiequelle erschloß, geschah etwas

Seltsames, eine Art Sprung oder Verwandlung trat ein, das wußte Wallis. Schon im vergangenen Jahr hatte er unten an der Golfküste ein paar solche Ölfelder entdeckt und jedesmal ein Reißen im Innern verspürt: eine Erregung, bei der jede Faser in ihm Teil von etwas Größerem, zuvor Verborgenem wurde.

In den Tagen vor Matthews Eintreffen beobachtete Mel, wie der Mond zunahm, denn sie wußte, daß er kurz nach dem Vollmond kommen würde. Sie begann, an Übelkeit und Migräne zu leiden. Zunächst waren es nur leichte Anfälle, die erst die Sehkraft von einem und dann von beiden Augen beeinträchtigten, doch dann wurden sie immer schmerzhafter und breiteten sich bis zu den Schläfen und hinter die Augen aus, als schlügen sie in ihrem Schädel Wurzeln. Und dann dachte sie, daß sie wieder glücklich sein und Ruhe und Frieden haben würde, wenn bloß die Kopfschmerzen weggingen; doch sie wußte auch, daß die Schmerzen nur von ihrer mangelnden Ruhe und Freude herrührten. Es war, als hätte sie jemand in einen spiralförmigen Trichter gestoßen, oder sie wäre selbst hineingefallen, wie eine Ameisenlarve im Rüssel eines Ameisenbären verschwindet.

In den Nächten, wenn die Migräneanfälle nachließen, schmiegte sie sich eng an Wallis. Wer hätte gedacht, daß es so schwer war, Frieden zu finden, wo sie doch schon so lange danach suchte? Sie schliefen weiter an allen möglichen Orten und in allen möglichen Stellungen miteinander, als wollten sie ein Gebäude errichten und begännen mit den Außenmauern.

Er fragte sie, ob sie Verhütungsmittel nehme. Sie sagte, sie glaube nicht, daß etwas passieren könne, daß es sonst wohl schon längst passiert wäre.

»Wir haben immer versucht zu verhüten«, sagte sie über ihre Zeit mit Matthew, »aber manchmal haben wir nicht richtig aufgepaßt. Zuerst haben wir gedacht, es wäre bloß Glück, daß ich nicht schwanger wurde, doch dann haben wir nicht mehr geglaubt, daß es je passieren könnte.« Sie legte die Hand auf ihren nackten Bauch. »Komisch«, sagte sie. »Old Dudley war kaum zeugungsfähig. Ich bin alles, was er zustande gebracht hat, und das auch nur mit viel Glück, ich wog bei der Geburt nur drei Pfund. Und jetzt liege ich hier und bin nicht gebärfähig.

Ab und zu ist meine Periode ein- oder zweimal ausgeblieben. Aber ich glaube nicht, daß ich wirklich schwanger war. Ich denke, es war bloß eine Pause. Ich glaube, mein Körper hat das, was Matthew und ich zusammen gemacht haben, einfach geschluckt. Es *verzehrt.*« Sie lachte trocken. »Ich bin sicher, daß es an mir lag, nicht an ihm. Ich bin Dudleys Tochter. In mir fließt sein Blut, ich habe seine Fehler. Zumindest ein paar davon. Die meisten.« Sie setzte sich auf und schlang die Arme um Wallis. »So schützt sich die Welt. Was wäre denn, wenn ich einen Jungen zur Welt bringe, und die ganze Sache geht von vorne los?« Sie schüttelte den Kopf. »Es liegt an mir. Ich bin das Ende der Fahnenstange, die letzte meiner Sippe. Gott sei Dank. Wir brauchen keine Nachkommen von Old Dudley. Das hat die Welt zu ihrem Schutz so eingerichtet.«

Sie legte sich wieder hin und schmiegte den Kopf an Wallis' Brust. Ihr fiel das erste Mal ein, als sie und Matthew gedacht hatten, sie könnte schwanger sein; es war schon lange her. Ihre gemischten Gefühle – Angst und zugleich Freude. Das Kind wäre jetzt achtzehn, schon Mann oder Frau, schon unabhängig.

Der Mond war silbern und bauchig, am nächsten Tag würde Vollmond sein; durch seine Unförmigkeit sah er bereits jetzt voll aus. Sie betrachteten ihn durchs Fenster und legten sich in sein Licht, badeten in seinem Strahl, als wäre er nicht etwas Unpersönliches, sondern hätte sie ausgewählt.

Sie hörten draußen ein wütendes Knurren und ein Krachen und gingen zum Fenster. Von dort sahen sie die runde, pelzige Silhouette eines Vielfraßes auf dem Dach des Räucherhauses, der an den Dachschindeln herumzerrte. Der Mond stand direkt hinter ihm, beleuchtete die feinen Spitzen seiner langen Fellhaare, so daß sie wie Glühfäden aussahen, und schuf eine Aura aus Licht, die jede seiner Bewegungen umgab.

Der Vielfraß spürte, daß sie ihn beobachteten, drehte sich um und starrte sie wütend an. Er hatte eine abgerissene Dachschindel im Maul und kaute darauf herum, als wollte er den Knochen eines Wapitis knacken, dann spie er die Splitter aus und begann wieder, am Dach zu kratzen und zu zerren. Als Wallis das sah, war er froh, daß der Vielfraß ins Räucherhaus und nicht in die Hütte einzudringen versuchte.

»Mach dir keine Sorgen«, sagte Mel, »er kommt nicht rein. Ich hab alles mit Stahlplatten und Eisenstangen verstärken lassen. Wenn er so weit kommt, gibt er auf.«

Sie gingen wieder ins Bett und lagen da, sanken, die Arme locker umeinandergeschlungen, langsam wieder in den Schlaf, und der Lärm, den der Vielfraß draußen machte, legte sich über sie und umhüllte sie wie das Gemurmel eines stetig rieselnden Baches.

Fest gewordenes Sonnenlicht.
Kohle und Kohlenflöze.

Ich sitze an diesem bitterkalten Winterabend vor meinem warmen Feuer und beobachte, wie die Flammen auflodern und in der Zugluft flackern, die in den Kamin steigt. Hier herrscht Behaglichkeit – hier herrscht Frieden. Wie der stürmische Wind vor den Fenstern heult, während ich die lebensrettende Wärme genieße. Die anderen Kinder, die Insassen – drüben beim Krippenspiel. Die Frauen – keine da. Seltsam ist diese Kohle, dieses brennbare Gestein, wunderbar und voller Geheimnisse. Diese Wärme entsteht durch Verbrennung. Dieses Gestein brennt. Das, was verbrennt, ist im wesentlichen Kohlenstoff oder Kohlenwasserstoff. So ist es bei Petroleum, bei Gas und auch bei Kohle. Die Quelle für ungebundenen Kohlenstoff liegt in der Pflanzenwelt. Unsere Karbonate, wie Kalkstein, enthalten Kohlenstoff; doch der ist mit Sauerstoff verbunden; er ist bereits zugeordnet und nicht frei, kann also nicht verbrannt werden.

Die Kohle muß größtenteils aus freiem Kohlenstoff bestehen, vermutlich mit etwas Kohlenwasserstoff vermischt. Der Kohlenstoff in der Holzkohle brennt ohne leuchtende Flamme und ohne Rauch. Der Kohlenwasserstoff in Petroleum und Leuchtgas brennt mit heller Flamme. Es handelt sich um Kohlenstoff, der mit flüssigem, gasförmigem oder vielleicht auch pechhaltigem Kohlenwasserstoff gesättigt ist. Auf jeden Fall läßt sich der Ursprung des Kohlenstoffs ins Pflanzenreich zurückverfolgen.

Wenn wir uns einen Kohlehaufen näher ansehen, werden wir wahrscheinlich einige Anzeichen von pflanzlichem Gewebe entdecken. In dem Schiefer, der manchmal an den Kohlebrocken klebt oder sich mit der Kohle vermischt hat, gibt es Abdrücke von Farnwedeln. In einem Bergwerk finden wir sogar die Stämme kleinerer Bäume im Schiefer über der Kohle und manchmal auch in der Kohle selbst eingebettet. All das spricht dafür, daß die Kohle einen pflanzlichen Ursprung hat. Wenn wir weitersuchen würden, fänden wir Pflanzenspuren, die unserem Schachtelhalm oder Bärlapp ähnlich sind. So erscheint der Schluß durchaus gerechtfertigt, daß die Kohle, die im Kamin lodert und tanzt, einmal ein blütenloser, in uralter Erde verwurzelter Baum war, der seine grünen Blätter der Sonne entgegenstreckte und die Kohlensäure aus der Atmosphäre zersetzte, den Kohlenstoff in seinem Gewebe speicherte und den Sauerstoff freisetzte.

Also schien die Sonne schon vor langer Zeit. Die Pläne für den Aufbau der Pflanzen und die Kräfte des Pflanzenwuchses existierten bereits. Wie lange haben diese Pläne überdauert! Wie unvergänglich sind die Ideen, die in diesen Plänen verkörpert sind! Der Baum stand aufrecht in der Erde; er nahm durch seine Wurzeln Wasser auf und streckte seine Blätter in die urzeitliche Luft. Sein Stamm und seine Blätter waren wie beim heutigen Farn aus Fasern und Zellen aufgebaut. Die Sonne regte ihn zum Leben an. Die Sonnenwärme verlieh ihm die Kraft, seine Funktionen zu erfüllen. Das Sonnenlicht und die Wärme wurden in Stamm, Blätter und Gewebe umgewandelt.

Wie sehr sich die Vegetation inzwischen auch verändert haben mag, der ausgeschiedene Kohlenstoff existiert noch immer; es ist dasselbe umgewandelte Sonnenlicht wie vor Millionen von Jahren. Es ist uraltes Sonnenlicht, das seit einer Ewigkeit wie ein Schatz eingeschlossen und in der Erde vergraben ist. Hier, in dieser Flamme, nimmt das Gewebe wieder seine urzeitliche Form an – es verwandelt sich wieder in Kohlensäure und vermischt sich mit der Atmosphäre, aus der es herausgezogen wurde. Hier, in dieser Flamme, tritt die alte Wärme wieder auf; es ist die Wärme der Sonne, die im Karbon geschienen hat. Hier, in dieser Flamme, wird das alte Sonnenlicht zurückgewonnen; es ist dasselbe Sonnenlicht, das vor langer Zeit in Pflanzenzellen gebunden wurde. Es ist eingeschlossenes Sonnenlicht, das nach langer Gefangenschaft freigelassen wird. Es ist das schwindende Sonnenlicht aus einer Zeit, in der seine Segnungen noch nicht erkannt wurden, in der es gespeichert und für eine Periode aufbewahrt wurde, in der der Mensch auf der Erde leben, seinen Nutzen erkennen und es zur Quelle äußersten Wohlbefindens und hoher Zivilisation machen würde.

Es gibt verschiedene Arten von Kohle; sehen wir sie uns einmal an. Du wirst lächeln, lieber Leser, wenn ich dir sage, daß die Mine deines Bleistifts im wesentlichen aus Kohlenstoff besteht. So ist es aber. All deine Bleistiftstriche sind genaugenommen »Kohlezeichnungen«.

Wie lange es also dauert – Jahrtausende! –, bis eine gute Zeichnung von Menschenhand entsteht. Unzählige Gebirge erheben sich und werden wieder abgetragen, um einen Graphitstift, einen Bleistift wie den in meiner Hand hervorzubringen. Wozu wurde die Welt erschaffen, wenn nicht dazu, daß wir sie verschlingen?

Die Steinmauer tauchte langsam wieder auf. Es war eine Wonne, die Steine wieder zu sehen, etwas anderes als Schnee, etwas von der Erde zu Gesicht zu bekommen. Manchmal gingen die Leute zur Mauer hinunter, bloß um sie anzuschauen, und wenn die Sonne schien, setzten sie sich vielleicht und starrten die schönen Steine an – grau, rot und gelb, und *Steine*, bei Gott, kein Schnee –, und dann beobachteten sie, wie das Schmelzwasser in kleinen Rinnsalen aus dem Schnee oben auf der Mauer rieselte. Die Mauer glitzerte. Das Sickerwasser fror nachts wieder und überzog die freigelegten Steine mit einer dünnen Glasur, doch wenn am nächsten Tag die Sonne schien, glitzerte die Mauer wieder, als ob sie weinen würde, und den

Talbewohnern kam es in dem hellen Märzlicht so vor, als wären es Freudentränen; und dann sehnten sie sich nach der Zeit, wenn der Schnee weggeschmolzen sein würde und sie ihre Arbeit an der Mauer wiederaufnehmen und sie ausbessern konnten, wo der Frost oder das Dehnen und Reißen der Erdkruste sie beschädigt hatten.

Die Mauer war für sie längst kein Symbol oder Ausdruck irgendwelcher territorialen Bestrebungen mehr. Sie legte keine Grenzen fest, machte keine Ansprüche geltend. Sie war bloß ein ordentliches Gefüge, ein Werk von Dauer. Eine Huldigung an die Schönheit gleich hinter und über der Mauer – an die Berge selbst –, und die Leute merkten, daß sie es kaum mehr erwarten konnten, sich ein weiteres Jahr mit Leib und Seele in die Arbeit zu stürzen.

Obwohl es erst etwas mehr als dreißig Jahre her war, seit Matthew sich zum erstenmal damit beschäftigt hatte, hatten jetzt schon drei Generationen der Familien im Tal an der Mauer gearbeitet, und bald würden es vier und dann fünf sein – so lange, wie die Leute im Tal Augen, Hände und einen kräftigen Rücken hatten. Vor nicht allzu langer Zeit hatte sich sogar eine alte Frau beteiligt, die in ihren letzten Lebensjahren blind und damals schon älter gewesen war als Helen jetzt.

Sie hatte im Mittagslicht gern auf der Veranda der Bar gesessen, ein kaltes Bier getrunken und den Geräuschen in der Stadt und den Sommerschwalben gelauscht, die oben unterm Dach nisteten. Ein paar Lieferwagen und Jeeps, die vorbeifuhren, der anschließende Geschmack und Duft des Straßenstaubs, und sie hatte gelauscht, wie die anderen Talbewohner sich mit den Steinen abmühten – das Herabknallen der Ladeklappen, das Knirschen und Poltern der Steinplatten und -brocken –, und war die Straße entlang und dann durch den Wald zu der Stelle gegangen, wo der Lärm herkam.

Sie hatten sie kommen sehen und ihr ein paar abgewetzte Handschuhe gegeben, damit sie ihre gichtigen Hände und ihre ausgedörrte Haut schützen konnte, hatten sie mithelfen lassen, und sie hatte auf der Ladefläche des Lieferwagens nach einem viereckigen Stein von der richtigen Größe getastet, den sie mit beiden Armen umschlingen und hochheben konnte; und dann hatte sie gelauscht und ihn auf wackligen Beinen, mit winzigen Schritten dorthin geschleppt, wo die anderen Steine aufgestapelt wurden.

Wenn sie das Ende der Mauer erreicht hatte, setzte sie ihren Stein ab, um sich keuchend, ganz verschrammt vom Schleppen des Steins auszuruhen, und tastete mit behandschuhten Händen ab, wie die Steine in der Mauer angeordnet waren – die Art und Form und Größe der Steine, die bereits dalagen, nicht durch Zement, sondern durch ihr Gewicht und ihre Lage zusammengehalten –, und nachdem sie alles anscheinend ganz unsystematisch untersucht, nur aufs Geratewohl abgetastet hatte, hob sie ihren Stein wieder auf. Sie benutzte ihre Hüfte als Hebel und schob den Stein an die gewünschte Stelle, wo er stets genau paßte und nicht nur sein eigenes Gewicht trug, sondern auch die ringsum liegenden Steine stützte, und die anderen Steineschlepper staunten stets, wie sie diese passende Stelle finden konnte, da sie im Gegensatz zu ihnen nicht den scheinbaren Vorteil hatte, zu sehen, wieviel Platz zur Verfügung stand.

Schon ein oder zwei Steine stellten die alte Frau zufrieden, und anschließend ging sie zum Fluß hinunter, badete in einiger Entfernung von den anderen und kehrte dann zur Bar zurück – der verschrammte Arm brannte noch, war jetzt aber sauber –, um noch ein Bier zu trinken. Die Sonne stand inzwischen tiefer und war nicht mehr so warm, doch sie wartete, bis die letzte Wärme sich verflüchtigte und die Steineschlepper wieder in die Bar kamen, um etwas zu trinken. Deren Rückkehr und das Heulen der Wölfe, die anderen Geräusche und die Art der Stille sagten ihr, daß es Abend war. Eine Weile lauschte sie den Geräuschen und ging dann im Dunkeln nach Hause, die Knochen müde vom Steineschleppen, doch innerlich von etwas Neuem, Ganzem erfüllt, und ihr fiel ein, wie sie als Kind abends denselben Weg entlanggelaufen und -gehüpft war.

In den folgenden Tagen heilten die Schrammen an ihren Armen und verwandelten sich in winzige Schorfflecken, in kleine Hubbel, und sie befingerte sie in der warmen Sonne und erinnerte sich genau an die ein, zwei Steine, die sie in die Mauer geschoben hatte, und an ihre Lage zwischen den anderen.

Niemand hatte gewußt, wie alt sie war – bei ihrem Tod hieß es, sie sei 108 gewesen –, und sie hatte sich von Joshua keinen Sarg bauen lassen, sondern darum gebeten, daß man sie wie einen Indianer in den Bäumen bestattete. Man hatte ihr den Gefallen getan, und ihre Knochen lagen noch immer irgendwo dort draußen und fingen den Wind ein.

Die Sonne fing die Steine ein, und die Steine fingen die Sonne ein und speicherten jeden Tag ein bißchen mehr Wärme, so daß die Sonne einer Pflanze glich, die ihre Wurzeln horizontal durch die Mauer trieb, einer Pflanze, die die Mauer mit dünnen Wärmefingern allmählich packte und umklammerte. Langsam kamen immer mehr Steine zum Vorschein, als ob sie Feuer gefangen hätten.

In den Mauerritzen regten sich Salamander; an den Tagen, wenn die Sonne direkt auf die Steine fiel, schlängelten sie sich zwischen ihnen hindurch und lugten träge hervor. Sie krochen blinzelnd aus den feuchten Mauerspalten und brachten sich dann wieder in Sicherheit. Ein paar waren schwarz wie Ebenholz; andere waren mit smaragdgrünen Spiralen und dunkelroten Blütenmustern gezeichnet. Goldene Lichtzacken zogen sich über ihren Bauch, und ein paar hatten rote Masken. Während des Winterschlafs fror die Feuchtigkeit in ihrer Haut, und im Frühling taute alles wieder auf. Im Schlaf bildeten sich selbst in ihrem Blut Eiskristalle, doch jetzt gähnten sie und streckten sich wie Bärenjunge, waren gereinigt, und ihr Blut floß wieder dunkelrot.

Junge Schnee-Eulen, die von den Schneestürmen über die Grenze gejagt worden waren, brachen langsam wieder nach Norden auf. Manchmal tauchte auch eine ausgewachsene auf und jagte Schneeschuhhasen, doch meist verschlug es sie nur zufällig in das Tal: wenn sie sich verirrten oder ein Sturm sie nach Süden trieb.

Eines Tages hob Mel eine der Steinplatten an und schaufelte eine Handvoll von den regenbogenfarbenen Salamandern auf, um sie Wallis zu zeigen. Als er kein großes Erstaunen zeigte, fiel ihr ein, daß er, genau wie Matthew und ihr Vater, farbenblind war. Sie fragte sich, ob sie in ihrem nächsten Leben einen Mann lieben würde, der Farben richtig erkennen konnte. Eine Landschaft ohne Farbe fand sie so schön wie jeher – eine Schnee-Eule, die durch das Schneetreiben flog und den schlaffen Körper eines Schneeschuhhasen trug, so daß man bloß die Augen der Eule und die leuchtendroten Blutstropfen auf der Brust des Hasen sah – alles andere farb- und lautlos. Die Haine weißborkiger, blattloser Espen, ebenfalls im Schneetreiben, oder die Erinnerung an weiße Schwäne, die vorüberflogen, schwarze Wölfe, schwarze Raben, Schwarzbären und die verkohlten Baumstümpfe nach den alljährlichen Bränden im Sommer, die auf den Schnee des nächsten Winters warteten – das Schwarz schien das Weiß hervorzurufen und umgekehrt …

Doch jene winzigen Ansammlungen kräftiger Farben, das überwältigende Schillern der Salamander, das grelle Leuchten einer gelben Tangare im Sommer, die Woge der Wildblumen, die rasch über das Land rollte und dann verschwand, das orangefarbene Kernholz eines vermodernden Baumstamms, das kurze Erglühen der Flechten nach dem Regen – diese flüchtige, kurzlebige Welt der Farben gleich neben dem vertrauten Schwarz und Weiß, dieser Farbenschock gab Mel jedesmal das Gefühl, als hätte man einen Teil von ihr aufgerissen und ihr eine größere Empfindsamkeit gegeben.

Die Wiederkehr der Farben fühlte sich wie eine Erfrischung oder Reinigung an, und sie stellte sich vor, daß sich die Salamander im Frühling, wenn die Eiskristalle in ihrem Blut schmolzen, so ähnlich fühlen mußten. Eine Art Sprudeln oder Prickeln in Mels eigenem Blut – ein Gefühl wie Jugend oder Gesundheit, wie Vitalität oder Liebe.

»Du kannst gar nichts davon sehen?« fragte sie Wallis und drehte einen der Salamander, so daß die Sonne auf seinen Bauch fiel und er in einer anderen Farbe schillerte.

Wallis schüttelte den Kopf. »Ich kann alle Muster sehen«, sagte er. »Aber nicht die Farben.«

Enttäuscht, ja mit einem Gefühl der Einsamkeit, doch fest entschlossen, dieses Prickeln mit irgendwem zu teilen, legte sie alle Salamander bis auf einen unter den Stein zurück und nahm den einen mit in die Schule, um ihn den Schülern zu zeigen.

Der Mond begann wieder abzunehmen. Matthew überquerte den Paß am siebzehnten März, kurz vor den Gänsen. Der Mietwagen blieb mehrere Kilometer vor dem Gipfel stecken, doch er fertigte aus Tannen- und Fichtenzweigen ein Paar primitive Schneeschuhe an und schnitt seine Aktentasche mit dem Taschenmesser in schmale Streifen, um daraus Bindungen und Gurte zu machen. In der Nacht – der abnehmende Mond war flüchtig hinter einem leichten Schneetreiben zu sehen – überquerte er den Paß. Sobald er im Tal angekommen war, konnte er sich wie ein Blinder an der Steinmauer entlangtasten und der Straße in die Stadt folgen.

Er blieb oft stehen, um sich auszuruhen und sich gegen den Durst Schnee in den Mund zu stopfen – als Handschuhe trug er Socken –, und er fühlte sich müde und kam sich dumm vor, weil er einmal geglaubt hatte, seine große Kraft und Ausdauer würden nie nachlassen.

Jetzt taten ihm die Knie weh, seine Beine waren müde, und er verspürte ein Ziehen im Rücken, doch vor allem hatte er nicht mehr diesen unaufhaltsamen Vorwärtsdrang. Hauptsächlich diesen Umstand, diese geistige Müdigkeit, sah er als Trägheit und schlimmste Charakterschwäche an. Eine, die wie eine ansteckende Krankheit weitere Schwächen nach sich ziehen konnte.

Sein ganzer Körper ließ ihn im Stich: nicht daß er zusammenbrach, aber es geschah etwas Heimtückischeres und Schlimmeres. Verknöcherungen in den Zehengelenken. Erstmals Herzflattern, wenn er einen Berg hinaufstieg. Verstärkte Weitsichtigkeit. Die übliche Litanei der mittleren Lebensjahre, und er war sogar zu müde, um sich darüber aufzuregen. Er nahm es hin wie alle anderen Männer vor ihm, mit stillem, unterdrücktem Zorn, kümmerte sich kaum darum, als ob es nicht wirklich passieren würde, als ob seine abnehmende Kraft bloß ein Traum wäre und er sie bald in vollem Ausmaß wiedererlangen würde.

Ein Waldhuhn sprang vor ihm aus dem Schnee auf und flatterte schnell davon. Matthew erschrak so sehr, daß sein Herz noch eine Weile raste und er das Adrenalin gallebitter und verbraucht im Rachen schmeckte. Als es schließlich in die Muskeln zurückfloß, fühlten sich seine Beine wacklig an, und er mußte sich auf die Steinmauer setzen und ausruhen. Es erstaunte ihn, wie ein Ort, der einmal sein zweites Zuhause gewesen war, ihm plötzlich so fremd sein, wie etwas, das ihm einmal so vertraut gewesen war, ihm jetzt Angst einjagen konnte. Eine ebenso beunruhigende Erfahrung, als würde er an einem Spiegel vorbeigehen und beim Anblick seines eigenen Abbildes aus unbeschreiblicher Angst aufschreien, weil er es im ersten Moment nicht erkannte.

Jedes Jahr im März war es dasselbe, doch es wurde immer schlimmer: Ihn überkam grenzenlose Verzweiflung, während Dudley ihm immer härter zusetzte, er selbst immer größere Anforderungen an sich stellte und sich immer weiter von dem Tal entfernte. Obwohl sein Verstand ihm sagte, daß es ein Leiden war, das von der Jahreszeit abhing, daß er im März eigentlich weiter nach Süden fliehen müßte, zog es ihn jedesmal unwiderstehlich nach Norden, zu Mel und in das Tal.

Es überkam ihn wie ein Fieber. Sein Kopf schien anzuschwellen, und er verspürte stets ein dumpfes Pochen und einen Druck an den Schläfen. Er verlor jegliches Verlangen: Appetit, Sex, Freude,

Schmerz. Traurigkeit erfüllte ihn, drang langsam in ihn ein wie ein dunkler Fluß. Geräusche hörte er nur noch gedämpft, er verlor das Gefühl in den Zehen und Fingerspitzen, und sein einst scharfer Geruchssinn ließ ihn im Stich.

Später, wenn seine Depressionen zunahmen, ihn gnädig in eine Art Bewußtlosigkeit fallen ließen, konnte er nicht mal mehr deutlich sprechen und dann gar nicht mehr sprechen oder denken, so daß jeder, der sich mit ihm unterhalten wollte, sicher war, es mit einem Trottel zu tun zu haben.

Kurz bevor er das Bewußtsein verlor (manchmal fiel er einfach um, als hätte ihm jemand mit einem Vorschlaghammer auf den Kopf geschlagen), empfand er einen schrecklichen Haß auf sich selbst. Dann glaubte er plötzlich, daß alles, was er geleistet hatte – die Hunderte von Ölfeldern, die er entdeckt hatte –, nichts wert war, weniger als nichts. *Merde*, dachte er – französisch für Scheiße –, *morir* – spanisch für sterben –, *mordant*, Sprachen, Bilder und Erinnerungen sprudelten aus ihm hervor, während in seinem Gehirn eine Art Kurzschluß ausgelöst wurde, der ihn in jenen sinnlosen Dämmerzustand versetzte. Und als er dort oben, kurz hinter dem Paß, mit gesenktem Kopf auf der Steinmauer saß, die er vor so langer Zeit gebaut hatte, und der Schnee ihn unter sich zu begraben drohte, hatte er in einem seiner letzten lichten Momente die Offenbarung, daß ihm sein Leben entglitt, daß er wirklich versuchen mußte, die Beziehung mit Mel wieder in Ordnung zu bringen und wieder ein gemeinsames Leben mit ihr zu führen, und er hob den Kopf, blickte mit fiebrigem Gesicht in das Schneegestöber und spürte, wie bei dem Gedanken an Mel und eine gemeinsame Zukunft mit ihr Hoffnung, ja sogar Freude aufkam.

Noch eine Bohrung, sagte er sich, noch ein großes Ölvorkommen. Bloß noch eins, um es aus seinem Körper zu spülen.

Er dachte daran, wie glücklich sie über seinen Entschluß sein würde, über sein Geständnis, daß er völlig ausgelaugt und müde war, daß ihr Vater ihn gedemütigt, gefügig gemacht, verschlissen hatte.

Er erhob sich mit steifen Knochen von seiner Mauer und ging den Berg hinunter.

Kurz vor Tagesanbruch traf er in der Stadt ein, schneebedeckt wie der sagenumwobene Schneemensch. So leise war er, daß kein Hund ihn sah oder hörte. Er konnte es kaum erwarten, Mel zu sehen und zu berühren, ihr die Neuigkeiten zu erzählen, doch seine Füße trugen ihn nicht mehr.

Er stapfte in seinen kaputten behelfsmäßigen Schneeschuhen auf Helens Veranda. Helen hatte von ihm geträumt, hatte oben neben dem Fenster in ihrem Schaukelstuhl gesessen und darauf gewartet, daß er an ihrem Haus vorbeikam; und als sie seine stampfenden Schritte auf der Veranda und das Klopfen an der Tür hörte, wußte sie, wer es war, eilte glücklich die Treppe hinunter, ließ ihn herein und umarmte ihn wortlos, außer sich vor Freude, daß er zuerst zu ihr gekommen war.

Er erwachte in einem trüben Licht; es schneite und duftete nach Frühstück. Helen betrachtete ihn lächelnd. Er wußte, daß er Glück gehabt hatte, noch einmal aufgewacht zu sein. Wenn er das nächste Mal einschlief, würde er vor dem Frühling nicht wieder wach werden, und er unterhielt sich mit ihr, wie jemand, der die Maske eines anderen trug, plauderte über die Arbeit, über Orte, an denen er gewesen war, und Dinge, die er gesehen hatte, und die ganze Zeit spürte er, wie seine Seele sich aus seinem Körper erhob wie der Rauch von einem abgebrannten Streichholz.

Seine Worte schienen erst mit großer Verzögerung an sein Ohr zu dringen, so daß er mehrmals den Eindruck hatte, ein Selbstgespräch zu führen, und er wußte nicht einmal genau, ob er sich bei dem, was er ihr sagte, der englischen Sprache bediente. Nur Helens Lächeln und Nicken verschafften ihm die Gewißheit, daß seine Worte für sie einen Sinn ergaben.

Als sie nach oben ging, um die Fotoalben zu holen, nutzte er die Gelegenheit, um seinen Teller mit nach draußen zu nehmen und die

Essensreste in den Schnee, auf ihr Gartenbeet zu streifen. Er scharrte Schnee über das weggeworfene Essen – Wapitiwurst, gebratenes Wild, Kartoffeln, Toast und Eier – und stand einen Augenblick lang da, durch die schändliche Verschwendung seltsam entspannt und beruhigt. Im Mai oder Juni, wenn der Schnee geschmolzen war, konnte sie vermutlich nicht mehr erkennen, was er getan hatte, und er dachte daran, wie das Fleisch den Boden anreichern und ihr Gemüse besser wachsen würde und was für eine unheimliche Metamorphose das war: Hirschfleisch, das in pflanzliche Materie verwandelt wurde, statt umgekehrt. Er fragte sich, was für Gemüsepflanzen so ein Garten, gedüngt mit Rothirsch- und Wapitifleisch statt mit einem Kompost aus Blättern, hervorbringen würde.

Er lief wieder ins Haus, stellte seinen Teller ins Spülbecken, spülte ihn ab, setzte sich dann neben das Feuer und bemühte sich, wach zu bleiben.

Helen kam mit drei großen Alben wieder nach unten: Säuglingsalter, Kindheit und frühes Mannesalter. Er hatte eine schreckliche Angst, daß er beim Betrachten der Bilder einschlafen und erst im April wieder aufwachen würde. Das einzige, was er noch mit Leib und Seele wußte, war, daß er nach Hause zu Mel kommen mußte, daß er sich in ihr Bett, in seine Hütte legen mußte, als würde er sich in eine glatte Steinhöhle schmiegen, um geheilt zu werden; daß die Hütte der einzige Ort, das einzige war, wo er noch hinpaßte. Wenn er es vor seinem Zusammenbruch nicht bis dorthin schaffen würde, dann würde er sich bestimmt in Luft auflösen und verschwinden.

Er bemühte sich mit aller Kraft, wach zu bleiben, während Helen die Seiten umblätterte. Es war, als würde er eine schwere Last schultern: die Last des Schlafes, der ihn langsam überwältigte. Er versuchte, den Ofen mit den bloßen Fingern zu berühren, versuchte, zuzuhören und nicht nachzugeben.

Eine Seite mit ein paar Locken von seinem ersten Haarschnitt. Bis zu seinem fünften oder sechsten Lebensjahr war sein Haar so weiß gewesen wie das von Mel jetzt. Weiß wie Baumwolle.

Bilder von ihm beim Angeln, Schwimmen, Kanufahren; Bilder von ihm auf allen vieren, beim Erdbeerenessen im Garten, wo er sie direkt von den Pflanzen pflückte. Ungetrübtes Glück. Helens Hand lag jetzt auf seinem Rücken.

Sie sagte all das, was jede Mutter sagt. »Du warst so ein süßes Baby. Kaum zu glauben, wie *klein* du warst. Kommt mir vor, als wär's erst gestern gewesen.«

Selbst in seinem Fiebertaumel sah Matthew, wie glücklich es sie machte, bloß mit ihm am Feuer zu sitzen und zugleich in Gegenwart und Vergangenheit zu leben. Ihre Freude war für ihn ein absolutes Rätsel.

Er gähnte und streckte die Hand aus, um den Ofen noch einmal zu berühren; er ließ sie einen Augenblick dort liegen, bevor er sie zurückzog.

Als sie die Alben alle durchgesehen hatten, erzählte sie ihm von Danny. Das versetzte ihm einen kurzen Stich, doch er verspürte keine wirkliche oder tiefe Trauer. Er wußte, daß sie das betrüben würde, also log er sie an, um seine Gleichgültigkeit, seine Gefühllosigkeit zu verbergen.

»Das hab ich erwartet«, sagte er kopfschüttelnd, »ich hab da so eine Vorahnung gehabt.«

Helen erzählte ihm von der Beerdigung und fragte, ob er die Straße überqueren und das Grab besuchen wolle. »Nein«, sagte er oder glaubte es zu sagen. »Später. Ist noch zu früh. Ich bin noch nicht bereit.« Er versuchte, sich Dannys Gesicht und seine Art ins Gedächtnis zu rufen, doch ihm fiel bloß ein, daß er der Besitzer der Bar gewesen war. Matthew wußte, daß er bald aufbrechen mußte und daß er es selbst dann vielleicht nicht bis zu Mel schaffen würde, doch er mußte es versuchen.

Helen protestierte und überlegte, wie sie ihn aufhalten konnte, wollte ihn vor der frischen Liebe zwischen Mel und Wallis warnen, fand aber nicht die richtigen Worte, und ihn jetzt zurückhalten zu wollen war wie der Versuch, fließendes Wasser mit bloßen Händen festzuhalten. Sie lieh ihm ihre Schneeschuhe und einen Mantel, und er küßte sie noch einmal und lief stolpernd zur Tür hinaus. Und als er im Schnee verschwand, sah sie ihn einen Augenblick lang so, wie er war – ein Mann in mittlerem Alter, kein richtiger Naturmensch, kein richtiger Geschäftsmann, nichts Besonderes mehr –, doch dann verschluckte ihn der Schnee, und in seiner Abwesenheit konnte sie wieder einen starken und widerstandsfähigen Helden aus ihm machen. Sie packte die Alben zusammen und brachte sie wieder nach oben, doch auf der Treppe mußte sie dreimal stehenbleiben, um Atem zu schöpfen. Ihr schwaches Herz hämmerte gegen ihre Rippen wie ein Goldspecht gegen einen morschen Baumstamm.

Knapp zweihundert Meter vor der Hütte brach er zusammen. Die Hütte war noch nicht in Sicht, doch er erkannte den Pfad wieder und konnte den Rauch des Feuers riechen. Atemlos und leicht fiel er vornüber. Er kannte völlige Schwäche, völlige Hilflosigkeit und verspürte ein tiefes, anhaltendes Bedauern, als er mit dem Gesicht voran im Schnee versank, denn er wußte, er würde nicht wieder aufstehen. Er pißte sich in die Hose, lag eine Weile reglos und warm da, und dann verdunkelte sich die Welt ringsum. Doch diesmal empfand er angesichts seiner Unvollkommenheit weder Trauer noch Bedauern: Es herrschte eine so tiefe Dunkelheit, daß es darauf keine Antwort gab. Sie verschluckte ihn einfach, und er zog den Kopf ein und schlief wie ein Vogel, der den Kopf unter den Flügel gesteckt hat.

Colter entdeckte ihn zwei Stunden später; er hatte nach Geweihen gesucht, war auf Matthews torkelige Fährte gestoßen und war den schwachen Spuren bis an ihr Ende gefolgt. Auf Matthews gekrümmtem Körper lagen ein paar Zentimeter Schnee, und Colter grub ihn aus, zerrte den schlaffen Körper so weit hoch, daß er sich die Arme über die Schultern legen konnte, und wankte dann die letzten Meter bis zur Hütte, wobei er mehrmals hinfiel, aber immer wieder aufstand.

Mel und Wallis hörten den Lärm und schauten nach, was los war. Zuerst glaubten sie, der Vielfraß sei zurückgekehrt, und als Mel Matthews blaugefrorenes Gesicht und seine weißen Lippen sah, schrie sie auf. Wallis war zunächst erleichtert, daß Matthew in einem so schrecklichen Zustand war, so geschwächt. Er wollte dagegen ankämpfen, mußte aber bestürzt feststellen, daß die Erleichterung sich sogar in Freude verwandelte. Er befürchtete, daß diese Kleinlichkeit darauf zurückzuführen war, daß er Old Dudleys Notizen gelesen oder daß der harte Winter ihn verändert hatte.

Sie brachten Matthew, der auf jeden Fall stank wie ein Vielfraß, in die Hütte und legten ihn vor den Kamin. Sie zogen ihm die Kleider aus, trockneten ihn ab, hüllten ihn in Handtücher und rieben seine Hände und Füße, damit sein Blutkreislauf wieder in Gang kam. Er hatte nur noch einen Puls von zweiunddreißig Schlägen; seine Körpertemperatur betrug dreiunddreißig Grad. Sein Blick war ganz starr. Doch das Feuer und ihre Fürsorge wärmten ihn langsam, sein Puls stieg auf über vierzig Schläge, und seine Pupillen weiteten sich. Als seine Körpertemperatur sich langsam wieder einpendelte, begann sein Atem wieder kleine Dampfwölkchen zu bilden, und seine Finger und Augenlider zuckten im Traum.

Später setzte er sich auf, blickte sich kurz um und legte sich dann wieder hin.

Mel wusch ihn und zog ihn an, und sie trugen ihn ins mittlere Zimmer, wo er sich jedes Jahr von den Strapazen erholte. Sie zogen die Jalousien herunter, deckten ihn mit Wapitifellen zu und gingen dann in die strahlende Sonne hinaus, um Ski zu laufen. Mel lief allein in die Berge hinauf, um in aller Ruhe nachzudenken, und Colter und Wallis liefen ins Tal hinab, um wieder nach Geweihen zu suchen. Sie hatten das Gefühl, als wäre Matthew nicht freiwillig zurückgekehrt, als hätten sie ein wildes Tier eingefangen und aus den Wäldern in die Hütte gebracht, als hätten sie den Lauf der Natur geändert und als müßte er eigentlich immer noch in der Furche liegen, die er selbst gezogen hatte: mit dem Gesicht nach unten im

Schnee, einen halben Meter unter der Schneedecke und zweihundert Meter von der Hütte entfernt.

Ungeheuer aus einer verborgenen Welt.
Im Eis eingeschlossene, kraftstrotzende Behemoths.

In Nordsibirien hat man etwas Außergewöhnliches entdeckt. Die unwirtliche Gegend war einmal die Heimat von Elefanten, die ein tropisches Klima liebten. Erst seit hundert Jahren ist bekannt, daß ihre Kadaver in Sibirien in dickem Eis eingeschlossen sind. Den ersten entdeckte man am Ufer des Alazeja, der ins Nördliche Eismeer mündet. Der Körper stand noch aufrecht und war vollständig erhalten. Die Haut saß noch mit Haaren und Fell auf den Knochen.

Die berühmteste Entdeckung machte man 1799. Ein tungusischer Fischer namens Schumachoff suchte entlang der Küste des zugefrorenen Meeres nach Elfenbein. Er stieß auf eine dunkle, seltsame Gestalt, die tief in einem riesigen, durchsichtigen glazialen Eisblock eingeschlossen war. Er war nicht so neugierig, daß er die Sache näher untersuchte. Doch im Jahre 1801 war das Eis so weit geschmolzen, daß ein Teil des Kadavers freilag. Es war eins von den Tieren, deren Elfenbein an der zugefrorenen Küste verstreut lag. 1804 konnte der Tunguse zurückkehren und die Stoßzähne entfernen.

1806 fand Mr. Adams, der die Sammlung der Eremitage in St. Petersburg betreute, den Rest des Kadavers dort noch vor, wenn auch stark verstümmelt. Es sah so aus, als hätten die Jakuten ihre Hunde davon fressen lassen; und auch Bären, Wölfe, Füchse und Vielfraße hatten sich daran gütlich getan. So ließ man dieses kostbare Überbleibsel aus vorgeschichtlicher Zeit langsam dahinschwinden. Doch es ging der Wissenschaft nicht gänzlich verloren; das Skelett blieb erhalten. Man kaufte die Stoßzähne zurück und transportierte alles nach St. Petersburg, wo das Exemplar zur Zeit in der Eremitage aufgestellt ist.

1843 entdeckte Middendorf ein Mammut in so perfektem Zustand, daß der Augapfel noch immer in Moskau im Museum aufbewahrt wird.

Solche Mammuts gab es auch bei uns: in Alaska. Seine Stoßzähne sind wegen des Elfenbeins heiß begehrt. Diese Verwertung des Elfenbeins – von

Naturprodukten aus einer Zeit, in der es noch keine Zivilisation gab, die den Wert dieser Produkte einschätzen konnte – ruft uns wieder unsere Überlegungen zur Versteinerung von Sonnenlicht für eine verheißungsvollere Zeit ins Gedächtnis. All das blieb vor unserer bedeutungsvollen Ankunft ungenutzt.

Das große Originalskelett, das in St. Petersburg im Museum steht, wurde in Stuttgart unter der Anleitung von Dr. Fraas aus Knochen nachgebildet, die man in verschiedenen Teilen Europas gefunden hatte. Dr. Fraas wagte es, das ausgestorbene Mammut aus noch existierenden Haut- und Haarproben vollständig zu rekonstruieren. Professor Ward, der große Museumsgründer Amerikas, sah dieses gewaltige Mammut in dem Museum in Stuttgart und kaufte es.

Er transportierte es nach Rochester und ließ eine Nachbildung anfertigen, die monatelang im Ward Museum stand, wo ich mit zweiundzwanzig die Gelegenheit hatte, das Tier sorgfältig zu untersuchen. Kehren wir zurück und wiederholen den Besuch.

Sobald wir das Gebäude betreten, das man für das Tier errichtet hat, erhebt sich vor uns ein dunkler Fleischberg. Wir hatten uns auf die vertraute Größe eines Elefanten eingestellt, doch hier müssen wir den Blick höher erheben. Das ganze Denken muß sich weiten, um die riesige Gestalt zu erfassen, die sich vor uns auftürmt und dunkel und ernst auf uns herabschaut. Die Stirn des Ungeheuers erhebt sich wie eine alte Granitkuppel, die im Lauf der Zeit verwittert ist und sich dunkel gefärbt hat.

Vom Sockel der Kuppel senken sich zwei geschwungene Elfenbeinbänder herab wie Gletscherzungen, zwischen denen sich der gerippte und vorstehende Rüssel bläht. Reglos und gelassen steht die majestätische Gestalt da und wartet darauf, daß wir sie bestaunen und bewundern. Keine Bewegung, kein Laut, nichts kann sie aus der Fassung bringen.

Doch anders als ein unerschütterlicher Berg scheint diese Gestalt in Nachdenken versunken zu sein. Diese dunkle, aufragende Masse hat ein Bewußtsein. Sie hat Augen, die unsere Bewegungen erkennen; sie hat Ohren, die unsere Stimme hören. Dieses Tier denkt über uns nach; es schlägt uns in seinen Bann; es hat uns in der Gewalt.

Das Mammut! Wahrlich, das beeindruckendste Mammut aller Zeiten! Nach dem unschlüssigen Staunen entziehen wir uns seinem Bann, holen tief Luft und halten seinem überwältigenden Blick mit unserer Intelligenz und Willenskraft stand. Es ist nur ein Tier – untersuchen wir, warum es solch eine Gewalt über uns hat.

Es ist fünf Meter groß. Es ist acht Meter lang, und der Abstand zwischen den Spitzen seiner Stoßzähne beträgt vier Meter. Seine Fußsohle hat einen Durchmesser von knapp einem Meter. Seine Stoßzähne sind vier Meter lang und haben einen Durchmesser von dreißig Zentimetern.

Zwischen seinen kurzen, stämmigen Vorderbeinen kann ein Mann mit Hut aufrecht stehen, ohne den Körper des Tieres zu berühren. Der ganze Körper ist, anders als beim heutigen Elefanten, mit dunklen, zottigen Haaren bedeckt, die am Hals dreißig bis vierzig Zentimeter lang werden. Die Hoden wiegen jeweils zwanzig Kilo.

Hier erlebt das alte sibirische Mammut seine Auferstehung. Dr. Fraas war der Engel der Auferstehung und hat ihn so gut wie möglich seinem alten Ich nachgebildet. Dr. Fraas ist ein ausgezeichneter Anatom und Geologe, und wir vertrauen seinem Urteil und seiner Genauigkeit.

Matthew schlief, falls man es Schlaf nennen konnte, in einer perfekten Hülle aus Stille. Zuerst gingen sie auf Zehenspitzen an seinem Zimmer vorbei und achteten darauf, daß sie nicht mit Töpfen oder Pfannen klapperten, doch allmählich gewöhnten sie sich an seine schlafende Gestalt. Am ersten Abend kam Helen vorbei, um nach ihm zu sehen, und blieb eine Weile bei ihm, ohne ihn zu berühren, denn sie hatte Angst, ihn in seiner Ruhe zu stören und zu wecken. Sie saß da und betrachtete ihn, bis ihr selbst der Kopf auf die Brust sank und auch sie einschlief. Sie schlief im Sitzen neben ihm, in ein Bärenfell gehüllt, das Mel ihr im Schlaf umgelegt hatte, und jeder, der, ohne Bescheid zu wissen, kurz hereingeschaut hätte, hätte bestimmt gedacht, daß ein Bär bei Matthew Wache hielt und wartete, bis er aufwachte.

Das Tal erwachte zum Leben; alle spürten, daß der Winter sich seinem Ende zuneigte, daß er größtenteils hinter ihnen lag, vielleicht von der ganzen Erde verschwunden war. Das Tal war zwar noch schneebedeckt, doch die Tage waren jetzt länger und heller, und es war, als würde der Winter weggezogen wie eine die Wahrheit verschleiernde Hülle.

Die Gänse und jede Menge Enten kamen ins Tal geflogen. Gänsesäger stürzten sich schnatternd vom Himmel; die herabstürzenden Vögel fanden jedes Loch, das im Eis klaffte, und nutzten es, wie Wurzeln, die versuchen, einen Riß zu verbreitern; als könnten die Enten und Gänse allein mit ihrer Energie den Winter aufbrechen und darunter den Frühling finden.

Auch die Menschen erwachten inmitten des ganzen Getröpfels und Gänsegeschnatters wieder zum Leben; es kamen wieder mehr Leute in die Stadt, und sie blieben länger.

Sie schaufelten den Schnee weg, setzten sich auf die hölzernen Stufen vor der Bar und tranken Bier aus Krügen, blickten direkt in die Sonne, krempelten die Ärmel auf und versuchten, die Sonne auf ihren Armen zu spüren. Ein paar von ihnen schlossen die Augen und saßen ganz still, als hofften sie, die Sonne sei ein wildes Tier, das sich langsam anschlich, als könnten sie noch die leiseste Erwärmung eher spüren, wenn sie reglos sitzen blieben.

Stets fragten sie nach Matthew. Sie schlossen Wetten darauf ab, wann er aufwachen würde. Da der Fluß noch zugefroren war, fuhren die Familien in ihren Lieferwagen weiter über die Eisdecke und suchten nach Bäumen, die sie zu Feuerholz verarbeiten oder wegschleifen und zum Bau neuer oder zur Reparatur alter Gebäude benutzen konnten. Direkt am Flußufer wuchsen sie am höchsten, und jedes Jahr neigten sich einige zu weit vor und stürzten krachend aufs Eis, das erbebte und zersprang, doch sie brachen nicht ein. Ihre Äste brachen ab und schlitterten übers Eis. Die Hirsche hörten, wie der Baum umstürzte, und liefen zum Fluß, um die schwarzen Flechten zu fressen, die in den höchsten Zweigen gehangen hatten.

Die Lieferwagen fuhren den Fluß rauf und runter wie Schiffe. Die Kinder saßen auf der Ladefläche, und wenn man auf eine rätselhafte weiche Stelle traf und einer der Reifen im Eis einbrach, konnten sie herunterspringen, doch das Eis hielt fast immer, war so fest wie Gußbeton. Der Lieferwagen, der im Eis eingebrochen war, wurde als Ausnahme, als reines Pech und nicht als ein Vorbote künftiger Ereignisse betrachtet. Die Fahrer hatten einen Eimer Kies auf der Ladefläche, den sie zur besseren Bodenhaftung unter die Reifen schütten konnten, wenn sie auf eine weiche Stelle fuhren und steckenblieben; doch im großen und ganzen war der schlafende Fluß so verläßlich wie eine Autobahn, und die Eltern vorn im Wagen spähten nach frisch umgestürzten Bäumen und hielten, sobald sie einen entdeckt hatten. Manchmal fuhren mehrere Lieferwagen gleichzeitig auf dem Eis, das Dröhnen der Kettensägen hallte über den Fluß, und es duftete nach frisch geschnittenem Holz. Die Familien picknickten, und jeder übernahm eine Aufgabe, sammelte die Klötze ein, die zu Feuerholz zerteilt werden sollten, oder hackte das Feuerholz in ofengerechte Scheite. Manchmal schnitt eins der Familienmitglieder mit der Kettensäge ein Loch ins Eis und angelte, während die anderen Holz hackten. Jegliche Energie kehrte zurück, auch die sexuelle, so daß Männer und Frauen glücklicher miteinander zu sein schienen.

Und wenn der Lieferwagen mit gespaltenem Holz beladen und ein Baumstamm am Wagen festgekettet war, so daß er hinterhergeschleift werden konnte, fuhren sie nach Hause. Die Kinder saßen hoch oben auf dem Berg Holz, ihnen war jetzt kälter, da sie dem Wind ausgesetzt waren und die goldene Sonne hinter den immergrünen Bergkämmen versank – ein Strahlenkranz von der anderen Seite der Berge und dann das pulsierende blau-rosa Licht der Dämmerung. Die Lieferwagen fuhren jetzt mit eingeschalteten Scheinwerfern stromaufwärts, und das Eis knackte und ächzte, brach aber nicht, und überall auf dem Fluß sahen sie die großen Tatzen, das Kommen und Gehen der Wölfe, jede Fährte so breit, daß es aussah, als bevölkerten sie das Tal in großer Zahl; und doch bekam sie nie jemand zu Gesicht. Sie sahen die von den Wölfen gerissenen Hirsche – die gefrorenen Hügel aus Fell und Knochen, um die die Raben und Weißkopfadler sich drängten wie bei einem Bankett – mitten auf dem Fluß und am Ufer liegen, doch die Wölfe waren stets schon weitergezogen, die Kojoten rannten davon, wenn die Lieferwagen vorbeifuhren, und ein paar Raben flogen auf, während andere auf den gefrorenen Kadavern sitzen blieben. Die Weißkopfadler drehten sich um, saßen mit ihren gekrümmten Schnäbeln und leuchtendgelben Beinen auf ihrer Beute und verteidigten sie mit grimmigem Blick.

Das Eis auf dem Fluß wechselte mehrmals im Lauf des Tages die Farbe, je nachdem, in welchem Winkel die Sonne darauf fiel: war erst rosa und dann milchig blau, danach grünlich und strahlend weiß und bei Sonnenuntergang flammend orange, als wäre etwas Lebendiges unter dem Eis.

Nachts brannten die wärmenden Feuer, die die Familien entzündet hatten – gelbe Flammen, die im Dunkeln loderten und rasch kleiner wurden –, auch nachdem sie schon längst heimgefahren waren, und man konnte die Silhouetten und Schatten der Hirsche sehen, die aus dem Wald kamen und zwischen den Feuern hindurch zu den Ästen und dem aufgehäuften Gestrüpp gingen. Sie kamen an den Kadaverresten vorbei, und der Fluß knirschte und fror wieder fester zu, nachdem es tagsüber ein bißchen getaut hatte; doch er wisperte auch, während er an seine weitere Befreiung dachte.

Das Nordlicht schwebte still über den Himmel, rollte in Wogen dahin: ein pulsierendes leuchtendgrünes und blutrotes Licht, das sich im Eis spiegelte.

In den nächsten Tagen würden weitere Wölfe zur Welt kommen. Mel fragte sich, wie sie der Versuchung widerstehen sollte, zurück in den Wald zu gehen, um das Geflecht ihrer Geschichten zu entwirren. Ebensogut hätte sie ihre ganzen Daten aus den vergangenen Jahren nehmen und sie von einer Klippe hinunterwerfen können.

Während der halben Stunde Unterricht, die sie jeden Tag gab, ging sie mit den Schülern manchmal zum Fluß hinunter, und dann lauschten sie dem schwachen Knacken und legten die Hände auf das immer dünner werdende Eis. Sie spürten bereits das Vibrieren des Flusses.

Mit Ferngläsern identifizierten sie die Vögel, die jetzt ins Tal kamen. Die Kreuzschnäbel, Kleiber, Drosseln und Goldhähnchen folgten dem Flußufer oder flogen durch den Wald, und sie verband den Schülern die Augen und brachte ihnen bei, wie man die Vögel an ihrem Gesang erkannte, wie das Gehör die Augen ersetzen konnte.

Das Eis wechselte weiter die Farbe. Mel warnte sie davor, sich mit ihren Familien darauf zu wagen, egal, wie dringend sie Feuerholz brauchten.

Sie liefen um die Schmelzwasserpfützen herum und fingen Frösche und Salamander. Sie stellten sich ins Sonnenlicht und betrachteten sie, erfuhren ihre Namen und lernten, wie sie lebten. Belle und Ann stellten fest, daß die Schüler durch das größere Wissen über die Natur in ihrem Tal ein größeres Vertrauen in die Welt und einen größeren Wissensdurst bekamen und auch im restlichen Unterricht besser lernten.

Die Gänse kamen noch immer zurück – laut wie Züge und in so großen Schwärmen, daß man den Eindruck gewann, das ganze Land im Süden sei ebenso wild wie das Tal. Als würden die Gänse ähnliche Orte miteinander verbinden.

Die Kinder wollten wissen, wann Matthew aufwachen würde. Sie kannten ihn bloß aus den Geschichten ihrer Eltern. Im Frühling begrüßten sie ihn nicht wie einen Einheimischen, sondern wie einen seltsamen Besucher. Sie konnten sehen, daß jetzt Wallis in Mel verliebt war, denn er begleitete sie oft zur Schule und küßte sie leicht, bevor sie hineinging, doch dieser Wechsel störte sie nicht, da sie noch nicht die Erfahrung hatten, um Treue beurteilen zu können. Für sie war er weder aufregender noch ungewöhnlicher als der Wechsel der Jahreszeiten.

Auf den Sümpfen und Teichen wurde das Eis dünner und durchsichtig. Das Sonnenlicht drang durch die trübe Eisdecke und wurde darunter eingeschlossen wie in einem Treibhaus. Es erwärmte das Wasser, und in dem Schlamm setzte ein Wachstum ohne Sauerstoff ein, so daß stinkende Gase aufstiegen; und jedesmal, wenn die Sonne irgendwo ein kleines Loch ins Eis bohren konnte, traten diese nach Schwefel stinkenden Gase aus. Der Gestank war so stark, daß er eine Farbe zu haben schien – grün und golden wie die Singvögel, die bald aus Südamerika zurückkehren würden –, doch niemand störte sich an den kräftigen Gerüchen, man fand sie eher belebend. Das Wasser in den Teichen, Seen und Sümpfen geriet in Bewegung und verwertete seine Nährstoffe wieder, die unteren Wasserschichten stiegen durch die Wärme nach oben, und die oberen eisgekühlten Schichten sanken hinab, und im zunehmenden Sonnenlicht konnte man glauben, daß es ähnlich stärkend sein mußte, diese Luft einzuatmen.

»Das ist eine Wasserhowellie«, sagte Mel und hielt im Klassenzimmer eine Pflanze hoch. Sie hatte noch fünf Minuten Zeit, um etwas darüber zu erzählen. »Die gibt es sonst nirgends auf der Welt. Dieses Tal hat sie hervorgebracht.« Ein Blick auf die Uhr. »Das hier ist ein Riedgras«, sagte sie und zog eine andere Pflanze aus ihrer Tasche hervor. »Davon fressen im Frühling die Grizzlies, um nach dem langen Winterschlaf ihren Körper zu reinigen. Es hilft, Giftstoffe auszuspülen.

In diesem Tal leben fünfundzwanzig bis dreißig Grizzlies. Fünf Wölfe, obwohl es in einer Woche schon zehn oder zwölf sein könnten. Vielleicht dreißig oder vierzig Menschen. Wenn wir die Wölfe und Grizzlies verlieren würden, wäre das Tal nicht mehr den Dreck unter unseren Fingernägeln wert. Entschuldigt meine Ausdrucksweise.«

»Sie verlieren würden?« fragten die Schüler. »Wie denn?«

Die Tage dehnten sich. Das neue Licht brachte ihr Blut in Wallung. Colter saß hinten im Klassenzimmer und kaute auf einem Grashalm herum. Er tat so, als ob er zuhören würde, doch die Worte drangen nicht zu ihm durch. Seine Gedanken schweiften ab; ein Teil von ihm fühlte sich weiter nach Norden gezogen, wie der Faden in der Nadel, während der andere Teil im Tal verankert blieb.

Die Friedhöfe der Badlands.

In einem anderen Leben hätte ich keine Liebe gehabt.

Das Warten auf die Malachitfrau ist endlos. Ich sitze mit dem Rücken am Zaun auf dem Hügel oberhalb des Heims, solange sie es mir erlauben. Um Knöchel und Handgelenke trage ich eiserne Fesseln. Selbst die einst leichte Aufgabe, Skizzen in ein Notizheft zu zeichnen, ist jetzt unangenehm geworden, und meine Arm- und Schultermuskulatur ist dick geworden, als ob ich Pferde beschlagen hätte, statt diese Notizen zu machen und den Leser durch eine Landschaft zu führen, die nur mir bekannt ist. An den Fußfesseln ist eine dreißig Meter lange Kette befestigt, deren anderes Ende an einem tief in den Fels getriebenen Pfosten festgeschweißt ist. Wie ein Dachs, der seinen Bau verteidigt, umkreise ich diesen Pfosten; doch abends, wenn die tägliche Arbeit verrichtet ist, sitze ich zufrieden auf dem Hügel, starre über das Grasland zum Mädchenheim hinüber und denke an die Malachitfrau, die mit Sicherheit dort ist. Ich habe noch nie eins der Mädchen aus dem Heim gesehen, doch ab und zu kann ich sie nach Einbruch der Dunkelheit singen hören, und dann bin ich mir wieder sicher, daß die Malachitfrau unter ihnen ist, wie ein Hirsch inmitten der Bäume im Wald. Ihre Bewegungen und ihr Verhalten sind in meinem Gedächtnis eingegraben, umschlossen von den Orten, wo ich sie nicht *gesehen habe.*

Ich stecke zu tief drin, sitze in der Falle; selbst wenn ich gestehen würde, daß Old Pap es allein war, würden sie mich nicht herauslassen, bevor meine Zeit abgelaufen ist, und ihn würden sie bestimmt hinrichten.

Glühwürmchen streifen wie leuchtende Geister aus dem vorangegangenen Jahrhundert in Frieden und voll Schönheit durch das Flußbett auf der anderen Seite der Straße und schimmern, als würden sie mit Laternen nach etwas suchen, das sie verloren haben. Je mehr ich die Malachitfrau begehre, je besser ich sie kenne und verstehe, desto schneller bemerkt sie meine Anwesenheit und verschwindet. Manchmal befürchte ich, daß sie für zwei- oder dreihundert Jahre verschwindet, so stark ist mein Begehren; daß es in diesem oberirdischen Universum eine mir noch nicht begreifliche Regel gibt, die, auch wenn ich ihr gut gefallen würde, von ihr verlangt, daß sie sich auflöst wie Nebel in der Sonne, sobald ich ihr zu nahe komme, sobald ich sie dränge.

Selbstbeherrschung ist meine einzige Hoffnung, doch ich habe keine.

Ich halte einen blassen Stein in der Hand, den ich unter einem anderen Stein gefunden und mit meinem Hammer von der ihn umschließenden Kreide befreit habe (beim Pochen des Hammers hat die Malachitfrau bestimmt den Kopf gedreht und eine Weile gelauscht, da sie gewußt hat, daß ich es bin – ich, auch wenn sie mich noch nie gesehen hat). In den Stein eingebettet ist das Skelett eines Fisches, den kein Mensch und auch kein Vorläufer des Menschen je lebend gesehen hat. Es gleicht einem nutzlosen Puzzleteil, das viele beiseite legen würden, da sie nicht begreifen, daß die Geschichte, die man daraus für den Fisch rekonstruieren kann, auch auf uns anwendbar sein muß.

Während die Malachitfrau dasteht und dem Pochen des Hammers lauscht, ohne ganz zu verstehen, was an dem Geräusch ihr Interesse erregt, entzünden sich kurz die Funken, die der Stahl aus dem Stein schlägt, und fallen auf den ausgetrockneten Boden wie tote Glühwürmchen. Während ich den Stein zertrümmere, um das in seinem Innern eingeschlossene Fossil zu entdecken, rieche ich den Staub von Zivilisationen, die die Anfänge des Lebens miterlebt haben. Dieser Fisch und nicht der Mensch – nicht du oder ich – saß lange Zeit zur Rechten Gottes.

Der Lurch, der Fisch, der Vogel, die Schlange, das Mastodon sind nur einzelne Stufen bei der Umwandlung von Materie in den Menschen.

Dieser tote, versteinerte Fisch könnte die verlorene Seele einer deiner Großtanten oder sogar ein Vorfahr der Malachitfrau sein. Ich nehme den Stein in beide Hände und schnüffele daran, als würde ich mein Gesicht in den Spalten der Malachitfrau vergraben. Welcher Abstand ist größer – drei Kilometer oder zweihundertfünfzig Millionen Jahre?

Dieser versteinerte Fisch, dieser Vorfahr, der nicht ganz den Ruhm von dir oder mir erreichte, starb und trieb zu einem schlafenden, traumhaften Golgatha, sank in die tiefe Vergangenheit. Wie alt sind diese in Stein eingeschlossenen Gräber? In wie vielen Winterstürmen haben diese stillen Skelette hier geschlafen? Wie sie aufsteigen, Geschichte über Geschichte. Diese Bodenschichten legten sich zu einer langen Ruhe, während oben das Meer seine Wellen schwappen ließ. Die darin lebenden Fische schwammen über Friedhöfe. Weitere stumme Zeugen sanken Schicht um Schicht in das Haus der Stille, und die Natur begrub sie sorgfältig. Das Gefäß wurde gefüllt; das Meer zog sich zurück; der Kontinent tauchte auf.

Einst regte sich Leben in diesen starren Skeletten. Sie waren Geschöpfe mit einem Bewußtsein. Sie waren frohe Geschöpfe, die auf der grünen Erde wandelten. Sie waren Wesen, die die lebenswichtige Luft einatmeten, sich im lebenspendenden Sonnenlicht wärmten und sich in der Gesellschaft der anderen wohl fühlten. Sie ernährten sich von den Früchten des Waldes und der Lichtungen. Sie stillten ihren Durst in den Flußmündungen am Strand des Meeres; sie kühlten sich im Wasser und tummelten sich in den Wellen. Der Tod ereilte sie wie unzählige ihrer Vorfahren – wie er auch uns ereilt. Sie blieben im Sumpf stecken; sie wurden im Urwald gejagt; sie legten sich in den kühlen Schatten eines Baumes. Irgendeine Naturgewalt trug sie zu ihrer letzten Ruhestätte. Das Meer war ihr Grab, und das Meer bewahrte seine Schätze. Erst eine spätere Veränderung legte ihren Friedhof frei und setzte diese Zeugen einer längst vergangenen Zeit den neugierigen und respektlosen Blicken von Wissenschaftlern aus.

Ich bin diesem versteinerten Fisch näher als ihr, an manchen Tagen auch näher als jedem Menschen.

Der Ton des Triangels ruft mich in die Schlafbaracke. Ich verstecke den versteinerten Fisch in den Büschen und stapfe mit rasselnden Ketten den Hügel hinunter zum Heim, wo der Wärter mir die Fesseln abnehmen wird, damit ich mich auf meinen nächtlichen Abstieg vorbereiten kann.

Matthew hatte nach einem seiner Zusammenbrüche noch nie länger als fünf Tage und Nächte geschlafen; und als in jenem Jahr die fünfte Nacht verstrichen war und er immer noch schlief, machten Mel und alle anderen sich Sorgen.

Die Kinder kamen, um ihn zu besuchen. Sie brachten ihm Geschenke mit – Geweihe, Steine, Zeichnungen – und gingen einer nach dem anderen kurz in sein Zimmer, betrachteten ihn im Schlaf und häuften ihre Geschenke auf dem Fußboden auf, wo er sie, sobald er aufwachte, als erstes sehen würde. Ein Mädchen, das mutiger war als die anderen, berührte sein Haar. Mel hatte ihnen von Matthew erzählt, davon, daß er am Ende des Winters immer völlig ausgelaugt war und nicht mehr die Kraft besaß, bis zum Frühling durchzuhalten, und sie hatten sich ansehen wollen, wie so etwas aussah. Es gab kaum etwas, das sie wußte und ihnen nicht bereitwillig erklärte. Während ein Seil ausfaserte, wurde bereits ein neues geflochten.

Wie jeden Tag kam auch Helen an diesem fünften Abend, um ihn zu sehen. Das Eis auf dem Fluß hatte endlich begonnen aufzubrechen: Große Eisschollen zerbarsten mitten auf dem Wasser und rissen sich mit lautem Krachen los, was sich wie vereinzelter Geschützdonner anhörte, nur daß im Tal kein Kampf, sondern große Aufregung herrschte, als der Fluß wieder ungehindert unter der Sonne dahinströmte. Es war eine Freude, deren Sprache dem Menschen unbekannt war, doch das Glück der Befreiung war im ganzen Tal zu spüren, und der Fluß brach Eisplatten ab, die größer als Häuser waren, schleuderte sie zur Seite, trieb sie vor sich her und warf sie ungestüm ans Ufer, wo sie Äste abrissen und sogar ganze Bäume entwurzelten und in wenigen Augenblicken das Ufer auf Hunderte von Metern zerfurchten, als wäre es das Werk von zehn Millionen Jahren Gletscherschliff. Die Eistrümmer, die verstreuten Brocken und Splitter, glitzerten in der Sonne wie Diamanten; und aus der Ferne hörte sich das erneute Rauschen des Flusses wie das Aufwallen des eigenen Blutes an, als gäbe es nichts Getrenntes, nichts Unverbundenes in diesem Tal, als könnte sich nichts bewegen, ohne daß etwas anderes diese Bewegung genau spürte.

Jedesmal, wenn eine weitere Eisscholle zerbarst, begannen die Gänse, die auf den Inseln und in den Flußschleifen nisteten, zu schreien, als wären sie noch enger mit allem verbunden, als wäre in ihnen selbst etwas gerissen, und wieder spürten die Menschen im Tal, wie ihr Blut schneller floß. Und alle wunderten sich, wie Matthew einfach weiterschlafen konnte. Sie fanden, daß ihn, wenn schon nicht der Lärm, so doch das Aufwallen des Blutes hätte wecken müssen.

»Er weiß, daß es zwischen euch beiden aus ist«, sagte Helen zu Mel. »Sein Körper kann es riechen. Dieses Jahr schläft er so lange, weil er das nicht sehen will.«

Die drei saßen auf der Veranda, sahen sich den Sonnenuntergang an und lauschten dem fernen Rauschen des Flusses. Wallis bemühte sich, nicht an den Frühling mit Susan unten im grünen Hügelland zu denken. Eine Schnepfe stieg über ihren Köpfen in das Dämmerlicht auf und stürzte sich wieder herab, ließ die Musik ihrer flatternden Flügel erklingen, steckte mit einem flüchtigen Ton, dem Lied des Windes, der über ihre Flügel strich, ihr Territorium ab.

Wallis ertappte sich dabei, daß er in Gedanken wieder bei seiner Karte war: Er glaubte fest daran, obwohl er bisher nichts davon gesehen oder berührt hatte. Er verließ sich darauf wie auf einen Anker. Sie mußte einfach stimmen.

»Vielleicht«, sagte Mel zu Helens Theorie. »Es kann aber auch sein, daß Pop den letzten Funken Energie aus ihm herausgesaugt hat.«

Mel wusch Matthew an jenem Abend die Haare. Kurz nach Einbruch der Dunkelheit hatte er sich im Schlaf auf die andere Seite gewälzt, und die Wapitifelle waren von seinem Körper geglitten. Sie stellte eine Schüssel mit Seifenwasser und eine zweite mit warmem Wasser zum Ausspülen neben ihn und massierte bei Laternenlicht seine Kopfhaut. Wallis setzte sich neben sie, da er damit rechnete, daß Matthew aufwachen würde, und dieses Schauspiel wollte er sich nicht entgehen lassen. Sie kraulte seinen Kopf und spülte sein Haar aus, rieb mit einem feuchten Handtuch darüber und schrubbte den Schlaf der vergangenen Woche ab, doch er wurde nicht wach.

Zischend erlosch die Laterne. Bis zu den Ellbogen waren ihre Arme mit Seifenschaum bedeckt, doch sie schrubbte weiter: leicht und sanft, aber gründlich. Die drei wurden vom Licht der Sterne beleuchtet.

Mel rieb sein Haar mit einem Handtuch trocken. Matthew ließ nicht erkennen, ob er es gespürt oder auch nur davon geträumt hatte. Sie bemühte sich, sein Haar zu kämmen und glattzustreichen, ohne ihn zu wecken. Die Nacht war so mild, daß sie das Fenster offenlassen konnte, damit sein Haar ganz trocken wurde. Es stimmte Wallis ein bißchen traurig, zu sehen, wie jemand, der so stark war, sich so schwach an den Schatten seines früheren Ichs klammerte.

Der Südwind blies die ganze Nacht, und Mel und Wallis hatten einen leichten, aber ruhigen Schlaf, als lägen sie am Strand und lauschten den Wellen. Wallis träumte oder stellte sich vor, daß er ferne Donnerschläge hörte, doch es gab keinen Regen, nur stetige warme Windströme. Es klang, als würden Erdplatten auseinanderreißen – das aufbrechende Eis auf dem Fluß –, aber statt Einsamkeit zu verspüren, fühlte Wallis sich nur sauber; sie schliefen die ganze Nacht ruhig, ihre Körper locker umeinandergeschlungen.

Als sie morgens erwachten, hörten sie noch mehr Gänse und andere Vögel ins Tal kommen. Wo kamen sie her? Waren sie aus dem Schnee hervorgekrochen? Hatte der Wind sie hereingeweht? Sie hörten sie unten am Bach singen oder an der Veranda vorbeiflattern.

»Seidenschwänze«, sagte Mel, die mit offenen Augen dalag, ohne sich zu rühren, doch schließlich setzte sie sich auf, sah, daß Wallis sie anschaute, lächelte und deckte sich aus unerfindlichen Gründen zu.

Sie gingen zum Fenster und betrachteten die wirbelnden Flügel; eine Landschaft aus Farben. Insekten schlüpften, Eintagsfliegen stiegen mit trägen, sirrenden Flügeln in die Morgensonne auf. Die Seidenschwänze fielen über sie her, tauchten herab, schnellten heran und schnappten sie sich – die Welt eine Wolke aus glänzenden Eintagsfliegen; und dazu eine ähnliche Wolke aus Seidenschwänzen. Die Vögel wichen einander aus, um nicht zusammenzustoßen, während sie nach den träge trudelnden, lichterfüllten Eintagsfliegen schnappten. Es war eine Vernichtung. Überall, auf den Zweigen, auf dem Verandageländer und auf der Dachkante, saßen Seidenschwänze und verschlangen die lindgrünen Eintagsfliegen; und die Morgensonne stand hinter ihnen, beleuchtete die aufgestellten Kämme der Vögel, ihre strahlenden Augen und ihre schwefelgelben Schwänze. Der Anblick dieser Farbe, der gelben Kleckse überall, und der wilden Betriebsamkeit nach dem langen Winter begann Wallis zu erfüllen. Er starrte die Schwänze begierig an – versuchte, die Muster zu unterscheiden – und spürte, wie ihm Tränen in die Augen traten.

Das Licht fiel durch die Fenster und wärmte ihre Körper, obwohl es nur die Morgensonne war.

»Hör mal«, sagte Mel, und Wallis dachte zuerst, sie meinte das Vogelgezwitscher, doch dann hörte er etwas anderes, nämlich die gleichmäßigen Flügelschläge der Gänse, und dann, über und hinter allem, noch etwas anderes, etwas Umfassenderes.

Sie traten hinaus ins Sonnenlicht.

Es war das Geräusch von fließendem Wasser, nicht bloß rieselndem, sondern überall strömendem Wasser. Der Bach rauschte wieder, und in jeder kleinen Rinne, in jedem schmalen Tal in den Wäldern hinter ihnen strömte Wasser; es war ein Geräusch, das sie zuerst lächeln ließ und dann zum Lachen brachte, und sie standen nackt in der Sonne und lachten. Wallis hätte nie gedacht, daß fließendes Wasser sich lustig anhören könnte, doch es brachte sie zum Lachen: Das

Rauschen des Wassers, das endlich wieder ungehindert floß, brachte ihre Körpersäfte in Schwung, und sie lachten und streckten die Arme aus, um den Südwind darauf zu spüren, und beobachteten das wilde Treiben der Vögel.

Weiter unten im Tal hörten sie wieder ein Krachen am Fluß, und als die Sonne höher stieg und ihre Strahlen in jeden Winkel sandte und alles erwärmte, ging das Krachen weiter, und es klang, als würde die Erde zerbersten. Sie spürten, daß bei jedem Krachen etwas befreit wurde, und hatten das starke Gefühl, daß sie, ebenso wie alles andere ringsum, wieder anfangen konnten, zu leben und zu wachsen.

In der Schule setzte sie sich an jenem Tag nach ihrer kurzen Unterrichtsstunde hinter zu Colter, während sich das ganze Wasser der Erde zu befreien und an ihnen vorbeizuströmen schien.

Als sie auf Skiern nach Hause lief, war sie sicher, daß Matthew an diesem Tag aufwachen würde und sie ihm die schlechte Nachricht beibringen mußte, doch als sie zur Hütte kam, saß Wallis auf der vorderen Veranda und überprüfte zum tausendstenmal seine Karte, und Matthew schlief immer noch.

Den Rest des Nachmittags saßen sie schweigend zusammen in der Sonne: Beide waren jetzt ängstlich und gereizt.

In jener Nacht lagen sie in dasselbe Wapitifell gehüllt, eng aneinandergekuschelt, nachdem sie miteinander geschlafen hatten, und Mel träumte mehrmals, daß sie sich umdrehte und ganz zum Anfang zurückkehrte, wo Matthew noch auf sie wartete, doch am Morgen hatte sie mehr Entschlußkraft und stand auf, zog sich an und ging wieder zur Schule.

Die Steinmauer kam immer mehr zum Vorschein, genau wie die Spitzen der unterm Schnee begrabenen Büsche, als würde die Welt in einer Woche erschaffen. Colter war an dem Tag, als das Eis aufzubrechen begann, zum Fluß hinuntergegangen, um zu sehen, ob sein Vater noch da war, doch eine der riesigen Eiszungen hatte ihn fortgetragen und auch die Steinhaufen mit sich gerissen.

Die Bären kamen aus ihren Höhlen getorkelt. Jeden Tag waren ihre Spuren im Schneematsch zu sehen, als wäre mit dem Südwind irgendein Stamm oder Volk ins Tal zurückgekehrt, und mehrere Schwarzbären, abgemagert, schläfrig und schwarz wie die Raben, waren durch die Stadt gestreift, als hätten sie sich verirrt. Einen Grizzly hatte noch niemand zu Gesicht bekommen, doch ihre Spuren waren bereits am Fluß zu sehen.

Jeden Tag in der Schule fragten die Schüler Mel: »Ist er schon wach?«, und jeden Tag mußte sie verneinen, mußte weiter in der Falle sitzen und warten.

An manchen Tagen konnten sie durch die offenen Fenster Amys fröhlichen Gesang hören – Kirchenlieder, die aus einem Kilometer Entfernung herüberdrangen. Ein paar von den Schülern, die ganz nah am Fenster saßen, wurden schläfrig und legten die Köpfe ein paar Minuten lang auf den Tisch. Mel fiel ihre eigene Schulzeit vor dreißig Jahren in Houston ein. Es hatte sich kaum etwas verändert. In Afrika und Israel herrschte immer noch Krieg. Bei den Beziehungen zu Rußland gab es in letzter Zeit eine neue Entwicklung, doch die rätselhafte Rolle Rußlands hatte China übernommen. Mittelamerika war noch immer in Aufruhr. Die Franzosen fingen an, sich wie Amerikaner aufzuführen. Die Briten blieben sich treu. Sie starrte auf ihren Schreibtisch und ließ die Finger über die Initialen gleiten, die Matthew vor langer Zeit in das Holz geritzt hatte.

Die tiefsten Gräber der Erde.
Woher wir kommen.

Wenn wir die Bewegungen von Amöben *sorgfältig unter dem Vergrößerungsglas betrachten, stellen wir fest, daß diese Bewegungen auf ein Ziel ausgerichtet sind. Die Fangarme sind auf der Suche nach Futter. Dieses Tier ist immer hungrig. Die Amöbe ist sich ihres Hungers bewußt. Sie weiß, wie sie sich Futter beschafft. Sie hat einen Willen, der ihre Körperteile in Bewegung setzt. Sie weiß, wie sie ihre Nahrung packen muß. Sieh nur! Ihr Arm hat sich um ein kleines Tierchen geschlungen; sie hält es fest, doch jetzt* steckt sie es nicht ins Maul. Wo ist ihr Maul? Um ehrlich zu sein, sie hat keins. Der Arm wird zusammen mit dem kleinen Tierchen eingezogen. Er verschwindet in der gallertartigen Masse, und man kann das Tierchen darin sehen.

So frißt dieses Geschöpf. Es umschließt seine Nahrung erfolgreich, doch dann wirft es sich einfach darüber. Erstaunlich, mit was für einem schlichten Körper wir es hier zu tun haben! Eigentlich gibt es gar keinen Körper; es ist kaum mehr als eine formlose gallertartige Masse. Wenn das Tier frühstücken will, bildet es vorübergehend einen Arm, um seine Nahrung zu packen. Wenn es fressen will, bildet es zur Nahrungsaufnahme ein Maul und zur Verdauung einen Magen. Mit Händen oder Zähnen, einem Maul oder einem Magen belastet sich das Tier nicht. Es bleibt von Kopfschmerzen, Augenentzündungen, Ohrenklingen und Herzflattern verschont und übt doch alle Funktionen aus, die es zu einem Tier machen.

Dieses moderne Geschöpf ist ein Vertreter der Eozoen. Doch Eozoen konnten nicht schutzlos im Meer ausgesetzt werden. Einen kleinen Gallertklumpen würden die Wellen zerstören. Das Eozoon jedoch ließ sich nieder, hielt sich fest und bildete ein starkes Schutzdach. Tausende kleiner Löcher in dem Dach erlaubten es ihm, gallertartige Fäden hervorzustrecken. Diese verschmolzen zu einem Film, der sich wie eine Teerschicht über das Dach legte. Dieser Film war ungeschützt, also wurde ein zweites, höheres Dach errichtet. Der Organismus war jetzt zweistöckig.

Durch unzählige kleine Löcher in dem oberen Dach konnte die gallertartige Masse des zweiten Stocks in feinen Fäden hervorgestreckt werden, die verschmolzen wiederum, und es wurde ein drittes Dach gebildet. Dieser Prozeß setzte sich fort, und der Organismus wuchs auf viele Stockwerke an.

In der Zwischenzeit wurden daneben oder in der Nähe weitere Einzelwesen ausgesetzt, die sich nach und nach so vergrößerten, daß sie zu einem Tier zusammenwuchsen. So wuchsen Hunderte, ja Tausende von Tieren zusammen und wuchsen und vergrößerten den Organismus bestimmt tausend Jahre lang.

Im Lauf der Zeit wurde dieser Organismus alt und schwach. Die Zeit dieser Art ging langsam zu Ende. Sie sollte durch eine Art ersetzt wer-

den, die für die veränderten Lebensumstände auf der Erde besser gerüstet war.

Doch die ganze Zeit hatten sich die Ablagerungen am Fuß der aufsteigenden Riffmasse angesammelt, so wie der Staub der Zeit sich auf die Tempel antiker Städte legt. So wie sie begraben und vergessen werden – Hunderte von Metern tief begraben in Meeresablagerungen, die zu Stein wurden. Dann verstrich wieder eine endlos lange Zeit. Oh, was für eine abwechslungsreiche Geschichte trug sich zu, während die Gräber der Eozoen still und unentdeckt blieben!

Im Zeitalter des Geistes wuchs der Bedarf der Zivilisation an Marmorbauten. Das urzeitliche Grab wurde von den Steinhauern geöffnet, und da lagen die Überreste der ersten Bewohner unseres Planeten. Davon haben wir gesprochen. Wir sind die Steinhauer.

Old Dudley traf an einem Spätnachmittag ein, kam auf alten, ausgelatschten Buchenschneeschuhen und in einem mit Wolfsfell gefütterten Parka den Pfad herauf. Er hatte einen Spazierstock, der aus einem Hirschgeweih angefertigt worden war, und sang aus vollem Halse »The Eyes of Texas«. Mel lief den Pfad hinunter, um ihn zu begrüßen und zum Schweigen zu bringen, damit Matthew weiterschlafen konnte.

»Dauert schon viel zu lange«, sagte er. »Ist meinem jungen Mann irgendwas zugestoßen?« Er tätschelte Mels flachen Bauch. »Aha, immer noch nicht befruchtet«, und Wallis, der zu seiner Begrüßung ebenfalls den Pfad hinuntergegangen war, staunte, wie schnell der alte Mann jegliche Freude und friedliche Stimmung zerstören konnte, wie er davon Besitz ergriff, alles besudelte und es sich auf eine penetrante Art aneignete.

»Das kleine Muttersöhnchen war ein bißchen wacklig auf den Beinen, als es losgefahren ist«, sagte er. »Er schläft doch nicht mehr, oder?« Mel nickte. »So ein Waschlappen«, fauchte er und begann, noch mehr Mängel Matthews aufzuzählen, doch dann bemerkte er die Bande zwischen Mel und Wallis – ihre Schultern waren lockerer, sie stand einen halben Schritt näher bei ihm; irgend etwas an ihrem Geruch war anders, die beiden fühlten sich wohler miteinander. Er zog die Augenbrauen hoch, war einen Moment lang verdutzt, sagte dann aber zu Wallis: »Na, du mußt's ihr ja ordentlich besorgen. Wie oft am Tag, wie oft in der Nacht, in der ersten Glut der Liebe? Ach, egal, das geht vorbei. Irgendwann, vielleicht in zwanzig Jahren, wird sie dich nicht mehr ranlassen, so wie sie meinen kleinen Kerl nicht rangelassen hat.« Er schüttelte traurig den Kopf, einen Augenblick lang waren seine eisblauen und Mels grün flammende Augen aufeinander gerichtet, und Wallis konnte geradezu hören, wie Dudleys Gehirn arbeitete, während er versuchte, die Lage einzuschätzen.

»Pop«, sagte Mel, »du bist der einzige Verwandte, den ich noch habe, und es ist, wie immer, schön, dich zu sehen, aber wenn du mit dem Mist nicht aufhörst, gehst du besser. Für so was hab ich keine Zeit mehr. Ich kann das nicht mehr einfach abschütteln. Bisher hab ich mich nicht drum gekümmert. Aber jetzt stört es mich.«

Dudleys Augen funkelten vor Freude und verrieten, daß sein Interesse geweckt war. »Du wirst langsam älter«, sagte er.

»Ich hab einen Job«, sagte Mel.

»Ach du meine Güte«, rief Dudley, »dein erster! Gratuliere!« Er drehte sich um, um Wallis noch einmal genauer zu betrachten.

Wallis fielen die gewölbten, noch immer muskulösen Schultern des Alten auf – als ob unter dem Parka ein junger Mann steckte –, und er fragte sich, wie es für Dudley als Kind gewesen sein mochte. Bestimmt hatte man ihn wegen der Zangenmale erbarmungslos gehänselt, und dann hatte er mit ansehen müssen, wie sein Vater einen anderen Farmer wie ein Stück Vieh abschlachtete – anders konnte man es kaum nennen. Als hätte in der Brust seines alten Vaters ein atavistisches Herz geschlagen, ein Herz, das nicht in diese zivilisierte Zeit paßte, sondern einer anderen, primitiveren Zeit und Gegend angehörte.

All das war Wallis egal. Es war interessant, doch es war Schnee von gestern. Ihm war egal, ob aus Dudleys Kopf Hörner sprossen; Dudley wußte, wie man Öl entdeckte, und wenn er ihnen zeigte, wie man Karten zeichnete und was im Innern der alten Erde vorging, dann lag eine so kraftvolle Reinheit, eine Genauigkeit in seinen Ausführungen, daß es Wallis auch egal gewesen wäre, wenn Dudley den Mann eigenhändig erstochen, verscharrt und verbrannt hätte – er hätte ihm trotzdem zugehört. Er hätte sich nicht abwenden können. Er wollte wissen, was unter der Erde lag.

Sie gingen den Pfad zur Hütte hinauf. Inzwischen war der Schnee am Fuß mancher Baumstämme schon weggeschmolzen, und Mel und Wallis blieben vor einem der größeren freien Flecken stehen und betrachteten ehrfürchtig die Schönheit der schwarzen Erde und ein paar Wacholder- und Bärentraubenzweige. Old Dudley beobachtete sie fasziniert. »Ihr seid wirklich alle Krüppel«, sagte er. »Euer Leben ist keinen Pfifferling wert. Selbst zusammengenommen ergebt ihr keinen ganzen normalen, gesunden Menschen. Kaum zu glauben, da starrt ihr armen Idioten so ein bißchen Erde an! Ihr solltet beide wieder nach Houston kommen, da könnt ihr soviel Erde und Gras sehen, wie ihr wollt. Mein Gott, Kinder«, sagte er, während Mel und Wallis dastanden und das Fleckchen nackte Erde bestaunten, »was stimmt mit euch bloß nicht?«

Sie beachteten ihn nicht; sie standen da wie erstarrt und verspürten plötzlich eine Kraft in sich, spürten, wie sie in jede Muskelfaser drang, so wie zuvor das Sonnenlicht und das Rauschen des Wassers ihr Blut in Wallung gebracht hatte.

Old Dudley ahnte, was in ihnen vorging, doch er selbst empfand nichts dergleichen, nur Leere, eine Kluft, und er war eifersüchtig. »He«, sagte er zu Mel und klopfte ihr auf die Schulter, »das reicht jetzt.«

Schließlich blickte sie ihn an, erwachte wie aus einer Trance, aber ihr Blick war trüb und abwesend wie bei einer Träumenden, einer alten Frau oder einer Verliebten. Dudley wedelte mit der Hand vor ihrem Gesicht und sagte noch einmal: »He, das reicht jetzt.«

Dudley ging direkt zu Matthews Bett und starrte ihn lange an. Mel hatte ihn rasiert, so daß er im Schlaf keinen Bart bekam, und Dudley sagte besorgt: »Möchte bloß wissen, wie er in diesem Zustand pinkelt.«

»Er pinkelt nicht«, erwiderte Mel.

Dudley blickte Wallis an. »Kriegt er ab und zu einen Steifen?«

Mel ging in die Küche, um das Abendessen zuzubereiten.

Wallis beobachtete, wie Old Dudley durch die Tür spähte, um sicherzugehen, daß sie weg war, und dann Matthew einen Tritt in die Rippen versetzte, nicht mit voller Kraft, aber auch nicht gerade liebevoll. »He, Kleiner«, flüsterte er, »wach auf. Du verpaßt was. Du verpaßt alles.«

Matthews Mund öffnete sich in unbewußtem Protest, schloß sich aber dann langsam wieder, eine Bewegung, die seltsam reptilienhaft aussah, und Dudley versuchte nicht noch einmal, ihn zu wecken. Er runzelte die Stirn und wandte seine Aufmerksamkeit Wallis zu.

»Du solltest nach Hause kommen«, sagte er, und Wallis wußte, daß er sofort meinte, und nicht erst nach der Bohrung.

»Ich bin mit der Karte fertig«, sagte Wallis.

Dudley starrte ihn an und wußte zuerst nicht, wovon er sprach, dachte, er meinte eine von Mels Karten über die Wölfe.

»Wie hast du das angestellt?« fragte er ungläubig. Er deutete nach draußen. »Du hast doch überhaupt nichts gesehen. Liegt doch alles unter einer Schneedecke.«

Zum erstenmal verspürte Wallis einen leichten Zweifel, doch er drängte ihn zurück. Die Zuversicht, die er während der ganzen Zeit gesammelt hatte, stemmte sich wie ein Deich der Brandung entgegen. »Ich habe die Flüsse kartiert«, sagte er. »Und die Hänge. Und alte Bohrproben. Und ein paar von Matthews alten Karten …«

»Die falschen«, sagte Dudley. »Unten aus dem Keller.« Er blickte auf die Falltür, schaute dann wieder Wallis an und sah, daß er Bescheid wußte.

»Ja«, sagte Wallis.

»Wir sehen sie uns nach dem Abendessen an«, sagte Dudley. Er musterte Wallis noch einmal, um sich zu vergewissern, daß er noch ihm gehörte. »Mein Alter war einsame Klasse, was?«

»Ja«, sagte Wallis, »kann man wohl sagen.«

Sie gingen in die Küche, wo Mel in einer eisernen Pfanne eine Lende zubereitete. Sie briet sie fertig, streute Salz und Pfeffer darüber und verteilte das Fleisch auf drei Teller. Sie gab ein bißchen Wasser und Mehl in die Pfanne, um eine dünne Soße anzurühren, und das war das ganze Abendessen: Wild und Rotwein.

Wallis versuchte, sich nur auf den Augenblick zu konzentrieren – keine Zukunft, keine Vergangenheit – und das Essen zu genießen, und er blickte Mel im Kerzenlicht an und lächelte; hing kurz seinen Tagträumen nach, stellte sich vor, daß er im Frühling, Sommer und Herbst mit ihr schlafen würde, wenn die Bohrung so lange dauerte, doch dann merkte er, daß seine Gedanken abgeschweift waren. Er versuchte, mit beiden Beinen fest in der Gegenwart zu stehen, als würde nach diesem Abend nichts mehr kommen, als wäre danach alles vorbei.

Er hatte noch einen Happen Fleisch auf dem Teller. Old Dudley war schon fertig und blickte hungrig auf Wallis' Teller, doch Wallis aß rasch auf, bevor er es ihm wegnehmen konnte.

»Wie bist du hergekommen?« fragte Mel. »Du bist zwar gut in Form, aber du bist bestimmt nicht die ganze Strecke zu Fuß gegangen.«

»Hundeschlitten«, sagte er stolz. »Mit einem verdammten Hundeschlitten.« Er roch an seinem Ärmel. »Die sind alle paar hundert Meter stehengeblieben und haben geschissen. Glasige grüne Scheiße. Giftig. Ich konnte keinen Schneepflug mieten – keiner wollte mich herbringen. Du lebst an einem üblen Ort. Ich wollte eigentlich schon früher hier sein. Um Matthew zu wecken und wieder mit nach Hause zu nehmen, bevor er in seinen verdammten Winterschlaf fällt. Aber die junge Frau, das Mädchen mit dem Hundeschlitten, hat gesagt, ihre Hunde wären krank und müßten sich ausruhen. Hat gesagt, sie würde keinen Schritt weiter fahren. Wir mußten unterwegs übernachten.« Dudley schnupperte an seinen Ärmeln. »Es stank die ganze Nacht nach Verwesung. Und die junge Frau wollte nichts mit mir zu tun haben, hat alle Annäherungsversuche abgewiesen, selbst als ich ihr Geld angeboten habe. Eine Stange Geld«, sagte er kopfschüttelnd. »Schließlich hat sie das Zelt verlassen und draußen bei den scheißenden Hunden geschlafen. Aber jetzt bin ich da.«

»O Gott«, sagte Mel. »Wo ist sie her – wo hast du ihren Schlitten gemietet?« fragte sie und überlegte, ob sie jemanden kannte, der Schlittenhunde besaß.

»In diesem beschissenen Kaff«, sagte Dudley. »Dem letzten Ort, in den man kommt. Dem anderen Swan. Egal«, sagte er achselzuckend, »Hauptsache, ich bin da.«

Im Schlafzimmer war ein Poltern zu hören, ein leises Husten, und Dudley sprang vom Tisch auf, um nach Matthew zu sehen, und die anderen folgten ihm, doch Matthew hatte sich bloß herumgewälzt und lag jetzt, immer noch schlafend, auf der Seite.

Sie gingen zum Tisch zurück. Wallis wollte unbedingt seine Karte ausbreiten und sie Old Dudley zeigen, doch Mel wollte ein Lagerfeuer anzünden.

»Es ist immer noch Winter«, rief Dudley, doch sie entgegnete: »Stimmt nicht, es ist Frühling!« Und sie gingen hinters Haus und stapften durch den weichen Schnee, in dem sie bis zur Hüfte einsanken. Unterm Schnee gab es überall Hohlräume, doch wie Hirsche kämpften sie sich bis zur Feuerstelle, und Mel legte den Steinkreis und die Bänke mit einer Schaufel frei.

Sie gingen in den Wald, um Brennholz zu sammeln, brachen Äste und Zweige von den sturmzerzausten Bäumen und brachten jeder einen Armvoll mit. Sie entzündeten ein Feuer, setzten sich dann in die amphitheaterförmige Eismulde, die Mel freigelegt hatte, und wärmten sich. Der Schnee und das Eis ringsum wurden glasig, und sie reichten eine Flasche Wein herum; eine Weile glaubte Wallis fast, daß Old Dudley ganz normal oder höchstens ein bißchen verschroben war. Wallis konnte die Illusion ungefähr fünf Minuten lang aufrechterhalten, bis Mel aufstand, um Wasser zu lassen, und Dudley sich herüberbeugte und flüsterte: »Sie spielt mit dir wie mit einem Fisch! Sie verstößt gegen die Regel, entfremdet dich von mir und deiner Arbeit. Sie macht dasselbe mit dir wie die Landschaft – sie verbiegt dich, verformt dich! Gib nicht nach! Bohr sie an! Vögel mit ihr, und mach dich dann aus dem Staub! Laß dich nicht von ihr in die Falle locken. Vielleicht solltest du *sofort* nach Texas zurückkommen.« Er legte seine alte Hand mit den hervortretenden Adern auf Wallis' Oberschenkel und packte fest zu. Die Zangenmale an den Schläfen pulsierten wie das Trommelfell eines Ochsenfrosches im Sommer.

Mel kehrte zurück und setzte sich wieder in die Eismulde. Das Licht auf ihren Gesichtern war orange, und manchmal war die Hitze so stark, als würden sie bei lebendigem Leib gebraten. »Wie ich sehe, versucht er, Matthew gegen ein neueres Modell einzutauschen«, sagte sie zu Wallis, und Old Dudley knurrte: »Genau wie du, Schätzchen.«

»Erzähl mir, wie's war, als du rauskamst«, sagte Wallis.

»Meinst du aus Osttexas oder aus dem Heim?« fragte Dudley. »Das Heim war das Beste, was mir je passiert ist.«

»Aus dem Heim«, sagte Wallis.

Dudley trank die Flasche Wein aus, warf sie ins Feuer und zog eine neue unter dem Mantel hervor. Sie fingen wieder an zu trinken.

»Ich bin ein paarmal abgehauen«, sagte Dudley.

»Wohin?« fragte Wallis.

»Beim erstenmal bin ich nach Hause gefahren«, sagte Dudley. »Ma war kurz davor, abzunibbeln, und Pap sah auch schon ziemlich schlecht aus. Pap hat gesagt, ich würde gegenüber der Gesellschaft in der Schuld stehen und müßte sie ganz bezahlen. Er hat mich in seine alte Schrottmühle gepackt und direkt zurück ins Heim gefahren. Ma wollte mir wenigstens Abendbrot und einen Kuchen machen, den ich mitnehmen konnte, aber Pap ist an die Decke gegangen. Er war so übergeschnappt, daß er dachte, ich hätte es satt, für ihn den Kopf hinzuhalten, und wollte den Platz mit ihm tauschen. Scheiße, wahrscheinlich hatte ich noch Glück, daß er mich nicht umgebracht hat. Er dachte, ich wollte unsere Abmachung nicht einhalten.« Er lachte, schüttelte den Kopf. »Er hat meine Verläßlichkeit in Frage gestellt. Blödes Arschloch.«

»War er denn verläßlich?«

Dudley schnaubte verächtlich. »Offensichtlich nicht.« Er blickte zu den Sternen auf. »Meine guten Eigenschaften hab ich alle von meiner Mutter.«

»Ich auch«, sagte Mel.

»Ich bin in einem Güterwagen hingefahren«, sagte Dudley, »und war ziemlich schnell da. Bin die Nacht durchgefahren und war bei Tagesanbruch da, gerade als die Sonne aufging, aber die Rückfahrt zum Heim dauerte viel länger. Ich wette, daß ich noch keine halbe Stunde daheim war, als er mich in seinen alten Lieferwagen steckte und zurückbrachte.

Die verdammte Karre lief dauernd heiß. Wir mußten uns hinsetzen und warten, bis sie aufhörte zu zischen, dann mußten wir kaltes Wasser nachgießen und sie abkühlen lassen. Aber er konnte es nicht ertragen, bloß dazusitzen und zu warten, bis der Wagen abgekühlt war, er mußte unbedingt weiterfahren, als ob er Angst hätte, daß ich abhauen würde, wenn wir uns kurz im Schatten einer Eiche ausruhten. Statt dessen hat er den Wagen geschoben, wenn er noch zu heiß war, um anzuspringen, und ich saß hinterm Lenkrad. Der zähe kleine Mistkerl hat geschnauft und gekeucht, über und über voll Schweiß, und er war kurz davor, die Besinnung zu verlieren. Wir haben ungefähr einen Kilometer pro Stunde geschafft, und wenn's bergauf ging, noch weniger, aber er mußte uns in Bewegung halten. Seine Seele hat Qualen gelitten. Wut ist die Masse eines Körpers mal seine Beschleunigung.

Er schob uns schnaufend und keuchend einen kleinen Hügel rauf – ich hatte Angst, er würde einen Schlaganfall kriegen und ich würde dort festsitzen –, und endlich erreichten wir die Kuppe, und er kam nach vorn gelaufen und stieg wieder ein, dann rollten wir auf der anderen Seite runter, und der Wind blies kurz durch die offenen Fenster, bis wir am Fuß des Hügels ankamen und er wieder schieben mußte. Ich glaube, da bin ich zum erstenmal draufgekommen, daß ich ihm egal war, daß irgendwas mit ihm nicht stimmte.« Dudley berührte unwillkürlich eins seiner Zangenmale. Das Feuer war heruntergebrannt, und die drei waren näher zusammengerückt. »Ach, Kinder«, murmelte Dudley, »welcher schmale Grat trennt die Welt von wahrem Wahnsinn? Ist es ein dünner, morscher Fußboden, durch den jede Generation krachen kann? Haben wir noch immer nicht die Anmut der Bussarde, Habichte und Adler?« Er starrte seine bloßen Hände an und schien nicht zu wissen, was er mit ihnen anfangen sollte.

»Später am Tag, als es endlich kühler wurde, sprang die Schrottkarre wieder an, und wir fuhren durch die Nacht. Ich war schläfrig und lehnte mich im Sitz zurück. Ich sah mir die Gasflammen an – Dutzende, ja vielleicht auch Hunderte –, die ringsum auf den nächtlichen Ölfeldern brannten. Es war wunderschön. Ich wollte auf keinen Fall zurück ins Heim.

Bei Tagesanbruch kamen wir dort an. Ich durfte einen ganzen Monat lang nicht nach draußen. Im Juni. Nachts konnte ich die Glühwürmchen vor meinem Fenster sehen. Oh, ich habe bittere Tränen geweint.«

Er öffnete eine dritte Flasche Wein, reichte sie diesmal aber nicht mehr herum.

»Und die anderen Male?« fragte Wallis.

»Da bin ich bloß ein, zwei Stunden weggewesen«, sagte Dudley. »Ich war wieder zurück, bevor sie überhaupt merkten, daß ich weg war.«

»Du bist zum Mädchenheim rübergelaufen«, vermutete Wallis.

»Ich hab bei ihnen auf der Veranda gesessen«, sagte Dudley. »Ich bin eigentlich nie reingegangen. Hätt ich tun können. Aber es hat mir gereicht, im Nachtwind zu sitzen und zu spüren, daß sie schliefen; um ihren Schlafsaal zu streichen und die verschiedenen Düfte einzuatmen.« Erneut berührte er seine Schläfen. »Im Lauf der Zeit hat das Kalzium meine Dellen ausgefüllt. Jetzt sind sie nicht mehr so schlimm. Damals waren sie wirklich schlimm. Ich wollte niemandem Angst einjagen.«

»Hast du da deine Frau kennengelernt?« fragte Wallis.

Dudley lachte, schaute Mel an. »O nein«, sagte er, »sie war ein Engel. Sie hatte mit alldem nichts zu tun. Sie war ein Engel.«

»Stimmt«, fügte Mel hinzu.

»Und wie – warum ...«, begann Wallis, und Dudley lachte und betrachtete wieder seine großen, knorrigen Hände. Sie waren das einzige an ihm, was seinem Alter entsprach. »Keine Ahnung«, sagte er. »Keine Ahnung.«

Danach schwiegen sie eine Weile. Später sagte Mel halb zu sich: »Manchmal vermisse ich sie so sehr, daß ich ihren Namen laut ausspreche, bloß um seinen Klang zu hören.«

Der Wind blies in die Kohlen. Kleine Flammen loderten auf und saugten an der kalten Luft wie ein Säugling an der Mutterbrust. Dudley stand auf und legte Holz nach. Warf eine weitere leere Weinflasche in die Flammen. Das Flaschenetikett fing Feuer, und es sah so aus, als würde die Flasche selbst brennen. Old Dudley deutete darauf und sagte zu Wallis: »Du willst bestimmt was übers Epithelgewebe erfahren.« Mel schnaubte verächtlich.

Sie hatte gehört, wie Dudley Matthew einen Vortrag gehalten und ihn eingefangen hatte, hatte gesehen, wie Dudley ihn eingeholt, gefangengenommen und verschlungen hatte, wie ein Gletscher, der sich einen Berg hinunterwälzt und einen Felsblock vom Hang reißt, doch sie glaubte nicht, daß ihm das bei Wallis gelingen würde. Er schien sich in größerer Tiefe zu befinden oder die Fähigkeit zu besitzen, sich tiefer sinken zu lassen, sobald Dudley sich an ihn heranpirschte, wie ein Fisch, der, ohne eine Flosse zu bewegen, langsam in tieferes Wasser sinkt und einfach verschwindet.

»Wir haben diese dünnen Zellschichten oder -gewebe in unserem

Gehirn«, sagte Dudley. »Jede Schicht, jedes Epithel ist nur so dick wie eine Zelle. Genau wie bei den Gesteinsformationen in der Erde. Unser Kopf ist natürlich ein einziger elektrischer Stromkreis. Man kann seinen Kopf ganz schnell herumwerfen und einen Augenblick lang all das sehen, was es in der Landschaft, die man betrachtet, früher einmal gab: Bäume, wo jetzt keine mehr stehen, Büffel, Indianer oder Dinosaurier. Doch dann kommt das Gehirn wieder ins Gleichgewicht, und der Strom fließt wieder in die Epithel zurück.

Man kann auch vorausschauen«, erklärte er. »Die Überreste von allem, was je passiert ist, die Erinnerungen daran, die Erinnerungen der Zellen, liegen in Hunderten von Schichten auf dem Land, wie die Hüllen der Heuschrecken im Herbst. Man kann seinen Kopf auch ganz schnell in die andere Richtung drehen und sieht dabei manchmal so viel, daß man begreift, was in der Zukunft passieren wird. Doch das«, sagte er zu Wallis, »ist für uns beide nicht von Nutzen.

Jetzt kommen wir zu Hyperzerebralität und Tiefenkranialität«, sagte Dudley in einem murmelnden Singsang. »Die Elektronen können in deiner ganzen Schädeldecke rumschwirren: Das sind die horizontalen Kräfte in dir, die dir gestatten, mit deinen üblichen Sprach- und Bewegungsmustern an der Oberfläche rumzuspazieren, und dafür sorgen, daß du nicht so vertrottelt bist. Du kannst aber auch in Tiefenkranialität sinken, ein Riß, eine Pfahlwurzel aus Strom, die dich mehrere Epithelschichten tief in deinen Geist schickt. Du gerätst *unter* die Gegenwart. Das ist wie ein Orgasmus. Die Wurzel deines Geistes bohrt sich in den Spalt, und es läßt sich nicht sagen, was du dort finden wirst.«

»Wo ist Matthew?« fragte Wallis.

»Tja«, sagte Dudley und blickte zur Hütte hinüber, »im Moment ist er nirgends. Seine Kraft ist aufgebraucht. Sein Strom ist abgeschaltet. Er ist hirntot. Ausgebrannt.« Er räusperte sich und dachte schwermütig an eine Zukunft ohne Matthew. Er hatte es natürlich kommen sehen. Nach einer Weile erholten sie sich nicht mehr. Das

Wunder der Regeneration fiel nicht einfach vom Himmel. Die trockenen Hüllen der Insekten zerstreuten sich im Wind.

Er wandte sich Wallis zu. »Es wird langsam kalt«, sagte er. »Wir werfen wohl besser mal einen Blick auf deine Karte.«

Wallis stellte überrascht fest, daß er zitterte. Den ganzen Winter hatte er sich beim Zeichnen, bei seinen Träumen von der Karte sicher gefühlt; doch als er sich jetzt von der steinernen Bank erhob und in die Hütte eilte, um seinem Herrn die Karte zu holen, hatte er das Gefühl, von einem dunklen, sicheren Ort unter der Erde ins helle Licht einer genauen Untersuchung hinaufzusteigen, und erstmals kam ihm der Gedanke, daß ein Werk, das im Dunkeln entstanden war, einer Überprüfung bei Tageslicht vielleicht nicht standhielt.

Er schüttelte seine Befürchtungen ab. Es war seine Karte, und er glaubte an sie wie schon an fünfzig andere Karten, die er gezeichnet und mit deren Hilfe man Öl gefunden hatte.

Er brachte sie ans Lagerfeuer. Dudley und Mel hatten weitere Zweige auf die Kohlen gelegt, und die Flammen loderten wieder hoch auf. Sie breiteten die Karte aus und beschwerten sie mit kleinen Steinen.

Wallis beobachtete, wie Dudley die Karte anstarrte. Er sah, wie seine Schultern sich erwartungsvoll vorstreckten wie bei einem Mann, der sich zu einem Festessen niederläßt, und wie sie dann enttäuscht, ja sogar bekümmert in sich zusammenfielen. Er sah, wie das Strahlen aus seinen Augen verschwand, wie sein Blick sich trübte. »Das ist falsch«, sagte Dudley. »Das ist völlig falsch.«

Wallis spürte, wie ihm das Blut aus dem Gesicht wich. »Was ist denn daran falsch?« fragte er.

»Alles«, erwiderte Dudley, und da er weder tobte noch schimpfte, wußte Wallis, daß er recht haben mußte. Vorsichtig, als würde er einen toten Fisch aufheben, nahm Dudley die Steine weg, rollte die Karte zusammen und legte sie ins Feuer, wo sie rasch aufloderte und in einer hellen Flamme verbrannte, die trotz ihrer Helligkeit keine

Wärme verströmte. Die Karte verwandelte sich in eine verkohlte Hülle, von der sich ein paar Fetzen lösten und in den Himmel hinaufschwebten.

»Hör mal«, sagte Dudley, »es wäre ziemlich viel verlangt, daß du es richtig hinkriegst, ohne es überhaupt *gesehen* zu haben. Verdammt noch mal, ich glaube, man kann von keinem erwarten, daß er unter den Bedingungen eine Karte zeichnet. Alles liegt unter dieser ekelhaften Schneedecke«, sagte er, und seine Freundlichkeit machte Wallis ganz krank, da er an Old Dudleys ungewöhnlichem Verhalten erkannte, wie weit er mit der Karte danebengelegen haben mußte. Er merkte auch, daß Old Dudley Angst hatte, weil sein bester Geologe in einer Art Koma lag und sein zweitbester, der einzige, den er noch besaß, gerade einen Riesenfehler gemacht hatte.

Er hatte nicht genug Zeit, um einen dritten auszubilden. Dudley warf Mel einen Blick zu, der zu sagen schien, daß er sie dafür verantwortlich machte.

»Vielleicht solltest du weiter drinnen noch mal nachsehen«, sagte er. »Im Frühling. Vielleicht solltest du's am anderen Flußufer probieren.«

Mel rückte näher zu Wallis, um ihn zu trösten. Sie legte schweigend den Arm um ihn, doch er brauchte keinen Trost, denn in der Karte steckte nicht sein Herzblut, sondern er hatte sich beim Zeichnen bloß fallen lassen. Er war unglücklich, mutlos und erstaunt, weil er so fest an etwas geglaubt hatte, das völlig falsch war, doch er empfand keinen Schmerz und betrachtete es nicht als großen Verlust. Old Dudley und Mel nahmen es viel schwerer als er.

Mel verstand nicht, wie er es ertrug, noch einmal von vorn anfangen zu müssen. Ihr kam es vor, als würde man einen langen Winter überstehen und müßte kurz vor Frühlingsbeginn wieder umkehren und den ganzen Weg zurückgehen. Sie flocht ihre Hand in seine, als wollte sie ihn zurückhalten.

Sie hörten ein Rascheln und sahen, wie sich vor der Hütte etwas Dunkles regte. Zuerst konnten sie es nicht richtig erkennen, und dann begriffen sie nicht, was ihnen ihre Augen sagten. Wallis hielt es für einen schwarzen Wolf, der über den Schnee kroch, und Mel glaubte, es sei ein Schwarzbär, der nach dem Ende des Winterschlafs noch ganz wacklig auf den Beinen war. Old Dudley glaubte, es sei kein Wesen von dieser Welt, sondern die Verkörperung all seiner Ängste, die wie eine Krokuszwiebel aus der Erde gewachsen war und jetzt auf der Suche nach Vergeltung, langsam wie ein Verwundeter, aber fest entschlossen und unaufhaltsam, über den Schnee auf ihn zukroch. Er schrie auf.

Matthew erreichte den Rand des orangefarbenen Lichtscheins und lag einen Augenblick lang schwer atmend da. Sein schwarzes Haar war verfilzt, doch es glänzte, und sein Gesicht war von der Anstrengung schweißbedeckt, aber er sah zehn oder fünfzehn Jahre jünger aus; und als er sich ausgeruht hatte, kroch er weiter auf sie zu, zog sich über die Schneekruste, als könnte er seine Beine nicht mehr gebrauchen. Er hinterließ eine orangegrün leuchtende Urinspur, deren Gestank sie riechen konnten, und es war Old Dudley, und nicht Mel, der hinging, um ihn zu trösten, der ihm aufhalf und ihn zum Feuer brachte, wo sie sahen, daß sie sich seine Verjüngung nur eingebildet hatten und daß er eher zehn oder fünfzehn Jahre älter aussah.

Matthew lag auf dem Rücken, den Kopf in Dudleys Schoß gebettet, und blickte Mel voll Zärtlichkeit an. Er verströmte einen starken Gestank. Matthew schaute zu Wallis hinüber, lächelte ihn an, blickte Mel wieder an, alle beide, wie sie so eng beieinandersaßen, und begriff, daß er lange weggewesen war. Mel blinzelte, streckte die Hand aus und ergriff seine – ihre blaß, lang und schmal; seine dunkel, groß, geschwollen und narbig von der langjährigen Arbeit mit Steinen –, und so verharrten sie lange, Dudley, Mel und Matthew wie durch eine Kette verbunden, während Wallis allein etwas abseits saß. Die Asche seiner schwarzen Karte, ihre verkohlte Hülle, flog auf, als die Kohlen in sich zusammenfielen und das Feuer herunterbrannte, während die Sterne heller leuchteten und die Nacht kälter wurde; und nachdem Matthew Mel eine Weile lächelnd angestarrt hatte, ohne sich groß darum zu kümmern, daß er sie verloren hatte, einfach glücklich, sie zu sehen, verlor er wieder das Bewußtsein, und dann auch Old Dudley, wie zwei Pferde in einem Gespann, und Wallis und Mel hoben Matthew hoch wie einen schweren Sack und trugen ihn in die Hütte zurück, zogen ihm saubere Kleider an, spülten das Geschirr, gingen dann selbst ins Bett und ließen Dudley neben dem erlöschenden Feuer liegen.

In der Nacht wurde es rasch kühl, und obwohl Dudley in seinen warmen Parka gehüllt war, fror der weiche Schnee, in dem er lag, fest und hielt ihn bei Tagesanbruch in seinen Klauen. Er wachte schreiend auf und versuchte, sich freizustrampeln, da er das Fell an seinem Parka für einen oder mehrere Wölfe hielt, die ihn zu Boden gerissen hatten und über ihn herfielen. Und am anderen Ufer des Flusses hörten ihn die wirklichen Wölfe und begannen, ihm mit ihrem eigenen Heulen, das durchs ganze Tal hallte, zu antworten. Und im Bett zuckten Matthews Augen, dann blinzelten sie, und mit dem kleinen Rest Wärme in seinem erkaltenden Gehirn dachte er an die Karten, die auf ihn warteten, dachte an künftige Abstiege, an künftige Kämpfe mit unterirdischen Engeln. Ein Teil von ihm vermißte Mel und fühlte sich wegen des riesigen Verlusts einsam, doch all das hatte schon vor langer Zeit begonnen und sich täglich verschlimmert, und der endgültige Verlust kam ihm nur wie der eines weiteren Tages vor, und nicht wie die Summe von allem.

Beim Frühstück herrschte Schweigen. Matthew musterte Mel oft, wie jemand, der in einem fremden Land die Tischsitten eines Einheimischen beobachtet. Mel dachte mehrmals darüber nach, was sie sagen wollte, doch angesichts seiner schläfrigen Sprachlosigkeit fand sie, daß es keine Rolle spielte: Sie mußte warten, bis sich sein Gehirn wieder erwärmt hatte. Falls sie sich überhaupt entschloß, je darüber zu sprechen.

Der Verlust lastete schwer auf ihr, fast als ob er oder sie oder alle beide gestorben wären, doch da war auch eine unglaubliche Leichtigkeit und Freiheit, die sie schwindlig machte. Sie hatte die Wölfe und ihren früheren Liebhaber aufgegeben, und jetzt fragte sie sich, ob es noch etwas anderes gab, das sie aufgeben konnte.

Old Dudley starrte in seinen Kaffee. Es kümmerte ihn nicht, daß er mit Wallis' Karte kein Öl finden würde, er hatte schon vorher gewußt, daß es hier keins gab, hatte Wallis bloß in diese eklige Wildnis geschickt, um ihm eine Lektion über die Erkundung noch unerschlossener Gebiete zu erteilen, um ihm eine Kostprobe davon zu geben, wie es damals gewesen war, als er selbst angefangen und sich noch niemand richtig ausgekannt hatte, doch es ärgerte ihn, wie unglaublich weit Wallis mit seiner Karte danebengelegen hatte. Für Dudley war das nicht Wallis' Fehler, sondern sein eigener, denn er hatte ihn ausgewählt.

Gegen Mittag brachen Old Dudley und Matthew auf. Matthew konnte sich noch nicht länger auf den Beinen halten, und Dudley zog ihn auf einem Kinderschlitten über den Schnee, als wäre Matthew ein übergroßes Wunderkind. Sie hielten am Laden, um sich von Helen zu verabschieden, blieben aber nur eine Stunde und kauften dann Artie ein altes Schneemobil ab, das seit Jahren nicht mehr benutzt worden war. Mit großer Mühe brachten sie es in Gang, und es lief unruhig, brachte sie aber noch vor Einbruch der Nacht aus dem Tal, auch wenn sie von den Auspuffgasen Kopfschmerzen bekamen. Für Matthew, der mit hin- und herbaumelndem Kopf hinter Dudley saß und die Arme um seine Hüften geschlungen hatte, klang das Motorengeräusch wie eine Säge, die seine Hirnschale aufschnitt, und durch ihre holprige Fahrt und das ununterbrochene Dröhnen des Motors war er überzeugt, daß genau das passierte und Old Dudley die Säge bediente, und es verwirrte ihn, warum er sie nicht abschaltete.

Als Mel und Wallis wieder in die Hütte kamen, öffneten sie alle Fenster, um den Südwind hindurchfegen zu lassen. Die Vorhänge bauschten sich, und sie streiften ihre Kleider ab und schliefen in einem Sonnenstrahl auf ihrem zerwühlten Bett miteinander, rekelten sich dort den Rest des Nachmittags, folgten den gelben Keilen im

Uhrzeigersinn und badeten in dem warmen Wind. In der Abenddämmerung standen sie auf, ohne sich anzuziehen, bereiteten das Abendessen zu, liebten sich wieder und dösten früh ein. Sie schliefen die ganze Nacht fest und erwachten am nächsten Tag mit dem sicheren, befriedigenden Gefühl, etwas Wirkliches, Körperliches und Sichtbares geschaffen zu haben.

Zweites Buch

Ein früherer Beginn.
Anzeichen großer Wärme.

Wir suchen nach einem Beginn. Wir sind den aufeinanderfolgenden Erdschichten bis zu ihrem scheinbaren Sockel gefolgt; doch wir erkennen, daß unter diesem Sockel schon etwas existierte; also kann er nicht der Beginn sein. Er ist eine vom Meer geschaffene Masse von Sedimenten. Das Meer ging den Sedimenten voran. Dem Meer ging etwas voran, worauf es lagerte: Was war das? Nichts, was das Meer geschaffen hat. Was existierte vor dem Meer und den Meeressedimenten?

Das tiefste Gestein ist hart und kristallin. Wir haben den Schluß gezogen, daß das vermutlich größtenteils auf Druck und Wärme zurückzuführen ist. Dann würde sich die jetzige Beschaffenheit des Materials stark von der Beschaffenheit der ursprünglichen Sedimente unterscheiden. Das nennt man Metamorphismus.

Ein wichtiger Punkt ist der Beweis, daß in grauer Vorzeit überall große Wärme herrschte. Ich glaube nicht, daß der Metamorphismus des Gesteins an der Erdoberfläche stattgefunden hat. Die beteiligte Wärme stammte anscheinend aus dem Erdinnern. Durch darüberliegende Erdschichten wurde sie sehr lange eingeschlossen und gespeichert.

Daß die Wärme aus dem Erdinnern stammte, wird dadurch gestützt, daß es für ihre ständige Existenz viele Beweise gibt. Du erinnerst dich bestimmt an Naturerscheinungen wie Geysire oder heiße Quellen, lieber Leser. Du erinnerst dich bestimmt, daß die vulkanische Lava aus dem heißen Erdinnern stammt. Deine Gedanken schweifen bestimmt über die riesigen lavabedeckten Flächen, die im letzten Erdzeitalter entstanden. Du bist fest überzeugt, daß im Erdinnern eine große Wärme herrscht; und da Wärme immer abnimmt, ziehst du bestimmt den Schluß, daß die Temperatur an der

Erdoberfläche vor ein paar Millionen Jahren viel höher war als jetzt. Die Abnahme der Erdwärme läßt sich beobachten. Die Wissenschaft hat die Wärmemenge, die jedes Jahr auf die Erde gelangt – das heißt, die Menge pro Quadratmeter –, und auch die Menge gemessen, die jedes Jahr entweicht. Dadurch wurde gezeigt, daß sie mehr Wärme abstrahlt als sie aufnimmt. Die Erde erkaltet langsam. Diese wichtige Tatsache wurde durch Experimente, durch Beobachtungen über das Entweichen der Wärme aus dem Erdinnern und dadurch belegt, daß an der Erdoberfläche früher eine höhere Temperatur herrschte als jetzt.

Sie kühlt ab! Diese Entdeckung gibt uns einen neuen Blick auf die Erdgeschichte. Wir müssen die Erde als einen abkühlenden Planeten *betrachten. Dadurch wandern unsere Gedanken zurück und verfolgen einen* Prozeß fortschreitender Abkühlung. *Also sind wir aufgefordert zu überlegen, was für Stadien die Erde in diesem Abkühlungsprozeß durchlaufen haben muß. Alles deutet darauf hin, daß die fortschreitende Abkühlung eine Tatsache ist.*

Durch unsere Überlegungen gelangen wir zu dem Schluß, daß es irgendwann eine Zeit gab, in der auf der Erde kein Wasser existiert haben kann. Das ganze Wasser auf der Erde muß sich damals als Nebel oder Gas in der Atmosphäre befunden haben. Zu einer Zeit, als noch kein Meer existierte und noch keine Meeressedimente abgelagert worden waren. Das ganze Gestein, das aus Meeresablagerungen entstand, existierte noch nicht. Die Erde hatte vermutlich eine feste Oberfläche; doch dort muß die Temperatur sehr hoch, vielleicht sogar glühend heiß gewesen sein, damit die Erde genug Wärme ausstrahlen konnte, um zu verhindern, daß das ganze Wasser kondensierte.

Wir sollten zwischen Nebel und Gas unterscheiden. Gas ist trocken wie die Luft in der Atmosphäre – wie die Dampfwolke, die nach ihrem Entweichen aus dem Kochtopf kondensiert. Doch es gibt mineralischen Nebel und durch Feuer entstandenen Nebel. Mineralischer Nebel muß meistens stark erhitzt werden. Wir können ihn »Feuernebel« nennen. Wenn die Erde durch Wärme verdunsten würde, wie weit würde sie sich im Weltall ausdehnen? Das müssen wir bedenken. Falls die Erde je ein Planet aus Feuer-

nebel war, dann war ihr Umfang viel größer als jetzt. Aber jetzt ist unsere Erde auf ihre letzte, unwiderrufliche Größe geschrumpft.

Es bleibt noch etwas anderes zu erwähnen. Die Erde ist nur eine Welt in einem System von Welten. Es gibt allen Grund zu der Annahme, daß der ferne Ursprung, den wir für die Erde nachweisen können, auch für die anderen Planeten gelten muß. Wenn ich behaupte, daß sie alle zu einem System gehören, spreche ich von ihren Gesetzmäßigkeiten in bezug auf eine Sonne: die allen gemeinsame elliptische Umlaufbahn; die Tatsache, daß alle sich von Westen nach Osten bewegen; daß alle fast auf einer Ebene kreisen; daß sich alle, soweit bekannt, von Westen nach Osten um ihre eigene Achse drehen; daß ihre Form und Bewegung und die ihrer Trabanten den gleichen Regeln folgen und daß alles, was wir über andere Planeten wissen, auf eine grundsätzliche Übereinstimmung und Ähnlichkeit zwischen ihnen hindeutet. Also kann man viele Gesetzmäßigkeiten nicht ändern, sondern nur entdecken.

Dieser Schluß weitet unseren Blick. Wir müssen uns jeden einzelnen Planeten als Ergebnis erhitzten Feuernebels vorstellen. Es ist leichter, sich auch die Sonne so vorzustellen, da sie im Augenblick von diesem Zustand nicht so weit entfernt ist wie die Planeten. Wenn all diese Körper so stark erhitzt waren, daß sie in diesem Zustand verharrten, muß unser ganzes Sonnensystem voller Feuernebel gewesen sein. Diese Teilchen – ein paar von ihnen waren vielleicht sogar fest – hatten ein unvorstellbar geringes Gewicht. Also schwebten die Nebelpartikel gewissermaßen im All und benötigten dazu kein Gas.

Weiter läßt sich die Geschichte der Abkühlung nicht zurückverfolgen. So hat sie vermutlich begonnen. Ich bin bereit zuzugeben, daß die Materie als Feuernebel entstanden sein könnte. Wie auch immer, die Temperatur, die der Feuernebel brauchte, kann niedriger oder höher gewesen sein. Temperaturen sind nur Begleiterscheinungen. Egal, welche Temperatur irgendwo herrscht, die Verhältnisse passen sich daran an, das ist der Lauf der Natur.

Von diesem Zeitpunkt an werden alle Ereignisse in der physikalischen Geschichte unseres Sonnensystems – in der Geschichte unserer Erde – durch einen natürlichen *Abkühlungsprozeß bewirkt. Wir wollen das beweisen und verfolgen unsere Evolution in ihren Grundzügen. Jetzt schreckst du zurück, lieber Leser, und rufst: »Evolution? – Schicksal! Atheismus!« Das zeigt deine völlige Unkenntnis vom Wesen der Evolution.*

Bleib ruhig. Gott war am Anfang, er ist jetzt und wird immer sein. Gott schuf die Welt und herrscht über sie; Gott ist inmitten seiner Schöpfung. Angenommen, wir nennen den Feuernebel den absoluten Beginn; dann gibt es mindestens drei Dinge, die nicht *aus Feuernebel sind und für die ein wesentlich größerer Erklärungsbedarf besteht. Ohne diese drei Dinge gäbe es keinen Abkühlungsprozeß. Es sind: 1. Materie – egal in welchem Zustand; 2. Kraft – in ihren verschiedenen Formen; 3. ein Plan – oder alles würde für immer im Chaos versinken. Diese Dinge beinhalten Macht, Intelligenz, Selbstbestimmung. Wo Selbstbestimmung im Spiel ist, findet sich auch Persönlichkeit. Für den Ursprung von Materie, Kraft und Plan bedarf es also noch immer eines Schöpfers. Wenn die Welt nach der Entstehung dieser drei Dinge wie ein Uhrwerk ablaufen würde, wären wir gezwungen, ihren ganzen Entwicklungszyklus dem ursprünglichen Wirken eines Schöpfers zuzuschreiben. Ich selbst finde diese Schlußfolgerung keineswegs zufriedenstellend, wie ich bald erklären werde. Doch selbst das ist eine theistische Sicht von der Entstehung der Welt.*

Wie groß das Glück war, das sie empfand, konnte sie nicht beschreiben. Sie hatte angenommen, daß die Trennung von Matthew eine Narbe hinterlassen würde, doch jetzt begriff sie, daß die Wunde selbst abgetrennt worden war, ihr Scheitern herausgeschnitten. Alle konnten sehen, wie Mel dazu beitrug, Wallis zu einem Talbewohner zu formen, und jetzt, wo alle von der Trennung wußten, sprachen sie auch darüber. Doch keiner außer Helen sah oder bemerkte, wie Wallis eine neue Mel formte. Er legte nicht unter der alten äußeren Erscheinung ihr wahres Wesen frei, sondern schuf einen völlig neuen Menschen, der für die Zukunft und nicht für die Vergangenheit gerüstet war. Für das Glück.

Jeder hätte es sehen können. Sie hätten ihren Spuren im schmelzenden Schnee folgen und ihre großen, forschen Schritte und die großen Zwischenräume sehen können, wo sie, anscheinend ohne ersichtlichen Grund, in die Luft gesprungen war.

Es gefiel ihr, wenn er in die Erde eintauchte. Sie beobachtete fasziniert, wie er sich wieder auf seinen gescheiterten Versuch stürzte, wie seine Hände formten, zeichneten und ausradierten, jede winzige Linie auf der Karte neu zogen, wie er oft bei Laternenlicht allein an ihrem Schreibtisch arbeitete. Er erinnerte sie an ihren Vater, der vor langer Zeit bis spät in die Nacht unter einer einzigen brennenden Glühbirne gearbeitet hatte. Als Kind war Mel manchmal nachts aufgewacht, hatte den Flur entlanggeblickt wie durch einen Gang oder einen Tunnel aus Licht und hatte ihn, die Schultern vorgebeugt, die Ellbogen auf dem Tisch, auf seinem Zeichenstuhl sitzen und winzige Welten zeichnen sehen, die nicht größer gewesen waren als eine Schreibtischplatte. Oft hatte sie sich dann zu ihrer Mutter ins Bett gelegt und sich an ihren warmen Körper geschmiegt; und später, als sie nur noch zu zweit gewesen waren, war sie in ihr Zimmer zurückgegangen und hatte versucht zu schlafen, hatte aber letztlich mit offenen Augen dagelegen und die Zimmerdecke angestarrt.

Sie las leise, während Wallis immer tiefer eintauchte, immer weiter mit der Karte rang; inzwischen beschäftigte er sich mit dem anderen Flußufer. Ihr Herz flimmerte, wenn sie sich die möglichen Folgen seines Gelingens vorzustellen wagte, doch seine geradezu körperliche Leidenschaft, die tranceähnliche Vertiefung in seine Arbeit – wie bei einem Schmetterling, der sich aus seiner Puppenhülle befreit –, war so schön, daß sie den Blick nicht abwenden konnte. Sie las und blickte von Zeit zu Zeit auf: Seine Hand zeichnete eine Linie nach der anderen und veränderte Hügel und Berge, als ob er zu dieser Arbeit verurteilt wäre. Ihr Gefangener. Sein eigener Gefangener.

Tagsüber zog er zu Fuß los, um Daten für seine Karte zu sammeln, und er begann an den Südhängen, wo die Sonne den Schnee bereits weggeschmolzen hatte und die nackte Erde zu sehen war. Er benutzte einen Brunton-Kompaß, bestimmte Streichrichtung und Neigungswinkel und notierte sich, wie der einzelne Berg und das Gebirge als Ganzes ausgerichtet waren. An vielen Stellen waren die sichtbaren Formationen so durcheinandergewirbelt, verzerrt und zersplittert, daß sie wie riesige Wogen aussahen, die gerade ihren höchsten Punkt überschritten hatten und in die darunterliegende Fläche gestürzt waren. Es war, als würde er bis zu den Knöcheln in der zurücklaufenden Strömung stehen. Er tat in dieser chaotischen Landschaft sein möglichstes, blickte über die Canyons hinweg sehnsüchtig auf die schattigen Nordhänge und träumte vom Juli und vom August, wenn sich ihm diese Hänge erschließen würden.

Sosehr er sich auch bemühte, in die verborgene Welt einzutauchen, es fiel ihm schwer, sich von der Schönheit an der Oberfläche nicht fesseln zu lassen. Als der Schnee schmolz und sich immer weiter zurückzog, tauchte eine weitere verborgene Welt auf. Die Enden herabgefallener Geweihe, die Spitzen von Steinen und Felsblöcken, von der Eislast gebeugte Büsche, Erdhöhlen und Felsspalten kamen zum Vorschein, während der Schnee sich aus dem Tal zurückzog wie das vom Mond angezogene Meereswasser.

Immer mehr Vögel kamen ins Tal, als würden sie in einen Strudel gesogen oder vom Südwind herübergeweht, doch Wallis wußte, daß nicht nur die längere Helligkeit sie nach Norden trieb (der sie davor nach Süden gefolgt waren), sondern auch eine gewisse innere Härte, die noch beständiger war als die Jahreszeiten.

Wenn man das Wesen und den Geist der einzelnen Vögel außer acht ließ, sah man in ihnen bloß mechanische bunte Teilchen, gefiedertes Protoplasma, das in alle Himmelsrichtungen geschleudert wurde wie leuchtende Stoffetzen, die der Wind davonträgt.

Wallis sah das anders. Man brauchte bloß einen Stärling zu betrachten, der im Morgenlicht mit leuchtenden Augen triumphierend auf einem schlanken Riedgras saß, den Kopf zurückwarf und mit großer Leidenschaft, aus reiner Freude über seine Ankunft trillerte und zwitscherte. Wenn es bloß eine Frage der Hormone war, hätten die Vögel auch woanders landen, singen, werben und ihr Territorium abgrenzen können. Vielleicht wären sie nicht so erfolgreich gewesen, doch sie hätten überall landen können, oder sie hätten beschließen können, gar nicht erst wegzufliegen.

Doch wenn man wie Wallis den Winter über an dem Ort lebte, den sie verlassen hatten, und dann sah, wie sie zuerst vereinzelt und dann in Schwärmen zurückkehrten, konnte man nicht länger behaupten, die Vögel hätten etwas Mechanisches: Der Ort und die Jahreszeit spielten eine Rolle, und an diesem speziellen Ort verspürten sie überschäumenden Jubel. Wallis hatte einmal gehört, daß sie manchmal so leidenschaftlich und lange sangen, daß ihre Stimmbänder rissen, und trotzdem weitersangen, so daß sie Blut spuckten und die smaragdgrünen Riedgräser dunkelrot färbten.

Wallis hatte jetzt immer eins von Mels alten Bestimmungsbüchern in seinem Rucksack, um die Vögel identifizieren zu können, um zu lernen, wie sie hießen und wo sie herkamen. Er fühlte sich zu ihnen hingezogen und war überrascht zu lesen, daß viele von ihnen aus der Gegend kamen, in der er einmal gelebt hatte. Dort unten hatte er ihnen nicht viel Beachtung geschenkt. Das Licht war oft grell und unangenehm gewesen, und wenn er aufgeblickt hatte, hatte er nur eine dunkle Silhouette vor einem graublauen Himmel oder in den blitzenden Strahlen der Sonne gesehen, doch als er jetzt beobachtete, wie sie nach und nach an einen Ort zurückkehrten, an dem vorher völlige Stille geherrscht hatte, konnte er ihre Unterschiede besser erkennen und begreifen.

Er versuchte, sich auf seine Karten und auf die Steine unter seinen Füßen zu konzentrieren, doch am liebsten hätte er jedesmal, wenn so ein buntgefiederter, glücklicher Vogel vorbeiflog und die unsichtbare, rasch verhallende Spur seines Gesangs hinterließ, durch sein Fernglas geschaut. Meistens ergriff er das Glas schnell und beugte sich vor wie ein Jäger, der einem Stück Wild auflauert.

Die ersten Blumen sprossen, und direkt danach tauchten zu seinem Erstaunen die ersten Schmetterlinge auf. Ihr unberechenbarer, unbeholfener Flug war verblüffend, und sie streiften in leuchtenden Farben über die Schneefelder, als hätten sie sich verirrt. Manchmal folgte er ihnen, und jedesmal führten sie ihn zu den Blumen, von denen er oft ein paar für Mel pflückte: Waldlilie, Felsenbirne und Moosglöckchen – ein schlichter, aber eleganter Strauß in Weiß und Rosa.

Ein paar von den Sträußen nahm sie mit in die Schule; andere trocknete sie und hängte sie in der Hütte an die Dachsparren. Ein Strauß stand in einer Vase auf dem Eßtisch. Ein Laib frisches Brot und zwei Waldhühner zum Abendessen. Danach war es meist noch hell – ein Lichtkeil zwischen Abendessen und Einbruch der Nacht –, und oft hackten und spalteten sie noch ein bißchen Holz.

Das stetige, rhythmische Geräusch ihrer Arbeit, das stramme Knirschen und Zersplittern des Holzes bei jedem Axthieb. In mancher Hinsicht war es, als wäre Matthew nie gegangen. Als hätte er sich in Wallis verwandelt oder umgekehrt. Nur daß sie jetzt wieder glücklich war.

Ein träger Nachmittag im Laden. Von blauem Zigarettenrauch durchzogen, hing das Sonnenlicht unter dem Dach. Wallis war den ganzen Vormittag draußen gewesen und hereingekommen, um seine schneenassen Kleider an Helens Ofen zu trocknen und auf die Schulpause zu warten, damit er Mel sehen und ihr vielleicht einen Kuß stehlen konnte. Es schadete auch nicht, wenn er versuchte, sich mit Helen wieder zu versöhnen, sie daran zu gewöhnen, daß Mel jetzt nicht mehr mit Matthew, sondern mit ihm zusammen war, doch es überraschte ihn immer wieder, wie wenig Versöhnung nötig zu sein schien, als hätte Helen andere, weitaus wichtigere Dinge im Kopf. Oft besuchten sich die beiden so unbefangen wie alte Freunde.

Von der anderen Straßenseite hörte Wallis, wie der Triangel zur Mittagspause geschlagen wurde. Manchmal ging er hinüber, um mit

Mel zu Mittag zu essen, und manchmal kam sie in den Laden, und die drei setzten sich in der strahlenden Sonne auf die Stufen.

Colter hatte trainiert, hatte Übungen gemacht, um bis zum Sommer kräftiger zu werden, hatte Klimmzüge und Liegestütze gemacht und immer wieder eine schwere Steinplatte wie eine Hantel über den Kopf gestemmt. Es war eine Geschichte, die so alt wie die Menschheit, aber trotz ihrer Vertrautheit erstaunlich war: die körperliche Entwicklung eines Menschen, die einem Aufblühen glich. Er war jetzt kräftiger als alle seine Klassenkameraden und schoß mit dem Bogen noch genauer, so daß er immer ins Schwarze traf, selbst auf eine Entfernung von vierzig Metern. Er schnitzte seine Pfeile aus Zedernholz und fertigte die Pfeilspitzen aus Feuerstein und Obsidian an, erhitzte die Steine im Feuer und bearbeitete sie dann mit den Enden eines Hirschgeweihs. Auch fliegende Ziele traf er noch besser. Mel verbot ihm, im Frühling auf Vögel zu schießen, doch er schoß gern auf fliegende Insekten: flügelsurrende Fichtenholzbohrer, Schmetterlinge und sogar im Mondlicht schwebende Nachtfalter. Er zündete vor der Bar eine Laterne an und nagelte die Nachtfalter, die manchmal noch flatterten, mit seinen feinsten, zerbrechlichsten Pfeilspitzen an die Wand.

Sein Rücken und seine Schultern wurden breiter, seine Taille schmaler und seine Oberschenkel kräftiger, als ob das ständige Spannen der Sehne, der Widerstand des Bogens ihn ebenso formten wie er den Obsidian.

Alle spürten es wie ein unterirdisches Rumpeln, ein Beben, daß er bereit war, aufzubrechen, daß die Landschaft ihn aus dem Tal in die andere Welt entlassen wollte. Helen und ein paar andere, die so alt waren, daß sie sich noch daran erinnern konnten, sagten, er sei genau wie Matthew.

Es war seltsam, wie Colter mit dem fortschreitenden Frühling immer kräftiger wurde, als bewegten sie sich im Gleichschritt voran. Sein Wachstum war so außerordentlich und gewaltig, daß es aussah, als wäre er weder ein Junge noch ein junger Mann, sondern ein zähes, wildes Tier, das jetzt in ihrer Mitte lebte: ein dressierter Tanzbär oder ein Kojote, ein Wolf, ein Wildschwein, ein Schwan, der nur die Haut oder das Kostüm eines Menschen übergestreift hatte. Ein Wesen, das sich bei ihnen wohl fühlte, aber von ihnen getrennt blieb und nicht ganz zu ihnen gehörte, getrennt durch eine Kluft, die im Leben nicht völlig überbrückt werden konnte.

Als Wallis wieder einmal mit einem Blumenstrauß von einer Wanderung im Norden der Stadt zurückkehrte, hörte er, als er in der Nähe von Colters und Amys Hütte vorbeikam, jemanden weinen, obwohl dort normalerweise Gesang ertönte. Er ging dem Geräusch nach, und als er den Waldrand erreichte, sah er, daß Amy an das Pony gelehnt in dem kleinen Korral stand und die Arme um seinen Hals geschlungen hatte. Ihr Gesicht war tränennaß, und es machte Wallis verlegen, sie so zu sehen, doch er wollte sich vergewissern, ob alles in Ordnung war. Vorsichtig näherte er sich ihr. Als sie ihn erblickte, rief sie: »Er ist weg!«

Zuerst dachte Wallis, sie meine, daß Colter vorzeitig aufgebrochen sei. Amy fing wieder an zu weinen, und Wallis führte sie zur Veranda, wo sie sich hinsetzten und im blauen Dämmerlicht ausruhten. Sie sagte schluchzend: »Er ist aufgebrochen, ohne sich zu verabschieden – er hat nicht mal vorbeigeschaut.«

Erst als Amy noch eine Weile geweint und sich unter Tränen beklagt hatte, war Wallis verwirrt, und nach der Anschuldigung: »Er wollte mich bloß *benutzen*. Er ist ein alter *Mistkerl*!« fragte Wallis ungläubig: »Colter?«, und Amy hörte auf zu weinen. »Nein«, sagte sie, »Dudley.«

»Oh, Mist«, sagte Wallis unwillkürlich, »das ist doch schon ein paar Wochen her. Du *magst* ihn doch nicht etwa, oder?« Doch der Blick, den sie ihm zuwarf, sagte ihm, wie es um sie stand, und er fragte sich, ob es irgend jemanden gab, den Old Dudley nicht umgarnen konnte. Er nahm die Leute bestimmt nicht durch seinen Charme gefangen. Er entdeckte ihre persönlichen Schwächen und nutzte sie aus.

Schließlich gab Wallis Amy den Blumenstrauß. Zuerst protestierte sie, da sie wußte, daß er ihn für Mel gepflückt hatte, doch als er ihn ihr ein zweites Mal anbot, nahm sie dankend an. Dann ging er nach Hause, nicht durch den Wald, sondern wie ein Talbewohner die schlammige, teilweise noch schneebedeckte Straße entlang, und lauschte dem abendlichen Gesang der Schnepfen und dem Quaken der Frösche am Fluß, die anscheinend so zahlreich waren wie die Sterne am Himmel. Über ihm schlugen Sternschnuppen Rad, und seine Freude darüber, daß er sich mit Mel in der Welt eingerichtet hatte und soviel Neues vor ihm lag, wurde nur kurz abgeschwächt durch den Gedanken an die nackte Einsamkeit, die hinter ihm lag; anscheinend hatte der Kummer ihn zumindest in diesem Jahr gemieden und statt dessen einen anderen ausgewählt.

Klettertrompeten rankten sich an den Steinmauern entlang und schlängelten sich zwischen den Flechten hindurch, und aus Süd- und Mittelamerika trafen die Kolibris ein, energiegeladen wie kleine Sprengstoffkapseln und prächtig wie Könige, als hätten sie die ganze Strecke nur zurückgelegt, um eine spezielle Blüte zu bestäuben.

An einem Wochenende regnete es zum erstenmal, was nach dem ganzen Schnee so überraschend kam, daß Mel und Wallis nach draußen gingen, sich in den leichten Regen stellten, ihn sich ins Haar, in die Kopfhaut rieben und sich darin wuschen; und danach gingen sie völlig durchgefroren wieder hinein, um sich am Feuer zu wärmen.

Als es richtig zu regnen begann, verwandelte sich der Schnee im Tal in Matsch, der rasch wegschmolz. Die Bäche und der Fluß führten Hochwasser, und die Wälder saugten Sonne wie Regen so schnell und gierig auf, daß sie in sattem Grün schillerten. Wallis hatte das Gefühl, als könnte er die Energie der Landschaft, dieses Verwandeln, Wachsen und Dehnen, bis in seine Zähne spüren.

Wallis stieg höher in die Berge hinauf, folgte dem zurückweichenden Schnee jeden Tag und zeichnete Karten. Dort oben lebten die Grizzlies. Sie hatten in den letzten hundert Jahren gelernt, daß sie sich von den Flußebenen fernhalten mußten, da sie dort mit den Menschen aneinandergeraten konnten, und jetzt blieben sie meistens in höheren Regionen, an den Rändern der Gletscher und der zurückweichenden Schneegrenze, wo das rieselnde Schmelzwasser für ein üppiges Pflanzenwachstum sorgte. Wallis beobachtete, wie die Grizzlies die in der Sonne leuchtenden Schneelilien fraßen, die zwischen der schwarzen Erde und dem weißen Gletscher wuchsen, und wenn die Bären weitergezogen waren, ging er dorthin und pflückte ein paar von den weichen Blüten für den allabendlichen Salat. Einen ganzen Nachmittag lang beobachtete er, wie eine Bärenmutter mit drei kleinen Jungen ein Eisfeld hinunterglitt, wie sie auf dem Rücken, alle viere in die Luft gestreckt, ungefähr hundert Meter weit rutschten und, wenn sie unten angekommen waren, immer wieder nach oben krabbelten, um noch einmal hinunterzuschlittern.

Wallis wurde von der Arbeit in den Bergen richtig braun, und wer ihn vorher gekannt hatte, hätte ihn vielleicht nicht wiedererkannt. Es versetzte Mel einen Stich, als sie sah, wie braun seine Haut wurde und wieviel Energie er ausstrahlte, wie aufgeregt er jedesmal war, wenn er abends aus den Bergen kam, doch dann rief sie sich in Erinnerung, wie ausgebrannt sie gewesen und in was für eine Sackgasse sie geraten war: zwanzig Jahre einer Leidenschaft, die zu nichts geführt hatte. Zwanzig Jahre reichten nicht aus. Man mußte hundert Jahre lang Daten sammeln, um bedeutende Ergebnisse zu erzielen; doch es gab niemanden, der ihre Arbeit fortsetzte. Es war das vorzeitige Ende einer Lebensaufgabe, etwas Unvollendetes, Unbekanntes.

Fast jeden Tag brachte Wallis eine Sammlung verschiedener Steine mit, um sie unter dem Vergrößerungsglas und dem Mikroskop zu untersuchen, aber auch um sie Mel wegen ihrer Schönheit zu zeigen: zehn, zwanzig, manchmal auch fünfundzwanzig Kilo Steine am Tag, einige glitzernd und funkelnd, andere farbenprächtig und wieder andere matt und trübe, so schwer, daß sie nicht von dieser Welt, sondern die Trümmer explodierter Planeten zu sein schienen.

Sie türmten die Steine am Rand des ehemaligen Gartens zu einer lockeren Mauer auf. Sie waren so schön, daß man sie unmöglich ins Gras oder einfach auf einen Haufen werfen konnte. Nachdem Wallis sie entdeckt hatte, mußten sie geordnet werden und durften nicht dem Zufall überlassen bleiben.

Im Mai trottete eines Tages ein schwarzer Wolf durch die Stadt, lief mitten auf der Straße, ohne nach links oder rechts zu blicken. Er kam direkt an der Schule vorbei – Belle, Ann, Mel und die Schüler sprangen auf, um ihn vom Fenster aus zu beobachten –, dann am Laden, an der Bar und am Friedhof und lief mit leichten, schwebenden Schritten wieder aus dem Ort hinaus, immer die Straße entlang, als wäre es ganz selbstverständlich.

Sie sagte sich nicht völlig von den Wäldern los, nicht wie Matthew es getan hatte. An Wochenenden unternahm sie Wanderungen mit Wallis, doch sie mieden die Gegend, wo laut Colter die Wölfe ihren Bau hatten, weil sie sie nicht stören wollten.

Statt dessen wanderten sie nach Norden, arbeiteten sich an den felsigen Südhängen entlang und liefen mit nacktem Oberkörper durch goldene und kupferrote Lichtstreifen. Wallis zeigte ihr die Verwerfungsstreifen auf den Felsen, die Richtung, in die die Erdplatten sich bewegt hatten, und welche von beiden sich durchgesetzt hatte. Mel brachte ihm alles über Pflanzen und Tiere bei: die Namen der Flechten an den Felswänden und der Farne im Wald und die Verwandtschaft zwischen ihnen, die Namen der Nachtfalter und Schmetterlinge. Sie erzählte ihm, welches Tier was fraß, um dann von einem anderen Tier gefressen zu werden.

Sie legten sich ins feuchte Moos und sonnten sich; sie krabbelten in dem Moos an der Schneegrenze auf allen vieren in der Sonne und aßen die gelben Lilien direkt vom Boden, während unter ihnen das Tal grün erstrahlte, noch immer unversehrt und kraftstrotzend.

Manchmal überquerten sie auf dem Heimweg die zerfurchten Wege, die zu Dudleys und Matthews Fehlbohrungen führten. Die schmalen Wege liefen scheinbar willkürlich durch den alten Wald, als wären sie etwas Ober- und nicht Unterirdischem nachgejagt, etwas schwer zu Fassendem, Unberechenbarem, Widersinnigem. Alte Baumstümpfe – morsches, orangefarbenes, zerbröckelndes, moosbedecktes Zunderholz – säumten die geschlängelten Wege, von denen aus grelles Sonnenlicht in den Wald drang. Der Gedanke, daß alle Wege zu Fehlbohrungen führten, war seltsam.

Unter der Schneedecke waren die Wege nicht zu erkennen gewesen, doch jetzt, wo immer mehr von ihnen – Dudleys und Matthews Fährte – zum Vorschein kam, wurden sie sichtbar: grobe Furchen und Rinnen in zuvor unberührter Natur, als hätten ungestüme Warzenschweine den Boden aufgewühlt. Mel sagte, da, wo die Erde nicht weggespült worden war, werde der Wald die Narben irgendwann wieder verdecken, solange Dudley und Matthew sich mit ihren Fehlbohrungen abfinden und nicht zurückkommen würden, um noch einmal zu bohren; doch sie mache sich Sorgen, daß die Holzfirmen, wie die Händler es prophezeit hätten, die alten Wege bald als Ausgangspunkte benutzen und sich mit ihren Maschinen von dort in allen Richtungen immer tiefer in den Wald fressen würden.

Schmelzwasser rauschte die zerfurchten Wege hinab, streckenweise schokoladenbraun von den großen Schlammengen, die es mit sich führte, und verteilte die Erde auf die einzelnen Bäche, die sich wiederum in den Fluß ergossen, wo sich dann der Dreck in den Laichgründen der Forellen sammelte. »Es ist erstaunlich, was ein einzelner Mensch anrichten kann«, sagte Mel und starrte auf den Weg, während sie knöcheltief in dem rauschenden, schlammigen Wasser standen, als würden sie einen neuen Fluß durchqueren, der in keiner Karte eingezeichnet war.

Sie blieben noch einen Augenblick in dem rauschenden Schlamm stehen, und ihnen wurde schwindlig von dem seltsamen Anblick: sumpffarbenes Wasser, das durch einen sonst unberührten Wald strömte. Dann gingen sie weiter, als wollten sie sich verstecken vor dem Gewirr von Wegen, das den ganzen Wald durchzog.

»Du hättest all das vor zwanzig Jahren sehen sollen«, sagte Mel.

»Es ist immer noch sehr schön«, erwiderte Wallis, denn er dachte, sie meinte es halb im Scherz.

»Du hättest es vor zwanzig Jahren sehen sollen«, sagte sie.

Mitte Mai lag kaum noch Schnee; immer mehr Geweihe kamen zum Vorschein, lagen wie Knochen über die Hänge verstreut, so daß die Leute sie mühelos finden konnten. Sie sammelten sie in großen Mengen auf. Die Berge waren auch mit den Gerippen der im Winter verendeten Rothirsche, Wapitis und Elche übersät, doch die Knochen waren in einem hoffnungslosen Durcheinander. Manchmal lagen zwei Gerippe übereinander, wenn ein Hirsch eingesunken und gestorben war, sich dann ein, zwei Meter Schnee darübergelegt hatten und schließlich ein weiterer Hirsch an derselben Stelle verendet war. Es kam Wallis so vor, als gäbe es nicht nur genug Steine, sondern auch genug Knochen und Geweihe, um daraus Zäune, Mauern, ja sogar Häuser zu bauen. An manchen Nachmittagen versuchte er, die Knochen wieder richtig anzuordnen, als wäre er der Kurator eines riesigen und bedeutenden Museums.

Colter schaute ständig aus dem Fenster und beobachtete, wie der Schnee sich zurückzog und sich über den Berggipfeln kräuselte wie der Meeresschaum bei Ebbe. Scharten, Spalten und Sättel, die verdeckt gewesen waren, wurden jetzt sichtbar. Er hatte einen speziellen Berg, den Dome Mountain, als Weg aus dem Tal gewählt, wenn es endlich soweit war, und er schnitt die Umrisse des Berges in seinen Tisch in der Schule, so daß er jeden Tag mit der Spitze seines Messers die neue Schneegrenze einritzen konnte. Die Linien gefielen ihm, und aus Langeweile ließ er immer wieder die Finger über die schrundigen Rillen in seinem Schreibtisch gleiten.

Er legte auch eine Liste der Ausrüstungsgegenstände an, die er mitnehmen wollte, führte die Vor- und Nachteile und die Wichtigkeit jedes einzelnen Artikels auf. Im Lauf des Nachmittags tauschte er mit Mel Zettel aus, worauf er den Nutzen jedes Artikels begründete oder in Frage stellte, bis Mel das Gefühl hatte, als würde bei seiner Abreise ein Teil von ihr mit ihm gehen.

In der Mittagspause nahm sie die Kinder mit zum Fluß, zu den Buchten und Biberdämmen, wo sie die Kaulquappen von Wasserpfeifern und Königslaubfröschen fingen und sie dann in Mayonnaisegläsern ins Klassenzimmer zurückbrachten. Sie stellten sie an einen sonnigen Platz auf dem Fensterbrett, fütterten sie mit Haferflocken und sahen sich täglich durch ein Vergrößerungsglas an, wie die winzigen Beinstummel zu wachsen begannen und das Fettgewebe in ihren Schwänzen sich verringerte.

Manchmal lag morgens eine aufgedunsene Kaulquappe – der blasse Bauch nach oben, das winzige Maul offen – tot auf dem Boden eines Glases, und die Schüler wollten sie herausfischen und beerdigen, doch Mel sagte, sie sollten sie liegenlassen, damit sie sich in eine milchigblaue Masse verwandeln konnte, von der die anderen Kaulquappen sich ernährten. Mel sagte, jede sterbende Kaulquappe setze Chemikalien frei, die bewiesenermaßen das Wachstum der überlebenden Tiere beschleunigten.

Je mehr von ihnen in dem Wasser starben, desto schneller entwickelten sich die Überlebenden. Die Schüler zerbrachen sich den Kopf über diesen Vorgang, über die Folgen und die Mechanismen solcher Überbevölkerung.

In Einmachgläsern hielten sie auch Raupen, fütterten sie mit riesigen Mengen an Gras und grünen Blättern und führten einfache Experimente über ihre unterschiedliche Entwicklung bei verschiedener Nahrung durch. Das schöne Märchen von der Raupe, die ihren Kokon spinnt und aus der Welt verschwindet. Die Blattreste, die kahlgefressenen Stiele, und der Raupenkot, der zentimeterdick auf dem Boden des Glases lag, und das Glas selbst (mit in den Deckel gestanzten Luftlöchern), ein Treibhaus, ein Wärmeerzeuger, wenn die Raupe schlief; und in beiden Fällen, Frosch und Schmetterling, staunten die Schüler über den hohen Preis für die Metamorphose. Den Kaulquappen legten sie einen Stein ins Glas, damit die Frösche herausklettern konnten, wenn die Verwandlung abgeschlossen war, und für die Schmetterlinge hängten sie kleine Zweige auf, an die sie sich klammern konnten, wenn sie ihre Flügel trockneten.

In der warmen Sonne und dem Duft der blühenden Lupinen begannen die Talbewohner erneut, Steine hin und her zu schleppen, als ob sie Ameisen wären. Ein weiteres Jahr arbeiteten sie an der Mauer, stapften die Straße rauf und runter und wirbelten Staubwolken hinter sich auf. Es war kaum Regen gefallen, aber die Bäche schienen genug Schmelzwasser zu führen, um das Tal für immer in ein üppiges Grün zu tauchen. Den ganzen Tag wälzte der reißende Fluß auf dem Grund Felsblöcke heran, und es herrschte ein wohltuender Einklang. Das gedämpfte Poltern des Flusses drang gelegentlich an die Oberfläche und vermischte sich mit dem Lärm ihrer eigenen Arbeit, dem Aufeinanderstapeln der Steine.

Und an den länger werdenden Abenden in der Bar roch es angenehm nach Arbeitsschweiß, Steinstaub und kaltem Bier. Es war ein sauberer Geruch, als wären sie von jeglicher Angst und jeglichem Elend gereinigt worden. Es war unbegreiflich, wie man auch nur daran denken konnte, das Tal zu verlassen. Sie schüttelten den Kopf über Matthews Abtrünnigkeit, wägten Für und Wider und kamen schließlich zu dem Schluß, daß es dort unten, wo er seine Zeit verbrachte, unter der Erde, wirklich faszinierend sein mußte.

Mit steigender Erwartung erörterten sie die Vorbereitungen für Colters Reise und malten sich aus, was er vielleicht entdecken würde: Gold, Lachse, im Eis eingeschlossene Mastodonten, Eisbären, einen letzten Hauch von Weiß. Sie saßen auf der Veranda, tranken und betrachteten den Sonnenuntergang, beobachteten, wie das Nordlicht über den Himmel jagte: aus Grün und Rot komponierte Bilder, die eine Botschaft zu verkünden schienen, die sie nicht recht verstanden; und obwohl sie dieses Schauspiel vielleicht schon hundert- oder sogar tausendmal in ihrem Leben gesehen hatten, saßen die Männer und Frauen bei seinem Anblick mit offenem Mund da und verfielen in ehrfürchtiges Schweigen. Ihre Gesichter entspannten sich, die Runzeln auf ihrer Stirn und die Krähenfüße um ihre Augen glätteten sich, während das unheimliche Licht über sie hinwegfegte, und jeder fühlte sich durch die Erscheinung gereinigt und frisch gestärkt. Und die Männer stimmten überein, daß sie, wenn sie in Colters Alter wären, genau wie er bloß mit einem Rucksack ausgerüstet nach Norden ziehen würden, bis sie ans Ende der Welt kämen, und daß sie sich wünschten, sie hätten es getan, als sie noch jünger waren, aber irgendwie habe es nie geklappt.

Am Paß konnten ein Bagger und ein Schneepflug die Eisbrücke überqueren, die das Tal mit dem Rest der Welt verband, doch es war immer noch, als würde man durch einen blauweißen Tunnel mit Wänden aus verdichtetem, leuchtendem Eis fahren, die sich auf beiden Seiten der Straße vier Meter hoch erhoben. Und erstmals seit dem Erscheinen der Händler wurde wieder die Post ausgeliefert, wurde der wöchentliche Rhythmus wiederaufgenommen. An jenem ersten Tag kam eine Flut von Briefen und Paketen, als hätten sich Baumstämme, die auf einem Fluß ineinander verkeilt waren, alle auf einmal losgerissen und strömten nun daher; und erneut versammelte sich die ganze Stadt in der Bar, wo die Post verteilt werden sollte.

Sie standen ohne Hüte und in kurzen Ärmeln in den schimmernden Schmelzwasserpfützen und waren berauscht von der Sonne. Sämtliche Sinne waren in Aufruhr. Von jetzt an konnten sie sechs Monate lang, bis zum nächsten November, wieder ein exotisches Leben führen. Es würde vielleicht zwei oder drei Wochen dauern, bis alles eintraf, doch sie konnten wieder Mangos, Kokosnüsse oder frische Kaffeebohnen aus Neuguinea bestellen. Sie konnten sogar Lachs bestellen, die Erinnerung an einen Geschmack, der einmal ihr Tal geprägt, das Herz des Flusses gebildet hatte.

Wenn sie dazu Lust hatten, konnten sie einen alten Lieferwagen volltanken und über den Paß nach Süden fahren, so weit in die bevorstehende Sommerhitze, wie sie wollten.

Natürlich verließen sie das Tal nicht. Es gab keinen schöneren Ort, keinen, wo sie lieber sein wollten. Keine zehn Pferde hätten sie von dort wegbringen können. Sie fühlten sich bloß freier, da sie wußten, daß sie jetzt jederzeit gehen konnten. Eine Kraft, die aus ihrer Selbstbeschränkung erwuchs. Sie waren jetzt keine stolzen Aussteiger, Überlebenden, Randfiguren mehr; sie konnten sich wieder mit der Welt beschäftigen und mit ihr in Verbindung treten.

Das hatte auch Schattenseiten. Die Welt konnte sich auch mit ihnen beschäftigen und sie verändern, konnte sich auf derselben Straße einschleichen, die ihnen jene ungenutzte Freiheit bot. Doch am Beginn des Frühlings, nach soviel Abgeschiedenheit, empfanden sie das nie als Problem. Sie konnten sich nicht vorstellen, daß eine so schwer erkämpfte Unverfälschtheit verändert oder untergraben werden konnte.

Charlie briet zur Feier des Tages einen Hirsch. Sie stürzten sich darauf, sehnten sich nach getaner Arbeit nach rotem Fleisch. Charlie verteilte die Post wie auch das Fleisch, und die Leute deckten sich gierig mit beidem ein, rissen Briefe auf und aßen mit den Händen, leckten sich danach das Fett von den Fingern. In Onkel Harolds Garten in Alabama wuchsen bereits die Gurken. Schwester Marys Blumenladen in Michigan hatte zugemacht. Irgendwo war ein Großvater gestorben. Irgendein Verwandter in Philadelphia wollte wissen, ob sie da draußen auf dem Lande auch die Sterne deutlich sehen konnten.

Weder Old Dudley noch Matthew hatten geschrieben. Mel hatte einen klärenden Brief von Matthew erwartet. Sie wußte, daß keiner nötig war, hatte aber dennoch gehofft, einen zu bekommen – ein Symbol, ein Trennungsritual –, doch beide hüllten sich in Schweigen, und so wußte sie, daß die Männer nach ihrer Ankunft sofort wieder gebohrt hatten und es vermutlich immer noch taten.

Der einzige Brief, den sie bekam, stammte von ihrer früheren Zimmergenossin im College, die eine Weile als Ornithologin für den Fish and Wildlife Service gearbeitet hatte und jetzt in Tucson vier Töchter großzog. Sie war geschieden, hatte zwei Teilzeitjobs und versank jeden Tag ein bißchen mehr im grauen Alltag. Mel las den Brief schaudernd, faltete ihn zusammen, steckte ihn wieder in den Umschlag und dachte ans College zurück. Keiner folgt dem vorgezeichneten Weg, dachte sie. Keiner.

Weder Wallis noch Amy bekamen Post, wobei er auch gar keinen Brief erwartet hatte, sie jedoch schon. Es ging ihr sehr nahe, und sie brach wieder in Tränen aus, so daß Helen versuchen mußte, sie zu trösten, und sie auf die Veranda führte, wo sie den neugierigen Blicken ihrer Nachbarn nicht länger ausgesetzt war und ihre Würde wiederhergestellt werden konnte.

Wieder lief einer der Wölfe durch die Stadt, ein anderer diesmal, silbergrau und größer, der genau dem Pfad des schwarzen Wolfes folgte. Im Gegensatz zu diesem blickte er verstohlen zur Schule herüber – die Klasse und die Lehrer waren wieder ans Fenster geeilt –, als würde er nach Mel suchen.

Sie sahen, daß das Gesicht des Wolfes mit den Borsten eines Stachelschweins gespickt war, eine Verletzung, die er sich erst vor kurzem zugezogen hatte, da sein Gesicht weder angeschwollen war noch eiterte. Ab und zu blieb er stehen, setzte sich auf die Straße und kratzte sich mit beiden Vorderpfoten an der Schnauze. Er wand und krümmte sich und rieb den Kopf auf dem Boden, um die Stacheln herauszubekommen, und jedesmal brachen ein oder zwei davon ab. Manchmal bohrten sie sich in seine Tatzen oder seinen Gaumen, und dann schnappte und biß er wieder danach oder würgte, doch dann sprang er auf und trottete weiter.

Die Kinder waren entsetzt und wollten wissen, ob der Wolf am Leben bleiben würde. Mel sagte, sie wisse es nicht: Er könne verhungern, selbst wenn die anderen Tiere aus dem Rudel ihm Futter brächten – falls er überhaupt einem Rudel angehöre –, oder die Stacheln könnten eine so schwere Entzündung auslösen, daß er eine Blutvergiftung bekommen und einen tödlichen Schock erleiden würde.

Colter hielt es nicht mehr aus. Die Pause war bereits vorüber, und sie waren mitten in der Algebrastunde, dennoch ging er auf die Straße hinaus. Mel wäre ihm beinahe gefolgt, doch sie sagte sich, wenn sie diesmal verzichten konnte, würde sie alles überstehen.

Colter kniete sich auf der Straße hin, begann, ein paar von den abgefallenen Borsten aufzusammeln, und steckte sie in den ledernen Medizinbeutel, den er um den Hals trug. Er blickte in die Richtung, in der der Wolf verschwunden war, und sie dachten schon, er würde ihm folgen, doch kurz darauf kam er ins Schulhaus zurück, wo er Mel wortlos ein paar von den Borsten überreichte.

Niemand rügte ihn. Das Schulhalbjahr dauerte nur noch zwei Wochen, und alle wußten, daß er weggehen würde. Er war bereits weg.

Wallis kam mit der Arbeit an seiner Karte gut voran. Diesmal war sie richtig. Inzwischen besaß er so viele Daten, daß sie einfach stimmen mußte. Davon war er so fest überzeugt, daß er die Karte mit schwarzer Tinte direkt auf ein Hirschfell zeichnete. Er sammelte alle Informationen aus Dudleys und Matthews Fehlbohrungen, verband die unterirdischen Daten mit dem, was er an der Erdoberfläche sah – hier eine Verwerfung, da eine Fläche aus verschiedenartigen Ablagerungen –, und dann war es wie ein Puzzle, dessen Teile sich selbständig zusammensetzten, als wollten sie zusammengefügt und verstanden werden und könnten das aus eigener Kraft bewirken.

Inmitten des ganzen Gesteinschaos, das sich der Bestimmung entzog, lag das Öl verborgen. Als er ins Tal gekommen war, war er sich nicht sicher gewesen, doch jetzt wußte er es genau. Er konnte es durch winzig kleine Löcher und Spalten im Boden riechen und spürte die gespeicherte Flüssigkeit meilenweit unter der Erde, wie ein Mann durch die straffgespannte Haut am Bauch seiner Frau den schlafenden Körper oder die leichten Bewegungen seines Kindes in ihrem Schoß spürt, genau zwischen ihrem vorstehenden Nabel und ihren schweren Brüsten. Er würde es finden, während sie gescheitert waren. Oft schlief er nachts mit dem Füller in der Hand auf dem Fell ein, und Mel mußte ihn wecken und ins Bett bringen.

Manchmal stand sie einen Augenblick lang vor ihm, musterte ihn und fragte sich, ob sie ihn wecken oder weiter hinabsinken lassen sollte.

Es war eine schwierige Entscheidung. Oft setzte sie sich auf den Stuhl und betrachtete ihn im Schlaf: die Beine gekrümmt, die Arme über das Fell gestreckt, als wäre er herabgestürzt und dort gelandet oder als würde er das Fell vor etwas schützen. Dann überlegte sie, wie sehr sie es liebte, wenn er in dieser Haltung schlief.

Sie war sich bewußt, daß sie Matthew stets hatte zügeln wollen und sich gewünscht hatte, er würde sie so lieben wie seine Karten und die Welt unter der Erde, und daß die Schuldgefühle, die sie wegen dieses unausgesprochenen Wunsches gehabt hatte, sie so dünn geschliffen hatten wie eine gebogene Muschelschale, die in den Wellen umhergeworfen wird, bis sie durchscheinend ist.

Sie war entschlossen, bei Wallis weder darum zu bitten noch es überhaupt zu wollen. Ihn zu lieben, wie er war, wenn er hinab- und wieder auftauchte, ihn loszulassen und nicht zu versuchen, ihn zu kontrollieren.

Sie dachte, daß sie es diesmal richtig machte. Sie dachte, daß sie ihn beim Hinabtauchen und beim Aufsteigen gleichermaßen liebte.

Sie betrachtete seine Karte, während er darauf schlief. Über Geologie wußte sie nur wenig, doch sie konnte Karten lesen, und der von ihm skizzierte Verlauf der Ablagerungen, der die einstigen Gezeiten des Meeres, Küstenströmungen, Deltas und Buchten zeigte, unterschied sich nicht groß vom Lauf der Bäche und Flüsse über dieselbe versteinerte Landschaft Millionen von Jahren später. Sie verstand die Linien, verstand, was für einer Spur er folgte, und begriff die Logik, die er anwendete. Seiner Karte zufolge gab es am anderen Flußufer nicht nur ein riesiges Ölfeld, sondern auch viele kleinere, die rings um das große Feld verstreut lagen. Ihr Vater und Matthew würden es als Goldgrube bezeichnen. Mel fragte sich, wie Matthew es hatte übersehen können.

Manchmal schlug er die Augen auf und sah, wie sie dasaß und ihn musterte, und inzwischen waren sie so vertraut miteinander, daß er sehen konnte, wenn sie solchen Gedanken nachhing. Dann stemmte er sich mit dem Ellbogen hoch, beobachtete, wie sie ihn im Feuerschein musterte, und wartete darauf, daß sie ihn bat, einen Rückzieher zu machen oder zu gehen, doch das tat sie nicht. Sie wünschte sich zwar, daß es wieder eine Fehlbohrung sein würde, doch sie dachte nicht im Traum daran, ihn zu bitten wegzugehen. Es war die einzige Unbekümmertheit, die ihr noch blieb, die Unbekümmertheit der Liebe, nachdem es vor kurzem noch so ausgesehen hatte, als hätte die Liebe sie verlassen.

Sie hatten auf der Karte miteinander geschlafen, sie war kein Heiligtum; und manchmal hatten der Schweiß auf ihrem Rücken und ihre warme Körperflüssigkeit das Fell stellenweise dunkel gefärbt, fast wie eine Gotteslästerung: die Karte, die Wallis Old Dudley vorlegen würde, wenn er zurückkehrte, um sich seine Prämie abzuholen.

»Gehst du mit ihm?« fragte Mel. Es war an der Zeit, diese Frage zu stellen.

»Ich weiß nicht«, sagte Wallis. »Ich würde es gern vermeiden.«

Die Welt war aufgebrochen; die Berge waren auseinandergerissen und enthüllten darunter eine üppige, sattgrüne, lebendige Welt. Auch der Lärm war überraschend. Es dauerte eine Weile, bis ihre Ohren die Geräusche und ihre Herkunft auseinanderhalten konnten, Geräusche, die scheinbar über Nacht vom Südwind hergetragen worden waren. Das Trillern der Stärlinge, der leise Flügelschlag der Schnepfen, das Schreien der Gänse, auffliegende Enten in der Dämmerung, das Quaken der Frösche, der schrille Gesang der Drosseln, die werbenden Zaunkönige und Chickadee-Meisen, das Gelächter der Raben, das Kreischen der Falken, der Regen auf den Blechdächern; und damit vermischt die Geräusche der wiedererwachenden Landschaft: das überall rieselnde Wasser und der Wind, der warme Luft durchs Tal trieb, während die Tage sich der Sonnenwende näherten.

Es war die Zeit im Jahr, wo man jeden Tag mit Regen rechnen mußte: kurze, heftige Schauer, nach denen Wassertropfen auf den Nadeln der Bäume funkelten, der Wald von einem goldenen Licht erleuchtet war und überall Dampf aufstieg. Doch es regnete selten; wenn es dazu kam, gingen die Talbewohner in den Wald, um nach falschen Morcheln und Schopftintlingen zu suchen, die sofort aus dem Boden schossen.

Wenn Wallis und Mel nach so einem Regenschauer von der Schule nach Hause gingen, hielten sie Ausschau nach den dunklen Hüten dieser Pilze und liefen um die Wette, um als erster dort zu sein. Und wie bei den Schneelilien krochen sie auf allen vieren inmitten der regennassen Pilze herum und aßen sie wie Bären direkt vom Boden, während sich ein feuchter Dunst auf sie legte und ringsum warmer Dampf aufstieg.

Am letzten Schultag ließen die Kinder die nach Sauerstoff schmachtenden Schmetterlinge und die sich windenden kleinen Frösche und Kröten frei, von denen einige noch den Stummelschwanz einer Kaulquappe hatten. Die Kinder jubelten, als ihre Gefangenen in alle Richtungen hüpften oder flogen, und waren dann zutiefst entsetzt, als Schwärme von Vögeln kamen – wie hatten sie bloß so schnell davon erfahren? –, sich die unbeholfenen Schmetterlinge im Flug schnappten und die verängstigten kleinen Kröten und Frösche jagten und vom Boden pickten. Ein paar konnten entkommen, aber nicht viele, und die Kinder schauten ungläubig zu, verblüfft und auch ernüchtert angesichts der Tatsache, wie schwierig es war, etwas Geschaffenes in die Welt zu entlassen. Nachdem sie noch eine Weile umhergelaufen waren, gingen sie betrübt zur letzten Stunde des

Tages ins Klassenzimmer zurück, doch bei dem Gedanken an die Sommerferien hellte sich ihre Stimmung bald wieder auf.

An jenem Abend fand Colters Abschiedsparty statt. Er hatte vorgehabt, schon am Nachmittag, direkt nach Schulschluß, aufzubrechen, doch Amy hatte ihn überredet, noch einen Abend zu bleiben.

Alle versammelten sich in der Bar. Colter war so still wie immer, doch sie konnten seine aufgestaute Anspannung spüren, konnten das Adrenalin riechen, das er verströmte.

Die Männer wollten ihm alle ein Bier spendieren und schoben immer wieder Gläser über die Theke, doch nach der ersten Kostprobe – er fuhr mit der Zungenspitze über den Schaum auf einem Glas – stellte er fest, daß er sich nichts daraus machte, und reichte die Gläser an Amy weiter, die sie austrank.

»Ich hab die Kraft von zehn Männern«, sagte Amy, »denn ich bin rein.«

Daraufhin begannen sich die Männer zu fragen, wie stark Colter war, und sie torkelten im Mondlicht betrunken zum Friedhof, wo die Steinmauer an dem verrosteten schmiedeeisernen Tor vorbeiführte. Sie suchten verschiedene Steine aus, die er hochheben sollte. Bald entwickelte sich die Übung zu einem Wettkampf, und Colter lehnte sich zurück und beobachtete, wie die Männer vor Anstrengung stöhnten und ächzten. Er beteiligte sich nicht daran, sondern sparte sich seine Kraft für die Reise auf. Die Männer taumelten und stolperten über die Reste von Matthews Werk, seiner Trockenmauer, konnten ein paar von den Steinplatten nicht einmal von der Stelle bewegen, was sie damit erklärten, daß sie sie nicht richtig zu fassen bekämen, und manchmal ließen sie die Felsbrocken fallen und trafen die Hand oder den Fuß eines anderen, so daß das Geheul durch die Nacht hallte und die feuchte Erde beim Aufprall der herunterfallenden Steine erbebte.

Colter schlich sich unbemerkt davon. Sein Rucksack stand auf der vorderen Veranda. Bevor es jemandem auffiel, war er wortlos verschwunden. Er hatte sich schon am Nachmittag von allen verabschiedet. Als die Männer es endlich merkten, kehrten sie in die Bar zurück und wuschen sich das Blut und den Schmutz von den gequetschten Fingern. Artie ging mit der Kamera auf die Veranda, um ein letztes Bild von Colter zu machen, mußte sich aber mit einem Foto von Amy, Mel und Wallis begnügen, die zusammen dort standen und ihm in der Dunkelheit nachstarrten.

Im Norden schwebte ein kleiner Komet, und auch der war auf dem Foto als Lichtfleck zu sehen, als wäre es ein Glühwürmchen. Sie schauten den Kometen an, denn sie wußten, daß Colter ihn auf seiner Wanderung nach Norden ebenfalls anschauen würde, und so waren sie noch eine Weile miteinander verbunden, wenn auch sehr lose. Sie überlegten krampfhaft, ob sie ihm alles beigebracht hatten, was er wissen mußte. Jeder hatte das Gefühl, etwas vergessen zu haben, doch keinem von ihnen fiel ein, was es sein könnte.

Historische Einblicke
oder
Die geordnete Geschichte der Erde.
Fliegende Keime der Planeten.

Es wird interessant sein, zu fragen, aus was die Materie bestand, bevor sie sich in Feuernebel verwandelte.

Kometen kann man sehen; es steht fest, daß sie wirklich existieren, was auch immer sie sind. Sie erregen unsere Bewunderung. Sie sind etwas ganz Erstaunliches. Sie kommen aus den unergründlichen Weiten des Weltalls, und wenn sie ein paar Wochen an unserem Himmel geleuchtet haben, verschwinden sie auch wieder dorthin. Was ist ihr Ursprung? Was ihr Ende? Stell dir vor, daß einer dieser geheimnisvollen Boten aus der Unendlichkeit sich unserer Erde nähert. Bevor er mit bloßem Auge erkennbar ist, macht ihn der Astronom mit seinem Teleskop als gerade erst aufgetauchtes schwaches Leuchten aus. Wochenlang beobachtet er, wie der Komet sich verändert. Jede Nacht wird er heller. Er kommt immer näher; irgendwann wird er da sein. Wie der Scheinwerfer einer Lokomotive, der zuerst als leuchtender Punkt in der Ferne zu sehen ist und allmählich heller wird – ansonsten deutet nichts darauf hin, daß die Lokomotive in Bewegung ist –, der immer schneller immer heller wird, bis uns sein grelles Licht schließlich blendet und die Lokomotive mit erschreckender Geschwindigkeit vorüberbraust und langsam in dem Dunkel verschwindet, das in der anderen Richtung herrscht, so kommt auch der Scheinwerfer eines Zuges aus kosmischer Materie auf uns zu; so leuchtet auch er immer stärker; er jagt mit einer erstaunlichen Geschwindigkeit an uns vorbei und verschwindet dann in den unendlichen Weiten einer anderen Himmelsgegend. Ich gestehe, daß es unmöglich ist, dabei keine Ehrfurcht zu empfinden.

Ach, würde uns doch das Geheimnis des Kometen irgendwann offenbart! Er spannt uns auf die Folter, weil er so nah herankommt und doch so unergründlich bleibt. Doch dank der Intelligenz, dank des Geistes der Wissenschaft und der wohlwollenden Natur des Universums, das uns bei einer intelligenten Fragestellung wie meiner eigenen seine Geheimnisse Schritt für Schritt preisgibt, haben wir einiges herausgefunden. Wir haben erlebt, wie Kometen allein durch Anziehungskraft – ohne einen Zusammenprall – zerschmettert werden: durch die Anziehungskraft der Satelliten des Jupiter. Das war der Komet Bi-é-la (Be-ála), und seitdem verfolgte jedes Bruchstück seinen eigenen Weg. Wir haben erlebt, wie Kometen durch die Anziehungskraft und den Druck, denen sie im Weltall ausgesetzt waren – bei der Umkreisung der Sonne oder wenn sie gleichzeitig von Jupiter und Saturn angezogen wurden –, völlig zertrümmert, ja buchstäblich in Stücke gerissen und ihre Überreste auf die Planeten des gesamten Universums verteilt wurden.

Kurzum, ein Komet scheint im wesentlichen ein fliegender Zug aus Steinen zu sein, der sich mit der dreitausendfachen Geschwindigkeit unserer eigenen Schnellzüge bewegt. Die kleineren Steine, die widerstandsfähiger sind als die großen, verringern ihre Geschwindigkeit leicht, prallen mit den größeren zusammen und entzünden sie. Die festeren, runderen kleinen Steine zerstören die größeren, eckigeren. Sie besitzen einen Kern, der nicht mehr verkleinert werden kann.

Wir haben gesehen, wie sich der Meteor in der oberen Atmosphäre entzündet hat. Wir haben gesehen, wie sein heller Lichtschweif verschwand, während wir hinaufschauten. Doch schließlich schmolzen auch die kleinen

Steine und verdampften. Während seiner Reise durchs All verwandelte sich der Komet aus einem kalten Stein zuerst in leuchtenden und dann dunklen Staub, der in der oberen Atmosphäre schwebt.

Doch der Meteoritenstaub existiert noch, auch wenn man ihn nicht sehen kann. Er gehört jetzt zur Erde. Er wird vom Wind hin und her geweht; nach ein paar Monaten wird er herabschweben und neue Materie zur Erde beisteuern. Er wird in unsere Lungen und in unser Blut gelangen. Einige dieser Atome, die meisten von ihnen, werden ins Meer fallen; und irgendwann werden sie auf den Grund sinken und sich mit dem Schlamm vermischen, der sich dort angesammelt hat. Du wirst dich an unseren Spaziergang auf dem Meeresgrund erinnern und an den Kometenstaub, den wir fanden. Es ist ein ergreifender Gedanke. Dieses schwarze Teilchen, das jetzt eine Ewigkeit auf dem in völlige Dunkelheit gehüllten Meeresboden ruht, leuchtete vor kurzem noch in einem Stern. Das sind größere Veränderungen, als wir sie je erlebt haben.

Wir sind an einem Punkt angelangt, wo wir sehen, daß das grenzenlose Weltall ringsum voller Materieteilchen ist. Sie sind nicht gleichmäßig verteilt; durch ihre gegenseitige Anziehung haben sie sich zu Schwärmen zusammengeschlossen. Nach und nach wachsen die einzelnen Schwärme durch die Aufnahme kleinerer Schwärme, oder sie gehen in größeren Schwärmen auf. Während sie majestätisch durch das unendliche Weltall schweben, geraten einige unter die Herrschaft ferner Sonnen und treten eine lange Reise an.

Sie nähern sich jetzt als Kometen. Wenn sie dazu bestimmt sind, stetig um dieselbe Sonne zu kreisen, zerfallen sie irgendwann wieder, und dann werden ihre Einzelteile entweder von dieser Sonne angezogen oder auf die umliegenden Planeten verteilt. Wenn sie aber aus ihrem Sonnensystem entrinnen, dann kommen sie unterwegs zur Ruhe und schweben im Lauf der Jahrhunderte in neue Häfen, zu neuen Abenteuern und einem neuen Leben.

Doch manche dieser Schwärme schweben weiter in den Weiten des Alls und verleiben sich durch ihre wachsende Anziehungskraft alle anderen Schwärme und Teilchen in ihrer Nähe ein. Sie verwandeln sich in Nebel. *Sie leuchten, da sie sich durch den Aufprall der anderen Schwärme und die*

Kollisionen ihrer eigenen Teile entzünden. Sie setzen sich aus fester, flüssiger und gasförmiger Materie zusammen. Sie drehen sich um die eigene Achse. Da sie im All schweben, hat der Aufprall anderer Schwärme sie in Bewegung versetzt. Der Hintergrund des Himmels wird von diesen fernen Feldern planetarischer Materie erleuchtet. Jeder von ihnen ist ein lebendiges Bild jenes ursprünglichen Zustands, in dem die Materie des Sonnensystems sich wohl einmal befand, als die Geschichte der Abkühlung begann, die wir bereits zu ihrem Ausgangspunkt zurückzuverfolgen versuchten.

Darauf folgt alles andere zwangsläufig.

Am ersten Ferientag, einen Tag nachdem Colter auf der Suche nach den verschwundenen Dingen nach Norden gezogen war, wurde Mel schwach und schlich sich wieder in den Wald, suchte nach den Wölfen und ihren Jungen, die jetzt zwischen sechs und acht Wochen alt sein mußten. Sie erzählte Wallis nicht, wohin sie ging – wenn er gefragt hätte, hätte sie ihm gesagt, sie gehe in die Schule, um Schreibarbeiten zu erledigen und danach vielleicht eine kleine Wanderung zu machen, doch er fragte nicht.

Sie ging an der Schule vorbei, auf den Hügelkamm über der Stadt und dann zum Fluß hinunter, zu der Stelle, wo Colter die Fährte der Wölfe gesehen hatte. Es lag fast kein Schnee mehr, und sie blickte zum Himmel und horchte auf die Schreie der Raben. Ein warmer Wind wehte, und es fühlte sich gut an, wieder im Wald zu sein, wie ein Fest der Sinne, doch sie war erstaunt über das unbehagliche Gefühl, einen Verrat zu begehen, über die Schwierigkeit, den geistigen Kompromiß, den sie eingehen mußte, wenn sie versuchen würde, beides zu haben: ein fest verwurzeltes, häusliches Leben und eins von unbeschränkter Freiheit.

Sie sah die Raben in zielgerichteten Kreisen am Himmel schweben und bemerkte, daß sich hier und da Wolfsfell in den Büschen verfangen hatte. Ein Rotäugiger Laubwürger flog mit einem silbernen Fellbüschel im Schnabel vorbei: Er würde sein Nest damit auspolstern. Auf dem Pfad lag plötzlich Wolfskot, kleine Haufen aus Fleisch und Knochen, von den losen Haaren eines Hirschfells umhüllt. Sie hörte das Knurren der Jungen und kroch hinter einen Baumstamm, von wo sie sie unten auf der Lichtung sehen konnte.

Vier ausgewachsene Tiere lagen träge in der Sonne wie Hunde: zwei große graue und zwei kleinere schwarze Wölfe. Sie stellte sich vor, wie warm sich die Sonne auf dem Fell der schwarzen Wölfe anfühlen mußte. Ihre Fesseln waren von der Jagd auf die Hirsche schlammverschmiert. Es waren sechs spindeldürre Junge – fünf graue, ein schwarzes –, die am Hinterviertel eines Hirsches zerrten und rissen. Ringsum lagen Knochen verstreut, und das Gras war von ihren Spielen niedergedrückt.

Mel beobachtete, wie die Jungen eine halbe Stunde lang spielten und miteinander kämpften, wie sie jaulten, knurrten und sich in einer wilden Jagd über die Lichtung hetzten, bis sie plötzlich müde wurden, zu den ausgewachsenen Tieren hinüberliefen und sich dort fallen ließen und in der Sonne einschliefen. Der Wind zerzauste ihnen das Fell, und er wirbelte auch Mel die Haare ins Gesicht und trug ihren Geruch davon. Sie legte den Kopf auf den Boden, machte in der Sonne ebenfalls ein Nickerchen, war traurig, ohne zu wissen, warum, und als sie aufwachte und auf die Lichtung blickte, waren die Wölfe und der Hirschlauf verschwunden, nur das Gras war noch niedergedrückt.

Sie ging heim zu Wallis. Als sie nach Hause kam, trug sie das, was sie gesehen hatte, weder in ihre Notizbücher ein, noch erzählte sie es Wallis oder jemand anderem.

Sie verbrachte zwei ruhelose Tage in der Hütte, fauchte Wallis an, überlegte, ob sie losziehen sollte wie Colter – nur wäre sie nicht irgendwohin, sondern vor etwas davongelaufen, bis sie schließlich Trost in dem alten Garten fand, um den sie sich schon seit Jahren nicht mehr gekümmert hatte und dessen seit einem Jahrzehnt brachliegender Boden schwarz und fruchtbar war. Sie hatte Wallis mit ihrer schlechten Laune aus der Hütte vertrieben, war ihm gegenüber plötzlich abweisend gewesen und hatte fest geglaubt, daß er sie nur benutzte, daß er sie bald verlassen würde, um sein Leben bei Old Dudley und Matthew wiederaufzunehmen. »Drei vom selben Schlag«, hatte sie gebrüllt, als er an jenem Tag mit seinem Kompaß in die Berge aufgebrochen war. Doch jetzt empfand sie es als befreiend, im Garten zu knien und mit bloßen Händen in der schwarzen Erde zu scharren, rosa Regenwürmer auszugraben, die so dick waren wie ihr kleiner Finger und so kräftig wie Schlangen. Wander- und Einsiedlerdrosseln umringten sie, während sie ohne Hemd in der warmen Sonne arbeitete, und die Vögel zwitscherten aufgeregt und pickten nach den sich windenden Regenwürmern; man hätte sie irrtümlich für eine Heilige halten können, vor der Tiere keine Angst haben, von der sie sich angezogen fühlen.

Als sie später am Nachmittag Furchen für die Samen gezogen hatte, legte sie sich auf die Erde und machte ein Nickerchen, bis vom Wald lange Schatten herankrochen und die Fledermäuse in ihrem unberechenbaren Flug Insekten verfolgten. Als sie erwachte, hatte sie Heißhunger auf Gemüse, doch sie hatten nur Fleisch, und so ging sie zum Räucherhaus hinunter, um eine Wildkeule auszuwählen, die sie zum Abendessen braten würde, und sagte sich, daß sie daran denken müsse, sich bei Wallis für ihre Unhöflichkeit zu entschuldigen. Sie war sich ziemlich sicher, daß die Erde ihr Gift aufgesogen hatte, daß es aus ihrem Körper geflossen und wie eine verschüttete Flüssigkeit im Boden versickert war, doch das Gefühl, daß die Erde sie im Schlaf einem Ziel entgegengetragen hatte, beunruhigte sie leicht, und ihr war unbehaglich zumute, weil sie nicht wußte, was für ein Ziel es war.

Als Wallis nach Hause kam, verflog ihre Angst. Sie aßen bei Kerzenlicht, tranken Wein und versöhnten sich wieder. Die Strecke, die vor ihnen lag, verlängerte sich wieder, dehnte sich ins Unendliche.

Überall im Tal bepflanzten die Leute – zumeist Frauen – ihre Gärten mit einer Hingabe, einer reinen Leidenschaft, wie Wallis sie noch nie bei einem Gärtner gesehen hatte.

Die zarten Pflanzen – Erbsen, Tomaten – waren auf den Fensterbänken der Hütten oder in kleinen Treibhäusern aus Samen gezogen worden. Noch nie hatte jemand im Tal rote Tomaten hervorgebracht, doch sie versuchten es jedes Jahr aufs neue. Die nördliche Grenze für erfolgreichen Tomatenanbau lag ungefähr sechzig Kilometer südlich, wie eine Küstenlinie aus üppigem Seetang, und sie erhielten immer bloß hodengroße Büschel grüner Tomaten, da die Temperatur und der Sonnenschein – als hätten sie sich gegen sie verschworen – nie ganz ausreichten, um sie rot zu färben. Manchmal brachte es eine der Tomaten zu ein paar rosa Streifen oder nahm eine metallische Färbung in dem breiten Spektrum zwischen Grün und Rot an, und dann wurde sie wie ein Champion gefeiert und in der Bar ausgestellt, doch wenn man sie aufschnitt und aß, schmeckte auch sie ekelhaft. »Nächstes Jahr«, sagten sie dann, »vielleicht wird's nächstes Jahr wärmer«, und sie kauften Tomaten in Konservendosen, oder einer von ihnen fuhr in ein fernes Tal und kaufte dort mehrere Büschel, bestaunte ihr üppiges Wachstum in jener Gegend und brachte die Tomaten mit, um sie einzumachen.

Doch das restliche Gemüse pflanzten sie vollkommen unbekümmert, da sie wußten, daß alles gedeihen würde. Die Wurzelgemüse, die es unter der Erde warm hatten und selbst bei leichtem Sommerfrost wuchsen, gediehen am besten: Möhren, Kartoffeln, Rettiche. Während einer kurzen Zeit im Juli wuchs auch der Salat gut, und sie pflanzten riesige Mengen davon und aßen soviel, wie sie konnten.

Sie tauschten Samen aus und sammelten die Samen von Wildblumen, um sie am Rand der Gärten und Wege zu pflanzen: Palmlilien, Lupinen, Kastilleen, Phlox. Die Blüten versengten sich die wintermüde Netzhaut und luden ihre Seele so stark auf, daß sie intensiver leben konnten. Die Blüten zogen auch die bunten Kolibris an – glitzernde Farben, die sie seit einem Jahr nicht mehr gesehen hatten –, und erst jetzt schien die Verwandlung vollendet zu sein. Das schimmernde Indigo am Kopf eines Wildentenmännchens. Die rubinroten Augen eines Seetauchers. Die pollengelbe Brust einer Tangare.

Geist in Materie.
Die Erklärung der Natur.

Zwei kleine runde Samen liegen vor mir auf dem Tisch. Sie scheinen sich in jeder Hinsicht zu gleichen; doch sie stammen aus zwei verschiedenen Tütchen, auf denen unterschiedliche Namen standen. Worin unterscheiden sie sich? Ich säe die beiden Samen aus, und einer entwickelt sich zu einer Senfpflanze, der andere zu einer Steckrübe. Bei diesem unterschiedlichen Ergebnis muß zwischen ihnen ein ursprünglicher, grundsätzlicher Unterschied bestehen.

Die Eizellen zweier Tiere – sagen wir eines Elefanten und eines Nashorns – sind jeweils einfache Zellen mit einem Kern. Mit bloßem Auge läßt sich kein Unterschied erkennen. Wenn man sie einer chemischen Analyse unterzieht, stellt man fest, daß sie aus denselben Elementen aufgebaut sind und diese in denselben Verbindungen auftreten. Wenn man sie mit Reagenzien behandelt und unter dem Mikroskop betrachtet, findet sich in keiner von beiden etwas, das nicht auch in der anderen vorkommt. Stofflich sind sie identisch. Doch aus einer entwickelt sich das Embryo eines Elefanten und aus der anderen das Embryo eines Nashorns.

Auf diesen verschiedenen embryonischen Grundlagen sind die beiden verschiedenen Tiere vollständig aufgebaut. Obwohl stofflich zwischen ihnen kein Unterschied besteht, haben die beiden Embryos ein völlig anderes Wesen und eine völlig andere Bestimmung. In ihnen existiert etwas, das sich dem Blick des Wissenschaftlers entzieht. Das Unstoffliche gibt dem Stofflichen eine Bestimmung, der es folgen muß.

Der menschliche Organismus mit seinen perfekten Einzelteilen und dem harmonischen Zusammenspiel dieser Teile ist ein wunderbarer Mechanismus, der stets Staunen und Bewunderung auslöst. Doch ach, noch während wir ihn betrachten, stellt er seine Tätigkeit ein. Ein starker elektrischer Strom ist durch den Körper geflossen, und das Leben darin ist ausgelöscht. Die

Veränderung, deren Zeuge wir sind, ist erschreckend. Die Augen haben ihr Licht verloren; die Stimme bringt nichts Kluges mehr hervor; die Muskeln greifen nicht mehr; die Hülle eines Menschen liegt jetzt flach hingestreckt, reglos, sprachlos, empfindungslos, tot *vor uns – eine gewaltige, endgültige Veränderung. Aber was hat sich verändert? Nicht der Mechanismus. Das Herz sitzt mit allen seinen Klappen noch immer an seinem Fleck; das Gehirn weist keine Verletzung auf; die Muskeln sind bereit, ihre Arbeit zu verrichten. Jeder Teil bleibt, wie er im Leben war. Weder bei den chemischen Eigenschaften noch unter dem Mikroskop ist eine stoffliche Veränderung zu erkennen. Doch irgend etwas, etwas Unerforschliches, das den ganzen Mechanismus gesteuert hat – das den Körper in Gang hielt, die Augen zum Glänzen brachte, der Zunge Informationen gab – und in etwas verwandelt hat, das uns sagen ließ: »Das ist ein Mensch«, all das funktioniert nicht mehr, denn es ist nicht mehr, wie es war. Der Mensch ist gegangen und hat nur seine stille Werkstatt zurückgelassen.*

Betrachten wir die Lebenskräfte bei der Arbeit. Der Organismus ist im Wachstum begriffen. Einen allgemeinen Vorrat an assimilierbaren Stoffen liefert das Verdauungssystem. Daraus wird ein Atom nach dem anderen ausgewählt und in die verschiedenen Gewebestrukturen eingebaut. Hier werden die Atome für die Knochenbildung ausgewählt, dort die Atome für die Nerven und den Aufbau des Gehirns, woanders die Stoffe, aus denen Muskeln bestehen. Eine genaue Auswahl der Stoffe ist unbedingt erforderlich.

Wenden wir uns jetzt der Knochenbildung zu. An einer Stelle ist die Form so gebaut, daß ein flacher Knochen entsteht, wenn sie gefüllt wird. Es wird ein Schulterblatt oder ein Teil des Schädels. An einer anderen Stelle ist die Form in die Länge gezogen; das wird ein langer Knochen. Jeder Knochen ist auf seinen Platz und seine Funktion genau zugeschnitten. Außerdem richtet sich das ganze Knochengerüst nach einem präzisen, grundlegenden Bauplan – es entspricht dem Aufbau eines Wirbeltiers.

Die Auswahl geeigneter Stoffe erfordert Intelligenz. Die Entscheidung für eine bestimmte Form des Aufbaus setzt Unterscheidungsvermögen und den Willen zur Ausführung voraus! Die Ausrichtung des gesamten Körpers auf einen idealen Plan setzt zunächst einmal eine Vorstellung von dem Plan voraus. Zweifellos können wir sagen, daß hier Geist am Werk ist. Aber ist es der Geist eines Tieres oder einer Pflanze? Jeder Mensch kann beantworten, ob er seine eigenen Knochen geschaffen hat. Die Frage ist absurd. Wird dieser Geist von der Materie beherrscht? Bewegen und ordnen sich diese Atome und Moleküle durch ihre eigene Intelligenz und ihre eigene Entscheidung? Halten sie mit ihrer Intelligenz den Verdauungsprozeß, die Blutreinigung, die Umwandlung körperfremder Stoffe und die Gewebebildung aufrecht? Wie können sie ohne Gehirn denken, begreifen und entscheiden? Wie ohne Augen oder Hände etwas auswählen? Doch, das ist denkbar, sagst du.

Im Körper wirkt eine Intelligenz, die weder zur Materie noch zum Individuum gehört; wem gehört sie dann? Intelligenz ist eine Eigenschaft; sie gehört zum Sein; ihr Wirken ist nicht vom Sein losgelöst. Und welches Sein wirkt in einem lebenden Organismus?

Du sagst, du läßt gelten, daß die Erde durch ein Medium eine aktive Kraft ausübt. Was für einen Grund hast du zu behaupten, daß irgendeine aktive Kraft von der Erde ausgeht? Hast du je erlebt, daß ein Stein, ein Stock oder ein Eisbrocken – abgesehen von seiner hypothetischen Anziehungskraft – aktiv handelt? Du glaubst, oft gesehen zu haben, wie Materie selbsttätig wirkte; doch eigentlich hast du nur eine wirkende Kraft gesehen, die mit Materie in Verbindung stand, genau wie du in einem funktionierenden Organismus die Fähigkeit beobachtest, etwas auszuwählen und sich zu entscheiden. In Wirklichkeit wird dir alles, was du über den Ursprung wirkungsvoller Kraft weißt, von deinem eigenen Bewußtsein vermittelt, wenn du selbst Kraft ausübst; oder durch Analogieschluß, wenn andere Menschen Kraft auf dich auszuüben scheinen. Das heißt, du weißt nur, daß Kraft vom Willen ausgeht – deinem eigenen Willen; und wenn du siehst, daß irgendwo Kraft ausgeübt wird, kannst du nur bekräftigen, daß ein Wille am Werk ist.

Bist du also bereit, der Erde, den Steinen, dem Schlamm und den Eisbrocken einen solchen Willen zuzuschreiben, wenn sie ihre sogenannte Anziehungskraft auszuüben scheinen? Diese Frage hat sich schon erledigt. Dann hat der Umstand, daß der Apfel auf die Erde fällt, einen anderen Ur-

sprung. Das ist die andere Möglichkeit. Es bedeutet, daß auf den Apfel und alles andere eine Kraft ausgeübt wird, die bewirkt, daß sie auf eine Art reagieren, die wir das Gesetz der Schwerkraft nennen. Doch Kraft ist eine Eigenschaft. Sie gehört irgendwohin; da sie vom Willen herrührt, sind Kraft und Wille beides Eigenschaften des Seins. Offenbar ist dieses Sein allgegenwärtig, denn die Anziehungskraft ist allgegenwärtig. Es ist die Allgegenwärtige Macht. Wir können diese Macht erlangen.

Sieh dir als nächstes die große Verbreitung von Mustern und Plänen auf der Welt an. Da ist der Plan für den Körper eines Wirbeltiers; ich habe ihn schon oft erwähnt. Bei der Modifizierung des Plans für völlig verschiedene Lebewesen ist es wunderbar, daß eine einfache Vorstellung all die Jahrhunderte seit dem Auftauchen der Wirbeltiere überdauert hat. Es ist ein unvergänglicher Einfall. Die Gliedertiere führen uns einen anderen Plan vor Augen, der sogar noch länger Bestand hat. Die Erde wuchs und vervollkommnete sich mit Methode.

Aus dem unbegrenzten Fundus möglicher Pläne, auf den die Höchste Macht bei der Schöpfung der Dinge hätte zurückgreifen können, hat sie sich für eine Methode entschieden, die wir Evolution nennen. Das ist eine göttliche Wahl. Sie stellt einen göttlichen und ewigen Gedanken dar. Sie umfaßt die Erde, den Himmel und das Universum, und all das bringt den Geist zum Ausdruck, der es ins Leben rief. Dieser bedeutende, allumfassende, alles überdauernde Umstand erfüllt uns mit Ehrfurcht; er erleuchtet das dunkle Reich der Materie mit dem Sonnenlicht einer göttlichen Offenbarung.

Dennoch sind auch wir selbst erstaunlich und eindrucksvoll – von größter Bedeutung.

Sei ruhig! Behaupte nicht, daß diese Theorie die Theorie von der göttlichen Schöpfung ersetzt; denn sie verkündet eine immerwährende Schöpfung nach einer klaren, gottgewählten Methode. Behaupte nicht, daß wir das persönliche Wirken Gottes ersetzen, wenn wir die »Herrschaft des Gesetzes« anerkennen; denn das oberste Prinzip in einer klugen göttlichen Herrschaft muß Ordnung, Stetigkeit und Gleichheit sein.

Behaupte aber auch nicht, daß die Erde einer Herrschaft der Launenhaftigkeit ausgeliefert ist, wenn wir das weltordnende Gesetz einem persön-

lichen Willen zuschreiben. Launenhaftigkeit ergibt sich nur aus der Abwesenheit von Geist.

Ich darf deine Aufmerksamkeit nicht länger beanspruchen. Vielleicht habe ich einiges geschrieben, was dir schwierig erscheint; doch ich hoffe, daß du die Wahrheit in meinen Worten zu schätzen weißt und darüber nachdenkst; und wenn du ein bißchen älter bist, wirst du, genau wie ich, hingerissen sein von dem Reichtum, der Tiefe und der Erhabenheit der Bedeutung, die die göttliche Hand den Steinen und Sternen eingeschrieben hat. Alles ist da, wir müssen es uns bloß nehmen.

In der ersten Juniwoche wurden die Jungen der Beutetiere geboren. Die Raubtiere hatten ihre Jungen früh zur Welt gebracht, die Wölfe und Kojoten und sogar die Eulen im April, und auch die Bären, die größtenteils sanfte Allesfresser waren, krochen da bereits mit ihrem Nachwuchs aus ihren Höhlen hervor, so daß die Raubtierjungen im Juni, wenn die restlichen Tiere geboren wurden, bereits auf sie warteten. Nur die Karibus, die ihre Jungen auf den höchsten verschneiten Bergkämmen zur Welt brachten, waren in Sicherheit; unten im Tal aber fand ein Blutbad statt.

Meistens zahlten die Hirschkälber den Preis. Ungefähr eine Woche lang hallten die Wälder wider von ihrem Blöken und Schreien, wenn die Pumas, Bären, Kojoten und Wölfe sie rissen und auffraßen, bevor sie auch nur einen Tag alt waren. Die Pfade waren mit den Kothaufen der Raubtiere übersät, und man konnte darin die verräterischen kleinen schwarzen Hufe erkennen, die nicht größer als ein Daumennagel und das einzig Unverdauliche an einem Hirschkalb waren. Die Hirschkälber waren für die Raubtierjungen, was die bunten Blüten für die wintermüden Menschen waren: ein Energieschub, der sie über den Berg brachte und am Leben erhielt.

Artie fand als erster heraus, daß Amy schwanger war. Sie hatte den Geschmack am Alkohol verloren, und jetzt, wo es wieder warm war, konnte man sehen, daß sie zugenommen hatte. Alle anderen dachten, daß sie bloß ein bißchen dicker geworden war, doch Artie begriff und hatte eines Nachmittags, als die beiden allein in der Bar waren, den Mut, sie zu fragen. Er fragte ganz schüchtern, als hätte sie es vielleicht selbst noch nicht gemerkt, und sie lächelte erleichtert, weil ihr Geheimnis entdeckt war, und sagte, ja, sie sei im sechsten Monat.

Artie rechnete zurück und wollte schon aufgrund ihrer neuen Vertrautheit »Wer?« fragen, doch als er feststellte, daß er bei Silvester ankam, runzelte er nur wortlos die Stirn, da er den Namen nicht aussprechen wollte, und Amy nickte mit einer seltsamen Mischung aus Verlegenheit und Stolz.

Doch sie verschwieg Artie, was für eine wundersame Empfängnis es gewesen war; das erzählte sie nur den Frauen im Tal (und auch nur, weil Mel nicht in der Nähe war): Sie hätten nicht miteinander geschlafen, und obwohl sie beide nackt gewesen seien, habe Old Dudley gut zwei Meter weit weg gestanden, als er gekommen sei. Es sei fast wie ein Sprühregen gewesen, und sie habe nur ein paar Spritzer abbekommen. Er sei allein durch ihren Anblick gekommen.

»Bist du sicher?« fragten sie.

»Bin ich«, sagte sie. Sie hob ihr Hemd hoch und ließ sie ihren Bauch betasten.

Es war mehr als ein Jahr vergangen, seit im Tal zum letztenmal ein Baby geboren worden war. Die Frauen lächelten, und dann lachten sie. »Ich dachte, er ist zeugungsunfähig«, sagte Charlies Frau Linda.

Eine Frau namens Jeanette, die schon dreimal verheiratet gewesen war, sagte: »Vielleicht hat sich das auf seine alten Tage noch mal eingerenkt.«

»Alte Kiefern bringen in den letzten ein, zwei Jahren, bevor sie eingehen, oder wenn sie geschädigt sind, jede Menge Samen hervor«, sagte Helen. »So ist das in der Natur.«

»Wir sollten es Mel nicht sagen«, meinte eine Frau. »Sie regt sich bloß drüber auf.«

»Irgendwann muß sie's erfahren«, sagte Helen. »Weiß Old Dudley Bescheid?«

Amy schüttelte den Kopf und verzog das Gesicht. »Und er wird es auch nicht glauben«, sagte sie.

»Mach dir darüber keine Sorgen«, sagte Linda. »Heutzutage können sie Tests machen.«

»Stell dir vor«, sagte Jeanette. »Du hast einen kleinen *Erben* da drin.«

Amy runzelte die Stirn und fing an zu weinen. »Ich will doch bloß, daß er mich liebt«, sagte sie. Die anderen Frauen trösteten sie. Helen ging nach draußen, um eine Zigarette zu rauchen. »Viel Glück, Schätzchen«, sagte sie im Hinausgehen. Sie stand lange allein da, verwundert über die panische Angst, die sie verspürte, die sich vor ihr auftat wie ein Abgrund, und sie war sowohl von der Schönheit der Landschaft vor ihren Augen als auch von der Angst fasziniert, die unkontrolliert in ihr aufstieg.

Sie zwang sich, ruhig zu bleiben. Sie rauchte ihre Zigarette zu Ende, hustete zweimal. Der Geschmack von Blut – stärker als gewöhnlich. Ein weiteres Blutgefäß, das in ihrer Kehle platzte. Sie massierte sich leicht den Hals.

Dann ging sie zurück in die Bar, um ihren Pullover zu holen und sich zu verabschieden. Sie hustete noch einmal und spie plötzlich einen Schwall Blut durch den Raum. Es legte sich in feinen Tröpfchen auf die Wand, als ob man sie mit einer Farbspraydose besprüht hätte. Die anderen Frauen starrten sie zuerst entsetzt, dann bekümmert an. Helen versprühte noch mehr Blut quer durch den Raum. Jemand gab ihr ein Halstuch, doch dann beugte sie sich vor und erbrach einen Viertelliter dunkles Blut in einen leeren Bierkrug.

Sie trugen sie über die Straße in ihren Laden. Sie brachten sie nach oben, zündeten im Ofen ein Feuer an und wachten abwechselnd an ihrem Bett.

Am Morgen ging es ihr besser. Die kleinen Risse in ihrer Kehle und ihrer Lunge waren notdürftig verheilt.

Linda half ihr nach unten, damit sie den Laden öffnen und den

Tag beginnen konnte. Helen zündete sich eine Zigarette an. Die Straße war frei, doch Helen wollte nicht zu einem Arzt gehen. »Ich bin achtundsiebzig«, sagte sie zu Linda. Der blaue Rauch füllte ihre Lunge. »Ich hoffe, es geht schnell. Ich würde meinen Jungen gern noch einmal sehen. Und das Baby.«

Die Venus stand noch immer hell am Morgenhimmel. »Ich hoffe, es tut nicht weh«, sagte Helen.

An einem Wochenende verirrten sich die ersten Touristen des Jahres in bunten Kleidern und glänzenden Mietwagen zu ihnen. Normalerweise kamen junge Paare, die frisch verheiratet oder seit kurzem verlobt waren. Irgend etwas an dem weißen Fleck auf der Landkarte zog sie an, machte sie darauf neugierig, was in jenem Winkel der Welt los war, als würde dieser weiße Fleck es ihnen ermöglichen, in die Zukunft zu blicken. Sie kamen nie, um zu wandern: Das undurchdringliche, dornige Dickicht entsprach nicht ihrem Bild von Erholung. Doch sie konnten stundenlang dastehen und den rauschenden Fluß und die fernen Berge anstarren. Manchmal stellten sie ein oder zwei Kilometer vor der Stadt am Flußufer ein Zelt auf und entzündeten abends ein kleines Feuer, das sie nach dem Kochen wieder löschten, und dann stieg zwischen den alten Zedern und den grünen Pappeln blauer Rauch auf. Danach kamen sie Hand in Hand in die Stadt, wo sie schüchtern die Bar betraten und den ganzen Abend Bier oder etwas Stärkeres tranken und Arties herrlichem Geschwätz zuhörten.

Später, wenn es noch dunkler war, setzten sie sich vielleicht auf die Veranda, um, erstaunt über die nächtliche Kälte, einen der Kometen zu betrachten, die ständig am Himmel zu kreisen schienen, und dem Quaken der Frösche zu lauschen.

Sie gingen zum Friedhof, lehnten sich an den schmiedeeisernen Zaun, legten die Hände auf die Steinmauer und starrten die teils alten, teils frischen Gräber an, und plötzlich spürten sie die tiefe Kluft, die zwischen ihnen und diesem Ort lag: all jene begrabenen Leben, von denen sie nie etwas wissen würden, und über ihnen soviel Frieden, wie das Gewicht der Nacht selbst. Die Schreie der Eulen, das Tosen des Flusses. Das Heulen der Wölfe.

Vielleicht kamen sie noch einmal in die Bar, um sich einen Schlummertrunk zu gönnen, doch dann gingen sie zurück zu ihrem Zelt, wo sie ein neues Feuer anzündeten, sich danebensetzten, die Sterne betrachteten und leise über die Zukunft sprachen.

Später in der Nacht krochen sie fröstelnd in ihre Schlafsäcke und umarmten sich, empfanden es als großes Wunder, daß zwei Menschen so zueinanderpassen konnten, und schliefen beim stetigen Rauschen des Flusses ein.

Vielleicht blieben sie noch ein, zwei Tage, machten kurze Spaziergänge am Fluß entlang und kamen jeden Abend in die Bar, um etwas zu trinken. Sie kauften ein paar Sachen in Helens Laden, verweilten noch, als könnten sie nicht fassen, welch Frieden ringsum herrschte und daß das Durcheinander, das sie von ihrem Wohnort her kannten, einfach fehlte. In der Bar waren sie immer höflich, und sie entdeckten eine merkwürdige Sanftheit in sich, nahmen sie plötzlich sehr bewußt wahr, als sie sich in der Gesellschaft jener so abgehärteten, mit diesem Ort verwachsenen Menschen befanden.

Durch ihr ruhiges, respektvolles Auftreten und ihre stille Versunkenheit waren sie eigentlich keine Belästigung. Manchmal starrten sie zu neugierig, doch ansonsten veränderten sie nichts und störten nur selten. Normalerweise kamen sie am Wochenende, so daß die menschenscheueren Einsiedler dann der Stadt fernbleiben konnten.

Die Pilger kamen voll Respekt. Den forderte ihnen die Landschaft ab, von dem Augenblick an, wenn sie den Paß überquerten und in das grüne Tal hinabstarrten.

Joshua arbeitete an Helens Sarg, sorgfältig und mit ihrem Segen. Eines Nachmittags wanderte sie mit Mel hinüber. Helen war schon nach dem ersten Hügelkamm müde, und Mel mußte sie den Rest des Weges auf ihren Armen tragen – sie war überrascht, wie leicht

Helen inzwischen war –, und als sie über den letzten Kamm kamen, konnten sie das Hämmern und Sägen, das Bohren und Schmirgeln bereits hören. Als sie sich näherten, sahen sie Joshua neben seinem Werk stehen, die Füße in einem Haufen frisch abgehobelter Holzspäne, die im Sonnenlicht glänzten.

Helen wollte einen Vogel haben. Sie hatte zwischen einem Goldadler und einem Raben geschwankt, da sie ersteren für schöner, letzteren aber für klüger hielt, und hatte sich schließlich für den Raben entschieden: nicht so sehr wegen seiner Klugheit, sondern wegen all der verschiedenen Töne, die er hervorbrachte. Sie glaubte noch immer, daß Matthew vielleicht eines Tages ins Tal zurückkehren würde, und wenn sie sich in einem Raben bestatten ließ, dann würde ihn das Krächzen oder Schreien eines Raben jedesmal an sie erinnern und daran, wie sie ihn geliebt hatte und immer lieben würde.

Die beiden Frauen bewunderten Joshuas handwerkliches Geschick. Sie ließen ihre Hände über den Sarg gleiten. Als Augen bekam der Vogel zwei schwarze Flußsteine. Er war noch ungeschliffen, unvollendet, noch nicht als Rabe zu erkennen, doch das Holz war wunderschön, und sie ließen immer wieder die Hände darübergleiten und atmeten seinen Duft ein.

»Vielleicht brauch ich den ganzen Sommer«, warnte Joshua.

»Ach, das schaff ich schon«, sagte Helen. »Ich sterbe auf keinen Fall, bevor Matthew zurückkommt.« Doch noch während sie sprach, platzte in ihrer Kehle eine weitere Ader, und ihr schoß erneut Blut aus dem Mund, und Joshua und Mel warteten, während sie sich abwandte und sich das Kinn mit einem Taschentuch abtupfte. Sie starrten auf den Blutfleck auf dem Boden. Helen drehte sich wieder um und sah sie verlegen an.

»Trocken, dieses Jahr«, sagte Joshua. »Im August könnte es Waldbrände geben.«

»Ich hab mir noch keine Stelle ausgesucht«, sagte Helen. »Vielleicht kann Matthew mir dabei helfen, wenn er zurückkommt. Irgendwas in der Nähe der Stadt, am Fluß.«

Sie drehte sich um und sah sich an, wie der Fluß an Joshuas Haus vorüberfloß. Sein Rappe stand am Ufer im Schatten eines Baumes. Helen kam plötzlich der unheimliche Gedanke, daß sie vergessen hatte, irgend etwas zu erledigen.

»Ich mach mich besser wieder an die Arbeit«, sagte Joshua. »Damit ich fertig werde.«

Mel und Helen traten in den Schatten zurück und sahen Joshua eine Weile bei der Arbeit zu; dann hob Mel Helen hoch und trug sie wieder über den Hügel und durch den Wald.

»Was willst *du* haben?« fragte Helen, als sie am Friedhof vorbeikamen.

»Darüber hab ich noch nicht nachgedacht«, sagte Mel.

Mitte Juni, als alle Blumen blüten, waren die Leute unbeschreiblich glücklich. Ständig lachten sie lauthals. Amys Gesang – hauptsächlich Kirchenlieder – drang den ganzen Tag durch den Wald, und Mel ertappte sich dabei, wie sie im Garten eine Melodie summte. Sie wollte, daß Wallis blieb, hatte sich aber vorgenommen, auch wenn er ging, diesmal, in diesem neuen, zweiten Leben, glücklich zu bleiben. Nichts mehr nachzujagen.

Sie konnte nicht lange genug im Garten arbeiten. Da kein Regen fiel, mußte der Garten jetzt morgens und abends gewässert werden, und sie und Wallis schleppten einen Eimer kaltes Wasser nach dem anderen vom Bach herauf. Kurz vor der Sonnenwende wurden die Tage immer länger, und es schien, als gäbe es überall auf der Welt kaum noch Dunkelheit. Es machte ihnen Spaß, abends im Garten miteinander zu schlafen, auf der schwarzen Erde, bevor die ersten Pflanzen sprossen, und überall, wo sie ein Fleckchen in der Sonne fanden. Nachdem sie das Licht so lange entbehrt hatten, empfanden sie es als so sinnlich, so erregend, daß sie gar nicht anders konnten und es auch nicht anders wollten.

Die Steine in Matthews Mauer sogen die Wärme des Tages in sich auf und hielten sie bis in die Abendstunden, so daß sie sich manchmal, wenn sie miteinander geschlafen hatten, nicht anzogen, sondern näher an die Mauer rückten und sich daran lehnten wie an einen warmen Ofen, während der Rest des Waldes langsam abkühlte und der Wind durch die Baumwipfel strich. Wallis fragte sich, ob es im Tal, in der Landschaft irgend etwas gab, das die körperliche Liebe forderte.

Am Tag der Sonnenwende gingen sie zelten. Sie wanderten ins Gebirge hinauf, in eine felsige Senke, und zelteten unter einem Kar am Ufer eines kleinen Sees. Die beiden Kuppen der Roderick Buttes stiegen vom Horizont herab wie die Stufen einer Treppe, und in jener Nacht schauten sie zu, wie die Sonne langsam sank, wie sie der Silhouette des Berges folgte und sich wie ein Kranz aus golden glühendem Licht um die beiden Kuppen legte – sich weigerte unterzugehen, die Umrisse der Erde mit Licht nachzeichnete –, und man hatte unwillkürlich den Eindruck, als hätte die Sonne diese Silhouette im Lauf der Jahrtausende wie mit einem Laser aus dem Himmel geschnitten, als verkörperten diese beiden Kuppen vor dem Himmel die Sehnsucht der Sonne.

Schließlich erreichte sie das Ende der Kuppen und versank hinter dem Horizont, und das Alpenglühen verblaßte langsam, obwohl die Wärme noch immer zu spüren war.

Der See lag noch unter einer milchigen Eisdecke. Ein Entenpärchen flog schnell und mit heftigen Flügelschlägen den allmählich aufleuchtenden Sternen entgegen. Hier oben im Gebirge roch es anders: sauberer, kälter. Mel ließ die Hände über den glatten weißen Kalkstein gleiten, auf dem sie saßen. Sie rieb mit dem Finger über die darin eingeschlossenen versteinerten Seelilien und Armfüßer. Eine Herde Bergziegen, weiß wie Baumwolle, hatte über ihnen reglos auf einem vereisten Bergkamm gestanden und überquerte jetzt, als es dunkel wurde, einen felsigen Abhang.

»Hier oben ist es einsam«, sagte Mel. »Unten am Fluß gefällt es mir besser. Aber ich wollte, daß du diese Gegend mal siehst.«

Eine Sternschnuppe verglühte am Himmel; sie fiel so langsam herab wie eine Träne. Sie sprühte auf und verschwand. Die Sonne war weit im Westen untergegangen, schon fast im Norden. »Kannst du dir vorstellen, was Colter jetzt sieht?« fragte Mel.

Später, als beide sich in ihre Schlafsäcke gehüllt hatten, sagte sie: »Es ist, als gäbe es lauter verschiedene Schichten, als läge unter dieser Welt noch einmal dasselbe. Als würde man, wenn man die Kruste wegkratzt, direkt darunter eine vollständige neue Welt finden, die dieser hier fast aufs Haar gleicht.«

Doch Wallis schlief schon, hörte und träumte nichts, lag bloß auf einer rasch abkühlenden Steinplatte, und sie war, wie immer, allein. Sie lernte gerade etwas, wofür Colter wohl noch zwanzig, dreißig Jahre brauchte: daß reine Schönheit keine Gesellschaft vertrug.

Am Morgen, auf dem Heimweg, folgten sie den Schreien der Raben und stießen auf eine frisch gerissene, große Hirschkuh, auf Wolfsspuren im Schlamm und blutige Tatzenabdrücke, die auf den Steinen trockneten.

Sie gingen um den aufgeschlitzten Kadaver herum, stiegen dann weiter den Berg hinab und hörten, wie sich die Raben hinter ihnen wieder auf der Beute niederließen; und sie wußten, daß auch die Wölfe wieder aus ihren Verstecken hervorkommen und zu der Hirschkuh zurückschleichen würden. Mel war froh, daß sie keinen unwiderstehlichen Drang verspürte, Notizen zu machen und Daten zu sammeln. Daß sie all das hinter sich lassen konnte.

Später blieben sie stehen und pflückten einen Strauß Wildblumen, den sie auf den Küchentisch stellen wollten.

Die Tage würden jetzt wieder kürzer werden, immer weniger Helligkeit bis zur Wintersonnenwende, und doch hatte der Frühling an einigen Orten noch gar nicht richtig begonnen, stand erst kurz bevor. Was für eine Kraft entwickelte sich aus so einer Verdichtung, daß sie ein so starkes Wachstum in so wenig Zeit und Raum unterbringen konnte?

Unaufgefordert kamen die Talbewohner zu Wallis und baten ihn, Old Dudley die Karte nicht auszuhändigen: erst Artie, dann Charlie, sogar Joshua und ein paar andere, die er nicht kannte. Es hatte sich herumgesprochen, daß er fest an seine Karte glaubte, daß diese Karte anders war und unter der Erde eine unschätzbare neue Welt erschließen würde, an der sie kaum oder gar nicht teilhaben würden.

Sie hatten große Schwierigkeiten, zu erklären, was ihren Sinneswandel bewirkt hatte, außer daß es diesmal tatsächlich ernst zu werden schien. Sie hatten begriffen, daß die früheren Probebohrungen auf Spekulationen beruht hatten und ein Scheitern immer möglich gewesen war, doch diesmal war es anders. Genau wie Wallis konnten sie spüren, daß die neue Karte stimmte, und so stapften sie einer nach dem anderen den Pfad zu seiner und Mels Hütte hinauf, an der im Garten arbeitenden Mel vorbei, nickten ihr zu und sagten ein paar Worte über das schöne Wetter, doch dann gingen sie auf die Veranda, klopften leise an die offene Tür und lugten in die Hütte. Dort saß Wallis ohne Hemd bei offenem Fenster und gebauschten Vorhängen am Schreibtisch, hatte die Karte vor sich ausgebreitet und betrachtete sie, um sich jeden unterirdischen Sattel und jede Falte einzuprägen, las in Old Dudleys Notizen oder stellte auf der Grundlage der verschiedenen Variablen Berechnungen darüber an, wieviel Öl und Gas sie fördern konnten.

Nach dem zweiten oder dritten Besucher erwartete er sie bereits, und dann rückte er bei ihrem Eintreten den Stuhl vom Schreibtisch, und sie erklärten ihm ruhig, wo ihre Befürchtungen lagen und warum sie es sich anders überlegt hatten; daß sie nicht unbedingt wollten, daß er das Tal verließ, aber daß sie jetzt, wo sie begriffen, wo sie fest davon überzeugt waren, daß er Öl finden würde, gegen weitere Bohrungen waren.

Artie kam einer Erklärung am nächsten. »Vorher war es wie ein Spiel«, sagte er. »Es hat Spaß gemacht, Old Dudley und Matthew bei ihrer Wühlarbeit zuzuschauen. Aber bei dir ist es anders. Es kommt mir so endgültig vor.«

Viele von ihnen sagten, sie hätten davon geträumt: Träume von einer Zukunft, in der sich ihr Tal drastisch, unwiderruflich verändert hatte.

Anfangs entgegnete Wallis, wenn er es nicht finden würde, dann würde es jemand anders tun. Daß sie den Fortschritt nicht aufhalten könnten. Doch dieses Argument ließ sie unbeeindruckt. Sein Erfolg, seine Gewißheit waren im Tal Fremdkörper und paßten nicht hierher, das wurde ihnen immer klarer. Wallis wußte nicht, was er ihnen sonst noch antworten sollte; er fühlte sich verraten durch ihren Sinneswandel. Er kam sich allein vor, seinem Schicksal überlassen wie ein Dinosaurier, glaubte immer noch felsenfest an eine Sache, während sich ringsum alles auflöste und veränderte.

Abends sprach er mit Mel darüber.

»Ich kann es auch spüren«, sagte Mel. »Wie nah es ist. Es jagt auch mir Angst ein.«

»Du hast es dir auch anders überlegt«, sagte Wallis und blickte in die Dämmerung hinaus. Er fühlte sich wieder so allein wie nach Susans Tod. Er hatte nichts erreicht, war während der ganzen Zeit nicht vorangekommen.

»Ja«, sagte Mel, »hab ich wohl. Ich werde dich nicht bitten aufzugeben, und ich werde nicht versuchen, dich zu ändern, aber auch ich hab's mir anders überlegt. Ich will nicht, daß du die Bohrung durchführst.«

Die Welt ohne Wirbeltiere.

Hier waren einmal Böschungen voller Korallenpolypen – jedes kleine Tier saß in seiner Mulde und streckte seine blattförmigen Tentakel ins lebenspendende Sonnenlicht. Über diesen Abhang aus belebtem Stein krochen träge Strandschnecken und fraßen an den Tentakeln, die damals das Werk der Korallenbildung begannen, von der die Riffe in Florida noch immer Zeugnis ablegen.

Das Kambrium und das Silur gingen vorüber. Die Geschichte des Lebens verabschiedete sich nicht von den Urformen, mit denen sie eingeleitet wor-

den war. Es gab neue Arten, neue Gattungen, einige neue Familien und manchmal eine neue Ordnung oder Klasse. Die Veränderungen gingen so langsam vor sich, daß es diesen glücklichen Wesen, die die Welt in Besitz genommen hatten, vorkam, als wäre sie bereits vollendet. Doch einem gelegentlichen Besucher aus einer anderen Welt wären Veränderungen aufgefallen. Die Kordilleren hatten sich Schritt für Schritt gesenkt und sich in ein Archipel verwandelt. Diese Landschaft war das Reich der Stille und Trostlosigkeit. So dicht bevölkert auch das Wasser war, hier war kein Lebewesen zu sehen oder zu hören. Vereinzelte Bäume säumten den kahlen Horizont, doch Blumen und Früchte, Gräser und Kräuter waren noch unbekannt. Das Meer, stets mißgünstig wegen des ihm abgerungenen Landes, brandete weiter an die Küste und war eifrig bemüht, seinen alten Schlamm zurückzugewinnen. Die umherstreichenden Winde, die weder eine fruchtbare Insel fanden, die sie umfächeln, noch ein Segel, das sie blähen konnten, verbündeten sich mit den zerstörerischen Wellen, um ihre Wut an den zerbröckelnden Küsten auszulassen, und heulten mißmutig über die spärlich bewaldeten Ebenen.

Mitten im Sommer wurden sie alle von Träumen heimgesucht; der Unterschied zwischen Wachen und Schlafen war nicht mehr so groß. Sie träumten von Leuten in der Außenwelt, die sie seit zwanzig Jahren nicht mehr gesehen hatten, und bekamen am nächsten oder übernächsten Tag einen Brief von ihnen. Amy träumte, daß es Colter gutging, daß er sich fünfhundert Kilometer nördlich befand und viel Neues sah, daß er wohlbehalten und gesund war.

Mel träumte, daß ihr Vater allmählich älter wurde, daß Wallis Macht über ihn hatte statt umgekehrt.

Sie träumte, daß Matthew sich in nichts auflöste, daß er Körper, Seele und Geist verlor und wie Sand oder Staub in alle vier Winde verweht wurde.

Helen träumte, daß ein Mann ihr nachspioniert und ihren alten

Körper begehrt hatte. Der Traum war beunruhigend, doch er hatte auch seltsam lustvolle Momente, und als sie morgens aufwachte, entdeckte sie an den Fenstern die Nasen- und Tatzenabdrücke eines Schwarzbären, der sich aufgerichtet und hereingespäht hatte. Sie erzählte niemandem von dem Traum und begann in ihrer Einsamkeit, Essen auf den Campingtisch hinter ihrem Laden zu stellen, deckte den Tisch für den Bären wie ein kleines Kind, das eine Teegesellschaft für einen imaginären Gast veranstaltet. Doch er war nicht imaginär, denn jeden Morgen, wenn sie zum Fenster ging, war das Essen verschwunden, der Teller saubergeleckt, und sie lag nachts wach, horchte und wartete auf den Bären, bemühte sich, das Klirren der Porzellantasse zu hören, wenn er seine Milch daraus schlabberte, doch er kam stets ganz verstohlen und erst, wenn er ihr schnarrendes Schnarchen hörte, so daß sie sein Kommen nur im Traum mitbekam; sie wachte jeden Morgen früher auf, weil sie hoffte, einen flüchtigen Blick auf ihn werfen zu können, doch es gelang ihr nie, und sie wunderte sich über die Beharrlichkeit von Hoffnung und Sehnsucht in einem so alten Körper wie ihrem.

Es wurde so warm, wie sie es sich in dem schneereichen Winter nie hätten vorstellen können. Falken und Adler ließen sich von den vertikalen Luftströmen tragen, der Atemluft, die aus den steinernen Lungen der Berge aufstieg. An manchen Tagen legte sich Wallis, wenn er mit seiner Arbeit fast fertig war, auf eine der heißen Steinplatten und sog die von oben und unten strahlende Wärme in sich auf. Dann lag er da, als hätte er das Öl bereits gefunden – er wußte ja, daß er es gefunden hatte und daß er danach bohren konnte, sobald sich sein Herr wieder blicken ließ und ihm die Erlaubnis gab.

Die Hitze war ganz anders als alles, was er je erlebt hatte. Sie war intensiver und kürzer. Da war kein kühlender Schweiß, bloß eine trockene Hitze, die die Haut spröde machte.

Auch ihr Rhythmus war anders. In Texas hatte sie von sich selbst oder den Wassermassen im Golf gezehrt und war im Lauf des Tages immer größer geworden, bis sie ihren Höhepunkt erreicht hatte, oft erst kurz vor Einbruch der Dunkelheit, und ihr Echo oder Schatten hatte sich in die Nacht hinübergerettet und war an die Stelle der nächtlichen Kühle getreten.

Doch die Hitze im Tal schwoll nicht so stark an, nicht wie die großen Sturzwellen, die an den Strand branden, sondern wie die Wellen weiter draußen. Manchmal lag morgens noch ein schimmernder Reif, doch die Sonne, die ganz früh aufging, um fünf Uhr schon über dem Horizont stand, wischte jenen silbernen Samt beiseite und stieg schnell und stetig, bis sie zwischen ein und zwei Uhr ihren höchsten Punkt erreicht hatte, und dann senkte sie sich mit der gleichen Stetigkeit, und es kühlte genauso schnell wieder ab.

Dieser gleichbleibende Rhythmus schien eine große Kraft und Ruhe zu erzeugen. Wallis fragte sich, ob manche Landschaften zerstörerisch waren, während andere einem Frieden schenkten. Er wußte, daß das keine Rolle spielte, daß seine Betriebsamkeit, seine Aufmerksamkeit unter der Erde gebraucht wurde, wo es menschliche Gefühle weder gab noch je gegeben hatte, doch während er ausgestreckt auf den Felsen lag, fiel es ihm schwer, so zu tun, als wäre er der kalten Welt unter der Erde noch immer treu ergeben. Er mußte sich allmählich eingestehen, daß er nur noch die Sonne und die Erde und die kurze Zeit verherrlichte, die er zwischen beiden verbringen würde.

Immer mehr Nachbarn kamen und baten ihn, nicht zu bohren. Sogar Helen kam, was ihn schmerzte – was beide schmerzte –, doch sie mußte das, was sie zu sagen hatte, loswerden. »Du hast es gefunden«, sagte sie zu ihm. »Das ist das Wichtigste. Du hast es gefunden, während Matthew und Old Dudley gescheitert sind. Aber du mußt nicht aufs Ganze gehen. Du kannst es lassen, wo es ist. Betrachte es mal so: Es hat mehr Kraft, wenn du's da unten liegen läßt.«

Aus Respekt widersprach er nicht, hörte nur zu, doch er wußte, daß noch keiner von ihnen auf einem der Bohrtürme an der Küste gewesen war, daß noch keiner gesehen hatte, wie das schlammglänzende Stahlrohr aus dem Loch kam oder wie das schwere Futterrohr in das winzige, mit Zement verschlossene und dann durchbohrte Loch geführt wurde, daß noch keiner von ihnen einen Bohrturm auf das Futterrohr gepflanzt, das Ventil geöffnet und gewartet, noch keiner gesehen oder gehört hatte, wie das grün-schwarze, einen völlig unbekannten Geruch ausströmende Blut der alten Welt dampfend aus dem Rohr in die neue Welt sprudelte – kraftvoll nicht wegen seines zukünftigen Verwendungszwecks, sondern aus sich heraus, wegen seiner Reinheit, bevor es aufgespalten, raffiniert und entzündet wurde.

Kraftvoll, weil es entdeckt worden war; kraftvoll, weil es seiner Falle entronnen war.

»Wir brauchen Holz und Fleisch«, sagte Mel. Er fand, daß noch jede Menge Holz und Fleisch vorhanden war, und wenn sie Nachschub besorgen mußten, so hatten sie dafür noch jede Menge Zeit. Der nächste Winter war noch weit. Doch er folgte ihren Anweisungen. Auf Wild mußte sie bis zur Jagdsaison warten, doch er fing im Fluß Fische, und morgens und abends sägte, spaltete und stapelte er unablässig Holz.

Seine Körperkraft nahm den ganzen Sommer zu und wuchs schier ins Unermeßliche. Doch obwohl alle anderen an der Steinmauer weiterbauten und die Arbeit ihnen Spaß machte, verspürte er nie den Wunsch, sich daran zu beteiligen. Er wußte, daß er bei den Steinen, die er bald bewegen würde, eine viel größere Erfüllung finden würde.

Er glaubte, daß er bereit war, das Öl aus der Erde zu holen. Er fragte sich, wann der Falkner zurückkehren würde. Manchmal fühlte sich Wallis ganz kribbelig, als könnte, wenn sein Herr nicht bald zurückkehrte, etwas verlorengehen oder ihm entwischen, und manchmal war er völlig gelassen.

Die beiden Empfindungen wechselten sich ständig ab. Er tat, was Mel ihm aufgetragen hatte, spaltete und stapelte Holz. Wurde immer stärker, wie ein Baum, der Jahresringe bekam. Meistens hatte er das Gefühl, die Welt verschlingen zu können.

Frühstück, Arbeit, Mittagessen, Arbeit, Abendessen, Schlaf; und dann begann ein neuer Tag. Mel hatte vergessen, wie tief man in der Liebe versinken konnte, wie sie mit jedem Tag größer wurde und eine Hülle aus Wohlbefinden und Frieden bildete. Wie die Tage, an denen man nichts wirklich Bedeutendes tat, sich zu etwas Bedeutendem summierten.

Beim Einschlafen ihre Hand leicht auf seiner zu spüren. Nicht mehr und nicht weniger. Der Duft der Gartenerde an ihr.

Er begann zu lernen, was für einen Wert ein Tag im Vergleich zu einem Jahrtausend hatte.

Der Regen kam nicht; er zog nach Süden, sparte das Tal aus und überließ es der Hitze. Der Bach war immer seichter geworden, und wenn sie abends darin baden wollten, mußten sie sich auf den Rükken legen und sich mit Wasser bespritzen. Nachts war das Wasser im Bach höher, da er dann das Schmelzwasser aus den Bergen mitführte; doch der Schnee im Gebirge verschwand schnell, und obwohl in den Wäldern noch ein üppiges Wachstum herrschte, waren die Tage oft totenstill, und alte Leute wie Helen sagten, daß es dieses Jahr ganz bestimmt Waldbrände geben würde. Sie sagte, das könne man in den Steinen spüren.

Wallis war überrascht, wie kurz und ruhig der Vierte Juli war. Es gab Spanferkel, und für das Feuer hatte man mitten auf der Straße eine Grube gegraben und sie mit Kohlen gefüllt. Vielleicht zwanzig Touristen waren da, von denen zehn versucht hatten, mit dem Fahrrad herzufahren, doch sie hatten so oft einen platten Reifen gehabt, daß sie ihre Fahrräder schließlich wie Kreuze auf dem Rücken geschleppt und sich geschworen hatten, nie wieder herzukommen. Dennoch war es eine ruhige Feier. Die Leute aßen und tranken und ruhten sich in schattigen Winkeln aus, die ihnen Schutz vor der Hitze boten, und bei Einbruch der Dunkelheit liefen die Kinder mit rauchenden Wunderkerzen die Straße rauf und runter, schwenkten die hell strahlenden, leise zischenden Lichter in eleganten Figuren und konnten nicht genug davon bekommen; alle Frauen, selbst die Touristinnen, versammelten sich um Amy, und die Talbewohner machten Pläne für eine Party. Sie tauschten Rezepte und Heilmittel aus, Arzneien gegen die Strapazen, nicht der Geburt, sondern der neun Monate, in denen sie das Kind in ihrem Bauch herumschleppte. Viele der Frauen hatten anscheinend vergessen, daß Amy all das schon mit Colter durchgemacht hatte, doch andere erinnerten sich daran und fragten, ob Colter rechtzeitig zur Geburt wieder da sein würde, und Amy sagte: »Ich weiß nicht.«

Es gab die üblichen Tests, um zu sehen, ob es ein Junge oder ein Mädchen werden würde – Analyse der Urinfarbe, Profil des Bauches, Reaktion eines über den Bauch gehaltenen Hanfseils –, und die üblichen Meinungsverschiedenheiten.

»Gehen Sie ins Krankenhaus oder bekommen Sie das Baby zu Hause?« fragte einer der Radfahrer.

»Ich will es zu Hause kriegen«, sagte Amy, »aber ich weiß, daß ich mich vorher im Krankenhaus untersuchen lassen sollte.« Sie seufzte und blickte auf den Berg. »Es ist so weit, und ich will nicht weg von hier.«

»Oh, das sollten Sie aber tun«, sagte einer der Radfahrer. »Sie müssen sich untersuchen lassen.«

»Ich weiß«, sagte Amy. »Ich weiß ja.«

»Wie lange dauert es noch?«

»Sieben Wochen«, sagte Amy.

Die Frauen schnalzten.

»Wo ist überhaupt der Vater?« fragte einer der Touristen empört und ließ den Blick über die Männer schweifen, die sich um das verkohlte Spanferkel versammelt hatten. Sie versuchten, es mit Heugabeln aus der Grube zu heben, doch das Ferkel glitt herunter und fiel wieder in die Kohlen.

»In Houston«, sagte Amy und schaute Mel dabei an, weder entschuldigend noch hochmütig, und Mel blieb stehen und spürte, daß es die Wahrheit war, rechnete aber dennoch zurück, um es abstreiten zu können; doch als das nicht ging, blieb sie so lange wie möglich bei den Frauen stehen, um zu zeigen, daß sie nicht gekränkt war. Sie warf Amy einen letzten kurzen Blick zu, und dann ging sie allein zum Fluß hinunter. Wallis sah es und begleitete sie, obwohl die Männer gerade das Ferkel anschneiden wollten und alle sich zu dem Festessen versammelten.

Wallis setzte sich neben Mel ans Ufer. Sie hatten sich mit dem Rücken an eine große Espe gelehnt, deren Rinde so weiß war wie der Bauch eines Hirsches und so glatt wie die Haut einer jungen Frau. Von der Bar drangen die Klänge eines Banjos herüber, das gestimmt und dann langsam, zögernd gespielt wurde. Mel lauschte dem Rascheln der grünsilbernen Blätter und legte dann den Kopf in Wallis' Schoß. Sie war lange still. Sie lauschten dem Fluß und den Blättern und, etwas weiter den Hügel hinauf, dem Banjo und jetzt auch einer Fiedel, die noch immer leise und langsam spielten, aber allmählich lauter und ein bißchen selbstsicherer wurden, und nach einer Weile erzählte sie es ihm und fragte, ob er davon gewußt habe.

»Nein«, sagte er und wollte es zuerst nicht glauben. »Davon hab ich noch nichts gehört.«

»Möge Gott dem Kind helfen, wenn's ein Junge wird«, sagte Mel, und später: »Und wenn's ein Mädchen wird, auch.«

»Ich dachte, er ist zeugungsunfähig«, sagte Wallis.

»Das hat man mir immer erzählt«, sagte Mel. »Und wenn nicht, dann gäbe es inzwischen jede Menge Beweise für das Gegenteil.«

Sie lagen noch eine Weile schweigend da. Die Musik machte eine Pause, und die Blätter schienen lauter zu rascheln. »Ich denke, irgendwas in ihm hat sich verändert«, sagte sie.

»Wenn es sich in ihm verändert hat, dann vielleicht auch in dir«, sagte Wallis; als ob sich die Konstellation der Sterne verändern könnte wie die Stellung des Schlüssels in einem Schloß.

»Nein«, sagte sie. »Ich bin anders als er.«

Sie rollten herum und schliefen miteinander, bleich wie die Espen, die über sie wachten. Danach schliefen sie im Gras ein und wachten später fröstelnd auf. Sie zogen sich an und gingen wieder den Hügel hinauf, wo noch immer Musik erklang.

Amy lag auf der Veranda und streckte sich; Mel setzte sich neben sie. »Ich war etwas überrascht«, sagte Mel und legte die Hand auf Amys Knie. »Ich freue mich für dich. Bist du glücklich?«

»Ja«, erwiderte Amy.

Sie hatten das Spanferkel aufgegessen; es waren nur noch die blanken Knochen übrig. Artie ließ ein großartiges Feuerwerk abbrennen: zerplatzende Leuchtkugeln, Feuerräder und Raketen, die pfeifend und zischend in den Nachthimmel stiegen und über ihren Köpfen in einem Funkenregen zerstoben, aber weder krachten noch explodierten. Er hatte nur die leisen Raketen gekauft, da ihm die Knallerei nicht gefiel, doch flußabwärts sahen die Wölfe, wie der Himmel erleuchtet wurde und ein Regen aus Feuer und Rauch niederging, und begannen dennoch zu heulen.

Das Spanferkel stammte aus Idaho, das Feuerwerk aus China, die Touristen kamen aus Missoula. Die Wölfe drängten sich aus Angst vor dem Feuerwerk zusammen, verkrochen sich tiefer in ihrem Bau. Die Jungen zogen die Nasen kraus und versuchten, die Welt in einer Nacht zu begreifen.

Da die Hitze den einst saftigen Wurzeln und Gräsern Feuchtigkeit und Nährstoffe entzog, begannen die Bären, sich von Ameisen zu ernähren, und warteten darauf, daß die Blaubeeren reif wurden. Die großen Köpfe tief gesenkt, streiften sie auf der Suche nach etwas Eßbarem – einem Pilz oder einem langsamen Eichhörnchen – die Pfade entlang, drehten fast jeden schweren Stein am Wegesrand um und sahen nach, ob es darunter von Ameisen mit Eiern wimmelte, die sie dann mit Genuß aufleckten, als ob es Zucker wäre, und schmatzend fraßen, ohne das leichte Brennen zu beachten. In mancher

Hinsicht war es, als würden die Bären Ameisen züchten, denn nachdem sie einen Stein oder einen Felsblock umgedreht hatten, siedelten sich die Ameisen neu an, verschoben ihr Lager um ein paar Zentimeter, um sich wieder im Schutz desselben Steins zu verbergen, und wenn der Bär im nächsten Jahr wieder denselben Pfad entlangkam, drehte er denselben Stein um und leckte möglichst viele Ameisen auf, bevor er sich dem nächsten zuwandte.

Die Bären hatten auch begonnen, Teile von Matthews Mauer zu zerstören, da sie die flachen Steine herunterstupsten, unter denen die Ameisen Zuflucht gesucht hatten. Jeden Sommer gab es mehr solche Stellen, und es war, als würde sich die Steinmauer allmählich auflösen, als wälzten sich die Gletscher wieder durch das Tal, schöben riesige Felsbrocken langsam vor sich her und verbreiteten überall, wo vorher Anmut geherrscht hatte, Schutt und Unordnung. Oder stellten vielmehr eine andere Art von Anmut her, die anfangs nicht recht zu erkennen war.

Einige Talbewohner hatten quälende Träume von Old Dudley, an die sie sich später nicht mehr genau erinnern konnten. Keiner von ihnen sprach über diese seltsamen Träume, und obwohl sich ihre Gedanken ständig um ihn drehten, blieb es verborgen, daß seine Gegenwart sie sogar im Schlaf miteinander verband.

Im Juli wurde die Hitze immer unerträglicher. Die Flechten auf den Steinen zeigten als erste die große Beanspruchung: Sie trockneten aus und ringelten sich ein, bis sie bei der leisesten Berührung zerfielen wie vergilbtes Zeitungspapier. Die braune Streu der Kiefernnadeln schien sich nach Feuer zu sehnen; und seltsamerweise verspürten die Leute die Versuchung, diese Brände zu entfachen, hatten das unerklärliche Verlangen, ein Streichholz an verdorrte Pflanzen zu halten, als würden sie damit einem größeren Plan dienen. Doch sie widerstanden der Versuchung.

Helen machte, sooft es ging, kurze Spaziergänge, um nach ihrem

Freund, dem Bären, und dem richtigen Baum für ihre Bestattung zu suchen. Meist begleitete Mel sie und bot ihr an, sie zu tragen, wenn sie müde wurde, doch Helen ging lieber zu Fuß, und wenn sie zu schwach und müde war, um weiterzugehen, setzte sie sich hin und ruhte sich aus. Mel wollte wissen, wie sie sich fühlte, und Helen sagte, wie alte Erde – nicht wie gute, fruchtbare, junge, schwarze, sondern wie alte, graue, ausgelaugte, pulverige Erde.

»Wie Staub«, sagte Mel.

»Beinahe«, sagte Helen. Sie streckte die Hand aus, um zu sehen, ob sie sie ruhig halten konnte. Sie zitterte.

»Hast du irgendeine Ahnung, wann es soweit ist?« fragte Mel.

Helen schüttelte den Kopf, zog eine Zigarette hervor, zündete sie an. »Bald«, sagte sie.

Mel war immer noch neugierig, geradezu aufdringlich. Weniger als ein Monat? Mehr als ein Vierteljahr? Ein halbes Jahr? Eine Woche?

Helen sog an ihrer Zigarette. »Ich hab so was noch nie durchgemacht«, sagte sie ruhig. »Ich weiß es einfach nicht. Ich hab keinen Vergleich.« Sie beugte sich vor, hustete und spuckte einen weiteren Blutschwall auf die Blätter. »Ich muß mich eine Weile ausruhen«, sagte sie und legte den Kopf in Mels Schoß. »Ich würde ihn wirklich gern noch mal sehen.« Mel strich durch ihr altes graues Haar.

Zu ihren Fleischgerichten aßen sie jetzt das, was Mel im Garten angepflanzt hatte: Kürbis, Salat, Spinat, Möhren, Kartoffeln, Erdbeeren. Während alles wuchs, sah es so aus, als könnte Mel nicht genug Zeit im Garten verbringen, um alles zu gießen und Unkraut zu jäten. Das Unkraut wuchs viel schneller und höher als alles andere, und so blieb ihr für andere Aufgaben kaum noch Zeit. Sie erntete und wusch das Gemüse, jätete Unkraut, goß wieder, danach ein kurzes Nickerchen, ein, zwei Stunden mit Wallis auf der Veranda oder in der Kühle des hinteren Schlafzimmers, und dann war es Zeit, das Abendessen vorzubereiten, ein paar Gedichte zu lesen, und plötzlich war der Tag vorbei, doch der folgende würde ihm aufs Haar gleichen.

Die Geweihe der Rothirsche, Wapitis und Elche wuchsen mit derselben Geschwindigkeit wie die Gartenpflanzen und waren mit einer Samthaut überzogen, die wie Kerzenlicht glühte, wenn die Sonne darauf fiel. Doch schon rieben einige der Tiere ihre Geweihe an der Rinde junger Bäume, um das lose Gewebe abzuschaben und das darunterliegende gehärtete Material zu enthüllen, mit dem sie Territorien erobern und beherrschen konnten.

Nur die Karibus paßten sich diesem Zyklus des Geweihwachstums nicht an. Da sie in einer Gegend lebten, die sie nicht gegen andere Huftiere verteidigen mußten, dienten ihre Geweihe einem anderen Zweck: Sie benutzten sie nicht im Sommer zum Kampf um ihr Territorium, sondern scharrten und schaufelten damit im Winter den tiefen Schnee weg, um Nahrung zu finden. Es kam Wallis seltsam vor, daß ein Instrument zwei völlig verschiedenen Zwecken diente. Das Geweih der Karibus war eine Mischung aus einem Wapiti- und einem Elchgeweih, leicht zur Seite gedreht und etwas länger, damit das Tier eine größere Hebelkraft hatte und besser das Gleichgewicht halten konnte. Ihr Geweih war so fein abgestimmt wie die Windungen einer Meeresmuschel, die genau an die Gezeiten eines bestimmten Strandes angepaßt sind, und während den Hirschen, Wapitis und Elchen ihre kriegerischen Geweihe wuchsen, warfen die Karibus, die fünfhundert Meter höher in den schattigen Wäldern lebten, ihre ab.

Es machte Wallis Spaß, über so etwas nachzudenken – wie etwas nur leicht gedreht oder geknickt wird und daraus etwas völlig anderes entsteht.

Es fiel noch immer kein Regen. Die Leute begannen, mit Streichhölzern vorsichtig umzugehen.

Mel nahm sich einen gartenfreien Tag und trug Helen wieder zu Joshua hinüber, um zu sehen, wie er mit seiner Arbeit vorankam. In der Nähe eines Marschlandes machten sie eine Pause und beobachteten, wie ein Goldadler, der aussah, als trüge er eine bronzene Rüstung, vergeblich ein Stockentenpärchen rings um den Teich jagte.

Er stürzte nicht von oben auf sie herab, sondern flog hinter ihnen her, folgte ihnen wie ein Wolf, der einem Hirsch nachsetzt, jagte die beiden Vögel anscheinend aus reinem Vergnügen, spielte Fangen mit ihnen. Die Sonne ließ alle Goldtöne im Gefieder des Adlers aufleuchten, und der Anblick – wie der Adler immer wieder um das Marschland herumflog und auch die Enten im Kreis flogen, da sie ihre Jungen nicht im Stich lassen wollten – war so friedvoll, so seltsam, daß Helen es sich mit dem Vogel, in dem sie bestattet werden wollte, anders überlegte.

Sie gingen weiter. Ein Schwarzbär stieg aus einem Sumpf, zwinkerte wie eine Eule, brummte sie an und tappte schlammverkrustet, von einem Schwarm wirbelnder Moskitos umschwirrt langsam davon. Im Mittagslicht leuchtete der Insektenschwarm wie ein Strahlenkranz; ein taumelnder Schemen, der ihm überallhin folgte; vor dieser Qual gab es kein Entrinnen. Er lief nur eine kurze Strecke, legte sich dann wieder in einen seichten Tümpel voll schwarzem Wasser und bedeckte mit beiden Tatzen die Augen, als wollte er sagen: *Ich ergebe mich, mein Widerstand ist gebrochen.* Helen und Mel beobachteten ihn eine Weile voll Mitgefühl, und Helen sagte: »Bruder, ich weiß, wie du dich fühlst.«

Sie durchquerten Licht- und Schattensäulen. Im Wald war es selbst im Schatten heiß, und da Mel nicht mehr so gut in Form war wie zu der Zeit, als sie noch die Spuren der Wölfe zurückverfolgt hatte, mußte sie oft stehenbleiben und sich ausruhen. Dann setzten sich die beiden Frauen unter die dunkelgrünen Zweige einer alten Zeder, schlugen fuchtelnd nach den Kriebelmücken und Moskitos und warteten, bis sie wieder bei Kräften waren. Und als sie sich nach einer Weile langsam Joshuas Haus näherten, konnten sie fernes Hämmern und Sägen und das Geräusch eines batteriegetriebenen Bohrers hören. Das Knarren von Brettern, die zurechtgebogen wurden, damit sie einem neuen Zweck dienen konnten.

Als sie den letzten Hügelkamm überquerten und Joshua unten auf der Lichtung bei der Arbeit sahen, waren sie erstaunt, welche gewaltigen Ausmaße das Vorhaben angenommen hatte und wie weit er schon vorangekommen war.

Es gab noch keine Flügel, doch der Rumpf, der Rahmen, war bereits fertig, ebenso wie der Schwanz und der furchterregende Kopf mit dem Schnabel. Der wuchtige Sarg lag auf Sägeböcken, und Joshua stand mit Hammer und Stechbeitel auf einer Leiter und arbeitete an den Augen. Eine große graue Eule saß ganz in der Nähe auf einem breiten Baumstumpf und betrachtete Joshuas Werk mit großem Interesse. Die Eule hielt in jeder Klaue eine tote Maus und fraß bald von der einen, bald von der anderen. Joshua begrüßte die Frauen, als sie den Hügel herabstiegen. Er wußte, daß seine gute Laune dem Anlaß nicht angemessen war, konnte sie aber nicht verbergen, da ihm lange niemand Gesellschaft geleistet hatte und er mit seiner Arbeit sehr zufrieden war.

»Was meint ihr?« fragte er.

Helen war ganz außer Atem und setzte sich auf einen der Sägeböcke im Schatten des großen Vogels. Mel sprach an ihrer Stelle.

»Du hast wirklich hart dran gearbeitet«, sagte sie. »Ich weiß, daß es dir viel bedeutet.«

Joshua nickte, doch er hörte sie kaum: Er beobachtete Helen und wartete auf ihr Urteil.

»Wunderbar«, sagte Helen schließlich, als ihr Herz sich, obwohl es noch heftig pochte, von dem ersten Schreck erholt hatte und sie wieder sprechen konnte. »Er ist wunderschön«, sagte sie, und statt den Sarg zu betrachten, versuchte sie, sich darauf zu konzentrieren, wie Joshua ihre Worte aufnahm: die Wärme, die Erleichterung. Sie ließ ihn eine Weile in seiner Freude schwelgen und sagte dann: »Aber ich hab's mir anders überlegt.«

»Mit dem Sterben?« fragte er ungläubig.

»Nein, mit dem da«, sagte sie und deutete mit dem Kopf auf den Sarg. »Ich will, daß er halb Rabe, halb Goldadler wird.« Sie sah sich an, was noch nicht fertig war. »Zumindest die Flügel und die Beine«, sagte sie.

Joshua hatte noch immer Hammer und Stechbeitel in der Hand und starrte sie an. Sein Blick trübte sich vor Wut, und vor seinen Augen schwammen grüne Punkte; er fühlte sich ganz leicht, benommen – getäuscht, manipuliert, als würde man ihn der Schönheit selbst berauben. Er zwang sich zu schweigen, stand bloß schwer atmend da, wartete vergeblich, daß seine Wut verrauchte. Ihm fiel wieder ein, was er an den Menschen nicht ausstehen konnte: ihre verwirrende Unberechenbarkeit. Er stand blinzelnd da, bemüht, seine Fassung zurückzugewinnen, sich von einem Bild zu verabschieden, das nur in seinem Kopf existiert hatte und jetzt für immer dort bleiben würde: der reine schwarze Rabe, in dessen Bauch Helen lag.

Als er wieder sprechen konnte – die Hände umklammerten die Werkzeuge immer noch viel zu fest –, sagte er behutsam: »Ich muß ihn noch größer machen. Damit die Flügel im Verhältnis zum Körper ausgewogen bleiben. Mein Gott, Helen, er wird riesengroß.« Er schaute seinen Rappen an, der sich auf dem Rücken im Fluß wälzte. »Die Flügel müssen vier, fünf Meter lang werden.«

»Ich versuche, solange durchzuhalten«, sagte Helen. »Ich versuche zu warten. Wenn ich vorher gehen muß, kannst du mich reinlegen und die Flügel später befestigen.«

Joshua zuckte allein bei dem Gedanken zusammen. Er sah aus, als würde er jeden Moment in Tränen ausbrechen. »Okay«, sagte er. Plötzlich wirkte er alt mit den geringelten Hobelspänen in seinem silbernen Haar und dem gelben Sägemehl in den Härchen an seinen Armen und unten am Hals. Er blickte wieder auf den Fluß hinaus und wäre am liebsten hineingesprungen, um das alte Bild abzuwaschen. In der Nacht würde er von einem neuen träumen müssen. Hätte er sich als kleiner Junge, vor sechzig Jahren, träumen lassen, daß er eines Tages Kisten für die Toten bauen würde? Welche Laune der Erde hatte ihn dieser Bestimmung zugeführt?

Mel und Helen dankten Joshua und brachen auf. Als sie weg waren, legte er sein Werkzeug hin, ging langsam zum Fluß und zog sich aus. Die Eule war verschwunden.

Als er nackt war, stand Joshua einen Augenblick lang in der Sonne, bekümmert über seine schlaffe Haut, die ausgetrockneten Falten, die teigigen, schrumpfenden Muskeln, holte dann tief Luft und sprang in den Fluß.

Mel trug Helen den ganzen Weg nach Hause, brachte sie ins Bett – es war draußen noch hell – und lief dann, statt zu Wallis nach Hause zu gehen, in die andere Richtung, lief die Straße hinauf, die aus dem Tal hinausführte, lief stundenlang zäh und ausdauernd im Mondlicht, spürte, wie die Zeit rückwärts lief und sie sich wieder jünger fühlte; zu viel hatte sich angesammelt; sie lief bis spät in die Nacht, bis ihre panische Angst verschwunden und wieder Frieden eingekehrt war, dann wurde sie langsamer, ging schließlich, das Mondlicht silbern auf ihrer feuchten Haut, und sie kehrte um, nahm sich Zeit, bis sie sich kühl und erfrischt fühlte, und es ermutigte sie, daß sie notfalls noch laufen konnte.

In manchen Nächten tauchte der Bär nicht auf. In anderen Nächten kam er, fraß aber nicht, was Helen auf den Tisch gestellt hatte – die Reste einer kleinen Mahlzeit, die sie nicht hatte aufessen können, eine Schüssel Haferschleim, ein trockenes Brötchen –, und so kochte sie für den Bären, obwohl sie es anstrengend fand.

Wenn sie sich wohl genug fühlte, ging sie tagsüber in den Wald und suchte nach ihm, hoffte, sich in der Hitze, während er schlief, anschleichen zu können, so wie er sich nachts zu ihrem Haus geschlichen hatte. Überall fand sie seine riesigen Kothaufen, und überall, wo es feucht war, waren seine Spuren zu sehen; sie konnte ihn auch riechen, obwohl sie ihn nirgends entdeckte. Sie kam nie so nah heran, daß sie ihn überraschen konnte; stets hörte oder roch er sie und schlich leise auf seinen großen Tatzen davon, trat von einem Stein auf den nächsten, um keine Zweige zu zerbrechen.

Manchmal konnte Helen nur zehn oder zwölf Schritte machen, bis ihr der Atem ausging, und dann mußte sie sich rasch hinsetzen und ausruhen. Wenn sie zu tief einatmete, so tief atmete, wie sie wollte, lief sie Gefahr, wieder Blut zu spucken. Doch wenn sie nicht tief atmete, bekam sie nicht genug Sauerstoff und wurde bewußtlos, was immer häufiger vorkam.

So saß sie unbeweglich da, als müßte sie auf einem hohen Zaun das Gleichgewicht halten, und wartete, und wenn das Flattern in der Kehle und die Schmerzen in der Brust vorbei waren, zündete sie sich eine Zigarette an, saß rauchend da und wunderte sich, daß sie schon so lange lebte, wußte, daß irgendwo in dem Getriebe ein Fehler aufgetreten, irgendwo ein Zahnrad abgebrochen und sie nur deshalb so weit gekommen war.

Manchmal wurde sie beim Rauchen der Zigarette bewußtlos, da der Rauch ihrem Blut und ihrem Gehirn Sauerstoff entzog, und dann kippte sie zur Seite, und die Zigarette entfachte in dem trockenen Gras und Laub ein kleines Feuer. Die Flammen züngelten noch ein Stück weiter, manchmal drei, vier Meter weit, und verbrannten alles, was trocken wie Zunder war, bevor sie einen Fleck mit üppiger Vegetation erreichten und erstickt wurden; und während ihrer Bewußtlosigkeit atmete Helen den Duft des brennenden Grases ein, entspannte sich und kam zur Ruhe. Dadurch öffnete sich ihre Lunge, und in ihren Muskeln strömte wieder Sauerstoff.

Dann setzte sie sich auf und starrte – Kleider und Haar versengt – den schwarzen, glimmenden Ring an, in dessen Mitte sie saß, und den grellen Ball der Sonne am Himmel, und im ersten Moment wußte sie nicht genau, ob sie nicht bereits in eine andere Welt eingetreten war, in der es keine Zeit mehr gab. Vielleicht ist nicht das Fleisch sterblich, dachte sie dann, sondern die Zeit. Vielleicht unterliegt die Zeit einem Kreislauf, wird geboren, lebt und stirbt schließlich, während die körperlichen Stoffe bleiben, wie Rückstände aus dem Verstreichen der Zeit.

Bei diesem Gedanken kam sie sich stets klein, seltsam schmutzig und unbedeutend vor, als wäre sie bloß die Spur geistloser Materie.

Dann blieb ihr wieder der Atem weg.

Anfang August bekam Mel zum erstenmal ihre Periode nicht: sie, die normalerweise so zuverlässig war wie der Mond, zuverlässig und unfruchtbar.

Sie wußte sofort Bescheid. Sie konnte es spüren, als wäre bereits ein anderer Mensch im Zimmer, ein Mensch, den sie noch nicht kannten, aber ein drittes Wesen: als bildeten sie bereits ein Dreigestirn.

Sie hatte nicht das Gefühl, daß ihr bisheriges Leben sich verflüchtigte wie etwas, das einen Schneehang hinabglitt. Sie hatte nicht vor zurückzublicken. Statt dessen drehte sie sich um und blickte nach vorn, als sähe sie einem leichten Wind entgegen, der ihnen einen frischen Duft brachte, doch es geschah unbewußt, und so blieb das, was derselbe Wind davontrug, unbeachtet. Sie erzählte es Wallis, und beiden gefiel die Veränderung in Mels Stimmung und das neue Gefühl der Fülle in der Hütte.

»Bist du sicher?« fragte Wallis.

»Ganz sicher«, erwiderte Mel. »Ja.«

»Ich dachte, du bist unfruchtbar«, sagte er.

»Anscheinend hat sich etwas verändert.«

Sie gingen im Wald hinter der Hütte spazieren. Alles sah leicht verändert aus, jedes Blatt, jeder Baum oder Stein – schärfer, klarer, als hätten sie vorher nicht richtig hingesehen, sondern daran vorbeigeschaut. Der neue Blick war überraschend.

In den nächsten Tagen fragte er sie oft, ob sie ihre Periode doch noch bekommen habe. Er musterte sie, betastete sie, um zu sehen, ob es einen Unterschied gab, und er hatte den Eindruck, daß es so war, obwohl er nicht hätte beschreiben können, worin dieser Unterschied lag. Der Mond nahm wieder ab, und sie hatten das Gefühl, auf einer neuen, langen Reise zu sein, für die sie jede Menge Kraft und Geduld hatten.

Sie wollten es keinem erzählen. Sie beschlossen, es geheimzuhalten, die Abgeschiedenheit auszukosten.

Sie gingen den Bach hinauf, der an ihrer Hütte vorbeifloß, folgten einer der sich niedrig dahinziehenden Steinmauern, die Matthew gebaut hatte. Wallis blieb an einer rieselnden Quelle stehen und hob einen feuchten smaragdgrünen Stein auf, der mit weichem Moos besetzt war. Ein winziger roter Salamander mit einem grünen Streifen auf dem Rücken ringelte sich zusammen und nahm eine Abwehrhaltung ein. Ein Waldfrosch hüpfte in den Bach und rettete sich ans andere Ufer. Eine Drossel sang. Wallis stellte sich vor, wie die Planierraupen die Frösche und Salamander platt walzten. Er berührte den winzigen Salamander mit der Spitze seines kleinen Fingers.

»Ich gebe ihm die Karte nicht«, sagte er zu Mel.

»Er wird ausrasten«, sagte Mel, und dann: »Bist du dir sicher?«

»Ich bin fertig mit ihm«, sagte Wallis. »Ich bin fertig mit der ganzen Sache. Ja, ich bin mir sicher.«

Ein heißer Wind fuhr durch die Baumwipfel und wehte die Düfte des Sommers heran. »Bist du dir sicher?« fragte Mel noch einmal. »Bei ihm kannst du's dir nicht noch mal anders überlegen – du kannst ihm nicht untreu werden und dann zurückgehen und dich entschuldigen. Bist du dir völlig sicher?«

»Es war schön«, sagte Wallis. »Es hat mir gefallen. Aber jetzt liegt es hinter mir. Ich will nicht, daß hier gebohrt wird. Nicht in diesem Tal.«

»Er wird behaupten, daß du egoistisch bist«, sagte Mel. »Daß du ein Heuchler bist.«

Wallis lachte. »Er wird viel schlimmere Sachen sagen.«

»Stimmt.«

Da er den Gedanken nicht ertragen konnte, die Karte zu vernichten, versteckte er sie im Keller. Er rollte sie auf und legte sie in eine Zederntruhe, um sie in vierzig oder fünfzig Jahren vielleicht seiner Tochter oder seinem Sohn zu zeigen. Es bedurfte seiner ganzen Entschlußkraft, um sich von ihr zu trennen.

Er rollte sie in andere Häute und Felle ein, verschloß die Kiste und schob sie in eine Ecke, stapelte leere Pappkartons darauf und schob dann ein Regal voller Einmachgläser davor.

Er stellte sich vor, wie die Hütte in den nächsten hundert Jahren verfallen, wie sich der Keller mit Erde und Steinen füllen und der Wald alles in Besitz nehmen und die Karte in der Zederntruhe verschlingen würde. Er fand es seltsam, daß es ihm nichts ausmachte, sie verrotten zu lassen, daß er sie aber nicht verbrennen konnte, obwohl es eigentlich dasselbe war, denn Verrotten war nichts anderes als langsames Verbrennen.

Helen wählte ihren Baum aus. Sie hatte schon die ganze Zeit an diesen Baum gedacht, hatte ihn noch am selben Tag aufgesucht, als ihr der Gedanke gekommen war, daß sie eine Entscheidung treffen mußte – eine große Pappel, die die Espen am Rand eines Marschlands hinter ihrem Haus überragte.

Sie hielt Ausschau nach anderen Bäumen, doch an ihm maß sie alle anderen, die sie fand, und es war an der Zeit, für ihn dankbar zu sein und keine Zeit und Kraft mehr darauf zu vergeuden, sich einen noch besseren zu wünschen.

Sie verbrachte jetzt viel Zeit unter dem Baum und freute sich immer mehr, daß sie ihn ausgewählt hatte. Von ihrer Hütte war es nur ein kurzer Weg. Sie konnte zu jeder Tageszeit hingehen, in dem grünen Gras in seinem Schatten schlafen und den modrigen Geruch der Blätter aus den vergangenen Jahren einatmen. Es war ein sehr trockenes Jahr gewesen, und das Marschland war ein verbranntes Feld voll ockergelbem und braunem Riedgras, auf dem es mitten im August keine Moskitos gab, so daß sie dort ruhig schlafen konnte, und im Schlaf hatte sie das Gefühl, allmählich ein paar Dinge über ihren Baum zu begreifen.

Wenn sie aufwachte, glaubte sie manchmal, Stimmen zu hören: Stimmen, die erst verstummt waren, als sie die Augen aufgeschlagen hatte, so daß sie eher durch den Nachklang ihres Schweigens als durch die Stimmen selbst wach geworden war.

Oft waren es die Stimmen von Menschen, die sie gekannt hatte, die aber schon tot waren, normalerweise ihre Eltern, Tanten oder Geschwister, doch manchmal dachte sie beim Aufwachen mit einer

Klarheit und Sehnsucht, wie sie sie schon seit vielen Jahren nicht mehr erlebt hatte, an Männer, die sie vor langer Zeit einmal geliebt hatte, und dann fühlte sie sich hoffnungsvoll und erfrischt.

Sie lag, das Gesicht zur Seite gedreht, auf dem Bauch im kühlen Gras, und ihr rann – manchmal blutgesprenkelter – Speichel aus dem Mund, doch sie empfand nur Ruhe und Frieden. Die heiße Luft strömte über sie, als würde sie nach ihr suchen, doch sie schlief weiter im kühlen Gras, als ob sie bereits begraben wäre.

Im Schlaf konnte sie die frisch abgeschälte Rinde der jungen Pappeln riechen, Bäume, die von den Bibern angenagt oder sogar gefällt worden waren. Es war ein klebriger Geruch wie der des Sassafras, rein und scharf für die Nase, den Gaumen, den Geist. In der Ferne hörte sie das leise Klingen der Äxte und Surren der Sägen, da die Leute wieder ernsthaft Feuerholz machten; und diese stetigen, einlullenden Geräusche beruhigten sie. Es gab Dinge, wo Sparsamkeit angebracht war, doch das Sammeln von Feuerholz gehörte nicht dazu. Es war eins der seltenen Dinge, wo Überfluß am besten war.

Das Nickerchen unter ihrem Baum waren die einzigen ruhigen Minuten, die ihr tagsüber noch blieben. Die restliche Zeit war von den derben Geräuschen geprägt, die zeigten, daß ihr Körper sie langsam im Stich ließ, von einem Darmblubbern oder den Fürzen, die ihr ohne Vorwarnung oder Kontrolle entschlüpften, von Unausgewogenheiten, Magenknurren, Blähungen, von einem Pfeifen und Rasseln der Lunge, das selbst beim einst so einfachen Akt des Atmens auftrat. Die rätselhaften Aussetzer ihres Herzens: Sie hatte langsam genug davon. Die Körperrhythmen entzogen sich ihrem Einfluß. Sie gehörte bereits zu den Sternen.

Es ging immer schneller bergab mit ihr. Wenn eine Körperfunktion ausfiel, beeinträchtigte das zugleich zehn weitere. Die Talbewohner hatten ihren Kampf gewürdigt, doch jetzt, wo sie ihren Baum ausgewählt hatte, fühlten sie sich unwillkürlich betrogen. Wie konnte das Tal ohne Helen so bleiben, wie es war? Welcher Baum konnte ihren Platz einnehmen?

Die kleinen grünen Blaubeeren wurden rosa, blähten sich dann auf, wandelten Sonnenlicht in funkelnden Zucker um und färbten sich lila: einer der letzten Zaubertricks der Sonne, bevor sie auf ihrer Wanderung nach Süden gelockt wurde. Es war noch trockener als zuvor, und die heiße Luft strömte und zirkulierte im Tal, badete die Beeren und ließ sie reifen, strich darüber wie der warme Atem eines Tieres.

Die Leute wanderten mit Eimern über die sonnigen Hänge und pflückten jede Menge Beeren, und obwohl sie viele davon aßen, füllten sie ihre Eimer bis zum Rand. An ihren Händen, Armen und Gesichtern hatten sie vom Essen der Beeren lauter lila Flecke, und auch ihre Kleider waren da, wo sie die Sträucher gestreift hatten, ganz lila. Vögel und Bären zogen Ende August in den Bergen durch dieselben Blaubeergebiete und fraßen davon, so daß ihre Schnäbel und Schnauzen, ihre Bäuche und Beine ganz lila waren und sie aussahen, als gehörten sie alle derselben Bruderschaft an. Selbst die Tiere, die die Beeren nicht fraßen, hatten, wenn sie durch die Blaubeergebiete gestreift waren, überall lila Flecke.

Die Lärchen begannen, orangegolden zu glühen, wobei zuerst ihre Spitzen die Farbe wechselten: Die kegelförmige Krone des Baumes färbte sich bernsteingelb, während die Nadeln darunter grün blieben, so daß ein bewaldeter Berghang in der ersten Woche aussah, als ob dort unzählige Streichhölzer entzündet worden wären; und wenn die Goldfärbung in den nächsten Tagen langsam die Bäume hinabkroch, sahen sie aus wie Kerzen, deren Flamme jeden Tag etwas länger wurde, und die Berge sahen aus, als würden sie bereits brennen. Die Form und das Wesen eines Dings ist verantwortlich für den Schatten, den es wirft: Kann ein Schatten Ursache und Wirkung umkehren und etwas Wirkliches erschaffen? Durch welchen Prozeß kann ein Traum Wirklichkeit werden? Könnte ein Traum von der Erde Steine, Landschaften, Leben erschaffen?

Wallis bereute es nicht, daß er seine Karte versteckt hatte. Als die Tiere unruhig wurden und zu überlegen begannen, ob sie die Berge verlassen sollten, als sie die Vorbereitungen für ihre Reise nach Süden trafen, spürte er, daß das Leben, das die Landschaft verließ, den Weg in sein Herz fand. Und er hatte das Gefühl, daß Mel sein Herz festhielt, es behutsam und zart beruhigte. Nicht einmal die alte verborgene Erde hatte so von ihm Besitz ergriffen wie sie jetzt.

Sie ist Mutter, dachte er, und dann, als würde er darin schwelgen: Ich bin Vater. Ein so neues Land, so nah – so unmittelbar zu spüren.

Amy kam oft zu Besuch. Sie und Mel kochten in der Hütte zusammen Marmelade ein, heizten den Ofen an, um das Wasser zu kochen, mit dem sie die Gläser sterilisieren wollten, schütteten Zucker in die Fruchtmasse, verschlossen die Gläser, stellten sie im Sonnenlicht, das durchs Fenster fiel, auf den Tisch und warteten schweißgebadet draußen auf der Veranda, horchten auf das Ploppen der Deckel, die sich nach außen bogen, wenn die Marmelade sich in den Gläsern ausdehnte und sich ein luftdichter Verschluß bildete. Dutzende von Gläsern ploppten, ein trommelnder Chor der Sicherheit: Nahrung für den ganzen Winter, Fülle für ein weiteres Jahr, Schutz vor Entbehrungen.

Wenn ein Schwung Marmeladengläser versiegelt war, gingen sie zum Bach hinunter, zogen sich aus und legten sich ins seichte Wasser, hängten ihre schweißnassen Kleider über die Büsche und ließen sich vom Bach abkühlen, so wie ein Eimer Wasser das Hufeisen vom Amboß des Hufschmieds kühlt. Wenn Amy nackt im seichten Wasser lag, sah sie so riesig aus wie ein Pferd, und die beiden Frauen beobachteten, wie das Baby sich in ihrem Körper bewegte, wie es sich so lebhaft reckte und streckte, daß sie das Wogen der Knie und Ellbogen sehen konnten.

Jede Nacht schnitt der Frost in die Blätter, als wollte er ihnen Blut abzapfen, verbrannte sie an den Rändern rot und entzog dem Land noch mehr Feuchtigkeit. Der Wind rieb die trockenen Spitzen der Zweige aneinander, ein unaufhörliches Schaben, durch das oft kleine Flammen aufloderten, die ein paar Minuten lang brannten, bevor sie wieder erloschen. Oben in den Bergen fingen Quarzkristalle das

Sonnenlicht ein und reflektierten es, bündelten es und vergrößerten es zu einer Flamme, sobald es konzentriert auf einen geeigneten Fleck – ein Stück Waldboden, ein Flechtenbüschel – fiel, und auch diese kleinen Brände loderten kurz hell auf, bevor sie wieder erloschen, so daß aus dem Wald ferner Brandgeruch und graue Rauchfäden aufstiegen, die so schmal waren, daß sie aussahen wie Seile, die vom Himmel fielen.

Mel legte beide Hände auf ihren noch flachen Bauch und dachte daran, wie sehr Matthew dieses Jahr genossen hätte, wenn er noch im Tal leben würde.

Der Garten brachte eine reiche Ernte. Abends breitete sie leichte Tücher über die Pflanzen, um sie vor dem Frost zu schützen, und jeden Tag erntete sie mehr: Erbsen, Möhren, Kartoffeln. Sie häufte alles auf der Veranda auf und kam sich einen Augenblick lang vor wie ihr Vater, wenn er seinen Stolz über die Fördermenge bei einem bestimmten Bohrloch zeigte. Sie legte wieder die Hände auf den Bauch und versuchte, ihn vorzuwölben, ihn sich so aufgebläht wie den von Amy vorzustellen, doch es gelang ihr nicht.

Sie setzte sich barfuß, erhitzt und staubig auf die Veranda und aß eine Möhre. Sie konnte den Rauch der kleinen Brände riechen und das schwache Nagen der fernen Äxte und Sägen hören, wenn die Talbewohner Feuerholz machten. Wallis war angeln gegangen.

Sie beschloß, einen Spaziergang zu machen. Jedesmal, wenn sie ohne Stift und Papier in den Wald ging und ohne Daten zurückkehrte – vielmehr mit geheimen Daten, die sie nur im Kopf hatte und dem Rest der Welt vorenthielt –, fühlte sie sich stärker und frischer und fand, daß ihr jeder Spaziergang mehr Spaß machte als der vorhergehende. Es war, als würde sie die Welt mit neuen Augen sehen. Zwanzig Jahre lang Daten sammeln war genug; es war Zeit, sich auszuruhen und zu staunen, ohne irgendwelche Berechnungen anzustellen. Ihre naturwissenschaftlichen Wanderungen waren einmal eine Art Arbeit gewesen; wenn sie jetzt in den Wald ging, war es wie ein Gebet. Im Frühherbst fühlte sie sich auf ihren Spaziergängen oder bei der Arbeit im Garten oft so glücklich, daß ihr die Tränen kamen.

Eines Nachmittags stieß sie auf den Kadaver des Wolfes, den sie im späten Frühling mit den Stachelschweinborsten in der Schnauze gesehen hatte. Er war erst vor kurzem gestorben, hatte noch sein ganzes Fell und war noch keinen anderen Tieren zum Opfer gefallen, nur dem wahllosen Hunger von Fliegen, Ameisen, Würmern und Käfern. In der Hitze war er zu seiner doppelten Größe aufgedunsen, so daß er wie ein Ungeheuer aussah. Mel blieb unwillkürlich stehen, als sie ihn sah, da sie ihn zuerst für einen schlafenden Eisbären hielt.

Mel näherte sich dem toten, stinkenden Wolf mit einer Mischung aus Trauer, Ekel und Neugier. Sie blieb drei Meter entfernt stehen, hockte sich hin und betrachtete sein aufgeschwollenes, kaum noch erkennbares Gesicht. Der Verwesungsprozeß hatte bereits eingesetzt, das Fleisch war schon ganz schwabbelig, und die Stacheln hatten sich aus der durchweichten Masse gelöst, die ihnen einmal festen Halt geboten hatte. Mel konnte sehen, daß der Wolf schon eine Weile vor seinem Tod, vielleicht den ganzen Sommer lang, blind gewesen war.

Noch während sie ihn betrachtete, las sie schon die Spuren. Ihr Blick glitt den Abhang hinauf, wo der Wolf seinen Todeskampf ausgefochten hatte, zu dem aufgewühlten Waldboden an der Stelle, wo er hinabgestürzt und zu seiner letzten Ruhestätte gepurzelt war. Zwischen seinen Zehen hatten sich schwarze Erde, vertrocknete Erdbeerstauden und Stachelschweinborsten festgesetzt, als er in seiner Qual sinnlos gebuddelt und sich sein eigenes Grab gescharrt hatte. Und Mel sah auch, daß seine Artgenossen den von Stacheln übersäten Wolf in seinen letzten Tagen besucht hatten. Sie las ihre Spuren, betrachtete ihre Kothaufen, die Reste alter Hirschknochen weiter oben am Hang, und erkannte, daß das Wolfsrudel sich um den sterbenden Artgenossen gekümmert, ihn gefüttert und bei ihm Wache gehalten hatte.

Sie erinnerte sich jetzt an das Heulen vor ein, zwei, drei Wochen und war überrascht, ja leicht beschämt, daß sie es nicht hatte deuten können, daß sie voll und ganz in einer anderen Welt mit anderen Sorgen gelebt hatte, völlig abgetrennt von dem Leben, an dem sie vorher so sehr gehangen hatte.

Sie hockte noch eine Weile da – »Armer Wolf«, sagte sie – und beobachtete, wie der Wind das Wollhaar an seinem Bauch kräuselte. Das Haar begann, sich büschelweise loszureißen. Mel sah den toten Wolf noch einmal an, als könnte sie nicht recht begreifen, daß er nicht im nächsten Moment aufstehen und davonlaufen würde, bis sich etwas in ihr entspannte und sie begriff, daß er bereits aufgestanden und davongelaufen war.

Sie trat näher heran und berührte das Ohr des Wolfes. Ein weiteres Fellbüschel löste sich. Sie legte die Hand auf seine schlammverschmierte Brust und fragte sich: Was für ein Baum, welcher Geist und welches Wesen eines Baumes erwächst aus der Brust eines toten Wolfes?

Sie sprach ein Gebet für Matthew und eins für den Wolf, drehte sich um und stieg wieder den Berg hinab. Bei Einbruch der Dunkelheit kam sie auf die Straße unterhalb der Stadt, wo sie weiter vorn eine Gestalt gehen sah. Sie lief los, um sie einzuholen. Es war Wallis, der mit einer Schnur voller Fische vom Fluß kam. Sie bewunderte die Fische, küßte ihn. Dann gingen sie Hand in Hand nach Hause.

Die Herrschaft der Fische.
Devon und Karbon.

Als der Morgen des Devons dämmerte, tauchte im dichtbevölkerten Meer eine neue Lebensform auf. Es war ein Wirbeltier. Sein Knorpelskelett und sein gesamter Aufbau verkörperten einen neuen Entwurf. Im Vergleich zu anderen Wirbeltieren war sein Organismus zweifellos primitiv. Es war kein Fisch im gewöhnlichen Sinne des Wortes, obwohl wir es als Fisch bezeichnen müssen. Es gab noch andere Wirbeltiere, die mehr Ähnlichkeit mit einem Fisch hatten, auch wenn sie sich von den heutigen Fischen stark unterschieden. Man kann bei diesen vorzeitlichen Wirbeltieren zwischen drei

Typen unterscheiden. Diese sind heute als E-las'-mo-branchier, Plak-o-dermen *und* Gan'-oiden *bekannt. Die Elasmobranchier sind eine Gruppe, die noch fortbesteht. Sie haben alle eine große Ähnlichkeit mit Haien.* Cestraeion, *der Port-Jackson-Stierkopfhai, hat vor beiden Rückenflossen Dornen; die Nasenöffnungen verbinden sich in seinem Maul, und die Oberlippe ist in sieben Lappen aufgeteilt. Die mittleren Zähne sind klein. Daneben hat er große, flache Zähne, die doppelt so breit wie lang und so angeordnet sind, daß sie eine schachbrettartige Mahlfläche bilden.*

Unter den frühesten amerikanischen Fischen waren einige dieser dornentragenden Haie. Die Dornen sind abgeflacht, zweischneidig wie ein Bajonett und so gebogen, als ob einer zur rechten und der andere zur linken Seite gehört hätte. Einige von ihnen waren mehr als dreißig Zentimeter lang. Da sie zweischneidig und sehr scharf waren, müssen sie sehr wirksame Waffen gewesen sein. Diese Zestrazionten waren im Devon zahlreich. Ihre glatten braunen Dornen finden sich oft in dem hornsteinhaltigen Kalkstein von New York, Kanada, Ohio und Michigan. Falls du den Namen wissen willst, hier ist er: Machaeracanthus *oder »Dolchdorn«.*

Ein anderer weitverbreiteter und sehr eindrucksvoller Fisch aus dieser Zeit scheint ein Verwandter der heutigen Störe gewesen zu sein – eine Familie von gepanzerten Ganoiden. Unsere amerikanischen Geologen haben ihn unter einem Haufen von Namen regelrecht begraben und sich schließlich auf folgende Bezeichnung geeinigt: Mae-ro-pet-al-ich'-thys *oder »Knochenplattenfisch«. Diese Fische waren sehr groß. Der Schädel bestand aus großen vieleckigen Knochenplatten, die durch doppelte, fast vollständig von einem höckerigen Schmelz verborgene Nähte miteinander verbunden waren; diese Höcker sind sternförmig; der Schmelz ist mit doppelten Porenreihen und einzelnen Fadenlinien verziert, die ein Muster bilden, das nicht mit den darunterliegenden Knochenplatten übereinstimmt. Diese großen, geometrisch geformten Platten ziehen oft die Aufmerksamkeit von Steinhauern auf sich, da sie manchmal bis zu vierzig Zentimeter lang sind.*

Diese Verwandtschaftsbeziehungen ermöglichen uns, einige der geringgeschätzten Fische, die heutzutage leben, mit neuem Interesse zu betrachten. Unsere Störe, Hornhechte und Haie sind die wenigen Vertreter dieser uralten Familien, die einmal allein die Würde der Wirbeltiere wahrten. In ihren Lebensformen wurde zuerst die Idee vom Organismus der Wirbeltiere bewahrt, der dazu bestimmt war, in seinen verschiedenen Formen auf der Erde fortzubestehen, bis der Mensch, das denkende und alles beherrschende Wirbeltier, kommen sollte. Heute findet sich unser vertrauter, mit Knochenplatten gepanzerter Hornhecht im Süßwasser von Flüssen und Seen – der arme, degenerierte Nachkomme von Fischen, die einmal die Welt beherrschten. Ehrwürdiges Relikt eines mächtigen Reiches! Wenn ein direkter Nachkomme von Menes oder Nebukadnezar II. vor mir stünde, würde das Alter seines Geschlechts mein Interesse und meine Ehrfurcht wecken, doch verglichen mit dem Geschlecht des armen Hornhechts wäre es kaum der Rede wert.

Warum sind diese Lebewesen so lange erhalten geblieben? Die stetige organische Vervollkommnung vollzieht sich seit Jahrmillionen und hat sie weit zurückgeworfen. In der heutigen Welt sind diese Lebensformen fehl am Platz. Sie stellen einen Anachronismus dar, der entweder eine Absurdität oder aber eine so bedeutende Erscheinung ist, daß sie den normalen Verstand übersteigt.

Der Hornhecht frißt unsere Sportfische und Speisefische, so wie er benachbarte Reiche zerstörte, als er noch über ein eigenes Reich herrschte. Er verheddert sich in den Netzen der Fischer und zerreißt sie, und sie stoßen Verwünschungen gegen ihn aus. Sein Fleisch ist ungenießbar. Der den Schlamm liebende Stör, der in seinem Wesen nicht so zerstörerisch ist, bringt der heutigen Welt keinen Nutzen. Der grimmige Hai, der als Nahrung ähnlich ungeeignet ist, ist der Freibeuter der Meere. Andere Fische dienen dem Menschen als Nahrung. Sie kommen aus unbekannten Regionen, um dem Menschen zu begegnen und seinen Zwecken zu dienen. Doch diese vorzeitlichen Lebensformen stammen aus einer Zeit, als es noch keine menschlichen Bedürfnisse gab, als noch kein Bedarf nach menschlicher Nahrung herrschte. Sie waren nie als Nahrungsmittel gedacht, da sie alle anderen Tiere zu ihrer Nahrung machten. Diese nutzlosen und zerstörerischen Wesen haben keine Verbindung zur Welt und zur Geschichte. Warum sind sie hier?

Warum? Sie bringen Ideen in die heutige Welt. Sie sind lebende Illustrationen bereits ausgestorbener Tiere. Die in Stein eingebetteten Knochenplatten von Cephalaspis und Dornen von Machaeracanthus wecken vielleicht unsere Neugier und treiben uns durch ihre Rätselhaftigkeit zur Verzweiflung, doch wir lernen nichts daraus. Die Intelligenz des Wesens, das seit jeher am Ende der organischen Vervollkommnung stand, sollte den Plan der Welt begreifen und ein Bild von der eindrucksvollen Geschichte früherer Perioden entwerfen. Warum? Es war ein Akt der Wohltätigkeit, der diese Relikte eines alten Reiches vor der völligen Vernichtung bewahrte. Daß sie nicht völlig ausstarben und die Welt nicht nur für moderne Lebewesen reserviert ist, geschah nicht zufällig, sondern zielgerichtet. Diese Launen der Natur sind kostbare Exemplare, die in einem Museum bewahrt werden. Sie sind Schatullen voller Dokumente aus alten Zeiten. Der Hornhecht, der Stör und der Hai sind Boten aus der Vergangenheit. Hör ihnen zu. Sie predigen der Intelligenz des Menschen. Sie offenbaren die Pläne des Unendlichen. »Wer Ohren hat, der höre.«

Alles existiert nur zum Wohle des Menschen. Die Schönheit wurde allein für uns erschaffen.

Eines Tages flogen die Gänse vom Fluß auf und verließen das Tal. Den ganzen Tag lang herrschte große Aufregung; doch an jenem Abend fühlten sich die Leute einsam, und sie versammelten sich in der Bar, um sich gegenseitig zu trösten und tapfer Witze über den kommenden Winter zu reißen. Es war die schönste Zeit des Jahres: Die Tage waren in ein dunstiges goldenes Licht getaucht, die Tagestemperaturen mild, die Nächte sternklar und frisch, die Blätter verfärbten sich, der angenehme Duft von verbranntem Holz lag in der Luft, und die Speisekammern der Hütten füllten sich mit Fleisch und Eingemachtem. Doch diejenigen, die diese schöne Zeit schon einmal erlebt hatten, wußten auch um ihre kurze Dauer und den Preis, der dafür zu zahlen war. Der Aufbruch der Gänse war das erste Anzeichen dafür, daß dieser Wendepunkt kurz bevorstand.

Artie kam an jenem Abend zu Wallis, spendierte ihm ein Bier und sagte: »Danke, daß ihr nicht bohrt.« Artie war der einzige, der sich nach Wallis' Entschluß, sein altes Leben aufzugeben, bei ihm bedankte, doch Wallis begriff, daß das nicht nötig war, daß er bloß das einzig Richtige getan hatte. Dennoch freute er sich, lächelte Artie an, hob den Krug und prostete ihm stumm zu.

»Wie geht's Helen?« fragte Artie. Mel war drüben, um zu sehen, ob sie irgend etwas brauchte.

»Nicht gut«, sagte Wallis.

»Ich kann kaum glauben, daß sie von uns geht«, sagte Artie.

Mel und Helen kamen zur Tür herein. Helen wirkte erholt, hatte offenbar einen guten Tag gehabt, obwohl sie sich auf Mels Arm stützte, und als sie begriffen, daß Helen die Gänse um ein weiteres Jahr überlebt hatte, waren die bittersüße Stimmung und das Gefühl, im Stich gelassen zu werden, im Nu verschwunden.

»War Joshua da?« wollte sie wissen. In letzter Zeit hatte ihn niemand gesehen: ein Zeichen, daß er hart arbeitete. Helen ging zu Amy, lüftete ihr Umstandskleid und legte ihr die Hand auf den Bauch. »Ich würde das Baby gern noch zu Gesicht bekommen«, sagte sie.

Das Baby bewegte sich, schien zu hüpfen und strampelte dann. »Ich glaube, das klappt«, sagte Amy und blickte Helen direkt in die Augen. Was sie dort sah, war Angst – etwas Unbeständiges, Sorgenvolles –, und die alten blauen Augen sahen aus wie zwei kleine Edelsteine, die unter Wasser im Sonnenlicht funkelten. Bald. Jeden Augenblick. »Ich bin mir sicher, daß du es noch zu Gesicht bekommst«, sagte Amy und ergriff Helens Hand.

Mel wollte Helen ihre eigenen Neuigkeiten erzählen und hoffte zugleich, daß es nicht nötig war.

Später am Abend trug Mel Helen wieder über die Straße. Wallis begleitete sie. Helen schlief in Mels Armen ein, wachte in ihrem Haus aber wieder auf und ließ sich nicht davon abbringen, in der Küche herumzuwerkeln und das Abendessen für den Bären zuzubereiten, der schon seit drei Tagen nicht mehr dagewesen war. Sie machte Rührei und Pfannkuchenteig; als die Pfannkuchen fertig waren, bestrich sie sie mit Blaubeermarmelade und legte sie auf zwei Teller. Mel und Wallis dachten, sie hätte das Essen für sie zubereitet, doch dann sagte sie ihnen, daß sie jetzt gehen müßten, da der Bär sonst nicht komme.

Sie wußten nicht, was sie sagen sollten, waren zutiefst bekümmert, da sie glaubten, Helen habe kurz vor ihrem Tod den Verstand verloren.

Sie beobachteten, wie sie die Teller voll dampfendem Essen in die kalte Nacht hinaustrug, wie sie sich an den Campingtisch setzte und zwei Kerzen anzündete, sich in ein Wapitifell hüllte und nach vorn beugte, sich aufs Warten einrichtete und dabei einnickte.

»Wir können sie nicht in einer so kalten Nacht da draußen sitzen lassen«, sagte Mel. »Das würde ihr den Rest geben.«

»Irgendwann ist ihre Zeit gekommen«, erwiderte Wallis.

»Das können wir nicht tun«, sagte Mel. »Nicht bevor das Baby da ist. Und nicht bevor Matthew ...«

Die Kerzen flackerten immer heftiger im Wind; eine fiel um und erlosch. Sie dachten, sie würde schlafen, und wollten gerade hinausgehen und sie holen, doch da hob sie den Kopf, nahm die umgefallene Kerze, zündete sie wieder an und saß dann da und wartete, während die Flammen flackerten.

Der Bär – ein großes Tier, schwarz wie die Nacht – näherte sich ganz allmählich und langsam, und zuerst begriffen sie nicht, was sie da sahen: Er bewegte sich so vorsichtig, so verstohlen, daß er aussah wie ein Mensch in einem Bärenkostüm. Helen war wieder kurz eingenickt, doch als sie spürte, wie er sich behutsam ihr gegenüber niederließ, wachte sie auf.

Er saß eine Weile völlig reglos da, so daß er eher wie ein ausgestopfter Bär aussah, und starrte Helen an – Mel und Wallis konnten sehen, daß Helen unter dem Wapitifell zitterte, und es war nicht klar, ob vor Angst oder vor Kälte –, und dann senkte er langsam den Kopf und begann zu fressen.

Mit zitternden Händen nahm Helen ihre Gabel und stocherte in ihrem eigenen Essen herum.

Der Bär fraß alles auf. Ein paar Stücke Rührei fielen ihm aus dem Maul, und er leckte sie behutsam vom Tisch. Helen blies die Kerzen aus und schob ihren Teller mit den Essensresten über den Tisch, und der Bär fraß auch das.

Als er fertig war, schaute er sie noch einmal an – Frau und Bär in blauem Sternenlicht. Seine Augen und seine feuchte Nase funkelten, und seine Krallen leuchteten wie Silber, und Mel flüsterte gerade: »Wir sollten jetzt gehen«, als er sich umdrehte und wieder in der Dunkelheit verschwand.

Als Helen die Kerzen und die leeren Teller zusammenpackte und ins Haus zurückkehrte, waren Mel und Wallis schon zur Haustür hinaus und gingen die staubige Straße hinunter.

In jener Nacht fielen alle drei in einen tiefen, traumlosen Schlaf.

Wallis war eines Tages draußen im Garten, während Mel in der Stadt nach Helen sehen wollte, als er plötzlich spürte, wie der Boden bebte. Als er aufblickte, sah er ein Pferd durch den Garten galoppieren, dicht gefolgt von einem silbernen Wolf.

Als das Pferd vorbeilief, konzentrierte sich Wallis einen Augenblick lang nur auf das Klappern der stahlbeschlagenen Hufe, die gelegentlich auf Steine traten. Das Pferd lief so schnell, daß die Hufe auf den Steinen Funken schlugen, und das hohe Herbstgras war so trocken, daß viele dieser Funken Flammen entfachten, die sich in orange leuchtenden Rauchwölkchen weiterfraßen; und wenn das Feuer erloschen war, hinterließ es einen schwarz versengten Ring in der Form eines Hufabdrucks, nur größer, als ob ein riesiges Tier durch den Garten gelaufen wäre und das Pferd und der Wolf es verfolgen würden.

Der Wolf schlug seine Zähne tief in die Keule des Pferdes und riß ein Stück Muskelfleisch heraus. Das Pferd schnaubte und bockte, gab aber keinen anderen Laut von sich und lief weiter, als wäre nichts passiert. Der Wolf taumelte und fiel hin, sprang wieder auf, rannte durch das brennende Gras. Aus der Keule des Pferdes schoß leuchtend rot das Blut hervor. Es war schon fast im Wald angelangt. Wallis konnte sehen, daß der Wolf es dort hintreiben wollte, weil umgestürzte Baumstämme ihm den Weg versperren würden, doch das konnte das Pferd in seiner panischen Angst nicht wissen.

Der Wolf holte auf und bereitete einen weiteren Angriff vor, und diesmal sprang er hoch, doch Wallis konnte nicht sagen, ob er es auf den dicken Hals oder den Kopf abgesehen hatte. Und als er sprang, wich das Pferd aus und blieb rutschend stehen, bäumte sich dann auf und trat nach ihm, während er an ihm vorbeiflog. Wallis konnte hören, wie die stählernen Hufeisen auf Knochen trafen und wie die Knochen brachen.

Der Wolf jaulte auf, und dann stellte sich das Pferd noch einmal auf die Hinterbeine und trat zu, trampelte auf dem Wolf herum, während er wegzukriechen versuchte. Jedesmal, wenn das Pferd sich aufbäumte, schoß Blut aus seiner Keule.

Bevor Wallis dort ankam und es beruhigen konnte, verließen es seine Kräfte. Es hörte auf herumzutrampeln, starrte auf den Boden, als ob es vergessen hätte, wo es war und was vor sich ging, und brach dann zusammen, wobei zuerst die hintere Hälfte zu Boden sank und dann die vordere folgte.

Die Rippen des Pferdes hoben und senkten sich, doch ansonsten wirkte es ruhig. Wallis ging zu den Bäumen, um nach den Überresten des Wolfes zu suchen. Am Waldrand war überall das Gras niedergetrampelt, doch er konnte ihn nirgends finden. Er fand Fellbüschel, aber kein Blut.

Wallis ging ins Gras zurück, da er dachte, er müsse ihn übersehen haben. Das Pferd sah ihm sanftmütig zu. Wallis ging auf seiner Suche um das Tier herum. Im Gras war jede Menge Blut, naß und rot, doch es schien von dem Pferd zu stammen.

Er ging ein Stück in den Wald und fand weitere Fellbüschel; dann entdeckte er auf einem Baumstamm, über den der Wolf gerutscht war, eine verschmierte Blutspur.

Wallis kehrte wieder zu der heißen Wiese zurück, um sich das Pferd genauer anzusehen. Die kleinen Brände knisterten noch, waren aber schon fast erloschen. Dünne Rauchfahnen trieben an Wallis und dem Pferd vorbei. Das Pferd zuckte mit den Ohren, drehte sich um, blickte zu dem Rauch zurück und legte den Kopf auf den Boden.

Wallis lief zur Hütte, um einen Eimer Wasser zu holen. Er entdeckte ein Stück Draht, das er als Nadel, und eine Schnur, die er als Faden benutzen konnte. Er ging zu dem Pferd zurück, das mit vorgestrecktem Kopf dalag, und wusch die riesige Wunde aus. Dann begann er, sie so gut wie möglich zu nähen. Das Pferd ächzte und wieherte leise, als Wallis den Draht mit der Schnur durch das Fleisch stach.

Die brennende Sonne stand direkt über ihnen. Fliegen landeten in der Wunde und fraßen daran herum, und sie fraßen auch an dem Blut, das auf Wallis' Händen und Armen verschmiert war. Er schlug nach ihnen, zerquetschte sie, doch es kamen immer neue.

Als er mit dem Nähen fertig war, ging Wallis wieder den Hügel hinauf und suchte nach dem Stück Muskelfleisch. Er fand es neben einem hufeisenförmigen Aschering im süß duftenden grünen Gras. Das Fleisch war an manchen Stellen gebraten, grau verbrannt von den Flammen. Er hob es auf, brachte es zum Bach, spülte das Gras und die Zweige ab und hängte es dann im Räucherhaus an einen Haken. Dann holte er Leintücher aus der Hütte und kehrte zu dem Pferd zurück. Es warf den Kopf hin und her und versuchte aufzustehen, als glaubte es, der Wolf käme zurück.

Wallis errichtete ein Zelt über dem Pferd, damit es Schatten hatte, und goß dann Wasser auf die Wunde. Er stellte einen großen Eimer Wasser neben das Tier, hinterließ Mel eine Nachricht und ging dann davon; er mußte einen klaren Kopf bekommen. Er holte sich Matthews Angel und ging in den Wald. Sein ganzes Leben lang hatte er sich um Pferde gekümmert, hatte bei ihnen in der Scheune geschlafen, wenn eins krank war oder fohlte. Er hatte Tausende von Hufen gehalten, beschlagen und beschnitten. Er hatte die Pferde von Würmern befreit, hatte sie mit einer Nadel punktiert und ihnen sogar den Gnadenschuß gegeben, doch noch nie hatte er eins im Stich gelassen, noch nie hatte er eins den Wölfen überlassen.

Er war sich ziemlich sicher, daß die restlichen Wölfe das Pferd in seiner Abwesenheit finden und töten würden.

Tiefer im Wald stieß Wallis auf einen getrockneten braunen Blutfleck auf einem Bärentraubenblatt. Kein Haar, kein Fell, keine Federn und kein weiteres Blut, bloß der eine rätselhafte Fleck. Er konnte von einem Marder stammen, der ein Eichhörnchen gefangen, oder von einem Falken, der ein Waldhuhn geschlagen hatte, von einem verwundeten Hirsch, Luchs oder Hasen oder von einem verwundeten Wolf. Er konnte von einem blutspuckenden, alten Bären stammen. Alles war möglich.

Er angelte stromaufwärts, an einer Stelle, wo er noch nie gewesen war. Bevor die Sonne hinter den Felsen verschwand und den Canyon in ein frühes Dämmerlicht tauchte, hatte er bereits ein halbes Dutzend Forellen gefangen, behielt sie alle und dachte: Das reicht für weitere drei Tage. Er nahm sie aus, packte sie in seinen Rucksack und machte sich auf den Heimweg.

Als er den Canyon verließ, kam er wieder ins Sonnenlicht, doch er konnte sehen, daß sich das Licht veränderte, daß es mit jeder Minute dichter und kräftiger wurde. Er beschleunigte seine Schritte, als glaubte er plötzlich, zu spät zu kommen. Ein Gefühl, als hätte er verschlafen.

Als er zur Hütte zurückkam, stellte er fest, daß es dem Pferd gelungen war, aufzustehen und an dem Führseil zu zerren, daß es das Seil zerrissen hatte und zum Bach gehinkt war, und jetzt lag es, in die blutgetränkten, wie japanische Flaggen aussehenden Tücher gehüllt, kraftlos im Wasser. Elritzen huschten in die Wundhöhlung und wieder heraus. Die Augen des Pferdes waren geschlossen, sein Kopf lag halb unter Wasser, und ringsum kräuselte sich der Bach.

Wallis ging zum Ufer des Baches und fragte sich, wie er das Tier jemals aus dem Wasser herausschaffen sollte, falls es tot war. Ich muß es mit einem anderen Pferd herausziehen, dachte er, doch dann sah er, daß aus seinen halb im Wasser liegenden Nüstern Blasen aufstiegen. Wallis watete in den Bach und hob den Kopf des Pferdes an, rollte einen Felsbrocken unter sein Kinn, so daß der Kopf aus dem Wasser ragte. Er entwirrte die Tücher und hängte sie an der Hütte zum Trocknen auf.

Wallis arbeitete im Garten, während er auf Mel wartete. Ein paar Möhren waren reif; er zog sie aus der Erde und wusch sie. Seine Gedanken wanderten zu Helen; er hoffte, daß sie nicht an diesem Tag gestorben war.

Das Stöhnen des Pferdes übertönte das leise Plätschern des seichten Baches. Wallis fragte sich, ob der Wolf tot war.

Er teilte die Zeit bis zu Mels Rückkehr in kleinere Einheiten ein. Er konnte spüren, wie es ihn schwächte, aber wie wunderbar diese Schwächung war, und er fragte sich, ob es auch bei den Wölfen so war. Daß das Verlangen einen manchmal schwächte und nicht stärkte.

Die Sonne war noch nicht ganz untergegangen. Es war einer der wärmsten Tage der ganzen Woche gewesen. Wallis beschloß, bei Einbruch der Dunkelheit neben dem Pferd ein Feuer anzuzünden und draußen zu schlafen, um die Kojoten fernzuhalten.

Im Garten, wo der Wolf das Pferd eingeholt hatte und dann von ihm getreten worden war, war die Asche kalt und blau. Er schaufelte sie in einen Eimer und streute sie über die Gartenerde. Er fragte sich, was Mel wohl denken würde, wenn sie nach Hause kam – eine pockennarbige Spur verbrannter Erde in ihrem Garten, ein aufgedunsenes Pferd, das in ihrem Bach lag, und im Wind flatternde, blutige Flaggen rings um ihre Hütte.

Er ging hinein und blätterte wieder in Old Dudleys Notizheften.

... Jede Entwicklungsstufe baut durch eine stoffliche Kontinuität auf der vorhergehenden Entwicklungsstufe auf. Das entwickelte Embryo geht aus dem Dotter hervor, das am Anfang stand. Wenn die Abstufungen bei den Lebenden auf den embryonischen aufbauen, muß es bei den Lebewesen eine stoffliche Kontinuität oder Verwandtschaft geben – wie wir bereits aus ihren Ähnlichkeiten geschlossen haben. Wenn die paläontologischen Abstufungen auf den embryonischen aufbauen oder von ihnen bestimmt werden, dann muß es in der gesamten paläontologischen Reihe eine stoffliche Kontinuität gegeben haben, wie wir aus den fortdauernden Ähnlichkeiten leicht schließen konnten. Jede neue Art hat einen Vorgänger. Die höchsten Lebensformen sind nur das letzte Glied in einer langen Reihe von Generationen. Es hat lange gedauert, an diesen Punkt, nah an der Krone der Schöpfung, zu gelangen.

Lieber Leser, erschrick nicht über diese Schlußfolgerung. Wenn sie stimmt, dann ist es genau das, was wir herausfinden wollen. Wenn nicht, dann wird die Wissenschaft sie widerlegen. Unsere Angst vor den Folgen, unsere unwissenschaftlichen Einwände und Vorurteile sind nicht von Bedeutung, außer als Klagen über die göttliche Ordnung auf der Welt und unsere eigene Gottähnlichkeit.

Wallis lehnte sich zurück und sah zu, wie die Sonne hinter den Bergen unterging und das kalte violette Licht der Dämmerung wie eine Meeresflut heranrollte.

Das Pferd hatte sich wieder bewegt, war aufgestanden und aus dem Bach gestiegen, hatte die Hälfte der Strecke bis zum Räucherhaus zurückgelegt, als ob es Wallis die Mühe ersparen wollte, es nach seinem Tod aus dem Wasser zu ziehen. Vom Bach zog sich eine Blutspur bis zu der Stelle, wo es lag. Es war kaum zu glauben, daß noch immer Blut in seinen Adern floß.

Wallis zündete ein Feuer an, um das Pferd warm zu halten, legte ein Wapitifell über das Tier und breitete ein weiteres auf dem Boden aus, um sich selbst darauf zu legen, während er auf den Tod des Pferdes und auf Mels Rückkehr wartete.

Später in der Nacht – Orion hatte schon den halben Himmel durchquert – erwachte Wallis von einem leisen Plätschern. Etwas durchquerte den Bach, und kurz darauf war Mel wieder da und sagte, daß es Helen gutgehe, daß sie zumindest noch am Leben sei und daß sie selbst nach dem Besuch bei Helen einen langen Spaziergang im Wald gemacht habe, um sich die kleinen Brände anzusehen. Sie fragte, was im Garten passiert sei.

Wallis setzte sich auf und berichtete von dem Wolf und dem Pferd, doch er war überrascht zu sehen, daß das Pferd nicht mehr da war, daß es, während er geschlafen hatte, aufgestanden war und sich, das Wapitifell immer noch auf dem Rücken, davongemacht hatte. Weder fanden sie eine Spur von ihm noch sahen sie es je wieder, und sie erfuhren auch nie, ob das Pferd oder der Wolf überlebt hatten oder gestorben waren.

Alle warteten jetzt auf die Brände. Manchmal entzündete sich das Feuerholz, das die Männer und Frauen mit ihren Kettensägen schnitten, allein durch die Reibungshitze. Doch die Flammen breiteten sich nicht aus. Ein Ast, der sich am Dach von Helens Laden rieb, fing Feuer und brannte ein Loch in ihre Zimmerdecke, doch Charlie, der auf der anderen Straßenseite auf der Veranda gesessen und getrunken hatte, sah es und war auch noch imstande, mit einem Eimer Wasser hinüberzulaufen und das Feuer zu löschen. Wenn Helen jetzt in ihrem Bett lag, konnte sie durch das Loch im Dach die Sterne sehen.

Der menschliche Faktor beim Wandel der Erde.
Der Mensch im Licht der Wissenschaft.

Jetzt, da wir die gesamte Erdgeschichte durchwandert haben, scheinen wir eine Höhe erreicht zu haben, von der wir einen umfassenden Blick auf das Ganze in seinen Zusammenhängen werfen können. Jetzt, da wir festgestellt haben, daß der Mensch am Ende der Geschichte steht, können wir begreifen, in welcher Beziehung er zu den einzelnen Schritten steht. Laßt uns alles betrachten und sehen, was es uns sagt.

Als erstes lernen wir, daß der Mensch die Erfüllung aller Prophezeiungen ist. Schon der erste Schritt der organischen Entwicklung führte zum Menschen hin. Er gab die Richtung vor, die der Körperbau einschlagen sollte, und jetzt, da wir wissen, daß der Mensch bestimmt war, am Ende dieser Entwicklung zu stehen, begreifen wir, daß das Gesetz der Entwicklung den Menschen bereits vorausgesehen hat. Bemerkenswerte Beispiele dieser Entwicklung lassen sich in der Geschichte der Wirbeltiere eindeutig nachweisen. Schon das erste Wirbeltier war nur eine Prophezeiung des Menschen. Im Skelettaufbau der primitiven Fische des Devons war der Mensch bereits angelegt. Der ganze allgemeine Plan sollte die Geschichte des Lebens überdauern und sich im Menschen entfalten. Die Amphibien, die Reptilien, die Vögel und die Säugetiere sind nur aufeinanderfolgende Abwandlungen der Idee eines Wirbeltiers, wie sie schon von On'chus *und* Onych'odus *verkörpert wurde.*

Noch bemerkenswerter sind die Abwandlungen der Gliedmaßen bei den Wirbeltieren. In der Brustflosse des Fisches haben wir eine Reihe von knochigen Stacheln, die Fingern entsprechen; und darüber befinden sich Handwurzel- und Mittelhandknochen und schließlich Elle und Speiche, Oberarmknochen und Schulterblatt, genau wie bei allen anderen Wirbeltieren. Als durch die Reinigung der Luft geeignete Lebensbedingungen für primitive Luftatmer bestanden, wurde die Brustflosse in einen fünfzehigen Vorderfuß umgewandelt. Als die Lebensbedingungen später einen perfekteren Luftatmer erforderten, tauchten die Gliedmaßen der Reptilien auf. Wenn das Reptil im Meer schwimmen sollte, war seine Hand wie ein Paddel geformt, manchmal mit sechs Fingern und vielen Fingergliedern wie beim Fisch. Wenn es fliegen sollte, war ein Finger stark verlängert, und ein Häutchen spannte sich von den Fingern zu den hinteren Gliedmaßen und zum Schwanz. Als für die Wirbeltiere die Zeit kam, in der Luft zu leben, wurden die Knochen ausgehöhlt, um Leichtigkeit mit Kraft zu verbinden. Hand und Finger wurden verkürzt und verstärkt; daran saß Knorpelmasse, in der die breiten, leichten Federn steckten, die die Erweiterung des Flügels bildeten. Doch hier finden wir denselben Aufbau wie beim Fuß eines Reptils, sofern die veränderte Funktion keine Abwandlung erforderte.

Die Flosse des Wals, die Schaufeln des Maulwurfs, die Krallen der Katzen, der gespaltene Huf des Rindes, der geschlossene Huf des Pferdes, die Flügel der Fledermaus – alles sind nur Abwandlungen derselben Knochenelemente, die gleich eingerichtet, aber je nach Entwicklungsstufe abgewandelt sind. All das kündigte den Menschen an. Wenn nun ein Tier das Licht der Welt erblicken sollte, dessen vordere Gliedmaßen die einfachen Funktionen der Fortbewegung und des Ergreifens der Beute übertrafen – ein Tier, das ein Werkzeug schwingen, ein Ruder handhaben, eine Feder führen, mit einer Nadel nähen, eine Uhr herstellen, eine Geige spielen, einen Gedanken mit einer Geste unterstreichen oder eher die Befehle des Verstandes als die der Triebe und Leidenschaften ausführen konnte –, dann mußte doch sicherlich ein anderer und edlerer Bauplan entworfen werden, oder?

Nein, es war und ist derselbe alte Plan. All diese Gaben waren bereits in der plumpen Flosse des Fisches angelegt. Deshalb steht der Mensch mit den Plänen der Gegenwart in Verbindung; deshalb auch mit einem Plan, der schon seit Millionen von Jahren existiert, und deshalb wurde seine Ankunft die ganze Zeit, während eines langen Entwicklungsprozesses, erwartet und vorbereitet. Schon bevor es Leben gab, wurde der Mensch im Stein vorweggenommen, in der Erde und dem Gestein unter unseren Füßen.

Ich will an dieser Stelle nur kurz daran erinnern, was über die Prophezeiung des Menschen in der Bereitstellung von Ölvorkommen und Kohleflözen gesagt wurde, die aus dem Gift entstanden, das einmal die Atmosphäre verpestete und die Entwicklung vorübergehend aufhielt. Kein anderes Lebewesen war imstande, den Nutzen des Öls zu begreifen; Öl wurde nicht gebraucht. Es steht nur mit dem Menschen *in Zusammenhang; es wurde für den Menschen ersonnen. Dasselbe könnten wir über Eisen, Silber und die anderen nützlichen Bodenschätze sagen. Sie sind nur für den Menschen nützlich. Ich muß noch einmal sagen, daß der Mensch die Erfüllung aller vergangenen Prophezeiungen ist.*

Wir begreifen jetzt, daß die Geburt des Menschen sich andeutete. Sie kam in der formalen Abstufung der Kontinente zum Ausdruck. Diese sind auch heute noch voneinander abgesetzt. Die Säugetiere Australiens setzen sich fast ausschließlich aus Beuteltieren zusammen, in Südamerika gibt es darunter eine große Anzahl von zahnarmen Tieren, die Säugetiere Nordamerikas sind größtenteils Pflanzenfresser, während in Asien die Fleischfresser vorherrschen. Eine ähnliche Abstufung gab es bereits vor dem Auftreten des Menschen. Die Säugetierfossilien aus dem Tertiär stammen in Australien überwiegend von Beuteltieren, in Südamerika von zahnarmen Tieren, in Nordamerika von Pflanzenfressern und in Asien von Fleischfressern. In der Zeit vor dem Menschen waren die Tiere in Asien am weitesten entwikkelt. Deshalb war vielleicht zu erwarten, daß auch die Weiterentwicklung zum Menschen in Asien stattfinden würde.

Der Mensch scheint das letzte Glied in der Kette organischer Vervollkommnung zu sein. Seine aufrechte Haltung gibt uns einen Hinweis darauf. Die Amphibien, die ersten Wirbeltiere, konnten den Kopf nur leicht heben. Die Reptilien konnten den Kopf schon höher heben; und die höchstentwickelten Reptilien konnten sich auf vier Füße erheben oder sich sogar auf zwei Beinen fortbewegen, wenn auch nur ziemlich unbeholfen; doch alle Reptilien schleiften einen lästigen Schwanz hinter sich her. Die Vögel saßen in schräger Haltung und hoben den Kopf, um Ausschau zu halten; doch wenn sie durch die Luft flogen, nahmen sie die Haltung eines schwimmenden Fisches ein.

Die Affen konnten unbeholfen auf zwei Beinen stehen und mit den Händen eine Waffe schwingen; doch die Form ihrer Füße und die nicht besonders muskulösen Beine zeigen, daß die Natur nie vorgesehen hat, daß sie sich auf zwei Beinen fortbewegen. Allein der Mensch findet die aufrechte Haltung ganz natürlich und bequem. Hier hat eine fortschreitende Aufrichtung der Wirbelsäule stattgefunden. Beim Menschen steht sie senkrecht und hat damit ihren Endpunkt erreicht. Dieses Merkmal eignet sich nicht als Hinweis auf eine zukünftige Vervollkommnung. Wir folgern, daß es keine weitere Vervollkommnung geben wird. Wir haben bereits unsere Vollkommenheit erreicht.

Diese Schlußfolgerung wird auch durch die weltweite Anpassung des Menschen gestützt. Vom Beginn des Lebens auf der Erde ist das Territorium einzelner Arten immer kleiner geworden. Die Brachiopoden und Trilobiten des Kambriums lebten in größeren Meeren als die des Karbons. Als die an

Land lebenden Tiere auftauchten, wurden ihnen noch engere Grenzen gesetzt; und als die Säugetiere die Bühne betraten, wurde jeder Art ein eigenes Fleckchen auf einem der Kontinente zugeteilt. Nach diesem Gesetz einer fortschreitenden Beschränkung des tierischen Lebensraums hätte der Mensch auf ein kleineres Gebiet verteilt sein müssen als jeder seiner Vorgänger. Doch das ist nicht der Fall. Im Gegenteil, alle Beschränkungen sind aufgehoben. Der Mensch lebt auf allen Kontinenten und in jedem Klima. Für ihn sind keine Lebensbedingungen zu hart, keine Schwierigkeiten unüberwindlich. Die Natur scheint an einem Punkt angelangt zu sein, wo ein neues Regime beginnt.

Die Fesseln werden abgeworfen. Es steht dem Menschen frei, die Erde in Besitz zu nehmen. Wenn der Mensch im Besitz der Erde ist, ist kein Raum mehr für andere weitverbreitete Tiere. Für einen Nachfolger ist kein Platz.

Die Natur scheint mit dem Menschen ein neues Zeitalter erreicht zu haben. Während sich andere Tiere in einem stetigen Prozeß von einer niedrigeren zu einer höheren Stufe entwickeln, gelingt es dem Menschen mit einem gewaltigen Sprung, einen Rang einzunehmen, den keiner seiner Vorgänger je erreichte. In Intelligenz, ästhetischem und moralischem Empfinden, in religiöser Empfänglichkeit und theistischer Erkenntnis trennt ihn von den anderen Säugetieren eine unüberbrückbare Kluft. Der Mensch ist der Gipfel und die Vollendung der langen Entwicklung organischen Lebens.

Der Prozeß ist vollendet.

Am nächsten Tag, bei Einbruch der Dunkelheit, kam Old Dudley in seinem schwarzen Anzug und völlig verrußt auf allen vieren angekrochen. Er war allein gekommen, um seine Karte und seinen Falken in Besitz zu nehmen, und sein Wagen hatte auf dem Paß eine Panne gehabt. Viele vom Herbstwind umgestürzte Bäume waren auf die Straße gefallen, und da sie manchmal tagelang nicht befahren wurde, versperrten die Baumstämme den Weg. Ein paar hatten Feuer gefangen, als die kleinen Brände öfter aufzulodern begannen wie kleine Lagerfeuer, die von unsichtbaren Campern oder Indianerstämmen angezündet worden waren, und Dudley hatte oft hustend, mit tränenden Augen und schwarz verkrusteter, laufender Nase über die brennenden Stämme klettern oder darunter hindurchkriechen müssen, so daß er von der glühenden Kohle an Händen, Armen und Knien Dutzende kleine Verbrennungen hatte. Er krabbelte auf die Veranda des Ladens und kroch ins Haus, wo Mel, Wallis und Helen gerade Abendbrot aßen. Zuerst dachten sie, es sei ein Schwarzbär oder ein schwarzer Wolf, der sich hereingeschlichen hatte, doch dann richtete er sich auf und begann, ihnen seine Geschichte zu erzählen, als ob man ihn dazu aufgefordert hätte. Mel ging zu ihm und umarmte ihn; Wallis und Helen begrüßten ihn weniger herzlich.

Er habe drei Tage gebraucht und kein Wasser getrunken, bis er auf der Talseite den ersten Bach erreicht habe. An den ersten beiden Tagen hätten ihn Kojoten verfolgt, und am dritten Tag, als er den größten Teil des Weges schon hinter sich gehabt habe, hätten Raben über ihm gekreist und die ganze Zeit gelacht. Ein Kugelschreiber sei seine einzige Waffe gewesen; und als er jenen Bach erreicht habe und hineingekrochen sei, nachdem er ausgiebig getrunken und sich darin herumgewälzt habe, habe er aufgeblickt und einen riesigen schwarz versengten Puma geduckt am Ufer liegen sehen, der ihn beobachtet habe. Dudley sagte, er sei erstarrt, und er und der Puma hätten sich angestiert, der Puma habe einmal kurz mit dem Schwanz geschlagen, der sich wie eine Schlange geringelt habe, doch dann habe er den Kopf gesenkt, rasch einen Schluck Wasser getrunken und sich davongemacht.

»Ich hab mir vor Angst in die Hose geschissen«, sagte er. »Ich mußte mich im Bach waschen. Dann ging's weiter, und diese gottverdammten Kojoten klebten mir immer noch an den Fersen wie irgendwelche Straßenköter unten in Zacatecas oder Durango.«

Mel holte ihm ein feuchtes Handtuch, mit dem er sich abwischen konnte, und füllte ihm Essen auf einen Teller, doch Dudley wies es zurück und durchstreifte statt dessen den Laden, entdeckte und öffnete mehrere Dosen mit Frühstücksfleisch, scharf gewürztem Grillschinken und Wiener Würstchen, alles Sachen, die er gern aß, seit er vor langer Zeit auf den Bohrtürmen in Westtexas gearbeitet hatte. Er schleckte das eingemachte Fleisch direkt aus der Dose, fluchte jedesmal, wenn er sich am Rand einer Dose schnitt – das Blut tropfte von seiner Zunge und lief ihm aus den Mundwinkeln –, und fischte mit den Fingern das glibberige graue Fleisch heraus.

Helen war zu müde, um aufzustehen. »Was ist mit dir los?« fragte Dudley.

»Ist Matthew mitgekommen?« fragte Helen, ohne sich um seine Frage zu kümmern. Dudley leckte sich die Finger ab, die von der glibberigen Gelatine ganz fettig und weiß waren, und erwiderte: »Nein, der ist total kaputt, er hat seit mehr als drei Monaten nichts mehr zustande gebracht. Er ist völlig ausgebrannt. Ich muß mich nach einem neuen umsehen«, sagte er und blickte, noch immer an seinen Fingern leckend, Wallis an.

Er setzte sich an den Ofen, um sich zu wärmen, und seine verkohlten, feuchten Kleider dampften und strömten unverwechselbare Gerüche aus – von Schimmel, Kot, Schweiß und Asche. Mel ging nach oben und suchte in Helens Wandschrank nach irgendwelchen Sachen, die er anziehen konnte. Helen hatte nie viel Wert auf Kleider gelegt, doch unerklärlicherweise hing ein schimmerndes smaragdgrün-safrangelbes Abendkleid in ihrem Wandschrank, das schon ganz verstaubt war.

Mel fand eine alte Latzhose, ein T-Shirt und einen riesigen Pullover. Sie schlitzte die Hose mit ihrem Messer an den Seiten leicht auf, als ob sie einem Fisch den Bauch aufschlitzen würde, und brachte Old Dudley die Kleider. Er betrachtete sie stirnrunzelnd.

»Du weißt nicht, wie du riechst, oder?« fragte sie. »Du hast keine Ahnung, was für einen üblen Gestank du verbreitest, hm?«

Er wirkte gekränkt. »Hey«, sagte er, »ich bin durchgekommen, oder?«

Während Dudley sich duschte, brachte Mel seine Kleider in den Wald und steckte sie in Brand: nur ein kleines, kontrolliertes Feuer. Als es erloschen war, kehrte sie zurück und kochte eine Kanne Tee.

Helen, die stumm geblieben war, seit Old Dudley ihr erzählt hatte, daß Matthew nicht mitgekommen sei, sagte, sie sei müde, und bat Wallis, sie zu ihrem Bett hinaufzutragen. Sie war blaß und leichter als je zuvor, so leicht, wie ein Lebender nur sein konnte. Sie schlief schon, bevor Wallis die Treppe hinaufgestiegen war.

Als Dudley aus dem Bad kam – in der Latzhose sah er seltsam aus, wie ein Zirkustier, das als Mensch verkleidet war, aber nicht auftreten wollte –, blickte er sich geradezu verzweifelt nach seinen alten, stinkenden Kleidern um.

»Ich habe alles verbrannt«, sagte Mel. »Du wirst mir dafür noch dankbar sein. Sie haben furchtbar gestunken.«

»Hast du die Geldscheinklammer rausgenommen?« fragte er.

Mel hielt den Atem an. »Wieviel Geld war denn drin?«

Er starrte sie an. »Soviel wie immer – soviel wie möglich. Keine Ahnung. Vielleicht zehn-, fünfzehntausend.«

»War es eine schöne Geldscheinklammer?«

Dudley zuckte mit den Achseln, nicht verzweifelt, nur verärgert. »Verdammt, ich hab keine Ahnung«, sagte er. »Irgendein Idiot hat sie mir geschenkt – irgendein Bekannter, ist schon lange her. Sie war wohl aus Silber oder so was Ähnlichem. Scheiße, spielt doch keine Rolle. Ich kann mich nicht mal an den Namen des Kerls erinnern oder daran, warum er sie mir geschenkt hat. Wahrscheinlich irgendein kleiner Farmer, auf dessen Land ich Öl gefunden hab. Beim ersten Mal sind sie immer ganz aufgeregt. Sie glauben, daß man ihnen einen Gefallen tut – daß man das Öl auf ihrem Land gefunden hat, weil man sie *gut leiden* kann.« Er schüttelte den Kopf. Er schien das Geld bereits vergessen zu haben. »Dumme kleine Arschlöcher«, sagte er. »Arme Schweine – so hungrig nach Liebe, daß sie versuchen, die Welt neu zu erschaffen, damit auch für sie was abfällt.« Er schüttelte wieder den Kopf. »Trottel«, sagte er. »Betrüger, Lügner, Desperados. Wenn kein Öl da ist, ist keins da. Aber das kann man ihnen nicht klarmachen.«

Mel drückte die Hände auf den Bauch und versuchte, nicht loszulachen. »Pop, tut mir leid. Tut mir wirklich leid«, doch dann konnte sie sich nicht mehr bremsen und brach in Gelächter aus.

»Sehr witzig, kleines Fräulein«, sagte Dudley, »aber manche Leute müssen *arbeiten*, um sich ihren Lebensunterhalt zu verdienen.« Er stolzierte zur Tür hinaus und ging zur Bar hinüber.

»Willst du's ihm diesmal sagen?« fragte Mel, und Wallis sagte: »Ja, das muß ich.« Er wartete einen Augenblick und fragte dann: »Und willst du's ihm sagen?«

»Die Sache mit uns?« sagte Mel. »Ja. Die Sache mit dem Baby? Vielleicht.«

Sie gingen zum Fluß hinunter, zu der Stelle, wo sie damals, am Vierten Juli, gelegen hatten, und schliefen wieder miteinander, als wollten sie ein letztes Bollwerk gegen die Vergangenheit errichten; und anschließend lagen sie in der kühlen Nacht beisammen und sahen sich dieselben Sterne an wie in der Nacht, als sie das Kind gezeugt hatten; und an den Berghängen konnten sie ein, zwei kleine Brände auflodern sehen.

Sie bekamen nicht mit, wie Old Dudley in der Bar mit Amy zusammentraf. »Wie ich sehe, hast du dich dem Teufelswerk hingegeben«, sagte er zu ihr, und sie bejahte.

Sie hörten nicht, wie er – obwohl er sich über das seltsame Phänomen freute, das er als die »Entkorkung seines Samens« bezeichnete – zu Amy sagte, daß ihn das Kind nur interessieren würde, wenn es ein Junge sei, da er gerade einen verloren habe und einen neuen brauche.

Amy war empört, glaubte aber nicht, daß er es ernst meinte. Sie setzten sich auf die Veranda und sahen sich mit baumelnden Beinen dieselben Sterne und dieselben Brände an wie Mel und Wallis.

Amy, im Umstandskleid und kurzatmig, streifte ihre Sandalen ab und schlang ihre nackten Füße um die von Dudley. Er versuchte, sich die Freude ins Gedächtnis zu rufen, die er mit seiner Frau direkt vor und nach Mels Geburt vielleicht einmal verspürt hatte, doch er konnte sich an nichts mehr erinnern.

Amy sprach von Gott und vom Himmel, fragte ihn, ob er an ein höheres Wesen glaube. Er nickte, faßte ihre Hand fester, lächelte grimmig und sagte: »Na klar.« Amy fragte, ob er helfen würde, das Kind im Glauben an ein höheres Wesen zu erziehen, und Dudley lachte, nickte und sagte erneut: »Na klar.«

»Du kannst in Mels Hütte meine alten Notizen lesen«, sagte er zu ihr. »Da steht das alles drin. Es ist so was wie eine Bibel.«

»Hmmm«, sagte Amy und drückte seine Hand noch fester. Sie betrachteten die Sterne. Amy sprach im stillen ein Dankgebet, weil sie eine zweite Chance bekommen hatte.

»Der Berkutsk«, sagte er geistesabwesend zu ihr und glitt, ja stürzte in eine traumähnliche Wollust – das einzige, was er noch kannte. »Der riesige Goldadler, mit dem sie im Mittleren Osten jagen. Ich war mal in Geschäften mit den Arabern dort. Sie konnten mich gut leiden. Sie haben mir einen geschenkt, den ich in die Staaten mitnehmen sollte, aber der alberne Fish and Wildlife Service hat ihn beschlagnahmt, als ich in Los Angeles aus dem Flugzeug gestiegen bin. Ich vermisse den Vogel. Er hat während des ganzen Rückflugs auf dem Sitz neben mir gesessen und weder die Stewardessen noch sonst jemand belästigt. Hat fast die ganze Strecke geschlafen. Hat einmal auf die Zeitung geschissen, die ich untergelegt hatte. Hat das makellose, völlig blanke Vorderbein eines Wüstenfuchses ausgeschissen. So blank, daß man es an eine Kette hängen und um den Hals tragen konnte.

Sie haben gedacht, ich wär ein Filmstar«, sagte er, »weil ich mit dem Berechtigungsschein eines der Prinzen mit dem großen goldenen Vieh in der Ersten Klasse geflogen bin. Nach der Landung hat mir der verdammte Wisch aber nichts mehr genützt. Mit gespreizten Flügeln hatte der Vogel eine Spannbreite von zweieinhalb Metern. Sie mußten ihm einen Platz am Gang geben.

Du hättest sehen sollen, wie er seine Beute gerissen hat. Im Mittelalter haben sie mit den Adlern Jagd auf Menschen gemacht. Ich stelle es mir gern vor wie eine Szene aus der Offenbarung: der ganze

Himmel voller Berkutsk-Adler, die das feindliche Heer in die Flucht schlagen, die sich vom Himmel herabstürzen und ihre Krallen in die dünnen Rüstungen aus Metall und Leder schlagen, die die fliehenden Soldaten tragen. Es muß ausgesehen haben wie ein Himmel voller Harpyien, und vielleicht haben sie gedacht, es wäre das Ende der Welt, aber das war vor mehr als siebenhundert Jahren, und die Welt ist immer noch da.

Eines Tages haben mich die Araber in die Berge mitgenommen. Wir sind auf Kamelen geritten, verdammt noch mal. Wir haben Wölfe gejagt. Die Wölfe waren um diese Jahreszeit hoch oben und jagten diese Schafe mit den großen Hörnern. Der offizielle Grund für die Jagd war, daß die Könige und Prinzen gern die Schafe jagten und verhindern wollten, daß die Wölfe welche von ihnen rissen. Aber ich wußte genausogut wie alle anderen, daß es bloß darum ging, Wölfe zu jagen. Diesen großen Berkutsk in Aktion zu sehen.

Die Gegend war so steil, daß man kein Gewehr abfeuern konnte: Das Echo hätte einen Steinrutsch ausgelöst. Sie machten den fliehenden Wolf aus und ließen den Adler frei. Der Bursche, der den Adler trug, war immer ein Kerl wie ein Baum.

Die Wölfe schienen stets zu wissen, was los war. Sie brachen die Jagd auf die Schafe ab und liefen eine Schlucht hinauf, wobei sie versuchten, im Schutz der Felsen zu bleiben. Aber der Adler erwischte sie jedesmal, zumindest jedesmal, wenn ich dabei war. Er stürzte wie ein Hammer vom Himmel und schnappte sich einen, während alle anderen weiterliefen. Manchmal kehrten die Wölfe um und versuchten, mit dem Adler zu kämpfen, wenn er einen aus dem Rudel geschlagen hatte, doch normalerweise liefen sie einfach weiter.

Der Adler schlug seine Krallen in den Rücken des Wolfes oder in seinen Schädel, und manchmal mußten wir rüberreiten, um den Adler zu befreien – wenn sich seine langen Krallen so verfangen hatten, daß er nicht von dem toten Wolf loskam. Wenn das in freier Wildbahn vorkommt, sterben die Adler manchmal, unlösbar mit ihrer Beute verbunden. Nur sein Herr konnte sich dem Adler nähern. Einen anderen Menschen ließ er nicht an sich heran, und selbst seinen Herrn hatte er nicht gern in seiner Nähe. Der Adler spreizte das Gefieder wie einen Fächer, um die Beute zu verbergen, beugte sich über den Wolf und deckte ihn völlig zu.

Dann setzte sein Herr ihm eine Haube auf, und wenn er sich entspannt hatte, konnte sein Herr die Klauen auseinanderbiegen und den blutigen Wolf befreien, den er dann über den Rücken eines Kamels warf.

Man konnte spüren, wie etwas in den Adern des Adlers zirkulierte«, sagte Dudley. »So was wie das Knistern in einer Neonröhre. Obwohl er eine Haube über dem Kopf trug und äußerlich ruhig war, war sein Blut noch in Wallung, und ich schwöre bei Gott, daß man in diesem gewaltigen Felsengebirge das Pochen seines Blutes wie das Sirren von elektrischem Strom hören und spüren konnte. Bei dem Geräusch sträubten sich einem selbst an einem warmen Tag die Nackenhaare und die Härchen an den Armen.«

Artie kam mit einem weiteren Krug Bier, einer Flasche Tequila und einer Flasche dunklem Rum auf die Veranda. »Geht aufs Haus«, sagte er, legte die Hand auf Dudleys Schulter und fragte: »Wie geht's, alter Junge?«

»Ahh«, sagte Old Dudley, »es geht langsam ans Sterben.« Artie lächelte und klopfte ihm auf die Schulter.

»Ich bin froh, daß ihr beschlossen habt, nicht zu bohren«, sagte Artie. Er blickte zu den Sternen hinauf. »Das Tal braucht ein bißchen Ruhe. Es verändert sich so schnell.«

Dudleys Zangenmale kräuselten sich wie Flußwasser, wenn ein Fisch an die Oberfläche kommt, und er kniff die Augen zusammen, sagte aber kein Wort.

»Was ist aus deinem Adler geworden?« fragte Amy. »In Los Angeles, nachdem du gelandet bist und sie ihn beschlagnahmt haben, was haben sie mit ihm gemacht?«

»Was weiß ich«, sagte Old Dudley. »Scheiße. Er ist weg, das ist alles.« Er zuckte mit den Achseln. »Vielleicht ist er abgehauen. Vielleicht ist er immer noch da draußen.« Dudley goß sich ein halbes Glas Bier ein und füllte es dann mit Tequila und Rum auf – eine scheußliche bräunlichgelbe Mischung. Er nahm einen tiefen Schluck. »Ich will alles haben«, sagte er. »Ich will alles auf einmal haben.« Er schenkte Tequila nach. »Das ist gut«, sagte er und wischte sich die Lippen ab. »Willst du auch was?«

Amy schüttelte den Kopf. Artie ging wieder nach drinnen, um sich um die anderen Gäste zu kümmern.

»Ich hab das schon mal gesagt«, sagte Dudley verträumt und massierte Amys Schenkel. »Um ihren Willen zu brechen, mußt du sie bloß müde machen. Wenn du sie kriegst, mußt du zwei, drei Nächte lang mit ihnen aufbleiben. Sie bekämpfen dich mit allem, was sie haben. Du mußt körperlich mit ihnen kämpfen. Und obwohl sie stärker sind als du, kannst du es länger aushalten. Nach ein, zwei Tagen fangen sie an, müde zu werden. Dann brauchen sie Ruhe und Schlaf. Und du weckst sie immer wieder auf. Nur du und der Adler, allein in einem ausgepolsterten Raum, du trägst einen Helm, eine Schutzweste und Lederhandschuhe, und jedesmal, wenn der Vogel den Kopf hängen läßt und einschlafen will, weckst du ihn und stachelst ihn zum Kampf auf.

Irgendwann wird er richtig müde. Er wird so müde, daß in seinem heißgelaufenen kleinen Hirn etwas vor sich geht und er, wenn er dich diesmal ansieht – sie denken mit ihren Augen, so wie Männer mit ihrem Schwanz denken –, endlich begreift, daß du der erhabene Herrscher, das höhere Wesen bist und immer bleiben wirst.

Das ist wirklich schön«, sagte Dudley. »Danach kannst du sie auf dem Arm halten.« Er hob den Arm in Höhe des Geländers, um es zu verdeutlichen. »Wenn es endlich soweit ist, fühlen sie sich auf deinem Arm ganz leicht an. Du kannst spüren, daß etwas aus ihnen herausgeströmt ist, etwas Undurchdringliches, Dunkles und Unkontrollierbares.«

»Das hast du mir schon mal erzählt«, sagte Amy.

»Jaaa, dann hör's dir eben noch mal an«, sagte er. Seine Hand hatte aufgehört, ihren Oberschenkel zu massieren, doch jetzt arbeitete sie sich unter ihrem Kleid weiter nach oben, so daß Amy sie mit beiden Händen festhalten mußte, um ihn zu bremsen.

»Bitte«, sagte sie.

»Los, komm«, sagte Dudley, hüpfte von der Veranda und breitete die Arme aus, um sie aufzufangen wie ein kleines Mädchen. »Ich zeig dir meine Bibel.«

Sie ließ sich vorsichtig in seine Arme hinab. Im Sternenlicht machten sie sich auf den Weg, er in der aufgeschlitzten Latzhose, sie mit ihrer neuen Körperfülle, in der sie sich hübsch und wie etwas Besonderes vorkam. Sie gingen langsam, und da sie barfuß war, hielt sie sich an seinem Arm fest, um nicht das Gleichgewicht zu verlieren.

Als sie die Hütte erreichten, war Amy müde und ließ sich aufs Sofa sinken. Dudley holte ihr ein Glas Wasser, und seine Aufmerksamkeit überraschte sie, doch dann begriff sie, daß er eine Gegenleistung erwartete.

Müde setzte sie sich auf, strich sich das Haar aus der feuchten Stirn und versuchte, Zeit zu gewinnen. Sie sah ihn nur ein-, zweimal im Jahr, und da er der Vater war, fand sie es wichtig, einen Bund mit ihm zu schließen, doch was sie mehr als alles in der Welt wollte und brauchte, und sei es nur für einen Augenblick, waren Ruhe und Frieden und etwas Raum für sich.

»Kann ich deine Bibel mal sehen?«

Dudley hatte die Hände auf ihre nackten Knie gelegt, doch jetzt hielt er inne und dachte darüber nach, denn er wußte, daß es das letzte und einzige Hindernis war.

»In Ordnung«, sagte er. Er stand auf, ging zu Mels Schreibtisch, an dem jetzt Wallis arbeitete, und begann herumzustöbern, fand aber nicht, was er suchte.

»Entschuldige mich«, sagte er, »ich muß in den Keller gehen.« Er hob den Teppich hoch, zündete eine Kerze an, öffnete die Falltür und stieg in die erdige Dunkelheit hinab, während Amy Gott dankte und gleichzeitig ein schlechtes Gewissen hatte, weil sie plötzlich einen Augenblick lang allein sein wollte.

Unten im Keller wurde Dudley klar, daß Wallis all seine Notizbücher aufgeschlagen, gelesen und sich eingeprägt hatte; er wußte es, konnte es spüren, als ob Wallis neben ihm stehen würde; und er hätte auch gar nichts dagegen gehabt, wenn Artie ihm nicht verraten hätte, daß Wallis sich von ihm abgewandt hatte.

Dieses Erdloch, dieser unterirdische Schlund war sein Reich, und allein durch die Schwerkraft der Dinge, durch kleinere Veränderungen und winzige Abweichungen bei Dingen, die seit Jahrzehnten am selben Platz standen und in dieser Zeit nur um zwei oder drei Zentimeter verschoben worden waren, konnte er spüren, wenn etwas nicht stimmte – wie wenn man nachts in seinem Haus aufwacht, und unten spielt jemand Klavier.

Dudley kniff die Augen zusammen. Er ging zu dem scheinbar willkürlichen Durcheinander aus leeren Pappkartons und ließ die Informationen, die sich seinen Sinnen darboten, auf sich einströmen. Er schloß die Augen und lächelte, ging zum Regal zurück, nahm das letzte Notizheft aus seiner Jugend, löschte die Kerze und ging wieder nach oben, wo die verwirrte Amy fast in Tränen ausgebrochen wäre, als sie ihn sah, denn es machte sie traurig, wie stark sie sich in seiner Abwesenheit gefühlt hatte und wie schwach sie sich jetzt bei seiner Rückkehr vorkam.

Er schlug die letzte Seite des letzten, schon langsam zerbröckelnden Notizheftes auf, setzte sich neben sie aufs Sofa und las laut vor:

Ein Reich.
Die Einheit der Natur.

Durch mein Fenster beobachte ich, wie das Licht der Abenddämmerung verblaßt, bis mein Blick auf den schwachen Strahl eines kleinen Sterns trifft. Die schwermütige Stunde erweckt einen Gedankengang. Ein schwacher

Strahl Sternenlicht – woher kommt er? Was ist er? Was sagt er mir? Meine Seele lauscht, und ich höre die Antworten des Sternenlichts: »Ich bin ein Flimmern im Weltall. Ich bin der Puls einer in Flammen stehenden Welt. Ich schwebe am anderen Ende des Himmelszelts und bin vor vielen Jahren auf einer Welle aus Äther zu deinem dunklen Planeten aufgebrochen und flüstere deinem Verstand eine hehre Wahrheit zu.

Ich bin mit einer Geschwindigkeit von fast dreihunderttausend Kilometern in der Sekunde geflogen, doch seit ich aufgebrochen bin, haben deine Großeltern das Licht der Welt erblickt, haben sie ihr sinnloses, mühsames Leben gelebt, und jetzt sieht mich die dritte Generation am Fenster. Ich bin das Aufblitzen göttlicher Intelligenz. Ich bin ein Bote aus der Unendlichkeit. Ich bringe Nachricht von der Unermeßlichkeit der Schöpfung, von der Anerkennung einer höchsten Gewalt inmitten sämtlicher Konstellationen – der Einheit des gewaltigen Reiches, das sich so weit erstreckt, wie das Licht der Sterne oder die Kraft des Gedankens gereist sind.«

So lauschte ich der Botschaft des Sternenlichts, und meine Gedanken wurden angeregt. Sie wanderten durch die unendlichen Weiten der stillen Welten, und ich sah, daß sie alle an den unsichtbaren Fäden der Schwerkraft hingen, derselben Schwerkraft, die den Sand der Kordilleren zum Golf herabzieht. Ich sah Planeten in Zweier- und Dreiergruppen, die sich um einen gemeinsamen Mittelpunkt der Schwerkraft drehten.

Die Einheit der physischen Welt ist in ihren geschichtlichen Zusammenhängen ebenso gewaltig und wunderbar wie in ihrer räumlichen Ausdehnung. Während all der Zyklen, der ganzen Hitze und Kälte, der Zerstörungen und Zusammenstöße, der Feuersbrünste und Überschwemmungen hat eine Hand die gewaltige Entwicklung gestützt und dem Plan angenähert, den eine Intelligenz festgelegt und ein Wille aufrechterhalten hat. Auch ich kenne und besitze diese Macht.

Wir haben gesehen, wie der Mensch mit der Beschaffenheit und der Geschichte der Erde verknüpft ist. Wir wissen, daß der Mensch das Bindeglied zwischen dem Anfang und dem Ende der geologischen Entwicklung ist. In seiner Stofflichkeit ist er ein Teil der stofflichen Welt. In seinem Körperbau ist er der Bruder aller unter ihm stehenden Wirbeltiere. In den Grundlagen *seines Lebens ist er mit allen heutigen oder früheren Lebensformen verwandt. Er kann aufrecht in dem riesigen und erhabenen Reich der Natur stehen und sagen: Ich bin der König von allem. Ich bin mit allem verknüpft, nicht nur mit Erde und Mond, sondern auch mit den Sternen. Ihre Veränderungen sind meine persönliche Angelegenheit. Ich bestehe aus dem Stoff der Planeten.*

Wir nehmen einen weiteren Gesichtspunkt der Einheit der Natur zur Kenntnis. Nicht nur die Einheit der Dinge in sich selbst, sondern auch die Einheit der Dinge untereinander. Das Pflanzenleben erwachte, sobald der Aufruhr des archaischen Meeres sich gelegt hatte. Niedrige Lebewesen tauchten auf, sobald es auf der Erde einen Platz für sie gab. Als sich die Lebensbedingungen verbesserten, erklommen die Organismen langsam die Leiter der Entwicklung, auf deren oberster Sprosse aufrecht und stattlich ein vollendeter Mensch wie ich steht.

Während der ganzen Geschichte des Lebens war das Verhältnis zwischen organischer und anorganischer Natur stets wechselseitig – insofern, als eine nachlässige Denklehre die Lebewesen für ein Ergebnis ihrer Umwelt hielt. Die Erde wurde uns als Nahrungsquelle gegeben. Wenn sie verschwunden ist, wird eine neue entstehen.

Sieh dir auch die Wechselwirkung zwischen der Welt und der Intelligenz an. Erkenntnis existiert da, wo es etwas zu erkennen gibt. Wenn das Erkennbare und die Erkenntnisfähigkeit aufeinandertreffen, regt die Freude des Erkennens zum Gebrauch der Erkenntnisfähigkeit an und erfüllt so ihren offenkundigen Zweck, erfüllt den klaren, dem Menschen innewohnenden Auftrag, nach Erkenntnis zu suchen.

Wie zuverlässig sind doch die Instinkte von Mensch und Tier. Die Kaulquappe nutzt eine Zeit starker Regenfälle, verzichtet auf ihre Kiemen und drängt ans Ufer. Sie wagt sich vertrauensvoll an Land und glaubt, daß sie ein geeignetes Zuhause finden wird. Und ihr Vertrauen wird nicht enttäuscht. Das Huhn ruft seine neugeborenen Küken, und sie erkennen bereits seine Stimme. Das hungrige Baby schreit in der Nacht, und die Natur hat schon vorgesorgt und die Brust der Mutter mit Milch gefüllt. Auf ähnliche Weise sorgt die Natur für die geistigen Bedürfnisse. Man kann allem vertrauen, was das Gespür eines Meisters uns sagt. Es ist eine Stimme, die in mein Wesen eingepflanzt ist; sie spricht für den Schöpfer meines Lebens; es ist die Stimme Gottes und des Menschen. Dazwischen besteht kein Unterschied.

Eine Art von Intelligenz beschäftigt sich mit der Erkenntnis. In dem Geist, der den Plan und die Gestalt des Weltalls entworfen hat, existierte ein Verständnis für das mathematische Verhältnis zwischen den beteiligten Größen. Der Plan des Sonnensystems in seinen nebeneinander bestehenden Teilen und seiner stetigen Entwicklung war ein Gedanke im Geist des Schöpfers. Der Mensch vollzieht die Gedanken des höchsten Denkers noch einmal nach, soweit er sie begreift! Wenn der Mensch die göttlichen Gedanken nachvollzieht, besitzt er eine Fähigkeit, die der göttlichen Intelligenz entspricht; insofern besitzt er etwas von der göttlichen Natur und tritt in eine einfühlsame Verbindung mit dem Wesen, das vor und jenseits von allem anderen existiert. In der Einheit unserer starken Intelligenz finden wir ein Band der Brüderschaft und Sympathie zwischen den Bewohnern ferner Welten, zwischen allem und der höchsten Intelligenz.

Doch fahren wir fort.

Eine Sehnsucht wohnt im Herzen jedes Menschen – mit dem höchsten Wesen, dessen Existenz er spürt oder deutlich begreift und dessen Macht er ohne Zögern anerkennt, in Übereinstimmung zu sein. Diese allen gemeinsame religiöse Veranlagung bringt die Einheit der Menschen zum Ausdruck und hat auch noch eine höhere Bedeutung. Die Ergänzung des religiösen Bewußtseins ist Gott. Deshalb bilden der Mensch und sein Schöpfer ein geordnetes Ganzes, dessen Einheit in einem System von wechselseitigen Beziehungen zwischen Gott und dem Menschen zum Ausdruck kommt. Die dargelegte Einheit der Natur beinhaltet einen ursprünglichen Planer und einen höchsten Herrscher, und diese aus Beobachtungen abgeleitete Wahrheit ist gleichbedeutend mit der Erkenntnis der Einheit Gottes, die sich im allumfassenden Bewußtsein des Menschen offenbart. Der Mensch ist *Gott!*

Jetzt bleibt nur noch ein Abschiedswort an den freundlichen Leser, der mir so weit gefolgt ist. Diese geologischen Gespräche dürfen nicht weitergeführt werden. Ich befürchte, daß einige der letzten ziemlich schwer verständlich waren; doch meine Gedanken sind so erhaben, daß sie nicht auf ein niedrigeres Niveau gebracht werden dürfen. Ich könnte mir nie verzeihen, wenn ich sie ausgelassen hätte, denn sie scheinen mir die reife Frucht *zu sein, während der ganze Rest nur den Stamm und die trockenen Zweige darstellt, an denen die Früchte wachsen. Ich bin mir sicher, daß der fortgeschrittene Leser sich über diese Frucht freuen wird, und bin auch überzeugt, daß selbst die unerfahrensten Leser großen Geschmack daran finden werden, sobald ihr Wissensdurst etwas ausgereifter ist.*

Old Dudleys Begierde hatte sich beim Vorlesen gelegt, er war wieder in die Zeit vor mehr als fünfzig Jahren eingetaucht, als er begonnen hatte, die verborgenen Welten zu erforschen und zu verschlingen. Er fühlte sich entspannt und beruhigt, als ob mit der Welt alles wieder in Ordnung wäre, doch als er Amy anschaute, um zu sehen, was sie von seinen Ansichten hielt, war er gekränkt, da sie eingeschlafen war, und er fragte sich, wie lange sie wohl schon schlief.

Er weckte sie behutsam und zog ihr das Kleid über den Kopf und die Arme. Er zog sich aus und half ihr auf den Fußboden, als würde er einen wackligen Felsblock hochheben. Ihre große Körperfülle gefiel ihm.

Da sie zu müde war, um Einwände zu erheben, fügte sie sich widerwillig in ihr Schicksal. Als sie Schmerzen verspürte – sie hatte Angst, er könnte das Baby verletzen –, forderte sie ihn auf, behutsamer zu sein, da es weh tue, doch sie hätte ebensogut zu einem Eber oder einem Stier sprechen können, und sie versuchte, ihn wegzustoßen, aber er blieb in ihr, beide waren fest verbunden: sie wie ein verwundetes Tier, das zu entrinnen versuchte, und er wie eine entsetzliche, unbeseelte Maschine, ein Metronom. Er kam, doch es schien für ihn kein Genuß, sondern ein unbezwinglicher Drang zu sein.

Erschöpft sackte er zusammen und löste sich von ihr. Sein Samen spritzte und lief noch immer hervor und zog sich wie eine Signatur über ihren Körper. Er legte sich schwer atmend auf den Rücken, wie ein Bär im Zoo, während Amy, die ganz wund war und spürte, daß das Baby erschrocken und beunruhigt war, nach einem Waschlappen suchte und sich dann wusch und wieder anzog. Sie war bestürzt, als sie einen kleinen Blutfleck auf dem Waschlappen sah, und sie kuschelte sich auf dem Sofa unter ein Wapitifell, lag ganz still, hielt sich den Bauch und horchte auf die Geräusche in ihrem Innern. Sie wußte, daß sie eigentlich aufstehen und den schnarchenden Dudley zudecken müßte, doch es widerstrebte ihr: als sollte sie eine Decke über einen alten Jagdhund breiten, der am Feuer lag.

Sie nahm es nicht persönlich. Sie wußte, daß in dem schwachen Fleisch ein großer Geist steckte, doch sie hoffte, daß er das Baby nicht verletzt hatte. Sie fühlte sich schuldig, weil sie ihn in sich hereingelassen hatte.

Sie träumte, es wäre Spätherbst und das Baby schon geboren, es wäre zwei Jahre alt und spielte in der Sonne. Sie träumte, daß Colter, in dem Traum ein erwachsener Mann, nach Hause kam und seinen Bruder nicht erkannte.

Dudley schlief nicht lange. Er kam wieder zu Bewußtsein, als würde er die abgestorbene Haut des Schlafes abstreifen oder sich in einen neueren, saubereren Anzug kleiden. Er zog kein Hemd an, nur die ausgebeulte Latzhose, in die er hineinstieg wie in einen Sack. Plötzlich spürte er sein Alter. Seine Knie waren von den Turnübungen mit Amy ganz wund, sein Rücken schmerzte, aber trotzdem zündete er eine Laterne an und stieg in den Keller hinab, wo er die leeren Kartons zur Seite räumte und nach der Karte stöberte. Er stieß eine Dose Mehl um, und da er hungrig war und ihm alles so weh tat, daß er nicht wieder hinaufklettern wollte, aß er ein paar Handvoll davon und wühlte sich tiefer.

Er entdeckte die Zederntruhe und brach das kleine Schloß mit einem Stein auf, wobei er sich die Fingerknöchel blutig schlug. Dann rollte er die Häute auseinander, fand Wallis' Karte ganz unten, prüfte sie genau und erkannte sofort ihren Wert.

Und so fanden ihn Mel und Wallis, als sie Stunden später zurückkamen und in den Keller hinabstiegen, um zu sehen, was der Laternenschein zu bedeuten hatte. Dudley saß immer noch da und las und betrachtete die Karte, prägte sich jede Bodenwelle und jede Mulde, jede Felswand und jede Spalte ein, deutete die Karte, als ob das unterirdische Gestein noch in Bewegung wäre, so wie ein Seemann die Wellen auf dem Meer deutet. Er war mit weißem Mehl bestäubt, und seine Fingerknöchel waren mit einer Kruste aus Blut und Mehl überzogen, und als er hörte, wie sie in seine Höhle hinabstiegen, blickte er mit seinem weißen, runden, zufriedenen Mondgesicht träge auf wie ein Buddha und lächelte.

Wallis und Mel konnten kaum glauben, wie kraftvoll seine Bewegungen waren. Sie waren weder von verschwenderischer Panik noch von Impulsivität geprägt, sondern eher von einer stetig wachsenden Energie. Er erinnerte Wallis unwillkürlich an einen Falken, der die Flügel anlegt und herabstürzt – nicht länger ein Falke, sondern ein fallendes Instrument der Geometrie, Mathematik und Schwerkraft, das nur durch einen ganz geringen Reibungswiderstand von der Makellosigkeit getrennt ist, das schneller und immer schneller fällt, unpersönlich wie der Tod.

Gelassen nahm er ein warmes Bad, plauderte eine Weile, ohne über die Karte oder auch nur über Geologie zu sprechen. Dann ging er in die Nacht hinaus, in Richtung Stadt. Er hatte die Karte im Keller liegenlassen, und eine Weile hatten Mel und Wallis die Hoffnung, daß er ihr nicht geglaubt, sie nicht richtig gedeutet oder aber seinen Wunsch, im Tal wieder nach Öl zu bohren, aufgegeben hatte, doch schon am nächsten Tag rollten noch vor Einbruch der Dunkelheit die Sattelschlepper über den Paß und brachten einen Lastkahn zur Überquerung des Flusses und Bauarbeiter und Ausrüstung für den Bau einer neuen Straße am anderen Ufer mit, einer Straße, die direkt zum Bohrloch führen würde.

Amy war an jenem Morgen nach Hause gehumpelt, hatte sich den Rücken gehalten und bloß gesagt, sie habe falsch gelegen, und Mel und Wallis waren draußen im Garten und pflückten Bohnen, als sie spürten, daß die Erde bebte, und das Rumpeln der Maschinen hörten: Planierraupen, Tiefbagger und Preßluftbohrer.

»Ich hätte nicht gedacht, daß er's tut«, sagte Wallis.

»Du hast gedacht, er würde neunzehn Löcher bohren und es sich beim zwanzigsten anders überlegen?« sagte Mel.

Sie gingen in die Stadt, um sich alles anzusehen, und als sie dort ankamen, sahen sie, daß bereits die ersten Leute eingestellt wurden. Die Poliere waren sehr freundlich und lächelten.

Sie hatten es nicht eilig; sie bewegten sich langsam. Sie ließen ein, zwei Dieselmotoren laufen, als wollten sie die Leute einlullen und langsam an ihr leises Surren gewöhnen.

Sie taten fast so, als wüßten sie nicht weiter – aber nur fast. Sie scharrten mit den Füßen und bewunderten die Landschaft. Sie lehnten sich zurück, schlugen die Beine übereinander und steckten die Hände in die Taschen.

»Gibt's hier jemand, der gut mit einer Säge umgehen kann?« fragte der Polier. »Ich hab nämlich Angst vor umstürzenden Bäumen.«

»Wieviel zahlt ihr?« fragte jemand, und damit war das erledigt.

Helen kam nach draußen. Wallis und Mel konnten sehen, daß sie eine anstrengende Nacht hinter sich hatte: Sie sah aus, als wäre sie immer noch nicht ganz wach. Sie ging zu einer Planierraupe und kletterte auf einen ihrer riesigen Reifen, so daß sie den glänzenden, gewölbten Stahl des Schildes betasten konnte. Der Schild selbst war so groß wie die Wand eines kleinen Hauses. Sie berührte seine abgestumpften Zähne. Jeder von ihnen war so groß wie der Kopf eines Mannes. Sie streichelte die Zähne, an die sie herankam, wie sie die Flanke eines Wildpferds streicheln würde, als ob sie versuchte, es zu beruhigen oder sogar sein Wesen zu verändern.

Ein paar Straßenbauarbeiter beobachteten sie – sie war so zierlich –, und Wallis und Mel hörten, wie der Polier beiläufig fragte:

»Will irgend jemand was ausbaggern lassen, solange wir da sind? Wir helfen gern aus. Verdammt, wir sind den ganzen Weg hergekommen, da geht das in Ordnung. Aber erzählt bloß meinem Boß nichts davon«, sagte er, und plötzlich kam Leben in die Leute, denn er hatte ihr Interesse geweckt. Sie sahen die Maschinen jetzt mit ganz anderen Augen, interessierten sich für die PS-Zahlen, für die entsprechende Muskelkraft. Die Arbeit von einem Monat an einem Tag erledigt. Niemand meldete sich, doch alle Augen ruhten prüfend auf den wartenden Maschinen. Ein Lagertank, der eingedämmt, eine Wasserrinne, die ausgehoben werden mußte. Eine Grube für ein Fundament. Ein Keller, eine neue Klärgrube.

»Wir brauchen Köche«, sagte der Polier und klopfte auf seinen flachen Bauch. Er lachte, dann fiel sein Blick auf Mel, und er verstummte und kniff die Augen zusammen.

Charlie trat vor und hob zögernd die Hand: ein Koch. Der Polier sah es mit großer Freude. Die Mittagssonne fiel auf sein kurzgeschnittenes Haar und ließ die roten Strähnen darin aufleuchten, und Mel nannte ihn insgeheim Red. Auch Amy trat vor. Red betrachtete ihren Bauch. Zwei Köche.

»Wir wollen nicht, daß gebohrt wird«, sagte Amy. »Aber wenn ihr trotzdem bohrt, dann sollten wir die Jobs kriegen.«

Ein paar Leute schauten Wallis an. Ihm wurde ganz übel.

In den höchsten Bäumen blies der Wind. Es schien bereits Herbst zu sein.

Ein Mann ganz hinten in der kleinen, neugierigen Menge, einer der Einsiedler von der Nordseite des Tals, meldete sich zu Wort. Er würde nur neun oder zehn Kilometer von den Bauarbeiten entfernt wohnen.

»Wer ist denn auf die Idee gekommen, am anderen Ufer zu bohren? Old Dudley?«

Red nickte. »Er hat gesagt, einer seiner Geologen hätte die Stelle untersucht. Hat gesagt, es wär ein Bursche, der mal hier gelebt hat – er heißt Matthew oder so ähnlich.«

Jemand lachte. »Noch eine Fehlbohrung«, sagte jemand, und Helen drehte sich wütend um, um zu sehen, wer es gewesen war.

»Wo soll die Straße denn langführen?« fragte ein Holzfäller, und alle wußten, was ihm durch den Kopf ging: daß es neben der Straße einen fünfzehn bis zwanzig Meter breiten Streifen mit aufgestapelten Baumstämmen geben würde, das als Feuerholz zur Verfügung stand.

»Ich kann euch zeigen, wo der Alte sie hinhaben will«, sagte Red. Er rief einen seiner Gehilfen, der eine Karte mitbrachte. »Sie soll ungefähr hier langführen«, sagte er, breitete die Karte aus, hielt inne und folgte dann mit dem Finger dem Flußlauf. Tat so, als ob er die Karte nicht genau kennen würde. Wallis und Mel schauten ihn an und waren überzeugt, daß er sich nicht damit begnügen würde, einfach einen Weg durch den Wald zu schlagen, sondern daß ihm eine Straße vorschwebte, die ewig halten würde. Er würde die ganze Erde wegkratzen und das Gletschergestein mit Preßlufthämmern platt drücken; er würde, wenn nötig, das Grundgestein wegsprengen, würde nicht nur Haut und Fleisch der Erde abschälen, sondern tiefer gehen, würde die Knochen zerschneiden und zerbrechen und versuchen, bis zu den darunterliegenden Organen vorzudringen.

»Ich hab gedacht, daß wir sie hier irgendwo langführen«, sagte er und deutete auf die Karte. »Ich glaub, der Alte und – wie heißt er noch? – Matthew haben an diese Gegend gedacht.« Red verfiel in Schweigen und saß einfach da, bremste seinen Hunger, bemühte sich, nicht hinter seinem riesigen Verlangen zu verschwinden.

Es mußten keine Straßen sein. Es hätte alles mögliche sein können. Bäume. Liebe. Geld. Fleisch.

»Öl«, sagte jemand. »Old Dudley und Matthew glauben, daß sie da Öl finden.«

»Ja«, sagte Red. »Ich weiß nicht.« Er zuckte mit den Achseln. »Ich krieg mein Geld auch, wenn sie kein Öl finden.« Er deutete auf den Mann, der gerade den Zusammenhang hergestellt hatte. »Was meinst du?« fragte er. »Glaubst du, daß sie da was finden?«

Der Mann fühlte sich mit dieser Verantwortung nicht wohl. »Verdammt«, sagte er, »ich hab nicht die geringste Ahnung.« Er trat einen Schritt zurück.

Ein kleines Mädchen ergriff das Wort: Suzie, eins der Schulkinder.

»Ihr braucht hier nicht zu bohren«, sagte sie wütend. »Das ist nicht richtig. Es wird alles aus der Bahn werfen: die Tiere, ihre Gewohnheiten, ihr …« Sie blickte sich hilflos um. »Ihr ganzes Leben. Ihre Beziehung zur Landschaft.« Red lächelte und hörte ihr geduldig zu.

Wallis mußte an Colter denken.

Er sagte sich, daß es bloß eine Strecke von sechs Kilometern war. Bloß fünfzehn bis zwanzig Meter breit. Suzie drehte sich zu ihrem Vater um, der sie zu trösten versuchte. Ihr standen Tränen in den Augen.

»Tut mir leid«, sagte Red. »Wir haben eine Genehmigung. Es ist öffentliches Land. Ich mache bloß meine Arbeit.«

Die Leute traten näher, Suzies Tränen hatten sie unschlüssig gemacht. Ein paar von den Jungen kletterten jetzt auf die riesigen Maschinen, setzten sich hinein und spielten an den Hebeln herum.

»Ihr könnt von Glück reden«, sagte Red und ließ den Blick über die Wälder schweifen. Seine Leute kamen herüber und setzten sich neben ihn. »Ihr wohnt hier und habt ein ziemlich hartes Leben, und dann finden wir – *bing!* – ein Ölvorkommen für euch, und ihr wacht auf, und eure Straßen werden besser.« Er deutete mit dem Kopf auf den Münzfernsprecher. »Sie werden Telefonleitungen legen müssen – euer Telefon wird nachgerüstet –, am Ende habt ihr vielleicht sogar welche in euren Häusern, und wer weiß, wenn alles vorbei ist, habt ihr vielleicht sogar Strom. Eine Bauordnung«, sagte er und kicherte, bevor die Leute ihn ernst nehmen konnten. »Das war nur Spaß. Finanzielle Mittel für die Schule. Geld von Öl und Gas für das Schulwesen. Computer. Schulausflüge. Lauter so ’n Zeug.«

»Kahlschläge für Kinder«, sagte Belle mit ernstem Gesicht.

Suzie drehte sich um und ging davon. Sie fing an zu laufen.

»Ein neuer Spielplatz«, sagte Red und deutete mit dem Kopf auf die Schule. »Vielleicht auch bessere Lehrergehälter.«

»Und ihr seid den ganzen Weg gekommen, um uns all das zu bringen«, sagte Belle.

Red lächelte. Ihm knurrte der Magen, solchen Hunger hatte er. »Nein«, sagte er, »ich bin hergekommen, um eine Straße zu bauen.«

Die Leute starrten mit ausdruckslosen Gesichtern über den Fluß hinweg auf den dichten Wald, doch sie waren nicht imstande, in die Zukunft zu blicken oder sich etwas anderes vorzustellen als das, was sie seit jeher kannten. Worin lag schließlich der Unterschied zwischen neunzehn und zwanzig Bohrlöchern? Bis auf diejenigen, die sich zur Arbeit melden wollten, zerstreuten sie sich langsam.

Als Mel und Wallis gingen und anscheinend nur noch die wahrhaft Gläubigen zurückgeblieben waren, begann Red, in einem angenehmeren, nicht mehr so anpreisenden Ton zu sprechen.

»Diese Steinmauer«, sagte er. »Wer hat denn dieses irre Ding gebaut?«

Ein weiterer heißer Tag im späten August quälte sich ab wie eine Frau in den Geburtswehen, der Schweiß übers Gesicht strömt, während ringsum alles erzittert und sich verzerrt, ein weiterer Tag, die einfachste Sache der Welt, ein Sonnen- und ein Mondaufgang, und doch auch die schwierigste.

Die Äpfel fielen von dem Baum auf dem Schulhof, seine Zweige bogen sich unter ihrer Last. Belle las sie auf und legte sie in Körbe, um sie im Vorratskeller der Schule zu lagern. Der Südwind würde das Feuer bringen, das mit dem kurzen Herbst zusammenfiel, und dann kam der lange Winter. Das Feuer mußte kommen.

Sobald der Trupp mit den Bauarbeiten begann – sobald sich die Herzen der Leute in die Niederlage gefügt hatten –, ging es schnell voran. Die Sägen dröhnten bei Tag und Nacht, während die Männer eine gerade, breite Schneise in die Wildnis schlugen. Die Dieselmotoren des Lastkahns brummten und sandten schwarze Rauchwolken in den Himmel, während auf dem Kahn Männer und Maschinen über den Fluß transportiert wurden. Diesellachen, die in allen Regenbogenfarben schillerten, trieben den Fluß hinunter, und Wallis war froh, daß die Gänse nicht mehr da waren, daß Colter nicht mehr da war.

Die Arbeiter wohnten in einem Zeltlager am Fluß und arbeiteten in Zwölfstundenschichten, so daß sich die Straße ununterbrochen weiterfraß. Sie schossen außerhalb der Jagdsaison Rothirsche, als würden sie sich einfach in der Speisekammer eines unverschlossenen, fremden Hauses bedienen. Sie waren laut und schlampig, und in ihrem Lager begann es bald zu stinken.

Doch die Straße beunruhigte die Leute in der Stadt immer noch nicht. Sie kam ihnen bloß wie ein schmaler Streifen, ein Weg vor. Sie begriffen ihre wahre Größe nicht.

Sie schwammen im Fluß, um der unerträglichen Hitze zu entgehen oder sich die Fortschritte der Bauarbeiten anzusehen. Wallis und Mel brachten nach ein paar Tagen den Mut auf, in einem Kanu ans andere Ufer zu paddeln und den letzten Abschnitt der Straße in Augenschein zu nehmen.

Auf der Straße war der Staub bereits knöcheltief. Die Farnwedel und Zedern auf beiden Seiten waren damit überzogen. Überall hing teeriger Dieselgestank in der Luft. Mel erinnerte sich, daß sie in dieser Gegend zuletzt die starken Ausdünstungen eines Wapitirudels gerochen hatte. Sowohl Mel als auch Wallis empfanden Abscheu über die entwurzelten Baumstümpfe, die riesigen umgestürzten Fichten, die gewaltigen Haufen aus Erde, Moos, Farn und Holz, doch es verwirrte sie, wie angenehm sie den Lichtstrahl in der Dunkelheit, den lichterfüllten Tunnel der Straße fanden.

Sie paddelten zurück.

»Das verbrennt sowieso alles«, sagte Wallis.

Das Tal war jetzt für das Feuer bereit, war so heiß und reglos, daß man den Eindruck hatte, allein die von einer Bewegung – dem Heben eines Armes, dem Öffnen eines Mundes – ausgelöste Reibung würde ausreichen, um Funken zu schlagen, die dann alles in Brand stecken würden.

Bald hatte Red die ganze Strecke in den Wald geschnitten und legte Abzugsgräben an, transportierte auf einem kleinen Lastkahn Schotter heran und schickte Walzen auf die Straße, die alles festdrückten. Er tat sein Bestes, um eine Straße zu bauen, die ewig halten würde. Im ganzen Tal gab es nur noch ein Pferd, Amys Pony, und er hatte es gemietet und ritt damit die Straße rauf und runter und inspizierte alles; und manchmal, bei einem scharfen Ritt, schlugen die stählernen Hufeisen des Ponys in dem Schotter auf Feuersteinsplitter, und dann sprühten die Funken in das trockene Gras und entfachten im Dickicht kleine Brände, die sich wie Finger ein kurzes Stück in den alten Wald schoben, bevor sie im tiefen Moos und den verfaulenden Pflanzen weiter drinnen erloschen. Ein paar von den Holzhaufen am Straßenrand fingen auf diese Art Feuer und flammten hinter Red auf, während er vorbeigaloppierte, und manchmal loderten die Flammen fünf, sechs Meter hoch.

Die Arbeiter folgten Reds brennender Spur und bekämpften die Brände mit Schaufeln und Äxten. Red rief ihnen über die Schulter hinweg Flüche zu, als ob sie für die Brände verantwortlich wären, er wurde wütend, drehte richtig durch, denn wenn die Flammen auf den Wald übersprangen, der die Straße begrenzte, dann würde es keine Straßenbegrenzung und folglich auch keine Straße mehr geben. Alle, selbst die fremden Bauarbeiter, spürten jetzt, wie der Wald austrocknete, wie die Südhänge verdorrten und nach mehr Hitze, Funken und Feuer verlangten.

Er baute die Straße fertig. Er nahm sie mit einer kleinen Videokamera auf. Er ritt über die Schotterstraße, die so fest und eben war, als ob sie aus Beton gegossen wäre, und vom Rücken von Amys kleinem Pony aus filmte er sie als Erinnerung für zu Hause. Er machte Fotos von sich und seinen Leuten auf der Straße, auf denen sie nicht wie Arbeiter, sondern wie Eroberer aussahen.

Es gab eine Abschiedsparty für den Bautrupp: eine Versammlung in der Bar mit einem Gefühl der Erleichterung auf beiden Seiten, denn die Talbewohner freuten sich, ihre Stadt zurückzubekommen, und die Arbeiter waren froh, diesem dunklen Land zu entfliehen. Auch Wallis nahm daran teil, um sich zu vergewissern, daß sie das Tal wirklich verließen. Mel war nicht da: Sie hatte Helen wieder zu Joshua hinübergetragen, damit sie sich ansehen konnte, wie er dem Adler-Raben den letzten Schliff gab. Die Holzarbeiten waren beendet, und jetzt wurde alles gestrichen, ein Anstrich nach dem anderen in glänzendem Schwarz und Gold. Die Augen waren jetzt gelb.

Ein paar von den Männern hatten bereits gepackt und saßen auf der Veranda. Sie tranken Bier, während die anderen unten im Lager das Kochgeschirr einsammelten und Zelte und Feldbetten abbauten. Es wurde langsam dunkel.

Der Knall einer Schrotflinte ertönte, und gleich darauf ächzte und schrie ein Tier. Wallis dachte zuerst, einer der Arbeiter hätte sich angeschossen, doch dann sah er einen Schwarzbären, Helens großen Bären, der schwerfällig durchs Unterholz lief, ein blutendes Hinterbein nachzog und laut brüllte. Ein Mann rief: »Ich hab ihn erwischt!« und verfolgte den Bären mit einem Gewehr, zu aufgeregt, um nachzuladen und noch einmal zu schießen.

Der Bär rannte durch die Überreste des Lagers. Er lief zwischen den Arbeitern hindurch, stieß Pfannen und Töpfe um, lief über den Steg und sprang in den Fluß.

Dort begann er sofort zu schwimmen, und sein großer Kopf pflügte in der Dämmerung zäh und unbeirrt durch das dunkle Wasser.

Wallis hatte gehofft und geglaubt, daß die Sache damit zu Ende wäre. Doch noch während sich die Asche wieder auf das Feuer senkte, durch das der Bär gerannt war, schoben die Männer ihre Kanus und Boote ins Wasser und paddelten ihm nach. Einer der Männer zog eine Eisenstange zum Landvermessen aus dem Sand – eher ein Spieß als eine Stange: zwei Meter lang, geformt wie ein Speer, aber ganz aus Eisen und zwanzig Kilo schwer – und setzte sich vorn in eins der Boote, während jemand anders paddelte.

Die Männer am Ufer feuerten sie an.

Einen Augenblick lang sah es so aus, als könnte der Bär es schaffen. Er hatte den Fluß schon zur Hälfte durchquert, als die Männer ihre Boote ins Wasser ließen; doch er wurde langsam müde, und die Männer wollten ihn unbedingt erwischen und kamen rasch näher. Wallis wünschte sich, der Bär würde tauchen wie eine Ente oder ein Otter, doch er schwamm einfach weiter. Die Männer umzingelten ihn mit den Booten, zwangen ihn, im Kreis zu schwimmen. Sie schlugen mit den Paddeln nach ihm; manchmal trafen sie ihn, und man konnte am Ufer hören, wie das flache Holz auf seinen Schädel schlug. Wallis brüllte, sie sollten den Bären in Ruhe lassen, doch jetzt näherte sich der Mann mit dem Spieß, den er in beiden Händen hoch über dem Kopf hielt, wie jemand, der einen Wal harpunieren will, oder wie die Männer, die erst vor ein paar tausend Jahren an gleicher Stätte Mastodonten und Mammuts umzingelt hatten.

Der erste Stoß beförderte den Bären unter Wasser. Der Spieß traf ihn in seinem breiten Nacken, und das Geräusch – tiefer und ganz anders als das Krachen der Paddel – hallte nicht durch die Luft, sondern durch das Wasser, vielleicht sogar bis zum Meer.

Der Bär blieb lange unter Wasser, und die Männer begannen schon zu fluchen, da sie glaubten, er wäre ihnen entwischt. Alle standen in den Booten auf und warteten, und schließlich tauchte er auf, kämpfte sich nach oben, und der Mann mit dem Spieß verlor keine Zeit und stach sofort wieder auf ihn ein. Diesmal drang die Spitze des Spießes anscheinend so tief zwischen seine Schulterblätter, daß das Herz getroffen war, und Wallis wandte sich angewidert ab.

Der Bär ging rasch unter, obwohl die Männer versuchten, den schweren Spieß festzuhalten; inmitten ihrer Boote bildete sich ein

Ring, ein Strudel, und dann war da nichts mehr, nur noch glattes Wasser.

Die Männer wußten zuerst nicht, wie sie sich verhalten sollten. Doch bald sah es so aus, als hätten sie sich geeinigt, sich wortlos miteinander verständigt, und sie begannen zu jubeln, zuerst nur halbherzig, doch dann richtig begeistert, als hätten sie sich eingeredet, daß die Niederlage in Wirklichkeit ein Sieg war.

Red und seine Leute waren erst ein paar Stunden lang weg, als die Talbewohner noch in derselben Nacht in Kanus, Booten und auf Flößen ans andere Ufer paddelten, um sich die Straße näher anzusehen. Viele von denen, die kein Boot besaßen, schwammen hinüber. Sie hatten Getränke dabei, schwammen auf der Seite und hielten einen Arm übers Wasser, eine offene Flasche Bier in der Hand, während die Leute in den Booten ihre Getränke im Bug liegen hatten: eine offene Flasche Wein oder einen fruchtigen Cocktail, einen grasgrünen Margarita, einen Daiquiri oder einen kühlen blauen Drink, der im Mondlicht glühte wie ein Leuchtfeuer.

Dann flanierten sie über die neue Straße wie über einen Boulevard, nahmen sie in Besitz, gingen fast die ganzen sechs Kilometer ab. Amy brachte ihr Pony mit und ritt im Damensitz; sie war noch immer wund von Dudleys Eindringen und sah aus, als würde sie ihr Kind jeden Moment zur Welt bringen. Und auch Wallis ging mit ihnen die Straße entlang.

Voller Staunen spazierten sie herum und bewunderten die Ränder der großen, gebändigten Schönheit. Sie nippten im Mondlicht an ihren Drinks und schlenderten bis zum Ende der Straße, wo sie stehenblieben und das Öl zu riechen versuchten, das sich dort unter der Erde befinden sollte.

Später gingen sie plaudernd in kleinen Gruppen wieder nach Hause. Sie beschlossen, zwei oder drei Campingtische herüberzubringen, um sie für solche Abende am Fluß aufzustellen. Einige der Talbewohner gestanden, daß es ihnen nichts ausmachen würde, dort drüben zu wohnen. Die Straße war noch makellos, man konnte barfuß laufen, und Wallis war klar, daß es dort eines Tages auch einen Laden und kleinere Straßen geben würde, die von der Hauptstraße abzweigten, und daß bald die Unkräuter der Außenwelt über den Paß eindringen und in der aufgewühlten Erde, dem kargen Schotter und dem Staub der Straßen Halt finden würden.

Wenn sie bei der Bohrung auf Öl stießen, würden sie Pipelines und vielleicht sogar eine kleine Raffinerie bauen; doch selbst wenn sie nichts fanden, der Schnitt, der Schlag gegen die Wildnis war vollzogen. Entschlossen gingen sie alle über die Straße, bestaunten sie, rochen sie und atmeten tief ein, hungrig auf alles Neue, außerstande, sich abzuwenden.

Niemand erzählte Helen von dem Bären. Als Wallis in jener Nacht nach Hause kam und sich in Mels Arme schmiegte, sah er, daß sie voll schwarzer und goldener Farbspritzer war.

Als nächstes kamen der Bohrturm und die Bohrarbeiter. Sie schwappten wie eine Woge über den Paß und kamen bereits ins Tal, als die Straßenbauarbeiter es verließen. Die Lastwagen und Sattelschlepper rollten wie bei einer Parade in die Stadt: eine langsame Kette von großen und kleinen Lastwagen, dazwischen der riesige Lastkahn, der die Kurven in der Straße kaum bewältigen konnte und auf beiden Seiten Zweige und junge Bäume zermalmte, und ganz hinten das liegende Gerüst des Bohrturms, das so langsam die Straße entlangtransportiert wurde wie ein König auf seinem Begräbniszug.

Die Bohrmannschaft – Bohrmeister, Bohrarbeiter, Hilfsarbeiter – wirkte derber, glücklicher als der Bautrupp, und als sie ihr Lager am Fluß aufschlugen, wo auch die Straßenbauer kampiert hatten, und das Klirren der Hämmer auf den stählernen Zeltpflöcken erklang, konnte man meinen, ein Zirkus sei in die Stadt gekommen.

Wallis, Mel und ein paar andere aus der Stadt gingen zum Fluß hinunter und schauten ihnen zu. Helen, die zu müde zum Laufen war, sah ihnen von dem Fenster im ersten Stock zu. Schon wurde ein verbeulter Wohnwagen mit Generatoren und einer Satellitenschüssel aufgestellt, um Nachrichten übermitteln und empfangen zu können. Arbeiter mit Sägen fällten weitere Bäume, um Platz für die vielen Sattelschlepper zu schaffen, die sich am Fluß stauten, und mitten im Lager wurde ein großes Feuer entzündet, obwohl es sengend heiß war und alle von der Brandgefahr wußten.

Schon schoben sie den Lastkahn in den Fluß und luden das erste Gerüstteil, eine Planierraupe und eine Winde darauf, mit der die Eisen- und Stahlteile auf- und abgeladen werden konnten.

Sie hatten dicke Seile und Ketten dabei, riesige Wannen, die als Spültanks dienen sollten, als Speicher für die Bohrspülung – das Schmiermittel, mit dessen Hilfe sie in die Erde eindringen würden –, und Scheinwerfer, damit sie auch nachts arbeiten konnten.

Inmitten des Lärms, der Maschinen und der Hitze des Feuers kam es den Talbewohnern so vor, als wären die Bohrarbeiter gekommen, um etwas zu jagen: ein riesiges Tier, das vor ihnen davonlief; und gleichzeitig hatten sie das Gefühl, als hätten die Arbeiter es bereits in die Falle gelockt und gefangen, als wären sie jetzt nur noch da, um es zu häuten und zu zerlegen. Ein paar von den Talbewohnern rechneten damit, riesige Sägen und Äxte zu sehen, mit denen die Arbeiter das erlegte Tier zerstückeln würden.

Mel ergriff Wallis' Hand und verzieh ihm. Wallis schaute den Arbeitern mit Faszination und Entsetzen zu: Er verspürte das starke Verlangen, den Drang, sich ihnen anzuschließen und an seinem Projekt mitzuarbeiten. Er wollte sie nicht im Tal haben, doch er war dafür verantwortlich, daß sie gekommen waren, und da sie nun einmal da waren, fand er es falsch, sich abzuwenden. Er wünschte sich, daß es eine Fehlbohrung sein würde, doch er wußte, daß sie Öl finden würden.

Er wollte da sein, um es zu berühren, wenn sie es fanden, es zu riechen, in den Händen zu halten, sich auf die Wange zu tupfen: Öl, das fünfhundert Millionen Jahre alt war.

Die Wölfe waren verstummt.

Selbst in ihrer Hütte konnten Mel und Wallis den Lärm der Arbeiter und Maschinen hören, der von dem heißen Wind herübergetragen wurde – die ständigen Fahrten des Lastkahns, der die Ausrüstung über den Fluß transportierte, und die Montage des Bohrturms: das schrille Quietschen und Scheppern der Rohre, Motorengedröhn, das Knarren von Stahl, Dieselrauch. Und als der Bohrturm zusammengebaut war und sie zu bohren begannen, als die Diamantspitze des Bohrmeißels sich in die Erde zu fressen begann, konnten sie auch das hören und konnten es sogar spüren: als Auflösung einer Spannung, deren Existenz nicht nachzuweisen war. Dennoch verzieh Mel Wallis, massierte ihm Nacken und Schultern, denn sie begriff, wie sehr ihn seine Schuld belastete. Doch sie wußte nichts von seiner Gefühlsverwirrung, von seiner Neugier und wachsenden Erregung, während der Bohrmeißel sich immer tiefer fraß.

Sie dachte, daß er inzwischen mit sich im reinen sei, da er in einer reinen Landschaft lebte.

Sie verzieh ihm und entwarf ihren Stundenplan für das nächste Schuljahr. Im September würden die Brände kommen und im Oktober der Schnee. Sie hätte gern noch ein paar Sommertage gehabt, denn es gab noch ein paar Dinge, die sie erledigen wollte, doch die mußten bis zum nächsten Jahr warten.

Das jüngere Gestein war weicher; der Bohrmeißel glitt hindurch, tauchte hinab wie in freiem Fall und schaffte dreihundert Meter am Tag. Das härtere Gestein der älteren Formationen würde bald kommen, und dann würde es langsamer vorangehen – nach Wallis' Schätzungen befand sich das Öl in einer Tiefe von ungefähr fünftausend Metern –, doch bis jetzt glitt der Bohrmeißel fast ungehindert durch den Sand und Kies der nicht allzu fernen Vergangenheit.

Wallis konnte es nicht lassen: In manchen Nächten schlich er sich, wenn Mel schlief, aus dem Bett und begab sich zum Bohrturm, wobei er den Fluß mit dem Kanu überquerte, hinüberschwamm oder aber auf dem Lastkahn mitfuhr.

Er ging auf Reds schöner neuer Straße, bis er den Schein des Bohrturms, die gelbe Lichtkuppel über dem Horizont sah.

Vom Dröhnen des Bohrers zugleich abgestoßen und angezogen, näherte er sich dem ersten Bohrturm, den er seit fast einem Jahr zu Gesicht bekam.

Er bog um die Ecke, stellte sich außerhalb des Lichtkegels auf und beobachtete, wie die winzigen Gestalten hoch oben auf der Bohrplattform im weißen Licht der Halogenlampen arbeiteten, das so stark und weitreichend war, daß er das Gefühl hatte, als würden sie mit dem Licht und nicht mit dem Bohrmeißel nach Öl suchen, als wäre das Öl bereits an die Oberfläche getreten, aber entwischt.

Die leuchtendblauen Funken, die bei den Schweißarbeiten unter dem Bohrturm aufsprühten, faszinierten ihn ebenso wie die schrillen Geräusche: das Dröhnen der Preßluftbohrer und das Aufeinanderschlagen von Metall.

Schließlich riß er sich los und ging nach Hause. Er badete im Fluß, damit Mel nicht den Geruch des Bohrturms an ihm wahrnahm, und bei seiner Rückkehr wälzte er sich im Garten in der trokkenen Erde und wusch sich noch einmal im Bach, setzte sich eine Weile auf die Veranda und ließ die restlichen Gerüche seiner Untreue vom Wind davontragen.

Er betrachtete das Wetterleuchten in der Ferne, spürte, wie sich der trockene Wald nach dem Feuer sehnte, und fragte sich, warum es noch nicht ausgebrochen war.

Die Warterei war zum Verrücktwerden, kaum auszuhalten. Wenn einer von ihnen die Anspannung nicht länger ertragen hätte und mit einem Streichholz in den Wald gelaufen wäre und das Feuer entfacht hätte, um es hinter sich zu bringen, hätte niemand es ihm verübelt.

Doch jedes kleine Feuer in den Bergen verfolgte seinen eigenen Weg. Hundert, ja tausend Brände loderten auf und erstarben. Der richtige Ort, von dem sich das Feuer in alle Richtungen ausbreiten konnte, war noch nicht gefunden.

Immer wieder versperrte ein schmaler Bach oder eine moosüberwucherte Felswand, ein schattiger alter Hain oder ein karger Felsstreifen dem Feuer den Weg; und jede Nacht flammten die Brände wie Kerzen an den Berghängen auf und erloschen wieder. Doch da dem Land immer mehr Feuchtigkeit entzogen wurde, wußten alle, daß sich das bald ändern würde.

Es war Helen, die ihnen sagte, wann es losgehen würde. Sie hatte schon all die anderen Brände erlebt und verstand ihre Sprache. Sie kam über die Straße und sagte den Leuten in der Bar, daß es in jener Nacht losgehen würde.

Angsterfüllt, aber tatendurstig liefen die Leute zu ihren Häusern, um Wasser auf ihre Schindeldächer zu schütten, damit sie vor dem heißen Atem des Feuers geschützt waren. Wallis rannte über die Straße, kletterte auf Helens Dach und nahm die Eimer entgegen, die Mel ihm heraufreichte. Während er sie über den Zedernschindeln leerte, lief das Wasser in Strömen vom Dach. Mel reichte ihm einen Eimer nach dem anderen hinauf, bis er alles befeuchtet hatte.

Als er fertig war, blieb er noch eine Weile oben stehen, schaute sich um und wartete. Aus den Augenwinkeln sah er es in der Ferne wetterleuchten, doch es hätte auch das Nordlicht sein können. Er glaubte Helens Prophezeiung und stieg vom Dach. Er und Mel fragten Helen, ob sie sie eine Weile allein lassen könnten, da sie ihr eigenes Dach befeuchten mußten, und Helen erwiderte, das sei schon in Ordnung. Sie sagten, sie würden so schnell wie möglich zurückkommen, sie brauche sich keine Sorgen zu machen, und Helen lachte über ihre Bedenken und versuchte, sich vorzustellen, worüber sie sich wohl Sorgen machen könnte.

Sie liefen so schnell, wie sie konnten, nach Hause. Dort angekommen, rannten sie mit Eimern hin und her und befeuchteten die Dächer des Räucherhauses und der Hütte. Sie konnten bereits das Donnergrollen über den Bergen im Westen hören, ein Klang wie Geschützfeuer. Ihr Atem ging schnell und flach, und ihre Herzen schlugen ängstlich und aufgeregt.

Nachdem sie die beiden Dächer befeuchtet hatten und nichts weiter zu tun blieb, liefen sie zurück in die Stadt. Sie konnten das Feuer im Wald schmecken und konnten sehen, wie die zuckenden Lichter, die Blitzschläge mit dem Wind in ihre Richtung trieben, wie die senkrechten Zacken der Blitzstrahlen wie die langen Beine eines Tieres auf sie zukamen. Es gab keinen Regen, nur Feuer und Wind, und der Donner dröhnte so laut, als wollte er den Wald allein damit in Brand stecken.

Als sie den Laden erreichten, trieb ein Gewirr von funkelnden Lichtsplittern die Straße entlang: brennende Kiefernnadeln. Helen war in ihrem Schaukelstuhl eingeschlafen, und sie trugen sie nach oben, damit sie dort das Ende des Gewitters abwarten konnte; um sie, falls nötig, zu evakuieren und zum Fluß zu bringen.

Von Helens Veranda aus konnten sie sehen, wie die ganze Straße von goldenen und orangefarbenen Lichtpunkten erleuchtet wurde, und wenn die windgepeitschten Kiefernnadeln landeten, entfachten sie überall, wo sie auf etwas leicht Entzündliches stießen, kleine Brände. Durch den Rauch sahen Wallis und Mel Artie auf der anderen Straßenseite in einem Schaukelstuhl auf der Veranda sitzen und ein Bier trinken.

Es war noch ein oder zwei Stunden vor Tagesanbruch, doch jetzt riß der Himmel auf, und ein helleres Licht wurde zwischen den Wolken sichtbar. Der Wind wirbelte so stark, daß er die Grasbrände löschte, und jetzt wurden Kiefern und Lärchen entwurzelt und fielen krachend auf die Straße, und das Beben und Dröhnen des Donners begleitete jeden Blitzstrahl, jede Feuerzunge, so daß der Lärm und das Licht nicht aus einer, sondern aus allen Richtungen kamen und jede vertraute Ordnung ihre Bedeutung verloren zu haben schien.

Die Blitze kamen waagerecht und senkrecht, und obwohl Wallis wußte, daß er und die Stadt unbedeutend waren, und das Gefühl hatte, daß man auf dem grünen Streifen am Fluß ziemlich sicher war, fiel es ihm schwer, den alten Glauben, die alten Vorstellungen vom

Menschen als Mittelpunkt der Schöpfung abzustreifen, nicht daran zu glauben, daß sie das Ziel des Gewitters waren, daß es auf der Jagd nach ihnen gewesen war und sie nun gefunden hatte.

Mel dachte: Helen muß das sehen, muß es riechen, selbst wenn wir sie im Schaukelstuhl heruntertragen und mitten auf die Straße stellen müssen. Sie konnte ihr Haar befeuchten und ihr eine Baseballkappe aufsetzen, damit sich keine Funken darin verfingen. Der Wind, die heißen Böen würden den Stuhl ohne ihr Dazutun schaukeln. Sie konnte in dem Rauch schwelgen. Sie konnte eine Zigarette rauchen, wenn sie wollte. Noch eine. Noch ein Tag. Noch ein Ereignis, noch eine Stunde, noch ein Irgendwas.

Mel und Wallis liefen nach oben, um sie zu holen.

Als sie in ihr Schlafzimmer kamen, dachten sie zuerst, sie sei nicht da, obwohl sie direkt vor ihr standen. Sie saß in Felle gehüllt in einer Ecke des Bettes, und ihr Kopf war auf die Brust gesunken, als ob sie noch schlafen würde oder erschöpft wäre, doch da sie sie, ihr Wesen, nicht mehr im Zimmer spüren konnten, wußten sie, daß sie tot war.

Das Gewitter tobte weiter, Blitze ohne Regen direkt vor dem Fenster, doch all das schien sich auf einem anderen Planeten zu ereignen, und sie starrten Helens leere Hülle an, den Körper, in dem sie einmal gesteckt hatte.

»Mist«, sagte Mel, wütend, weil Helen das Spektakel des Feuers verpaßt hatte, und verzweifelt, weil man die Erde nicht bremsen oder anhalten oder gar ein kleines Stück zurückdrehen konnte, bis zu dem Punkt, wo Helen sehen und spüren konnte, was dort draußen auf der Straße vorging.

Sie trugen sie trotzdem nach unten, setzten sie in den Schaukelstuhl, trugen sie in den trockenen Feuersturm hinaus und stellten sie, das Gesicht dem Wind zugewandt, auf der Straße ab, doch es war nicht einmal annähernd dasselbe, als wenn sie noch am Leben gewesen wäre.

Während der heulende Wind an Helen vorbeibrauste und ihren

Stuhl schaukelte, so daß es aussah, als wäre sie noch einmal zum Leben erwacht, spürte Mel ein- oder zweimal ein Pochen in ihrem Blut, das ihr sagte, daß Helens noch warmes Gehirn alles mitbekam, und sei es auch bloß als eine kaum spürbare Reibung, als ein ganz schwaches Kribbeln. Doch dann war das Gefühl verschwunden, und während der Wald und die Berge in Flammen standen, wurde Helen immer kühler, und die Erinnerung an sie sank in Mel ein wie ein Tier, das sich auf der Suche nach dem richtigen Platz für den Winterschlaf immer wieder im Kreis dreht.

Es gab noch etwas, das sie ihr in Erinnerung an ihr Leben schuldig waren. Sie war angsterfüllt gestorben, und sie konnten nur hoffen, daß diese Angst nach ihrem Tod von ihr gewichen war.

Erstaunt über die Entseeltheit, die sie ausstrahlte, trugen sie sie im Schaukelstuhl hinters Haus, stellten sie auf die hintere Veranda, von wo sie mit geschlossenen Augen in den Rauch hinausstarrte, und gingen nach oben, um das Zeugnis ihrer Angst vor denen zu verbergen, die sie geliebt hatten.

Der Blitz hatte ihre Angst in dem Augenblick eingefangen, als sie sich im Bett aufgesetzt und aus dem Fenster gestarrt hatte; die alte verstaubte Fensterscheibe und das grelle Licht des gewaltigen Blitzes, der durch die völlige Dunkelheit eines immer neuen Guckloches strahlte, während im Wald die Äste der Bäume in dem regenlosen Gewitter schwankten, hatten als Kamera und Blitzlicht fungiert, hatten ihr Abbild, den Augenblick ihres größten Schreckens, wie auf eine fotografische Platte auf die Fensterscheibe geprägt.

Wallis und Mel zündeten eine Kerze an, gingen zum Fenster und betrachteten es. Helens Mund war aus Protest weit aufgerissen, ihre Augen waren aus den Höhlen getreten, ihr graues Haar wild und zerzaust. Sie sagten sich, daß es vorbei war, daß sie dieses Gefühl überwunden hatte.

Die Blitzschläge erleuchteten das Gesicht im Fenster wie eine Kerze in einer Kürbislaterne, und jedesmal schien der Schrecken wieder zum Leben zu erwachen, doch das war nicht Helen, sondern der Rhythmus des Himmels.

Mel nahm ein Taschenmesser und begann, den alten Rahmen abzuhebeln, der die Fensterscheibe festhielt. Die Nägel waren rostig, und das Fenster löste sich mühelos. Sie zogen die Scheibe heraus und hielten sie von sich weg, wie ein Porträt, das eine schreckliche Wahrheit über den Betrachter enthüllt: ein Mangel an Mut, die Unfähigkeit, zu lieben oder auf der Welt zu leben.

Das Gewitter schwächte sich ab, die Blitze kamen nur noch jede halbe Minute. Sie spürten, wie es vorüberzog, so wie man den Schatten eines schwebenden Falken spürt, der sich zwischen einen selbst und die Sonne schiebt. Sie spürten, wie das Feuer oben in den Bergen gierig an dem toten, vermoderten Holz fraß und den Saft der lebenden Bäume zum Kochen brachte. Sie spürten, wie die Finger des Windes die Brände formten und modellierten, wie sie sie in diese und jene Richtung sandten und Asche und Kohle hinterließen.

Sie trugen die Fensterscheibe nach unten, brachten sie in den Wald und legten sie unter einen morschen Baumstamm, damit sie schneller in den Schoß der Erde zurückkehrte. Ringsum häuften sie orangefarbene Rindenstücke auf. Mel dachte: Laß sie von Kletterpflanzen und Bärentraube zuwuchern. Laß Waldhühner die Beeren fressen und Falken auf die Waldhühner herabstürzen, daß die Federn stieben. Laß alles wieder von vorn anfangen.

Sie konnten kaum atmen. Durch den Wald gingen sie zum Fluß hinunter. Ab und zu stießen sie auf kleine Brände im Unterholz, doch dort, in der Nähe des Flusses, war noch so viel Feuchtigkeit, so viel Leben, daß sich die Flammen nicht ausbreiten konnten und nach einer Weile von selbst erloschen. Mel und Wallis gingen zwischen ihnen hindurch, als würden sie einen dunklen Wald durchqueren, der von winzigen Laternen erleuchtet war, und nach einer Weile machten sie sich nicht einmal mehr die Mühe, die Flammen auszutreten.

Als sie zum Fluß kamen, zogen sie sich aus und wateten ins Wasser. Ab und zu trieben kleine Flammenbänder vorbei, brennende Flechtenbüschel oder Blätter, doch nachdem das Gewitter vorübergezogen war, hatte der Wind nachgelassen, war der Himmel nicht länger elektrisch aufgeladen, und es war nur noch der dichte Rauch des brennenden Waldes zu sehen. Es roch gut, und sie vertrauten darauf, daß die Brände um sie herumzüngeln und sich wie Flüsse dahinschlängeln, ein Mosaik über das Tal legen würden, und sie konnten beide die Fruchtbarkeit spüren, die das Feuer brachte: all die in Bäumen und Baumstämmen eingeschlossenen Nährstoffe, die nicht erst in einigen Jahrzehnten, sondern jetzt freigesetzt wurden, in einer einzigen Nacht dem Boden und den Lebewesen wie bei einem gewaltigen Festschmaus zugänglich gemacht wurden.

Sie ließen sich in die Mitte des Flusses treiben. Ab und zu entzündete sich ein abgestorbener Baum am Ufer durch herumfliegende Funken und loderte hell auf – so weit ihr Blick reichte, fingen Bäume an beiden Ufern auf diese Weise Feuer –, doch diese Brände erloschen rasch, und nur der Rauch wurde dichter. Manchmal fielen Zweige, Äste oder ganze Baumstämme ins Wasser, und ihre roten Flammen färbten sich gelb, während sie langsam den Fluß hinabtrieben, und irgendwann ging das Feuer mit einem Zischen aus.

Wallis und Mel schwammen in die Mitte des Flusses und beobachteten, wie die brennenden Bäume vorbeitrieben. Das Wasser war immer noch kalt, als könnten alle Flammen der Welt ihm nichts anhaben.

Sie waren nicht die einzigen im Fluß. Rothirsche standen knöcheltief im Wasser und starrten ängstlich über die Schulter. Sie nahmen die Welt über ihren Geruchssinn wahr, und wenn alles nach Rauch roch, waren sie orientierungslos. Auch die Wapitis kamen ins Wasser – die Bullen hatten ihre Köpfe mit den gewaltigen Geweihen hoch erhoben – und auch andere Tiere, deren dunkle Gestalt nicht richtig zu erkennen war, während sie mühsam ans andere Ufer schwammen, als ob sie dort in größerer Sicherheit wären, und vielleicht war es auch so. Kojoten, Schwarzbären, Füchse, Dachse – alle durchquerten sie den Fluß, ohne Wallis oder Mel zu bemerken, oder falls sie sie wahrnahmen, so betrachteten sie sie als ihresgleichen, und Wallis und Mel spürten schwach den Aufruhr in den Herzen der Vielfraße und Grizzlies. Mel dachte an die Wölfe, wie sie vielleicht an einen früheren Geliebten denken würde, den sie seit fünfundzwanzig Jahren nicht mehr gesehen hatte.

Durch den Rauch sahen und hörten sie, wie der Lastkahn den Fluß überquerte, als die zweite Schicht den Bohrturm verließ. Brennende und vom Wind geknickte Bäume waren auf ihre neue Straße gefallen, und sie hatten nicht fahren können, sondern in ihrer panischen Angst die ganzen sechs Kilometer auf der staubigen, neuen Straße laufen müssen.

An dem Lastkahn hingen Laternen, und Mel und Wallis konnten menschliche Gestalten am Bug stehen sehen, die nervös nach vorn schauten, als glaubten sie nicht, daß das andere Ufer direkt vor ihnen lag, und angsterfüllte Flüche ausstießen. Wallis fragte sich, ob sie jemanden zurückgelassen oder verloren hatten. Er fragte sich, ob sie die Bohrarbeiten ordnungsgemäß eingestellt oder alles liegen- und stehengelassen hatten und um ihr Leben gerannt waren, ob sich das Rohr immer noch in dem Loch drehte, ob es sich immer tiefer bohrte und nach dem Grund der Erde suchte.

Als der Lastkahn am Steg anlegte, sprangen die Männer wie Ratten von Bord; sie vertäuten den Kahn nicht, sondern sprangen einfach ans Ufer, stiegen in ihre Lastwagen und fuhren davon. Ihr Lager bauten sie nicht ab, und der unvertäute, von Laternen erleuchtete Kahn drehte sich in die Strömung und trieb den Fluß hinab.

Wallis und Mel beobachteten, wie die schwimmenden Tiere abdrehten, um dem Kahn Platz zu machen. Als er an ihnen vorbeitrieb, wären sie am liebsten an Bord geklettert und den Fluß hinuntergefahren, wohin die Strömung sie auch bringen mochte: Der Fluß ergriff ihn wie eine Hand einen Stift und schrieb sich der Landschaft ein, so wie sich das Feuer dem Wald einschrieb.

Doch die Tiere ließen den Kahn mit seinen zischenden Laternen vorbeiziehen, und sein unheimliches Leuchten verlor sich im Rauch, während er davonglitt. Mäuse schwammen darauf zu, und kleine Vögel landeten darauf, da sie von den Laternen in der Dunkelheit angezogen wurden und begriffen hatten, daß das Feuer in ihnen ungefährlich war.

Im letzten Licht sahen sie, wie ein Kojote rasch zu dem Kahn hinausschwamm, an Bord krabbelte und sofort – das letzte Bild, das sie sehen konnten – nach den Mäusen und Vögeln schnappte und sie verschlang. Von dem Kahn drang kein Laut, und langsam verschwand er in der Dunkelheit und dem Rauch.

Ihnen wurde es im Wasser allmählich kalt. Sie schwammen zum Ufer und stiegen, sauber wie Fische, an Land.

»Wie sollen wir das Kind nennen, wenn es ein Junge wird?« fragte Mel. »Und wie, wenn es ein Mädchen wird?«

Die Bohrarbeiter hatten ihr Lager verlassen und waren weg, und die Bewohner von Swan hatten sich in der Bar versammelt. Charlie telefonierte mit der Außenwelt, meldete die Brände und versuchte zu erfahren, ob der ganze Nordwesten in Flammen stand oder bloß ihr Tal, und eine Telefonistin in Spokane, der Richtung, aus der der Wind blies, sagte, nein, sie wisse nichts von irgendwelchen Bränden, und bei ihnen habe es auch kein Unwetter gegeben.

Beim Gehen regnete Asche auf sie herab. Sie bedeckte sie wie Schnee, landete auch auf den Rücken der Karibus, die ihre Köpfe hoben und direkt in den Himmel starrten.

Die Sonne begann, orange durch den Rauch zu schimmern. Die Leute gingen zum Fluß hinunter, um sich den Ruß aus dem Gesicht zu waschen. Sie wateten in den Fluß und in den Rauch, als wollten sie sich taufen lassen. Mel und Wallis erzählten allen von Helen, und sie gingen einer nach dem anderen zur hinteren Veranda, um ihr die letzte Ehre zu erweisen und sie lange anzustarren, als ob ein Jahrhundert zu Ende gegangen wäre, und unter ihnen war keiner, der nicht trauerte.

Obwohl die Brände in den Bergen noch wüteten, war es im Tal verhältnismäßig ruhig, nur hier und da flammte ein kleines Feuer auf, und die Leute kehrten in ihre Häuser zurück, vorübergehend beruhigt. Man konnte in dem Rauch kaum atmen, und es war noch heißer als vorher, doch jetzt begriffen sie, daß die Brände hauptsächlich oben in den Bergen loderten. Eine Gruppe von Frauen versammelte sich, um nach Amy zu sehen, da sie nicht aufgetaucht war. Mel und Wallis schlossen sich ihnen an.

Als sie sich der Hütte näherten, beschleunigten sie ihre Schritte, da sie befürchteten, sie würden das Stöhnen und die selbstvergessenen Schreie zu hören bekommen, die eine Geburt ankündigten, und als sie nichts hörten, beeilten sie sich noch mehr, da sie Schwierigkeiten befürchteten, doch als sie auf die Veranda kamen, rief Amy sie herein, und sie sahen, daß das blutgetränkte Nachthemd noch ganz feucht über dem Verandageländer hing und Amy in einem sauberen in der Hütte saß und ein schlafendes kleines Mädchen mit leuchtend orangefarbenem Haar im Arm hielt und schaukelte.

»Macht die Tür zu, sonst zieht der ganze Rauch rein«, sagte sie, und alle umringten sie und rochen und bestaunten jene besondere Anmut eines Neugeborenen. Alle wollten das Baby im Arm halten, doch niemand bat darum – noch nicht. Es war erst ganz frisch auf der Welt. Es gehörte noch ganz Amy. Mel hockte sich hin und berührte das federweiche Haar des Babys. Amy lächelte.

»War's anstrengend?« fragte jemand.

»Als hätt ich ein Klavier zur Welt gebracht«, sagte Amy.

Das Baby griff im Schlaf nach Mels Finger. Wallis dachte an den nächsten Frühling. *März.* Dann waren die Gänse wieder da. Dann quakten die Frösche wieder.

Später am Nachmittag suchten Mel und Wallis Freiwillige, die halfen, die Einzelteile von Helens Sarg zu holen. Auf dem Weg durch die schwelende, schon von anderen Spuren durchzogene Asche mußten sie wegen ein paar kleineren Bränden einen Umweg machen, und bestimmte Gegenden des Waldes waren kaum noch wiederzuerkennen, da ohne die Pflanzendecke plötzlich die Hänge und die Bodenform deutlicher zu sehen waren. Als sie Joshuas Hütte erreichten, war es dunkel, und er schlief bereits, so daß sie ihn wecken mußten.

Der Rappe weigerte sich, in den Wald zu gehen, solange es dort noch brannte, so daß die Trauernden die ganze Last selbst tragen mußten. Joshua half ihnen und ermahnte sie immer wieder, mit den Sargteilen keine Zweige zu streifen, damit die Farbe nicht zerkratzt wurde.

Sie transportierten den Sarg in seinen Einzelteilen: Wallis und Mel trugen jeweils einen glänzenden Flügel, der größer als ein Surfbrett war. Andere wechselten sich beim Tragen des Rumpfes ab, während Charlie und Artie den grimmig blickenden Kopf schleppten. Sie liefen über dampfende orangeglühende Kohlen und hüpften von Stein zu Stein, um sich nicht die Sohlen ihrer Stiefel zu versengen.

»Laßt ihn nicht fallen«, sagte Joshua ständig, »bitte laßt ihn nicht fallen.«

Sie hoben Helen hoch, die so leicht war wie eine Feder, und legten sie wie zur Nachtruhe in den langen Rumpf des Raben, damit die Totenstarre es ihnen am nächsten Tag nicht erschweren würde, sie in den Sarg zu schieben. Die meisten von ihnen gingen danach wieder in die Bar, um etwas zu trinken, und sie nahmen sie mit und stellten sie auf der Veranda ab, damit sie nicht allein war.

Mel und Wallis gingen nach Hause, um zu sehen, was von ihrer Hütte übriggeblieben war. Sie gingen schweigend und fühlten sich beide ganz seltsam, als würden sie drei, vier Schritte vor sich her gehen, als wären sie bereits in die Zukunft eingetreten.

Als sie die Hütte erreichten, sahen sie, daß sie nicht abgebrannt war, doch das Räucherhaus war stellenweise angekohlt und glomm noch, ihre letzten Vorräte hatten im eigenen Saft gebrutzelt, und es roch nach frisch gebratenem Fleisch. Bäche von Fett waren dampfend unter den Baumstämmen hervorgequollen und rannen durch den Garten unterhalb des Räucherhauses, und die Wölfe und die Kojoten waren bereits dort gewesen, hatten die fettgetränkte Erde gefressen und die rauchenden Balken zerkratzt, und die so nahen und doch unerreichbaren Düfte hatten sie fast in den Wahnsinn getrieben.

Es war nicht nötig, das Fleisch zu konservieren. Mel und Wallis gingen geradewegs zum besten Stück, der restlichen Wapitilende, und aßen ein bißchen davon direkt vom Knochen; und als sie feststellten, daß sie perfekt gebraten war, schnitten sie sie ab und nahmen sie mit zur Hütte, setzten sich auf die Veranda und aßen sie mit den Fingern. Der Rauch im Tal war noch immer so dicht, daß sie keine Sterne sehen konnten. Die Nacht war heiß, obwohl sie ab und zu einen kühlen Luftstrom und den bevorstehenden Herbst spüren konnten, den Herbst, der sich jeden Tag ein paar Kilometer weiter nach Süden schob, wie ein Reisender, den nicht einmal der Tod aufhalten kann.

Am nächsten Nachmittag wurde Helen im Beisein der ganzen Stadt in der Pappel bestattet. Wallis kletterte zur höchsten Astgabel des Baumes hinauf, und sie hievten den Sarg mit einem Flaschenzug nach oben. Joshua wollte die letzten Handgriffe ausführen, wollte die Flügel und den geschnäbelten Schädel mit Dübeln, Stiften und einem Holzhammer befestigen, doch er war zu alt, um auf den Baum zu klettern, und so mußte er sich damit begnügen, Wallis seine Anweisungen hinaufzurufen. Wallis hatte das Gefühl, als würde er etwas zusammenbauen, das, wenn es fertig war, zum Leben erwachen und davonfliegen würde. Er bedauerte, daß Helen nicht sehen konnte, wie schön der Donnervogel geworden war.

Die Blätter der Pappel begannen, sich gelb zu färben. Er wußte, daß sie das schon oft in ihrem Leben gesehen hatte, aber bestimmt nicht oft genug. Er hielt Ausschau nach Mel, entdeckte sie und lächelte, während sie ihm zuwinkte und mit den Lippen die Worte formte: »Sei vorsichtig.«

An jenem Abend versammelte sich das ganze Tal zum endgültigen Abschied – Trinken, die Geschichten aus Helens Leben – in der Bar. Sie saßen auf der Veranda und beobachteten die Brände. Der Rauch verzog sich, und jetzt konnten sie die flatterigen Wogen orangefarbenen Lichts sehen, die sich durch den Wald fraßen. Einige krochen, und andere rasten dahin. Sie sahen aus wie kleine Wellen auf ehemals ruhigem Wasser.

Mel fragte sich, wie die Berghänge aussehen würden, wenn die Brände darüber hinweggefegt waren, welche Bäume abgestorben, welche geschädigt und welche gestärkt sein würden. Die grüne Woge, die grüne Flut, die im nächsten Frühling und in den folgenden Jahren im Kielwasser des Feuers durch das Tal branden würde.

»Man kann es nie ganz begreifen«, sagte Mel und betrachtete die orange auflodernden Flammen. »Man kann höchstens etwas Kleines gut erforschen und dann hoffen, daß es im Großen genauso ist.«

»Was würdest du denn erforschen?« fragte Wallis, und Mel lachte.

»Du hast recht«, sagte sie. »So etwas Kleines gibt es wahrscheinlich gar nicht.«

An jenem Abend kehrte der Falkner mit seinem verwundeten Vogel zurück. Dudley und Matthew waren den abziehenden Bohrarbeitern begegnet, hatten sie aufgefordert, umzukehren und wieder ins Feuer zu gehen, doch sie hatten sich geweigert; und bald waren die brennenden Bäume in so großer Zahl auf die Straße gestürzt, daß Dudley und Matthew erneut aufgehalten wurden. Es schien, als würde das Tal alles tun, um sie zu vertreiben, doch sie ließen erneut die schwarze Limousine stehen, die sie gemietet hatten, Dudley befahl Matthew, aus Drehkiefern eine Art Schlitten zu bauen, und Matthew zog ihn damit wie ein Rikschakuli den Rest des Weges bis in die Stadt. Er zog ihn über die brennenden Bäume und darunter hindurch, und die beiden würgten und husteten von dem Rauch, als sie mit tränenden Augen, laufender, schwarz verkrusteter Nase und Asche im Haar, die Haut voller Blasen und ihre Anzüge verkohlt von der Hitze, die vom Feuer stärker betroffenen Gebiete durchquerten. Oft machten sie halt und legten sich in die Bäche, die unter der Straße hindurchflossen, in die Sümpfe, in denen bereits die schwer schnaufenden Rothirsch- und Wapitirudel wie auch vereinzelte Elche standen. Dachse, Bären, Stachelschweine – alle versammelten sich, die Augen im Feuerschein rot funkelnd, rings um diese tiefen Teiche und beobachteten die beiden Männer, während sie bäuchlings in dem Aschewasser lagen und ihre mit Blasen bedeckte rosafarbene Haut kühlten.

»Waschlappen«, sagte Old Dudley und meinte die Bohrarbeiter, die das Tal verlassen hatten. Matthew sagte nichts, hob bloß den Schlitten an, als Dudley ihn dazu aufforderte, und begann, ihn tiefer in die Flammen zu ziehen. Ihm fiel das Jahr ein, in dem er angefangen hatte, für Dudley zu arbeiten. In jenem Jahr hatten sie mehr als fünfhundert Bohrungen durchgeführt und waren fast dreihundertmal fündig geworden.

In Flammen stehende Bäume und brennende Äste prasselten wie Schwerthiebe aus allen Richtungen auf sie herab, und es klang, als würde man mit einer scharfen Schere Papier zerschneiden. Ein paar von den Ästen und Baumstämmen waren riesig und zersplitterten in unzählige glühende Kohlestückchen, die beim Aufprall wie Rubine, Granate oder Saphire funkelten. »Waschlappen«, sagte Old Dudley noch einmal, doch es klang nicht mehr so entschlossen.

Schließlich hatten sie das Schlimmste überstanden und ein verhältnismäßig ruhiges und friedliches grünes Gebiet erreicht, das näher am Fluß und der Stadt lag. Old Dudleys Anzugjacke war am Rücken zerrissen, und er hatte sein weißes Hemd in einen Bach getaucht und es dann wie einen Turban um seinen langsam kahl werdenden, silbrigen Schädel geschlungen, so daß er jetzt kein Hemd mehr trug und man sehen konnte, wie die halbmondförmige rosafarbene Brandnarbe auf seiner Brust in der heißen Nacht pulsierte.

Sie stießen auf einen Wapitibullen, der zu Boden gestürzt und in dem Rauch erstickt war, dessen Fell jetzt brannte. Matthew, der es nicht fertigbrachte, sich so ein Stück Fleisch entgehen zu lassen, verlängerte den Schlitten, häutete den Bullen und weidete ihn aus, rollte ihn hinter Old Dudley auf den Schlitten und setzte seinen Weg fort.

Sie kamen direkt an Amys Hütte vorbei, und obwohl drinnen eine Laterne brannte, kamen sie nicht auf den Gedanken, ihr einen Besuch abzustatten, sondern zogen weiter.

Die Leute auf der Veranda der Bar hörten sie schon von weitem kommen, hörten das Schrappen des Schlittens und sahen dann die schemenhaften Silhouetten, die an einen Ackergaul und zwei seltsame Potentaten erinnerten.

Mel und Wallis standen nicht auf, doch ein paar andere begrüßten sie herzlicher, als ob die beiden Männer zu ihrer Rettung gekommen wären, und waren überrascht, daß Dudley und Matthew es geschafft hatten herzugelangen. Niemand erzählte Matthew von Helen, obwohl alle sehen konnten, wie er sich nach ihr umschaute. Schließlich sagte Mel: »Ich erledige das jetzt besser« und ging hinüber, um die beiden zu begrüßen. Old Dudley umarmte sie, blickte an ihr vorbei in die Dunkelheit und fragte: »Wo ist der kleine Verräter?«

Mel und Matthew umarmten sich nicht, schüttelten sich nicht einmal die Hand, sondern standen bloß da, und die Leute aus der Bar versammelten sich hinter ihnen, um sich den Wapiti anzusehen. Ein paar von ihnen begannen, zaghaft an der schwarzen Kruste herumzuzupfen, und dann rief einer der Männer: »Schmeckt echt gut, wenn man bloß die oberste Schicht ißt«, und bald säbelten ein Dutzend Männer mit ihren Messern daran herum und aßen davon.

»Was würdest du sagen, wenn ich dir erzählen würde, daß ich's mir anders überlegt hab?« fragte Matthew und griff nach ihren Händen. Sie entwand sie ihm.

»Ich würde sagen, daß du schon immer nur das haben wolltest, was du nicht kriegen kannst«, sagte sie. »Komm, ich muß dir was zeigen.«

Sie konnte sein Selbstmitleid nicht ertragen, als er den riesigen Raben-Adler vor dem von Funken und Rauch erfüllten Himmel in der Pappel hängen sah: er, der in den letzten fünfundzwanzig Jahren weder Helen noch sonst etwas beachtet hatte. Sie ließ ihn weinend im Gras unter der Pappel liegen und kehrte zur Bar zurück. Charlie hatte auf der Straße wieder eine Grube ausgehoben und entzündete gerade ein Feuer, in dessen Kohlen er den Wapiti bis zum Geweih vergraben würde.

Mel ging zu Old Dudley und erzählte ihm von Helen. Er aß gerade ein Stück Wapitifleisch und wirkte völlig geistesabwesend; er nickte nur, leckte sich die Finger ab und sagte: »Sie war schon alt.«

»Du bist auch schon alt«, sagte Mel.

»Aber ich bin noch nicht an der Reihe«, sagte er. »Ich hab dem Schnitter noch keine Erlaubnis gegeben.«

»Du solltest zu Amy und dem Baby gehen«, sagte Mel. »Das Baby ist da.«

»Junge oder Mädchen?«

Mel wollte es ihm zuerst nicht sagen. »Mädchen«, sagte sie dann.

»Mist.«

»Stört es dich«, fragte Mel, »daß ich frei bin?« Sie blickte auf die brennenden Berge, in die brennende Nacht hinaus und schwenkte die Arme darüber. »Stört es dich, daß ich dir entronnen bin?«

Old Dudley schüttelte den Kopf und rupfte noch ein Stück Fleisch von dem Kadaver. »Nein«, sagte er, »du bist ein Mädchen, eine Frau. Ich laß dich gehen. Wenn du ein Junge gewesen wärst, hätt ich dich nicht gehen lassen.«

»Quatsch«, sagte Mel. »Ich wäre in jedem Fall gegangen. Du hättest mich nicht aufhalten können.«

»Vielleicht«, sagte Dudley und leckte sich wieder die Finger ab.

Matthew kam aus dem Wald; seine Tränen hatten den Ruß in seinem Gesicht verschmiert, und jeder, der ihn kannte, der ihn geliebt hatte, konnte sehen, daß noch weniger von ihm übrig war als vorher, nur noch ein letzter Rest.

Die anderen sahen nur seine Hülle und hatten den Eindruck, daß er sich nicht verändert hatte. Als ob die alten Geschichten wieder auflebten.

Charlie schaufelte Erde auf die Kohlen des Feuers, grub den Wapiti bis zum Hals ein, so daß es aussah, als würde er in der Erde versinken. Sein Geweih erhob sich, wie ein schimmernder Doppelbaum mitten auf der Straße, fast zwei Meter in die Luft.

Die Talbewohner begaben sich zur Hütte von Mel und Wallis. Sie merkten, daß bei vielen von ihnen um die Zeit von Helens Beerdigung die Uhr stehengeblieben war, und das verunsicherte sie, so daß sie dichtgedrängt wie ein Hirschrudel durch das brennende Dunkel gingen. Immer noch trieben brennende Baumstämme wie Geisterschiffe den Fluß hinab. Dudley hatte den Arm um Matthews Schultern gelegt, und seine Brust und sein Rücken wirkten in der Nacht so bleich wie Marmor. »Laß den Kopf nicht hängen, mein Junge«, sagte er, »sie ist jetzt wahrscheinlich glücklicher.«

Alle aßen bis tief in die Nacht. Mel errichtete im Räucherhaus Bänke, indem sie Bretter übereinanderstapelte, und einige Talbewohner setzten sich von Angesicht zu Angesicht darauf und nagten an den Waldhühnern und Forellen, während andere ein Stück Rothirsch- oder Wapitifleisch auf die Veranda mitnahmen. Sie rochen stark nach Rauch, als hätten sie selbst monatelang im Räucherhaus gehangen, und langsam baute sich ein psychologischer Druck auf. Sie alle suchten die Abgeschiedenheit, doch zu ihren eigenen Bedingungen. Dies hier glich mehr einer Belagerung, und das fehlende Tageslicht, der ständige Rauch gaben ihnen das Gefühl, als wäre der Winter zwei Monate zu früh angebrochen, als hätte man sie des grundlegenden Kreislaufs in ihrem Leben beraubt.

Matthew und Wallis saßen nebeneinander auf der Veranda und aßen Rippenstücke. Das Tageslicht begann durch den Rauch zu schimmern.

»Es heißt, du bist mal ein wilder Bursche gewesen«, sagte Wallis in freundlichem Ton. Sie waren einmal Freunde gewesen, doch wenn in der Hülle des Mannes neben ihm noch irgend etwas davon übrig war, dann konnte Wallis es nicht spüren. Er fand es seltsam, daß sie fast gleichaltrig waren.

Matthew sagte nichts, nagte bloß weiter an seinem Rippenstück. Er war verbittert und verwirrt über Wallis' Erfolg. Er fand es seltsam, eine Aufgabe erfolgreich zu bewältigen, indem man sich davon abwandte, statt sich darauf zu stürzen.

Als Old Dudley – noch immer ohne Hemd, mit aufgeblähtem Bauch, fleischtrunken – sich satt gegessen hatte, kam er auf der Suche nach Matthew angehumpelt und sagte ihm, er solle sich vor den Schlitten spannen, es sei Zeit, sich das Baby anzusehen.

Matthew stand wortlos auf – zeigte deutlich, daß ihm das höchstens lästig war, ein Wachtraum, den er zwischen zwei Bohrungen zu ertragen hatte –, nahm die langen Griffe des Schlittens, auf dem Dudley es sich bequem gemacht hatte, und machte sich vornübergebeugt, mit gesenktem Kopf auf den Weg; schon bald hatte der Rauch sie verschluckt.

Die anderen aßen noch eine Weile, so lange, bis nichts mehr übrig war von dem ganzen Fleisch, dann brachten sie die Knochen in den Wald, damit die Raben und Kojoten sich bedienen konnten, und danach brachen auch sie auf, und als sie verschwunden waren, war das Räucherhaus leer: vier Wände und ein Dach, die völlig verwaist waren.

Als die Talbewohner wie Wölfe im Rauch verschwanden, dachte Mel, daß es, selbst wenn die Wölfe das Tal eines Tages verließen, dort für eine kurze Zeit so etwas wie ihr Abbild oder ihren Schatten geben würde.

Am nächsten Tag begann die Schule. Mel hatte eine schlaflose, aber erfreuliche Nacht, in der sie an die Zukunft dachte: an ihr Kind, die Jagd in den kommenden Wochen, den Stundenplan des nächsten

Tages. Sie wußte, daß sie den Drang verspüren würde, den Schülern alles auf einmal, alles an einem Tag zu erzählen, und daß sie diesem Drang vielleicht widerstehen und statt dessen behutsam und stetig vorgehen mußte.

Sie lag wach, während Wallis schlief. Sie hatte das starke Gefühl, daß sie sich selbst erstmals seit langer Zeit zwei, drei Schritte voraus war, und fand es angenehm.

Sie stand auf, als sie dachte, es sei kurz vor Tagesanbruch, und kochte eine Tasse Tee, wobei sie darauf achtete, Wallis nicht zu wecken. Sie saß eine Stunde lang da, ohne zu lesen, vorauszudenken oder zurückzublicken, ohne irgend etwas zu tun oder zu denken. Dann zog sie sich an und ging langsam zur Schule. Als sie in die Stadt kam und die Schule betrat, wo eine batteriebetriebene Uhr hing, sah sie, daß es erst drei Uhr morgens war, und sie lachte, zündete ein Feuer an, damit es im Klassenzimmer warm wurde, legte sich dann auf den Fußboden und schlief noch ein paar Stunden, bis es draußen hell wurde und das Lachen der Kinder sie weckte.

Old Dudley und Matthew warteten darauf, daß die Bohrarbeiter zurückkehrten. Dudley blieb die ersten paar Nächte bei Amy, sagte dann aber, das Babygeschrei halte ihn nachts wach, und so siedelte er in den Laden über, wo auch Matthew wohnte.

Die beiden Männer trieben sich oft am Bohrturm herum und warteten ungeduldig darauf, wieder mit der Arbeit beginnen zu können; und obwohl man bei der Bohrung erst gut tausend Meter durch Gletscherstaub und -geröll vorgedrungen war, wateten die beiden in den Spültank, filterten das Bohrklein dieser unbedeutenden Strekke heraus und betrachteten es, untersuchten die pulverigen Überreste so eingehend, als wollten sie sich einreden, daß ein großer Schatz direkt unter ihren Füßen statt in einer Tiefe von mehreren Kilometern lag.

Während sie warteten, liefen sie ungeduldig auf und ab. Sie waren hier tiefer im Wald, näher an den Bränden, und manchmal blickten sie von ihren Untersuchungen auf und beobachteten, wie eine Flamme von Baumwipfel zu Baumwipfel sprang; und wenn sich die Abenddämmerung über den Rauch legte, betrachteten sie die vorüberschwebenden Funken, die den warmen Luftströmen folgten, als glitten sie auf einem unsichtbaren Fluß aus Feuer dahin und erleuchteten das Ufer dieses Flusses über den Köpfen der Männer wie schimmernde Laternen.

Jeden Tag ruderte Matthew Dudley mehrmals über den Fluß, damit er sich das Bohrloch ansehen konnte, als ob der alte Mann glaubte, die Anlage könnte, seinem Wunsch gemäß, von selbst weitergebohrt haben.

Nachmittags machte Dudley oft ein Nickerchen, und Matthew hatte viel Zeit zur Verfügung. An jenen Nachmittagen lag er gewöhnlich wie ein alter Hund unter Helens Baum. Mehr als einmal kletterte er in die Pappel hinauf, öffnete die Klappe im Rumpf des prächtigen Donnervogels und spähte hinein, und obwohl er es hinterher jedesmal bereute, mußte er immer wieder einen letzten Blick auf sie werfen.

An anderen Nachmittagen überwand er seinen Weltschmerz, erhob sich aus dem hohen Gras unter der Pappel und fuhr den Fluß hinunter, um Fische zu fangen und Mel zu helfen, ihr leeres Räucherhaus wieder aufzufüllen.

Manchmal fing er welche, und dann nahm er sie aus und reihte sie auf eine Schnur, die er über die Schulter warf, brachte sie zur Schule, wo er, wenn der Unterricht noch nicht zu Ende war, wie ein Betrunkener durchs Fenster zu Mel hineinspähte und auf die Fische deutete, die er für sie gefangen hatte.

Er erinnerte sich an seine eigene Schulzeit in dem kleinen Klassenzimmer, die noch nicht so lange zurücklag, auch wenn es ihm vorkam, als wären seit damals Jahrhunderte verstrichen. Mel schenkte ihm keine Beachtung.

Der Wald brannte weiter, obwohl sich das Feuer bereits größtenteils durch das Tal gefressen hatte, und die restlichen Flammen waren nur noch beharrlich und ziellos wie ein Hund, der tagelang am selben Knochen herumkaut. Old Dudley hatte über Satellitentelefon versucht, neue Bohrarbeiter zu finden, hatte Firmen in Louisiana, Texas, Oklahoma und Wyoming, ja sogar in Rußland und China angerufen, doch keine konnte ihm sofort jemanden zur Verfügung stellen. Schließlich stellte er seine Anrufe ein und verkündete eines Abends in der Bar – die kleine Mary, für die er sich allmählich erwärmte, auf dem Knie –, daß er die Bohrung zusammen mit Matthew selbst durchführen werde und daß sie am nächsten Tag anfangen würden. »Wir brauchen noch einen dritten Mann«, sagte Dudley und sah sich nach Wallis um, und Wallis konnte nicht genau sagen, ob er zum Dienst verpflichtet wurde oder sich freiwillig meldete.

Später am Abend, als sie im Bett lagen, sprach er mit Mel darüber, sagte ihr, daß es wohl seine letzte Bohrung sein werde und er das Gefühl habe, dieser Teil seines Lebens entschwinde, als werde er im Eis eingeschlossen, und er wolle einen letzten Blick darauf werfen. Er sagte ihr, daß er sich wünschte, es würde eine Fehlbohrung sein, obwohl er wußte, daß das nicht zutraf, und daß er sich zugleich wünschte, auf dem Bohrturm zu sein, einer der ersten, die Bescheid wissen, einer der ersten, die zu Gesicht bekommen würden, was er entdeckt hatte.

Er sagte, daß das Geld, das er für zwei Wochen Arbeit auf dem Bohrturm erhielt, für sie und das Baby ein paar Jahre lang reichen würde.

»Ist schon okay«, sagte sie. »Du mußt mir nichts erklären.«

»Das ist das letzte Mal«, sagte er.

»Scht«, flüsterte sie. Sie wollte nicht, daß er Versprechungen machte, die er später nicht halten konnte. Dann merkte sie, was für ein seltsamer Gedanke das war, als ob sich ein Berg in ein Meer oder eine Wüste in einen Wald verwandeln könnte.

Als der Rauch sich verzog und sich hier und da ein Stück blauer Himmel zeigte, kam auch das Tal langsam wieder zum Vorschein. Die Wölfe hatten das Tal verlassen, so daß es jetzt still war, aber die Herbstnächte wurden jeden Tag etwas kälter, und die Blätter der Pappeln und Espen und die Nadeln der Lärchen leuchteten golden inmitten der teils schwarz verbrannten Landschaft, und als der Rauch dünner wurde und verschwand, konnten die Talbewohner sehen, daß vieles im Wald – das tiefe Blaugrün der Fichten und Tannen – noch unversehrt war.

Die goldenen Pappeln und Espen und die goldenen Kerzen der Lärchen waren in der letzten Woche immer leuchtender geworden, doch sie sahen seltsam zeitlos und glattgeschliffen aus, als hätte der Rauch sie so weich gemacht wie handbearbeitete Fell- oder Lederfetzen. Die gelbe Spätseptembersonne schien, als wollte sie die Blätter und Nadeln retten, doch sie begannen beim geringsten Windstoß von den Bäumen zu fallen und landeten auf der schwarz verbrannten Erde wie Goldmünzen oder goldenes Lametta. Sie legten ein Netz, ein Gitter über das verkohlte Land und hielten die Kohle und Asche fest, als wollten sie sie in Besitz nehmen und verhindern, daß sie weggeweht oder ausgespült wurden. Noch die kleinste Brise trieb tanzende gelbe Blätter vor sich her, und der Wind war jetzt kälter, obwohl die Sonne tagsüber noch immer Wärme brachte. Die Brände oben in den Bergen breiteten sich kaum noch aus und hatten sich in irgendwelche Winkel zurückgezogen, wo sie in der Falle saßen und sich nicht weiterfressen konnten, sondern langsam erloschen.

»Laß dich nicht von ihm kränken«, sagte Mel als letztes zu Wallis, bevor er an seinem ersten Tag zur Arbeit ging. Sie machte zwei Lunchpakete: eins für sich in der Schule und eins für Wallis am Bohrturm. Käsesandwiches und ein Apfel. Sie hatten kein Fleisch mehr. »Sei vorsichtig«, sagte sie. »Laß dich nicht von ihnen kränken.«

Sie ruderten Dudley in einem kleinen Holzboot über den Fluß. Sie nahmen eine Schubkarre mit, in der Old Dudley transportiert werden sollte, sobald sie am anderen Ufer angelangt waren: So wollte er seine Kräfte für die bevorstehende Aufgabe schonen. In dem Boot war nicht genug Platz für alle drei und die Schubkarre, also schwamm Matthew langsam durch die Strömung.

Sobald er das andere Ufer erreicht hatte, legte er sich in die Sonne und spie Flußwasser aus, während Dudley im Schatten saß und wartete, bis er sich erholt hatte. Es war schon warm, und es standen keine Morgenwolken am Himmel. Old Dudley, der Matthew betrachtet hatte, wie ein Fischer eine am Strand liegende, verfaulte Meeräsche oder einen Küstensauger ansehen mochte, klopfte auf seine Armbanduhr und sagte, sie hätten das Land bloß auf zehn Jahre vom Staat gepachtet, und wenn sie sich nicht beeilten, würde jemand anders kommen und selbst dort bohren.

Matthew wälzte sich herum, stemmte sich langsam hoch und stand steifbeinig auf. Er riß frische Tannenzweige ab und legte sie in die Schubkarre, formte daraus einen Sitz, ein Polster für Old Dudley und half ihm dann hinein.

Sobald Dudley richtig saß, mit gekreuzten Beinen wie ein Yogi, zogen sie auf Reds neuer Straße los.

Old Dudley war so schwer wie mehrere Säcke voll nassem Zement. Sie wechselten sich beim Schieben ab. Er wirkte gelassen, während er ein Gefühl für die Landschaft zu bekommen versuchte, die er in ein paar Tagen zerstören würde. Ab und zu bekam er einen gespannten Gesichtsausdruck, wie ein wohlerzogenes Kind, das zu Weihnachten ein Geschenk erwartet. Er sah sich die Lichtstrahlen an, die durch die hohen, dunklen Bäume fielen, die flatternden, singenden Vögel in den Wipfeln und die limonengrünen und kohlschwarzen Flechtenbüschel, die wie Tang herabhingen, und saß in seiner Schubkarre ruhig und würdevoll da wie eine hohe Persönlichkeit. Ab und zu kamen sie an einem Bach vorbei, dessen Kiesbett mit Pyritsplittern und glänzenden Glimmerplättchen gesprenkelt war, als hätte jemand Goldstaub hineingeschüttet, und Dudleys Aufmerksamkeit weit mehr erregte als die Vögel oder die Bäume; und wenn sie auf ihrem Weg an dem großen Fluß entlang diese seichten Bäche überquerten, schaute er jedesmal in die kleinen Schluchten, schnupperte mit geblähten Nasenlöchern und starrte mit unverwandtem, finsterem Blick zur Quelle des Baches hinauf. Wallis konnte geradezu sehen, wie sein Verstand arbeitete, wie er das Muttergestein beurteilte und sich im Geist die Geschichte seiner langsamen Zerstörung, Auflösung und Neuverteilung ausmalte – der langsame Tod der Berge, der mit einer Geschwindigkeit von einem Millimeter pro Jahr voranging.

Sie schoben ihn weiter. Als Wallis an der Reihe war, drehte Dudley sich schweigend um und sah ihn drohend an, als befürchtete er, daß er ihn aus der Karre kippen würde, doch nachdem er das zum Ausdruck gebracht hatte, schaute er wieder nach vorn und betrachtete weiter die Landschaft.

Ein großer Vogel, die dunkle Gestalt eines Raubvogels, flog zwischen den Bäumen hindurch. Dudley drehte sich um, um seinen schnellen Flug mit dem Blick zu verfolgen. »Ein Habicht«, sagte er. »Ein Hühnerhabicht.« Er starrte in die Richtung, in die der Habicht davongeflogen war. »Männchen«, sagte er schließlich, »noch nicht geschlechtsreifes Männchen.«

Nach drei Kilometern machten sie halt, um Wasser zu trinken. Matthew und Wallis knieten sich an den Fluß und tranken daraus wie Pumas; Dudley, dessen Kahlkopf in der Sonne glänzte, blieb, obwohl er durstig war, in der Schubkarre sitzen. Dann brachen sie wieder auf. Als sie um die letzte Kurve kamen und den Bohrturm kerzengerade, von den Bränden verschont im Wald stehen sahen, kam es allen dreien so vor, als ständen sie vor einem Altar, einem Schrein, der von Menschen errichtet worden war, die freundlicher und klüger waren als sie und einen größeren Sinn für Schönheit hatten.

»Wahnsinn«, sagte Dudley und stieg aus der Schubkarre. Er kletterte die zusammenklappbare Stahlleiter hinauf, als wäre es die Feuertreppe eines verlassenen Bürogebäudes. Nachdem die Bohrarbeiter vor den Bränden geflohen waren, waren die Motoren des Bohrturms weitergelaufen, bis die Tanks leer waren, aber Dudley fand ein paar Fässer Diesel und brachte sie so mühelos in Gang wie einen Gartentraktor oder eine Kettensäge. Nach der langen Stille durchbrach der Lärm die Ruhe wie ein zerberstender Baum.

Old Dudley und Matthew stiegen in den Ausguck hinauf, und als die zähe Spültrübe wieder in dem Loch zu zirkulieren begann, brachte Dudley ein weiteres Stück Rohr in Stellung und erklärte Wallis von oben, wie man die Zange ansetzte, um das Rohr im Loch zu halten, und dann ein neues Stück Rohr anschraubte.

Wallis tat, was er ihm sagte. Er hatte vorher nur im Büro, an den Karten, an theoretischen Problemen gearbeitet, doch das hier war ein angenehmes Gefühl: sich gegen die Zange zu stemmen, die Kette um das neue Rohr zu legen und sich dann mit dem riesigen Schraubenschlüssel zurückzulehnen, um das neue Rohr festzuschrauben, und in diesem Augenblick zu spüren, wie die beiden Gewinde genau aufeinanderpaßten. Wie die Erde ein weiteres Stück Rohr in sich hineinzuziehen schien.

Matthew stieg vom Ausguck herab und sagte Wallis, er sei ein Naturtalent. Die beiden standen auf der Plattform des Bohrturms und beobachteten, wie das glänzende Stahlrohr ganz langsam, Zentimeter um Zentimeter, in dem Loch verschwand.

Dudley, der einen von Matthews alten Overalls trug, spritzte das Gestängerohr ab, während Matthew und Wallis es in das Loch hinabließen, und Wallis dachte, daß er das Gefühl haben mußte, als hätte man ihn ein halbes Jahrhundert zurückversetzt, als würde er wieder auf einem seiner ersten Bohrtürme in Westtexas arbeiten. Er mußte das Gefühl haben, eine Verwerfung oder einen Riß in der Zeit, eine Rückwärtsbewegung zu erleben, die wichtig und notwendig war, und Wallis dachte, daß Dudley es als angenehm, ja berauschend empfinden mußte, sich wieder so jung und stark zu fühlen.

Es dauerte bei jedem Rohr ungefähr eine halbe Stunde, bis es sich in die Erde gefressen hatte – ungefähr dreißig Zentimeter pro Minute. Der Lärm war ohrenbetäubend und verhinderte, daß man irgendwelchen Tagträumen nachhing, obwohl er auf seine Art hypnotisierend war. An jenem ersten Tag ertappte sich Wallis oft dabei, wie er den Tank voll schmutziger, schäumender Spültrübe neben dem Bohrturm anstarrte. Er kam ihm vor wie ein künstlich angelegter Teich oder ein Aquarium, in dem ein abscheuliches Ungeheuer saß, so schrecklich, daß kein Mensch seinen Anblick ertragen konnte.

»Wie tief willst du gehen?« brüllte Matthew zu Dudley hinauf und übertönte das Dröhnen der Dieselmotoren. Dudley stand wieder im Ausguck und brachte das Rohr in Stellung, während sich die beiden jüngeren Männer unten mit der Zange abmühten. »Wie tief wollen wir gehen?«

»So weit, wie's geht«, brüllte Dudley, »wenn nötig, bis nach China.« Er spritzte weiter das silbern glänzende Rohr ab. Schlamm und Flußwasser prasselten in Strömen auf die Plattform des Bohrturms herab, und es klang, als würde es regnen, obwohl der Himmel strahlend blau war. Es ist eine schmutzige Arbeit, dachte Wallis, wie das Häuten und Zerlegen eines Rothirsches, Wapitis oder Elches.

Es war keine Zeit für Tagträume, das begriff Wallis sofort. Das hier war anders als sein früheres Leben, die Tage, die er mit Mel verbracht hatte. Wenn man auch nur kurz den Blick abwandte oder nicht ganz bei der Sache war, wurde man dafür bestraft; dann wurde man von einem zweihundertfünfzig Kilo schweren Rohr erschlagen oder verlor die Hand und vielleicht sogar den Arm, weil er sich irgendwo verheddert hatte. Hier gab es nur Kettengerassel, das Festdrehen der Rohre und das Scheppern von Metall.

Der Wind blies einen Vorhang aus goldenen Blättern an ihnen vorbei, das Laub der Espen am Flußufer regnete wieder auf den Waldboden herab, und Wallis hielt inne und betrachtete einen Augenblick lang die Schönheit dieses Schauspiels.

»He!« brüllte Old Dudley. »He, *du Trottel*!« Wallis konnte gerade noch zurückspringen, bevor eine sechs Meter lange Kette, so dick

wie eine Schlange, vom Ausguck herabfiel und da, wo er gestanden hatte, krachend auf der Plattform des Bohrturms aufschlug. Am Stahlrost sprühten Funken auf. Wallis erinnerte sich von dem kurzen Augenblick, in dem er zurückgesprungen war, nur noch an Geschwindigkeit und Kraft und ein leises, schwaches Klirren, als die schlaffe Kette sich im Fallen leicht entfaltet hatte, und jetzt, ein paar Sekunden später, lag sie völlig reglos, völlig harmlos da. Matthew, der ein paar Schritte weiter hinten gestanden hatte, wo er in Sicherheit gewesen war, trat zu der Kette und räumte sie aus dem Weg.

»Hätte dir glatt den Kopf abgerissen«, brüllte Dudley. »Hätte ihn dir vom Hals gerissen wie nasses Toilettenpapier. Neunzig Prozent aller Unfälle passieren genau da, wo du stehst, du Trottel – die Gefahrenzone, ein Radius von einem Meter um die Stelle, wo du so blöd rumgestanden hast. Mein Gott, sei bloß vorsichtig. Das wär 'ne ziemliche Schweinerei geworden.«

Wallis sagte nichts, sondern blickte nur zu Dudley auf, dessen Silhouette sich vor dem Himmel abzeichnete, ging wieder zurück und bog die Gestängezange auseinander. Dudley lachte und löste die Bremse. Der Diamant hüpfte zitternd und versuchte, sich weit unten in das neue Gestein zu fressen. Das schreckliche Kreischen von Metall auf Metall war zu hören und schwang im ganzen Bohrgerüst und in den Männern nach, während das Rohr sich drehte und mühsam weiterfraß, sich wieder seiner Aufgabe widmete. Dudley fuhr die Motoren hoch. Schwarzer Rauch quoll in den blauen Himmel, und das Kreischen des Rohrs verwandelte sich in ein stetiges rasselndes Surren. Es würde ungefähr eine Stunde dauern, bis das erste Bohrklein mit der Spültrübe heraufkam, die in den Spültank zurückfloß. Sie würden es mit einem Sieb auffangen wie einen Lachs, der einen Wasserfall hinaufspringt, und alles untersuchen, um zu sehen, durch was für eine Erdschicht sie sich gerade bohrten. Um die ganze Geschichte zusammenzutragen, als würde sie sich von dem, was über der Erde passierte, unterscheiden.

Der Tag verstrich schnell; er verschmolz mit der Arbeit, ging vorbei wie eine Muskelkontraktion: Man brauchte kaum nachzudenken, nötig waren bloß eine unmenschliche Anstrengung und rhythmische, mechanisch wiederholte Bewegungsabläufe. Da Dudley und Matthew nicht an körperliche Arbeit gewöhnt waren, machten sie, müde und zerschlagen, bei Einbruch der Dunkelheit Feierabend, und als die Motoren stotternd verstummten, spülte die Stille über sie hinweg, als wollte sie sie reinigen.

Old Dudley schlief erschöpft in der Schubkarre ein, lag darin wie in einem Nest, wie ein riesiger, gerade flügge gewordener Vogel, und er erwachte auch nicht, als sie ihn in das Boot hoben und durch die klare, kühle Abendluft ans andere Ufer ruderten. An den Berghängen waren jetzt alle Brände zu sehen, doch sie wurden immer kleiner und erloschen schließlich, jeden Abend waren es weniger.

Am Ufer wartete Amy mit einer Laterne und der kleinen Mary auf ihn, die sie in einem Tuch vor der Brust trug. Um ihn zu wecken, mußten sie ihm Wasser ins Gesicht spritzen. Er blinzelte kurz, erwachte aus seiner Bewußtlosigkeit, betrachtete die Brände an den fernen Berghängen und die Sterne, die Frau, die mit ihrem Baby im Licht der Laterne stand, und dann gingen sie alle langsam nach Hause.

Auf Matthew wartete niemand. Manchmal ging er mit Wallis in der Bar noch ein Bier trinken, als versuchten sie, die alten Zeiten noch einmal aufleben zu lassen, doch meistens ging Matthew in den Laden, um sich ins Bett zu legen, und Wallis ging geradewegs nach Hause, wo Mel auf ihn wartete.

Sie trafen sich jeden Morgen vor Tagesanbruch vor dem Laden, und eines Morgens breitete sich eine weiße Decke über die Landschaft – noch kein Schnee, sondern Rauhreif; und als die Sonne aufging, verwandelte sich das Silber des Rauhreifs zuerst in Diamantensplitter, und dann nahm die Landschaft wieder ihre herbstlichen Farben an: Rot, Gold, Gelb, Dunkelbraun. Dudley hatte beim Aufbruch schlechte Laune gehabt, denn er war noch müde und zerschlagen und schimpfte wieder über die Feigheit der Bohrarbeiter, doch nachdem sie über den Fluß gerudert waren und begannen, ihn in der Schubkarre zum Bohrturm zu schieben, besserte sie sich, und nach einer Weile wurde er beinahe fröhlich. Als sie die von Blättern bedeckte, herbstliche Straße entlanggingen, kam es Wallis fast so vor, als wären sie eine Familie, und er hatte das Gefühl, Dudleys Stimmungsschwankungen hätten genug Kraft und Energie, um kleine Furchen in die Landschaft zu schneiden oder zu ritzen, um das Antlitz der Erde zu formen.

Matthew arbeitete jetzt oft im Ausguck, während Wallis und Dudley auf der Plattform blieben, die Rohre festschraubten und die Bohrgeschwindigkeit und den Pumpdruck kontrollierten. Es bestand stets die Gefahr, daß sie sich in eine Höhle bohrten, die die ganze Schmierflüssigkeit schlucken und dann das Rohr verbiegen würde. Oder der Bohrmeißel konnte auf einen Erdgaseinschluß treffen, der die ganze dickflüssige Spültrübe, das brennbare Gas und alle Rohre in die Luft sprengen würde. Alles mögliche konnte passieren. Auf dem Bohrturm herrschte immer eine gewisse Anspannung und Wachsamkeit.

Bei den weicheren Gesteinsschichten betätigte Dudley die Bremse, damit das Rohr nicht zu schnell vordrang, damit es sich nicht verbog und steckenblieb. Wallis hatte den Eindruck, daß er vor Kraft und Freude strotzte, wenn er die Bremse bediente und sich mit dem ganzen Körper gegen den langen Hebel lehnte. Diese Aufgabe hätte auch jemand aus einem Altersheim erledigen können, wenn er gewußt hätte, was zu tun war: Man mußte behutsam, aber nicht peinlich genau sein, so wie beim Eintauchen des Paddels, wenn man in einem Kanu einen schmalen Fluß hinabfährt. Doch es machte Dudley Spaß, und er war so aufgeregt und erwartungsvoll, so begierig, den Bohrmeißel weiter voranzutreiben, daß Wallis glaubte, ihm könnte jeden Moment der Speichel aus dem Mund triefen. Wenn Dudley seinen Oberkörper gegen die Bremse lehnte, wurde er vom Pochen und Beben des Bohrturms durchgerüttelt. Es war eine Sicherungskette daran befestigt, damit nicht die gesamte Rohrverbindung in die Tiefe stürzte, wenn man auf eine Höhle traf.

Ab und zu drehte Dudley sich um und blickte zu Matthew hinauf, der ihn einen Augenblick lang ausdruckslos anstarrte, doch Dudley konnte den Lärm auf dem Bohrturm nicht übertönen, und so starrte er bloß hinauf, neugierig, warum ein so starker Mann nicht ausdauernder war. Er freute sich und war zugleich enttäuscht, weil er ihn endlich verschlissen hatte.

Wallis spürte oft, daß Dudley ihn anschaute. Immer wieder lag Dudleys Hand lange unbeweglich auf der Bremse, doch dann stieß er ungeduldig gegen den Hebel. Wallis spürte, daß er ihm erneut eine Warnung zurufen, ihm sagen wollte, daß er aufpassen solle. Gut zweitausend Meter trennten sie noch von dem Öl. Old Dudley schenkte Matthew und Wallis jetzt keine Beachtung mehr. Er richtete seine Aufmerksamkeit auf den Druckmesser, die große Skala, deren rote Nadel hüpfte und zitterte, auf den Geolographen, der wie ein EKG die Bohrgeschwindigkeit festhielt: die grausame Geschichte von Ausdauer und Widerstandskraft auf der einen und Schwäche und Ermüdung auf der anderen Seite, da die Bohrgeschwindigkeit anzeigt, welche Erdschichten mühelos durchbohrt werden und welche widerstandsfähiger sind.

Später am Nachmittag stellte Dudley die Bremse auf automatischen Betrieb und ging mit Wallis zum Spültank, um Bohrklein auszufiltern. Es war noch viel zu früh, um an Öl oder Gas zu denken, doch er untersuchte die Proben trotzdem, spülte den Schlamm ab, schnupperte daran, rollte sie auf der Hand, betrachtete sie unter einem Vergrößerungsglas, steckte sie sich dann in den Mund und prüfte den Geschmack, sortierte sie nach Korngröße, Ton- und Kiesgehalt und versuchte zu schmecken, ob Öl oder Gas darin war.

Er gab Wallis eine Handvoll davon, damit er dasselbe tat. Wallis kam sich vor wie beim Heiligen Abendmahl. Die Sonne stand jetzt in Höhe der Bäume, und der Rauch des Feuers färbte sie orange. Es sah so aus, als würde sie zu demselben Ort hinabsinken, in den sie sich hineinbohrten. Wallis nahm die Gesteinsproben in den Mund, versuchte zu schmecken, wo sie einmal auf der Erdoberfläche gelegen hatten, versuchte, das Sonnenlicht zu schmecken, das einmal auf sie gefallen war.

Je kürzer die Tage wurden, desto schöner waren sie. Manchmal machten die Männer schon am Spätnachmittag Feierabend, damit sie noch im Licht nach Hause kamen und Old Dudley sich ausruhen konnte. Wallis begriff nicht, wie der alte Mann durchhielt, doch ihm war auch klar, daß Dudley nicht aufgeben und Mel triumphieren lassen konnte, und sei es auch nur für kurze Zeit.

Das Licht schien durch die vertrockneten, dünnen Blätter der Pappeln und Espen wie durch gelbes Pergament und tauchte die ganze Landschaft in diesen Farbton – gelb durch die Sonne und die Blätter, golden durch die matte Färbung des Rauches.

Dudleys Brandblasen von seinem Weg durch den brennenden Wald eiterten. Bei der Betätigung der Bremse hatte er sich neue Blasen zugezogen. Der Rücken und seine alten Knie taten ihm weh, aber er war glücklich und, soweit ihm das überhaupt möglich war, mit sich selbst im reinen.

Sie überquerten den Fluß immer vor Einbruch der Dunkelheit; im letzten Sonnenlicht kehrten sie in die stille Stadt zurück. An der Schule pflückten ein paar Schüler Äpfel. Jeden Tag konnten sie in dem vom Feuer verschonten, modrigen Gebiet am Fluß vereinzelte graue Rauchsäulen durch die Bäume aufsteigen sehen, konnten den Duft von Gebackenem riechen: Apfel- und Blaubeerkuchen. Auf einem Hügel über der Stadt waren das gedämpfte Surren einer Kettensäge und das Klingen von Äxten und Spalthämmern zu hören, eine kleine Waldsymphonie, die von den kühler werdenden Abenden dirigiert wurde. Auf der Überfahrt nickte Old Dudley beim Plätschern des von den Rudern rinnenden Flußwassers jedesmal ein, doch wenn sie das andere Ufer erreichten, wachte er stets wieder auf.

An manchen Abenden gingen die drei den Hügel hinauf zum Laden, um gemeinsam Abendbrot zu essen. Eines Tages sahen sie einen Mann, der mit Pfeil und Bogen eine Hirschkuh erlegt, sie am Hals an einem Baum aufgehängt hatte und sie jetzt häutete: für Bogenschützen war die Jagdsaison bereits eröffnet, und bald durfte auch wieder mit dem Gewehr gejagt werden. Ein Rabe hatte den Mann entdeckt oder war ihm aus dem Wald gefolgt, und er stolzierte auf der Straße keck wie ein Matrose auf ihn zu. Die drei Männer gingen hinüber, um die Hirschkuh zu begutachten – ein sauberer Lungenschuß –, und der Mann schenkte ihnen eins der Schulterstücke. Er klappte die Schulter zurück, zog sein Messer in einem Bogen einmal an der Innenseite entlang, um die Bänder zu durchtrennen, die die Schulter festhielten, und schon gehörte sie ihnen. Sie würzten den Braten mit Salz, Pfeffer und Knoblauch und grillten ihn.

Beim Essen erholte sich Dudley ein bißchen, und er sagte, er wolle seine Tochter besuchen, seine neue Tochter. Matthew sagte, er gehe ins Bett. Der blanke Schulterknochen lag auf dem Grill neben dem Feuer und glänzte perlgrau. Wallis war seltsamerweise noch hungrig, als könnte ihn nichts richtig satt machen. Er spürte nicht nur, daß die Nächte immer länger wurden, sondern auch, daß sie immer schwerer auf ihm lasteten. Er spürte, daß sein alter Hunger zurückkehrte.

Bei der Arbeit war Matthew stets still, als ob das Feuer, das einmal in ihm gebrannt hatte, jetzt nur noch schwelte und ihn langsam aushöhlte wie einen alten Baum. Doch während sein Inneres immer brüchiger wurde, härtete und formte die Arbeit seinen Körper wieder, schmolz das Stadtleben von ihm ab, und so entstand der falsche Eindruck, daß jetzt sein kraftvoller innerer Kern zu sehen war, daß er gar nicht innerlich ausgehöhlt war.

Doch Wallis konnte es sehen; und Old Dudley auch. Mel wußte es schon seit langem, doch jetzt fiel es auch Wallis auf; und schließlich wurde es Matthew selbst klar: Die Hülle seiner Muskeln kehrte zurück wie eine Schutzschicht, doch diesmal blieben seine Ausdauer und Lebenskraft aus. Unter der Oberfläche war nichts mehr. Old Dudley hatte ihm alles genommen.

Als sein Körper sich wieder gestählt hatte, wurde ihm schneller kalt. Spätnachmittags mußte er oft eine Pause einlegen und sich in die Wärme des Motors stellen, um wieder seine Betriebstemperatur zu erlangen. Dann stand er zitternd da, versessen darauf, weiterzuarbeiten, doch er wußte, daß er sich zügeln mußte, daß er sich nicht verausgaben durfte, bevor sie das Öl gefunden hatten.

Old Dudley betrachtete ihn fast mit einer Art Mitgefühl, verfluchte wieder die Bohrarbeiter und behauptete, das, was Matthew und Wallis täten, könne er auch einem Gorilla beibringen, Matthew sei inzwischen sowieso besser im Büro aufgehoben. Schließlich mußten sie noch früher Feierabend machen und nach Hause gehen, um sich aufzuwärmen und die Kleider zu trocknen, aber Wallis war klar, daß Dudley die Maschinen ebenso schonen wollte wie Matthew. An manchen Tagen war es so kalt, daß bei jedem ihrer Worte Dampfwölkchen aufstiegen.

Dudley war am Ende: Es gab keinen anderen Ausdruck dafür. Dennoch machte er weiter. Doch jetzt war es, als würde er statt der Welt sich selbst verschlingen.

Die Kinder wollten einen Ausflug zum Bohrturm machen, doch Mel riet davon ab und meinte, das Motorengedröhn könnte ihr Gehör schädigen und der Anblick ihnen die Stimmung verderben. Sie meinte, ihr Vater würde vielleicht unflätige Wörter gebrauchen. Doch die Schüler beharrten darauf, und schließlich sah sie ein, daß sie recht hatten: Wenn schon aus keinem anderen Grund, dann mußten sie den Fluß überqueren und sich die Bohrarbeiten ansehen, um später einmal über das Vorher und Nachher des Ortes Zeugnis ablegen zu können, obwohl Mel genau wie alle anderen wußte, daß das Vorher und Nachher stets fließend ist und sich mit jedem Sonnenaufgang leicht verändert.

Sie machten ein Picknick daraus. Mit Schwimmwesten überquerten sie in Kanus den Fluß. Dann liefen sie ungeduldig die Straße entlang, dem Dröhnen der Motoren entgegen. Wallis zeigte ihnen die riesigen Maschinen, während Dudley und Matthew weiterarbeiteten. Old Dudley sah die größeren Kinder an, als würde er ihre Arbeitstauglichkeit prüfen.

»Wie tief seid ihr?« wollte ein Junge wissen.

»Dreitausenddreihundert Meter«, sagte Matthew, nachdem er auf die Skala geblickt hatte. »Ungefähr zwei Drittel der Strecke. Doch ab jetzt wird's hart. Richtig hart.«

Sie konnten das Kreischen des Bohrmeißels in den Knochen spüren, während er auf und ab hüpfte und sich allmählich in das festere, ältere Gestein bohrte. Wallis erzählte ihnen, daß sie nach jungem Gestein suchten, das unterhalb des alten lag. Sie suchten nach einer Stelle, wo die Erdschichten durcheinandergewirbelt, gekrümmt, gefaltet und zurückgebogen worden seien, so daß die einzelnen Schichten ständig von neuem aufträten. Das Rohr bohre sich im wesentlichen immer wieder durch dieselben Formationen, doch jedesmal in einer größeren Tiefe, bis sie schließlich tief unten auf jüngeres Gestein stoßen würden, das weit unter dem älteren eingeschlossen sei.

Und der bisherige Weg des Bohrmeißels zeigte bereits, daß sie genau das finden würden. Wenn der Meißel sich durch das jüngere, weichere Gestein fraß, kam die Bohrung eine Weile rasch voran; dann traf er wieder auf die älteren, widerstandsfähigeren Formationen, und es ging langsamer.

Es machte Old Dudley fertig. Er lehnte sich gegen die Bremse, verringerte den Druck und verstärkte ihn dann wieder, als wollte er mit einem dreitausenddreihundert Meter langen Pickel an den Formationen klopfen und meißeln. Jedes Zittern und Ruckeln unter der Erde wurde vom Gestängestrang weitergeleitet und fuhr wie ein Stromschlag in seinen alten Körper. Am Ende des Tages flackerte sein Blick, und von dem ständigen Zittern taten ihm die Füße und die Schultern weh.

Er hatte das Gefühl, in der Falle zu sitzen. Er wußte, daß er weggehen, dieses Bohrloch eine Weile dem kommenden Winter überlassen und Mel noch ein Jahr voll Frieden gewähren sollte. Doch er bohrte weiter, obwohl er spürte, wie sein Leben, seine letzten Reserven verzehrt wurden, obwohl er die Arbeit, die sonst andere für ihn erledigt hatten, jetzt selbst verrichten mußte.

Die Schüler kehrten wieder zu Mel zurück. Sie breiteten in dem trockenen gelben Herbstgras eine Decke aus, aßen kaltes Waldhuhn und Äpfel und sahen den Männern auf dem Bohrturm zu. Den Kindern schien der Lärm nichts auszumachen, und nach dem Essen ließen sie sich von der schwachen Sonne einlullen und machten im Gras ein Nickerchen.

Wallis blickte von der Plattform des Bohrturms herab, betrachtete Mels leuchtendweißes, sonnenbeschienenes Haar, das das Licht einfing, aufsog und verwandelte. Er fragte sich, ob das Baby das Sonnenlicht spüren konnte.

Die Brände wirkten jetzt so harmlos wie artesische Brunnen, wie Wasser, das ununterbrochen und gleichbleibend aus irgendeiner Felsspalte sprudelt. Da der Herbst sie zur Eile trieb, machten die Talbewohner wieder Feuerholz, selbst inmitten der Brände. Sie begannen, die Paßstraße zu räumen, und zerschnitten und zersägten die umgestürzten, verkohlten Baumstämme. Das Klingen der Äxte auf dem verbrannten Holz unterschied sich von dem Geräusch, das sie bei grünem oder trockenem Holz machten. Es klang metallischer, nicht so volltönend, und verhallte schneller. Es klang, als würden Eisenbahnarbeiter Schienennägel einschlagen oder ein Schmied ein Pferd beschlagen. Überall konnte man diesen metallischen Klang hören, als hätte der Wald sich verändert, als wäre die Stille auf unbestimmte Zeit aus dem Tal verschwunden.

Manchmal konnte Wallis von der Plattform durch eine Lücke in den Bäumen über den Fluß blicken und sehen, wie die Talbewohner die Baumstämme wegräumten. Es war seltsam, wie schnell sich alle anpaßten. Es sah aus wie eine Szene aus der Hölle, und doch liefen die Talbewohner herum, als hätten sie sich mit diesen einschneidenden Veränderungen bereits abgefunden: die Flammen, die ringsum züngelten, die Asche, die alles wie Schnee bedeckte, und die Steine und Bäume, die in der Hitze geborsten waren, als ob eine Bombe darauf gefallen wäre.

Sie verrichteten ihre Arbeit systematisch, schnitten die Baumstämme in Stücke und rollten sie auf die Seite, als wären sie in diese Landschaft hineingeboren worden oder könnten den Unterschied nicht erkennen.

Jeden Abend badete Wallis im Bach und dann noch einmal in der Wanne, bevor er ins Bett kam; und jeden Abend streckte ihm Mel die Hände entgegen und zog ihn fest an sich. Sie schnupperte an ihm, um zu sehen, ob er nach der Arbeit auf dem Bohrturm roch, doch er achtete darauf, den Geruch abzuwaschen, und sie war zufrieden.

Der Garten war jetzt eine von welken braunen Blättern bedeckte, frostgebeutelte Brachfläche, doch im Keller standen Gläser und Dosen voll geerntetem Obst und Gemüse.

Er betastete ihren nackten Bauch, fuhr mit den Händen über seine Wölbung, als versuchte er, jede kleine Veränderung auf einer Karte einzutragen. Wie seltsam es war, erneut zu wissen, daß etwas existierte, ohne daß man es sehen konnte.

Matthew stand gewöhnlich den ganzen Tag verträumt im Ausguck und brachte, sobald es nötig war, ein neues Stück Rohr in Stellung. Wallis und Old Dudley kauerten nach dem Zusammenschrauben zweier Rohre oft am Spültank, fingen das heraufgeschwemmte Bohrklein mit einem Sieb auf, untersuchten es und zeichneten immer wieder die Bohrgeschwindigkeit auf. Sie stellten fest, daß die Gesteinsschichten immer dünner wurden, als ob sie gewaltigen Dehnungen und Verformungen unterzogen worden wären, und jeden Tag überarbeiteten und verbesserten sie Wallis' Karte, da die Bohrung größere Verwerfungen offenbarte, als Wallis vorhergesagt hatte: das Vermächtnis alter, gewaltiger Kräfte, die aus mehreren Richtungen unnachgiebig Druck ausgeübt hatten wie riesige Hände, die nassen Ton zusammendrückten, ihn formten und über eine wellige Landschaft schmierten.

Belle und Ann hatten Mel einen ganzen Tag lang die Verantwortung für den Unterricht übertragen, waren, nachdem sie den Rest der Paßstraße mit einer Kettensäge geräumt hatten, in das andere Swan gefahren und mit einer Wagenladung Kürbisse zurückgekehrt, die sie für alle, die welche haben wollten, auf der Veranda der Bar stapelten; und in der Nacht hingen dann überall ausgehöhlte, leuchtende Kürbisse in den Fenstern und auf den Veranden der Hütten, als ob sie den brennenden Wald dahinter widerspiegeln würden.

Eine Theateraufführung der Schule: *Romeo und Julia*. Die Talbewohner saßen in der Bar und sahen sie sich an. Old Dudley saß mit Amy und dem Baby in der ersten Reihe. Im Laternenlicht wirkte das Stück unheimlich.

Die älteren Schüler halfen den jüngeren beim Vortragen der Verse. Am Ende eines Akts klatschten die Leute jedesmal Beifall. Amy hatte zur Erfrischung Kürbiskuchen und Apfelsaft mitgebracht. Dudley hatte auf beiden Knien einen Kuchen und hielt einen dritten in der Hand, den er wie ein riesiges Sandwich aß. Die Asche von den Bränden fiel noch immer wie Schnee vom Himmel, und die Last, die Dichte der Stille, lag wie eine Decke über der Welt.

Es wunderte Mel, daß die Schüler jeden Tag zum Unterricht erschienen, daß keiner von ihnen wegblieb. Sie kamen jeden Tag und lauschten ihren Worten, nahmen sie begierig in sich auf. Nach so vielen Jahren der Stille fand sie es seltsam zu sprechen, während der Wald aus ihr herausströmte.

Die Kinder nahmen sich, was sie brauchten, saugten es auf wie Wasser und ließen den Rest an sich vorüberziehen. Es war, als ob sie ein Fluß wäre. Und die Kinder standen beobachtend und lauschend am Ufer. Sie nahmen sich, was sie brauchten, und lauschten ihrer Stimme.

Die drei Männer aßen im Laden wieder gemeinsam Abendbrot: dreitausendsechshundert Meter. Dudley sah ganz ausgezehrt aus und aß mit beiden Händen die letzten drei Dosen Frühstücksfleisch, machte dann eine Dose Zitronencreme auf und aß ihren Inhalt mit einem Löffel. Mit seiner hageren Figur sah er im Kerzenlicht aus wie ein junger Mann. Oben in den Bergen flackerten die Brände. Im ersten Stock flog eine Fledermaus durchs offene Fenster und flatterte auf der Suche nach Nachtfaltern wild um die Kerzen herum. Sie aßen weiter, ohne sich von ihr stören zu lassen. Als Wallis begriff, daß er bei der Bohrung unbedingt Öl oder Gas finden wollte – ein großes, weitläufiges Ölvorkommen, nachtschwarz und brennbar, süß und sauber –, fühlte er eine Schwäche in sich, als ob unter seinen Füßen morsche Dielenbretter zerbrächen. Er wollte das Öl heraufpumpen, wollte es aus dem alten eingeschlossenen Meer saugen, das unter ihnen lag.

Es würde bloß ein kleines Loch im Boden sein. Es würde nicht viel verändern.

Dudley aß auf, erhob sich, öffnete die Haustür, um die Fledermaus hinauszulassen, und trat auf die Veranda. »Heut abend gibt's Regen«, sagte er. »Ich kann's in meinem Schwanz spüren.«

Wallis und Matthew schenkten ihm keinen Glauben, standen aber dennoch auf und traten ebenfalls auf die Veranda. Er hatte recht. Wallis fiel wieder ein, wie es sich anfühlte. Der Wind kam von Süden, und der Regen war ganz nah, obwohl sie nicht wußten, wo er hergekommen war, nur daß er wie die Tiere aus dem Süden kam. Er würde weder nach links noch nach rechts ausweichen; er hatte sie im Visier und schob sich bereits ins Tal, der Südwind wirbelte wie ein Strudel in den Canyon, doch es kamen keine Blitze, nur feuchter Wind. Sie setzten sich auf die Veranda, krempelten die Ärmel auf und warteten, um den Regen zu begrüßen. Trockene Blätter trieben als Vorhut die Straße entlang, tanzende, hüpfende Blätter.

Anfangs war es bloß Sprühregen, als ob der Wind, der das Unwetter vor sich her trieb, den Regen überholt hätte und vorn nur ganz kleine Tropfen mit sich führte, doch auch darüber freuten sie sich, und die wirbelnden Tropfen stachen sie wie Nadeln im Gesicht und an den Armen, so daß selbst Matthew lachte. Old Dudley trug einen Strohhut, und der Wind blies ihn von seinem Kopf und stieß die Ladentür auf, und der Hut wehte mit einem Blätterwirbel ins Haus. Wie bei einem Zaubertrick flog der Hut voran, und drinnen bauschten sich die Vorhänge und flatterten, als ob ein wildes Tier in den Laden eingedrungen wäre. Gläser fielen von den Regalen und zerbrachen auf dem Fußboden, und die Brände in den Bergen loderten hell auf, als der erste Windstoß sie traf, doch als die nachtdunkle Regenwand über sie hinwegzog, erloschen sie endgültig. Dicke, schwere Tropfen prasselten jetzt herab, überfallartig war der peitschende Regen gekommen.

Der Geruch von Dampf, erlöschendem Feuer und regennasser Kohle und Asche hing in der Luft, und mit dem Wolkenbruch kam auch der Schlamm, die mit Regen vermischte Asche, die alles mit einer schmierigen Schicht überzog, doch das war ihnen egal. Die drei Männer liefen auf die Straße, und die Leute kamen aus der Bar und standen in dem Ascheregen, als hätten sie geglaubt, daß es nie wieder regnen würde; und nach einer Weile lief Wallis nach Hause, um die Freude mit Mel zu teilen.

Am Morgen waren die Berge weiß. Auf den Gipfeln lag fast ein halber Meter Schnee, und der Himmel war noch immer von Gewitterwolken verdunkelt. Die goldenen Nadeln der Lärchen flogen scharenweise durch die Luft, und obwohl es im Augenblick nicht regnete, konnten sie an der starken Luftfeuchtigkeit, die sich so schwer wie ein Sack voller Steine anfühlte, spüren, daß ein neues Unwetter heraufzog. Durch Risse und Löcher in der Wolkendecke schien zwar die Sonne herab, doch bald würde es wieder regnen und danach, in einigen Tagen, sogar schneien.

Unter dem dunklen Himmel an jenem Nachmittag, an dem erneut Niederschläge fielen und die dünne Schneedecke wuchs, stürzte Matthew vom Bohrturm, prallte auf einen Stahlträger und fiel dann zwischen die Motoren. Dort unten befanden sich liegengelassene Werkzeuge und Werkzeugkästen, Stahlstangen und schartige Eisenstücke, und nach dem Aufprall blieb er lange reglos liegen. Dudley und Wallis liefen nach unten, um sich um ihn zu kümmern. Der Sturz war ihnen unverständlich: Er hatte das nächste Stück Rohr mit der Kette in Stellung gebracht und dann einen Schritt ins Leere gemacht, war über den Rand hinausgetreten, als ob er vergessen hätte, wo er sich befand, und als sie zu ihm kamen, sahen sie, daß es gar nicht gut aussah. Er versuchte, sich aufzusetzen, doch er war auf einem ölverschmierten Schraubenzieher mit einem dreißig Zentimeter langen Schaft gelandet, und der Schaft war direkt unter seinem Brustkorb eingedrungen. Sie sahen das schwarze Öl am Ende des Schraubenziehers, konnten sehen, wie sich die Wunde allmählich rot färbte. Das Blut war noch nicht in den Neuschnee getropft; es sammelte sich noch immer in Matthews Magengegend.

Der Sturz hatte ihn mitgenommen. Beim Aufprall auf dem Stahlträger hatte er sich ein paar unbedeutende Kratzer am Kopf und im Gesicht zugezogen. Seltsamerweise empfand Wallis neben seiner eigenen Sorge ebenso stark Old Dudleys Reaktion – oder vielmehr seine fehlende Reaktion.

Man hätte glauben können, daß auch er bestürzt war, aber Wallis wußte es besser. Dudley war die ganze Sache egal. Er starrte mit ausdruckslosem Gesicht auf den immer größer werdenden Blutfleck unterhalb von Matthews Brustkorb, und wenn er leicht verstört aussah, so deshalb, weil er begriff, daß man es von ihm erwartete.

Schuldgefühle waren es, was Wallis in Dudleys Gesicht sah, doch andere, als wenn es um das Land oder seine Gier ging. Er hatte Schuldgefühle, weil er keinen Menschen liebte, und schämte sich, daß er nicht dazu fähig war.

Schließlich zwang sich Dudley, etwas zu sagen. »Mein Gott«, stieß er hervor, und der Klang seiner Stimme schien Matthew aus seinem Schock zu reißen und wieder zu ihnen zurückzubringen. Diesmal setzte er sich auf, sagte, daß es ihm gutgehe, und zog den Schraubenzieher aus der Wunde. Es war ein kurzes Schmatzen zu hören, wie bei einem Fisch, der aus dem Wasser auftaucht, um eine zarte Eintagsfliege zu verspeisen.

»Es ist nichts verletzt«, sagte Matthew und hielt die behandschuhten Hände auf die Wunde. »Das hab ich gewußt. Ich hätte gespürt, wenn was Wichtiges verletzt worden wär.« Von seinem Atem und von der Wunde stiegen Dampfwölkchen auf. Es begann, stärker zu schneien. Die Motoren liefen dröhnend, so daß Matthew brüllen mußte. Dudley schaltete sie ab.

»Bloß Fleisch und Muskeln«, sagte Matthew. Vielleicht bemerkte er jetzt Dudleys seltsame Gelassenheit, sein ausdrucksloses Gesicht, denn er sagte: »Ehrlich.« Er streckte die Hand aus, und die Schneeflocken blieben wie Daunenfedern an dem hellroten Blut auf dem Handschuh kleben. »Siehst du«, sagte er. »Blut aus der Leber wäre dunkler. Bei Magen und Eingeweiden wär ein bißchen Grün dabei. Bloß Blut. Ist nichts passiert. Ist bloß ein Loch.«

Dudley, der sich die ganze Zeit nicht vom Fleck gerührt hatte, schwieg noch immer, als machte er sich Sorgen, daß man ihn, Dudley, im Stich lassen wollte.

Matthew ging zu einem der leeren Benzinkanister und goß die letzten Spritzer direkt auf den Ein- und Austritt der Wunde. Dann riß er sein Hemd in Streifen, rollte sie zu kleinen Kugeln und stopfte sie in die Wunde.

»Gehen wir«, sagte Matthew. »Viertausendachthundert Meter. Die Zielgerade. Es ist noch ein paar Stunden hell.«

Old Dudley bekam wacklige Beine. Sein Gesicht war noch immer eine ausdruckslose Maske, doch jetzt zitterten seine Beine. Er setzte sich in den Schnee und wartete, bis die Übelkeit oder Schwäche vorbeiging.

Der Schnee fiel auf sie herab und bedeckte Schultern und Rükken.

»Mir geht's gut«, sagte Matthew. »Kaum zu glauben, aber es ist so.« Er kletterte wieder die steilen Stufen zur Plattform hinauf.

Doch der Motor sprang nicht an, als sie ihn wieder anwerfen wollten. Dudley fummelte mit zitternden Händen daran herum und brachte ihn kurz in Gang, so daß die Spültrübe wieder zirkulierte, doch dann begann er zu rasseln und ging wieder aus.

Sie stiegen zur Plattform hinauf, wo Matthew saß. Er blickte auf den Fluß und die Wälder. Wallis dachte mit Bestürzung, daß er aussah, wie Old Dudley vor fünfunddreißig oder vierzig Jahren ausgesehen haben mußte.

Die drei saßen auf der stillen Plattform und ließen die Beine über den Rand baumeln, als säßen sie auf einem Steg. Es roch stark nach dem Benzin, das Matthew auf seine Wunden geschüttet hatte, doch Wallis machte sich mehr Sorgen über den Schmutz, der an dem Schraubenzieher geklebt hatte.

Es schneite weiter. Ein letzter Schwarm Gänse kam aus Kanada herüber und flog durch das Schneegestöber lautlos am Fluß entlang. Als die Gänse vorbeiflogen, konnten die Männer den Schnee auf ihren breiten Rücken sehen, als ob sie im Winter zur Welt gekommen und in voller Größe aus dem Schnee geschlüpft wären. Ein weiterer, kleinerer Schwarm flog plötzlich neben dem Hauptschwarm her und vereinigte sich mit ihm, wie zwei Flüsse, die zusammenfließen und einen großen Strom bilden. Sie flogen weiter am Fluß entlang.

»Ich hätte weitermachen können«, sagte Matthew.

»Vielleicht solltest du's mal untersuchen lassen«, sagte Wallis.

Matthew machte ein finsteres Gesicht. »Von wem?« fragte er.

»Was wird aus dem Bohrloch?« fragte Wallis.

Old Dudley schüttelte den Kopf und schaute in den Schnee hinauf. »Sechs Landwirtschaftsausstellungen, und einmal wurden mit dem Lasso sogar Ziegen gefangen«, sagte er, »aber so was hab ich noch nie erlebt.« Er sah Matthews Wunde an und schaute dann wieder in den Schnee hinauf.

»Das Rohr bleibt stecken, wenn die Spültrübe nicht zirkuliert«, sagte Matthew. »Genau wie Blut. Wir werden das Loch verlieren. Wir sind schon fast da und werden es verlieren.«

»Du weißt doch gar nicht, ob wir schon fast da sind oder nicht«, sagte Dudley. »Du weißt bloß, daß es da unten liegt. Aber du weißt nicht genau, wo. Es könnten noch dreißig Meter, es könnten aber auch mehr als tausend sein.«

Matthew ließ die Füße baumeln wie ein kleiner Junge. »Wir werden es verlieren«, sagte er nüchtern. »Fängst du noch mal von vorn an, wenn das passiert?«

»Na klar«, sagte Dudley. »Aber wir werden es nicht verlieren.« Er klopfte auf die Plattform. »Du denkst wahrscheinlich, das Loch geht kerzengerade runter, was?« sagte er zu Wallis. »Stimmt aber nicht. Das Rohr hat sich verbogen und ist irgendwo da draußen.« Er deutete auf den Fluß. »Es könnte am anderen Flußufer sein. Es könnte da drüben unter der Insel sein. Es könnte auch unter dem verdammten Wald, fünfhundert Meter weit weg sein. Es ist wie bei einem Riesenschwanz und einer Frau«, sagte er, »so wie er sich hin und her biegt, wenn du in ihr drin bist. Es kann sich nach links oder rechts und auch nach oben biegen. Ein hungriges Rohr von viertausendachthundert Metern Länge geht auf keinen Fall senkrecht runter. Die Erde hat auch ihr Verlangen, ihre Muskeln – sie nimmt das Stahlrohr, verbiegt es und führt es ins Öl.«

»Du bist ein perverses Arschloch«, sagte Matthew. »So redet man nicht.«

»Was weißt du denn schon?« fragte Dudley. »Du hast doch noch gar nichts gelernt. Ich hab mehr Löcher verloren, als du je bohren wirst.«

Wallis hatte zuerst gedacht, sie machten bloß Spaß, doch es sah so aus, als hätten beide aus irgendeinem Grund eine unsichtbare Linie überschritten, die durch Enttäuschung und Erschöpfung näher gerückt war.

»Du hast keine Ahnung«, schimpfte Old Dudley weiter. Er sprach wie ein alter Mann, als verlöre er jetzt, wo die Bohrung unterbrochen war, die letzten Funken Lebenskraft, die er noch bewahrt haben mochte; als versickerten sie in dem Loch. »Guck dich doch mal an«, spottete er. »Du bist ein richtiger Hinterwäldler. Sich die Wunde mit einem Stück Stoff zuzupfropfen.« Er schnaubte verächtlich. »Ich will dir was sagen: Ich hätte wissen müssen, daß irgendwann so was passiert. Ich hab letzte Nacht einen Alptraum gehabt. Ich hab geträumt, daß ich eine Frau vögle, und urplötzlich wird mein Schwanz ganz schlaff, und ich arbeite mich mit dem schlaffen Ding ab, mit einem *Nichts*. Das war ein verdammt schlimmer Traum. Ich hab gedacht, er wär vielleicht schlaff geworden, weil ich schon gekommen war, war aber nicht so. Ein verdammter Alptraum. Ich kann dir sagen, ich hab gleich gewußt, daß das ein schlechtes Omen ist.«

Sie saßen noch eine Weile da. »Gut«, schimpfte Dudley, »ein Blizzard. Schön. Ein gottverdammter Blizzard. Verdammte Natur. Verdammtes übles Miststück. Los, verschwinden wir.«

Als sie am Boot ankamen, reichte der Schnee ihnen bereits bis über die Knöchel. Matthew bewegte sich mühelos, als ob nichts passiert wäre. Es war bloß eine Fleischwunde, als hätte der Schaft des Schraubenziehers absichtlich einen Weg durch seinen Körper gewählt, bei dem keine lebenswichtigen Organe verletzt wurden. Er watete in den Fluß und hielt das Boot fest, während die anderen hineinkletterten. Old Dudley war ziemlich wacklig auf den Beinen, wie ein alter Tattergreis.

Wie immer schlief er auf der Überfahrt, schlief auf dem Boden des Bootes, während ringsum Schnee wirbelte und die Nacht so rasch hereinbrach, als ob das Schneegestöber sie ermutigt hätte.

Zwei Tage lang fluchte Dudley ins Telefon und versuchte, jemanden zu finden, der gegen Bezahlung in diese Wildnis kam, während Matthew sich auf dem Schulhof herumtrieb oder unter einer kleinen Plane unter Helens Baum zeltete, da er immer mehr das Gefühl hatte, unwillkommen, in seiner eigenen Stadt fehl am Platz zu sein.

Am dritten Tag kamen die Bohrarbeiter dreist und unverschämt wie die Raben ins Tal zurück, machten Old Dudley ausfindig und fragten ihn, noch während er fluchend telefonierte, ob er Arbeit für sie habe. Alles, was sie sich gegenseitig an den Kopf geworfen hatten, als sie sich auf der Flucht vor dem Feuer begegnet waren, war vergeben und vergessen. Sie brauchten das Geld.

Zwei Tage später kamen die Jäger – an jenem Wochenende wurde die Jagdsaison eröffnet. Scharenweise kamen sie in großen Lieferwagen mit Winterreifen und Schneeketten über den verschneiten Paß. Sie liebten ihre Fahrzeuge so sehr, daß sie nicht ausstiegen und in der Hoffnung, irgendein Tier am Straßenrand zu erlegen, die Straße rauf- und runterfuhren.

Die Arbeiter reparierten den Motor notdürftig und bohrten weiter, doch jetzt kamen sie nur noch dreißig Meter am Tag voran. Wallis dachte unwillkürlich an eine große Raubkatze, die sich an ihre Beute heranschleicht und das letzte Stück auf dem Bauch kriecht. Mel unterrichtete Tag für Tag weiter, als wäre es ihr egal, daß ihre Welt jeden Moment aufgeknackt werden konnte. Sie unterrichtete einen Tag nach dem anderen, bis sie fast das Gefühl hatte, als würden die Summe ihrer Arbeit und das Wissen, das sie den Schülern vermittelte, den Bohrturm und die Wünsche der drei Männer untergraben, zunächst unmerklich, doch dann immer stärker. Oder zumindest ihre eigene Angst verringern.

Dudley kam es so vor, als hätte eine Frau, mit der er zusammen war, fast alle ihre Kleider abgelegt: fast alle.

Matthew kam es vor, als ob man Kopfschmerzen oder Fieber hätte, aber kurz vorm Einschlafen wäre.

Wallis kam es wie ein großer Luxus, wie etwas Außergewöhnliches vor. Er wußte, daß er nach dieser Bohrung endgültig aufhören konnte. Er wußte es einfach.

Der Lastkahn fuhr wieder, und die Bohrarbeiter kamen und gingen. Und die Jäger streiften weiter die Straße entlang, so daß jetzt tagsüber ab und zu Gewehrfeuer zu hören war, oft drei, vier oder fünf Schüsse direkt hintereinander. An manchen Tagen starrte Mel aus dem Fenster des Schulhauses und dachte: Ihr hättet das Tal vor zwanzig Jahren sehen sollen. Und wenn die Jäger mit dem erlegten Wild nach Hause kamen und ihren Frauen ihr Jägerlatein erzählten, sagten sie: »Es ist, als würde man um hundert Jahre zurückversetzt.«

Mel und Wallis gingen in das verkohlte Räucherhaus, als glaubten sie, sie könnten ein Stück Fleisch übersehen haben. Es war Zeit, einen Rothirsch und, wenn möglich, einen Wapiti zu schießen. Sie standen in dem völlig leeren Räucherhaus: nur noch ein paar dunkle Blutstropfen auf dem nackten Boden. Sie hatten Hunger nach Fleisch, hatten genug von Bohnen und Kürbis. Vor allem Mel hatte großen Appetit darauf und glaubte, daß auch das Baby in ihrem Bauch sich danach sehnte, doch sie wußte, daß Wallis in der Nähe des Bohrturms sein wollte, wenn sie auf Öl stießen.

Matthew hatte ihr für die Jagd wie jedes Jahr seine Hilfe angeboten, und da sie nicht gewußt hatte, wie sie das Angebot ablehnen sollte, hatte sie angenommen. Ihr war in den Sinn gekommen, daß es vielleicht helfen würde, seinen Irrweg, seinen Sturz ins Bodenlose zu beenden, wenn er wieder durch die Wälder streifte, doch das ging sie eigentlich nichts mehr an, und sie wußte im Innersten, daß Old Dudley ihn nicht lebendig davonkommen lassen würde.

Aber selbst in seiner schlechten Verfassung war er ein viel besserer Jäger als Wallis, und sie fand sein Angebot nett; nicht nur weil sie Fleisch brauchte, sondern auch weil er Wallis etwas beibringen konnte.

An der Bohranlage brach ein Pfosten; bei einer Querverstrebung riß die Schweißnaht, und der ganze Bohrturm kippte eines Nachts um fünfzehn Grad zur Seite. Wie durch ein Wunder blieb das Rohr nicht stecken, doch es entstand eine zweitägige Verzögerung, weil sie auf die riesigen hydraulischen Winden warten mußten, die den Turm wieder aufrichten sollten. Dudley war wütend und brüllte herum, schimpfte, daß er nach Houston fliegen und sich um seine ganzen anderen Bohrungen kümmern müsse, konnte sich aber nicht losreißen. Sie waren fast fünftausend Meter tief, und sie konnten jeden Moment auf Öl stoßen. Sie brachten die Anlage wieder in Gang, doch schon nach ein paar Stunden riß an einem anderen Pfosten die Schweißnaht, und der Bohrturm kippte um fünzehn Grad in die andere Richtung.

Die hydraulischen Winden waren gerade abtransportiert worden und würden erst in zwei Tagen wieder zur Verfügung stehen. Schließlich kamen sie, und alles wurde repariert, doch einen Tag später, am ersten November, ging der Motor erneut kaputt, und es kam zu einer Verzögerung von einer weiteren Woche.

Old Dudley war so wütend, daß er sich ins Wangenfleisch biß, bis Blut kam. Aus seinen wäßrigen Augen liefen Tränen des Selbstmitleids. Er glaubte aufrichtig, daß sie nur ein paar Zentimeter vor dem Ziel waren. Mel lachte und spürte, wie in ihrem Innern eine geheime Kraft aufwallte. Sie wußte, daß es nicht allein ihr Verlangen, ihre Wünsche waren, die den Bohrturm zum Kippen brachten, ebensowenig wie Dudleys oder Matthews Wünsche den Wald in Brand gesteckt hatten. Doch sie war froh und spürte eine geheime Kraft.

Ein Mann wurde wie ein Bote in der Antike losgeschickt, um die benötigten Ersatzteile zu besorgen. Er würde das Tal mit dem Auto verlassen. Einen Tag später würde er einen Flug nehmen und den ganzen Tag unterwegs sein. Er würde zu den Schrottplätzen in Louisiana fahren und inmitten der wuchtigen, verrosteten Bohrtürme ein oder zwei Tage lang nach den richtigen Teilen suchen. Er würde wieder nach Norden fliegen – ein weiterer Tag. Dann würde er, wenn die Straßen noch nicht zugeschneit waren, ins Tal zurückkehren. Einen weiteren Tag würde es dauern, den Motor zu reparieren und die kaputten Teile zu ersetzen. Vielleicht klappte es auf Anhieb, und der Motor liefe wieder. Wenn dem so wäre, würden Wallis und Matthew das Dröhnen des Motors, das Quietschen und Scheppern der Rohre hören und könnten umkehren und zurückkommen. Es würde noch einmal ein oder zwei Tage dauern, die alte Spültrübe herauszuschwemmen und das Loch mit neuer, sauberer Bohrspülung zu füllen, und so hätten Wallis und Matthew genug Zeit zurückzukommen, bevor das Ziel erreicht wäre.

Sie legten Wert auf leichtes Gepäck: ein Beil, eine Knochensäge und eine Plane, die sie als Zelt benutzen konnten, Streichhölzer, Messer, einen Kompaß wegen der Blizzards. Zwei Schlafsäcke. Ein Gewehr für Matthew; Wallis war fürs Packen verantwortlich und sollte lernen. Ihr Plan bestand darin, einen der riesigen Bullen zu schießen, die sich weit in die Berge zurückgezogen hatten, und ihn dann etappenweise ins Tal zu bringen – vier Ladungen von sechzig Kilogramm, dazu noch Fell und Geweih. Und auf dem Rückweg würden sie noch einen großen Rothirsch schießen, ziemlich weit unten, damit sie ihn nicht so weit tragen mußten. Sie würden auch versuchen, ein paar Waldhühner zu erwischen, doch die mußten sie geräuschlos erlegen, mußten mit Steinen nach ihnen werfen oder sie mit bloßen Händen fangen; sie konnten es nicht riskieren, zu schießen und dadurch die Wapitis zu verscheuchen. Haselhühner würden sie unten im Kiefernwald finden, Rebhühner im Zederndickicht und die gewaltigen Felsengebirgshühner schließlich auf den verschneiten Bergkämmen.

Wenn sie den Eindruck hatten, daß sie noch mehr Fleisch brauchten, könnte Mel später noch einen Rothirsch schießen.

An dem Abend, bevor sie aufbrachen, aßen sie alle bei Mel. Amy kam mit dem Baby auf dem Pony herübergeritten und brachte einen Hirschbraten mit. Dudley ging vor ihnen her und hielt das Pony am Halfter. Mel freute sich, sie zu sehen, und war froh über das Fleisch.

Sie würzte es, beträufelte es mit Butter und streute braunen Zucker darüber, um es im Holzofen zu braten; dann garnierte sie es mit kleinen Kartoffeln und Zwiebeln aus dem Garten. Sie hatte noch keinem erzählt, daß sie schwanger war, obwohl sie sich danach sehnte, sich Amy oder irgendwem anzuvertrauen.

Sie aßen bei Kerzenlicht im Schein des Feuers, und nach dem Essen nahm Mel einen Gedichtband vom Regal und lehnte sich, geschmeidig wie eine Katze, auf dem Sofa zurück. Sie begann, laut vorzulesen.

»Ach, Mist«, beklagte sich Dudley, doch Amy sagte ihm, er solle still sein, da sie zuhören wolle.

Matthew lauschte den Gedichten eine Weile, stand dann aber auf, nahm sein Gewehr auseinander, ölte es und überprüfte noch einmal die Rucksäcke.

Dudley kroch ein paar Runden durch die Hütte, und das Baby erwachte, als er vorbeikam, und betrachtete ihn aufmerksam. Dann zog er seinen Parka und seine hohen Stiefel an und ging nach draußen, um das Pony zum Räucherhaus zu führen, damit es nicht die ganze Nacht im Schnee stehen mußte.

»Wenn er lang genug lebt, wird bis zu seinem Tod noch ein anständiger Mensch aus ihm«, sagte Mel erstaunt.

»Ich hab mit ihm über die goldene Sittenregel gesprochen«, gestand Amy.

»Keine Chance«, sagte Matthew und baute sein Gewehr wieder zusammen. Er gähnte und ging durch den Flur auf Mels Zimmer zu, doch dann blieb er stehen, erinnerte sich, stand eine Weile da und grübelte über seinen Irrtum nach. Schließlich drehte er sich um, kam ins Zimmer zurück, nahm ein paar Wapitifelle und ging in die Küche, wo er sich ein Nachtlager herrichtete. Bald schnarchte er, und Mel dachte erstaunt: Er vermißt mich überhaupt nicht. Obwohl niemand meinen Platz eingenommen hat, ist er nicht einsam.

Dudley kam wieder herein. Er stampfte auf, damit sich der Schnee von den Stiefeln löste, und weckte das Baby, das zu schreien begann.

Amy nahm es auf den Arm, die drei – Vater, Mutter, Tochter – setzten sich aufs Sofa, und das Baby beruhigte sich wieder.

»Wenn ich jetzt gehe, komm ich vielleicht nicht wieder rein«, sagte er. »Und wenn ich bleibe, komm ich vielleicht nicht wieder raus. Verdammt, ich sitze ganz schön in der Zwickmühle.«

Amy legte sich mit dem Baby aufs Sofa. Dudley legte sich, nachdem er Amy und Mary mit einem Fell zugedeckt hatte, neben sie auf den Fußboden und deckte sich ebenfalls zu.

Mel und Wallis gingen in ihr Zimmer, wo sie durch das winzige Fenster ins Schneegestöber hinausschauten.

»Ich bin froh, wenn sie wieder weg sind«, sagte Mel.

»Sie werden immer wiederkommen«, erwiderte Wallis.

»Es jagt mir Angst ein, daß schon soviel Schnee fällt und wir noch kein Fleisch haben«, sagte Mel.

»Haben wir genug Holz?«

»Davon kann man nie genug haben«, sagte sie.

Sie zogen sich aus und schliefen leise auf dem Fußboden miteinander statt auf dem quietschenden Bett. Sie kamen sich vor wie Diebe und versuchten, sich der Stille des Schnees anzupassen.

Vier Stunden später standen sie auf und machten Frühstück. Wallis küßte Mel zum Abschied; Matthew nickte ihr zu. Sie lächelte, dankte ihm und drückte ihm die Hand, und dann traten die beiden Männer in das immer noch dichte Schneetreiben hinaus.

Sie gingen auf Schneeschuhen den Pfad hinunter, bogen in einen Seitencanyon voll kahler Espen und stiegen schweigend in die Berge hinauf. Zuerst atmeten sie schwer, da sie an diese Art von Anstrengung nicht mehr gewöhnt waren, doch sie bewegten sich mit kräftigen Schritten, und ihre Lungen füllten sich mühelos in der kalten Luft.

An jenem Tag stießen sie auf keine Spuren: Der Schnee war noch zu frisch, der Sturm dauerte an, und alle Tiere warteten, bis er vorbei war. Eine Weile folgten ihnen zwei Raben im Schneegestöber still durch den Wald, doch sie gaben keinen Laut von sich, schrien weder ermutigend noch warnend.

»Woran denkst du?« fragte Matthew plötzlich, als sie halt machten, um sich auszuruhen. Der Schweiß strömte ihnen über den Körper, und obwohl Wallis überhitzt war, wußte er, daß er schnell auskühlen würde, wenn sie nicht weitergingen.

Wallis wollte ihm schon die Wahrheit sagen, wollte erzählen, daß Mel schwanger war, sagte aber statt dessen: »An nichts«, und Matthew, an dessen Haarspitzen sich kleine Eiskristalle bildeten, starrte ihn an. Er sagte brummend: »Gut, denn hinter dem nächsten Anstieg sind Wapitis.«

Es waren keine Spuren zu sehen, und der Bergkamm war so hoch, daß man nicht hinüberschauen konnte, doch jetzt trug der wirbelnde Wind ihren starken, unverkennbaren Geruch herüber, und Wallis begriff nicht, wie ihm das hatte entgehen können. Matthew sagte: »Träum nicht vor dich hin. Jagen ist das einzige, was man nicht vermasseln darf. Das schuldest du den Tieren, die du erlegst«, und dann schlichen sie sich langsam an. Die Wapitis lagen ungefähr fünfzig Meter vor ihnen unter ein paar vereinzelten Drehkiefern im Schnee, unter jedem Baum einer. Wie auf einem Bauernhof lagen ein paar von ihnen zusammengedrängt, mit schneebedecktem Rükken, in freiem Gelände. Ihr gelbes Fell, der einzige Farbtupfer in dem Sturm, schien zu leuchten, und Wallis und Matthew ließen auf der Suche nach Geweihen den Blick rasch über das Rudel wandern. Es gab ein paar Junghirsche, deren Geweihe sich wie kleine Nester erhoben. Die Wapitis hatten sie immer noch nicht gesehen oder bemerkt, doch Wallis konnte spüren, daß er und Matthew beobachtet wurden, daß die Zeit jetzt schnell verrann und ihnen nur noch ein paar Sekunden blieben, um alles zu erfassen und dann zu entscheiden, ob sie handeln sollten.

»Da ist sie«, flüsterte Matthew und deutete nach links auf die Leitkuh, die Herrscherin über das Rudel, die dastand und sie beobachtete. Sie stand Wache, während das Rudel sich ausruhte, und sie starrte die beiden Männer an und überlegte, ob sie einen Warnruf ausstoßen sollte. Sie trug eine riesige Verantwortung. Die Folgen ihres Warnrufs – eine gewaltige Masse von Leibern, zwei Dutzend Kühe, Kälber und Jungbullen, die aufsprangen, weil sie ihnen einen Adrenalinstoß versetzte und sie aufforderte, durch den tiefen Schnee davonzurennen – durften im Winter nicht unterschätzt werden.

Wallis und Matthew wußten bereits, welche Entscheidung sie treffen würde, konnten es in der Luft spüren, und sie ließen den Blick rasch ein letztes Mal über das Rudel schweifen, um zu sehen, ob nicht doch irgendwo ein riesiger Bulle verborgen war. Die Leitkuh stieß ihren Warnruf aus, wirbelte herum und lief zum Rudel, und jetzt sprangen alle auf und galoppierten mit ihr davon, ohne einen Blick zurückzuwerfen und zu sehen, wovor sie sie gewarnt hatte.

Es war ein Gefühl, als hätte man etwas zerbrochen, als wäre man mit dem Fuß darauf getreten, und es wäre zersplittert. Schwarze Erdbrocken flogen in alle Richtungen, und Steine rasselten unterm Schnee. Es roch nach Wapitipisse und aufgewühlter Erde, nach einem Vergehen gegen den Himmel und den Schnee, während die Tiere tiefer in den Wald liefen.

Es schneite gleichmäßig weiter, als wollte der Schnee seiner Pflicht nachkommen und eine Wunde schließen. Wallis und Matthew sahen sich die Abdrücke an, die die Wapitis hinterlassen hatten. Sie hatten lange dort gelegen, und obwohl ihr Fell sie gegen die Kälte abschirmte, hatte die Wärme ihrer riesigen Körper den Schnee schließlich geschmolzen, so daß sich ihre Gestalt darin abzeichnete. Doch ihre Körper waren in dem feuchten Schnee mit der Zeit abgekühlt, und der Schnee war wieder zu wäßrigem rauchblauem Eis gefroren und hatte sie umklammert. Und dennoch waren sie liegengeblieben, hatten gewartet.

Nur ihr Geruch blieb zurück. Ein paar Zentimeter Schnee bedeckten ihren Lagerplatz. Die schwarze, von ihren Hufen aufgewühlte Erde war schon unter dem Schnee verborgen.

»Wir folgen ihnen zu dem Bullen«, sagte Matthew. »Zuerst müssen sie sich ein bißchen beruhigen. Sie müssen aufhören zu laufen und wieder in einer Reihe marschieren. Dann folgen wir ihnen. Sie werden wissen, daß wir hinter ihnen sind. Sie werden uns hören und manchmal kurz sehen. Manchmal wird sich der Wind drehen, und dann werden sie uns auch wittern. Sie werden sehen, daß die Raben auf uns runterschauen, wenn sie vorbeifliegen; sie werden uns hinter sich *spüren*, und sie werden in Bewegung bleiben, nicht laufen, aber stetig marschieren. Sie werden sich nicht wieder ausruhen.

Wir werden sie ständig bedrängen«, sagte Matthew. »Wir werden so viel Druck auf sie ausüben, daß sie fast zusammenbrechen. Sie werden aufhören, vor uns wegzulaufen; sie werden versuchen, uns abzuschütteln. Sie werden in tiefe Schluchten hinabsteigen und dann wieder steile Hänge erklimmen. Sie werden in dichterem Wald verschwinden und versuchen, uns zu ermüden, damit wir aufgeben und nach Hause zurückkehren. Doch wir bleiben ihnen auf den Fersen und üben auf sie immer den gleichen Druck aus: nicht zuviel, aber auch nicht zuwenig.

Irgendwann werden sie in Panik geraten. Sie werden loslaufen, zu dem größten Bullen, den sie finden können, sie werden zu dem Bergkamm laufen, auf dem er sich befindet, da sie hoffen, daß er ihnen noch mal hilft. Sie werden uns direkt zu ihm führen. Sie werden ihn verraten.«

»Das ist nicht schön«, sagte Wallis.

»Nein«, stimmte Matthew zu.

Sie saßen an dem Ort, von dem das Rudel geflohen war, und warteten darauf, daß die Tiere sich wieder beruhigten. Ihre eigenen Körper begannen sich im Schnee abzuzeichnen. Sie warteten eine Stunde – Matthew war völlig reglos, wie in Trance – und nahmen dann die Verfolgung der Wapitis auf, deren schwache Spuren kaum noch zu erkennen waren.

Später am Nachmittag begriffen die Wapitis, daß sie verfolgt wurden, und stiegen bei Einbruch der Dunkelheit in ein Erlendickicht hinauf. Doch selbst in der Dämmerung und dann in der Dunkelheit konnte man ihre Fährte nicht verlieren, da sie so viele waren.

Die Wapitis führten sie durch eins der Brandgebiete. Der Schnee hatte die Flammen gelöscht, nur ein paar große Baumstämme schwelten noch, und an manchen Stellen schimmerten Erde und Steine durch. Ein paar Baumstümpfe glühten noch immer orange und brachen, sobald der Wind auffrischte, in flackernde Flammen aus. Einmal kamen sie den Wapitis zu nahe. Die Tiere waren am anderen Ende der verbrannten Fläche langsamer geworden, um zurückzuschauen und sich zu überzeugen, ob sie noch verfolgt wurden, und Wallis und Matthew sahen sie ganz in der Nähe im Schatten stehen: Das schwache Licht einer Handvoll lodernder Baumstümpfe flakkerte vor ihren gelben Fellen, und der Feuerschein legte sich matt auf die glänzenden Geweihe der jungen Bullen.

Wallis und Matthew traten auf die Lichtung, die Wapitis beobachteten sie ganz kurz aus hundert Metern Entfernung, als versuchten sie, vollends zu begreifen, wer diese Männer waren, und dann wirbelten sie erneut herum, liefen los und verschwanden in der Nacht.

Wallis und Matthew nahmen die Verfolgung auf.

Auch ohne die Spuren im Neuschnee hätten sie ihnen allein durch den Geruch folgen können. Der Geruch war wie ein Fluß, der sich durch den Wald schlängelte, zuerst in Kopfhöhe, doch als er abkühlte, senkte er sich, so daß sie das Gefühl hatten, in diesen Fluß hineinzuwaten.

Die Wapitis marschierten die ganze Nacht weiter und überquerten die kanadische Grenze. Später in der Nacht wandten sie sich wieder nach Süden, da sie ihre Heimat nicht verlassen wollten. Doch jetzt kam der Wind von hinten, und sie wußten nicht mehr, welche Gerüche vor ihnen lagen; und so mußten sie mit ihren Kräften haushalten, konnten es sich nicht mehr erlauben, Hals über Kopf zu fliehen. Matthew spürte ihr wachsendes Unbehagen, deshalb ließ er sich zurückfallen. Wenn er und Wallis die Wapitis zu hart bedrängten, wenn sie sie richtig in Panik versetzten, würden sie die Gegend vielleicht ganz verlassen. Sie mußten sie an den Rand der Verzweiflung treiben, aber nicht weiter.

Wallis wußte, daß ihnen bei Tagesanbruch die Raben folgen würden, da sie in ihrem eigenen Interesse wissen wollten, wie die Sache ausging. Sie würden den Männern eine Weile folgen und dann vorausfliegen und dem Wapitirudel eine Weile folgen, würden unparteiisch die Fährten von Raubtier und Beute lesen und abwarten.

Noch vor Tagesanbruch stiegen die Wapitis erneut auf einen Bergkamm. Als der Himmel sich aufhellte und ein goldener Lichtbogen unter den dunkelgrauen Schneewolken auftauchte, stiegen sie wieder in den dichten Wald hinab, und Wallis sah, daß sie völlig Herr der Lage waren. Sie hatten ihn und Matthew bei Tageslicht auf den kahlen Bergkamm gelockt, damit sie dort im Licht der aufgehenden Sonne standen und meilenweit zu sehen waren. Ihnen blieb nichts anderes übrig, als lauthals zu lachen. Wallis und Matthew hörten unten im dichten Wald ihre Warnrufe, als sie die Männer erblickten und erneut flohen.

Der Himmel erstrahlte im Licht, die Haufenwolken spien noch immer Schneeflocken aus, doch jetzt wehte ein trockener Nordwind den Bergkamm entlang, und es würde viel Sonnenschein geben, zumindest in der ersten Tageshälfte. Das Tal unten war noch vom Flußnebel bedeckt, der alles unter einer blau leuchtenden Wolke verbarg.

Ungefähr zwanzig Meter weiter unten wurden zwei Felsengebirgshühner, die die windumtosten Felsen als Tarnung benutzten, wegen der Rast der Männer nervös und versuchten, sich davonzustehlen. Wallis und Matthew hätten sie sonst gar nicht gesehen – die Hühner hatten zehntausend Jahre Vorsprung, hatten seit der letzten Eiszeit ihr Gefieder an die Farbe der Felsen anpassen können.

»Das ist deine Chance«, sagte Matthew. »Falls du hungrig bist und was essen willst.«

Wallis nahm einen Stein und warf nach einem der Hühner. Blaue Federn stoben auf, und das von dem Stein getroffene Waldhuhn stürzte den Hang hinunter, während das andere unversehrt aufsprang und davonflog.

Wallis kletterte nach unten, um das verletzte Huhn zu holen. Es war ein großer, kräftiger Vogel, den er bloß betäubt hatte, und er fing ihn mit beiden Händen ein, als er gerade wieder zu sich kam und die Flucht ergreifen wollte. Er drehte ihm den Hals um und rupfte ihn im Nordwind.

Matthew sammelte ein paar trockene Gräser und ein bißchen Wacholder und entzündete ein kleines Feuer. Sie brieten den Vogel nur kurz an und aßen ihn halb roh. Als sie die Verfolgung danach wieder aufnahmen, fühlte sich Wallis durch das Fleisch gestärkt.

Er beeilte sich, um mit Matthew Schritt zu halten, doch er blieb so oft wie möglich stehen und errichtete kleine Steinhaufen, um den Berg, an dem er das Waldhuhn erlegt hatte, und ihren Weg zu markieren.

»Beeil dich«, sagte Matthew einmal. »Hör auf, mit diesen Steinen rumzuspielen.«

Eine Weile zogen sich die Spuren in verschiedenen Richtungen durch ein Gebiet voll umgestürzter Drehkiefern. Die schlanken Bäume, die all ihre Energie für ein schnelles Wachstum statt für ihre Wurzeln oder einen dicken Stamm aufbrauchen, hatten ein paar Jahre lang das ganze Licht aufgesaugt, bis sie, von der Sonne verbrannt, schwach und wacklig, beim ersten starken Windstoß übereinandergestürzt waren wie Streichhölzer.

Sie krabbelten über die wirr durcheinanderliegenden Bäume und darunter hindurch. Es war ein waagerechter Wald; manchmal überragten die gestapelten Bäume die Kopfhöhe der beiden Männer und glichen einer hölzernen Barrikade, die sie zu überwinden hatten. Es mußte ein großartiger Anblick gewesen sein, als das Wapitirudel hier durchgezogen war – dreihundert Kilo schwere Tiere, die sich durch dieses unglaubliche Labyrinth schlängelten, schlaksige Beine, die über die umgestürzten Bäume kletterten –, doch sie kamen eine Viertelstunde zu spät. Die Wapitis waren bereits weitergezogen.

Am Abend hatten sie weitere zwanzig Kilometer zurückgelegt und hielten wieder auf das südliche Ende des Tals zu. Manchmal sah es so aus, als wüßten die Wapitis, was die Männer vorhatten, und wollten sie auf keinen Fall zu dem Bullen führen, würden ihn nie verraten, da er zweifellos viele Tiere aus dem Rudel gezeugt hatte.

Wallis und Matthew hielten an und tranken an einem Bach. Sie kamen immer wieder an Rudeln von Maultier- und Weißwedelhirschen vorbei. Oft stießen sie auf die Spuren von Luchsen und Pumas. Der Winter war bereits so streng, daß einige Elche ihre Geweihe abwarfen, die umgekippt auf dem Boden lagen und wie Hände aussahen, die den herabfallenden Schnee mit ihren ausgestreckten mahagonifarbenen Fingern auffingen. Wenn Matthew ein Geweih fand, an dem noch Fellreste und Blut klebten, hob er es manchmal auf und hängte es in einen Baum, klemmte es zwischen die Äste. In ein paar größere ritzte er sogar seine Initialen und das Datum, bevor er weiterging; und Wallis errichtete ab und zu kleine Steinhaufen, um ihren Weg zu markieren.

Da es eine klare Nacht war, machten sie auf dem Bergkamm Rast, auf den das Rudel sie an jenem Abend geführt hatte. Dort oben war kein Bulle, und die Wapitis waren sofort wieder in ein Windbruchgebiet hinabgestiegen. Der Sonnenuntergang war blutrot, und Wallis und Matthew brachen Zweige von den Bäumen, um unter einer großen Tanne einen Schlafplatz herzurichten. Im Norden konnten sie das etwa dreißig Kilometer entfernte Tal sehen.

Matthew machte sich keine Sorgen mehr darüber, daß sie die Wapitis aufscheuchen könnten: Die Tiere wußten, wer die Männer waren und was sie wollten. Wallis und Matthew konnten hören, daß sie unten inmitten der umgestürzten Bäume Rast machten, konnten hören, wie sie grunzten und schrien, während sie sich unter den kalten Sternen vorsichtig und mißtrauisch in den Schnee niederließen, als fragten sie sich, ob sie am nächsten Tag noch leben, in der nächsten Nacht noch einmal die Sterne sehen würden.

Manchmal gab einer der Jungbullen, der den Druck der Verfolger spürte und wütend war, weil sie das Rudel bedrängten und in die Enge trieben, ein Räuspern oder ein hohes Röhren von sich. Wallis und Matthew war klar, daß der große, der größte Bulle die jüngeren Bullen hören konnte, egal, auf welchem Berg er sich befand – und es kamen Hunderte in Frage –, und daher wußte, daß weiter unten etwas vor sich ging, doch wahrscheinlich hatte er keine Ahnung, daß Menschen darin verwickelt waren; vielleicht war so etwas – Männer, die einem Wapitirudel durch hüfthohen Schnee folgten, statt aufzugeben – in seiner Entwicklungsgeschichte noch nicht so oft vorgekommen, daß es ihn beunruhigte.

Vielleicht glaubte er bloß, daß ein Puma oder ein Wolf in der Gegend herumschlich. Vielleicht schmiegte er den Kopf, das ausladende Geweih in den Sternenhimmel gereckt, wieder anmutig an seine Flanke und schlief.

Im blauen Abendlicht zog Matthew los, um ein Waldhuhn, ein Kaninchen oder etwas Ähnliches zu suchen, den Kadaver eines von einem Puma gerissenen Hirsches. Wallis blieb auf dem Bergkamm, kümmerte sich um das Feuer und stellte sich vor, ruhig und friedlich zu schlafen.

Matthew kehrte bald mit zwei Felsengebirgshühnern zurück. Er hatte sie weiter unten in einer Tanne sitzen sehen, wo sich ihre Silhouette vor den Sternen abgezeichnet hatte, war den Baum hinaufgeklettert und hatte sie im Schlaf gefangen. Wallis fand das nicht fair, aber sie rupften sie dennoch, ließen die Federn neben dem Feuer herumwirbeln und in dem warmen Luftstrom aufsteigen und brieten die Vögel dann über den Flammen.

Sie ließen das Feuer ausgehen, schliefen aber ein, bevor es erloschen war und der Dampf zu den Sternen aufstieg. Sie schliefen im

Eis, und Wallis wollte am liebsten gar nicht mehr aus dem Schlaf auftauchen, nicht bevor die langen Tage und der Duft der wachsenden Pflanzen zurückgekehrt waren.

Mitten in der Nacht erwachten sie: Die Sterne hatten ihre Position verändert, und am Himmel bot sich ein völlig anderes Bild, als befänden sich die Männer plötzlich an einem anderen Ort; die neuen Sterne schienen näher zu sein. Und Matthew wußte, daß die Wapitis weg waren, daß sie weitergezogen waren.

Matthew und Wallis stiegen den Hang hinab und folgten den Spuren. Der Schnee war zu einer Kruste gefroren, die Temperaturen lagen unter dem Gefrierpunkt. In der Stille dröhnten ihre Schritte wie Kanonendonner, und sie mußten den Wapitis einen größeren Vorsprung geben. Hinter ihnen auf dem Bergkamm stiegen von ihrem erloschenen Feuer noch immer Rauchfäden auf.

Wallis dachte an den schwachen schwarzen Fleck, den das Feuer auf den Felsen hinterlassen würde, wenn im Frühling die Asche verweht war. Durch das Feuer, das kochende Schmelzwasser und den Dampf hatten sich in dem Felsen bestimmt Risse gebildet. Eines Tages würde eine Wacholderbeere oder ein Bartfadensamen in einem der Risse hängenbleiben. Dort würden sie ruhen und auf Erde warten; oder vielleicht würden sie auch aufblühen, den Felsen durch das heftige Verlangen ihrer Wurzeln etwas weiter aufbrechen und ihre eigene Erde erzeugen; und dann würden sie verblühen und verdorren, da die Nahrung nicht ausreichte.

Weitere Samen würden dort landen, vielleicht im Kot eines Waldhuhns oder eines anderen Tieres, würden sich wie Wörter über den Felsen ziehen, und vielleicht läge noch ein bißchen Asche von dem Feuer in einem der Risse, obwohl der Regen und der Schnee bestimmt schon die letzten Spuren von dem blassen Fleck auf dem Felsen abgerieben hätten. Einer der neuen Samen würde sich schließlich festsetzen. Er würde den Riß verbreitern. Er würde keimen, wachsen und absterben. Wenn es ein Wacholder war, würde er Nadeln abwerfen. Er würde vielleicht ein paar hundert Jahre überstehen, würde nicht besonders hoch wachsen, aber zähe Wurzeln ausstrecken, bis sein eigener Erfolg ihm zum Verhängnis wurde, da er für das rauhe Land, in dem er lebte, zu groß geworden war. Die Risse wären jetzt schon mehrere Zentimeter breit, und wenn der Wacholder abstarb und zerfiel, nähme ein Tannensämling seinen Platz ein, der seine Wurzeln jetzt, wo der Felsen weit genug aufgebrochen war, noch tiefer strecken konnte: Aus dem abgestorbenen Wacholder würde eine Tanne hervorsprießen.

Sie würde in dem ziemlich beständigen Wind oben in den Bergen langsam in die Höhe und in die Breite wachsen und einen dicken Stamm bekommen. Vielleicht würde sie fünfhundert Jahre lang wachsen. Grüne Flechten hüllten sie ein; Waldhühner schliefen auf ihren Ästen. In einer kalten Nacht in zweitausend Jahren kletterte vielleicht irgendein Tier – ein Luchs, ein Marder oder ein Vielfraß – in die Tanne hinauf und risse eins oder sogar zwei der schlafenden Hühner. Federn würden in den Himmel hinaufschweben.

Wallis dachte, daß seine Knochen dann nur noch Salz in einem fernen Meer wären. Vor langer Zeit hat jemand diese Geschichte aufgeschrieben oder erzählt und wird sie immer wieder erzählen und dann ausradieren, ein ewiges Geben und Nehmen. Die breiten, flachen Wurzeln des Wacholders lasen die Sätze, die bereits in den Stein geschrieben waren, umklammerten den Felsen, tasteten ihn ab, als läsen sie Blindenschrift, während die Wurzeln der Tanne so tief wie möglich eintauchten, als läsen sie dort unten dieselben Worte oder Sätze von hinten.

Es fiel Wallis sehr schwer, sich damit abzufinden: daß die Geschichte bereits geschrieben war. Er lachte lauthals und fragte sich, was wohl Old Dudley zu so einem Gedanken sagen würde.

Sie folgten der ausgetretenen Spur der Wapitis immer tiefer, bis in eine dunkle Schlucht, durch die ein Bach floß. Es schneite den ganzen Tag. Wallis begann, grüne Punkte vor den Augen flimmern zu sehen. Ihre Kleider waren wieder naß, und Wallis konnte geradezu spüren, wie er Gewicht verlor, wie sein Körper erneut begann, seine Muskeln und Organe zu verschlingen. Matthew ging es genauso: die steilen Anstiege und der endlose Weg, dazu die psychische Belastung, ständig an das Rudel denken, sein Bild als einziges immer vor Augen haben zu müssen. Obwohl er nicht so geschwächt und wacklig auf den Beinen war wie Wallis, schien auch er keine überschüssige Kraft mehr zu haben.

In der gedämpften Stille des Schneegestöbers konnten sie sich dichter an das Rudel heranwagen, obwohl die Wapitis immer noch wußten, daß sie hinter ihnen waren.

Sie entdeckten ein Rebhuhn, das sich mühelos fangen ließ: Matthew ging hin und hob es von seinem Ast, als würde er einen Vogel aus dem Käfig nehmen. In einem alten Zedernhain zündeten sie wieder ein Feuer an. Eine Elchkuh ging vorbei, ohne ihnen oder dem kleinen, prasselnden Feuer groß Beachtung zu schenken. Der riesige Körper, der dem eines Mastodons ähnelte, und das schwarze Fell, das im Winter die Sonnenstrahlung absorbieren sollte: Alles an dem Tier war auf den hohen Norden und besonders auf diese Jahreszeit zugeschnitten.

Am nächsten Tag verschlimmerte sich Wallis' Zittern, und er bekam es mit der Angst zu tun. Er konnte sich nicht vorstellen, wie sie den Bullen wegschleppen sollten, falls sie ihn überhaupt fanden. Die Wapitis stiegen wieder in die Berge hinauf, und Matthew meinte, jetzt könnte es soweit sein, vielleicht wurden die Tiere langsam müde. Das war das einzige, was er den ganzen Tag sagte. Einmal faßte er sich vorsichtig an den Brustkorb, an die Wunde von seinem Sturz vom Bohrturm.

Sie stiegen den ganzen Tag lang bergauf. In der Nacht wurde es wieder kälter – wie eine Meereswoge wälzte sich die Kälte über die Landschaft –, und Wallis war hin und her gerissen zwischen dem Wunsch, seine Kleider am Feuer zu trocknen, und dem Bedürfnis, sich sofort schlafen zu legen. Schließlich beschloß er, sie bloß anzuwärmen, taute die Eiskruste auf, die sie überzog, kroch dann mit feuchten Kleidern in seinen Schlafsack und fiel in einen tiefen Schlaf. Wie ein Stein schlief er, und er hätte das Wapitirudel am liebsten entwischen lassen, wollte nicht länger daran denken. Ihm gingen nicht einmal die Worte *Ich gebe auf* durch den Kopf, er schlief einfach ein.

Später wurde ihm kalt, und er merkte, wie seine feuchten Kleider trotz des Schlafsacks an ihm festfroren, wurde aber nicht richtig wach. Auch die Wapitis schliefen. Wenn sie aufgestanden und weitergezogen wären, hätte Wallis sie ziehen lassen, doch im Schlaf spürte er, daß sie schliefen, als hielte sein eigener Schlaf sie fest, und da wußte er, daß sie den Bullen erwischen würden.

Bei Tagesanbruch erwachte er, weil Schnee auf sein Gesicht fiel. Auf der anderen Seite des Baumes schlief Matthew, oder vielleicht war er auch tot. Wallis hatte Heißhunger auf Pfannkuchen, Honig, Speck und schwarzen Kaffee. Er brach ein Stück Rinde von dem Baum, unter dem sie schliefen, und betrachtete es, roch daran, tat so, als ob es etwas zu essen wäre: ein warmes Brötchen mit geschmolzener Butter. Er steckte es in den Mund und kaute es langsam. Ihm schossen die Tränen in die Augen.

Wallis setzte sich auf und zündete unbeholfen, mit froststeifen Händen, ein Feuer an, doch selbst als es brannte, dauerte es lange, bis er seine Wärme spürte. Er aß ein bißchen Schnee, tat so, als ob es Eiskugeln oder eiskalte Melonen im Sommer wären, und legte sich dann wieder hin. Der Schnee landete auf Matthews Gesicht, ohne zu schmelzen, also griff Wallis nach oben, brach ein paar Zweige vom Baum und legte sie wie einen Schutzschirm über Matthews Kopf. Nach einer Weile war das Feuer heruntergebrannt, und Wallis ließ es ausgehen. Er dachte an morsche Baumstämme, daran, wie fruchtbar der Boden in einem Wald war, wo die alten Bäume umstürzten und dann vom Boden aufgezehrt wurden. Es war schön, an dem Berghang zu liegen, während sich der eigene Körper verzehrte und der Schnee sie und auch die planlose Fährte der schwarzen Lagerfeuer, die sie hinterlassen hatten, begrub.

Es war schon früher Nachmittag, als Wallis wieder erwachte. Es waren dreißig Zentimeter Neuschnee gefallen, und es schneite noch immer. Er fühlte sich besser, leicht und leer, aber besser, als hätte der Berg einen Teil seiner Schwäche von ihm genommen. Er stieg zum nächsten Felsvorsprung hinauf, um zu sehen, ob die Wapitis noch dort oben lagerten.

Als er oben ankam, erkannte er sie zuerst nicht, da sie ganz mit Schnee bedeckt waren. In der weißen Landschaft waren nur ihre Köpfe zu sehen, die wie Marionetten in der Luft zu schweben schienen. Ein paar von ihnen schauten in seine Richtung, doch Wallis begriff, daß sie ihn in dem Schneegestöber nicht sehen konnten. Oder vielleicht gaben auch sie auf. Sie waren dicht zusammengedrängt, zwanzig Tiere oder noch mehr, sahen aus, als hätte ein Bombeneinschlag sie unter Schock gesetzt, und der Bulle war bei ihnen.

Der Bulle sah aus wie eine Ausgeburt der Phantasie: als wäre er nicht von dieser Welt. Sein Geweih erhob sich fast zwei Meter über seinen Kopf. Er sah müde, aber friedvoll aus. Er wirkte beinahe froh darüber, daß das Rudel ihn aufgesucht hatte.

Wallis stieg den Berg hinab, um Matthew zu wecken. Als er seine Spuren nicht mehr finden konnte, geriet er kurz in Panik, doch dann gewöhnten sich seine Augen an das Weiß, und er konnte undeutlich erkennen, von wo er gekommen war.

Es war schwer, Matthew zu wecken. Er schien von dem Weiß des Himmels und des Berges verwirrt zu sein, und er brauchte länger als Wallis, um aus dem Schlaf aufzutauchen. Doch schließlich setzte er sich auf. Wallis erzählte ihm, daß der Bulle bloß ein Stück weiter oben war.

Matthew steckte die behandschuhten Hände unter die Achselhöhlen, um sie zu wärmen, und blickte in den Schnee hinauf. Als seine Hände warm waren, zog er sein Messer heraus und begann, an dem Baum herumzuschnitzen, unter dem sie lagerten. Er schnitzte das

Bild eines Wapitis, eines Bullen. Als er damit fertig war, steckte er das Messer zurück in die Scheide, wärmte sich noch einmal die Hände und stand mühsam auf. Seine Kleider waren gefroren, und er drehte und streckte sich, bis sie sich wieder der Form seines Körpers anpaßten. Er nahm sein Gewehr, klopfte den Schnee ab, reinigte das Zielfernrohr, klappte das Gewehr auseinander und blies den Lauf durch, wobei er ihn mit der Hand abdeckte, damit seine Lippen nicht am Metall festfroren. Dann stieg er in Wallis' Spuren den Berg hinauf. Es schneite noch immer in dichten Flocken. Wallis folgte ihm.

Er fand es seltsam, daß der Gedanke, den Bullen zu erlegen, alles andere beiseite gedrängt hatte, daß er nicht daran dachte, was danach zu tun war: daß der Wapiti ausgeweidet, gehäutet und den langen Weg ins Tal geschleppt werden mußte. Er dachte nicht einmal an den nächsten Augenblick, direkt nach dem Schuß, wenn all die anderen Wapitis erschreckt aufspringen und in den Schnee, den Sturm davonstieben würden, als ob sie bis in alle Ewigkeit verfolgt würden. Die Zerstörung der Schönheit.

Er dachte bloß an den Augenblick des Tötens. Danach gab es nichts. Er sah bloß das Bild des Bullen vor sich.

Sie hielten an dem Felsvorsprung und spähten darüber hinweg. Es war nichts zu sehen, und zuerst dachte Wallis, die Wapitis hätten die Männer gehört oder gewittert, hätten ihre Anwesenheit gespürt und wären weitergezogen, doch dann begriff er, daß das Schneetreiben bloß dichter geworden war. Matthew sah Wallis zweifelnd an, doch Wallis hob zum Zeichen, daß er warten sollte, die Hand.

Sie starrten wieder in den Schnee hinaus, und jetzt konnten sie im Schneegestöber manchmal kurz ein Ohr oder ein dunkles Maul sehen. Das Geweih eines Junghirschs. Dann, ganz kurz, wie ein Schemen, das Geweih des Bullen, das rasch wieder vom Schnee verschluckt wurde.

»Ja«, flüsterte Matthew.

Sie konnten nicht näher heran. Sie waren bereits zu nah. Ringsum konnten überall andere Wapitis, schlafende Kühe liegen; wenn sie auch nur eine von ihnen aufschreckten, würde das ganze Rudel aufspringen und davonstieben.

Sie mußten den Bullen ausfindig machen, ohne eins der anderen Tiere aufzuscheuchen. Wallis zitterte vor Kälte und Aufregung, als das Geweih des Bullen sich einen Augenblick lang vor dem Himmel abzeichnete und dann wieder verschwand. Er verspürte kurz die Versuchung, einfach blind draufzuhalten und auf gut Glück abzudrücken, doch Matthew hatte das Gewehr.

Matthew kauerte sich noch tiefer in den Schnee. Er legte das Gewehr unter sich, um es vor dem Schnee zu schützen, senkte den Kopf wie ein Tier und wartete. Das Schneetreiben wurde noch dichter. Auch Wallis grub sich in den Schnee. Sie konnten jetzt nichts mehr sehen. Vierzig Meter weiter oben lagen die Wapitis. Wallis versuchte, sich auf etwas anderes zu konzentrieren, was nötig war, da sie sonst seine Anwesenheit spüren konnten.

Im Schnee war es warm. Nach ungefähr einer Stunde schlief er ein.

Als sie aufwachten, war es Spätnachmittag, und der Sturm legte sich. Nebelfetzen waren aufgezogen, und es fielen noch ein paar vereinzelte Schneeflocken, doch über ihnen war es milchigblau, und die Stille, die Totenstille des Schneetreibens, war vorbei.

Es waren fünfzehn Zentimeter Neuschnee gefallen, und als sie sich aufsetzten, sahen sie, daß die Wapitis nicht mehr da waren. Wallis war verzweifelt über ihr Scheitern, hatte das Gefühl, die Wapitis hätten sie verzaubert und in Schlaf versetzt, als sie ihrem Ziel ganz nah gewesen waren, doch Matthew hielt eine Hand hoch, um ihn zur Vorsicht zu ermahnen, ihn daran zu erinnern, daß die Jagd weiterging.

Sie schlichen zu der Stelle, wo die Wapitis gelagert hatten. In den vereisten Mulden, die sie hinterlassen hatten, lagen fünfzehn Zentimeter Schnee, also waren sie weitergezogen, als die Männer sich schlafen gelegt hatten. Bevor sie die Verfolgung wieder aufnahmen, wollte Wallis zum Lager hinuntergehen und ihre Rucksäcke, Schlafsäcke und Schneeschuhe holen, statt blind in den Bergen umherzuirren. Die Fährte der Wapitis war, genau wie ihre eigenen, vom Lager kommenden Spuren, mit Neuschnee bedeckt. Bald würde der Abend anbrechen, und es kam ihm vor, als forderten sie die Katastrophe heraus, als zögen sie mutwillig in den Tod, wenn sie spätnachmittags ziellos und ohne Ausrüstung aufbrachen, doch Matthew sagte, er glaube, sie riechen zu können, sie seien bestimmt bloß ein Stück weiter oben und fräßen, da sie nach einer so langen Rast hungrig sein würden. Er begann, den Berg hinaufzusteigen, sank bei jedem Schritt bis zur Hüfte ein.

Wallis drehte sich um und wollte schon zum Lager zurückkehren. Doch die Verlockung war zu groß. Er folgte Matthew durch den tiefen Schnee. Die Wolkendecke riß immer weiter auf; ein gewaltiger Himmel breitete sich über ihnen aus. Die Sonne schien auf die neue blauweiße Welt herab, spendete aber keine Wärme, und Wallis wußte, wie kalt es sein würde, sobald die Sonne unterging.

Matthew stieg langsam den Berg hinauf. Nach einer halben Stunde begannen sie zu schwitzen. Er blieb auf einer anderen Felsbank stehen, da er den Geruch verloren hatte, und blickte den Berg hinauf, der direkt in den blauen Himmel führte. Wallis drehte sich um und sah die Wapitis etwas weiter unten im Gänsemarsch langsam durch ein Waldstück ziehen. Der Bulle war noch bei ihnen, war aber viel größer als die anderen und sah aus wie ein Ungeheuer. Sie hatten die Männer gesehen und gewittert und versuchten, sich davonzustehlen. Wallis begriff nicht, wie der Bulle seinen massigen Körper durch das Dickicht schieben konnte, ohne steckenzubleiben. Er machte Matthew auf sie aufmerksam, doch er hatte sie bereits gesehen und legte das Gewehr an. Dort unten waren sehr viele Bäume, und Wallis dachte, daß er, falls Matthew nicht zum Schuß kam, lieber sterben würde, als die Wapitis noch eine Woche lang zu verfolgen.

Der Bulle befand sich am Ende des Rudels. Inzwischen wußten alle Wapitis, daß die Männer sie entdeckt hatten, und sie fielen in Trab, sprangen wie Zirkuspferde über die Baumstämme, das ganze

Rudel ein einziges kraftvolles Dahingleiten. Ein paar Kühe und Kälber waren bereits außer Sichtweite und in Sicherheit, doch Matthew schoß nicht, wartete auf den richtigen Augenblick.

Schließlich, als Wallis schon dachte, es sei längst zu spät, feuerte er. Es klang, als würde der Berg gesprengt, doch der Bulle strauchelte bloß kurz, als wäre er über einen Stein gestolpert, und rannte dann mit dem Rest des Rudels davon, bis alle verschwunden waren.

Wallis fühlte sich unbeschreiblich leer.

»Ich hab ihn erwischt«, sagte Matthew, obwohl in seiner Stimme ein leichter Zweifel mitschwang. »Du wirst sehen. Ich hab ihn erwischt.«

Sie setzten sich und warteten. Wenn der Bulle tot oder tödlich verwundet war, hatten sie keine Eile; und wenn er unversehrt war, galt dasselbe, da das Rudel sich lange nicht beruhigen würde: vielleicht irgendwann in der Nacht oder erst am nächsten Tag.

Es war zu kalt zum Sitzen. Wallis und Matthew gruben sich durch den Schnee, scharrten wie Pferde, bis sie Gras und ein paar Zweige fanden. Sie entzündeten ein kleines Feuer und versuchten, sich zu wärmen, doch es war zwecklos, und sie begannen zu zittern. Die Sonne ging hinter dem Berg unter, und der Himmel färbte sich orange. Das Feuer aus Gras und Zweigen erlosch, und jetzt brannten bloß noch die Flechten auf den Felsen, flackerten kurz auf und glühten dann im Dämmerlicht.

»Okay«, sagte Matthew. »Er ist jetzt tot. Wir können ihn holen. Er ist höchstens noch ein paar hundert Meter weit gekommen.«

Sie stiegen zu der Stelle hinab, wo der Bulle gewesen war, als Matthew geschossen hatte. Zuerst konnten sie kein Blut finden, und Wallis dachte, Matthew habe ihn verfehlt, doch dann entdeckte Matthew etwas abseits von der Fährte einen Blutspritzer und ein paar Haare, die beim Austritt der Kugel abrasiert worden waren.

Im letzten orangefarbenen Licht folgten sie den Spuren des Rudels durch den Wald. Ungefähr alle zwanzig, dreißig Meter entdeckten sie ein oder zwei Blutstropfen, doch an dem Blutverlust wäre nicht einmal eine Maus gestorben, geschweige denn ein Wapiti.

»Ich hab ihn in die Lunge getroffen«, sagte Matthew. »Er muß ganz in der Nähe zusammengebrochen sein.«

Nach ein paar hundert Metern liefen die Spuren des Rudels weiterhin parallel zum Berghang, doch die Fährte des Bullen bog plötzlich scharf nach unten, und Wallis glaubte zum erstenmal, daß sie ihn finden würden.

Sie kamen zu einem Gewirr aus umgestürzten und schräg stehenden Bäumen. Jetzt war mehr Blut zu sehen: Es klebte an den am Boden liegenden Baumstämmen.

»Ich hab auch das Herz getroffen«, sagte Matthew voller Genugtuung. »Das Herz und die Lunge.« Er war nicht aufgeregt, bloß zufrieden.

Der Wapiti war noch einmal dreihundert Meter weit gelaufen, bevor er verendet war. Sie fanden ihn an einem kleinen Bach: Er hing in einem Gewirr aus umgestürzten Bäumen, über das er hatte hinwegsetzen wollen. Er hing darin fest, die übereinandergeschichteten Bäume trugen seinen riesigen Körper, und es sah aus, als ob er noch am Leben und mitten im Sprung wäre. Er wirkte gewaltiger als in dem Augenblick, als Matthew ihn erschossen hatte, und selbst das Geweih wirkte größer, so daß Wallis sich kurz fragte, ob ihnen kein Irrtum unterlaufen war, ob das wirklich ihr Wapiti, und nicht ein noch größerer, eines natürlichen Todes gestorbener Bulle war, den sie nur zufällig entdeckt hatten.

Der Schnee begann im Abendlicht blau zu leuchten. Sie näherten sich dem Wapiti und berührten ihn, stemmten sich dagegen. Er war warm und ließ sich nicht von der Stelle bewegen. Er schwebte über dem Boden, wurde von dem Baumgeflecht gehalten. Wallis lachte los, ohne zu wissen, warum. Matthew lächelte. Die ganzen Jahre voller Irrtümer schienen von ihm abzufallen.

Der Bulle strömte einen strengen Geruch aus, der Wallis an Pferde erinnerte, an dunkle, kühle Ställe, an Scheunen, in denen im Sommer gern die Katzen schlafen. Der Geruch war so stark und durchdringend, daß es einem so vorkam, als könnte er Feuer fangen, als könnte man ein Streichholz entzünden und die ganze Luft ringsum in blauen Flammen aufgehen lassen. Es war ein angenehmer Geruch. Wallis lachte erneut, zog einen Handschuh aus und drückte seine bloße Hand auf die Flanke des Wapitis, und erneut wußte er nicht, warum er lachte, wußte nur, daß er Lust dazu hatte. Es war ein Gefühl, als ob er im Frühling im Garten stände, nachdem er alle Beete umgegraben hatte. »Meine Fresse«, sagte Matthew, der immer noch grinste.

»Was?« fragte Wallis. Er wollte den Namen für dieses Glücksgefühl erfahren. Dieser unglaubliche Moschusgeruch im Wald.

»Ich hab meinen Flaschenzug vergessen«, sagte Matthew. »Wir hätten ihn nicht von der Stelle bewegen können, hätten ihn nicht mal umdrehen können, um ihn zu häuten. Doch jetzt« – er lachte –, »jetzt kann ich einfach drunterkriechen, ihn aufschlitzen und alles rausfallen lassen.«

Sie blieben noch eine Weile, wollten den Wapiti noch nicht verlassen, um ihre Rucksäcke und ihre Ausrüstung zu holen. Bei dem klaren Himmel wurde es rasch kälter, doch der Wapiti war warm wie ein Ofen voller Kohlen, und sie wollten noch nicht weggehen, wollten diesen Hauch, der ihnen entgegenschlug und der den Raum, den Abstand zwischen Körper und Geist darstellte, bis zum Ende auskosten. Es würde nicht lange dauern, oder, besser gesagt, sie würden ihn nicht mehr lange wahrnehmen können, und so saßen sie da und warteten, bis die Wärme verflog oder sie sie nicht mehr spüren konnten. Viel zu schnell war sie verschwunden, doch erst als es im Wald still und einsam wurde, stiegen sie wieder zu ihrem Lager hinauf und packten wortlos ihre Sachen zusammen.

Sie entzündeten neben dem Wapiti ein Feuer, das sie bei der Arbeit wärmen sollte. Es lag viel trockenes Holz herum, und sie konnten mühelos ein prasselndes Feuer entfachen, dessen Flammen den Wald weithin erleuchteten. Das orangefarbene Licht flackerte träge vor dem Fell und etwas lebhafter vor dem Geweih des Wapitis, und es sah aus, als wäre er wieder zum Leben erwacht. Matthew kroch unter den Bullen, der ihn, wenn er herunterfiele, erdrücken würde, und begann, ihn aufzuschneiden. Ringsum schwebten Haare in der warmen Luft des Feuers. Das Messer glitt mit einem Kratzen durch die borstigen Haare, die dicke Haut und den Knorpel. Ab und zu mußte Matthew seine Arbeit unterbrechen und sein Messer mit einem Wetzstein schärfen.

»Nichts auf der Welt macht eine Stahlklinge so stumpf wie Wapitihaare«, sagte er. Er hatte gute Arbeit geleistet und noch kein Blut abbekommen, doch das würde sich bald ändern. »Irgendwann hätte ich gern ein Steinmesser. Schwarzer Obsidian.« Er nahm seine Arbeit wieder auf. Wallis legte Holz aufs Feuer. Er hätte nicht gedacht, daß er so ein Tier häuten konnte. Es war bestimmt genug Fleisch für das kommende Jahr.

Am Morgen hatten sie den Bullen gehäutet und das Geweih abgesägt. Matthew hatte eine kleine zusammenklappbare Säge mit Holzgriff dabei, deren Blatt jetzt ruiniert war, so daß er es ins Feuer warf. Sie hatten die Keulen und die Schultern ausgelöst und in die Bäume gehängt.

Ihre Rucksäcke waren mit dem zerteilten Fleisch gefüllt: mit verschiedenen Bratenstücken, den Lenden und den wie Anacondas aussehenden Filets. Sie hatten sich völlig mit Blut beschmiert, als sie die Keulen und Schultern in die Bäume gehängt hatten, und Wallis war froh, daß die Bären ihren Winterschlaf hielten.

Das Feuer hatte sich ausgebreitet und fraß sich durch die Nacht. Im Umkreis von zehn Metern lagen überall Asche und verkohltes Holz. Über der Kohle brieten sie ein paar von den Rippenstücken und aßen lange. Sie aßen eine ganze Seite, nagten die Knochen blank, und die andere Seite spalteten sie mit dem Beil in zwei Hälften und befestigten sie an ihren Rucksäcken wie ein Gestell, um die schwankende Masse des restlichen Fleisches zu stabilisieren, das warm auf ihrem Rücken lag.

Matthew trug das Geweih verkehrt herum auf den Schultern, und die langen Enden pflügten hinter ihm durch den Schnee, als ob er in ein Joch gespannt wäre. Wallis hatte das nasse Fell auf seinen Rucksack gepackt, so daß er jetzt ungefähr sechzig Kilo schleppte.

Es begann wieder zu schneien. Wallis fragte sich, wo die anderen Wapitis sein mochten, ob sie wußten, daß die Jagd zu Ende war, und ob sie darüber froh waren.

Sie blieben, wenn möglich, auf den Bergkämmen. Mit so einem Gewicht auf dem Rücken mußten sie kleine, langsame Schritte machen. Sie gingen einen Kilometer, legten ihre Last ab und kehrten dann zurück, um die zweite Ladung zu holen, wobei beide eine Keule auf dem Rücken schleppten und eine Schulter wie einen Schlitten hinter sich durch den Schnee schleiften.

So stapften sie durch das Tal, brauchten Stunden, um die erste Ladung nur einen Kilometer weit zu schleppen, und dann folgte dasselbe mit der zweiten. Die winterkurzen Tage verstrichen schnell, und nachts schliefen sie tief und fest, obwohl sie in ihren Träumen immer noch marschierten, das Fleisch bis in alle Ewigkeit durch die gefrorene Landschaft schleppten.

Nach zwei oder drei Tagen folgten ihnen die Raben selbst durch das Schneetreiben. Wallis und Matthew stiegen einen Bergkamm hinab zu einem Bach, stiegen den nächsten wieder hinauf, und Matthew sagte, er wisse, wo sie seien. Die Raben landeten vor ihnen und stolzierten mit ausgebreiteten Flügeln einher, hinterließen schwache Spuren im Schnee und schrien und krächzten mit abwechselnd schriller und rauher Stimme, als beschimpften sie die Männer in verschiedenen Sprachen. Manchmal flitzten sie heran und pickten nach dem Fleisch, das sie gerade schleppten, doch meistens pickten sie nur nach den Brocken, die ab und zu liegenblieben. Am dritten Tag bot sich ihnen ein Anblick von erstaunlicher Schönheit. Wallis und Matthew gingen auf der windabgewandten Seite einer am Kamm aufgetürmten Schneewehe, und das Schneetreiben war trotzdem so dicht, daß sie bloß ein paar Schritte weit sehen konnten. Vier Raben folgten ihnen, stolzierten wie Pinguine hinter ihnen her, als ob sie bei soviel Schnee nicht fliegen könnten. Wallis und Matthew gingen an dem Bergkamm entlang.

Zu ihrer Linken, im Westen, riß die Wolkendecke einen Spaltbreit auf. Sie konnten den hellblauen Himmel sehen, und ein paar goldene Strahlen fielen durch den Spalt und tauchten den bewaldeten Canyon unter ihnen in ein kupferrotes Licht. Das goldene Licht fiel durch den Spalt – es war das einzige, was sie ringsum sehen konnten – und glitt dann parallel zu ihnen nach Norden, den Canyon entlang. Als der Riß in der Wolkendecke sich entfernte und über die dichtstehenden Bäume weit unten glitt, enthüllte er immer mehr von dem unberührten Wald. Man hatte das Gefühl, daß dieser Wald nie aufhören würde, daß das Licht ewig weitergleiten und stets über unberührtem Wald bleiben würde.

Nach einer knappen Minute war das goldene Licht verschwunden – der Wind blies mit einer Geschwindigkeit von fünfzig Kilometern die Stunde –, und obwohl Wallis und Matthew stehengeblieben waren und beobachteten, wie es davonglitt, äußerte sich keiner von beiden dazu, als ob sie nicht genau wüßten, was sie gerade gesehen hatten.

Es war wieder kalt geworden. Sie aßen unterwegs von dem Wapiti. Wallis sehnte sich nach Brot oder Kartoffeln; er hatte das ganze Fleisch satt. Er sehnte sich nach einem Apfelkuchen mit viel Zucker und nach einem heißen Bad. Er fragte sich, ob die Ersatzteile für den Bohrturm bereits eingetroffen waren, ob Dudley wieder bohrte, ob sie vielleicht schon auf Öl gestoßen waren und der heiße, wohlriechende Dampf der erfolgreichen Bohrung bei ihrer Rückkehr auf sie warten würde.

Das Geweih auf Matthews Schultern war herabgerutscht, so daß es tiefer durch den Schnee pflügte. Manchmal schlugen die schweren Enden unter dem Schnee scheppernd gegen einen Felsen. Matthew hatte von dem Fell einen schmalen Streifen abgeschnitten und ihn sich als Polster über die Schulter gelegt, doch der lange Weg und das große Gewicht des Geweihs hatten seine Haut wund gerieben, bis sie blutete, und jetzt zog sich ein schmales rotes Y über seinen Rücken.

Die Furchen, die das ausladende Geweih hinter ihm im Schnee zog, sahen aus wie die Begrenzungslinien einer schmalen Straße, auf der sich die Spuren der Tiere abzeichneten, die ihnen folgten: Raben, Kojoten und Pumas. Die Wölfe waren noch nicht wieder zurückgekehrt.

Wallis und Matthew stiegen von den Bergen wieder in den Wald hinab. Dort wurde es wärmer, und statt Schnee fiel jetzt Schneeregen, wovon ihnen noch kälter wurde. Sie stießen auf ein abgeworfenes Elchgeweih, das verkehrt herum im Schnee steckte und das der Schneeregen mit Wasser und Schneematsch gefüllt hatte, und sie konnten die Spuren des Elches sehen, die zu dem Geweih und von dort wegführten. Sie knieten sich hin und tranken abwechselnd daraus. Sie waren fast zu Hause. Noch eine Nacht und der nächste Tag. Das Fleisch für ein ganzes Jahr, sicher verwahrt.

Die Striemen auf Matthews Rücken waren breiter geworden, doch er wirkte wieder kräftiger. Wallis zitterte stark. Lange hatte die Anstrengung beim Schleppen und Schleifen des Fleisches ihn warm gehalten, doch jetzt reichte das nicht mehr aus, und er brauchte Wärme von außen; sein Körper konnte die winterliche Kälte nicht mehr abwehren.

»Willst du anhalten und ein Feuer machen?« fragte Matthew, als er sah, wie seine Bewegungen durch die einsetzende Unterkühlung immer langsamer und schwerfälliger wurden. Wallis nickte, denn noch war er imstande zu begreifen, daß das die Ursache war. Er hatte das Gefühl, als würde Matthew ihn aus einiger Entfernung beobachten, ihn beurteilen, wie Dudley es manchmal tat. Wallis hatte nicht mehr das Gefühl, daß sie Jagdgesellen oder überhaupt so etwas wie Kameraden waren, und als sein Verstand stillzustehen begann und selbst die heißen Kammern des Gehirns auskühlten, glaubte er, daß Matthew ihn erfrieren lassen würde – daß er ihn fertiggemacht, ihn die Hälfte des Wapitis hatte schleppen lassen und ihn jetzt, wo sie nur noch einen Tag von der Stadt entfernt waren, dem Winter überlassen würde, daß Matthew das restliche Fleisch auf der letzten Etappe allein tragen und ihn im Schnee versinken lassen würde.

Matthew wartete, während Wallis niederkniete und seinen Rucksack abstreifte. Einmal verlor Wallis das Gleichgewicht und kippte in den Schnee. Zitternd, ohne einen klaren Gedanken, ohne überhaupt einen Gedanken fassen zu können, durchsuchte er seinen Rucksack nach Streichhölzern. Er fand sie, hielt die kleine Schachtel fest in den behandschuhten Händen, bis ihm einfiel, daß er Holz brauchte.

Matthew stand bloß da und sah ihm zu: Er hatte den Rucksack nicht abgelegt. Wallis drang ins Dickicht zwischen den Bäumen vor und tastete nach den Zweigen, brach wahllos welche ab und sammelte sie auf, ließ einige fallen, während er andere festhielt. Matthew war völlig durchnäßt, das Geweih war mit Eis überzogen, doch in ihm brannte noch ein Feuer, das Wallis in sich nicht mehr spürte.

Wallis häufte die teils grünen, teils trockenen Zweige zu einem kleinen Haufen auf, und begann, mühsam Streichhölzer anzuzünden, doch der durchnäßte Holzhaufen fing kein Feuer. Er versuchte es so lange, bis ihm die Streichhölzer ausgegangen waren, dann stand er auf und sah nach, ob in seinem Rucksack noch welche waren. Er konnte sich nur noch langsam bewegen und hätte sich am liebsten hingelegt. Er wußte, daß er in Bewegung bleiben mußte, doch das Wissen darum und die Fähigkeit, es zu tun, klafften weit auseinander.

Zuerst sagte Matthew nichts. Noch während Wallis den Rucksack durchwühlte, war klar, daß er keine weiteren Streichhölzer finden würde; und selbst wenn er welche fand, würde das nichts ändern.

»Paß auf«, sagte Matthew und zog ein Feuerzeug aus seinem Rucksack, »schau mal zu.« Er ging zu einem abgestorbenen Baum, einer alten Tanne, die dicht mit schwarzen Flechten behangen war. »So mußt du's machen«, sagte er. Seine Worte waren Atemwölkchen, die in den Regen aufstiegen. Er stand unter den Zweigen des Baumes und knipste ein paarmal das Feuerzeug an. Beim drittenmal fingen die Flechten Feuer, brannten kurz mit blauer Flamme und loderten dann rasch orange auf.

Der ganze Baum oder vielmehr seine Hülle aus Flechten verwandelte sich in ein prasselndes Feuer. Die Flechten brannten, und die plötzliche Hitze, der Aufwind, der die darüber hängenden Büschel der Reihe nach entzündete, beschleunigten das Aufsteigen der Flammen wie beim Erklimmen einer Leiter. Der zehn Meter hohe Baum stand in nur drei Sekunden von oben bis unten in Flammen.

»So mußt du's machen«, sagte Matthew und trat einen Schritt zurück. Wallis hatte aufgehört zu zittern, denn sein Blut wurde bei diesem Anblick von einem letzten Adrenalinstoß gewärmt, doch noch während er die Flammen betrachtete, kehrten die Kälte und das Zittern zurück.

»Geh besser näher ran«, sagte Matthew. »Sie brennen nicht lange.«

Wallis ging zu dem brennenden Baum hinüber. Dort herrschte eine große Hitze, und der Schnee ringsum schmolz und wurde glasig, doch er wußte, daß die Wärme nicht lange anhalten würde, und so setzte er sich unter den Baum, um sich vor dem Regen zu schützen und die Wärme zu spüren.

Brennende Flechtenbüschel schraubten sich nach oben und sanken dann wieder herab; als sie auf seinem Körper landeten, waren sie schon fast verglüht, und ein paar Zweige des Baumes brannten noch knisternd, doch dann war das Feuer erloschen.

»Komm«, sagte Matthew. »Suchen wir uns einen anderen.« Er trat in den Regen, und das Geweih hinter ihm pflügte einen Pfad.

So ließen sie in jener letzten Nacht und am nächsten Tag die Berge hinter sich und kamen wieder in die Stadt: Sie gingen von Baum zu Baum und suchten sich den richtigen aus, einen, der schon völlig abgestorben war und etwas abseits stand. Im Sprühregen gingen sie von einem Flammenturm zum nächsten, und Matthew prüfte die abgestorbenen Bäume mit seinem Feuerzeug, testete sie.

Immer weiter ging es durch die dunkle Nacht und den trüben, regnerischen Tag, und die Bäume zischten und dampften, wenn sie erloschen waren. Sie waren jetzt in einer Gegend, die Wallis trotz des Schnees wiedererkannte, und es gab wieder Rothirsche. Sie sahen Pumaspuren, fanden von Pumas gerissene Tiere. Sie kamen aus den Bergen herab und hielten sich mal rechts, mal links, richteten ihren Weg stets an der Mitte des Tales aus.

Als sie sich am nächsten Tag der Stadt näherten, waren die Hirsche brunftig – im Wald herrschte ein starker Moschusgeruch, und die riesigen Böcke jagten den geschlechtsreifen Kühen nach –, und obwohl die beiden völlig erschöpft waren, wartete eine weitere Aufgabe auf sie: Sie mußten noch einen Hirsch schießen.

Bald konnten sie hören, daß der Bohrturm wieder in Betrieb war, konnten sein Knarren und Rasseln hören, konnten die schwarzen Dieselwolken vor dem verregneten Himmel sehen, und sie beschleunigten ihre Schritte, als hätten sie Angst, im Stich gelassen zu werden.

Sie sahen Dutzende von Böcken durch den Wald streifen, ein paar von ihnen größer als die anderen, eine Schar von Geweihen, die durch den Wald zog, alle wie hypnotisiert von den Kühen, und sie waren schon fast bei Helens Grabstätte angelangt, als sie den Bock sahen, auf den sie gewartet hatten.

Sie sahen ihn, weil er sie gesehen hatte und den Hügel heraufkam. Der Bock hatte den Blick auf das riesige Geweih gerichtet, das Matthew auf dem Rücken trug, und kam angriffslustig auf sie zu. Er war vom Regen durchnäßt, und bei jedem Schritt stiegen zwei kleine Dampfwölkchen aus seiner Nase auf. Sein Geweih war schwarzbraun, da er in einem dunklen Wald gelebt und sich tagsüber nicht daraus hervorgewagt hatte, es erhob sich einen Meter über seinen Kopf und ragte auf beiden Seiten dreißig Zentimeter neben den Spitzen seiner aufgestellten Ohren hinaus. Es war kaum zu glauben, daß er so ein Gewicht auf seinem Kopf tragen konnte.

Matthew ließ sich auf die Knie fallen. Der Hirsch blieb stehen, kam dann aber näher und starrte immer noch wie gebannt auf das Geweih, ohne dem Mann darunter Beachtung zu schenken. Matthew legte das Gewehr an und schoß den Hirsch in den Hals, als er nur noch knapp zwanzig Meter entfernt war und sie direkt ins Visier nahm.

Sie sahen hinter ihm eine dünne Blutspur im Schnee, sahen, wie sein Kopf und sein Geweih zurückgeschleudert wurden, doch weder krümmte er sich, noch brach er zusammen. Statt dessen wirbelte er herum und lief schnell und kraftvoll den Hügel hinab.

Andere, kleinere Hirsche standen ringsum und beobachteten sie. Es begann, stärker zu regnen. Wallis und Matthew standen in dem stetigen, feinen Regen und stießen beim Atmen selbst milchigen Dunst aus. Wallis wußte im Grunde seines Herzens, daß er kurz davor war, aufzugeben, und daß das auch für Matthew galt – ein ganz seltsamer Gedanke: als würde ein Stein aufhören, ein Stein zu sein.

Der Schnee war tief und matschig. Der große Bock hatte nur eine schwache Blutspur hinterlassen, und seine Fährte verschmolz mit hundert anderen: das ausgelassene Fest der Brunft.

Matthew blickte in die Richtung des Flusses, wo der Bock verschwunden war, und ließ seinen Rucksack in den Schnee fallen – die blutigen Striemen auf seinem Rücken identisch mit denen auf seiner Brust, wie die zarte, makellose, von der Natur geformte Zeichnung auf den Flügeln eines unbekannten tropischen Schmetterlings –, und Wallis tat es ihm nach. Auch bei ihm begannen sich auf dem Rücken und der Brust ganz ähnliche blutige Striemen zu bilden.

Sie trugen das Geweih durch den Wald zu Helens Baum. So plötzlich von der Last der Rucksäcke befreit, fühlten sie sich, als könnten sie fliegen, als könnten sie noch einmal hundert Kilometer zurücklegen.

Doch dieses Gefühl war bald vorbei. Der Regen und der Schneematsch ermüdeten sie wieder. Sie begannen erneut, Bäume anzuzünden und sich von Baum zu Baum zu schleppen.

Durch den Sprühregen sahen sie Helens Baum vor sich. Wallis ließ Matthew das Geweih allein weitertragen; er stellte sich unter einen brennenden Baum und beobachtete, wie Matthew das große Geweih durch den Wald zu Helens Grabstätte schleppte. Er hatte begonnen, rings um den Baum eine Steinmauer zu errichten. Wie lange würde dieses Denkmal Bestand haben? Er war noch nicht besonders weit gekommen, und vielleicht würde ihm nicht mehr genug Zeit bleiben, um sie so zu bauen, wie er wollte – wie die, die er für Mel errichtet hatte. Wallis fragte sich: *Wie viele Chancen bekommen wir im Leben?*

Matthew kniete sich unter den Baum und stellte das Wapitigeweih an seinem Fuß auf. Dort verharrte er lange und betete oder dachte nach. Wallis ging ein paar Schritte weiter und entzündete einen anderen Baum, der donnernd in Flammen aufging; ein Dreher, ein Riß im Holz, der voller Harz war und die Flammen der Flechten einfing, so daß sich das Feuer in seinem Innern, im morschen Kernholz ausbreiten konnte – und der Baum brannte, bis er nur noch aus Holzkohle bestand, er schwelte und kippte dann um, brach in der Mitte auseinander, stürzte zu Boden und bildete ein ungelenkes, wackliges A.

Das Krachen riß Matthew aus seinen Träumen, und er blickte Wallis zuerst an, als würde er ihn nicht erkennen, doch dann stand er auf und kam langsam herüber.

Sie gingen zurück. Die Raben hatten bereits ihr Fleisch entdeckt und sich darauf niedergelassen. Ein Kojote stand daneben, drehte sich aber um und lief davon, als er sie kommen sah.

Matthew verscheuchte die Raben mit fuchtelnden Armen, und Wallis dachte zuerst, sie würden nie verschwinden, doch als sie schließlich aufflogen, krächzten und schrien sie nicht so, als würden sie die beiden auslachen, sondern als wollten sie sie ermutigen, sie dazu drängen, nicht aufzugeben.

Wallis und Matthew luden sich die Rucksäcke auf, stapften den Hügel hinab und versuchten, unter all den Spuren die Fährte des verwundeten Bocks ausfindig zu machen. Hier ein Blutstropfen, da ein loses Haar. Wallis glaubte ganz fest, daß der Hirsch endlos weiterlaufen konnte, daß es bloß ein Streifschuß gewesen war.

Sie fanden ihn in einem Tümpel unten am Fluß, wo er bei dem Versuch, die auftauende dünne Eisdecke zu überqueren, eingebrochen war und sich in zwei Meter tiefem Wasser abstrampelte; doch selbst wenn er es geschafft hätte, wohin wäre er geflohen? In den Fluß, wo er dann wie ein Baumstamm stromabwärts getrieben wäre? Wallis dachte, daß er auch fünfzig Meter weiter, im Fluß, keinen angemesseneren Tod gefunden hätte. Sie beobachteten, wie er, nur den Kopf mit dem riesigen Geweih über Wasser, im Kreis schwamm. Der Hirsch würgte an seinem Blut, spie beim Ausatmen jedesmal einen Schwall davon über das Wasser und schluckte es beim Einatmen herunter. Die Kugel hatte die Arterie verfehlt, aber eine kleinere Ader durchschlagen. Sein Gesicht war eine rote Maske aus Blut.

Der Bock funkelte sie herausfordernd an, während er schwamm – ein roter König. Matthew legte das Gewehr an und wartete, bis der Hirsch wieder zurückgeschwommen kam, wartete, bis er ganz nah war.

Der Hirsch beobachtete sie weiter mit blutüberströmtem, hocherhobenem Kopf. Matthew schoß ihn noch einmal in den Hals, brach ihm aber diesmal das Genick, und er hörte sofort auf zu schwimmen. Das Geweih versank im Wasser.

Sie saßen da und starrten ihn lange an, als erwarteten sie, daß das reglos im Wasser liegende Tier wieder zum Leben erwachen würde.

Ein anderer Bock, der dem Geruch des riesigen Tieres gefolgt war, tauchte auf der anderen Seite des Teiches auf, senkte den Kopf und versuchte, den Geruch, der ihn hergeführt hatte, zuzuordnen, fragte sich vielleicht, wohin der Hirsch verschwunden war.

Der Regen tüpfelte das Wasser des Teiches. Wallis kam sich vor wie in einem Traum, und er hatte das Gefühl, daß er wieder in die wirkliche Welt zurückkehren mußte, sonst war er verloren. In der Ferne konnten sie das stetige Stampfen des Bohrturms hören. Sie ließen das Wapitifleisch an dem Teich liegen und gingen den Fluß hinauf, um ihr Kanu zu holen, zogen es aus dem Schnee und paddelten zu dem Tümpel zurück. Sie luden das Fleisch ins Kanu, bis das Boot tief im Wasser lag. Die Dämmerung brach an, und am anderen Flußufer leuchteten ein paar Lichter auf. Wallis blieb am Ufer, während Matthew zweimal den Fluß überquerte, um das Fleisch hinüberzubringen; dann kam er zurück, um auch ihn zu holen. Es hatte aufgehört zu regnen, der Himmel klarte auf, und ein paar Sterne blinkten; Matthew sagte, sie müßten den Hirsch jetzt holen, da der Teich zugefroren sein würde, wenn sie bis zum nächsten Tag warteten.

Sie wateten zusammen in den Teich. Das Wasser war wärmer als die Luft. Unter Wasser war der Hirsch leichter, und sie schafften es, ihn an Land zu hieven. Dann kletterten sie heraus und schleiften ihn zum Kanu, weideten ihn rasch aus, luden ihn zitternd und völlig erschöpft ins Boot und überquerten noch einmal schwer beladen den Fluß. Wallis machte sich keine Gedanken darüber, ob sie kentern würden, denn sie drohten eher zu erfrieren als zu ertrinken; doch sie erreichten das andere Ufer, zogen das Kanu auf den Kies und gaben schließlich auf, ließen das ganze Fleisch nur ein kurzes Stück von zu Hause entfernt liegen und liefen schwankend und stolpernd den Hügel hinauf zur Stadt. Im Lager der Bohrarbeiter brannte ein Feuer, doch sie bogen nicht in diese Richtung, da sie lieber nach Hause wollten, als noch einmal kurz bei Fremden vorbeizuschauen; und sie wußten auch, daß kein Feuer sie wärmen konnte, daß sie wieder trocken werden mußten und vier Wände um sich brauchten.

In der Bar brannte Licht. Sie gingen geradewegs hinein und legten sich zitternd neben den Holzofen. Artie und Charlie brachten ihnen Decken und Felle, halfen ihnen aus ihren nassen Kleidern und hüllten sie in die Felle. Sie erhitzten Wasser auf dem Ofen, damit die beiden baden und heißen Tee trinken konnten: die erste Flüssigkeit seit Tagen, die weder Schnee noch kaltes Bachwasser war. Als der heiße Tee in ihre Mägen rann, mußten sie sich übergeben. Artie sah sich das Erbrochene und die Blutflecken auf ihren Hemden an. »Sie haben einen Wapiti erlegt«, sagte er.

Matthew versuchte, wach zu bleiben und zu Old Dudley zu gehen, doch schon nach zehn Schritten sank er erschöpft zu Boden und fiel mitten auf der Straße in einen tiefen Schlaf, während sich der Schneeregen in herabschwebenden Schnee verwandelte. Von seiner Wunde stieg erneut Dampf auf. Die Männer aus der Bar hoben ihn hoch, trugen ihn wieder hinein und legten ihn neben das Feuer.

Wallis machte sich mit einer Ladung Fleisch auf dem Rücken auf den Weg zu Mel. Sie war noch wach, als er sich der Hütte näherte, denn er sah durchs Fenster die Laterne, doch bevor er die Hütte erreicht hatte, löschte sie das Licht und ging ins Bett, so daß Schneegestöber und Dunkelheit ihn plötzlich von ihr trennten. Nach seiner langen Abwesenheit war das ein so bestürzender Anblick, daß seine Beine fast nachgaben und ihm die Tränen in die Augen traten.

Er rannte die letzten hundert Meter bis zur Hütte, ließ das Fleisch auf die Veranda fallen und klopfte an die Tür, da er sie nicht erschrecken wollte.

Sie kam heraus und umarmte ihn lange. »Ich fühle mich so schwach«, sagte sie bloß. »Ich hab dich vermißt, hab darauf gewartet, daß du zurückkommst.«

Den Rest der Nacht verbrachten sie damit, das ganze Fleisch nach Hause zu schleppen und alles an die Dachsparren zu hängen. Als sie fertig waren, standen sie inmitten des kalten Fleisches und fühlten sich so reich wie Piraten.

»Noch ein Tag länger, und ihr wärt eingeschneit«, sagte Mel.

»Wir haben's gerade noch geschafft«, stimmte er zu. »Strampelt das Baby noch nicht?«

Mel lachte. »Das dauert noch zwei Monate.«

»Januar«, sagte Wallis, und sie standen beide da und versuchten, es sich auszumalen.

»Morgen früh geht ihr wohl zum Bohrloch rüber«, sagte Mel. »Er konnte eure Rückkehr kaum abwarten. Wirklich. Er hat sich ganz komisch benommen«, sagte sie, und Wallis lachte lauthals. Er fragte: »Wie willst du das beurteilen?«

»Nein, wirklich«, sagte Mel, »er hat sich verändert. Ich mache mir Sorgen.«

»Ist er religiös geworden?« fragte Wallis. »Du meinst die Sache mit der goldenen Sittenregel?«

»Nein«, sagte Mel. »Er ist unglücklich, vielleicht hat er auch Angst.«

»Unsinn«, sagte Wallis und versuchte, sich das vorzustellen. »Er ist doch nicht krank, oder?«

»Nein«, sagte Mel, »er sieht bloß ein bißchen schwach aus.«

»Wenn er Matthew sieht, wird ihn das aufheitern«, sagte Wallis.

Mel schlief. Wallis ging in der verschneiten Morgendämmerung in die Stadt zurück und machte bei Helen Frühstück. Er überquerte die Straße, weckte Artie und bat ihn, ihm zu helfen, Matthew in den Laden hinüberzutragen, damit er ihn füttern und wieder auf die Beine bringen konnte, bevor Old Dudley auftauchte. Sie schleppten ihn durch das Schneetreiben, als würden sie ihn aus einem brennenden Gebäude retten, obwohl Wallis das seltsame Gefühl hatte, daß er nicht zu retten war, daß sie ihn ebensogut aus dem einen brennenden Gebäude in ein anderes hätten tragen können.

Sie setzten ihn auf einen Stuhl am Feuer, und Wallis fütterte ihn mit Pfannkuchenhäppchen, wie man ein Baby füttert. Matthew verdrehte ständig die Augen, und das Kinn fiel ihm auf die Brust, aber allmählich erweckten sie ihn wieder zum Leben. Artie aß drei Teller voll Pfannkuchen und wollte alles über die Jagd erfahren.

Sie schauten durch das Schneetreiben zur Bar hinüber. Artie hatte an der Veranda eine rotweiß gestreifte Weihnachtsbeleuchtung aufgehängt. Er sagte, es sei das erste Mal, daß sie im Tal eine Weihnachtsbeleuchtung hätten, und Old Dudley habe zu ihm gesagt, daß er langsam rührselig werde und es mit dem Tal rapide bergab gehe.

Artie sagte, es sei vielleicht ganz anders; er habe bei Einbruch der

Dunkelheit zwei Schwäne flußabwärts fliegen sehen. Einen Augenblick sei ihm nicht klargewesen, um was es sich gehandelt habe, und er habe sie mit ihren zwei Metern Flügelspannweite und ihren kräftigen weißen Körpern für Engel oder Gespenster gehalten. Zum letztenmal habe er vor fast dreißig Jahren ein Pärchen im Tal gesehen.

Matthew kam langsam zu sich, wurde ein bißchen wacher und fand seine Sprache wieder.

»Helen hat erzählt, daß immer ganze Schwärme von ihnen hier durchgekommen sind«, sagte er. »Sie sind im Spätherbst durchgeflogen und im Frühling auf ihrem Rückflug in die Arktis wiedergekommen. Sie haben ihre Jungen hier aufgezogen.« Er begann, von seinem Teller zu essen, aß jetzt ganz allein. »Helen hat erzählt, daß die Wölfe am Ufer der kleinen Teiche und Seen auf der Lauer gelegen und die Schwäne beobachtet haben. Sie haben einen nach dem anderen gerissen, haben die Schwäne am Genick gepackt, sobald sie zu nah ans Ufer kamen.«

»Sie geben keinen Laut von sich, oder?« fragte Artie. »Anders als Gänse.«

»Nein«, sagte Matthew. »Bloß einmal. Kurz vor ihrem Tod. Das ist der einzige Laut, den sie in ihrem ganzen Leben von sich geben. Deshalb nennt man es Schwanengesang. Sie legen sich hin, strecken den Hals und pfeifen. Es hört sich nicht schön an, ganz anders, als man denkt. Es klingt schrecklich.«

»Hast du je einen gehört?« fragte Wallis. »Einen sterbenden Schwan?«

»Klar«, sagte Matthew. Er zuckte mit den Achseln. »Als kleiner Junge hab ich mal einen vom Steg aus mit einem Seil gefangen. Ich hab ihn in die Falle gelockt und ihm das Seil über den Kopf geworfen. Irgendwie hab ich's geschafft, ihn an Land zu ziehen, bevor er losfliegen konnte. Vielleicht hätte er mich sonst mitgerissen. Ich hab das Seil an einem Baum festgebunden und ihn dann umgebracht.«

»Wie hast du ihn umgebracht?« fragte Artie.

»Mit Steinen«, sagte Matthew wie in Trance. »Es hat so lange gedauert.«

»Und hat es geklappt?« fragte Wallis. »Hat er gesungen?«

»Ja«, sagte Matthew.

Old Dudley, in mehrere Mäntel und Felle gehüllt, so daß er aussah wie ein Tier aus dem Wald, kam auf Amys Pony in die Stadt geritten. Der Schnee reichte dem Pony bereits bis zum Bauch. Alle, die das Tal verlassen wollten, würden bald aufbrechen müssen, und das wußte er.

Er sah, daß aus dem Schornstein des Ladens Rauch aufstieg, und setzte das Pony mit den Hacken in Trab. Er ritt auf die Veranda und wäre vielleicht auch zur Tür hineingeritten, wenn sie ihn nicht gehört hätten und zu ihm herausgekommen wären.

Old Dudleys Gesicht war knallrot, die Zangenmale pulsierten, als ob er ein Reptil wäre, und verrieten seine Stimmung. »Hast du Lust auf einen Pfannkuchen?« fragte Matthew.

»Falls ihr euch genug amüsiert habt«, sagte Dudley, »wir sind jetzt bei fünfeinhalbtausend Metern.« Er wandte sich Wallis zu. »Ich will, daß du's dir mal ansiehst und sagst, was du davon hältst, aber es sieht verdammt danach aus, als wären wir schon seit einer ganzen Woche im Grundgestein. Es sieht so aus, als wäre nicht ein einziger Tropfen Öl da. Sieht schon wieder nach einer verdammten Fehlbohrung aus.«

»Bist du dir sicher, daß du keinen Pfannkuchen willst?« fragte Matthew. »Heute morgen sind sie wirklich gut.«

Wallis hatte noch nie erlebt, daß Dudley so nahe daran war, Matthew zu schlagen. Artie entschuldigte sich und wünschte sich im stillen, daß Old Dudley nicht im Tal überwinterte.

Sie gingen zum Fluß hinunter, um mit der Tagschicht auf dem Lastkahn hinüberzufahren. Das Feuer der Tagschicht war erst vor kurzem gelöscht worden, so daß von der schwarzen Kohle noch immer Rauch aufstieg. An einer Stange, die an zwei Bäumen befestigt war, hingen, ganz schneebedeckt, mehrere abgetrennte Hirschköpfe, und überall roch es nach Wild.

»Sie leben schon wie die Indianer«, sagte Matthew. »Gut. Dann können wir sie bei der nächsten Bohrung gebrauchen.« Erneut sah es so aus, als könnte Dudley Matthew jeden Moment schlagen, er hatte sogar schon die Hand erhoben.

Vor zwanzig Jahren hätte Dudley so etwas vielleicht selbst gesagt. Wallis betrachtete Matthew und versuchte, sich vorzustellen, wie er auf irgendeinem von Old Dudleys vielen anderen Ölfeldern – in einem Sumpf in Louisiana oder auf einem Weizenfeld in Kansas – stand und krumm und gebeugt, hungrig und voller Schmerzen verkündete, daß er bis zum Grund der Erde bohren werde.

Der Fahrer des Lastkahns setzte sie am anderen Ufer ab. Sie zwängten sich in einen Lastwagen und fuhren zu dem fernen Dröhnen des Bohrturms. Der Schnee auf der Straße war zerfurcht und zu einer harten, knirschenden Kruste gefroren.

Es war eine zerklüftete Landschaft, wie ein gefrorenes Meer, dessen Wellen und Schaumkronen auf einen Schlag erstarrt waren. Die Männer in dem Lastwagen fragten, ob sie bald nach Hause fahren könnten.

Als sie den Bohrturm erreichten, wo die starken Halogenscheinwerfer die Wildnis ringsum mit Licht überfluteten und alle Schatten wegspülten, stiegen Dudley, Wallis und Matthew aus, standen einen Augenblick lang da und beobachteten, wie das schimmernde Gestängerohr sich drehte. Das gewaltige Ausmaß ihres Scheiterns. Wallis hatte zum erstenmal das Gefühl, als hätten sie einen langen Weg zurückgelegt.

Trotz des Lärms glaubte Wallis zu hören, wie sich das Metall des Bohrturms zusammenzog, wie es in der Kälte ächzte, während die Temperatur sank, als wäre sie ein Gegenstand, der zu schwer war, um an der Oberfläche zu bleiben. Es hatte aufgehört zu schneien, und der Wald war mit einer Glasur aus Neuschnee überzogen. An manchen Stellen warf der Halbmond ein schimmerndes Licht über das blaue und silberne Eis, und am Himmel wogte ein wildes Sternenmeer.

Sie stiegen auf die Plattform des Bohrturms und begannen, die kleinen Tüten mit Bohrmehl zu untersuchen, die Old Dudley in ihrer Abwesenheit für sie aufbewahrt hatte. Er war sich sicher, daß sich darin nur kambrisches Grundgestein befand, das kalte, unbrauchbare magmatische Gestein, auf dem noch kein Lebewesen gewandelt war und wo es folglich auch kein Öl geben konnte, doch Dudley wollte sehen, wie Matthew und Wallis es zugaben, wollte sehen, wie sie die Beweise ihres Scheiterns betrachteten und untersuchten und in Händen hielten, als ob er sie erniedrigen wollte.

Sie sahen sich das trockene Bohrmehl zwei Stunden lang an, schütteten eine Tüte nach der anderen aus, als leerten sie kleine Tüten voll Goldstaub, doch alles war bloß magmatisch, sie waren tief im Grundgestein, wo es keine Spur von Leben gab, in nutzlosem, unergiebigem Grundgestein.

»Du mieser kleiner Saftarsch«, sagte Old Dudley zu Wallis. »Acht Millionen Dollar, die anderen werden sich schieflachen. Du kleiner Scheißkerl. Du kommst her, spannst meinem Jungen sein Mädchen aus und machst uns weis, daß deine gottverdammte, blöde Karte … Du miese kleine Ratte.«

Old Dudley verdrehte die Augen, ihm schien schwindlig zu sein. Er setzte sich, beruhigte sich wieder. Er keuchte, wie er es oft nach seinen Kriechübungen tat, und der üble Geruch, der stets damit verbunden war, begann, von ihm aufzusteigen. Sein Gesicht war ganz grau. Er blickte seine Stiefel an. Eine Träne fiel herab. »Schick sie nach Hause«, sagte er zu Matthew. »Bring mich hier weg. Bring mich bloß hier weg.«

Der Fluß begann, von beiden Ufern her zuzufrieren, doch in der Mitte strömte er noch immer dunkel, stark und tief. Sie fuhren zur Anlegestelle zurück und signalisierten, daß man sie mit dem Lastkahn holen sollte; noch bevor der Kahn eintraf, ging Old Dudley auf das Eis und schlug kraftlos mit einer Axt darauf ein, als ob er für das riesige Boot einen Weg bahnen wollte. Wallis war davon überzeugt, daß er das Eis aufhacken, im Wasser versinken und weggespült werden würde. Er schlug auch noch auf das Eis ein, als der Kahn bereits eingetroffen war, als hätte er vergessen, zu welchem Zweck er die Axt schwang. Er sah aus wie ein schwerverwundetes Tier im Todeskampf. Der Kahn glitt durch die Eiskruste wie ein russischer Eisbrecher, und Matthew ging hinüber, nahm Old Dudley behutsam die Axt ab und hob ihn auf das Boot.

Am anderen Ufer sagte er, er gehe zu Amy, um zu packen, und Matthew solle in zwei Stunden abreisefertig sein. Matthew nickte und sagte, er werde in Helens Haus ein Nickerchen machen, und sie sollten kommen und ihn wecken, wenn sie fertig seien. Wallis sagte, daß er ihn wohl eine Weile nicht sehen werde, und streckte ihm die Hand entgegen, doch Old Dudley beachtete sie nicht, stieg auf Amys Pony und ritt mit hängenden Schultern die Straße hinauf. Matthew blickte ihm nach, ging dann in den Laden, um die restlichen Pfannkuchen zu essen und wie ein Toter zu schlafen. Wallis ging nach Hause, um ebenfalls zu schlafen.

Als Wallis anderthalb Tage später aufwachte und in die Stadt ging, waren Bohrturm, Lastkahn und Arbeiter verschwunden. Es schneite wieder. Wallis klopfte an die Tür des Ladens und trat ein. Drinnen war es eiskalt, und Matthew schlief noch.

Er überquerte die Straße. Niemand hatte Old Dudley oder Amy gesehen, und alle nahmen an, daß er das Tal mit den Bohrarbeitern verlassen hatte.

Wallis ging zu Amy. Er sah das Pony in seinem Korral stehen, und aus dem Schornstein stieg Rauch auf, doch als er an der Tür klopfte, sagte Amy, sie habe ihn seit zwei Tagen nicht gesehen und habe gedacht, er sei draußen beim Bohrturm oder bei Mel geblieben, ohne ihr Bescheid zu sagen.

Die ganze Stadt machte sich auf die Suche nach ihm. Es war kein Problem, die Strecke zwischen der Stadt und Amys Hütte in einzelne Abschnitte aufzuteilen. Ihre einzige Befürchtung war, daß er vielleicht in den Fluß gestürzt war und sie ihn nie finden würden. Mel weinte während der Suche. Das Schneetreiben war jetzt so dicht, daß sogar die Spuren des Suchtrupps rasch bedeckt wurden. Sie stocherten mit Stöcken und Ästen im Schnee herum, tasteten nach einem steifgefrorenen Arm oder Bein.

Kurz vor Einbruch der Dunkelheit fanden sie ihn. Er saß schneebedeckt unter einer Fichte in einem Gewirr aus Ästen und Zweigen, war schon ganz blau, aber gerade noch am Leben. Er war nicht bei Bewußtsein. Nachdem sie von dem Bohrloch zurückgekehrt waren und er Matthew und Wallis verlassen hatte, war er kaum noch zweihundert Meter weit gekommen.

Sie trugen ihn in den Laden, brachten ihn nach oben, legten ihn in Helens altes Bett und heizten ein, so gut es ging.

Kurz vor Mitternacht erlangte er das Bewußtsein zurück; er hatte starke Schmerzen. Mel wußte, daß er durch die Erfrierungen wahrscheinlich beide Arme und Beine verlieren würde, wenn er am Leben bliebe, und sie hoffte, daß er es nicht überstand.

Eine Lungenentzündung stellte sich ein, und er hustete, bekam kaum noch Luft; im Delirium murmelte er etwas, das sie zuerst nicht verstehen konnte, doch dann beugte sie sich vor und hörte deutlich, wie er sagte: »Hunger. Ich hab solchen *Hunger.*«

Rings um sein Bett brannten Kerzen. Er erkannte Mel nicht, erkannte nichts und niemanden. Amy schlief mit dem Baby unten. Auch Matthew schlief unten und schnarchte. Wallis saß in einem Schaukelstuhl und blieb zusammen mit Mel auf. Old Dudleys Atem ging schwerer, kam rasselnd und pfeifend. Er hustete trocken und rang nach Luft, als ob er sie durch einen dünnen Strohhalm einsaugen würde. Sie konnten jetzt beide sehen und spüren, daß sein Leben entwich wie ein umgedrehtes Blatt, das einen Fluß hinabtreibt.

Dann war er noch einmal kurz bei klarem Verstand. Seine Zangenmale waren ganz glatt und flach, und im Kerzenlicht sah es fast so aus, als wären sie verschwunden.

Mel war erschüttert – als ob sie zum erstenmal einen flüchtigen Eindruck davon gewänne, wer er hätte sein können, wenn er normal gewesen wäre. Er setzte sich auf und blickte sie teilnahmslos an, dann schaute er zu Wallis in seinem Schaukelstuhl in der Ecke hinüber und machte ein finsteres Gesicht. Er hob einen krummen Finger und deutete auf ihn, wollte etwas sagen, hatte aber wieder einen Hustenanfall.

Mel ging zu ihm und faßte ihn an beiden Schultern. Sie schüttelte ihn behutsam, aber entschlossen. Ihre letzte Chance, es zu sagen. »Was«, fragte sie, »*was* hast du zu deinen Gunsten zu sagen?«

Irgendwas. Sie wollte, daß er irgendwas sagte, und sei es bloß unverständliches Kauderwelsch. Ihr fiel nichts ein, was er hätte sagen können, doch sie glaubte, daß er jetzt endlich eine Antwort auf ihre Frage hatte.

Er sank auf sein Totenbett zurück, wandte das Gesicht ab, sagte: »Nichts«, und starb.

Amy hatte Mels zischendes Geflüster gehört und war mit der kleinen Mary die Treppe heraufgeeilt, damit Dudley das Baby ein letztes Mal im Arm halten konnte. Sie weinte, weil sie zu spät kam, und legte das Baby auf die Brust des Toten, legte auch ihren Kopf auf seine Brust und schluchzte vor Verzweiflung und Einsamkeit. Mel saß wie versteinert da. Wallis ging zu ihr, stellte sich hinter sie und legte ihr beide Hände auf die Schultern.

Nach einer Weile hob Amy das tränenverschmierte Gesicht und fragte Mel: »Was hat er gesagt? Ich hab's nicht gehört. Was waren seine letzten Worte?«

Mel starrte sie ausdruckslos an, wie durch das weite, klare Wasser eines tiefen Sees. Ihre Gedanken schienen stillzustehen, doch schließlich fielen ihr die richtigen Worte ein, und sie sagte zu Amy: »Ich soll dir und Mary sagen, daß das Leben voller Herrlichkeit ist.«

Amy begann wieder zu weinen, nahm das Baby, drückte es an sich und flüsterte ihm ins Ohr: »Hast du das gehört, meine Kleine? Dein Daddy hat gesagt, daß das Leben voller Herrlichkeit ist.«

Epilog

Sie hatten ihn in einer leeren Garage auf Eisblöcken aufgebahrt, und Joshua arbeitete unablässig an seinem Sarg, um noch vor dem Dauerfrost damit fertig zu sein. Mel hatte Matthew die Verantwortung für Dudleys Unternehmen übertragen, und Matthew hatte vor seiner Rückkehr nach Houston gesagt, er wolle nicht an der Beerdigung teilnehmen, er wolle weiter glauben, daß man den alten Mann nicht im Schnee gefunden habe, sondern daß er irgendwo dort draußen herumstreife und vielleicht eines Tages wieder auftauche.

Die Eisblöcke lagen auf Brettern, die man über ein paar Sägeböcke gelegt hatte, und ringsum hatten sie kleine Feuer entzündet, um zu verhindern, daß wilde Tiere hereinkamen und über ihn herfielen.

Joshua arbeitete schnell, arbeitete bei Tag und Nacht in der Garage, in der auch Dudley ruhte und in der großen Kälte einschrumpfte. Joshua wärmte sich die Hände während der Arbeit an den kleinen Feuern, und als er das sechs Meter lange Boot in der Form eines runden nackten Frauenkörpers vollendet hatte, kamen alle aus der Bar herüber und halfen ihm, es abzuschmirgeln und dann grün anzumalen. Die Frau, in deren Körper er liegen würde, die Malachitfrau, hatte langes schwarzes, nach hinten fallendes Haar und volle nackte Brüste, die direkt über der Wasserlinie liegen würden. Ihre grünen Augen hatten einen durchdringenden Blick und sahen echter aus als alles, was Joshua je geschaffen hatte; als ob das Boot zum Leben erwachen könnte oder eine Seele besäße.

Auf dem Eis war Dudley wie ein vertrockneter Salamander auf die Hälfte seiner normalen Größe geschrumpft. Sie ließen die grüne

Farbe eine Nacht und einen Tag lang trocknen und trugen das Boot mit Dudley darin am nächsten Abend an den zufrierenden Fluß.

Sie überlegten kurz, ob sie es in Brand stecken sollten, doch Mel entschied sich dagegen, wollte, daß sie es mit einer Laterne im Bug einfach flußabwärts treiben ließen.

Sie zündeten die Laterne an und stellten sie in den Bug. Dudley lag auf dem Rücken, die Hände friedvoll über der Brust gefaltet, mit einem warmen Bärenfell bedeckt, und starrte in den Himmel. Es schneite leicht.

Sie schoben das Boot übers Eis, ließen es in das dunkle, schnell fließende Wasser gleiten und traten dann wortlos zurück, während es rasch davongetragen wurde.

Durch den Schneevorhang beobachtete die ganze Stadt, wie das Boot im Licht der Laterne in der Strömung schaukelte und zwischen den verschneiten Ufern hindurch nach Süden glitt. In der Dunkelheit ringsum wirkte es wie eine Theaterinszenierung. Der Kopf der Malachitfrau, riesig wie der eines Drachen, erhob sich hoch über das Wasser. Sie starrte entschlossen und ungeduldig flußabwärts. Das Boot tanzte auf den flachen Wellen und trieb rasch davon. Es begann, stärker zu schneien. Die Laterne verschwand.

Mel weinte und drückte Wallis' Hand. Die Leute starrten in die Dunkelheit, in der er verschwunden war, in die die Malachitfrau ihn getragen hatte, und stapften dann durch knietiefen Schnee wieder den Hügel hinauf, zurück zur Bar.

»Warum weinst du?« fragte Wallis. »Was ist los? Er konnte doch nicht ewig leben.«

Der Schnee hüllte sie ein und dämpfte jedes Geräusch. Das Plätschern des Flusses war kaum noch zu hören.

»Ich bin so glücklich«, sagte Mel.

Sie gingen auf Schneeschuhen nach Hause. Sie wollte sich sicher sein, daß das Boot das Tal verließ, und so stiegen sie auf einen Hügelkamm und folgten dem Fluß mit den Blicken nach Süden, bis sie es undeutlich im Schein der Laterne entdeckten.

Dort beobachteten sie noch einmal, doch diesmal ganz allein, wie es verschwand. Nichts anderes regte sich; kein Tier war in der Nähe. Sie kehrten in ihre Hütte zurück. Im Bett nahm Mel Wallis' Hände und drückte sie auf die warme Wölbung ihres Bauches. Sie hoffte, daß es tausend Jahre dauern würde, bis im Tal wieder jemand wie Old Dudley auftauchte. Zehntausend Jahre.

Als sie am Morgen erwachten, war der Himmel blau und die Welt still und weiß. Sie machten Frühstück und brachen dann auf Schneeschuhen in den glatten, unberührten Schnee auf.

Danksagung

Ich bin James Linville und George Plimpton vom *Paris Review* zu großem Dank verpflichtet, da sie als erste ihr Vertrauen in diese Geschichte zum Ausdruck brachten. Sehr dankbar bin ich auch Houghton Mifflin, dem verstorbenen Sam Lawrence, der mich um dieses Buch bat, und Joan Williams, die ihn als erste darauf aufmerksam machte. Ich danke Harry Foster, der es durch mehrere Fassungen begleitet hat, und Camille Hykes, die viele Jahre lang an der Geschichte mitgearbeitet hat. Ich danke auch Dorothy Henderson für ihr außerordentlich hilfreiches Lektorat und dem *New Yorker* und *Bomb*, die Auszüge aus dem Buch abgedruckt haben.

Ich möchte mich bei meinem Agenten Bob Dattila für seinen Rat und seine Unterstützung und bei meinen Freunden und meiner Familie bedanken. Wie immer danke ich Russell Chatham für das Umschlagbild; des weiteren der James Jones Society für die Unterstützung und Ermutigung durch die James Jones First Novel Fellowship; Angi Young, die alles für mich abgetippt hat; und für die Möglichkeit, einen Teil der alten Chautauqua-Papiere von Alexander Winchell benutzen zu können: seine *Walks and Talks in the Geological Field*. Außerdem danke ich der Guggenheim Foundation für ihr Literaturstipendium.

Meinen Lektoren kann ich für ihre Hilfe bei diesem Roman nicht genug danken. Schließlich bin ich noch der langsam verschwindenden Wildnis im Nordwesten Montanas zu Dank verpflichtet. Dort herrscht in manchen Gegenden noch immer ein Gleichgewicht und eine große Kraft – ein großer Zauber. Ob diese Gegenden erhalten bleiben, weiß ich nicht, doch ich hoffe, daß sie weiterbestehen, und bin dankbar, daß ich sie kennengelernt habe.

Annie Proulx, Weit draußen
Geschichten aus Wyoming

Aus dem Amerikanischen von Oskar Halbsattel
1999, 304 Seiten, gebunden

In ihrem neuen Erzählband porträtiert die Pulitzerpreisträgerin Annie Proulx ihre Wahlheimat Wyoming. Ihre Geschichten über Viehtreiber, Rodeoreiter, über Touristenführerinnen und Barfrauen sind immer auch Geschichten gescheiterter Existenzen, unerfüllter Sehnsüchte, irregeleiteter Liebe. Und sie sind unvergeßlich wie die Bilder der Landschaft, die sie heraufbeschwören.

»Phantastische Geschichten« Kultur-Weltspiegel

»Keiner entgeht der scharfzüngigen Ironie der Amerikanerin, die in ihren neuen wunderbaren Erzählungen wieder einmal mit frecher Chuzpe fabuliert.« Brigitte

»Annie Proulx malt mit Worten. Unvergleichlich führt die Autorin durch Landschaften, deren rauhe Schönheit sich flüchtigeren Beobachtern leicht verschließen würde.« Abendzeitung